Susanne Bergstedt

Quallenplage

Himmel und Holle ermitteln

Ein Ostsee-Krimi

DUMONT

Originalausgabe
März 2023
DuMont Buchverlag, Köln
Alle Rechte vorbehalten
© 2023 DuMont Buchverlag, Köln
Umschlaggestaltung: Lübbeke Naumann Thoben, Köln
Umschlagabbildung: Strandstuhl: © depositphotos / lustra
FlipFlops: © depositphotos / mrsiraphol
Möwen: © depositphotos / lifeonwhite
Personen: © Stefanie Naumann
Satz: Angelika Kudella, Köln
Gesetzt aus der Dante
Druck und Verarbeitung: CPI books GmbH, Leck
Gedruckt auf säurefreiem und chlorfrei gebleichtem Papier
Printed in Germany
ISBN 978-3-8321-6635-9

www.dumont-buchverlag.de

Prolog

DIE MÖWE WAR HUNGRIG. Seit dem Morgengrauen zog sie ihre Kreise, doch die Nahrungssuche war bisher erfolglos geblieben. Jetzt führte ihr Kontrollflug über den Strand von Schilksee, der sich zu dieser frühen Stunde noch menschenleer präsentierte. Sie wusste aus Erfahrung, dass es hier oftmals einen angebissenen Apfel oder ein paar vergessene Kekse aufzupicken gab.

Ihre scharfen Augen musterten den Sand, aber heute hatte sie kein Glück. Auch im angeschwemmten Seegras zappelte nicht der kleinste Krebs.

Die Möwe drehte ab und steuerte auf die Kieler Bucht hinaus, deren grüngraues Nachtgesicht von den ersten Sonnenstrahlen gesprenkelt wurde. Sie orientierte sich am Bülker Leuchtturm und nahm dann Kurs auf einen Kutter vor dem Strander Hafen. Doch sie war zu früh, der Fischer tuckerte gerade erst zu seinen Stellnetzen hinaus und hatte noch keinen Fang an Bord. Auf ein Frühstück aus Innereien und Fischköpfen musste sie warten.

Im Möwenbauch rumorte es schon gewaltig. Da es auf See nichts abzustauben gab, musste sie es eben landeinwärts versuchen. Die gelben Säcke am Straßenrand enthielten nicht selten interessante Leckerbissen und ließen sich mit ein paar Schnabel-hieben zerreißen.

Die Möwe schwenkte um und flog zurück Richtung Schilk-see, als ein Blick auf das Meer sie plötzlich elektrisierte. Da düm-pelte etwas im Wasser. Etwas, das dort nicht hingehörte. Was aber nicht bedeuten musste, dass es nicht essbar war.

Sie segelte einen eleganten Bogen und ließ sich tiefer sinken. Jetzt konnte sie das Objekt schon deutlicher ausmachen. Es war etwa so groß wie ein Schweinswal, bewegte sich aber anders. Genauer gesagt bewegte es sich überhaupt nicht, sondern wur-de von der Dünung langsam Richtung Strand getrieben. Ein Schwarm Feuerquallen hatte das Ding in seiner Mitte einge-schlossen und einen pulsierenden roten Abwehrring um die Beute geformt. Das würde ihnen nichts nützen. Denn eine Sache konnte die Möwe auch aus großer Höhe mühelos iden-tifizieren: totes Fleisch.

1

»NOCH KEINER DA. Wir haben unsere Wellnessoase für uns allein.« Renate Mehring lehnte sich über das Geländer und musterte zufrieden den menschenleeren Strand zu ihren Füßen. »Das Wasser dürfte heute perfekt temperiert sein.« Sie ließ ihren Leinenbeutel fallen, streckte die Arme in die Luft und dehnte sich ausgiebig. Der Gürtel ihres Bademantels lockerte sich dabei und ließ einen schon etwas ausgeleierten geblümten Badeanzug hervorblitzen.

»Erst mal testen.« Gisela Frentrup gesellte sich neben ihre Freundin auf den Treppenabsatz und warf einen misstrauischen Blick auf das Meer. »Bisher sind wir nicht gerade mit Badewannentemperaturen verwöhnt worden. Der Sommer war einfach nur grässlich.« Sie musste jedoch zugeben, dass die Ostsee an diesem Morgen Karibik spielte. Das Wasser schimmerte türkisgrün, und das übliche Strandgeröll war über Nacht von einer gnädigen Schicht Sand verdeckt worden. Der September wollte auf den letzten Metern noch etwas gutmachen.

»So, jetzt aber los.« Renate klopfte sich auf den Bauch. Nur vom Hingucken werden die Speckröllchen nicht kleiner.« Sie ergriff ihren Beutel und machte sich daran, die fünfzehn Meter hohe Steilküstentreppe hinabzusteigen.

»Bei mir rollt sich nichts. Da schlabbert nur zu viel Haut«, widersprach Gisela, während sie ihr folgte.

Direkt an der Wasserkante markierten drei von Eiszeitgletschern rund gescheuerte Findlinge ihre bevorzugte Badestelle. In erster Linie hatten die Freundinnen den Platz gewählt, weil sich die Steine vorzüglich als Kleiderablage eigneten. Obwohl es nicht viel abzulegen gab. Wenn sie jeden Morgen zusammen schwimmen gingen, machten sie sich gleich in Bademantel und Gummischlappen auf den Weg. Das galt in Schilksee durchaus als vollwertige Straßenkleidung, zumindest im Sommerhalbjahr.

Gisela lehnte sich gegen den dicksten Felsen von der Größe eines Elefantenbabys und ließ den Blick über die Wasseroberfläche wandern. Dann schloss sie die Augen und rollte ein paarmal zur Lockerung die Schultern. Was für ein perfekter Tagesanfang!

Ein Aufstöhnen durchbrach die Idylle.

»So ein Schiet, alles voll mit den Mistdingern! Ich hatte gehofft, das bleibt uns dieses Jahr erspart.«

Gisela öffnete die Augen und sah, wie Renate mit angewidertem Gesichtsausdruck auf etwas Undefinierbares zu ihren Füßen deutete. Ihr schwante Böses. »Was ist denn los?«

»Na, die Glibberdinger hier. Hast du die noch nicht bemerkt? Der ganze Strand ist voll davon.« Die Freundin hatte die Hände in die Hüften gestemmt.

Gisela senkte ihren Blick auf Renates Füße und ließ ihn dann weiter den Wassersaum entlangschweifen. Jetzt erst erkannte sie die verräterischen Beulen, die im angespülten Seegras glänzten. Ihre Mundwinkel sackten augenblicklich herunter.

»Oh nein.«

Quallenalarm! Aber nicht etwa wegen harmloser Ohrenquallen, von denen ließ sie sich schon lange nicht mehr stören. Was hier gestrandet war und schon als Fliegenfutter diente, waren eindeutig Feuerquallen. Es mussten Hunderte sein, die seit letzter Nacht ihr Leben gelassen hatten und nun am Strand vor sich hin verwesten. Die meisten waren klein, nur etwa handtellergroß, deshalb hatte sie die Weichtiere vorhin nicht bemerkt. Aber eins wusste sie genau: Wo kleine Exemplare auftauchten, waren auch ausgewachsene Feuerquallen nicht weit. Und die hatten gewöhnlich die Ausmaße eines handelsüblichen Klodeckels. Eines Klodeckels mit meterlangen, giftig brennenden Nesselfäden.

Gisela merkte, wie sich die Härchen auf ihren Armen aufrichteten. Renate hatte sich schon wieder gefasst, zog mit entschlossenem Griff ihren Bademantel aus und warf ihn auf den nächstliegenden Findling. »Sind doch nur kleine, von denen lasse ich mir das Schwimmen nicht vermiesen.« Sie blickte zu ihrer Freundin, die mit misstrauisch verengten Augen die Wasseroberfläche musterte und von einem Fuß auf den anderen trat. »Was ist nun, kommst du?« Als keine Reaktion erfolgte, zuckte sie mit den Schultern. »Dann eben nicht, Bangbüx. Bis gleich.« Beherzten Schrittes stapfte sie ins Wasser und begann nach ein paar Metern mit kräftigen Stößen aufs Meer hinauszuschwimmen.

»Ich warte hier!«, rief Gisela ihr hinterher, obwohl das unnötig war. Schließlich kamen und gingen sie immer gemeinsam. Sollte Renate sie ruhig für einen Angsthasen halten, bei Quallenalarm setzte sie keinen Fuß ins Wasser. Einmal hatte sie Bekanntschaft mit so einem roten Prachtexemplar gemacht, das reichte ihr für den Rest ihres Lebens. Gisela wusste nicht mehr, wie sie damals aus dem Wasser gekommen war, nur, dass das höllische Brennen an Armen und Brust einfach nicht hatte aufhören wollen. Auf eine Wiederholung dieser Erfahrung konnte sie gerne verzichten. Bestimmt war morgen der ganze Spuk schon wieder vorbei.

Renate hatte binnen kurzem ihren Rhythmus gefunden und schwamm mit gleichmäßigen Zügen Richtung Kieler Leuchtturm. Wie alle Tage benutzte sie das rot-weiße Lichtzeichen mitten in der Bucht als Zielpunkt. Sie fand es schade, dass sie nicht zu zweit im Wasser waren, das machte einfach mehr Spaß. Wie konnte man nur so eine panische Furcht vor Feuerquallen haben? Wenn die Strömung die Tiere an den Strand spülte, sammelte sich halt schnell eine Menge an. Schon ein bisschen weiter draußen war das Meer quallenfrei, wie sie befriedigt feststellte.

Renate schwamm kraftvoll, tauchte ab und zu unter kleinen Wellen hindurch und genoss die erfrischende Kühle. Als sie sich kurz verschluckte und wie eine auftauchende Robbe prusten musste, blickte sie zurück Richtung Strand. Sie war schon viel weiter draußen, als sie gedacht hatte. Bei den Findlingen erkannte sie einen hellen Fleck. Aha, ihre Freundin entspannte gemütlich in der Sonne. Na, was die konnte, konnte sie selbst schon lange. Sie drehte sich auf den Rücken, schloss die Augen und ließ sich mit ausgebreiteten Armen treiben. Kleine Verschnaufpause vor dem Rückweg.

Die Dünung schaukelte sie sanft auf und ab. Möwen riefen sich Neuigkeiten zu. Es roch nach Salz und Tang, und das Wasser gluckerte leise. Zutiefst entspannt fühlte sie sich eins mit der Welt und seufzte vor Wohlbehagen.

Der Ruck kam vollkommen unerwartet. Der Schmerz ebenfalls.

Renate schluckte Wasser, strampelte und ruderte mit den Armen. Ihr Kopf dröhnte, und ihre Gliedmaßen brannten mit einem Mal wie Feuer. Voller Panik starrte sie um sich. Die Wasseroberfläche schien plötzlich lebendig geworden zu sein.

Augenblicklich raste ihr Herzschlag. Heilige Scheiße, sie war in einen Feuerquallenschwarm geraten!

Mit Entsetzen sah sie unzählige feine Nesselfäden wie ein giftiges Spinnennetz auf ihren Armen kleben. In der gleichen Sekunde versuchte sie schon, die Tentakel durch hektisches Schütteln loszuwerden. Natürlich vergeblich. Stattdessen wurde der Schmerz bei jeder Bewegung intensiver.

Jetzt brannte auch noch ihr Gesicht wie von Peitschenhieben getroffen. Ihr Körper wand sich, krampfte, wollte der Qual entkommen und schaffte es nicht. Die Feuertiere waren überall. Salzwasser stieg in ihre Nase, sie bekam keine Luft mehr. Sie fühlte, wie Panik in ihr hochstieg. Ruhig bleiben, um Himmels willen, ruhig bleiben!

Ihr Gehirn spendierte eine großzügige Dosis zusätzliches Adrenalin, schaltete in den Überlebensmodus und riet dringend zur Flucht.

Plötzlich funkte eine Irritation zwischen ihre Kopfschmerzen. Da war etwas gewesen, das nicht stimmte. Aber was?

Renate zwang sich mit größter Willenskraft, ihre Atmung zu kontrollieren und nicht mehr wie wild mit den Armen zu fuchteln. Auf einmal war die innere Störmeldung ganz klar:

Wieso hatte sie sich an den Feuerquallen den Kopf gestoßen? Das war nicht möglich. Diese Höllenwesen bestanden zu neunundneunzig Prozent aus Wasser. Eine abgerissene Planke? Sie biss die Zähne zusammen, versuchte, den Schmerz zu ignorieren, und spähte hinter sich. In der Tat, keine fünf Meter entfernt trieb etwas im Wasser. Wie ein Holzbrett wirkte es nicht. Es schien zwar groß und lang zu sein, hatte aber eine unregelmäßige Oberfläche mit Wölbungen.

Renate kniff die Augen gegen die Sonne zusammen. Das seltsame Objekt dümpelte in ihre Richtung. An einem Ende schien ein Büschel Algen angewachsen zu sein, in dem sich eine Qualle verfangen hatte. Eine Möwe segelte heran, stieß ein scharfes Krächzen aus und ließ sich auf dem Ding nieder. Dann begann sie, mit harten Schnabelhieben zu picken.

Renates Augen tränten, das Brennen im Gesicht und an den Gliedern machte sie fast wahnsinnig. Aber jammern war zwecklos, hier draußen konnte ihr niemand helfen. Unter Mobilisierung aller Kräfte versuchte sie, wieder in einen Schwimmrhythmus zu kommen. Sie riss sich zusammen, blinzelte und fixierte den Strand. Weiterschwimmen, immer weiter, nur nicht aufhören.

Das unförmige Treibgut kam schräg von der Seite auf sie zu. Vermutlich eine alte Palette, die irgendwo von Bord gerutscht war. Renate konnte kaum etwas erkennen. Tränen und Salzwasser verschleierten ihren Blick. Alles voller Rotalgen an dem dicken Holz. Und natürlich wieder Feuerquallen, verdammter Mist. Da musste sie jetzt schnell dran vorbei. Nun war das Ding ganz nah, aber fast hatte sie es geschafft. Als sie auf gleicher Höhe war, drehte Renate den Kopf, um einen kurzen Blick auf das Objekt zu werfen. Und erstarrte in ihrer Bewegung.

Das waren keine Rotalgen. Das waren Haare. Lange rote Haare, die sich träge im Rhythmus der Dünung bewegten.

Renate schrie nicht. Ein einziger Gedanke füllte ihr Hirn aus: Das ist jetzt nicht wahr. Das kann nicht wahr sein. Das muss eine Sinnestäuschung sein.

Mit nahezu übermenschlicher Willenskraft zwang sie sich zu einem zweiten Blick. Es war kein Zweifel möglich. Sie badete hier draußen nicht allein.

Gisela schirmte ihre Augen mit einer Hand ab und spähte über die Wellen. Renate war schon weit gekommen und kaum noch zu erkennen, alle Achtung. Weil es bis zu deren Rückkehr noch eine Weile dauern durfte, kletterte sie auf den großen Findling und machte es sich in einer Sitzmulde bequem. Dann schloss sie die Augen und wandte ihr Gesicht zur Sonne. Der warme Felsen, die frische Seeluft, die Stille – es gab Schlimmeres, als ein Feigling zu sein. Im Moment fühlte es sich sogar äußerst angenehm an.

Eine Möwe schrie. Dann schrie sie noch mal, diesmal näher und lauter. Jetzt mehrstimmiges Gezeter, schrill und aufgeregt, ein ganzer Möwenschwarm. Die Strander Fischer hatten vermutlich Innereien über Bord gekippt. Auch nicht schön, so nahe am Badestrand.

Aber halt mal. Da war noch etwas anderes als Möwengeschrei.

Gisela öffnete die Augen und starrte aufs Meer. Das seltsame Geräusch kam eindeutig vom Wasser.

Plötzlich sah sie Gischt aufspritzen. Irgendetwas Großes

strampelte und zappelte da keine hundert Meter entfernt in den Wellen. Sie stutzte. Seehunde oder Delfine gab es hier eher selten. Wo war eigentlich Renate? Es dauerte zwei, drei Sekunden, bis sie begriff.

Wie der Blitz sprang Gisela von dem Granitbuckel herunter und rannte im Bademantel knietief ins Wasser. Sie formte mit den Händen einen Schalltrichter und brüllte aus Leibeskräften: »Renate! Brauchst du Hilfe?«

Aus der Ferne kam nur ein unverständliches Jaulen.

Gisela fühlte, wie kalte Angst in ihr aufstieg. Ohne nachzudenken, riss sie den Bademantel herunter, sprintete in die Fluten und begann, zu ihrer Freundin zu schwimmen. Sie war kaum ein paar Meter weit gekommen, als Renates überkippende Stimme an ihre Ohren drang.

»Hau ab! Bleib bloß weg!«

Gisela schluckte Salzwasser und musste spucken. Es dauerte einen Augenblick, bis sie wieder Luft bekam. »Was ist denn los? Bist du in Ordnung?« Sie versuchte, noch schneller zu schwimmen, und hatte gleichzeitig das Gefühl, nicht von der Stelle zu kommen.

»Nein, nein, nicht näher!« Renates Stimme klang panisch. Sie hustete. Dann krächzte sie: »Tot …«

Gisela stoppte mitten in der Bewegung.

»No… Notruf!«, hustete es ihr entgegen.

Sie streckte sich so weit wie möglich aus dem Wasser und machte einen langen Hals. Was zum Teufel war da vorne los? War Renate etwa von einem Hai angegriffen worden? Aber in der Ostsee gab es doch keine Haie, oder? Brauchte sie einen Arzt? Oh, verdammt, was sollte sie nur machen?

Renate kraulte wie besessen auf sie zu. Sie schlug mit den Armen und strampelte mit den Beinen, als ginge es um ihr Leben. Der Hai hat noch nicht zugebissen, schoss es Gisela durch den Kopf. Ihr zweiter Gedanke alarmierte sämtliche Nervenzellen mit einer knappen Botschaft: Zurück an Land, aber flott!

Renate keuchte, verschluckte sich, hustete und pflügte weiter durch die Wellen. Rotz und Tränen vermischten sich mit Salzwasser. Als sie endlich Boden unter den Füßen spürte, strauchelte sie, knickte auf dem Geröll weg, rappelte sich wieder auf und stürmte schließlich in einer Gischtwolke an den Strand. Sie stolperte zu den Findlingen, warf sich bäuchlings über den ersten Stein und versuchte, zu Atem zu kommen.

Gisela eilte sofort zu ihr. Sie streichelte Renates Rücken und flüsterte beruhigend auf sie ein, obwohl sie ebenfalls am ganzen Leib zitterte. »Ist ja gut, alles ist gut, sch-sch …« Dabei prüfte sie schnell, ob irgendwo Bisswunden zu sehen waren. Alles dran, immerhin. Sie beugte sich zur Seite und zerrte Renates Bademantel vom Felsen zu sich herüber. Erst als sie ihn der Freundin umlegen wollte, bemerkte sie die leuchtend roten Striemen der Nesselfäden.

Gisela fackelte nicht lange. Sie nahm ein paar Handvoll Sand, streute sie auf Renates Nacken und Arme und rubbelte ihr die Quallententakel damit, so gut es ging, ab. Dann hüllte sie die Freundin in den Bademantel und zog sie weg von der Wasserkante, auf einen trockenen Teil des Strandes. Als sie sich niedergelassen hatten, nahm sie sie in den Arm und wiegte sie leicht hin und her, bis das Zittern nachließ.

Irgendwann hob Renate den Kopf und schaute stumm auf das Meer. Gisela folgte ihrem Blick.

Direkt vor ihnen schoben müde Wellen die Leiche einer rothaarigen Frau an den Strand.

2

TELSE HIMMEL BALANCIERTE die Sackkarre mit der letzten Umzugskiste die Strandpromenade entlang und fluchte vor sich hin. Am Vormittag hatte sie sich noch gefreut, als sie gleich hinter ihrem neuen Zuhause einen Parkplatz für den Transporter gefunden hatte. Um kurz darauf festzustellen, dass von der schmalen Sackgasse nur ein Kiesweg durch den Garten führte, der für Sackkarren nicht zu meistern war. Was bedeutete, dass sie mit jeder Kistenfuhre einen Umweg über die Flaniermeile machen musste, die zwischen Hausvorderseite und Meeresstrand zum Olympiahafen führte. Zum gefühlt hundertsten Mal scheuchte sie an diesem Tag Touristen zur Seite, die ihr gedankenlos in den Weg schlenderten. Aber jetzt war endlich Land in Sicht und der Transporter leer geräumt. Die großen Schränke und sperrigen Teile hatte sie zum Glück schon vor zwei Tagen anliefern lassen.

Telse parkte die Karre mit dem letzten Karton am Gartenzaun, streckte ihren Rücken durch und betrachtete das Gebäude dahinter. An den Anblick hatte sie sich noch immer nicht gewöhnt. Hinter gepflegten Rabatten präsentierte sich eine durchdesignte schneeweiße Villa mit edelholzgefassten Fenstern und hochmoderner Haustür. Auf der Terrasse luden schwere Teaksessel vor einer Reihe penibel beschnittener Buchsbaumkugeln zum Müßiggang ein. Alles strahlte schlichte, aber umso kostspieligere Eleganz aus. Sie wandte ihren Blick in die Höhe. Die umlaufende Veranda im ersten Stock bot einen fantastischen Blick auf die Segelschiffe in der Kieler Bucht. Gediegenes Understatement, wohin man auch sah. Tja, so ließ es sich leben in Kiels nördlichstem Stadtteil Schilksee, wenn man geerbt hatte oder das nötige Kleingeld besaß. Wobei weder das eine noch das andere auf sie zutraf. Wundersamerweise handelte es sich bei diesem *Schöner Wohnen*-Architektentraum trotzdem um ihr neues Domizil. Fast jedenfalls.

Ihre tatsächliche Bleibe befand sich etwas versteckt im rückwärtigen Teil des weitläufigen Gartens. Telse stieß mit dem Knie die Edelstahlpforte auf und bugsierte die Sackkarre den Steinplattenweg entlang, der um die Villa herumführte. Er endete vor einem ausgebauten Gartenhaus. Dort packte sie den Karton zu den anderen, die schon davor lagerten, stellte die Karre zur Seite und ließ sich lang auf den Rasen fallen. Während sie verschnaufte, konnte sie sich kaum an ihrem neuen Zuhause sattsehen.

Das hier war schon eher ihre Kragenweite. Die Außenwände des Holzhäuschens leuchteten in einem warmen Rot. Vor den kleinen Sprossenfenstern wuchsen üppige Lavendelbüsche und duftende Rosensträucher. Das Schönste aber war eine wettergegerbte Holzplanke, die unter dem Spitzgiebeldach prangte. »Seemannsfrieden« hatte dort jemand hineingeschnitzt, und ein bisschen Frieden konnte Telse gut gebrauchen. Auch wenn sie kein Seemann war.

Bei ihr handelte es sich lediglich um eine entsorgte Redakteurin des Landei-Magazins *Gartenwonne*. Die Zeitschrift des Hamburger Verlagshauses Grotenhus besaß seit drei Monaten keine eigene Redaktion mehr. Stattdessen ließ die Verlagsleitung das Magazin jetzt extern von einer sogenannten Medienservice-Agentur zusammenschustern. Die Zeitschrift wurde dadurch zwar nicht besser, aber bedeutend billiger in der Herstellung, da der Verlag sich nicht mehr mit so unschönen Dingen wie Tarifverträgen herumschlagen musste. Und weil sie mit ihren siebenundvierzig Jahren eine neue Festanstellung vergessen konnte, schlug sie sich nun notgedrungen als freie Journalistin und Fotografin durch. Wobei der Begriff »frei« in erster Linie bedeutete, frei von geregeltem Einkommen zu sein. Glücklicherweise zeigte ein befreundeter Reiseredakteur Erbarmen und schanzte ihr hin und wieder kleinere Reportagen zu, deren Honorar aber nicht mal zum Überleben reichte. Doch sie war nicht wählerisch und nahm in ihrer prekären Lage so gut wie jeden Auftrag an, den sie ergattern konnte. Was in den meisten Fällen auf Werbetexte für Gartencenter oder naturnahe Swimmingpools hinauslief.

Hier, im »Seemannsfrieden«, wollte sie in Ruhe ihre Wunden lecken und darüber nachdenken, welche Art von Zukunft für sie noch bereitstehen könnte. Bevor das aufsteigende Selbstmitleid Oberhand gewinnen konnte, riss eine heitere Stimme Telse zurück ins Hier und Jetzt.

»Ach, da bist du. Ich wollte dir doch tragen helfen.«

Telse drehte den Kopf und sah durch die Grashalme eine Frau mit schulterlangen graublonden Haaren über den Gartenweg auf sie zuhasten. Ihr Leinenkleid umflatterte den kräftigen Körperbau wie ein Segel. Um den Hals trug sie eine Silberkette mit einem hühnereigroßen Bernsteinanhänger, der beim Laufen wie ein Pendel vor ihrer Brust hin und her schwang. Als sie das Häuschen erreicht hatte, ließ sie sich auf einen Bücherkarton sinken und strich sich die Haare aus dem Gesicht. Dann wandte sie sich mit breitem Lächeln zu Telse. »Na, wie gefällt dir dein neues Eigenheim?«

»Super.« Telse rappelte sich in die Sitzposition hoch und strahlte ihre Freundin an. »Bullerbü könnte nicht schnuckeliger sein.«

»Warte ab, bis du die Eingeborenen kennenlernst.« Wanda Holle musterte die aufgetürmten Umzugskartons. Dann erhob sie sich mit einem Ruck. »Na, so viele sind es ja nicht mehr, also rein damit.« Sie ging in die Knie, wuchtete eine Bücherkiste hoch und marschierte damit auf den Eingang zu. Telse sprang auf, um ihr die Tür zu öffnen. Kaum hatte Wanda ein paar Schritte ins Haus gemacht, ließ sie den Karton auf die Holzdielen des kleinen Flurs knallen. Dann richtete sie sich auf und schlug die Handflächen aneinander, als wollte sie sie von lästigem Staub befreien.

»So, genug gearbeitet«, verkündete sie. »Jetzt feiern wir erst mal deinen Einzug. Der Schampus steht schon kalt. Kommst du mit nach oben?« Ohne eine Antwort abzuwarten, eilte sie mit voluminösem Stoffgeflatter voraus in Richtung Villa und bedeutete ihrer Freundin im Laufen nur ungeduldig mit der Hand, ihr nachzufolgen.

Telse schüttelte den Kopf. Typisch Wanda. Sie hielt sich ungern mit Arbeit und ähnlich lästigem Kleinkram auf, sondern kam lieber gleich zum gemütlichen Teil. Sie beide kannten sich schon seit Ewigkeiten, genauer gesagt seit Telses Volontariat bei Grotenhus. Wanda arbeitete damals als Leiterin des verlags-eigenen Reisebüros, über das die Reporter und Redakteure ihre Geschäftsreisen abwickelten. Obwohl acht Jahre älter, hatte sie die unerfahrene Volontärin unter ihre Fittiche genommen und mit ihr das Hamburger Nachtleben aufgemischt. An die weinseligen Premierenpartys im Schauspielhaus konnte sich Telse noch gut erinnern. Tanzen, bis um fünf Uhr morgens in der Kantine die Stühle hochgestellt wurden. Manchmal kamen sogar heimliche Besuche der dunklen, verlassenen Bühne des Malersaals dazu, wenn sich einer der Bühnentechniker bei ihnen interessant machen wollte. Eine tolle Zeit. Bis eines Tages ein hochgewachsener sportlicher Mann im Reisebüro von Grotenhus auftauchte, der sich bei Wanda nach dem Weg zur Redaktion des Führungskräftemagazins *Der Entscheider* erkundigte. Es handelte sich um Jan Friedrich Holle, den vermögenden Eigentümer einer Bootsbauwerft, der sich kurz darauf entschied, Wanda zu kapern und in sein Anwesen nach Schilksee zu entführen. Anschließend segelte er mit ihr auf seiner Millionenjacht um die Welt, bis sie ihn neun Jahre später mit den Füßen voran von Bord trugen.

Die Erbschaft der trauernden Witwe war beachtlich. Wanda nannte jetzt nicht nur eine elegante Villa mit Meerblick, weitläufigem Garten und einem hervorragend bestückten Weinkeller ihr Eigen, sie besaß auch ein gut gefülltes Bankkonto, das sie bis zum Ende ihres Lebens vor Lohnarbeit jeglicher Art bewahren würde.

Ein Zustand, von dem Telse nur träumen konnte. Als die Kündigung der sicher geglaubten Festanstellung über sie hereingebrochen war, hatte sie zum ersten Mal in ihrem Leben Existenzangst in sich aufsteigen gespürt.

Erst vor zwei Jahren war ihr Ehemann Torsten von einem Geisterfahrer getötet worden, dann hatte sich ihre Tochter Julianne nach Kiel verabschiedet, um dort Informatik zu studieren. Der Rausschmiss aus dem Verlag war die Krönung gewesen. Wie sollte sie es schaffen, zukünftig die Miete für ihre traumhafte Vier-Zimmer-Altbauwohnung im Hamburger Stadtteil Ottensen zu bezahlen? Die Antwort lag auf der Hand: gar nicht. Die lächerliche Abfindung, die sie erhalten hatte, reichte gerade mal für ein halbes Jahr.

Und dann kam dieser denkwürdige Nachmittag. Telse hatte sich bei ihrer morgendlichen Rumtelefoniererei trotz allen Anbiederns und schon fast unanständig niedriger Honorarforderungen mal wieder nur Absagen eingehandelt. Nun saß sie denkbar schlecht gelaunt an einem kleinen Tisch vor dem Café Rosenkrantz in der Bahrenfelder Straße und starrte in ein großes schwarzes Loch. Plötzlich ließ sich eine mit edlen Einkaufstüten beladene Frau im knallroten Mantel auf den Stuhl neben ihr sinken, sprang sofort wie von einer Hummel gestochen wieder auf und fiel ihr um den Hals. Das war der Beginn des zweiten Teils ihrer Freundschaft, die durch Wandas Entführung nach Schilksee und ihre anschließenden Reisen in alle Teile der Welt eingerostet war. Ab und zu hatten sie zwar telefoniert, um den Kontakt nicht vollkommen abbrechen zu lassen, aber zu gemeinsamen Treffen war es nicht mehr gekommen. Das unerwartete Wiedersehen endete damit, dass Wanda Telse kurzerhand ihr unbenutztes Gartenhaus als kostenlose Bleibe anbot.

»Das ist doch gar keine Frage!« Wandas Miene ließ keinen Widerspruch zu. »Natürlich ziehst du bei mir ein. Die Hütte ist gar nicht so übel und steht schon seit über einem Jahr leer. Es wird Zeit, dass endlich wieder Leben in die Bude kommt. Früher hat unser Besuch da genächtigt, aber der ist seit Jan Friedrichs Tod deutlich weniger geworden. Außerdem ist bei mir in der Villa genug Platz für die ganze Sippschaft, falls die zufällig mal auf einen Schlag anreisen will. Komm schon, sag Ja!«

Telse schob ihre leere Kaffeetasse an den Rand des Tischchens, deutete darauf, hielt zwei Finger in die Höhe und signalisierte der Bedienung so die nächste Runde.

»Hast du dir das auch gut überlegt?« Das Angebot kam ziemlich plötzlich, deshalb versuchte sie, Zeit zu schinden. Schnelle Entscheidungen waren noch nie ihre Stärke gewesen.

»Sonst würde ich es dir nicht anbieten, Schätzchen.« Wanda sah ihr in die Augen. Sie meinte es anscheinend ernst. »Ich bin es leid, allein auf dem riesigen Grundstück zu leben. Mit dir in der Nähe würde ich mich viel wohler fühlen, das kannst du mir glauben. Mieteinnahmen brauche ich weiß Gott nicht, mir reicht es, wenn das Häuschen wieder bewohnt wird. Sonst verfällt es nur und riecht irgendwann komisch. Du brauchst auch keine Angst zu haben, ich könnte dir auf die Nerven fallen oder einfach reinschneien. Die Schlüssel hast nur du allein. Wir können das alles gerne vertraglich regeln, zur Sicherheit.« Sie legte ihre ringgeschmückten Hände auf Telses kräftige Finger, die mit einem Tütchen Zucker spielten. »Du würdest mir einen riesengroßen Gefallen tun. Ehrlich.«

Telse überlegte. Was sollte sie noch in dieser Stadt, die sie so schnöde abservierte? Schreiben konnte sie schließlich überall. Die Erinnerung an die gemeinsame Zeit mit Wanda weckte in ihr das Gefühl, doch noch einmal von vorne anfangen zu können. Was bei Licht betrachtet eher schwierig werden würde, aber egal. Auf jeden Fall war eine gute Freundin genau das, was sie jetzt brauchte. Und als Sahnehäubchen hätte sie in Kiel ihre ausgeflogene Julianne wieder in der Nähe. Deren Begeisterung darüber sich vermutlich in Grenzen halten würde.

Dann ging plötzlich alles ganz schnell, und keine drei Monate später war sie Bewohnerin eines traumhaften Hexenhäuschens am Meer.

3

TELSE TRUG SCHNELL die restlichen Kartons in den Hausflur, dann eilte sie ebenfalls zur Villa hinüber. Wie sie Wanda kannte, testete die bestimmt schon, ob der Schampus kalt genug war. Im Laufen warf sie einen kurzen Blick auf die glitzernde Wasserfläche zu ihrer Rechten. Eins war klar: Es hätte schlimmer kommen können. Da konnte ihr Hamburger Blut in den Adern brodeln, wie es wollte und nach Großstadt verlangen, Schilksee war jetzt ihre neue Heimat. Mit Sack und Pack und ohne Rückfahrkarte.

Telse drückte die angelehnte Haustür auf und erklomm die Treppe in den ersten Stock. Als sie durch den Salon auf die Veranda trat, musste sie ihrer Freundin ausweichen, die ihr geschäftig entgegenkam.

»Bedien dich schon mal.« Wanda nickte im Vorübergehen in Richtung eines kleinen Tischchens. »Ich besorge uns schnell was Leckeres dazu.«

Das ließ sich Telse nicht zweimal sagen. Der Blick auf die Kieler Bucht war von hier oben atemberaubend. Besonders wenn man mit einem Glas eisgekühltem Champagner in der Hand auf das gewöhnliche Volk herabsehen konnte, das auf der Strandpromenade vor dem Gartenzaun vorbeispazierte. Sie kam sich geradezu dekadent vor, wie sie so mit ihrem langstieligen Kelch an der Brüstung stand, was zum Teil auch an den neidvollen Blicken lag, die die Touristen zu ihr hochwarfen.

Wanda kehrte zurück, einen Teller mit Antipasti und Ciabatta-Brot vor sich her balancierend. Sie wirkte rundum zufrieden. Als sie die Platte auf dem Teaktisch platziert hatte, ließ sie sich in die Polster des Loungesofas sinken.

»Komm, lass uns anstoßen.« Sie angelte ihr Sektglas vom Tisch und hielt es in die Höhe. »Auf deinen Einzug. Skål!«

»Skål.«

Während Wanda das Glas in einem Zug zur Hälfte leerte, nippte Telse nur daran. Lieber erst mal eine solide Grundlage schaffen. Sie streckte die Hand nach einem Stück Brot aus und lud sich einen Schwung marinierte Tomaten darauf.

Plötzlich sprang Wanda auf, murmelte etwas von vergessenen Oliven und verschwand abermals im Salon. Telse lehnte sich bequem zurück, kaute und ließ ihren Blick schweifen. Auf einem der Sessel lag die aktuelle Ausgabe der *Kieler Nachrichten*. Sie schluckte den letzten Bissen hinunter, griff nach dem Blatt und schlug es auf. Mal sehen, was von dem, was die Welt bewegte, hier draußen wichtig war. Als sie beim Lokalteil angekommen war, kehrte Wanda zurück.

»Tut mir leid, dass es etwas gedauert hat.«

Statt zu antworten, tippte Telse auf ein Foto, das fast eine Viertelseite einnahm. »Sag mal, ist das nicht hier in Schilksee? Sieht aus wie an der Steilküste weiter unten.« Sie überflog den kurzen Text dazu. »Hätte ich nicht gedacht, dass es hier Wasserleichen gibt.«

Wanda riss ihr die Zeitung aus der Hand. »Wo?« Kurz darauf

ließ sie das Papier sinken und starrte mit versteinertem Gesicht zum Horizont. Ihre gute Laune schien wie weggeblasen.

Telse sah ihre Freundin an, zwischen ihren Augenbrauen bildete sich eine Falte. »Alles o.k.?« Sie beugte sich zu Wanda hinüber und berührte sie sacht am Arm. »Kennst du die Tote etwa?«

Wanda schluckte. »Kann man so sagen.« Sie atmete tief ein und ließ die Luft langsam entweichen. »Ich hatte die Zeitung von heute noch gar nicht gelesen.« Sie biss auf ihren Zeigefingerknöchel und betrachtete erneut das Foto.

Telse stand auf und setzte sich neben Wanda auf das Sofa. Das Bild zeigte eine Gruppe Menschen am Strand, darunter Polizisten und Rettungssanitäter. Zwischen ihnen konnte man ein Geviert im Sand erkennen, das mit Flatterband abgesperrt worden war. In dessen Mitte lag etwas unförmig Längliches unter einer grauen Plastikplane verborgen.

Wanda holte noch einmal tief Luft. »Die schreiben, das ist Kirsten. Kirsten Reinfeld. Eine Grundschullehrerin. Kennt jeder hier.« Sie machte eine Pause. »Außerdem eine gute Freundin von mir.« Dann verstummte sie und starrte aufs Wasser.

Telse biss sich auf die Lippen. So hatte sie sich ihren Einstand an der Küste nicht vorgestellt. Sie wusste nicht, was sie sagen sollte, und nahm die Freundin stattdessen in den Arm. Die Zeitung rutschte auf den Fußboden. Keine sprach ein Wort.

Nach einer Weile räusperte sich Wanda, kramte ein zerknülltes Taschentuch aus ihrem Flatterkleid und putzte sich lautstark die Nase. »Das glaube ich nicht.« Ihre Stimme klang kratzig, aber fest. »Dass das Kirsten ist.«

»Jetzt atme erst mal durch.« Telse bemühte sich um einen sanften Tonfall. »Natürlich ist das ein Schock.«

»Nein. Das kann einfach nicht sein.« Schockiert klang Wanda eigentlich nicht, eher sachlich. »Kirsten ist eine ausgezeichnete Schwimmerin. Ganzjahresschwimmerin«, setzte sie nach. »So eine ertrinkt nicht.«

Anstelle einer Antwort angelte Telse nach der Zeitung und studierte den Artikel erneut mit konzentriert zusammengekniffenen Augen. »Die sagen, es war wohl ein Zusammenstoß mit einem Boot. Die Kopfverletzungen würden darauf hindeuten.« Sie ließ das Blatt sinken. »Wahrscheinlich hatte sie im Wasser eine Herzattacke, einen Krampf oder etwas in der Art. Dadurch ist sie vielleicht abgetrieben und ins Fahrwasser geraten. Und dann ist eben der Unfall passiert.« Sie hob bedauernd die Schultern. »Die Arme hat offenbar riesiges Pech gehabt.«

»Nein!«

Überrascht von dem messerscharfen Ton musterte Telse ihre Freundin. Einen Moment schwiegen beide, dann wurde Wandas Gesichtsausdruck weicher.

»Ich will es dir erklären.« Ihre abwehrend gehobenen Schultern entspannten sich etwas. »Weißt du, was Ganzjahresschwimmerin bedeutet?« Ohne auf eine Antwort zu warten, fuhr sie fort. »Kirsten steigt jeden Tag vor Schulbeginn ins Meer und schwimmt ihre fünfzehn Minuten. Im Sommerhalbjahr sogar eine halbe Stunde. Und wenn ich sage jeden Tag, dann meine ich das auch. Ihr ist es komplett egal, ob es regnet, stürmt oder schneit. ›Du musst nur hinterher für warme Füße sorgen‹, sagt sie immer, ›dann ist das Wetter unwichtig.‹ Sie braucht das so wie wir unseren Kaffee oder Tee in der Früh. Jeden Morgen um sechs Uhr tritt sie an.« Sie biss sich auf die Lippen und machte eine Pause. Als sie wieder zu sprechen begann, klang ihre Stimme aufgebracht. »Kirsten war die Gesundheit in Person. Die war nie krank, niemals! Bei ihr wurden Ärzte arm, das kannst du mir glauben.«

Wanda sprang von dem Loungesofa hoch und lief mit stampfenden Schritten die Veranda ab, dabei redete sie weiter. »Herzattacke, dass ich nicht lache! Die hatte eine Pumpe wie ein Ochse. Kirsten wäre auch mit nur einem Bein und einem Arm noch an Land geschwommen.«

»Aber so ein Herzanfall kann doch jeden treffen«, warf Telse ein. Sie hörte selbst, wie lahm das klang.

Wanda schnaubte. »Jeden, außer Kirsten. Die hätte problemlos einen Triathlon geschafft. Außerdem wäre sie niemals das Risiko eingegangen, in der Nähe des Schiffsverkehrs zu schwimmen. Sie war mutig, aber nicht leichtsinnig.« Wanda hielt kurz inne und fixierte ihre Freundin. »Ich sage dir, da ist etwas faul. Da stimmt was nicht. Das spüre ich so sicher in meinen Knochen wie das Nahen einer Gewitterfront. Auf meinen Instinkt konnte ich mich schon immer verlassen.«

Telse zuckte mit den Schultern. »Tja, da kannst du wohl nichts machen. Die Polizei wird die Sache sicherlich untersuchen, die Rechtsmedizin ebenfalls. Aber die sagen«, sie deutete auf die Zeitung, »dass die Verletzungen ziemlich eindeutig sind.« Sie überlegte. »Also, wenn sie nicht in der Fahrrinne geschwommen ist oder dorthin abgetrieben wurde, kann das ja nur heißen, dass sie von einem Motorboot überfahren worden ist. Rücksichtslose Raser gibt es schließlich nicht nur auf den Straßen. Warum sollten Bootfahrer besser sein als Autofahrer? Wir können nur hoffen, dass sie den Kerl kriegen und zur Rechenschaft ziehen.« Sie verstummte und ihre Augen folgten Wandas Hin- und Hergelaufe.

Plötzlich blieb diese stocksteif stehen und stützte die Hände in die Hüften. »Natürlich! Natürlich kann ich etwas machen.« Ein spitzbübischer Blick blitzte auf. »Du musst ihn sowieso kennenlernen. Das ist *die* Gelegenheit.«

Telse atmete erleichtert auf. Offensichtlich hatte sich Wandas Stimmung gehoben. »Hast du dir etwa heimlich einen Köter angeschafft?« Sie grinste. »Hol den Bluthund ruhig aus dem Zwinger, ich springe solange auf den nächsten Baum oder schließe mich hier oben ein. Dann kann er gleich Witterung aufnehmen und den Täter in Stücke reißen. Falls es einen gibt.« Die Bemerkung sollte flapsig klingen, bewirkte aber, dass Wanda sofort wieder ernst wurde.

»Genau das ist der Punkt. Kirsten stirbt nicht aus einem dummen Zufall heraus, das kann mir keiner erzählen. Sie war eine hervorragende Schwimmerin und keine Boje. Die Kollision kann nur tödliche Absicht gewesen sein. Also …«, sie senkte die Stimme, »war es Mord.«

Wanda trat an die Brüstung und starrte in kerzengerader Haltung über das Meer. In diesem Moment wirkte sie auf Telse wie die finstere Herrscherin eines unbotmäßigen Volkes. »Und ich werde herauskriegen, wer es war. Das schwöre ich!«

Telse schwieg. Das ging ihr alles ein bisschen zu schnell. Eigentlich war sie für die nächste Zeit auf ein ruhiges, ereignisloses Vorstadtleben eingestellt. Andererseits kannte sie Wanda gut genug, um zu wissen, dass diese niemals lockerlassen würde, bevor sie nicht der Sache auf den Grund gegangen war. So viel zum Thema Bluthund. Nach einer Weile fiel ihr etwas ein. »Wen soll ich denn übrigens kennenlernen?«

»Ach ja!« Wanda drehte sich zu ihr um. »Olaf natürlich. Olaf

Wuttke, mein Nachbar links. Da, wo es im Garten nach Urwald aussieht.« Sie deutete von der Veranda hinunter auf ein etwas verlottert wirkendes Grundstück, das direkt an ihre tadellose Ligusterhecke grenzte.

Telse äugte interessiert hinüber. Hinter einem Gewirr aus fast verblühten Stockrosen konnte sie ein Einfamilienhäuschen aus rotem Backstein ausmachen. Von hier oben hatte sie einen unverstellten Blick auf die Holzplanken der Terrasse, wo ein angerosteter Kohlengrill auf seinen letzten Einsatz wartete. Davor breitete sich eine Wildwiese aus, die Weißklee und Giersch ein vom Mäher ungestörtes Biotop bot. Eine kaum noch zu erkennende Harke und ein Blumentopf mit scheintoter Yuccapalme hatten dazwischen ihre letzte Ruhestätte gefunden.

Wanda folgte ihrem Blick. »Gartenarbeit ist halt nicht so sein Ding.« Sie zuckte mit den Schultern. »Und seine Frau Camilla ist sowieso immer unterwegs. Singapur, Dubai, Gelsenkirchen, was weiß ich. Diese McKinsey-Fritzen treiben sich ja auf dem ganzen Globus herum, um die Welt in den Abgrund zu stürzen.«

Aha, Klassenkampf konnte sie also immer noch. Von hier oben ging das natürlich besonders gut. Telse biss sich auf die Zunge. »Und warum soll ich deinen Strohwitwer ohne grünen Daumen unbedingt kennenlernen? Braucht er jemanden zum Unkrautzupfen?«

»Nein, gewiss nicht. Olaf liebt das Wilde, nicht nur im Garten.« Bevor Telse um nähere Erläuterung bitten konnte, fuhr Wanda fort: »Außerdem ist er nicht nur mein bester Freund, sondern auch Kieler Kriminalhauptkommissar. Ich werde ihn für heute Abend einladen. Zu einem guten Glas Rotwein sagt er niemals Nein.« Sie lächelte. »Mal sehen, ob mein exklusiver Brunello seine Zunge etwas lockert.« Das Lächeln wurde eine Spur breiter und einen Hauch undefinierbarer.

Telse nickte ergeben. Wenn ihr neues Leben an der Küste gleich mit einer Wasserleiche und einem Kommissar anfing, dann sollte es eben so sein. Da konnten sich die langweiligen Hamburger mal eine Scheibe von abschneiden. Willkommen in Schilksee, im Herzen der Finsternis.

4

ZWEI STUNDEN SPÄTER ärgerte sich Telse doch, dass sie nicht protestiert hatte, als Wanda sie ungefragt für den Abend verplant hatte. Ein gemütlicher Tagesausklang unter Freundinnen wäre ja in Ordnung gewesen, vielleicht etwas Leckeres zusammen kochen und in Erinnerungen an alte Zeiten schwelgen. Da hätte sie bequem in ihrer Jogginghose herumlümmeln können. Nun musste sie sich nach der ganzen Plackerei wegen dieses Kriminalkommissars so spät noch aufrüschen. Und alles nur, weil Wanda eine Spökenkiekerin war, die nicht an einen Unfall glauben wollte. Sie seufzte. Es war wohl besser, sie machte das Spiel mit und bei ihrem neuen Nachbarn einen guten Eindruck.

Lustlos klappte sie den nächsten Umzugskarton auf und durchwühlte den Inhalt. Mist, nur Winterpullover. Jetzt reichte es ihr. Der werte Herr Kommissar würde es überleben, wenn sie in ihren Arbeitsklamotten aufkreuzte. Außerdem wollte sie nicht zu spät kommen. Telse fuhr sich vor dem Flurspiegel rasch mit den Händen durch die kurzen dunklen Haare und musterte Jeans und T-Shirt. Immerhin fast sauber. Mit ihren schlaksigen Einmeterneunundsiebzig fühlte sie sich darin sowieso am wohlsten. Sie zog ihrem Spiegelbild eine Grimasse, griff nach der Tüte Kartoffelchips auf der Kommode und machte sich damit auf den Weg.

Als Wanda die Haustür öffnete, musste Telse feststellen, dass diese sich, im Gegensatz zu ihr selbst, ordentlich ins Zeug gelegt hatte. Die Kombination aus tief ausgeschnittener Seidenbluse, leuchtend rotem Lippenstift und dunkel umrandeten Augen ließ sie Böses ahnen. So donnerte sich Wanda gewöhnlich nur aus taktischen Gründen auf. Oder wenn sie auf Beute aus war. Jetzt wurde Telse doch neugierig auf den professionellen Ermittler von nebenan.

»Wir sitzen im Blauen Salon, draußen weht es einfach zu kühl. Komm!«

Telse folgte ihrer Freundin nach oben. Kaum war sie durch die Tür, erhob sich ein hochgewachsener, drahtiger Mann aus dem Sessel. Sie schätzte ihn auf Mitte fünfzig, bei genauerer Betrachtung vielleicht auch älter. Sein Gesichtsausdruck, der an einen melancholischen, aber hellwachen Kater denken ließ, machte die Altersbestimmung schwer. Die grauen Haare waren millimeterkurz geschorenen, wodurch nicht so auffiel, dass sie über der Stirn spärlich wurden. Immerhin sieht er genauso schlampig aus wie ich, stellte Telse fest. Sie hatte sofort die ausgebeulte Leinenhose und das ungebügelte Poloshirt registriert, das machte ihn ihr gleich sympathisch. Vielleicht wurde der Abend ja doch ganz interessant. Als sie bemerkte, dass sie immer noch die Kartoffelchips in der Hand hielt, legte sie die Tüte kurz entschlossen in einer mit Muscheln gefüllten Schale auf dem Fensterbrett ab.

»Jetzt lernst du sie endlich kennen, meine liebe alte Freundin Telse, die es in Hamburg nicht mehr ausgehalten hat und jetzt bei mir wohnt.« Wanda zog Telse an sich und drückte sie kurz. »Und das hier« – sie wies auf ihren Besucher – »ist Olaf Wuttke, der unerbittlichste Verbrecherjäger von Kiel, ach, was sage ich, von ganz Schleswig-Holstein.«

Sie lächelte ihren Nachbarn an, dem die Lobhudelei sichtlich unangenehm war, und dirigierte Telse zu den cremefarbenen Ledersofas. »Mit ihm an meiner Seite kann mir nichts passieren.«

»Schön wärs«, sagte Olaf Wuttke, während er Telses Hand schüttelte. »Da wäre ich an deiner Stelle nicht so sicher.« Damit nahm er wieder Platz, angelte die schon entkorkte Rotweinflasche vom Tisch und studierte das Etikett. Er schenkte sich einen Probierschluck ein, hob das bauchige Weinglas an seine Nase und schnupperte am Inhalt, bevor er daran nippte.

»Sicher« war das Stichwort für Wanda. »Genau. Bisher habe ich mich in Schilksee durchaus sicher gefühlt, aber seit dieser Sache mit Kirsten Reinfeld ist das nicht mehr so. Du weißt, die Tote am Strand.« Sie machte eine Kunstpause und sah ihn herausfordernd an.

Telse war beeindruckt. Ihre Freundin ließ wahrhaftig nichts anbrennen und kam ohne Umschweife zur Sache.

Olaf Wuttke reagierte nicht, sondern nippte erneut am Wein. »Ein feines Stöffchen hast du da.« Er setzte das Glas wieder ab und schenkte allen ein.

Wanda starrte ihm ins Gesicht und wartete.

»Erstens passt du in allen Lebenslagen schön auf, zweitens schwimmst du so gut wie nie im Meer, und drittens bist du topfit«, bequemte er sich schließlich zu einer Reaktion.

»Ha, ha!« Wanda schnaubte.

»Was soll das heißen? Hast du eine Erkrankung, von der ich nichts weiß?« Jetzt sah er seine Nachbarin ehrlich besorgt an, so besorgt, dass es Telse warm ums Herz wurde.

»Ach was!« Wanda machte eine wegwerfende Handbewegung. »Aber die hatte Kirsten auch nicht.« Sie stand auf und begann, auf und ab zu gehen.

»Sie ist der festen Überzeugung, dass ihre Freundin nicht durch einen Unfall gestorben ist«, mischte sich Telse ein.

Wanda hob entnervt die Arme. »Ich bitte dich! Die Vorstellung ist einfach lächerlich! Olaf, du weißt genau wie ich, dass sie jeden Tag geschwommen ist und nie das kleinste Zipperlein hatte. Zum Leidwesen ihrer Schüler, nebenbei gesagt, bei denen all die Jahre keine einzige Unterrichtsstunde wegen Krankheit ausgefallen ist. Und sie war eine erfahrene Schwimmerin, in der Fahrrinne wäre sie niemals gekrault.« Wanda blieb unvermittelt stehen. »Hat denn die Rechtsmedizin schon etwas herausgefunden?«

Olaf Wuttke lehnte sich in seinem Sessel zurück und grinste. »Aha, daher weht der Wind. Meine liebe Nachbarin möchte mal wieder vertrauliche Informationen aus mir herausquetschen und opfert dafür sogar einen ihrer besten Rotweine. Ganz zu schweigen davon, dass sie mich unter dem Vorwand zu sich lockt, mir ihre neue Mitbewohnerin vorstellen zu wollen. Von der ich noch gar nichts erfahren habe, mit Verlaub.« Er schenkte Telse ein charmantes Lächeln.

Wanda wedelte ungeduldig mit der Hand. »Dazu kommen wir später.« Sie setzte sich wieder auf das Sofa. »Nun sag schon. Du weißt, dass du dich auf mich verlassen kannst. Ich tratsche nicht. Und meine Freundin hier auch nicht, dafür lege ich meine

Hand ins Feuer.« Wanda rutschte auf dem Sofa etwas näher zu Telse. »Sie ist übrigens Journalistin, neuerdings freie.«

Wuttke zog die Augenbrauen hoch. »Auch das noch. Über meine Lippen kommt kein Sterbenswörtchen.« Er beugte sich zu Telse hinüber und raunte: »Ist nicht persönlich gemeint, aber ich habe mit der schreibenden Zunft beruflich schlechte Erfahrungen gemacht.«

»Wir hatten ja noch keine Gelegenheit, uns kennenzulernen«, warf Telse etwas hilflos ein. Sie wollte nicht zwischen die Fronten geraten.

»Papperlapapp.« Wanda füllte die Gläser nach. »Für eure Lebensgeschichten ist später immer noch Zeit. Olaf hat abends ja meistens nichts vor, oder?« Ein schelmischer Blick. Dann wurde sie sofort wieder ernst. »Also, Butter bei die Fische. Was hat euer Medizinmann entdeckt?« Als keine Antwort kam, setzte sie nach: »Vorher kommst du hier nicht raus, das ist dir doch klar, oder?«

Olaf Wuttke studierte stumm das rückwärtige Etikett der Weinflasche.

Schließlich sprach Wanda die ultimative Drohung aus: »Oder soll ich nie wieder ein mehrgängiges Sternemenü für dich zaubern? Willst du als Gelegenheitssingle demnächst an Dosenravioli und Tiefkühlpizza verenden?«

Wuttke wand sich, das konnte Telse nachfühlen. Wanda war schon immer eine begnadete Köchin gewesen. »Sie brauchen wirklich keine Angst zu haben, dass irgendetwas von dem, was Sie erzählen, nach außen dringt«, versuchte sie, ihn zu beruhigen. »Keine Silbe, die in diesem Raum gesprochen wird, gelangt an die Öffentlichkeit, darauf gebe ich mein Wort.«

Eine Weile herrschte Stille. Olaf Wuttke strich über seine grauen Stoppeln und blickte aus dem Fenster auf die Kieler Bucht. Schließlich fragte er an Wanda gerichtet: »Wie gut kanntest du Kirsten Reinfeld?«

»Gut genug, um zu wissen, dass da etwas nicht mit rechten Dingen zugegangen ist, mein Lieber.«

»Ist sie immer ohne Jacke und Handtuch zum Schwimmen gegangen?«

Wanda stutzte. »Nein, wieso? Sie wohnt zwar in Strande, ist aber immer mit dem Fahrrad nach Schilksee gefahren. Mit Jacke, es ist ja schon recht herbstlich morgens. Bei schlechtem Wetter hat sie auch mal das Auto genommen. Sie meinte, hier wäre das Wasser sauberer. Und selbst wenn sie die Jacke vielleicht mal weggelassen hat: Ihr Handtuch hatte sie immer dabei. Anschließend ist sie gleich weiter in die Schule, um in Ruhe ihren Unterricht vorzubereiten.«

Nachdenklich strich sich Wuttke übers Kinn, dann fragte er: »Und wo hatte sie die Sachen deponiert, wenn sie im Wasser war?«

»Soviel ich weiß, meistens auf den Findlingen bei der Strandtreppe. Bietet sich ja an.« Wanda verengte die Augen. »Warum?«

Wuttke zögerte. »Weil wir in einiger Entfernung davon zwar ihre Kleidung, aber weder ein Handtuch noch eine Jacke gefunden haben. Ihr Fahrrad übrigens auch nicht. Ganz zu schweigen von einer Tasche mit Schulsachen, aber die hatte sie nachweislich zu Hause gelassen.« Er nahm einen Schluck Rotwein.

»Vielleicht hat jemand die Klamotten geklaut?«, schlug Telse vor.

»Warum sollte man ein altes Handtuch klauen? Und so zeitig

am Morgen läuft da doch kein Mensch herum.« Wanda trommelte mit den Fingern auf dem Couchtisch aus alten Eichenbohlen herum. »Nein, nein. Das ist äußerst merkwürdig.«

»Vielleicht war Ostwind«, legte Telse nach. »Bei starkem Wellengang könnte sie ihre Sachen irgendwo höher an der Steilkante abgelegt haben.« Sie überlegte. »Oder auf die Treppenstufen. Und von da sind Handtuch und Jacke runter ins Gebüsch gefallen oder weggeweht worden.«

Wuttke winkte mit müder Geste ab. »Unsere Leute haben alles abgesucht. Da war nichts, nicht mal der kleinste Lumpen.«

So langsam fand auch Telse die Geschichte mysteriös. »Aber wo sind die Sachen dann abgeblieben? Und ihr Fahrrad? Was meinen Sie?«

»So, jetzt reicht es aber mit dem Gesieze«, erklärte Wanda energisch. »Wir sind erstens Nachbarn und haben zweitens ein Verbrechen aufzuklären, da sollten wir per Du sein.« Sie deutete mit beiläufiger Geste erst auf die eine, dann auf den anderen. »Telse – Olaf, Olaf – Telse. Irgendwelche Einwände?«

Beiderseitiges Kopfschütteln.

»Dann können wir ja weitermachen.«

»Womit denn?« Olaf Wuttke lehnte sich im Sessel zurück. »Ein paar Schnittchen wären jetzt gut, dein Wein steigt mir schon zu Kopf.«

»Nun lenk nicht ab. Futter gibt es erst, wenn du endlich damit rausrückst, was euer Leichenaufschneider gefunden hat. Er hat doch Kirsten schon untersucht, oder irre ich mich? Die Leiche wurde am Freitagmorgen gefunden, so stand es zumindest in der Zeitung, und ihr seid ja von der schnellen Truppe. Besonders viele Tote gibt es hier gewöhnlich nicht.«

»Ja, schon.« Er seufzte tief und legte die Stirn in noch mehr Falten. »Aber ich darf euch nichts sagen, das weißt du doch.«

»Also hat er etwas entdeckt!« Der Triumph in Wandas Stimme war nicht zu überhören.

Der Kommissar guckte gequält. »Es handelt sich übrigens um eine Sie. Frau Doktor Kernbeiss ist unsere neue leitende Rechtsmedizinerin. Eine außerordentlich kompetente, nebenbei bemerkt. Die ist noch misstrauischer als ich, was ungeklärte Todesfälle angeht, und das will schon etwas heißen.«

»Olaf!« Wanda funkelte ihn an.

Wuttke holte tief Luft und ließ beim Ausatmen die Schultern sacken. Dann fuhr er fort: »Na gut, du gibst ja sowieso nicht auf.«

Die beiden Frauen nahmen unbewusst Haltung an und hingen förmlich an seinen Lippen.

»Sie hat tatsächlich etwas gefunden.« Es war deutlich zu sehen, dass er sich einen Ruck geben musste. »Trotz längeren Aufenthalts des Körpers im Wasser konnte Frau Doktor Kernbeiss in der Kopfwunde noch Reste von Holz- und Lacksplittern sicherstellen. Das stützt unsere Vermutung, dass es sich um eine Kollision mit einem Boot gehandelt haben könnte. Außerdem hatte Frau Reinfeld an Hals und Schultern nicht nur Verletzungen von hackenden Möwenschnäbeln, sondern auch größere Abschürfungen.« Pause.

»Und weiter? Was noch?« Wanda ließ ihn nicht aus den Augen.

»Tja. Ist wirklich nichts Besonderes, aber bitte schön. Unter ihrem rechten Augenlid steckte eine Kontaktlinse, die von der Iris heruntergerutscht und ganz nach oben in die Ecke gewandert war. Eine harte, falls dich das weiterbringt. Links trug sie keine. Wird vermutlich rausgefallen sein. So, das wars.« Sein Blick wirkte gleichmütig. »Zufrieden?«

»Ich habs gewusst!« Wanda schlug mit der flachen Hand auf die Eichenplanken des Couchtisches, dass es klatschte. Ihr Minenspiel drückte gleichzeitig Befriedigung und Erbitterung aus. Als sie die fragenden Blicke bemerkte, erklärte sie: »Kirsten trug Kontaktlinsen, aber niemals, wenn sie ins Wasser ging. Da hatte sie ihre Brille auf. Nicht im Meer natürlich, sondern vorher, auf dem Weg dorthin. Die Linsen hatte sie in der Tasche dabei, um sie später in der Schule einzusetzen, das weiß ich hundertprozentig. ›Ich kann mir doch nicht jede Woche ein neues Paar von den Dingern kaufen‹, hat sie mal gesagt. Sie meinte, da müsse ihr nur eine Welle ins Auge schwappen, und schon wäre die Linse draußen. ›Da schwimme ich lieber halb blind. Den Weg kenne ich ja.‹ Das waren ihre Worte.« Sie lehnte sich zurück und blickte ihre Gäste herausfordernd an.

Der Kriminalhauptkommissar schwieg und drehte das Weinglas in der Hand.

Telse kam ein neuer Gedanke. »Was ist eigentlich mit ihrem Ehemann? Du hast ihn erwähnt. Hat er eine Ahnung, was passiert sein könnte?«

Wanda nickte nachdrücklich. »An der Aussage dieses Herrn bin ich auch äußerst interessiert.«

»Ihr seid wohl nicht gerade befreundet«, sagte Telse trocken.

Wanda schnaubte. »Er ist ein fauler Sack, der Kirsten oft genug auf die Nerven ging.«

Bevor sie sich noch weiter über Reinfelds Charakter auslassen konnte, unterbrach Olaf sie. »Den haben wir natürlich gleich gefragt, ob sie gesundheitliche Probleme hatte oder irgendetwas ungewöhnlich war. Er wusste von nichts. Hat erklärt, dass seine Frau zum Schwimmen gefahren ist, als er noch im Bett lag. Wie jeden Morgen. Warum sie ihre Schulsachen nicht dabeihatte, konnte er nicht sagen. Vielleicht hat sie die an dem Freitag nicht gebraucht. Mit dem Wagen ist sie jedenfalls nicht los, der stand noch im Carport. Das Fahrrad befand sich aber nicht mehr darin.« Er hob beide Hände mit den Innenflächen Richtung Decke und ließ sie kraftlos wieder nach unten fallen. »Wir müssen davon ausgehen, dass es eine Verkettung unglücklicher Umstände gewesen ist, die zum Tod von Kirsten Reinfeld geführt haben. Sie ist mit einem Boot kollidiert, aus welchen Gründen auch immer, anders sind ihre Verletzungen nicht zu erklären. Das sagt auch Frau Doktor Kernbeiss. So was kommt öfter vor, als man denkt.« Ende der Predigt.

»Und die Linse?«, fragte Telse skeptisch.

»Vielleicht hatte sie es an diesem Tag eilig oder die Brille verlegt.« Er zuckte mit den Schultern. »Was weiß ich.«

»Ich sage dir, die Sache stinkt zum Himmel. Da ist etwas so faul, das rieche ich meilenweit gegen den Wind. Unfall!« Wanda schüttelte den Kopf. »Dass ich nicht lache. Das muss Absicht gewesen sein.«

»Mit welchem Motiv? Hatte deine brave Grundschullehrerin etwa Feinde? Akzeptier das Unglück einfach, auch wenn es dir schwerfällt. Auf unseren Straßen sterben täglich viel mehr Menschen durch blinde Raserei als auf dem Wasser. Diesen Blutzoll hält alle Welt für normal. Übrigens, hattest du nicht etwas von einer leckeren Kleinigkeit gesagt, als du mich eingeladen hast? Ich könnte jetzt durchaus was Herzhaftes vertragen, dein Wein hat es in sich.«

»Eine gute Idee«, beeilte sich Telse, ihm beizupflichten. »Und ich hole eine Schüssel für die Chips.«

Wanda verdrehte die Augen und ließ sich in die Polster sinken.

»Ach komm.« Telse erhob sich und zog an Wandas Hand, um sie zum Aufstehen zu ermuntern. »Wir müssen einsehen, dass Herr Wuttke, äh, Olaf recht hat. So rätselhaft es für dich auch sein mag.«

Wanda rührte sich nicht. »Dann hat die Polizei den Fall zu den Akten gelegt, schließe ich aus deinen Äußerungen?« Sie fixierte eine Stelle irgendwo hinter Olafs Kopf.

»Noch nicht. Wir werden natürlich den gesamten Schiffsverkehr, der zur mutmaßlichen Unfallzeit auf der Förde unterwegs war, überprüfen. Aber mach dir mal nicht zu viele Hoffnungen. Wenn ein privater Skipper mit seinem Motorboot oder seiner Segeljacht durch die Bucht brettert, wird das nirgends registriert. Der kann schon längst drüben in Dänemark sein. Es sei denn, wir finden einen Augenzeugen. Aber das würde uns vermutlich nur nützen, wenn er sich zufällig den Schiffsnamen gemerkt hat. Und jetzt genug davon, ich habe Hunger.« Der Kriminalhauptkommissar wuchtete sich aus seinem Sessel. »Wie kann ich dir helfen?«

Wanda winkte ab und stand auf. »Ich mach das schon, setzt euch einfach wieder hin. Obwohl, Telse«, ließ sie beiläufig im Gehen fallen, »könntest du mir vielleicht kurz in der Kombüse zur Hand gehen?«

Telse ahnte Böses, nickte aber und trottete ihr brav hinterher. In der Küche holte Wanda die vorbereitete Platte mit Räucherfisch aus dem Kühlschrank und begann, ein paar Brotscheiben mit Thunfischcreme zu bestreichen. Telse suchte derweil Teller, Servietten und Besteck zusammen.

»Na, was mischst du ihm auf die Kanapees?«

Wanda arbeitete ungerührt weiter. »Keine Angst, Schätzchen, meinen lieben Olaf brauche ich noch.«

»Die Vermutung habe ich auch«, konnte sich Telse nicht verkneifen. Ein kleiner Seitenblick machte ihr jedoch klar, dass Wanda ausnahmsweise nicht auf Frotzeleien eingestellt war. Ihre Miene war todernst.

Sie ließ das Brotmesser sinken und seufzte. »Wie ich das sehe, müssen wir die Sache selbst in die Hand nehmen. Hilft ja alles nichts.«

»Wie jetzt, wir?« Telse hatte sich gerade ein Stück geräucherte Forelle in den Mund gestopft und kaute genüsslich.

»Das besprechen wir morgen in aller Ruhe«, wimmelte Wanda ab. »Sonst verkümmert uns Olaf noch. Und das können wir uns nicht leisten.« Ohne eine Antwort abzuwarten, schnappte sie sich die Platte mit den Fischhappen und ging in den Blauen Salon zurück.

Telse schluckte schnell hinunter und folgte mit dem Tellerstapel nach. Sie fragte sich, wo Wandas Tatendrang noch hinführen sollte, und vor allen Dingen, welche Rolle die Freundin ihr dabei zugedacht hatte. Die Antwort darauf bekam sie schneller als erwartet.

5

»DAS IST NICHT DEIN ERNST, oder? Kommt gar nicht infrage.« Telse wusste nicht, ob sie wütend oder amüsiert sein sollte.

»Aber du hast doch gerade Zeit, und mich kennt hier leider jede Nase.«

»Ich bin Journalistin und kein Kindermädchen, das sollte dir klar sein.«

Jetzt hatte Telse kapiert, warum Wanda sie bei ihrem gemeinsamen Morgenspaziergang zu den Seekamper Seewiesen gelotst hatte. Ganz in der Nähe befand sich die Schilkseer Grundschule, vor deren Zaun sie jetzt standen. Anstelle einer Antwort schob Wanda das grün gestrichene Metalltor auf und betrat den Schulhof, Telse folgte ihr zögerlich. Sie fühlte sich wie ein Eindringling, der hier nichts zu suchen hatte. Ihr Blick strich über das weiß verputzte zweistöckige Haupthaus, das beidseitig von frei stehenden Pavillons flankiert wurde. Dutzende Schüler flitzten dazwischen herum, spielten Fußball oder standen in Grüppchen beieinander. Es war wohl große Pause. Eine gewaltige Eiche, die schon unzählige Schülergenerationen überlebt haben musste, ragte in der Mitte des Hofes empor. Auf der Holzbank, die den Stamm wie ein Saturnring umschloss, saßen drei Mädchen und zwei Jungen, die neugierig zu ihnen herüberäugten.

Wanda blieb kurz vor dem Haupteingang stehen und drehte sich zu Telse um. »Bei dir ist ja im Moment ziemliche Flaute mit Aufträgen. Hast du selbst gesagt.« Sie umfasste das gesamte Gelände mit einer ausholenden Armbewegung, die sie wie einen enthusiastischen Immobilienmakler wirken ließ. Dann sagte sie übertrieben munter: »Ist doch ganz nett hier, geradezu familiär. Außerdem gibt es nur vier Klassen, das kann man ohne schwere Folgeschäden überleben.«

»Musst du ja wissen.« Missmutig starrte Telse die weiß getünchte Fassade hoch.

Das war mal wieder ein typischer Wanda-Einfall. Die Freundin hatte sie nach dem Frühstück mit dem Versprechen aus dem Haus gelockt, ihr nicht nur die Umgebung, sondern auch eine interessante berufliche Möglichkeit aufzeigen zu wollen. Telse hatte sich nichts darunter vorstellen können, welche Möglichkeiten sollte es in diesem verschlafenen Nest schon für Journalistinnen geben? Aber natürlich war sie neugierig geworden.

Und hier stand sie nun. Inmitten kreischender Grundschüler, die entweder wie besemmelt in der Gegend herumrannten oder heimlich im Gebüsch auf ihre Smartphones linsten. Zum Glück schepperte jetzt die Pausenklingel über den Hof. Der Geräuschpegel schwoll zum Fortissimo an, als sich die Kinder in Richtung Klassenräume drängelten. Eine Minute später war in der plötzlichen Stille nur noch das sanfte Rauschen der Eiche zu hören.

»Komm mal her und setz dich hin.« Wanda dirigierte Telse zu der Holzbank unter dem Baum. Beide ließen sich auf den

Brettern nieder. Telse starrte auf ihre Schuhspitzen und kickte einen Nektarinenkern weg.

Wanda holte Luft. »Du musst verstehen, das bin ich Kirsten einfach schuldig. Wir waren jahrelang gut befreundet, um nicht zu sagen, sehr gut.« Sie machte eine Pause. »Genau genommen hat sie mir vermutlich das Leben gerettet.«

Telse hob den Kopf und sah ihre Freundin überrascht an.

»Es war vor ein paar Jahren auf Korsika«, begann Wanda zögernd. »Wir hatten zusammen ein Häuschen an der Küste gemietet, wollten dort zwei Wochen lang Sonne tanken und es uns gut gehen lassen. An unserem letzten Abend sind wir zu einem Restaurant in die Berge gefahren.« Wanda biss sich auf die Lippen. »Das heißt, ich bin gefahren. Wir haben gut gegessen und exzellenten Wein getrunken. Ziemlich viel Wein. Um es kurz zu machen: Ich wollte partout mit dem Auto zurückfahren, aber Kirsten protestierte. Wir hatten einiges intus, ich ganz besonders, es war stockfinster und die Straße schmal wie ein Handtuch. Sie schlängelte sich in einspurigen Serpentinen ohne jede Leitplanke einen Steilhang hinunter und war schon tagsüber eine Katastrophe. Kirsten bestand klugerweise auf einem Taxi. Ich war aber bockig, ein Wort ergab das andere, ich stürmte zum Auto, sie hinterher. Unterwegs schnappte sie sich eine volle Wasserkaraffe von einem Tisch, und bevor ich einsteigen konnte, goss sie mir den Inhalt ins Gesicht und scheuerte mir eine. An den Rest kann ich mich nicht mehr richtig erinnern. Nur an eins …«

Telse wartete.

»Es stand einen Tag später in der Zeitung. In dieser Nacht ist ein anderer Wagen den Steilhang hinuntergestürzt und in Flammen aufgegangen. Zu viel Alkohol und ein missglücktes Überholmanöver.«

Telse berührte sacht Wandas Hand. »Da hast du wirklich Glück gehabt.«

»Nein, kein Glück, sondern eine Freundin, die auf mich aufgepasst hat, obwohl ich es nicht wollte.«

»Das ist auch Glück.«

Eine Weile sagte keine etwas.

Schließlich räusperte sich Wanda und blickte zum Schulgebäude. »Das war kein Unfall, da kann Olaf behaupten, was er will«, erklärte sie mit fester Stimme. »Mein Instinkt sagt mir, dass es bei ihrem Tod nicht mit rechten Dingen zugegangen ist. Kirsten war niemals leichtsinnig. Die Polizei wird vermutlich in ein paar Tagen die Ermittlungen einstellen und den Fall zu den Akten legen. Du glaubst doch selbst nicht, dass die sich die Mühe machen werden, haarklein den nächtlichen Schiffsverkehr zu kontrollieren oder gar Lackproben zu nehmen. Dafür haben die gar nicht das Personal. Ich bin mir sicher, dass die Kollision mit Absicht geschehen ist. Irgendjemand wollte Kirsten töten.« Sie sprang von der Sitzbank auf. »Denk an das verschwundene Fahrrad, das unauffindbare Handtuch und die Kontaktlinse. Kirsten hat die Dinger niemals beim Schwimmen getragen. Das passt alles nicht zusammen!«

»Das muss doch gar nichts bedeuten«, wandte Telse ein. »Deine Freundin ist schließlich keine Maschine gewesen. Warum soll sie nicht ein Mal ihre Gewohnheiten geändert haben?«

Eigentlich war Telse ein geduldiger Mensch, aber langsam war sie genervt. Wanda biss sich an irgendwelchen Verschwörungstheorien fest, für die sie nicht den geringsten Beweis hatte.

Nun gut, wenn man den plötzlichen Tod eines vertrauten Menschen verarbeiten musste, konnte das rationale Denken schon mal auf der Strecke bleiben, dafür hatte sie Verständnis. Trotzdem wollte sie von der ganzen Geschichte nichts mehr hören. Konnte es sein, dass Wanda sich so sehr an die Idee eines unnatürlichen Todes klammerte, weil ihr Leben zu gleichförmig und ereignislos geworden war? Brauchte sie bloß etwas Aufregung?

Der Gedanke war ungerecht, und sie schämte sich sofort dafür. Sie wollte fair bleiben. Unvoreingenommen betrachtet, warf der Schwimmunfall tatsächlich einige Fragen auf, die beantwortet werden wollten.

»Nein, ich vertraue meinem Bauchgefühl. Das kann und will ich nicht ignorieren.« Wanda klang jetzt sachlich und entschlossen. »Es soll ja auch nur für ein, zwei Monate sein. Bis du etwas Besseres gefunden hast. In dieser Zeit kannst du dich in aller Ruhe umhören und den lieben Kollegen auf den Zahn fühlen. Irgendwer hat vielleicht eine Ahnung, was mit Kirsten los war. Ob sie sich mit jemandem angelegt hat, zum Beispiel. Ob sie in Schwierigkeiten steckte oder Feinde hatte.« Ihr Blick wurde nachdenklich. »Möglicherweise litt sie tatsächlich an einer ernsthaften Krankheit, von der ich nichts weiß, aber vielleicht eine Kollegin. Auch Freundinnen erzählen sich nicht alles. Man kann den Menschen immer nur vor den Kopf schauen.«

Telse hatte während Wandas Monolog mit ihrer rechten Schuhspitze Kreise in den Sandboden unter der Eiche gemalt. Jetzt blickte sie auf und musterte den Hausmeister, der in einiger Entfernung an einer kaputten Tischtennisplatte werkelte. Wahrscheinlich hielt er sie beide für überfürsorgliche Helikoptermütter, wenn nicht sogar Großmütter, die auf den Schulschluss warteten, um ihren Sprösslingen Geleitschutz nach Hause zu geben.

»Du glaubst also, dass die mich hier einfach so als Hilfslehrerin einstellen werden. Ganz ohne Staatsexamen oder sonstige Qualifikationen. Das ist völlig illusorisch.«

Wanda biss sofort an. »Die nehmen dich mit Kusshand! Alle Grundschulen im Land suchen händeringend nach Personal, das steht doch jeden zweiten Tag in den Zeitungen.« Als Telse zweifelnd guckte, fuhr sie fort: »Ich weiß von der Schulleiterin, dass die hier gerade alle auf dem letzten Loch pfeifen, weil sie so viele neue DAZ-Schüler bekommen haben. Deutsch als Zweitsprache«, erläuterte sie in Telses Fragezeichengesicht. »Da reißen sich Lehrer auf Stellensuche nicht gerade drum. Das ist deine Chance!«

Telse legte die Stirn in Falten. »Nehmen wir einmal an, ich würde einen Job als Aushilfslehrerin in Erwägung ziehen – was noch längst nicht ausgemacht ist, wohlgemerkt –, dann müsste deine Schulleiterin ja auch einen Platz frei haben. Oder, anders gesagt, sie braucht eine Planstelle zur Finanzierung«, wandte sie als letzten Rettungsversuch ein.

»Papperlapapp. Du arbeitest natürlich umsonst. Quasi aus Leidenschaft, Langeweile und tief gehender sozialer Verantwortung. Da kann sie gar nicht Nein sagen.« Wanda grinste triumphierend. »Dein spärliches Honorar bekommst du von mir. Zusätzlich zur kostenfreien Logis, versteht sich. Ich habe schon Geld für unnützere Dinge ausgegeben.« Als sie Telses ungläubige Miene sah, fügte sie hinzu: »Na gut, von mir aus stufe ich dich in der Gehaltstabelle so weit oben ein, dass du einfach nicht ablehnen kannst. Ist ja nur für kurze Zeit, bis wir wissen, was mit Kirsten tatsächlich passiert ist. Also, abgemacht?« Wanda sah sie hoffnungsvoll an.

Telse schluckte. Das durfte doch nicht wahr sein. Warum sie, warum jetzt, warum hier? Sie fühlte sich von der Situation überfordert und war sprachlos. Was Wanda umgehend als Zustimmung interpretierte.

»Wunderbar! Ich wusste, dass ich mich auf dich verlassen kann. Meine liebste, beste Telse, ich bin so froh, eine Freundin wie dich zu haben!« Sie fiel ihr um den Hals und umarmte sie mit aller Kraft.

Telse schossen so viele Gedanken gleichzeitig durch den Kopf, dass sie unfähig war zu protestieren.

Genauso plötzlich, wie Wanda überschwänglich geworden war, wurde sie wieder konzentriert. Sie nahm Telses Hand und zog sie Richtung Schulgebäude. »Komm, lass uns keine Zeit verlieren, wir machen gleich Nägel mit Köpfen. Wenn wir Glück haben, sitzt Ute Lohmeyer gerade allein in ihrem Büro und mopst sich. Unsere reizende Rektorin.«

Telse wusste, dass sie keine Chance hatte.

Wanda zog einen der Eingangstürflügel auf, ließ Telse den Vortritt und schob sie zum Treppenaufgang, wo ein kleines Schild mit Pfeil den Weg zur Schulleitung anzeigte.

»Aber ich bin doch gar nicht angemessen angezogen, und ich habe keine Unterlagen dabei«, machte Telse einen letzten Versuch, ihrem Schicksal zu entkommen.

»Kannst du alles nachreichen, und schön bist du sowieso. Das hier ist eine Dorfschule, Herzchen, keine Hamburger Schnöselredaktion. Hier musst du nicht im Designerhosenanzug Eindruck schinden. Die meisten Lehrer laufen ohnehin rum wie die Zottel, schon aus praktischen Erwägungen. Außerdem kenne ich die liebe Ute vom Tennis, die ist mehr der sportliche Typ.«

Im ersten Stock marschierte Wanda schnurstracks auf die Tür des Rektorinnenzimmers zu, Telse folgte ihr bedeutend langsamer.

Wanda blieb stehen. »Hier sind wir richtig«, verkündete sie strahlend. Sie drehte sich zu Telse um und zwinkerte ihr verschwörerisch zu. »Na, die wird sich freuen!«

Dann klopfte sie an.

6

TELSE KONNTE NOCH IMMER nicht richtig begreifen, wie sie, ohne es zu wollen, zu einem neuen Job gekommen war. Sie lag in ihrem Wohnzimmer auf dem Sofa, das wie eine Insel aus einem Meer von Umzugskartons hervorragte, und starrte aus dem Fenster auf die im Wind schwankenden Kletterrosen. Heute, am Dienstag, hatte es merklich aufgefrischt, keine Spur mehr von sommerlicher Hitze. Graue Wolkenwände waren über Nacht heraufgezogen, aus denen sich ein Regenschwall nach dem anderen ergoss. Was da gestern Mittag an der Grundschule gelaufen war, kam ihr heute wie eine Schmierenkomödie vor, in der sie unfreiwillig die Hauptrolle spielte. Leider ohne auch nur die geringste Ahnung zu haben, wie das Drehbuch aussah. Irgendwie hatte sie es verpasst, klar und eindeutig zu protestieren. Warum eigentlich?

Missgelaunt stemmte sie sich aus ihrer Liegeposition hoch. Das Sofakissen neben ihr bekam einen Fauststoß verpasst. Ich hasse Wanda, dachte sie, die ist einfach Weltmeisterin im Manipulieren. Guckt einen harmlos an und setzt dabei ohne Rücksicht auf Verluste ihren Willen durch. Und ich lasse mich brav am Nasenring führen, ohne es richtig zu merken.

Der nächste Boxhieb war fällig.

Sie seufzte. Andererseits: War es wirklich so unzumutbar, zwei bis drei Monate mit Grundschulkindern den Pinsel zu schwingen und bei Bedarf ein bisschen Deutsch zu üben? Solange sie sowohl beruflich als auch privat nicht wusste, wie es weitergehen sollte, konnte sie die Zeit schließlich auch sinnvoll nutzen. Obwohl es ihr vor aufgedrehten Kinderhorden graute. Pädagogisch war sie bestimmt eine absolute Niete. Tja, das mussten die lieben Kleinen wohl aushalten.

Telse nagte an ihrer Unterlippe. Großzügig war Wanda schon immer gewesen, und jetzt hatte sie eine Gelegenheit, sich bei ihrer Freundin für das zauberhafte Gartenhaus zu revanchieren. Wenn sie Wanda durch ihren Schuleinsatz helfen konnte, Kirstens Tod zu verarbeiten oder Licht in das Dunkel um dessen Umstände zu bringen, war es nur eine angemessene Gegenleistung. Die zu allem Überfluss auch noch fürstlich entlohnt werden sollte. Sie brach sich wahrlich keinen Zacken aus der Krone, wenn sie mal ein bisschen Einsatz zeigte. Jetzt nahmen die Dinge ohnehin ihren Lauf, denn die letzte Gelegenheit zur Flucht hatte sie verstreichen lassen, als Wanda an das Büro der Schulleiterin geklopft hatte.

Ute Lohmeyers erste Reaktion konnte man zweifellos als reserviert bezeichnen. Wanda war ohne Umschweife zur Sache gekommen und hatte der Rektorin Telses Arbeitskraft so wortreich angepriesen, als wäre sie in einem früheren Leben ein ausgebuffter Gebrauchtwagenhändler gewesen.

»Nein danke, Wanda, das ist ein sehr freundliches Angebot, aber dafür haben wir aktuell keinen Bedarf.« Eine höfliche, aber bestimmte Abfuhr.

»Und ob ihr den habt, meine Liebe.« Wanda deutete aus dem Fenster auf eine Gruppe dunkelhaariger Kinder, die lachend und miteinander schwatzend über den Schulhof schlenderten. »Sollen die armen Würmer aus Syrien oder Afghanistan denn nicht schnellstmöglich integriert werden?« Sie nahm die Rektorin fest in den Blick, dann fuhr sie fort: »Wo, wenn nicht hier? Da steht ihr als Grundschule in der Verantwortung. Soviel ich weiß, braucht ihr dringend jemanden für die Freistunden und als Vertretung, damit der Deutschunterricht nicht so oft ausfallen muss. Das hast du selbst kürzlich gesagt, als wir nach unserem Tennismatch noch bei einem Glas Wein zusammengesessen haben.«

Sie trat vom Fenster zurück und stellte sich neben Telse, die still den Fortgang des Gesprächs abwartete.

»Hier ist die Lösung für deine Probleme. Für Telse lege ich meine Hand ins Feuer, und qualifiziert ist sie obendrein.«

Überzeugt hatte die Schulleiterin aber erst das von Wanda wie nebenbei hingeworfene Argument, dass für die Schule dabei keinerlei Kosten entstehen würden.

»Telse hat gerade Kapazitäten frei und könnte für euch voraussichtlich bis zum Jahresende arbeiten. Um die Bezahlung musst du dir keine Sorgen machen, das erledige ich. Na, ist das ein Angebot?«

Angesichts von so viel Großzügigkeit war Ute Lohmeyer anfangs misstrauisch gewesen, doch es war ein Angebot, das sie nicht ablehnen konnte. Pro forma hatte sie sich kurz geziert und um Bedenkzeit gebeten, war dann aber recht schnell eingeknickt. Wanda hatte darauf bestanden, dass die Finanzierung ihr kleines Geheimnis bleiben sollte, was Telse nur recht war.

So ganz behagte ihr die Sache mit dem Geld nicht, aber da ließ Wanda nicht mit sich reden. Niemand sonst musste davon wissen. Sollten doch alle glauben, sie sei eine überzeugte Idealistin, die sich aus reiner Selbstlosigkeit mit zappeligen Viertklässlern abplagen wollte.

So war sie über Nacht zur Undercover-Aushilfslehrerin geworden. Leider hatte sie nicht die geringste Ahnung, wie sie es anstellen sollte, die Lehrerschaft über Kirsten Reinfeld auszufragen, ohne wie eine neugierige Tratschtante zu wirken. Schon übermorgen sollte es losgehen. Falls ihr alles über den Kopf zu wachsen drohte, konnte sie immerhin jederzeit kündigen. Diese Möglichkeit beruhigte Telse ungemein.

Sie stand auf, um sich in der Küche eine Kanne Darjeeling-Tee zu kochen. Danach wollte sie schöne klassische Musik aussuchen und weiter Bücher in die Regale einräumen. Das miese Wetter war dafür ideal. Plötzlich klingelte es an der Tür. Telse zuckte zusammen, so ungewohnt war das Geräusch, denn Wanda klopfte gewöhnlich nur an. Sie schlängelte sich zwischen den Umzugskartons hindurch und öffnete. Draußen standen zwei triefende Gestalten, die die Kapuzen ihrer gelben Regenjacken mit den Händen festhielten, damit die Windböen sie ihnen nicht vom Kopf fegten. Telse brauchte einen Moment, bis sie die Besucher erkannte, zumindest die eine Hälfte.

»Julianne!« Sie fiel ihrer Tochter um den Hals, schreckte aber gleich wieder zurück, als das Regenwasser ihr T-Shirt durchtränkte. »Kommt schnell rein.«

Die Überraschung war gelungen. Besonders weil die zweite Person, die mit in das Häuschen drängte, sich als unbekannter junger Mann entpuppte.

»Wieso bist du denn schon wieder von der Westküste zurück? Ist die Hochzeit deiner Freundin ausgefallen?« Telse schob die tropfenden Jacken auf zwei Bügel und wusste dann nicht, wohin damit. Schließlich hängte sie sie einfach in den offenen Türrahmen zur Küche.

Julianne strich sich die feuchten langen Haare aus der Stirn und zog ihren Pullover glatt. »Erzähle ich dir gleich. Das hier«, sie deutete auf ihren Begleiter, »ist übrigens Fenno. Mein neuer Freund.« Der junge Mann mit dem dunklen Haarschopf trug ein rot kariertes Flanellhemd, war mindestens einen Meter achtundneunzig groß und machte einen unverwüstlichen Eindruck.

»Wie schön. Ich bin Telse. Herzlich willkommen im Chaos.« Sie reichte ihm die Hand. »Studieren Sie auch Informatik?«

Fenno schüttelte die angebotene Hand so kräftig, als würde er einen Pumpenschwengel bedienen, und strahlte Telse an. »Um Himmels willen, nein! Sehe ich etwa aus wie ein Nerd?«

Telse grinste. Nein, siehst du nicht, dachte sie. Der hier war eindeutig von der kernigen Sorte, obwohl er seine Lockenmähne im Zopf trug. »Na, setzt euch erst mal hin und macht es euch gemütlich.« Sie wies auf die Couch. »Ich wollte sowieso gerade Tee kochen. Bin gleich wieder da.«

Als sie mit drei Tassen, der dampfenden Kanne und einer Schale mit Ingwerkeksen zurückkehrte, studierte Fenno gerade die Titel in der offenen Bücherkiste, während Julianne im Wohnzimmer umherwanderte und alles inspizierte.

Telse stellte das Tablett auf dem kleinen Couchtisch ab. »Ich freue mich ja so, dass ihr vorbeigekommen seid. Was gibt es Neues in der Welt?«, fragte sie, während sie den Tee einschenkte.

»Ach, Mama.« Julianne ließ sich in einen Sessel plumpsen und streckte die Beine von sich. »Die Hochzeit war stinklangweilig und spießig. So richtig mit Kirche, Rede und blöden Spielchen, dazu die ganze bucklige Verwandtschaft. Hätte ich mir schenken können. Wenn ich mal heiraten sollte, ich betone ausdrücklich, *wenn*, dann bestimmt nicht so schrecklich konservativ. Dann werde ich einfach mit meinen Freunden eine Party feiern und eine kleine Zeremonie in der Natur machen, am Strand oder im Wald.«

»Bei den sieben Zwergen?« Fenno rollte mit den Augen. »Da musst du aber rechtzeitig buchen, die Location ist begehrt. Ich sage nur: Save the date!« Er machte es sich auf dem Sofa bequem, angelte sich eine dampfende Teetasse und pustete hinein.

Telse räusperte sich. »Habt ihr etwa schon Pläne in der Richtung?«, fragte sie vorsichtig.

Julianne lachte auf. »Gott bewahre. Ich habe genug mit dem Studium und mir selbst zu tun, da brauche ich nicht noch einen Ehemann, der mir am Bein hängt.« Ihr Blick wanderte zum Sofa. »Aber Fenno ist wirklich süß, findest du nicht?«

Nun ja. Das lag wohl im Auge der Betrachterin. Auf Telse wirkte er wie ein jugendlicher Holzfäller mit Kraftüberschuss. Was hatte er eigentlich erzählt, was er machte? Oder hatte er gar nicht?

»Sie wollten mir vorhin doch noch sagen, welches Fach Sie studieren. Das heißt, falls Sie nicht schon berufstätig sind. Oder wollen wir gleich zum Du übergehen?«

»Jepp. Gerne du, und ich studiere Landschaftsplanung, Botanik und Bodenkunde. Außerdem bin ich ehemaliger Gärtner.« Fenno warf einen liebevollen Blick auf Julianne. »Sie hat sich einen waschechten Ökofuzzi an Land gezogen, das war wohl Vorsehung. Ich meine, irgendwer muss doch dafür sorgen, dass meine Liebste sich nicht nur von Fertigpizzen ernährt, wenn sie stundenlang vor dem Computer hockt und merkwürdige Zeichen reinhackt.«

»Ich will nur die Weltherrschaft an mich reißen.« Julianne grinste.

Telse zog die Augenbrauen hoch. »Kochen kannst du auch?«

»Kein Problem. Ich habe ein Hochbeet in unserem WG-Garten angelegt, wo ich Tomaten, Paprika, Zucchini und Salat anbaue. Da kann ich wenigstens sicher sein, dass kein Gift dran ist. Man muss schließlich aufpassen, was man in sich reinstopft, der Mensch ist kein Mülleimer.«

Telse war beeindruckt. So einen Freund hätte sie sich auch gewünscht. Für ihren verstorbenen Mann war es schon eine Herausforderung gewesen, ein Ei in die Pfanne zu schlagen. »Du kannst deine Talente bei Gelegenheit gerne auch hier ausleben. Aber lieber ein andermal. Der Küchenkram ist immer noch nicht komplett ausgepackt. Es dauert länger mit dem Einrichten, wie ihr unschwer sehen könnt.« Sie drehte sich mit einer entschuldigenden Geste um die eigene Achse. »Seid ihr zum Möbelrücken gekommen, oder was treibt euch bei diesem Schietwetter nach Schilksee?«

»Wir wollten nur mal nachschauen, ob bei dir alles okay ist. Wo wir doch wieder in derselben Stadt wohnen.« Julianne legte den Kopf schief und sah ihre Mutter an. »Und, wie fühlst du dich hier? Bist du glücklich?«

»Absolut, es könnte nicht besser sein. Wanda ist ein Schatz, sie hilft mir sehr. Fast schon zu viel.«

Julianne zog die Augenbrauen zusammen. »Wieso?«

Telse druckste herum. »Na ja, es ist schon eine Menge passiert, seit ich hier angekommen bin. Auf manches hätte ich gerne verzichtet.«

»Los, erzähl!« Julianne beugte sich interessiert vor.

»Ja, ich bin auch gespannt«, schloss sich Fenno an.

Telse zögerte kurz, berichtete ihnen dann aber von dem Leichenfund am Strand, Wandas Misstrauen in die Polizeiarbeit und von ihrem neuen Job als verdeckte Ermittlerin an Kirsten Reinfelds Grundschule.

Fenno lehnte sich mit ungläubigem Gesichtsausdruck zurück. »Krass.« Das musste erst mal reichen.

Julianne sagte nichts und biss nur nachdenklich auf dem Nagel ihres kleinen Fingers herum. »Wenn du willst, könnte ich mal nachsehen, ob sie in den Netzwerken aktiv war. Du weißt schon, Facebook, Twitter, Instagram und so weiter. Vielleicht finde ich da etwas Interessantes. Mit wem sie in Kontakt war, zum Beispiel.«

»Das würdest du tun?«

»Klar. Ist doch eine Kleinigkeit.«

»Für dich.« Telse hatte nicht zum ersten Mal das Gefühl, sich für ihre Netzabstinenz entschuldigen zu müssen. Manchmal schien es ihr, als sei sie der einzige Mensch, der keine Lust hatte, alle Welt online am eigenen Leben teilhaben zu lassen. Sie hatte nie das Bedürfnis verspürt, zu einer öffentlichen Person zu werden und jede Aktivität oder jeden Gedankensplitter in Echtzeit herauszuposaunen. Eine Haltung, mit der sie bei ihrer Tochter nur mitleidiges Kopfschütteln erntete, aber das war ihr egal. Lediglich einen Messenger-Dienst nutzte sie regelmäßig, mehr durfte man von ihr nicht erwarten. Telse war fest davon überzeugt, dass sich ihre datentechnische Enthaltsamkeit irgendwann als weise herausstellen würde. Sollte Kirsten Reinfeld da anderer Ansicht gewesen sein und fleißig in die Welt hinausgepostet haben, wäre das natürlich ein Glücksfall.

»Ich finde die Idee auch nicht so blöd«, mischte sich Fenno ein. »Das solltest du ruhig machen.«

»Da bin ich ja erleichtert, vielen Dank«, kam es postwendend zurück.

Telse guckte irritiert von einem zum anderen.

Julianne bemerkte den Blick. »Alles gut, Mama. Fenno braucht manchmal klare Ansagen. Nicht wahr, Schatz?«

Fenno schenkte ihr einen langen Blick, sagte aber nichts.

Telse hütete sich ebenfalls, einen Kommentar abzugeben. Das war nicht ihre Spielwiese. »Wie lange seid ihr denn schon zusammen?«, versuchte sie, das Gespräch in eine unverfängliche Richtung zu lenken.

»Och, schon eine ganze Weile.« Julianne krauste die Stirn. »Ein halbes Jahr ungefähr. Oder?« Sie sah Fenno fragend an.

»Kann hinkommen. Die Faschingsparty deiner Freundin war ja im Februar.« Er kicherte. »Wenn die Norddeutschen Karneval feiern, muss man als Südlicht auf alles gefasst sein.«

»Na ja, du hast in der Tat nichts anbrennen lassen. Und einer von den ganz Harten warst du sowieso. Zum Glück habe ich dich rechtzeitig im Garten gefunden.«

»Rechtzeitig?« Telse spitzte die Ohren.

»Tut hier nichts zur Sache«, wiegelte Fenno ab.

»Erzähl doch mal.« Julianne amüsierte sich offensichtlich prächtig. »Alter Blumenfreund.«

»Ich verstehe leider gar nichts«, beschwerte sich Telse. »Was war denn nun?«

»Na ja …« Fenno räusperte sich. »Eigentlich wollte ich nur draußen nachsehen, ob im Vorgarten schon die ersten Winterlinge blühen. Das konnte man durch das Fenster oben nicht genau erkennen.«

»Ja, und?«

Julianne prustete. »Dann hat er sie wach geküsst!«

Telse sah sie fragend an. »Wen? Eine Freundin?«

Ihre Tochter konnte nicht mehr an sich halten und brach in schallendes Gelächter aus. »Die Winterlinge, Mensch!«, japste sie. Sie rang nach Luft und versuchte, sich zu beruhigen. »Als ich während der Party kurz aus dem Fenster geschaut habe, sah ich unten im Schnee etwas liegen. Es wirkte wie ein riesiges Tier mit zotteligem braunem Fell. Ganz still lag es da und muckste sich nicht.«

»Das war ich«, erklärte Fenno fast stolz.

Da Telses Gesicht ein einziges Fragezeichen war, fuhr Julianne fort: »Genau. Das Motto der Party war ›Im Jahr dreitausend‹, und mein Liebster ging als Neandertaler verkleidet. So richtig mit Fellumhang, Holzspeer und dreckigem Gesicht.«

«Weil in Zukunft wieder steinzeitliche Verhältnisse auf dem Planeten herrschen werden, wenn wir so weitermachen. Danach siehts ja aus.« Fenno wirkte aber nicht beunruhigt.

Telse schüttelte verwirrt den Kopf. »Und warum lag er im Schnee?«

»Na, sag ich doch, er hat die Winterlinge wach geküsst. Und hätte ich ihn nicht rechtzeitig gefunden, könnte er sie heute von unten angucken.« Ein milder Blick streifte Fenno.

Ein ebenso verliebter kam zurück. »Ja, da hat sie wohl recht. Mein Engel hat mich wieder auf die Beine gestellt. Das letzte Bier muss schlecht gewesen sein.«

»Aber jetzt haben wir es nicht mit einer Bierleiche, sondern mit einer echten Wasserleiche zu tun, wie ich das sehe«, wechselte Julianne abrupt das Thema. »Die Geschichte hört sich schon seltsam an. Wenn Wanda berechtigte Zweifel daran hat, dass es ein Unfall war, sollten wir das ernst nehmen. Ich biete euch jedenfalls meine Hilfe an.«

Zu viel Gefühligkeit machte ihre Tochter nervös, das kannte Telse.

»Ich helfe auch gern, falls ihr mal einen Mann fürs Grobe braucht«, ergänzte Fenno. »Wann fängst du denn deinen Schuljob an?«

Allein beim Gedanken daran sträubte sich alles in Telse. »Schon übermorgen, am Donnerstag. Eigentlich wollte ich mich noch ein bisschen vom Umzugsstress erholen.« Sie zuckte mit den Schultern. »Tja, Pech gehabt.«

»Sieh es positiv, dann bist du gleich mittendrin im unergründlichen Schilkseer Vorstadtleben.«

Telse war sich nicht sicher, ob sie sich darüber freuen sollte.

7

WANDA HATTE NICHT VOR, Telse die Recherche allein zu überlassen. Telse sollte sich an der Schule und im Lehrerkollegium umhören, das deckte schon mal Kirstens beruflichen Bereich ab. Sie selbst wollte sich als Erstes den Ehemann vorknöpfen. Tilmann Reinfeld war zwar nach dem Tod seiner Gattin von der Polizei befragt worden, aber laut Olaf Wuttke hatten seine Aussagen nichts zur Aufhellung der Todesumstände beitragen können. Komplett entlastet hatten sie ihn allerdings auch nicht.

Angeblich war er erst spät heimgekommen, weigerte sich aber zunächst zu sagen, wo er den Abend verbracht hatte. Auf eindringliche Nachfrage war er irgendwann damit herausgerückt, mit einer Bekannten in einem Restaurant gewesen zu sein, so viel hatte Wanda aus Olaf herausquetschen können. Den Namen seiner Begleitung wollte Reinfeld auch auf mehrfache Rückfragen nicht preisgeben, jedoch konnte er als Beweis die Rechnung des Lokals vorlegen. Nach dem Essen hätte ihn die Frau heimgefahren und vor der Tür abgesetzt. Dann hätte er die ganze Nacht friedlich geschlafen und nach dem Aufstehen wie immer allein gefrühstückt. Kirsten wähnte er bei ihrer üblichen Schwimmrunde, deshalb hatte er sie auch nicht vermisst. Das Ehepaar nächtigte übrigens in getrennten Schlafzimmern, wie Olaf nebenbei bemerkt hatte. Anschließend sei Herr Reinfeld nach eigener Aussage zur Arbeit in seinen Werkstattschuppen hinter dem Haus gegangen, wo ihn dann am Vormittag die Beamten aufgesucht hatten.

Wanda wusste von Kirsten, dass Tilmann dort künstlerische Gartenskulpturen aus Treibholz und Eisen herstellte. Eigentlich sei er von Beruf Germanist, hatte sie ihr einst offenbart, aber infolge einer »Verkettung unglücklicher Umstände« schon längere Zeit arbeitslos. Ob es ihm jemals gelungen war, eins seiner Kunstwerke zu verkaufen, hatte Wanda lieber nicht gefragt. Kirstens resignierter Gesichtsausdruck war Antwort genug gewesen. Seine Existenz als verkannter Künstler konnte sich Tilmann Reinfeld nur leisten, weil seine Ehefrau aus einer vermögenden Familie stammte. Sie bestritt mit ihrem Einkommen nicht nur den gemeinsamen Lebensunterhalt, sondern besaß als alleinige Eigentümerin auch das weitläufige Grundstück samt Einfamilienhaus und Werkstattschuppen.

Trotz ihrer Freundschaft hatte Wanda den Herrn Gemahl noch nie zu Gesicht bekommen. Umso neugieriger war sie jetzt, als sie mit ihrem Subaru in den Austernfischerweg in Strande einbog. Kirstens Haus befand sich ganz am Ende einer kleinen Sackgasse. Wanda parkte vor dem Gebäude aus roten Backsteinen, stieg aus und öffnete die Holzpforte zum Vorgarten. Der gepflasterte Weg zur Eingangstür wurde von einem halben Dutzend mannsgroßer rostiger Baustahlstangen flankiert, auf denen jeweils ein verwitterter Treibholzfisch thronte. Beim Vorbeigehen bemerkte sie einen grünlichen Belag auf den Körpern, der sie an faulendes Wassergetier denken ließ. Sie hatte sich unter dem Vorwand bei Tilman angemeldet, ein Buch abholen zu wollen, das sie Kirsten geliehen hatte. Seine Einwände hatte sie geflissentlich ignoriert.

Wanda klingelte und trat einen Schritt zurück. Fast im selben Augenblick öffnete sich die Haustür. Vor ihr stand ein in Jeans und schwarzem Wollpullover gekleideter Mann. Seine halblangen grauen Haare wirkten ungekämmt, ein Bartschatten lag auf Kinn und Wangen. Er machte auf sie einen angespannten, fahrigen Eindruck.

»Sie sind Wanda Holle?«, sagte er ohne Begrüßung. Seine Stimme klang brüsk. Wanda bemerkte, wie Reinfeld sie von oben bis unten musterte.

»Ja. Wir hatten telefoniert.« Sie wartete auf eine Reaktion. Vergebens.

»Ich möchte Ihnen mein von Herzen kommendes Beileid aussprechen«, schob sie deshalb nach. »Es ist ein entsetzlicher Verlust für alle, Kirsten war ein wunderbarer Mensch.« Kaum hatte sie den Satz ausgesprochen, kam er ihr platt und oberflächlich vor. Sie wusste selbst nicht, warum sie so irritiert war. Hatte sie einen in Tränen aufgelösten Ehemann erwartet?

Tilmann Reinfeld nickte knapp. Dann besann er sich offensichtlich, trat zur Seite und bat seinen Besuch hinein.

Wanda fühlte sich unwohl. Der Mann, der vor ihr in Richtung Wohnzimmer ging, machte einen zerrupften und elenden Eindruck. Sie kam sich wie ein Eindringling vor, was sie streng genommen auch war. Aber jetzt war sie schon mal hier, da musste sie die Sache auch durchziehen. Das Dumme war nur, dass sie keinen Plan hatte, wie sie mit Reinfeld umgehen sollte. Der Mann verunsicherte sie, ein Gefühl, das bei ihr nur selten auftrat.

Das Wohnzimmer wirkte chaotisch. Auf dem Parkett stapelten sich Dutzende Zeitschriften, Kissen lagen wie hingeworfen auf und unter den Sitzmöbeln, und auf dem Couchtisch hatten mehrere Weingläser dunkle Ringe auf dem Holz hinterlassen. Reinfeld ließ sich auf das Ledersofa sinken und deutete stumm auf einen Sessel ihm gegenüber.

Wanda setzte sich gehorsam. Nach einer Weile räusperte sie sich, um das Schweigen im Raum zu brechen. Reinfeld saß unbeweglich nach vorn gebeugt und starrte auf die fleckige Tischplatte. Sie räusperte sich erneut. Zum Teufel, einer von ihnen beiden musste jetzt mal was sagen.

»Herr Reinfeld, es fällt mir immer noch schwer, dieses furchtbare Unglück zu begreifen. Trotzdem möchte ich Ihnen als Kirstens Freundin meine Unterstützung anbieten, wenn Sie in dieser Situation Hilfe benötigen sollten.«

Er sah nicht einmal auf. »Welches Buch hatten Sie meiner Frau geliehen?«

Wanda schluckte. Gute Güte, war das ein harter Knochen.

Irgendwo meldete sich ihr schlechtes Gewissen und forderte Nachsicht mit dem Witwer, schließlich trauerten alle Menschen unterschiedlich. Andererseits war sie nicht als Seelentrösterin hergekommen. Solange unklar war, was es mit Kirstens Tod auf sich hatte, wollte sie lieber wachsam und misstrauisch bleiben.

»Äh, ich weiß den Titel leider nicht mehr genau. Es war ein älterer Krimi von diesem schwedischen Autorenpaar. Die zwei Männer ...«, schob sie nach. »Ich komme einfach nicht auf die Namen. Einer heißt Rosenthal oder so ähnlich.«

»Hört sich nicht besonders skandinavisch an.« Reinfeld machte keine Anstalten aufzustehen.

»Ich kann ja selbst im Bücherregal nachschauen«, bot Wanda an. »Oder liegt es möglicherweise auf ihrem Nachttisch?«

»Bitte, tun Sie sich keinen Zwang an, wenn es für Sie so wichtig ist.« Er machte eine Geste, die das ganze Zimmer einschloss. »Aber danach möchte ich gerne allein sein. Das werden Sie sicher verstehen.« Reinfeld griff sich eine der Zeitschriften vom Boden und begann, darin zu blättern.

»Selbstverständlich, ich weiß Ihre Freundlichkeit zu schätzen. Ich beeile mich, versprochen.« Wanda erhob sich und steuerte ohne Umschweife das ausladende Bücherregal an. Sie tat so, als würde sie aus größerem Abstand die Buchrücken studieren, aber tatsächlich wanderte ihr Blick unauffällig im Raum umher. Was sie genau suchte, wusste sie nicht. Wenn sich Kirsten bedroht gefühlt hatte, lag dazu bestimmt kein schriftlicher Vermerk zwischen den Buchdeckeln. Sie vertraute einfach darauf, dass sich ihre Intuition melden würde, falls sie etwas Ungewöhnliches erspähte.

Das tat sie leider nicht. Obwohl sie sich fast den Hals verrenkte, fiel ihr in dem Durcheinander des Wohnzimmers nichts Besonderes auf.

Sie wandte sich zu Reinfeld um, der die Zeitschrift beiseitegelegt hatte und demonstrativ auf seine Armbanduhr schaute.

»Kann ich vielleicht ganz kurz im Schlafzimmer nachsehen, ob sie das Buch dort deponiert hat? Ich weiß, es ist eine unbescheidene Bitte«, beeilte sie sich zu sagen, als sie Reinfelds gerunzelte Stirn bemerkte, »aber wahrscheinlich liegt es dort, wenn sie es kürzlich erst gelesen hat. Danach werde ich sofort verschwinden.« Sie sah ihn mit großen Augen an und hoffte, er würde ihren Gesichtsausdruck als flehentlich deuten.

»Wenn es denn unbedingt sein muss«, brummte er. Plötzlich trat ein neuer, wacher Ausdruck in sein Gesicht, den Wanda nicht deuten konnte. »Wo wir gerade dabei sind. Hat Kirsten Ihnen eventuell auch …« – er schien nach einer Formulierung zu suchen – »etwas geliehen?«

Wanda war überrascht. »Ich kann mich nicht erinnern. Gewöhnlich hat sie mir nur Leseempfehlungen gegeben, die Bücher habe ich mir dann selbst besorgt. Sie wusste genau, was mir gefällt und welche Neuerscheinungen etwas taugen. Und fast immer hatte sie recht.«

»Nein, keine Romane.« Reinfeld druckste herum. »Einen Gegenstand vielleicht?«

»Tut mir leid.« Etwas in Wandas Bauch meldete sich. »Was vermissen Sie denn? Ich kann zu Hause gerne danach suchen.«

»Es ist etwas Kleines.« Er rang offensichtlich mit sich. »Ein Figürchen, ungefähr zehn Zentimeter groß. Nur ein kitschiger Staubfänger«, beeilte er sich zu erklären. »Aber Kirsten liebte es sehr.«

Wanda schüttelte langsam den Kopf. »Daran kann ich mich nicht erinnern.« Sie dachte nach. »Ist es wertvoll?«

»Um Himmels willen, nein.« Reinfeld lachte übertrieben laut auf. »Es ist eine rein emotionale Sache. Wir haben die Figur bei einem fliegenden Händler während unserer Hochzeitsreise in Italien gekauft. Der materielle Wert geht gegen null, aber ich hänge aus sentimentalen Gründen daran. Sie erinnert mich an unsere schönste gemeinsame Zeit.« Er überlegte kurz. »Sie ist aus Stein und sieht entfernt wie ein kleiner Buddha aus. Wie gesagt, nur Touristenkitsch, aber für mich ist sie Gold wert. Ich habe schon überall nach der Figur gesucht.«

Reinfeld wirkte auf einmal regelrecht aufgekratzt. Wanda versuchte vergeblich, sich einen Reim auf sein Verhalten zu machen. Wieso sollte Kirsten ihr ein Reiseandenken leihen und dann auch noch von ihrer Hochzeitsreise? Kirsten, die klare, großzügige Formen liebte und alle Arten von Nippes hasste? Egal, darüber konnte sie sich später noch den Kopf zerbrechen.

»Ich sehe gerne noch mal zu Hause nach«, bot sie an, »obwohl ich mir ziemlich sicher bin, dass ich nichts finden werde.« Sie räusperte sich. »Dürfte ich bitte ganz kurz in Kirstens Schlafzimmer auf dem Nachttisch nach meinem Buch schauen?«

Reinfeld schien den Wunsch schon vergessen zu haben und mit den Gedanken woanders zu sein. »Ja, gehen Sie nur.« Er deutete zum Flur. »Die letzte Tür auf der linken Seite.«

Wanda setzte sich umgehend in Bewegung.

»Ich habe noch nicht aufgeräumt«, rief er ihr hinterher.

Das wirst du vermutlich auch demnächst nicht tun, dachte Wanda, als sie den Flur entlangeilte. Sie legte die Hand auf die Klinke und öffnete. Der muffige Geruch, der ihr entgegenströmte, ließ sie die Luft anhalten. Hier war schon länger kein frischer Sauerstoff hineingelassen worden. Der Raum wurde von einem etwa ein Meter vierzig breiten, puristischen Bett aus edlem Eichenholz dominiert. Decke und Kissen lagen zerwühlt, als hätte noch letzte Nacht jemand darin geschlafen. Wanda musste schlucken.

Trotz der warmen Farben an den Wänden machte das Zimmer auf sie einen fast klösterlichen Eindruck. Als einziger Luxus thronte ein Ledersessel im Corbusier-Stil vor dem Fenster. Oder war das ein echter LC2 Cassina? Wanda strich mit der Hand über das dicke Leder und unterzog das Metallgestell einer schnellen Prüfung. Natürlich war es ein Original, das erkannte sie sofort. Sie wandte sich um und steuerte den kubusförmigen Nachttisch neben dem Bett an. Schnell zog sie die zwei Schubladen auf und durchwühlte das Sammelsurium aus Papiertaschentüchern, Handcremetuben, Hustenbonbons, Kugelschreibern und Lesezeichen. Ein ganz normaler Nachttisch mit normalem Gerümpel, stellte sie enttäuscht fest. Aber was hatte sie erwartet? Drohbriefe oder nadelgespickte Voodoo-Puppen? Mit etwas Mühe hob sie die Matratze ein Stückchen an und warf einen Blick darunter. Nichts. Sie trat zurück und sah sich in dem übersichtlich eingerichteten Raum um. Die einzige Möglichkeit, wo noch etwas verborgen sein konnte, war der dreitürige Kleiderschrank an der Wand gegenüber dem Fenster. Kurz entschlossen öffnete sie nacheinander alle drei Türen und fuhr mit der Hand zwischen die säuberlich gestapelten Pullover und Shirts. Auch hier nichts. Plötzlich vernahm sie Schritte, die näher kamen. Ihr Herz schlug schneller. Dann wurden die Schritte wieder leiser, entfernten sich. Wanda widmete sich weiter dem Schrank. Unterhalb der Kleidung, die im Abteil neben den Wäschestapeln auf Bügeln hing, befand sich nur leerer Raum. Eine Handtasche schien Kirsten nicht besessen zu haben.

Wanda konnte diese Aufgeräumtheit nicht fassen. Bei ihr zu Hause war jeder Zentimeter ausgefüllt, die Klamotten, Gürtel und Taschen quollen einem förmlich entgegen. Leise seufzend schloss sie den Schrank wieder und drehte sich um. Hier konnte sie nichts mehr ausrichten. Sie bewegte sich zur Zimmertür, schob sie ein kleines Stückchen auf und lauschte in Richtung Wohnzimmer. Den klirrenden Geräuschen nach hantierte Reinfeld jetzt hinten in der Küche herum.

Wanda schlüpfte in den Flur und verharrte einen Augenblick mit angehaltenem Atem. Auf der gegenüberliegenden Seite stand eine Tür einen winzigen Spalt auf. Die Luft war rein, also vergrößerte sie die Lücke mit dem Fuß und spähte hinein. Das Badezimmer, aha. Durchaus interessant. Womöglich fanden sich dort Medikamente, die auf eine Erkrankung Kirstens hindeuten konnten.

»Sind Sie endlich fertig?«, rief Reinfeld ungeduldig über das Klappern von Geschirr und Besteck hinweg, offenbar räumte er die Spülmaschine aus.

Wie erstarrt blieb Wanda einen Moment stehen. »Äh, noch nicht«, rief sie. »Bin gleich so weit!« Sie musste sich beeilen. Um die Ablagen vor dem Spiegel und das Innere der zwei Schränkchen zu kontrollieren, brauchte sie nicht mehr als ein paar Sekunden. Arzneimittel konnte sie keine entdecken, nur die üblichen Kosmetikartikel, Handtücher und Parfümflakons.

Nächste Tür. Wanda drückte die Klinke hinunter und blickte in ein weiteres Schlafzimmer, das fast doppelt so groß war wie das von Kirsten. Es wurde von einem ausladenden Doppelbett dominiert. Auf dem Fenstersims stapelten sich Pizzakartons und auf dem kniehohen Tischchen davor mindestens ein halbes Dutzend leere Bierflaschen. Unterhosen, zerknüllte T-Shirts und einzelne alte Socken lagen verstreut auf den Holzdielen und dem Bett. Aha, das Herrenzimmer, vormals wohl eheliches Schlafgemach.

Wanda warf einen Blick über die Schulter und lauschte auf die Küchengeräusche. Dann huschte sie hinein und zog leise die Tür hinter sich zu. Sie rümpfte kurz die Nase und beeilte sich, den herumliegenden Krempel zu sichten. Hier und da hob sie mit spitzen Fingern ein Shirt oder eine muffelige Socke an. Sie fühlte, wie Enttäuschung in ihr hochstieg. Na gut, dann war diese Aktion halt ein Fehlschlag. Immerhin hatte sie es versucht. Sie wandte sich zum Gehen und war gerade an dem ungemachten Bett vorbei, als plötzlich ein Lichtreflex ihre Aufmerksamkeit erregte. Mit einem leisen Ächzen ließ sie sich auf die Knie nieder. Sie äugte unter die Liegestatt und kniff die Augen zusammen, um besser sehen zu können. Zuerst erblickte sie einen Schwung Staubmäuse, die der Luftzug aufgewirbelt hatte. Ein einzelner schräger Sonnenstrahl fiel direkt unter das Bettgestell und beleuchtete den Dreck. Dazwischen funkelte etwas.

Das war mit Sicherheit kein vertrocknetes Pizzastück.

Wanda streckte einen Arm aus und angelte den Gegenstand zwischen den Staubflusen hervor. Dann betrachtete sie das, was da in ihrer Hand lag: ein silberner Ohrhänger mit drei grün glitzernden Peridoten. Die Steine waren in unzählige Facetten geschliffen, die das Sonnenlicht blitzen ließen. Ein Kribbeln breitete sich in ihrem Bauch aus.

Kirsten hatte sich nie Ohrlöcher stechen lassen.

8

EIN DURCHDRINGENDES PIEPEN ließ sie hochschre-
cken. Telse schlug die Augen auf und brauchte einen Moment,
um zu realisieren, dass sie nicht in Hamburg-Ottensen aufge-
wacht war, sondern in ihrem neuen Heim, dem »Seemannsfrieden«. Was den Frieden aktuell erheblich störte, war der Lärm.
Sie streckte ihren Arm unter der Decke hervor und ließ ihn auf
den Wecker fallen. Warum musste es bloß schon Donnerstag
sein? Heute sollte sie zum ersten Mal an ihrer neuen Arbeits-
stelle in der Grundschule erscheinen. Ein flaues Gefühl machte
sich in ihrem Magen breit, halb Angst, halb Frust. Erstens hatte
sie keine Ahnung, ob sie überhaupt als Lehrerin taugte, zweitens
hätte sie gern noch ein wenig in den Tag hineingelebt und in
Ruhe ihr neues Zuhause eingerichtet. Sie seufzte und schwang
die Beine aus dem Bett. Es half nichts, da musste sie jetzt durch,
sie hatte es Wanda schließlich versprochen.

Es war Viertel vor acht, als die Schulleiterin Ute Lohmeyer
die Tür zum Lehrerzimmer öffnete und Telse den Vortritt ließ.
Ein halbes Dutzend Augenpaare starrte sie an. Das Kollegium
saß um einen langen Tisch versammelt, den man aus mehreren
Einzeltischen zusammengeschoben hatte. Geschmückt wurde
er von einer Vase mit Wiesenblumen, die entsorgt gehörten, ei-

nem traurigen Keksteller, Kaffeetassen sowie diversen Papierstapeln. Die lebhaften Gespräche, die auf dem Flur noch zu hören gewesen waren, verstummten bei ihrem Eintritt. Irgendwo in der Ecke schnaufte eine Kaffeemaschine.

»Da ist sie also.« Ute Lohmeyer gab sich betont munter. »Das ist eure neue Kollegin Telse Himmel, die ich gestern schon angekündigt hatte. Sie wird für zwei, drei Monate bei uns bleiben und uns als eine Art Feuerwehr überall dort unterstützen, wo es gerade brennt. Bedarf haben wir ja genug, wie ihr wisst. Ich denke, ihr stellt euch am besten selbst kurz vor. Für ausführliche Lebensgeschichten haben wir jetzt keine Zeit, das könnt ihr später nachholen. Übrigens«, sie wandte sich an Telse, »wir duzen uns hier alle. Ich hoffe, das ist dir recht?«

»Ja klar«, beeilte sich Telse zu versichern. »Guten Morgen zusammen. Ich freue mich auf meine Zeit bei euch.« Sie bemühte sich, ein optimistisches Lächeln aufzusetzen.

Am Lehrertisch wurde mittlerweile schon wieder gekramt und geflüstert. Niemand machte Anstalten, das Wort zu ergreifen. Ute Lohmeyer ließ den Blick über die Gruppe schweifen. »So, jetzt aber los.«

Eine rundliche Frau um die sechzig räusperte sich und lächelte Telse an. »Herzlich willkommen, ich heiße Brigitte. Brigitte Groote. Gehöre quasi seit Jahrzehnten zum Inventar.« Sie deutete auf den leeren Platz neben sich. »Du kannst gerne hier sitzen.«

»Danke.« Es standen zwar noch genug freie Stühle um den Tisch herum, aber Telse wertete das Angebot als freundliche Geste.

»Dann mach ich mal weiter, wir müssen ja gleich los. Peter Cassens mein Name.« Der massige Mann trug eine rotblonde

Löckchenfrisur, die einen seltsamen Kontrast zu seiner Statur bildete. So richtig schien er nicht in den Damenclub passen zu wollen. Er nickte kurz in Telses Richtung und stieß dann seine Sitznachbarin an, eine jugendliche Frau mit blondem Pferdeschwanz, die geschäftig mit einem Stapel Fotokopien hantierte.

»Sabine Westphal, Schulassistentin.« Ihr Ton wirkte abweisend, und sie hob kaum den Blick.

Die Nächste in der Reihe trug einen weinroten Trainingsanzug und hüstelte leicht, bevor sie erklärte: »Ähem, also ich heiße Ulla. Ulla Störksen. Ich unterrichte Sport. Nicht nur, natürlich.« Sie pustete in den dampfenden Kaffeebecher in ihren Händen. »In unserer kleinen Truppe ist nach der Einschulung immer eine Menge los. Da geht einiges drunter und drüber. Und dann ist ja auch noch dieser Unglücksfall passiert, also ...«

Bevor sie weitersprechen konnte, klatschte eine perfekt frisierte grauhaarige Lehrerin im karierten Twinset in die Hände. »Lasst uns nicht so viel Zeit mit Geplauder vertrödeln, dazu werden wir später noch genug Gelegenheit haben. Mein Name ist übrigens Ursula Brenner. Die Arbeit ruft.«

»Die Kinder haben es bestimmt nicht eilig.« Das letzte Kollegiumsmitglied saß mit dem Rücken zu Telse und drehte sich nun zu ihr um. Der Mann mit dem dunklen Zopf hing schief auf dem Stuhl, der zu klein für seinen langen, hageren Körper zu sein schien. Bekleidet war er mit ausgeleiertem T-Shirt und einer Latzhose, die deutliche Spuren handwerklicher Tätigkeit aufwies. »Schön, ein neues Gesicht zu sehen. Ich bin Johannes Paulsen, das Mädchen für alles an der Schule. Man kann auch sagen, der Hausmeister. Hier nennen mich alle Paule.« Er hielt ihr die Hand hin. »Du kannst mich auch gerne so nennen.«

Telse nahm die Pranke und schüttelte sie dankbar. Der Mann lockerte durch seine unkomplizierte Art die merkwürdig spröde Stimmung im Lehrerzimmer auf. Es überraschte sie jedoch, dass er wie selbstverständlich an der morgendlichen Runde des Kollegiums teilnahm. An ihrer Schule früher wäre das ein Ding der Unmöglichkeit gewesen, da gehörte der Hausmeister in sein Kabuff neben dem Fahrradkeller. Wo er gefälligst auch zu bleiben hatte, solange es nichts zu reparieren oder reinigen gab. Die Zeiten hatten sich seit damals offensichtlich geändert.

Das plötzliche Scheppern der Schulklingel ließ sie zusammenzucken. Wie auf Kommando raffte die versammelte Pädagogenschar ihre Unterlagen zusammen und beeilte sich, den Raum zu verlassen. Ute Lohmeyer und Telse traten einen Schritt zur Seite, um dem kollektiven Arbeitseifer nicht im Weg zu stehen.

»Nun«, sagte die Schulleiterin, »der Sprung ins kalte Wasser kommt für dich ja erst zur zweiten Stunde. Zeichenmaterial wie Papier, Ölkreiden und Farbstifte findest du in den Regalen im Klassenzimmer. Wenn du irgendetwas vermisst, frag einfach Brigitte«, sie wies auf die Kollegin, die sich neugierig umdrehte, als sie ihren Namen hörte. »Sie kümmert sich um unsere Arbeitsmaterialien.«

Telse nickte brav.

»Wir können kurz in mein Büro gehen und den nötigen Papierkram erledigen«, fuhr Ute Lohmeyer fort. »Es ist noch nicht genau abzusehen, wie sich unser Bedarf entwickeln wird. Wie du weißt, brauchen wir dich hauptsächlich als Betreuungskraft in Freistunden und als Vertretung in Kirsten Reinfelds ehemaliger Klasse. Der Schulbetrieb soll schließlich trotz dieses tragischen Unglücks so gut wie möglich weitergehen.«

Telse ergriff die Gelegenheit. »Ein rätselhafter Todesfall«, sagte sie.

»Ja, kann man wohl sagen.« Die Rektorin hob bedauernd die Schultern und ließ sie wieder fallen. »Vollkommen unbegreiflich, wie das passieren konnte. Dabei war sie eine trainierte Schwimmerin.« Sie seufzte, dann schob sie Telse hinaus und schloss die Lehrerzimmertür hinter sich ab. »Wir alle stehen unter Schock. Zum Glück kann uns Sabine Westphal noch eine gewisse Zeit unterstützen. Wider Erwarten konnte ich dem Ministerium angesichts der Umstände ein paar zusätzliche Stunden abluchsen, obwohl ihre Assistentinnenstelle eigentlich gestrichen wurde. Man hält uns vor, wir seien über Gebühr gut aufgestellt und hätten mehr Lehrerstunden zur Verfügung, als uns in Anbetracht der aktuellen Schülerzahl zuständen.« Sie blieb mitten auf dem Flur stehen. »Das ist bei unserer heterogenen Schülerschaft praxisfern und kaum nachzuvollziehen.« Resigniert schüttelte sie den Kopf.

»Dann bekommt die Schule keinen Ersatz für Kirsten Reinfeld?«, fragte Telse. Ute Lohmeyer lachte trocken auf. »Davon kann man ausgehen. Das Bildungsministerium hat ja vorgehabt, eine Lehrkraft von hier abzuziehen. Für die Kollegen ist es natürlich von Vorteil, dass das jetzt nach Kirstens Tod vom Tisch ist und niemand gehen muss. Das hoffen wir zumindest, sicher ist es nicht. Die da oben halten sich noch bedeckt. Alle arbeiten gern bei uns, und jeder hatte sich gewünscht, dass der Kelch an ihm oder ihr vorübergeht.« Sie schaute nachdenklich aus dem Fenster in das dichte Grün, das das Gebäude umschloss.

»Wer weiß, wie es mit unserer kleinen, feinen Grundschule überhaupt weitergeht. Schilksee entwickelt sich immer mehr zu einem Rentnerstadtteil. Familien mit Kindern können sich die Häuser hier kaum noch leisten.«

»Soll die Schule etwa dichtgemacht werden?«

Ute Lohmeyer zuckte mit den Schultern und setzte sich in Bewegung. »Das kann mittelfristig durchaus passieren. Natürlich tun wir alles, um Werbung für unseren Standort zu machen.« Sie seufzte. »Aber gegen ein schlechtes Image zu arbeiten ist anstrengend.«

Telse wurde neugierig. »Wieso? Die Schule macht doch einen fabelhaften Eindruck. Gut in Schuss, viel Platz im Grünen und vor allen Dingen klein und familiär. Die Kinder scheinen sich hier wohlzufühlen. Wo ist denn das Problem?« Inzwischen standen sie vor der Bürotür der Schulleiterin.

»Die Kinder fragt ja keiner.« Ute Lohmeyer zögerte und schien ihre Antwort gründlich zu überdenken. »Das Problem sind eher manche Eltern.« Telse wartete auf weitere Erläuterungen. Die Rektorin hielt den Blick ins Unbestimmte gerichtet. Schließlich fuhr sie fort: »Eigentlich will und darf ich gar nicht darüber reden. Aber Wanda weiß auch Bescheid, und du bist ihre Freundin, da wirst du es wahrscheinlich sowieso erfahren.« Kleine Pause. »Ich gehe davon aus, dass das hier unter uns bleibt. Kann ich mich darauf verlassen?«

Telse nickte. »Selbstverständlich.«

Ute Lohmeyer beugte sich vor und senkte die Stimme. »Nun ja, es sind verschiedene Dinge zusammengekommen.

Wir haben im letzten Schuljahr viel Ärger gehabt, besonders mit einigen Eltern. Es gab da Fälle, wo wir disziplinarische Maßnahmen ergreifen mussten. Bei zwei Schülern, die sich nicht an die Regeln hielten.«

Telse wurde hellhörig. »Und das heißt konkret?«

»Na ja, wir haben den betreffenden Eltern nahegelegt, für ihre Kinder eine andere Lehranstalt zu suchen. Schläger können und wollen wir in diesem Haus nicht dulden.«

»War es wirklich so schlimm?« Eigentlich hielt Telse es für ganz normal, wenn sich Kinder auf dem Schulhof rauften.

»Kann man wohl sagen. Eine heftige Gehirnerschütterung und eine tiefe Platzwunde, die genäht werden musste. Dazu kamen permanentes Mobbing und Sachbeschädigung.«

»Und wie haben sich die betreffenden Eltern dazu verhalten?«

»Neben unseren schulinternen Maßnahmen haben wir oft genug das Gespräch mit ihnen gesucht. Leider ohne jeden Erfolg. Nach Ansicht der Erziehungsberechtigten handelt es sich bei ihren Kindern um Unschuldslämmer, die sich nur gewehrt haben und zu Unrecht bestraft worden sind. So simpel kann ein Weltbild sein. Unsere arme Kirsten war da besonders gefordert, denn die beiden auffälligen Schüler gehörten zu ihrer Klasse. Sie hat nicht nur einmal die geballte Aggression der Eltern zu spüren bekommen.« Die Schulleiterin schloss ihr Büro auf, nahm hinter dem Schreibtisch, auf dem ordentliche Stapel von Papieren und Mappen lagen, Platz und bedeutete Telse, sich auf dem Stuhl davor niederzulassen.

»Das ist mit Sicherheit eine äußerst unangenehme Angelegenheit gewesen«, ermunterte Telse sie, den Faden wieder aufzugreifen. »Hat sich die Lage denn inzwischen verbessert?«

Ute Lohmeyer legte den Kopf leicht schief. »Die beiden Schüler besuchen seit September die Grundschule in Strande, insofern haben wir jetzt Ruhe. Aber die Probleme sind noch nicht vom Tisch.« Sie nahm einen Kugelschreiber aus dem Stifthalter und spielte gedankenverloren damit herum. Nach einem Moment fuhr sie fort: »Die betroffenen Eltern haben über Monate nichts unversucht gelassen, unsere Schule im Ort schlecht zu machen. Leider nicht ganz ohne Wirkung.« Sie legte den Kugelschreiber auf die Tischplatte und schnaubte. »Man weiß ja, wie schnell sich Gerüchte verselbstständigen. Auf den tatsächlichen Sachverhalt kommt es dann nicht mehr an. Um es kurz zu machen: Ein Teil der neuen Erstklässler aus Schilksee ist dieses Jahr nicht an unserer Grundschule, sondern im Nachbarort angemeldet worden.«

Telse runzelte die Stirn. »Nur deswegen? Weil zwei Elternpaare Stunk gemacht haben?« Sie konnte es nicht fassen. Waren die Leute wirklich so leicht zu manipulieren?

»Nun ja.« Ein Schulterzucken. »Wie ich unter der Hand erfahren habe, war es für unseren Ruf auch nicht besonders förderlich, dass wir eine gewisse Anzahl von Flüchtlingskindern aufnehmen mussten. Kirsten hatte mit ihrer Klasse eine Spielzeugsammlung für geflüchtete Kinder initiiert, selbst darüber haben sich einige Eltern aufgeregt.«

Telse nickte nachdenklich. Ihr Blick ging über eine einsame Sukkulente in einem viel zu großen Übertopf hinweg zum Fenster hinaus. Ihr war schon aufgefallen, dass die quirligen Kinder auf dem Schulhof aus allen möglichen Nationen zu stammen schienen.

»Wie auch immer …« Ute Lohmeyer begann, in einem Aktenstapel auf ihrem Schreibtisch zu kramen. »Wir lassen uns hier nicht unterkriegen.« Schließlich fand die Schulleiterin, was sie gesucht hatte, und schob Telse zwei amtlich wirkende Dokumente hin. »Wenn du bitte diese Formulare unterschreiben könntest, dann lasse ich sie heute noch mit der Hauspost rausgehen, und wir haben den ganzen Papierkram erledigt.«

Telse nahm den angebotenen Kugelschreiber und begriff, dass damit das Gespräch beendet war. Kurz darauf stand sie wieder im Flur. Sie überlegte, wie sie die restliche halbe Stunde bis zu ihrem ersten Einsatz verbringen sollte, und entschloss sich zu einer Erkundungstour über das Schulgelände. Irgendwo sollte es einen kleinen Kräutergarten geben, den wollte sie sich ansehen. Vielleicht konnte man da mit den Kindern arbeiten, die noch Sprachprobleme hatten. In der Erde wühlen und Blumen zu pflanzen machte sicherlich allen Spaß, oder sie baute mit ihnen ein Insektenhotel. Ob Flüchtlingskinder aus Syrien damit etwas anfangen konnten?

Als Telse hinter dem Hauptgebäude um die Ecke bog, stand sie unmittelbar vor dem Gartengelände. Sie schlüpfte durch den schmalen Zugang und fand sich in einem von dichtem Buschwerk eingeschlossenen Geviert wieder, das einen fast verwunschenen Eindruck machte. Das hohe, blühende Gras ließ erkennen, dass hier kein Rasenmäher vorgesehen war. Üppige Horste mit Goldrute und Rainfarn leuchteten in der Sonne, und über allem erfüllte das Summen von Bienen und Hummeln die Luft. Trampelpfade in der Wiese zeigten an, dass die Schulkinder sich hier, wo die Pausenaufsicht nicht allgegenwärtig war, gerne aufhielten.

Plötzlich hörte sie aus einer Ecke das Kollern schwerer

Steine, gefolgt von einem halblaut gemurmelten »Verdammte Hacke!«. Telse spähte zwischen den Apfelbäumen hindurch, konnte aber niemanden entdecken. Neugierig geworden, folgte sie einem platt getretenen Pfad in Richtung der Geräuschquelle und sah schon nach wenigen Schritten den bezopften Kopf des Hausmeisters hinter einem Busch auftauchen. Fast im gleichen Augenblick entdeckte er sie ebenfalls und winkte sie zu sich.

Telse trat näher.

»Na, noch ein bisschen die Ruhe vor dem Sturm genießen?« Johannes Paulsen richtete sich aus seiner Hockhaltung auf und grinste.

Telse betrachtete die aus Steinen aufgetürmte, fast meterhohe Kräuterspirale neben ihm. Sie schien schon länger außer Betrieb zu sein, denn anstelle von Gewürzen wucherten nur noch Giersch und Quecken in der Schnecke. Jetzt erklärte sich auch das Geräusch von vorhin, offensichtlich war der Hausmeister gerade dabei gewesen, das ganze Gebilde mit einer Brechstange zu zerlegen. »Ein paar Minuten habe ich noch«, sagte sie und lächelte zurück. »Das ist wirklich ein romantisches Fleckchen hier.«

Sein Grinsen wurde schief. »Besonders wenn einem kiloschwere Steinbrocken auf die Zehen fallen.« Mit dem Handrücken wischte er sich über die schweißglänzende Stirn. »War aber meine eigene Schuld. Das Ding hier soll eingeebnet werden.« Er wies auf die Kräuterschnecke. »Es kümmert sich leider niemand mehr drum.«

»Arbeitest du schon lange hier?«

»Seit ungefähr vier Jahren.« Er sah zum Schulgebäude hinüber. »Ist ein gut bezahlter Job. Man ist viel an der frischen Luft und kann sich die Arbeit selbst einteilen. Und die Stelle ist unbefristet, was heutzutage schon eine Seltenheit darstellt. Aber das weißt du wahrscheinlich selbst am besten, oder?«

»Allerdings.« Telse war sich unsicher, wie offen sie dem Mann gegenüber sein durfte, und entschied sich, noch ein wenig unverbindlich zu bleiben. »Ich bin erst vor Kurzem hierhergezogen und von Beruf eigentlich Journalistin«, erklärte sie. »Da gibt es in Kiel nicht viel zu reißen. Also schreibe ich als Freie für unterschiedlich Magazine.«

»Hört sich interessant an.« Der Hausmeister machte sich daran, mit dem Brecheisen den nächsten Stein aus seinem Bett zu hebeln.

»Und du? Paule, oder?« Sie lehnte sich an einen der Apfelbäume. »Was hast du vorher gemacht? An einer anderen Schule gearbeitet?«

Er lachte auf. »Ach, ich kann meine Jobs gar nicht mehr zählen. Ich war lange Taxifahrer. Das typische Klischee, wenn man mal Philosophie studiert hat.« Mit lautem Klackern rollte der gelöste Brocken herunter, und Telse musste einen Satz zur Seite machen, um nicht getroffen zu werden.

»Philosophie?«

»So ist es. Ein Philosoph mit ganz ordentlichem Abschluss wohlgemerkt. Auch so ein Beruf, den die Menschheit nicht braucht.« Er zuckte mit den Schultern und nahm den nächsten Stein in Angriff.

Telse benötigte einen Moment, um die Information einzuordnen. »Und, wie gefällt es dir hier?«, fragte sie.

»Bestens. Ich vermisse die akademische Welt keine Sekunde. Und was die Philosophie angeht …« Er machte eine Kunstpause und sah ihr mit breitem Lächeln ins Gesicht. »Da habe ich an der Schule mehr Anschauungsmaterial und Inspiration für meine Gedankengebäude, als ich mir nur wünschen kann.«

In diesem Moment schrillte die Pausenglocke. Telse verabschiedete sich und machte sich auf den Weg zu ihrem Klassenzimmer.

Das war schon eine eigene Welt, in der sie hier gelandet war.

9

»ICH HABE EINEN BÄRENHUNGER. Lass uns als Vorspeise ein paar Tapas nehmen, sonst überlebe ich es nicht mehr bis zum Hauptgang. Gratinierter Ziegenkäse auf karamellisierter Paprika, das hört sich doch köstlich an.«

Telse legte die Speisekarte auf den Holztisch und lehnte sich auf ihrem Stuhl zurück. Sie hatte Wanda heute Abend in das Restaurant Möwennest im Hafen eingeladen, um ihren ersten Arbeitstag zu feiern. Beziehungsweise die Tatsache, dass sie ihn relativ unbeschadet überlebt hatte.

Die Bedienung kam, stellte zwei Gläser Weißwein vor ihnen ab und nahm die gemeinsame Bestellung auf.

Als die Frau gegangen war, hob Wanda das beschlagene Weinglas und hielt es Telse entgegen. »Komm, lass uns anstoßen. Auf dich!«

»Auf uns!« Telse nippte an ihrem Glas. Sie fühlte sich zum ersten Mal an diesem Tag angenehm entspannt.

»Erzähl, wie ist es an der Schule gelaufen? Hast du mit Kreide geworfen und ordentlich Einträge ins Klassenbuch geschrieben?« Wanda schien sich bei dem Gedanken köstlich zu amüsieren.

»Nein, Schüler von deinem Kaliber habe ich zum Glück nicht.« Telse grinste. »Im Gegenteil, die Kleinen waren richtig lieb. Stolz wie die Spanier haben sie mir gezeigt, was sie im Unterricht alles gebastelt haben. Außerdem musste ich die Spielesammlung, einen Meter Lesebücher und ihr Sofa zum Herumlümmeln bewundern.«

Wanda nahm noch einen Schluck. Ihr Lippenstift hinterließ einen roten Halbmond auf dem Glas. »Hört sich an wie im Ferienlager. Lernen die Gören heutzutage überhaupt noch was?«

Telse ignorierte die Bemerkung und fuhr fort: »Einen sehr netten Hausmeister haben sie auch. Paule.«

»Soso.« Wanda lächelte hintergründig. »Gibt es vielleicht auch ein paar hübsche Junglehrer?«

Telse spielte mit dem Stil ihres Weinglases. »Leider nicht. Nur einen, der erstens nicht hübsch ist und zweitens schon einen ziemlich gebrauchten Eindruck macht. Der Rest vom Kollegium besteht aus etwas distanzierten Damen, die ich noch nicht einschätzen kann.«

Telse berichtete von der überraschenden Redseligkeit, die Ute Lohmeyer an den Tag gelegt hatte, und was sie von ihr über die aktuellen Probleme der Schule erfahren hatte.

Wanda schnalzte mit der Zunge. »Dann können sie einen ungeklärten Todesfall erst recht nicht brauchen. In der Belegschaft hat es bestimmt ein Hauen und Stechen gegeben, wer von ihnen rausgekegelt werden sollte. Dass da schlechte Stimmung herrscht, wundert mich nicht.«

Telse zuckte mit den Schultern. »Keine Ahnung. Aber ungeklärt ist Kirstens Tod in ihren Augen nicht. An der Schule hält man es schlicht für ein tragisches Unglück.« Sie wechselte das Thema. »Wie ist es eigentlich bei dir gelaufen? Du wolltest doch Kirstens Ehemann besuchen.«

»Gleich.« Wanda sah sich suchend um. »Möchtest du auch noch ein Glas?« Telse verneinte. Der Alkohol auf leeren Magen stieg ihr direkt in den Kopf. Wanda winkte die Bedienung heran und orderte für sich einen weiteren Riesling.

»Also«, begann sie schließlich, »der Herr schien auf meine Beileidsbekundungen keinen sonderlichen Wert zu legen. Reingelassen hat er mich aber trotzdem.«

»Und?«, fragte Telse ungeduldig. »Hast du irgendetwas Aufschlussreiches herausfinden können?«

»Warte ab.« Wanda nahm einen tiefen Schluck Wein, als wolle sie die Spannung steigern, ehe sie fortfuhr: »Erst mal war Chaos in der Bude, wohin man auch geguckt hat. Und er selbst machte auch nicht gerade einen taufrischen Eindruck.«

»Das kann man ja verstehen. Hast du ihn über Kirsten ausgefragt?«

»Nein. Das hat die Situation nicht hergegeben, so abweisend, wie er sich aufgeführt hat. Aber eine Sache war interessant.« Wanda grinste und lehnte sich zurück.

»Nun spann mich nicht auf die Folter.« Telse rutschte auf ihrem Stuhl näher. »Hat er eine geheime Geliebte im Schrank?«

»Im Schrank nicht, aber unter dem Bett.«

»Wie bitte?«, fragte Telse mit gerunzelter Stirn.

Wanda kostete einen Moment ihre Ungeduld aus, bevor sie weitersprach. »Ich habe in seinem Schlafzimmer einen silbernen Ohrhänger mit Peridotsteinen unter dem Bett entdeckt.«

Telse trommelte mit den Fingern auf die Tischplatte. »Ja und?«

»Kirsten hat Ohrlöcher verabscheut, und sie hätte sich niemals welche stechen lassen. Was sagst du nun?«

Telse überlegte einen Moment. »Könnte ein nutzloses Geschenk gewesen sein, von jemandem, der das nicht wusste. Das verbummelt man schnell mal.«

Wanda schüttelte den Kopf. »Ein so teures Schmuckstück verschenkt man nicht, wenn man nicht genau weiß, dass die Beschenkte es auch tragen wird. Außerdem war funkelndes Geschmeide überhaupt nicht Kirstens Stil. Der Gatte hat einen heimlichen Bettwärmer, da verwette ich meinen Mors drauf.«

»Deshalb muss er trotzdem nicht seine Ehefrau umbringen, falls du darauf hinauswillst«, wandte Telse ein. »Er kann sich doch einfach scheiden lassen. Dafür kommt man nicht in den Knast.«

»Aber das süße Leben wäre futsch. Es sei denn, die Freundin ist ebenfalls eine gute Partie. Du erinnerst dich vielleicht, dass Kirsten das Haus allein gehört, ganz zu schweigen von den Ersparnissen. Ich konnte ihr da übrigens ein paar gute Tipps geben. Sie hat einen notariellen Ehevertrag aufsetzen lassen, der knallhart war. Ihr Künstlergatte hätte bei einer Scheidung keinen Cent mehr als gesetzlich vorgeschrieben bekommen. Na, was sagst du?« Wanda leerte ihr Glas in einem Zug.

Da gerade der Hauptgang aufgetischt wurde, hatte Telse Zeit, ihre Antwort zu überdenken. Sie hatte Pasta mit Gambas und Muscheln gewählt, während Wanda sich für die gemischte Fischplatte mit Rote-Bete-Spinat-Salat entschieden hatte. Das Essen duftete köstlich, und sie schob sich schnell eine Gabel voll Nudeln in den Mund.

»Aber du hast sinngemäß gesagt, der Typ hätte total fertig gewirkt, als du ihn besucht hast«, nahm sie das Gespräch schließlich wieder auf. »Es kann doch sein, dass er tatsächlich trauert. Wer sich über eine Erbschaft freut, sieht normalerweise anders aus.«

»Oder …« Wanda probierte ein Stück Dorschfilet, kaute genüsslich und schluckte. »… er ist ein perfekter Schauspieler.« Sie griff zur Serviette und tupfte die Mundwinkel ab. »Wer sagt denn, dass ihn nicht bloß sein schlechtes Gewissen plagt? Sofern er überhaupt eins besitzt. Warte ab, in spätestens zwei Monaten ist das vorbei, dann tanzt er durch die Straßen und schmeißt mit Scheinen um sich.«

»Ein wasserdichtes Alibi hat er jedenfalls nicht, das hat dein Kumpel Olaf Wuttke erwähnt. Angeblich hat Reinfeld die ganze Nacht mutterseelenallein in seinem Bett geschlafen. Kann stimmen, muss aber nicht.« Telse zog die Augenbrauen zusammen. »Oder glaubst du an einen Auftragskiller?«

»Ich bin seit fast vierzig Jahren nicht mehr in der Kirche und glaube erst mal gar nichts. Aber ich will auch nichts ausschließen.« Wanda stutzte plötzlich und ließ ihr Besteck sinken. »Warte mal, da war noch was. Bei Reinfeld, meine ich.« Gleich darauf leuchteten ihre Augen auf. »Jetzt hab ich's. Es ging um irgendeine kleine Figur, die er gesucht hat. Er wollte wissen, ob Kirsten sie mir gegeben hat. Hat sie aber nicht.«

»Eine Figur? Bestimmt ein kostbares Meisterwerk aus seiner Künstlerhand, das er jetzt an die Geliebte weiterreichen will.« Telse grinste. Sie fühlte sich angenehm beschwipst.

Wanda kicherte. »Genau. Aus Treibholz. Ganz naturgetreu nach eigenem Vorbild geschnitzt und poliert. Damit sie was hat, wenn er nicht da ist.«

Telse wischte sich die Lachtränen aus den Augen. »Noch ein Kaltgetränk für uns beide?«

»Madame können Gedanken lesen.«

10

TELSE WARF SICH AUF die andere Seite, das Bett quietschte leise. Sie zog das Federkissen über die Ohren. Das war doch unfassbar. Wieso röhrte plötzlich ein Rasenmäher durch ihre Gehörgänge? Sie griff nach dem Wecker und stöhnte auf. Sieben Uhr dreizehn! Gute Güte, hatten die Vorstadtrentner hier keine anderen Hobbys? Der infernalische Lärm, der hereindrang, war kaum auszuhalten, ebenso wenig der Benzingestank. Missmutig schwang sie die Beine aus dem Bett und schlurfte los, um das Fenster zu schließen. Als sie gerade den Griff umdrehte, erschien unvermittelt die Quelle des Radaus in ihrem Blickfeld und ließ sie stutzen. Wer da mit grimmigem Gesichtsausdruck den Mäher vor sich herschob, war Olaf Wuttke höchstpersönlich. Telse verdrehte die Augen. Kam er mit seinen ungelösten Fällen nicht weiter und musste sich im Garten abreagieren, oder handelte es sich schon um präsenile Bettflucht? Was auch immer, an Schlaf war nicht mehr zu denken, also konnte sie auch gleich aufstehen und sich anziehen.

Als sie kurz darauf mit ihrer Kaffeetasse in den Garten trat, war es plötzlich still. Nach einem Rundblick entdeckte sie Wanda, die sich über die Hecke mit Wuttke unterhielt. Kurz entschlossen gesellte Telse sich dazu.

»Guten Morgen, meine Liebe.« Wanda machte ein bedeutsames Gesicht. »Rate mal, was heute los ist.«

»Der Tag des elften Gebots, welches da lautet: Du sollst nicht lärmen. Moin, Olaf, hallo, Wanda.« Telse pustete in ihren Becher und nahm einen Schluck.

»Das gibt sich wieder.« Wanda grinste. »Olaf hat Stress.«

»Einen akuten Anfall von Arbeitswut, würde ich eher vermuten. Zu nachtschlafender Zeit übrigens, wenn ich das dem Herrn Kriminalhauptkommissar mal sagen dürfte.« Den letzten Teil rief Telse direkt über die Nachbarshecke.

»Musste leider sein.« Olaf blickte auf seinen Mäher und legte die Stirn in Falten. »Meine Frau kehrt heute von ihrer Geschäftsreise zurück. Drei Wochen Singapur, Tokio und was weiß ich noch wo. Da darf es hier nicht aussehen wie im Urwald.«

»Sie versteht da überhaupt keinen Spaß«, erläuterte Wanda. »Nicht wahr, Olaf?«

Statt einer Antwort kam ein unverständliches Knurren. Dann an Telse gerichtet: »Ich muss jetzt weitermachen. Entschuldigung, wenn ich dich geweckt habe. Es ist nur noch die kleine Ecke dahinten. Aber das Mistding gibt sowieso demnächst den Geist auf. Danach hört es sich jedenfalls an.« Mit diesen Worten startete er den Mäher und machte kehrt, um die nächste Schneise in die Wiese zu schlagen.

Wanda ging mit Telse zum Haus zurück. »Armer Kerl. Die selige Zeit der Männerwirtschaft ist jetzt vorbei.«

»Wieso? Freut er sich denn nicht, dass seine Frau zurückkommt?«

»Du wirst sie ja kennenlernen«, gab Wanda sibyllinisch zur

Antwort. »Aber wo du jetzt schon mal wach bist, können wir doch gemeinsam frühstücken, was meinst du?«

Zwei Stunden später verabschiedete sich Wanda, um zu einer Besorgung in die Stadt zu fahren. Telse dagegen wusste nicht recht, was sie mit dem freien Tag anfangen sollte. Zuerst beschäftigte sie sich damit, im Garten ein wenig Unkraut zu zupfen und verwelkte Blüten abzuschneiden. Ein Blick über die Hecke ließ erkennen, dass Olaf Wuttke auch in dieser Hinsicht ganze Arbeit geleistet hatte. In seinen Staudenbeeten konnte man wieder Blumen entdecken, und auf dem millimeterkurz geschnittenen Rasen rostete kein Gerümpel mehr vor sich hin. Sogar dem Giersch, der über den Plattenweg gewuchert war, hatte er den Garaus gemacht. Alles wirkte blitzblank und säuberlich gefegt. Na, da konnte die Gattin sich aber freuen. Telse selbst wurde die Gartenarbeit schnell langweilig. Als vernünftige Alternative bot sich an, weiter gegen das Umzugschaos im Haus anzugehen, aber dazu verspürte sie genauso wenig Lust wie zum Nichtstun. Unschlüssig stand sie in der Eingangstür. Die Sonne schien, die Vögel zwitscherten, vielleicht sollte sie einfach einen Spaziergang an der frischen Luft unternehmen und ihren neuen Wohnort erkunden.

Kurz entschlossen packte Telse die Nikon in ihre Umhängetasche. Man wusste ja nie. Da ihr Magen von zwei Scheiben Toastbrot mit Käse nicht satt geworden war, beschloss sie, sich auf den Weg in Richtung Olympiahafen zu machen. Da sollte es laut Wanda eine geradezu sensationelle Fischbude geben, obgleich sie sich nicht vorstellen konnte, was an zwei schlappen Brötchenhälften mit Hering dazwischen außergewöhnlich sein sollte.

Der Goldene Rollmops war auf dem Hafengelände nicht zu verfehlen. Telse reihte sich in die lange Schlange der Hungrigen ein, die zwar schrittweise vorwärtsrückte, jedoch niemals kürzer zu werden schien. Sie musste eine Viertelstunde warten, aber das sollte sich lohnen. Das Fischbrötchen war eine Wucht, Wanda hatte nicht übertrieben. Vorsichtig balancierend, um die leckere Soße nicht heruntertropfen zu lassen, trug Telse ihre Beute nach draußen und nahm Kurs auf die Sitzbänke oberhalb des Strandes. Zwischen den warmen, knusprig angerösteten Brötchenhälften lugte ein dicker rosa Matjes hervor, der von zarten Zwiebelringen gekrönt war. Der erste Biss zerging auf der Zunge. Den Rest wollte sie sich aufsparen, bis sie einen schönen Platz mit Blick auf das Wasser gefunden hatte. Zwischen zwei Schwarzkiefern wurde gerade eine Bank frei, nichts wie hin, bevor das nächste Touristenpärchen ihr zuvorkam.

Wie ein Blitz aus heiterem Himmel schoss plötzlich ein Schatten vorbei, und einen Sekundenbruchteil später starrte Telse ungläubig auf die leeren Brötchenhälften in ihrer Hand. Das durfte doch nicht wahr sein! Dieses verdammte Mistvieh!

Das Kreischen der Möwen klang wie hämisches Lachen in ihren Ohren. Da flog sie fort, die Räuberin, im Schnabel den rosa Matjes! Nachdem auch der erste Ärger verflogen war, beschloss Telse, die Sache mit Humor zu nehmen. Das war wohl ihr Lehrgeld, das sie als frischgebackene Küstenbewohnerin zahlen musste.

Kurz darauf hatte sie ein neues, gut bewachtes Fischbrötchen in der Hand und schlenderte damit auf den Anleger der Fördefähre hinaus. Als sie die Plattform ganz am Ende erreicht hatte, suchte sie sich einen Platz am Geländer mit weitem Blick über das Meer. Hier draußen blies ein frischer Wind. Die Wellen unter ihr klatschten krachend gegen den Ponton, und ab und zu sprühte Gischt auf ihre Haut.

Nachdem sie das Brötchen genüsslich verspeist hatte, stützte Telse die Arme auf die Brüstung und blickte hinunter in die schäumenden Fluten. Die grünblauen brodelnden Wassermassen hatten etwas Unheimliches und zogen ihren Blick geradezu in die Tiefe. Hier lud das Meer nicht zum Baden ein. Es gruselte sie bei dem Gedanken, was alles darin verborgen sein mochte, nicht sichtbar und doch anwesend. Diese Geheimnisse wollte sie nicht kennenlernen. Sie war schon immer bereit gewesen, die Grenze zu akzeptieren, die das nasse Element den Menschen setzte. Andere mochten es Ängstlichkeit nennen, sie selbst bezeichnete es lieber als Respekt vor der Natur.

Telse riss sich von dem Sog der Tiefe los und trat ein paar Schritte zurück. Sie zog ihre Kamera aus der Tasche, hängte sie sich um den Hals und schaltete sie ein. Dann kehrte sie an das Geländer zurück, hob den Apparat ans Auge und beobachtete die wild schäumenden Wellen durch den Sucher. So war es schon viel besser. Als künstlerisches Fotomotiv konnte sie das aufgewühlte Tosen durchaus genießen. Nach ein paar Aufnahmen, die sie in eine rundum zufriedene Stimmung versetzten, packte sie die Kamera wieder ein.

Auf der Plattform wurde das Gedränge inzwischen größer. Telse wandte den Blick und sah, wie sich ein Fördedampfer in schneller Fahrt dem Anleger näherte. Um dem Gewühl zu entkommen, beschloss sie, noch einen Besuch auf dem *Fliegenden Holländer* zu machen. So wurde hier die graue Betonburg genannt, die die gesamte Hafenanlage in Schilksee dominierte und

1972 als Wohnheim für die Teilnehmer der Olympiade gedient hatte. Kleine Apartments hockten wie Bienenwaben über einer lang gezogenen Reihe von Läden mit Seglerbedarf, Boutiquen, Restaurants und einer Schwimmhalle. Als sie die breite Treppe zur Einkaufsebene emporstieg, umwehte sie der Charme der Siebziger, den die Anlage trotz aller Renovierungsversuche verströmte.

Vielleicht sollte man diesen zugigen Klotz einfach abreißen, überlegte sie, ein bisschen Schminke hilft hier auch nicht mehr. Andererseits kannte sie genug Beispiele, wo ein hässliches Gebäude nach dem Abriss nur durch ein noch größeres und noch hässlicheres ersetzt worden war. So gesehen war ein wenig Retrocharme vielleicht nicht das Schlechteste. Sie bummelte die Schaufenster entlang und blieb dann vor dem Laden eines Segelmachers stehen. Durch die mannshohe Glasscheibe sah sie ihm eine Weile bei der Arbeit zu.

Plötzlich stutzte sie. In der Fensterscheibe spiegelten sich die kleinen Tische des benachbarten Eiscafés. An einem von ihnen erkannte sie die Schulassistentin, die dort zusammen mit einem jungen Mann saß. Sie versuchte, sich an den Namen der Kollegin zu erinnern, kam aber nicht drauf. Also drehte sie sich einfach um, lächelte die Frau an und grüßte sie mit einem Winken.

Die Schulassistentin schaute ihr direkt ins Gesicht und durch sie hindurch. Sie verzog keine Miene und setzte ungerührt das Gespräch mit dem Mann an ihrer Seite fort.

Telse stand da und fühlte erst Verunsicherung, dann Ärger in sich aufsteigen. Gute Güte, war sie etwa unsichtbar? Entweder hatte diese blöde Kuh ihre Brille nicht aufgesetzt oder das

Gedächtnis einer Erbse. Egal, das war nicht ihr Problem. Sie straffte sich und schritt mit hocherhobenem Kinn an dem Pärchen vorbei, ohne es noch eines Blickes zu würdigen.

11

DAS HÄUSCHEN »SEEMANNSFRIEDEN« lag still und friedlich in der spätnachmittäglichen Sonne. Hier im Garten püsterte der Wind längst nicht so stark wie im Hafen. Telse vermutete, dass Wanda noch nicht zurück war, die Villa machte jedenfalls einen verlassenen Eindruck. Es war ihr nur recht, denn heute wollte sie sich einen ruhigen Abend vor dem Fernseher gönnen und allein auf dem Sofa lümmeln. Beim Auspacken der Umzugskartons war ihr gestern die DVD-Box der Politserie *Borgen* in die Hände gefallen, und sie hatte sich vorgenommen, die dänischen Intrigen endlich mal wieder anzusehen. Am besten alle Folgen hintereinander weg.

Kaum hatte sie geduscht und sich anschließend im Bademantel und mit Handtuchturban auf dem Kopf ein Käsebrot mit Gewürzgurke gemacht, klopfte es an der Tür. Sie öffnete. Vor ihr stand Wanda, die ihr schönstes Zahnpastalächeln präsentierte. »Guck mal, die Beißerchen glänzen wie neu! Frau Doktor hat ganze Arbeit geleistet, um die fiesen Rotweinflecken wegzukriegen. Da sieht selbst George Clooney neben mir alt aus.«

Telse, die keinen Schimmer hatte, wie die Zähne von Herrn Clooney beschaffen waren, bequemte sich zu einem »Na super!«.

Ohne Umschweife drängelte sich Wanda in den Flur und musterte dabei Telses Frottee-Outfit, während diese hinter ihr die Tür schloss. Dann lächelte sie die Freundin mit einem undefinierbaren Blick an. »Schätzchen, du scheinst es geahnt zu haben.«

»Geahnt? Was denn?« Telse verstand nur Bahnhof, witterte aber Ungemach.

Wanda deutete auf den Bademantel. »Hast extra geduscht und dich frisch gemacht. Das wird sie freuen. Ihn natürlich auch.« Ihr Grinsen konnte man mit Fug und Recht diabolisch nennen.

»Mach mich nicht unglücklich.« Telse guckte flehend. »Was hast du mit mir vor?«

»Nichts Schlimmes«, sagte Wanda beschwichtigend. »Das hoffe ich jedenfalls. Um es kurz zu machen: Camilla ist eingetroffen und hat uns, damit meint sie besonders dich, zu einem kleinen intimen Abendessen eingeladen. Ich werde ein paar Lachsröllchen mitbringen.«

Telse traute ihren Ohren nicht. »Camilla? Die Frau von Olaf?«

Wanda nickte.

»Wollen die beiden ihr Wiedersehen denn nicht in trauter Zweisamkeit verbringen? Ich möchte heute nur noch Serien gucken, die Beine hochlegen und ungesunde Sachen essen.«

»Dein Gurkenbrot ist nicht ungesund. Meine Lachsröllchen übrigens auch nicht, aber das nur nebenbei.« Wanda setzte ihren Hundeblick auf. »Komm schon, gib dir einen Ruck. Ich weiß, ich überfalle dich, aber sie will dich unbedingt kennenlernen. Eine Hamburgerin, die freiwillig nach Schilksee gezogen ist, das ist unglaublich. Vermutlich hofft sie, in dir eine Gleichgesinnte zu finden, die ebenfalls nur aus Versehen hier im Outback gelandet ist. Außerdem hat Olaf vielleicht neue Informationen zu Kirstens Fall. Die Chance sollten wir nutzen.«

»Der Fall ist so gut wie begraben, das weißt du auch. Was soll es da von Polizeiseite noch Neues geben? Es sei denn, sie haben wider Erwarten den schuldigen Bootsführer erwischt.« Telse seufzte resigniert. Als Wanda nichts sagte und sie nur aus großen Augen anschaute, hob sie die Schultern und ließ sie kraftlos wieder fallen. »Aber nur, weil du es bist. So werde ich mein Schicksal als Neuzugang in eurer Gemeinschaft klaglos annehmen und der werten weltreisenden Gattin meine Aufwartung machen.«

Wanda klopfte ihr frohgemut auf den Arm. »Meine gute alte Telse, so kenne ich dich. Müde, aber tapfer ziehst du in die Schlacht und lässt mich nicht allein.« Sie wandte sich zur Tür. »Komm um acht zu mir, wir gehen dann gemeinsam rüber.« Sie zwinkerte Telse zu. »Wenn du als echte Hanseatin Eindruck schinden willst, empfehle ich das kleine Dunkelblaue mit Perlenkette. Auf gehts, adelante comandante!« Damit öffnete sie die Haustür und verschwand hinaus in die Dämmerung.

Telse stand im Türrahmen und blickte ihr hinterher.

Das konnte nicht so weitergehen. Sie musste lernen, sich gegen Wandas Neigung, sie ungefragt in die Pflicht zu nehmen, durchzusetzen. Nächstes Mal aber wirklich. Sie zog die Tür heftiger als nötig ins Schloss und biss in das Käsebrot, das sie die ganze Zeit über in der Hand gehalten hatte. Dunkelblaues und Perlenkette! Sie hatte nicht übel Lust, aus Trotz im Bademantel rüberzumarschieren. Um ihre Nachbarin kennenzulernen, wäre in den nächsten Tagen doch noch genügend Zeit gewesen. Warum unbedingt sofort und heute? Die Dame war offensichtlich von der schnellen Truppe.

Telse blickte auf ihr gemütliches Sofa und seufzte. Besser, sie brachte ihren Antrittsbesuch so rasch wie möglich hinter sich.

Wanda lächelte Telse aufmunternd zu und drückte auf den Klingelknopf aus poliertem Messing. Sie trug außer ihrer Lachsröllchenplatte ein kornblumenblaues knöchellanges Kleid und hatte eine schwersilberne antike Halskette angelegt. Telse hatte sich dann doch gegen den Bademantel entschieden und eine Baumwollbluse samt krumpeliger Leinenhose aus dem Schrank gezogen. Sie hoffte, dass der Abend schnell vorbeigehen würde. Auch wenn es vielleicht ungerecht war, rief die Spezies der weltreisenden Unternehmensberaterinnen bei ihr ein grundsätzliches Misstrauen hervor.

Kaum war der letzte Klingelton verhallt, hörten sie das Klappern von Absätzen. Einen Augenblick später wurde die Haustür geöffnet, und Camilla Wuttke stand in voller Pracht vor ihnen. Sie trug einen Kimono aus grüner Seide, der mit feuerroten Drachen und goldglänzenden Blumenranken bestickt war. Ihre pechschwarze Pagenfrisur wurde von einem winzigen Haarknoten gekrönt, der Telse an ein umgestülptes Schwalbennest denken ließ. Sein Zweck bestand erkennbar nur darin, sich von einem Paar rot lackierter Essstäbchen mit goldenen Schriftzeichen durchbohren zu lassen, die rechts und links aus ihm herausragten. An den Stäbchenenden baumelten an beiden Seiten jeweils kleine Troddeln, die bei jeder Bewegung munter wippten. Ihr Gesicht war von einem sehr hellen, fast weißen Make-up bedeckt, aus dem ein kirschrot geschminkter Herzmund hervorleuchtete.

Als er sich zu einem breiten Willkommenslächeln verzog, enthüllte er eine Reihe leicht angegilbter Zähne, deren Farbe auf regen Zigarettenkonsum schließen ließ. Die Füße, die unter dem Kimono hervorlugten, steckten erstens in weißen Söckchen und zweitens in hochhackigen roten Lacksandalen. Der Eindruck einer etwas schrägen Geisha wurde von der viereckigen schwarzen Designerbrille verstärkt, die Camilla Wuttke auf ihrer Nase trug und die sie jetzt mit dem Zeigefinger hochschob. Ihre kurz geschnittenen Nägel hatte sie mauvefarben lackiert.

»Konbanwa.« Eine graziöse Verbeugung. »Herzlich willkommen, bitte tretet ein.« Sie öffnete die Tür weit, trat mit Trippelschrittchen zur Seite und machte eine einladende Geste, die ihre voluminösen Kimonoärmel flattern ließ.

Während Wanda mit einer Dankesfloskel für die Einladung ihre Häppchen überreichte, war Telse noch wie gebannt von dem seltsamen Anblick. Doch dann riss sie sich zusammen, begrüßte artig ihre Gastgeberin und hielt ihr den Strauß aus Ringelblumen und Astern hin, den sie auf die Schnelle im Garten gepflückt hatte. Aus dem Inneren des Hauses drangen fremdartig zirpende Klänge an ihr Ohr.

Erwartete sie hier etwa eine japanische Teezeremonie? Camilla Wuttke nahm die Blumen mit einem anmutigen Neigen ihres Kopfes in Empfang und klackerte dann voraus ins Wohnzimmer. Die Troddeln an ihrem Kopf schaukelten dabei fröhlich im Rhythmus.

Während sie der Hausherrin folgten, beugte sich Wanda zu Telse hinüber. »Heute ist sie wirklich ein Knaller«, raunte sie ihr ins Ohr. »So einen Auftritt bekommt nicht jeder. Du darfst dich also geschmeichelt fühlen.«

»Sieht die etwa immer so aus?«, flüsterte Telse entgeistert zurück.

»Gott bewahre, nein. Das Kostüm ist jedes Mal ein anderes. Kommt ganz darauf an, wo in der weiten Welt sie gerade Geschäfte gemacht hat. Sie liebt es eben, uns arme Daheimgebliebene mit den Sitten und Gebräuchen fremder Kulturen vertraut zu machen.« Wanda unterdrückte ein Lachen. »Als sie kürzlich aus Australien zurückkam, hat sie als Crocodile Dundee zum Dinner geladen.«

Bevor Telse weiter nachfragen konnte, waren sie im Wohnzimmer angekommen. Ihre Nase nahm einen feinen Jasminduft wahr. Den Esstisch schmückte ein filigranes Gesteck aus zartgrünen Bambustrieben und orangefarbenen Ballons der Lampionblume. Als Unterlagen dienten geflochtene Matten, auf denen viereckige mattschwarze Teller thronten. Bevor sie sich Gedanken zu den daneben liegenden Essstäbchen machen konnte, trat ihnen Olaf Wuttke entgegen. In jeder Hand hielt er ein Schnapsglas, das mit einer glasklaren Flüssigkeit gefüllt war und das er ihnen umstandslos reichte.

»Moin, die Damen. Hier, erst mal runter damit. Damit wir den Abend locker angehen können.« Als Telse misstrauisch ihr Getränk beschnupperte, setzte er nach: »Nich lang schnacken, Kopp in Nacken!« Daraufhin kippte er sein Glas auf ex, schüttelte sich kurz und blickte seine Besucherinnen aufmunternd an.

Wanda ließ sich nicht lange bitten und tat es ihm gleich. Einschließlich schütteln. Dann grinste sie Telse an, die noch zögerte. »Los, altes Haus, das Zeug wird dich schon nicht umbringen. Hoffe ich jedenfalls.« Sie schaute fragend in die Runde. »Was für ein exquisites Getränk ist es denn, das wir hier verkosten dürfen?«

»Ein echter Honkaku Shochu aus Japan«, zwitscherte Camilla strahlend. »Schmeckt köstlich, nicht wahr?« Sie hob ihr Glas. »Auf uns und diesen wunderbaren Abend.« Dann leerte sie es in einem Zug, hustete kurz und wischte sich verstohlen eine Träne aus dem Augenwinkel. »Ich heiße übrigens Camilla«, erklärte sie an Telse gewandt. »Das ganze Gesieze können wir uns schenken, schließlich sind wir Nachbarinnen.« Sie legte den Kopf schräg, sodass die Troddeln tanzten, und schenkte Telse einen funkelnden Blick. »Olaf hat mir schon von dir berichtet, aber natürlich längst nicht alles, was ich wissen will. Zum Glück haben wir den ganzen Abend Zeit, um uns kennenzulernen.«

Telse stöhnte innerlich auf. »Ja, das finde ich auch wunderbar. Herzlichen Dank noch mal für Ihre … äh, deine Einladung«, schwindelte sie höflich.

Camilla wedelte ungeduldig mit einer Hand. »Genug mit den Formalitäten. Ich denke, wir sollten erst mal eine Kleinigkeit zu uns nehmen, dabei plaudert es sich angenehmer, nicht wahr?« Sie wandte sich an ihren Mann, der gerade das zweite Glas Shochu geleert hatte. »Olaf, unterhältst du unsere Gäste ein wenig, während ich das Essen aufdecke? Bin in ein paar Minuten wieder bei euch.« Als Wanda ihre Hilfe anbot, winkte sie energisch ab und verschwand mit wehenden Kimonoärmeln in die Küche.

»Wahrscheinlich muss sie erst mal eine schmöken«, meinte Olaf trocken und ließ sich in einen Sessel fallen. »Kommt, nehmt Platz.« Dann stand er sofort wieder auf.

»Entschuldigung, ich bin ein schlechter Gastgeber. Was darf ich euch anbieten? Einen leckeren Weißwein? Mit ein wenig Alkohol im Blut wird der Abend entspannter.«

»Da sag ich nicht Nein«, stimmte Wanda zu. »Von diesem Zeug hier«, sie wies auf die leeren Schnapsgläser, »wird man ja innerlich desinfiziert.«

Olaf zeigte nur ein feines Lächeln, sagte aber nichts und blickte fragend zu Telse.

»Ich schließe mich an«, sagte sie. »Aber dazu gerne ein Glas Wasser, sonst werde ich noch sumselig.«

»Hübscher Ausdruck, den kannte ich noch gar nicht«, gluckste Wanda. »Sumselig möchte ich auch gerne sein.«

»Das schaffst du locker«, prophezeite Telse. »Bedeutet das Gleiche wie angeschickert.«

Sie machte es sich mit Wanda auf der Ledercouch gemütlich. Olaf holte den Wein, dann reichte er ihnen ihre Gläser und ließ sich wieder in den Sessel fallen. Kaum hatte er Platz genommen, als Wanda auch schon zur Sache kam.

»So, mein Lieber, nutzen wir den Moment, den wir haben. Wir wollen Camilla schließlich nicht den Abend verderben.« Sie blickte ihm direkt ins Gesicht. »Was gibt es Neues im Fall Kirsten Reinfeld?«

Olaf verdrehte die Augen. »Du gibst wohl nie auf, was?« Er betrachtete Wanda wie ein uneinsichtiges Kind, das einfach nicht verstehen will, dass die Keksdose leer ist. »Vermutlich wird die Leiche demnächst zur Bestattung freigegeben. Das wars dann.«

»Das war es noch nicht«, sagte Wanda unbeeindruckt. »Meine Frage ging in die Richtung, ob ihr etwas über ihren Ehemann herausgefunden habt. Er hat übrigens eine Geliebte«, setzte sie auftrumpfend hinzu.

Olafs überraschter Blick verriet, dass ihm diese Information neu war. »Was du nicht sagst. Ist das jetzt Schilkseer Dorfklatsch, oder weißt du das sicher?«

»So sicher, wie dieser Ohrhänger nicht Kirsten gehört hat.« Wanda kramte kurz in ihrer Handtasche, holte dann das in Seidenpapier eingewickelte Schmuckstück heraus und überreichte es dem Kriminalkommissar. »Bitte schön. Von mir höchstpersönlich unter Tilman Reinfelds Lotterbett entdeckt.« Sie lehnte sich zurück und genoss sichtlich Olafs Irritation. Schließlich erbarmte sie sich und erklärte ihm, wie sie zu dem Fundstück gekommen war. »Kirsten hatte keine Ohrlöcher, das dürfte eure Rechtsmedizinerin Frau Doktor Kernbeiss festgestellt haben. Falls sie ihren Job so gemacht hat, wie sie sollte«, schloss sie ihren Monolog.

Olaf hob die Augenbrauen, dann zog er sie zusammen. »Das ist zweifellos interessant, bringt uns aber nicht weiter. Eine heimliche Geliebte zu haben ist schließlich nicht verboten. Deshalb muss er seine Ehefrau nicht gleich umbringen, falls du darauf hinauswillst. Das ist doch ein billiges Klischee.«

»Sage ich auch«, warf Telse ein.

Wanda hob den Zeigefinger. »Nicht wenn der Gatte bei einer Scheidung keinen Cent sehen würde«, konterte sie. »Wo hat der noch mal den Abend vor Kirstens Tod verbracht?«

»Angeblich in einem Restaurant. Mit wem, wollte er uns nicht sagen.« Olaf reichte ihr den Ohrring zurück. »Aber diese Frage dürfte mit deinem Fund möglicherweise beantwortet sein, auch wenn wir den Namen der Dame noch nicht kennen. Da fällt mir allerdings eine Sache ein, wo wir gerade von den Reinfelds sprechen.« Er machte eine Pause und schien zu überlegen.

Telse und Wanda beugten sich fast gleichzeitig nach vorn und fixierten den Kriminalhauptkommissar.

»Ja, was denn?«, drängelte Wanda. »Nun sag schon!«

Wuttke räusperte sich. »Das Ehepaar Reinfeld hat vor knapp zwei Wochen Anzeige erstattet, weil sich ein Unbekannter auf ihrem Grundstück herumgetrieben haben soll. Sie haben aber nicht erkennen können, wer es war.« Er hob beide Hände und ließ sie dann schwer auf seine Knie fallen. »Ich habe von dem Vorgang nur durch Zufall erfahren, solche Dinge gehören bekanntlich nicht in den Aufgabenbereich der Mordkommission. Jedenfalls solange kein Toter dabei ist. Wie auch immer, kürzlich habe ich in der Kantine einen alten Kollegen getroffen. Es gab Frikadellen mit Kartoffelsalat, da kommen sie mittags alle aus ihren Löchern.«

Wanda wedelte ungeduldig mit der Hand. »Olaf, mach hinne!« Langatmige Reden hatte sie noch nie gut ausgehalten.

»Wir haben uns über die Reinfeld-Sache unterhalten«, fuhr er ungerührt fort. »Schließlich taucht hier an der Küste längst nicht so oft eine Wasserleiche auf, wie manche meinen könnten. Und da hat er sich an die Anzeige erinnert. Obwohl das ja nur eine Lappalie war. Hat auch nichts gebracht, wie fast immer.«

In diesem Moment schallte ein energischer Ruf aus der Küche. »Olaaaf! Kommst du mal bitte!«

Wuttke zuckte mit den Schultern, lächelte etwas gequält und erhob sich gemächlich. »Ich muss die Damen wohl kurz allein lassen. Die Chefin fordert mein Erscheinen. Bedient euch einstweilen selbst.« Mit einem in Richtung Tür gerufenen »Sofort, Schatz!« machte er sich auf den Weg.

Wanda sah ihm hinterher. »Camilla hat ihren lieben Olaf perfekt konditioniert, alle Achtung. So einen folgsamen Ehemann hätte ich auch gerne gehabt.«

»Hattest du etwa nicht?«, erkundigte sich Telse.

»Nicht unbedingt.« Mit spitzbübischer Miene setzte sie hinzu: »Aber zu nett ist auch wieder langweilig, findest du nicht?«

Telse wollte auf das Thema nicht weiter eingehen. »Was denkst du über diesen ominösen Eindringling? Hat Kirsten ihn dir gegenüber erwähnt?«

Wanda schüttelte den Kopf. »Nein. Anscheinend wollte sie kein großes Gewese darum machen. Die Anzeige war ja sowieso erfolglos, wie Olaf sagte.«

»Meinst du, die Herumschleicherei im Garten hat etwas mit ihrem Tod zu tun? Ich kann mir das nicht vorstellen. Wahrscheinlich handelte es sich um einen Einbrecher, der bei den Reinfelds einsteigen wollte.«

Wanda klopfte nachdenklich mit dem Fingernagel gegen ihre Schneidezähne. »Ein merkwürdiger Zufall ist es aber schon. Soviel ich gehört habe, fackeln professionelle Verbrecherbanden nicht lange und brechen gleich ein. Keine drei Minuten, und die Bude ist leer geräumt.« Sie nahm einen kräftigen Schluck Weißwein. »Das hier muss ein Amateur gewesen sein.«

»Was die Sache interessant machen könnte«, überlegte Telse. Sie fühlte sich vom Alkohol leicht schwummerig und hoffte, dass bald das Essen serviert wurde. »Haben die Reinfelds denn viele Wertsachen im Haus?«

»Eher nicht, es sei denn, du zählst Treibholzobjekte dazu.«

Sie grinste, wurde aber sofort wieder ernst. »Kirsten lehnte neureichen Schnickschnack ab, und ihre Designermöbel sind viel zu sperrig. Alles Wichtige hatte sie im Tresor deponiert.« Wanda zuckte mit den Schultern. »Es kann natürlich auch eine ganz harmlose Erklärung geben. Vielleicht handelte es sich um einen Dummejungenstreich, eine Mutprobe oder etwas in der Art. Mein Bauchgefühl ist sich da nicht sicher.« Sie trank ihr Glas leer und blickte Richtung Tür. »Apropos Bauch. Wenn ich nicht gleich was zu beißen kriege, stürme ich die Küche und hole mir meine Lachsröllchen zurück. Was machen die beiden bloß so lange da drin?«

In diesem Augenblick schwang die Zimmertür auf, und Olaf Wuttke schob sich schwer beladen in den Raum. Auf jeder Hand trug er eine längliche Schieferplatte, die er zum Esstisch balancierte und vorsichtig darauf abstellte. Anschließend ließ er sich mit einem Schnaufen auf dem nächstbesten Stuhl nieder. »So, kommt her, endlich gibt es was zu futtern. Ich hoffe, ihr mögt das Zeug.« Er deutete mit dem Kinn zu den beiden Platten, auf denen sich kleine Teigtaschen sowie Dutzende Sushiröllchen tummelten. Die vielen unterschiedlichen Maki- und Nigiri-Kreationen waren alle sorgfältig und ansprechend dekoriert. »Wenn nicht, haben wir immerhin noch Wandas leckere Lachsröllchen.«

Hektisches Absatzklackern kündigte das Erscheinen von Camilla Wuttke an, die einen Moment später mit einem Tablett im Türrahmen erschien. Sie machte einen erhitzten und leicht zerrupften Eindruck. Eins ihrer Essstäbchen im Haar hing auf Halbmast, und an ihrem rechten Kimonoärmel klebten einige Körnchen Reis. Nichtsdestotrotz schien sie bester Laune zu sein und verteilte geschäftig die Lachsröllchen sowie diverse kleine Schälchen mit Sojasoße, Wasabicreme und eingelegtem Ingwer auf dem Tisch. »Entschuldigt bitte, dass ihr so lange warten musstet. Olaf und ich hatten eine klitzekleine Diskussion.« Sie warf einen Blick in Richtung Ehemann. »Aber nun geht es endlich los. Greift zu!«

»Das sieht ja köstlich aus! Und ich sterbe gleich vor Hunger.« Wanda ließ sich nicht lange bitten und klemmte sich routiniert die Essstäbchen zwischen die Finger.

Telse betrachtete ihr Paar lackierter Holzstiele. Wie oft schon hatte sie sich bei Restaurantbesuchen bemüht, mit den Dingern etwas Essbares zu greifen, und war gescheitert. Besonders gewurmt hatte sie dabei die unverhohlene Schadenfreude ihrer Tochter Julianne, die selbst keinerlei Probleme mit den asiatischen Fingerbrechern hatte. Auch diesmal kämpfte sie mit dem Essgerät. Als ein Sushiröllchen in die Wasabicreme fiel und ein leuchtend grüner Spritzer auf Wandas Kleid landete, entschied sie sich, die beiden Stäbchen wie eine Art Schaufel zu benutzen, um überhaupt etwas auf ihren Teller zu bugsieren.

Zum Glück zog Wanda alle Aufmerksamkeit auf sich. »Worüber habt ihr denn in der Küche diskutiert?«, erkundigte sie sich zwischen zwei Bissen, während sie gekonnt ein Sushiröllchen vom Teller hob.

Olaf und Camilla sahen sich kurz an, sagten aber nichts. Telse blickte zu Wanda, die sich unbekümmert gab und ihren Fang in Sojasoße tunkte.

»Alles in Ordnung, genießt das Essen«, brach Olaf schließlich das Schweigen. »Wir wollen uns doch nicht von Lappalien die Laune verderben lassen.«

»Lappalien?« Camilla funkelte ihren Mann an. »Du wolltest mir meinen schönen Begrüßungsabend verderben, darum ging es.« Ihre Wangen waren wütend gerötet, und die Troddeln gerieten in empörte Schwingungen. »Der Herr Kommissar hat nämlich etwas gegen japanisches Essen«, erklärte sie an Telse gewandt.

Die hatte die Gelegenheit genutzt und sich gerade ein Futo-Maki unauffällig mit den Fingern in den Mund geschoben. Kauend kam sie um einen Kommentar herum.

»Habe ich nicht«, widersprach Wuttke. »Aber ich hätte zum Abendessen gerne noch etwas anderes gefuttert als in Algen gewickelten kalten Reis mit rohem Fisch darin.«

Camilla rollte mit den Augen. »Hätte ich etwa für dich allein ein Steak braten sollen? Du bist ein Banause, Olaf Wuttke. Das Restaurant *Hokkaido* macht mit Abstand das beste Sushi von ganz Kiel, die haben sogar extra einen Meister aus Tokio dafür eingestellt. Sei froh, dass ich keinen Fugu bestellt habe.« Ihr Blick wanderte wieder zu Telse und wechselte zwischen ihr und Wanda hin und her. »Unseren werten Gästen schmeckt es jedenfalls, oder?«

Telse nickte mit vollem Mund. Mit der heimlichen Fingermethode wurde sie wenigstens satt.

»Einfach köstlich, meine Liebe!« Wanda hantierte so geschickt mit ihren Stäbchen, als sei sie in Japan aufgewachsen. »Olaf, nun greif zu, sonst lassen wir dir nichts mehr übrig«, forderte sie ihn auf.

»Kein Problem. Immerhin habe ich noch eine Alternative.«

Wuttke lud sich sechs von Wandas Lachsröllchen auf den Teller und probierte das erste. Er kaute, hob die Augenbrauen und nickte anerkennend. »Nicht schlecht«, tat er kund, nachdem er den Bissen hinuntergeschluckt hatte. »Zwar auch mit Fisch, aber erstens nicht roh und zweitens ohne Tang und ähnliches Meeresgestrüpp.«

Telse ließ sich unterdessen von Camilla ausfragen, was sie denn ausgerechnet nach Schilksee verschlagen hatte. Sie antwortete ausweichend, merkte aber schnell, dass es reichte, wenn sie ausführlich vom Hamburger Kulturleben erzählte.

Als sie sich im Gegenzug bei Camilla nach deren Arbeit als Unternehmensberaterin erkundigte, winkte diese nur ab. »Lass uns nicht davon reden. Manchmal weiß ich kaum noch, wo ich wohne. In zwei Wochen muss ich schon wieder los, diesmal nach Houston, Texas. Der Job frisst mich auf.« Sie kicherte. »Oder ich ihn. Wir können beide nicht ohneeinander. Mit meinem lieben Olaf ist es genauso.«

Telse überlegte kurz, ob Camilla vielleicht schon einen Shochu zu viel intus hatte. Für ihre Vermutung sprach, dass ihre Gastgeberin jetzt eine Reihe Anekdoten und nicht jugendfreie Witze über Japaner zum Besten gab. War die Stimmung unter den drei Frauen schon vorher gelöst gewesen, entspannte sie sich nun vollends. Das Glucksen am Tisch schwoll allmählich zu gackerndem Gelächter an. Telse und Wanda wischten sich die Lachtränen aus den Augen und schnappten nach Luft. Olaf hingegen beschränkte sich darauf, zuverlässig für den Getränkenachschub zu sorgen. Der Tod Kirsten Reinfelds war in diesem Moment vergessen.

Nach fast zwei heiteren Stunden sprang Olaf plötzlich von seinem Stuhl auf und stürmte aus dem Wohnzimmer.

Die Frauen sahen ihm überrascht hinterher.

»Huch, was hat er denn?« Auf Wandas Wangen schimmerte mittlerweile eine zarte Röte. »Kann er uns nicht mehr leiden?«

»Das wäre aber schade. Wo wir es doch gerade so lustig haben. Prost!« Camilla hob ihr Weinglas und stürzte den angewärmten Inhalt hinunter. Sie machte einen Versuch aufzustehen, stützte sich mit einer Hand am Tisch ab, entschied sich aber auf halber Höhe, lieber sitzen zu bleiben. »Der kommt schon wieder, keine Bange!«, verkündete sie. Ihre Artikulation als glasklar zu bezeichnen wäre übertrieben gewesen. Die Geisha-Frisur hatte sich mittlerweile aufgelöst, unter anderem weil Camilla die betroddelten Hölzchen kurzerhand als Ersatz benutzt hatte, als ihr die Essstäbchen beim wilden Gestikulieren aus der Hand geflogen waren.

»Der holt sich bestimmt nur Ohrpröppel«, verkündete Telse und guckte angestrengt in ihr leeres Glas. »Außerdem muss er für Nachschub sorgen. Da kann er noch nich' ins Bett.« Wanda und Camilla stimmten nachdrücklich zu. Olaf Wuttke kehrte jedoch nicht zurück.

Nach schätzungsweise einer Viertelstunde erklärte Wanda: »Wir sollten einen Suchtrupp losschicken.« Zur Bekräftigung pikte sie mit ihrem Zeigefinger Löcher in die Luft und lehnte sich nach dieser Anstrengung ermattet auf dem Stuhl zurück.

»Genau! Oder Plakate aufhängen: Gebrauchter Ehemann vermisst – bei Rückgabe Belohnung«, schlug Telse kichernd vor.

Camilla prustete. »Oder noch besser: Belohnung, wenn er woanders aufgenommen wird. Aber nur mit Gartenauslauf.«

Die Frauen wurden von einem kollektiven Lachkrampf geschüttelt. Dabei bemerkte keine, wie sich langsam die Wohnzimmertür öffnete. Erst als sich Olaf Wuttke hinter ihnen leise räusperte, drehten alle drei schwer japsend den Kopf.

Camilla starrte ihren Mann an, ihre Mundwinkel fielen herab. Sie sprang so hastig auf, dass ihr Stuhl fast umkippte, korrigierte kurz ihr Gleichgewicht und stürzte auf ihn zu. »Mein Gott, Olaf, wie siehst du denn aus?« Sie nahm ihren Gatten beim Arm und führte ihn zum Sofa, wo sie ihm half, sich hinzulegen, und ihm ein Kissen unter den Kopf schob. »Was ist denn bloß passiert? Du bist ja käsebleich.« Sie kniete sich neben ihn und strich ihm fürsorglich über die raspelkurzen Haare.

Wuttke stöhnte auf und presste beide Hände auf seinen Bauch.

Telse und Wanda verließen ihre Plätze am Tisch und kamen ebenfalls zum Sofa. Olaf Wuttke lag schwer atmend da, seine Augen waren geschlossen, auf seinem Polohemd prangten feuchte Flecken auf der Brust, und seine Stirn glänzte.

Camilla tätschelte seine Hand und schien nicht zu wissen, was sie tun sollte. »Schatz, sag schon, tut dir etwas weh? Kann ich dir irgendwie helfen?« In ihrer Stimme lag ein Hauch von Panik.

»Mein Magen …« Er gab ein würgendes Stöhnen von sich und schlug die Hand vor den Mund, bevor er leise weitersprach. »Mir ist so schlecht. Ich bin gar nicht mehr vom Klo runtergekommen«, presste er heraus. »Das heißt, wenn ich mich nicht gerade übergeben musste.«

»Aber du hast doch gar nichts von dem Sushi gegessen, oder?«, platzte Telse heraus.

»Nein, aber meine Lachsröllchen.« Wanda guckte erst zum Tisch, wo noch die Essensreste standen, und dann hilflos in die Runde. »Und zwar als Einziger.«

Wuttke stöhnte erneut, diesmal etwas lauter.

»Dann haben wir drei wohl Glück gehabt«, stellte Camilla erleichtert fest. Sie rappelte sich etwas mühsam aus ihrer Bodenhaltung hoch, wobei sie mit dem Absatz ein Loch in ihren Kimono riss. »Ich hole dir mal ein Glas Wasser. Bleib schön liegen!« Mit entschlossenem Griff raffte sie ihre Kleidung zusammen und eilte in Richtung Küche davon.

Wanda beugte sich zu Olaf hinunter: »Sollen wir einen Arzt rufen?«

Wuttke hob eine Hand und winkte schlapp ab. »Nicht nötig. In mir dürfte eh nicht mehr viel drin sein. Ich will einfach nur hier liegen.«

Telse zupfte Wanda am Arm und zog sie ein Stückchen vom Sofa weg. »Sag mal, war dein Lachs vielleicht nicht ganz in Ordnung?«, flüsterte sie, als sie außer Hörweite waren.

Wanda schüttelte stumm den Kopf. »Er war doch nur einen Tag überfällig.« Als Telse sie entsetzt ansah, erklärte sie: »Ich bin eben gegen Lebensmittelverschwendung. Das Haltbarkeitsdatum sagt überhaupt nicht aus, ob etwas noch genießbar ist.« Der letzte Satz wurde von einem trotzigen Unterton begleitet. Bevor Telse etwas dazu sagen konnte, fügte sie hinzu: »Ich finde, wir sollten jetzt den Tatort verlassen und nach Hause gehen. Unser Patient braucht Ruhe.« Sie warf einen letzten Blick auf den blassen Kommissar. »Und hoffentlich keinen Rettungswagen.«

Olaf Wuttke schloss die Augen und widersprach nicht.

12

DIE SCHULKLINGEL SCHEPPERTE los, und augenblicklich wurde aus ihrer Klasse ein wuselnder, kreischender Ameisenhaufen. Noch bevor Telse die Stunde für beendet erklären konnte, stürmten schon die ersten Schüler an ihr vorbei nach draußen. »Machts gut, bis zum nächsten Mal!«, rief sie über das Getümmel hinweg in den Raum, erntete aber keine Reaktion. Sie legte die Kreide, die sie in der Hand gehalten hatte, auf die Tafelablage und ging zum Lehrertisch, um ihre Unterlagen in die Tasche zu packen. Die Disziplin in der Schule hatte seit ihrer eigenen Kindheit deutlich nachgelassen, schoss es ihr durch den Kopf. Oder war sie einfach nur alt und spießig geworden? Zumindest vertrug sie Alkohol längst nicht mehr so gut wie in früheren Tagen, das hatte ihr der Abend bei den Wuttkes deutlich vor Augen geführt. Immerhin hatte sie das ganze Wochenende Zeit gehabt, ihren Körper von den Resten der Spirituosen zu entgiften.

Auch Olaf ging es erfreulicherweise schon wieder besser, wie Wanda gestern berichtet hatte. Auf Camillas Befehl hin hatte er sich aber bereit erklären müssen, noch ein paar Tage zu Hause zu bleiben, um sich vollständig auszukurieren.

Jetzt, nach drei Schulstunden, brummte in Telses Kopf ein

Hummelschwarm, und der Rücken tat ihr weh. Als endlich der letzte Nachzügler in die Pause gestürmt war, verließ sie den Klassenraum und schloss erschöpft die Tür hinter sich ab. So anstrengend hatte sie sich das Unterrichten nicht vorgestellt. Es hatte sich angefühlt, als ob sämtliche Schüler gleichzeitig ihre Zuwendung forderten. Sie war bemüht gewesen, jede Frage zu beantworten, zu helfen, wo immer es nötig war, und dabei auch alle Kasperköpfe im Zaum zu halten, damit kein Chaos ausbrach. So war sie allerdings kaum zu ihrem eigentlichen Unterrichtsprogramm gekommen.

Jetzt war zum Glück große Pause, und Telse sehnte sich nach einer Viertelstunde Ruhe. Sie kickte auf dem Korridor einen Sportschuh aus dem Weg und nahm Kurs auf das Lehrerzimmer. Dort hoffte sie, einen Kaffee zu bekommen. Den hatte sie jetzt nötig.

»Darf ich eine von den Tassen hier nehmen?« Telse hatte einen Becher mit Leuchtturmmotiv von dem Regal über der Spüle geholt und hielt ihn mit fragendem Blick in die Höhe. Von der kleinen Runde am Konferenztisch kam keine Reaktion.

Die Schulassistentin Sabine Westphal sortierte einen Stapel Fotokopien, der rotblonde Peter Cassens starrte auf sein Smartphone, und Ursula Brenner war intensiv mit der Korrektur von Mathe-Arbeiten beschäftigt. Als das Schweigen zu lang dauerte und Telse immer noch wie angewurzelt neben der Kaffeemaschine stand, erbarmte sich die Schulassistentin schließlich doch.

»Ja, aber hinterher in die Spülmaschine stellen«, stieß sie hervor, ohne den Blick von ihren Kopien zu heben.

»Danke. Wie ist das mit dem Kaffee, ist der für alle?«, wagte Telse noch eine Frage.

»Dafür gibt es eine Kasse. Kostet schließlich Geld.«

Telse wartete auf einen Hinweis, wo und wie viel sie bezahlen sollte, doch Sabine Westphal verzichtete auf nähere Erläuterungen. Sie klopfte ihren Papierstapel geräuschvoll auf dem Tisch gerade, klemmte ihn unter den Arm, schnappte ihre Tasche und eilte aus dem Zimmer. An der Tür stieß sie fast mit der Sportlehrerin Ulla Störksen zusammen.

Telse zuckte mit den Schultern und goss sich einen Kaffee ein. Eine Kasse konnte sie nirgends entdecken, aber morgen war ja auch noch ein Tag. Sie setzte sich auf einen Polsterstuhl an der Tischecke und pustete in ihren Becher. Zwar trank sie ihren Kaffee nicht schwarz, aber jetzt noch nach Milch zu fragen brachte sie nicht über sich. Vermutlich waren die Milchtüten im Kühlschrank mit Namen gekennzeichnet.

»Verzeihung, das hier ist eigentlich mein Platz.« Ulla Störksen stand plötzlich neben ihr und ließ einen Henkelkorb mit Maßbändern und Schlagbällen direkt vor ihrer Nase auf die Tischplatte plumpsen. »Du kannst dich ja neben Sabine setzen, da ist noch frei.«

Telse schaute hoch. Nein, das war kein Witz, Frau Störksens Miene zeigte, dass sie es ernst meinte.

Kommentarlos griff Telse sich den Leuchtturmbecher, hob ihre Umhängetasche vom Fußboden auf und verließ das Lehrerzimmer.

Im Schulgarten angekommen, atmete sie tief aus. Na, das konnte ja noch heiter werden. Ihre Kolleginnen hielten Freundlichkeit offenbar für überflüssigen Luxus. Sie schaute sich kurz um und schlenderte dann quer über die kleine Wiese zu der Lagerfeuerstelle, die sie in der Ecke entdeckt hatte. Auf einem der Baumstümpfe, die rund um den Feuerplatz als Sitzgelegenheiten dienten, ließ sie sich nieder. Sie schloss die Augen, hielt das Gesicht in die Sonne und versuchte, sich inmitten der friedlich summenden Insekten zu entspannen. Knappe acht Minuten blieben ihr noch bis zum Klingeln zur nächsten Stunde. Du bist frei und kannst jederzeit gehen, wenn es zu schlimm wird, sprach sie sich selbst Mut zu.

»Na, du siehst aber ganz schön fertig aus. Sind die Gören so schlimm?«

Telse öffnete die Augen und fuhr herum. Neben ihr stand Johannes Paulsen, der Hausmeister. Sie hatte ihn nicht kommen gehört. »Hallo, Paule.« Sie grüßte ihn mit einem schlappen Winken ihrer rechten Hand. »Nee, die Kinder sind allesamt entzückend.«

Johannes Paulsen grinste. »Miese Stimmung im Kollegium, vermute ich.« Er setzte seinen mit Werkzeug gefüllten Baueimer auf dem Gras ab und machte es sich auf dem Baumstumpf neben Telse bequem. »Dann gönne ich mir auch mal eine kleine Pause. Ganz schön heiß heute.« Er knöpfte seinen grauen Kittel auf, fasste die Zipfel und wedelte sich damit Luft zu.

»Sind die hier immer so kurz angebunden?«, fragte Telse.

Paule zuckte mit den Schultern. »Tja, wie mans nimmt. Die Stimmung ist zurzeit nicht die beste.«

»Wegen Kirsten Reinfeld? Ist ja verständlich, aber nur weil ich in dieser Notsituation aushelfe, müssen sie doch nicht so abweisend zu mir sein«, brach es aus Telse raus.

Paule schüttelte den Kopf. »Nein, die Dinge sind komplizierter. Du hast einfach Pech, dass du gerade jetzt hier reinschneist. Die haben zurzeit genug mit sich selbst zu tun.« Der Hausmeister machte eine Pause.

»Gab es denn irgendwelchen Ärger?«, hakte Telse nach.

»Kann man wohl sagen.« Er schien zu überlegen, ob er weitersprechen sollte. Schließlich fuhr er fort: »Kirsten hat sich mit einigen Leuten angelegt. Sie hat immer ihre Meinung gesagt, ganz egal, ob sie sich damit unbeliebt gemacht hat oder nicht. Das können manche Menschen nicht so gut vertragen.«

Telse wurde hellhörig. »Mit wem hat sie sich denn angelegt?«

»Mit ein paar Eltern zum Beispiel, die der Ansicht waren, dass es zum normalen Schulalltag gehört, wenn ihre kleinen Engel andere Kinder vermöbeln. Aber auch mit dem einen oder anderen Kollegen.«

»Aha. Da würde mich doch interessieren, mit wem sie aneinandergeraten ist.«

Paule hob seine Hände und ließ sie auf die Knie fallen. »Eigentlich sind das ja Interna.« Er sah hoch in den blauen, fast wolkenlosen Himmel, bevor er Telse sein Gesicht zuwandte. Schließlich sagte er: »Ich will nicht hinter dem Rücken über andere Leute reden, aber du wirst es früher oder später sowieso erfahren. Kirsten lag besonders mit Peter Cassens über Kreuz.«

»Was ist denn passiert?«

»Wenn du Peter näher kennenlernst, wirst du es schnell merken«, wich der Hausmeister aus.

»Ach komm, Paule, rede nicht drumherum. Jetzt mal Butter bei die Fische!« Telse beugte sich vor und fixierte ihn. Sie befürchtete, dass es klingeln würde, bevor er in die Pötte kam.

Er seufzte. »Unser Peter ist halt ein kleiner Rassist, jedenfalls wenn du mich fragst. Er hat Probleme mit unseren Flüchtlingskindern und die wohl auch mit ihm. Angeblich hat er seine Konflikte nicht nur verbal, sondern öfter auch mit körperlicher Gewalt gelöst.« Gedankenverloren angelte er einen Hammer aus seinem Eimer und spielte damit herum. »Syrische Flüchtlingseltern beschweren sich gewöhnlich nicht bei der Schulleitung. Das hat an ihrer Stelle dann Kirsten getan.«

»Und was ist danach passiert? Cassens ist ja noch da«, stellte Telse fest.

Paule lachte trocken auf. »Versuch du mal, einen unfähigen Lehrer mit unverhohlen fremdenfeindlicher Einstellung loszuwerden. Der wird in unserem System eher noch befördert. Ob Kinder, die sich nicht wehren können, unter so einem Menschen leiden, ist im deutschen Beamtenwesen leider vollkommen nebensächlich. Da wird schön der Deckel draufgehalten.«

Telses Miene verfinsterte sich. »Ich wäre an Kirsten Reinfelds Stelle auch wütend geworden. Diesem Cassens hätte ich deutlich die Meinung gesagt, das kannst du mir glauben.« Unwillkürlich ballte sie die Fäuste.

Paule winkte ab. »Lass mal, der hat seinen Anschiss schon von der Lohmeyer bekommen. Wie die Kollegen darüber denken, will ich lieber nicht wissen.«

Er nahm im Sitzen Haltung an, hob den Zeigefinger und deklamierte: »Buddha sagt, Wut festhalten ist wie Gift trinken und darauf warten, dass der andere stirbt.«

In diesem Augenblick lärmte die Pausenklingel los.

Der Hausmeister stand mit einem Ruck auf und räusperte sich. »So, ich muss was tun. Halt die Ohren steif, das wird schon.«

Er schnappte sich seinen Eimer und ging los. Nach zwei Schritten überlegte er es sich plötzlich anders, blieb stehen und drehte sich um. Er kratzte sich am Kopf und zögerte einen Moment, bis er schließlich fragte: »Sag mal, stimmt es eigentlich, dass du hier ohne Bezahlung arbeitest?«

Telse fühlte, wie ihr die Röte ins Gesicht schoss. So viel zu Wandas genialer Idee. »Woher hast du diese Information?«, versuchte sie, Zeit zu schinden.

»Von Lene, der Schulsekretärin.« Paule rührte sich nicht vom Fleck und wartete mit undurchdringlicher Miene auf Antwort.

Datenschutz ist hier wohl kein Thema, ärgerte sich Telse. Was ging ihr Verdienst die Sekretärin an, und warum wusste die eigentlich davon? Ein willkommenes Thema zum Tratschen in der Kaffeepause.

»Nein, ich bekomme selbstverständlich ein Gehalt. Aber nicht vom Land oder der Stadt, sondern von einer dritten Stelle, die die Schule unterstützen will.« Das musste erst mal reichen.

Paule nickte knapp und sagte nichts. Nach ein paar weiteren Schritten Richtung Pausenhof drehte er sich noch mal um und rief über die Schulter zurück: »Sabine Westphal war ganz schön sauer auf dich, als sie das gehört hat.« Dann ging er schnell davon.

Telse musste sich ebenfalls sputen, nahm sich aber vor, die Schulassistentin bei der nächsten Gelegenheit anzusprechen und die Dinge klarzustellen. Eine brodelnde Gerüchteküche hatte ihr gerade noch gefehlt. Ihr Leben war mit dem Umzug, dem merkwürdigen Todesfall und ihrem neuen Job schon anstrengend genug. Da wollte sie nicht auch noch als unsoziale

Lohndrückerin dastehen, die es nicht nötig hatte, für Geld zu arbeiten.

Zu ihrer Zeit als Redakteurin des Magazins *Gartenwonne* hatte genau dieser Typ Mensch sie oft genug genervt. Fast jede Woche hatte sie im Grotenhus-Verlag Anrufe von hoffnungsvollen Jungfotografen bekommen, die ihr ihre Mappe präsentieren wollten. In dem Bestreben, auf Teufel komm raus im Fotografenpool der Zeitschrift aufgenommen zu werden, hatten ihr nicht wenige der jungen Leute angeboten, Aufträge auch ohne Bezahlung zu übernehmen. In diesem Fall hatte sich Telse den jeweiligen Kandidaten, es waren meistens Männer, erst mal zur Brust genommen und ihm die Arbeitswelt erklärt. Zum Beispiel die simple Tatsache, dass einige Fotojournalisten von ihrem wahrlich nicht üppigen Einkommen eine ganze Familie ernähren müssten. Diesen Kollegen fielen sie mit ihrer unbedachten Offerte in den Rücken, das hatte sie den Bewerbern klargemacht. Sie selbst hatte Aufträge grundsätzlich nur an Leute vergeben, die ein Honorar verlangten, statt von Papas Bankkonto zu leben. Den Luxus, seine Dienste gratis anzubieten, musste man sich erst mal leisten können.

Immerhin wusste sie jetzt, warum die Schulsekretärin so abweisend reagierte.

13

EINE DREIVIERTELSTUNDE später trat Telse aus dem Pavillongebäude auf den Schulhof und genoss die frische Seeluft. Geschafft für heute! Den Rest des Tages hatte sie frei. Im gleichen Moment sah sie ein vielleicht neunjähriges Mädchen mit wippendem Pferdeschwanz auf sie zurennen.

»Frau Himmel, Frau Himmel!« Die Kleine winkte beim Laufen mit beiden Händen und kam schließlich direkt vor ihren Füßen zum Stehen. »Sie sind doch Frau Himmel, oder?« Ohne Luft zu holen, fuhr sie fort: »Da ist Besuch für Sie. In der Eingangshalle. Da ist ein Mann, der will Sie sprechen. Ich soll Sie holen!« Schon machte das Mädchen auf dem Absatz kehrt und rannte zurück zu ihren Freundinnen, die am Klettergerüst warteten.

Telse musste lächeln. Das Mädchen hatte recht, bloß nicht die Pause mit Erwachsenen vertrödeln. Dann blickte sie zur Eingangspforte des Haupthauses, aus der immer noch Schüler nach draußen strömten. Hoffentlich stand nicht schon der erste Elternteil auf der Matte, um sich aus welchen Gründen auch immer bei ihr zu beschweren. Neugierig, wer sie dort erwartete, steuerte sie das Foyer an. Vielleicht handelte es sich zur Abwechselung mal um eine angenehme Überraschung.

Als Telse den Windfang des Hauptgebäudes durchquert hatte und die Eingangshalle betrat, sah sie in der Tür zum Sekretariat einen nicht sehr großen, drahtig wirkenden Mann stehen, der in ein lebhaftes Gespräch mit einer Person im Innern des Büros verwickelt war. Er trug eine tarngrüne Funktionsjacke mit dem Logo eines bekannten Outdoorherstellers am Ärmel, eine Cargohose mit verstärkten Knien sowie derbe Wanderstiefel mit Dreckrand. Kaum hatte er Telse erblickt, entschuldigte er sich bei seinem Gesprächspartner und eilte ihr entgegen.

»Frau Himmel?«

Telse nickte. »Ja?«

»Darf ich mich vorstellen?« Er streckte ihr seine Rechte entgegen. »Ingolf Scheurich.«

Automatisch ergriff Telse die dargebotene Hand und schüttelte sie. »Angenehm. Meinen Namen kennen Sie ja bereits. Aber meines Wissens sind wir uns noch nicht über den Weg gelaufen.«

Scheurich lächelte und entblößte zwei Reihen kräftiger langer Zähne. Sein schmaler Bart, der den Mund umrahmte, zog sich dabei in die Breite. »Eben darum habe ich hier auf Sie gewartet.« Als Telse nichts erwiderte, fuhr er fort: »Wissen Sie, ich bin einer der Exkursionsleiter des Vereins Strandfossilien & Steine. Ich weiß nicht, ob Sie uns kennen. Wir sind eine Gruppe von Geologen und Geografen, die die Geheimnisse unsres Strandes der interessierten Öffentlichkeit nahebringen wollen. So führen wir hier an der Ostsee schon einige Jahre lang Exkursionen an der Steilküste durch. Da bestimmen wir mit unseren Teilnehmern die Steine, die dort zu finden sind, helfen ihnen, Fossilien zu entdecken, und so weiter. Die Leute sind ganz wild drauf. Mit den dritten und vierten Schulklassen sind wir auch regelmäßig unterwegs. Bietet sich ja an, bei der Lage hier.« Ingolf Scheurich strahlte.

Telse runzelte die Stirn. »Äh, ja, und jetzt wollen Sie mit meiner Klasse auch so eine Exkursion machen?«

»Habe ich schon!«, erklärte Scheurich mit triumphierender Stimme.

»Wie schön.« Sie spürte Ungeduld in sich aufsteigen. Warum kam der Kerl nicht einfach auf den Punkt und sagte, was er von ihr wollte?

»Mit den Schülern von Frau Reinfeld war ich vor knapp vier Wochen unterwegs. Tolle Aktion, hat allen viel Spaß gemacht.«

»Dann ist ja alles bestens. Und was wollen Sie nun noch von mir? Wissen Sie, ich habe jetzt Schulschluss.« So, das war hoffentlich deutlich genug.

Scheurich räusperte sich. »Ich möchte gern, dass Sie sich ein Bild ansehen. Am besten in einer ruhigen Ecke. Dahinten vielleicht.« Er deutete zu einer Fensternische neben dem Computerraum, wo ein einsamer Ficus seinem Ende entgegendämmerte. »Geht auch ganz schnell, danach bin ich sofort weg.«

Scheurich bückte sich, hob einen abgeschabten Tagesrucksack hoch und stiefelte los. Widerstrebend, aber auch ein wenig neugierig geworden, folgte ihm Telse. Am Fenster blickte sich Scheurich kurz zu beiden Seiten um, bevor er mit einer flinken Bewegung den Reißverschluss des Rucksacks aufzog. Er nestelte ein DIN-A4-Blatt aus einer Mappe und hielt es Telse hin. »Bitte schön. Nur einen winzigen Blick.«

Telse nahm den Bogen in die Hand und betrachtete den etwas unscharfen Ausdruck eines Fotos darauf. Schrottige Qualität, war ihr erster Gedanke. Dann musterte sie das Motiv. Die Aufnahme zeigte drei etwa faustgroße Granitsteine, die sich am Strand befinden mussten, da sie teilweise von Sand und Tang bedeckt waren. Trotz der Verschwommenheit konnte sie die typische Struktur aus rosa Feldspat, weißem Quarz und schwarzem Glimmer erkennen. Zwischen ihnen befand sich ein seltsam geformtes Objekt, das sich deutlich von den drei rundlichen Steinen unterschied. Der Gegenstand hatte das Aussehen einer gedrungenen Spindel mit dicker Mitte. Ein Endteil lief konisch zu, das andere Ende schloss mit einer Art Kugel ab. Das Ding erinnerte sie an die Feuersteine, die zuhauf am Strand lagen und oftmals die ungewöhnlichsten Formen aufwiesen. Die graubraune Oberfläche dieses Steins schien von tiefen Rillen oder Kratzern bedeckt zu sein, die an manchen Stellen geradezu symmetrisch wirkten.

»Ja, schön. Was soll ich dazu sagen?« Telse reichte das Foto mit einem Achselzucken an Ingolf Scheurich zurück, aber dieser weigerte sich, es anzunehmen.

»Schauen Sie bitte einmal genauer hin. Was sehen Sie?«

Telse hatte fast den Eindruck, er trippelte nervös auf der Stelle. Na gut, Hauptsache, sie wurde den Typ endlich los. Sie betrachtete das Bild noch näher. »Ich erkenne irgendeinen kegelförmigen Stein, der zwischen Graniten am Strand liegt. Warum sollte mich das interessieren?« Sie drückte Scheurich den Papierbogen in die Hand und wandte sich zum Gehen.

»Warten Sie!« Scheurich geriet in Aufregung. »Es geht um die Figur auf dem Bild, und es ist wichtig!« Er tippte zur Bekräftigung mit dem Zeigefinger auf die Aufnahme in seiner Hand. »Frau Reinfeld hat sie bei unserer letzten Exkursion am

Strand gefunden.« Er schluckte. »Zuerst dachte sie, es wäre ein normaler Stein, der einfach außergewöhnlich geformt war. Ein Sandstein vielleicht. Manche sehen ja wie kleine Skulpturen von Henry Moore aus. Sie hat dieses Foto von dem Objekt gemacht und es dann in ihren Rucksack gepackt. Zu meinem größten Bedauern hat sie es unterlassen, mir das Fundstück gleich vor Ort zu zeigen und von mir begutachten zu lassen. Ein Jammer! Das Foto hat sie mir erst am nächsten Tag per Mail geschickt, mit der Bitte, ihr zu erklären, um was es sich bei dem Fund handelt.« Er seufzte leicht, schaute kurz zu beiden Seiten und fuhr dann mit gedämpfter Stimme fort: »Nun, es war kein normaler Stein, das habe ich sofort gesehen. Dieses Objekt ist eindeutig von Hand bearbeitet worden.«

Scheurich hielt Telse den zerknitterten Ausdruck vor die Nase. »Sehen Sie diese Rillen? Die sind nicht natürlichen Ursprungs. Hier sind eindeutig Menschen am Werk gewesen, und zwar vor Tausenden von Jahren.« Er holte tief Luft, bevor er mit bebender Stimme fortfuhr: »Ist Ihnen die *Venus von Willendorf* ein Begriff?« Irgendwo in Telses Hinterkopf klingelte etwas. Sie überlegte noch, als er schon selbst die Antwort gab: »Ein unschätzbar wertvolles Artefakt aus dem Jungpaläolithikum beziehungsweise vom Anfang der letzten Eiszeit. Die kleine Skulptur stellt eine weibliche Figur dar, die einmalig auf der ganzen Welt ist. Sie ist unglaubliche dreißigtausend« – das Wort betonte er besonders – »Jahre alt, gerade mal elf Zentimeter groß und mit keinem Geld der Welt zu bezahlen. Können Sie im Naturhistorischen Museum in Wien besichtigen.« Scheurich schluckte einmal, dann nahm er den Fotoausdruck in beide Hände und hielt ihn mit entrückter Miene vor Telses Gesicht. »Und das hier, verehrte Frau Himmel ...« Er machte eine Pause, um seinen Worten Nachdruck zu verleihen. »... das hier ist die *Venus von Schilksee*!«

Telse war sprachlos. Ingolf Scheurich rührte sich nicht, starrte sie an und wartete.

»Wer?«, war das Einzige, das Telse herausbrachte.

»So wahr ich hier stehe. Was unsere liebe Frau Reinfeld, Friede ihrer Asche, da am Strand gefunden hat, dürfte die größte Sensation seit Entdeckung der *Venus von Willendorf* sein. Ich habe die Steinfigur zwar noch nicht in der Hand halten dürfen, aber die Merkmale sind eindeutig. Sehen Sie den dicken Bauch, die enormen Brüste und diesen mit feinen Mustern verzierten Kopf? Nicht so ausgeprägt wie bei der Willendorferin, aber trotzdem deutlich zu erkennen, sogar für einen Laien. Diese Skulptur hier« – er tippte so energisch auf den Bogen in seiner linken Hand, als wolle er mit dem Finger ein Loch hineinstechen – »stammt mit Sicherheit aus derselben zeitgeschichtlichen Epoche. Die künstlerische Gestaltung lässt keinen vernünftigen Zweifel zu. Der Fund ist ein Glücksfall sondergleichen. Für die Kunstgeschichte und die Forschung, ach, was sage ich, für die ganze Menschheit!« Erwartungsvoll starrte er sein Gegenüber an.

»Kleiner haben Sie's wohl nicht?« Telse hatte sich wieder gefasst.

»Warten Sie ab, bis Sie die Dimension dieser Entdeckung begreifen. Die Medien werden sich überschlagen, das verspreche ich Ihnen.«

Telse konnte an Scheurichs Miene ablesen, wie sehr er sich jetzt schon darauf freute.

»Wollen Sie die *Venus* nicht erst mal wissenschaftlich untersuchen lassen?«, erkundigte sie sich. »Das wäre ja das Nächstliegende. Ihr tatsächliches Alter kann man meines Wissens recht exakt mit dieser Radiocarbon- oder C14-Methode bestimmen. Jedenfalls, wenn sie aus Knochenmaterial wie zum Beispiel Elfenbein geschnitzt wurde. Ich habe mal einen Artikel über den Steinzeitmenschen Ötzi gelesen, wo erklärt wurde, wie das funktioniert. Die Forscher haben mit dieser Methode herausbekommen, dass die Gletschermumie um die fünftausenddreihundert Jahre alt sein muss, wenn ich mich richtig erinnere. Wenn Sie das hier auch machen lassen würden, wüssten Sie, ob die Figur tatsächlich aus der Steinzeit stammt. Oder eben nicht.«

Ingolf Scheurich schien urplötzlich in sich zusammenzusacken. »Das ist ja das Problem. Genau deshalb wollte ich Sie sprechen. Der Punkt ist: Ich habe die *Venus von Schilksee* nicht.« Er hob in einer hilflosen Geste die Arme und ließ sie wieder sinken. »Und noch schlimmer ist, dass ich auch nicht weiß, wo sie sich gerade befindet. Wie schon gesagt ...« Er kratzte sich an seinem Physiklehrerbart. »Leider hat Frau Reinfeld mir die Figur nicht gezeigt, sondern gleich in ihren Rucksack gepackt, nachdem sie das Foto gemacht hatte. Hoffentlich wenigstens in ein Papiertaschentuch gewickelt.« Plötzlich erfasste ihn Empörung, die seine Stimme vibrieren ließ. »Unglaublich. Die Frau hatte keine Ahnung, was für einen unersetzlichen Schatz sie da so achtlos zwischen ihre Butterbrote und Äpfel gestopft hat. Man kann nur hoffen, dass nichts beschädigt ist. Es wäre eine Katastrophe ...«

»Haben Sie ihr denn nichts von ihrer Vermutung erzählt?«, unterbrach ihn Telse, ehe er sich weiter in Rage reden konnte.

»Schließlich kennt nicht jeder die *Venus von Willendorf.* Das wäre doch wichtig gewesen, sollten Sie mit Ihrer Vermutung recht haben.«

Scheurich schüttelte den Kopf. »Habe ich ja versucht, was glauben Sie. Ich bin zu ihrer Wohnung gefahren und habe sie quasi angebettelt, mir die Figur für die Wissenschaft zu überlassen, aber sie hat nur gelacht und wollte nichts davon wissen. Ich hatte sogar einen hübschen Kerzenständer aus poliertem Granit dabei, den wollte ich ihr als Ersatz schenken. Natürlich nur symbolisch, als nette Geste«, beeilte er sich zu versichern, als er Telses ungläubige Miene sah. »Einen möglichen Finderlohn von staatlicher Stelle hätte ich ihr selbstverständlich weitergereicht. Aber Frau Reinfeld fand die Figur einfach nur hübsch und hat mir kein Wort geglaubt. Sie war der Auffassung, irgendjemand hätte sie am Strand verloren. Sie hielt das prähistorische Kunstwerk für einen ordinären Dekorationsgegenstand, stellen Sie sich das mal vor. Es ist unfassbar.«

»Nun ja …« Telse blickte demonstrativ auf ihre Armbanduhr. »Ich glaube, ich kann Ihnen da nicht weiterhelfen. Warum fragen Sie nicht ihren Ehemann, ob er die Figur gesehen hat? Vielleicht liegt sie irgendwo zwischen Kirsten Reinfelds Sachen, und er überlässt sie Ihnen.«

Worauf Scheurich wohl nur hoffen konnte, wenn Kirstens Gatte keine Ahnung von eiszeitlicher Kunst hatte. Plötzlich fiel ihr etwas ein. Etwas, was Wanda gesagt hatte. Hatte ihre Freundin nicht erzählt, dass Reinfeld sie bei ihrem Besuch nach einer kleinen Figur gefragt hatte? Sie hatte der Sache keine Bedeutung beigemessen – jetzt fragte sie sich allerdings, ob Reinfeld von der *Venus* und ihrem womöglich immensen Wert wusste. Hatte

Kirsten sie ihm gezeigt? War er ebenfalls auf der Suche nach der Skulptur?

Telse konnte sich nicht vorstellen, dass die Lehrerin am Strand von Schilksee auf eine Sensation gestoßen war. Schließlich hatte man die *Venus von Willendorf* in Österreich entdeckt und nicht am Meer. Andererseits: Warum sollten die Vorzeitmenschen nicht in den Norden gewandert und dort künstlerisch tätig gewesen sein? Zwar hatte man hier keine ähnlichen Artefakte gefunden, aber wer wusste schon, was alles in einer Endmoräne stecken konnte.

»Das habe ich ja versucht!« Ingolf Scheurich schien sich mit beiden Händen die Haare raufen zu wollen, wenn er dazu noch genügend besessen hätte. »Aber der ungehobelte Flegel hat mir einfach die Tür vor der Nase zugeknallt.« Er schaute Telse mit einem waidwunden Blick in die Augen. »Sie sind meine letzte Hoffnung.«

»Ich? Was habe ich mit der ganzen Sache zu tun?« Telse wurde es langsam zu bunt. »Weder kannte ich Frau Reinfeld persönlich noch Ihre ominöse Figur. Tut mir leid, dass ich Ihnen nicht weiterhelfen kann. Und jetzt muss ich wirklich los. Viel Glück bei Ihrer Suche.« Sie drehte sich um und eilte Richtung Hauptportal davon.

Doch nach wenigen Schritten war Scheurich erneut neben ihr und hielt sie am Jackenärmel fest. Das konnte Telse ja nun gar nicht leiden. Sie riss ihren Arm los und funkelte den Exkursionsleiter wütend an: »Was erlauben Sie sich?«

»Bitte, liebe Frau Himmel, verzeihen Sie«, jammerte Scheurich und trat einen Schritt zurück. »Sie unterrichten doch jetzt im Klassenzimmer von Frau Reinfeld. Ich wollte Sie nur fragen … Nun ja, vielleicht könnten Sie nachschauen, ob sie die Steinfigur dort deponiert hat. In ihrem Schreibtisch zum Beispiel. Irgendwo muss sie ja sein. Nicht auszudenken, wenn die Putzfrau oder sonst wer die Skulptur beim Aufräumen einfach wegwirft. Das wäre ein entsetzlicher Verlust für die Menschheit.«

Und besonders für dich, schoss es Telse durch den Kopf. Du willst doch den ganzen Ruhm einheimsen. »Warum kommen Sie erst jetzt? Sie hätten doch längst die Kolleginnen hier fragen können.«

Scheurich druckste herum. »Nun, wie soll ich sagen. Unser Verhältnis ist leider etwas getrübt, um es mal vorsichtig auszudrücken.« Als Telse die Augenbrauen hochzog, setzte er nach: »Es gab mal Ärger bei einer Exkursion, eine Lappalie, absolut lächerlich und nicht der Rede wert, aber danach hat das Kollegium jemand anderen von Strandfossilien & Steine für die Ausflüge gebucht. Nur nicht Frau Reinfeld, mit der bin ich eigentlich immer prima ausgekommen.«

Telse enthielt sich eines Kommentars, das war nicht ihre Baustelle. Sie musste diese Nervensäge endlich loswerden.

»Na gut, ich kann ja mal gucken. Aber machen Sie sich keine allzu großen Hoffnungen. In dem Turnbeutelchaos würde man noch nicht mal den *David* von Michelangelo finden.«

Ingolf Scheurich lächelte devot. »Ich kann Ihnen gar nicht genug danken.« Er wühlte in seinem Rucksack und zog schließlich eine Werbebroschüre seines Vereins hervor, die er Telse mit großer Geste überreichte. »Hier, da steht meine Telefonnummer drin. Bitte rufen Sie mich unbedingt an, wenn Sie fündig werden sollten. Ich vertraue Ihnen.«

»Ja, ja.« Telse nahm den Prospekt entgegen, ohne einen Blick darauf zu werfen, und stopfte ihn in das Seitenfach ihrer Schultertasche.

»Der Termin für meine nächste Exkursion an die Steilküste steht auch drin. Ist für alle Interessierten und kostet nur fünf Euro Teilnahmegebühr. Vielleicht haben Sie ja Lust.«

Telse hängte sich den Trageriemen um und verließ ohne Gruß fluchtartig das Schulgebäude.

14

WANDAS SCHLAFANZUG KLEBTE schweißnass an ihrem Körper, während die letzten Fetzen eines Albtraums durch ihr Bewusstsein waberten. Sie erinnerte sich verschwommen, dass sie geträumt hatte, in einem Flugzeug zu sitzen, das plötzlich von den Tentakeln einer überdimensionalen Qualle gepackt und durchgeschüttelt wurde. Von ihrem Sitz katapultiert, war sie den Mittelgang entlanggeirrt und hatte die Außentüren gesucht, um abzuspringen. Die Maschine hatte aber keine Türen und auch keine Fenster, es gab nur glatte Wände. Das Panikgefühl war so intensiv gewesen, dass sie davon hochgeschreckt war.

Sie setzte sich auf und massierte ihre Schläfen. Dann leerte sie das Wasserglas, das auf ihrem Nachttisch stand. Was für ein dämlicher Traum. Mit schweren Gliedern erhob sie sich aus dem Bett und schlurfte ins Badezimmer. Im Spiegel über dem Waschbecken musterte sie ihr verquollenes Gegenüber. Sie drehte den Hahn auf und klatschte sich ein halbes Dutzend Mal mit beiden Händen eiskaltes Wasser ins Gesicht, bis sie das Gefühl hatte, schockgefrostet zu sein, anschließend duschte sie lange und heiß. Zurück im Schlafzimmer nahm sie ihr Smartphone vom Nachttisch und schaltete es ein. Sofort meldete sich der Terminkalender mit einer Erinnerung.

Wanda stutzte. Um Himmels willen, diese Verabredung hätte sie fast vergessen! Heute war Dienstag, und der Name eines großen schwedischen Möbelhauses leuchtete im Kalender auf. Unter normalen Umständen würden sie keine zehn Pferde in diese Pressspanhölle bekommen, aber leichtsinnigerweise hatte sie Telse versprochen, sie bei ihrem Besuch dorthin zu begleiten. Die Freundin wollte sich ein neues Bett kaufen, da sie die alte eheliche Liegewiese auf einem Hamburger Recyclinghof entsorgt hatte. Seit dem Umzug schlief Telse provisorisch auf dem Ausziehsofa, aber ihr Rücken hatte schon nach zwei Nächten protestiert und auf einer ordentlichen Matratze bestanden. Die sollte er heute bekommen, so war der Plan.

Nur musste das neue Bett auch irgendwie transportiert werden, und Telses alter Opel Corsa war dafür denkbar schlecht geeignet. Wanda hatte spontan die Dienste ihres geräumigen Subarus angeboten, dabei aber nicht bedacht, dass sie sich damit gleichzeitig als Einrichtungsberaterin und Lastenkuli empfahl. Jedenfalls war Telse wie selbstverständlich davon ausgegangen, dass ihre Freundin sie begleitete.

Wanda öffnete den Kleiderschrank, spähte hinein und zog die Stirn kraus. Schade, dass sie keinen Blaumann besaß. Der hätte perfekt zu einem Einsatz als Möbelpackerin gepasst.

»Diese ganze Geschichte ist doch seltsam.«

Telse saß neben Wanda in deren SUV und blickte aus dem Seitenfenster. Der Regen, der prasselnd dagegen schlug, ließ die Außenwelt verschwimmen. Es goss in Strömen, was sie aber nicht störte. Autofahrten bei Regen brachten sie in eine angenehm melancholische Stimmung, allerdings nur, wenn sie nicht selbst am Steuer sitzen musste. Außerdem sprach ihrer Ansicht nach nichts dagegen, bei schlechtem Wetter den Vormittag in einem Möbelhaus zu verbringen, wo man Kaffee trinken konnte, bis die Magenwände durchbrannten.

»Wovon redest du?« Wanda starrte angestrengt durch die Windschutzscheibe und schaltete die Scheibenwischer eine Stufe schneller.

Telse klopfte mit dem Zeigefinger nachdenklich gegen ihre Unterlippe. »Na, die Sache mit dieser ominösen Figur, die Kirsten angeblich gefunden hat. Ich bin mir sicher, dass ihr Ehemann ebenfalls danach sucht, auch wenn er dir diese rührselige Geschichte mit dem Erinnerungsstück aufgetischt hat. Lächerlich, wie scharf alle darauf sind.«

Wanda fluchte und hupte einen anderen Autofahrer an, der ewig brauchte, um die Spur zu wechseln. Dann sagte sie: »Weil die kleine Skulptur unglaublich wertvoll sein dürfte, das ist doch klar. Falls sie tatsächlich vom Anfang der letzten Eiszeit stammt. Was ich im Übrigen bezweifle. Wahrscheinlich ist sie made in Taiwan.«

Telse sah wieder aus dem Fenster und ließ ihre Gedanken wandern. Unterhalb der Hochbrücke, über die sie gerade fuhren, konnte sie auf dem Nord-Ostsee-Kanal zwei Containerschiffe ausmachen, die hintereinander auf eine freie Schleusenkammer warteten. »Ob die Figur mit Kirstens Tod in Zusammenhang steht?« Es war weniger eine Frage als ein lautes Nachdenken.

Wanda runzelte die Stirn, während sie, ohne zu blinken, einen energischen Schwenk auf die rechte Fahrspur der Stadtautobahn machte. Dann gab sie Gas, überholte rechts den vorausfahrenden Wagen und wechselte wieder nach links rüber.

Ebenfalls ohne Lichtzeichen. »Diese lahmen Rentnerkutschen sind die reinsten Verkehrshindernisse.«

Telse hielt die Klappe und lockerte ihren Griff um den Türholm. Als Beifahrerin kritisierte man Wanda besser nicht, wenn man noch ihre Hilfe benötigte.

»Der Gedanke liegt auf der Hand«, nahm die Freundin das Gespräch wieder auf. »Möglicherweise wissen nicht nur Kirstens holzköpfiger Ehemann und der Steineklopfer von dem Fund, sondern auch noch weitere Personen. Nicht ganz abwegig, dass bei irgendeinem Gierhals alle Sicherungen durchgebrannt sind.«

Telse nickte nachdenklich. »Wahrscheinlich war es gar kein geplanter Mord«, überlegte sie. »Vielleicht sollte Kirsten mit der Bootsaktion nur eingeschüchtert und unter Druck gesetzt werden. Und dann ist die Sache schiefgelaufen.«

»Sieht so aus. Kaltblütig muss der Täter zweifellos sein. Einen Menschen töten und dann einfach verschwinden, das kann nicht jeder.«

»Findest du? Ich bin der Ansicht, dass nahezu alle Menschen in der Lage wären zu morden. Es kommt nur auf den Grund an.«

»Ebbe in der Kasse?«

»Nein, im Ernst. Wenn zum Beispiel jemand Juliannes Leben bedrohen würde, könnte ich denjenigen, ohne zu zögern, umbringen. Glaube ich zumindest.«

»Dann wäre es aber Notwehr und kein Mord«, stellte Wanda sachlich fest. »Ein paar niedere Beweggründe müssen schon dabei sein.«

»Heimtücke, Rache, Habgier«, schlug Telse vor.

»Damit wären wir wieder beim Thema.«

Telse antwortete nicht und starrte nachdenklich in das vorbeirauschende Straßenbegleitgrün. Kurz darauf tauchte schon der Turm mit dem unübersehbaren Namenszug des Möbelhauses am Horizont auf.

Es waren nur noch paar Kilometer, dann setzte Wanda den Blinker und fädelte sich in die Abfahrtsspur von der B76 ein. Schon wenige Minuten später hatten sie die Zufahrtsstraße zum Einrichtungshaus erreicht und landeten prompt am Ende einer Autoschlange. »Tja, da sind wir wohl nicht die Einzigen, die den Regentag in vollgestopften Ausstellungshallen verbringen wollen.«

Telse streckte sich in ihrem Sitz, dass die Gelenke knackten. Sie konnte sich noch nicht von ihrem Gedankengang lösen. »Ich weiß nicht. Irgendwie kommt mir diese blöde Figur als Mordmotiv zu banal vor.«

»Schätzchen, es wurden schon Menschen aus trivialeren Gründen umgebracht.« Wanda hatte sich in der Schlange beharrlich bis zum Parkhaus vorgearbeitet und steuerte den SUV nun schwungvoll um eine Kurve in die Tiefgarage. »Aber wir wissen ja noch gar nichts Genaues. Vor allen Dingen müssen wir herausbekommen, wer überhaupt ein Boot zur Verfügung hat. Wie sieht das bei deinen Kollegen an der Schule aus? Da gibt es doch so einige, die Ärger mit Kirsten hatten, oder nicht?«

»Ja, schon.« Telse hatte den Kopf in den Nacken gelegt und starrte auf die vorübergleitenden Neonröhren an der Betondecke. Das gruftähnliche Ambiente hier unten passte zu dem Schulthema, das sie jetzt nicht weiter erörtern wollte.

Wanda hatte eine Parklücke erspäht und manövrierte den

Subaru geschickt hinein. »So, alles aussteigen.« Sie stellte den Motor ab und öffnete die Fahrertür. »Fix rin, fix wedder rut!«

Telse schob sich steifbeinig aus dem Wagen. »Mit fix wird das hier nix«, erklärte sie. »Warts nur ab.«

Kurze Zeit später musste Wanda erkennen, dass Telse mit ihrer Prophezeiung richtiggelegen hatte. Ganz naiv hatte sie sich vorgestellt, ihre Freundin würde geradewegs in die Bettenausstellung marschieren, nach kurzem Rundblick mit dem Zeigefinger auf irgendeine der dort angebotenen Kartoffelkisten deuten und sich anschließend die Bretter vom Personal einpacken lassen. Flugs wären sie wieder draußen an der frischen Luft, und die Sache wäre erledigt.

Doch Telse hatte es nicht eilig, ganz im Gegenteil. Sie genoss die schier endlose Odyssee durch ein Labyrinth wahnwitzig vollgestopfter Vorzeigezimmer, zupfte an Stoffen, öffnete Schubladen und knipste an Stehlampen herum. Wanda spazierte derweil langsam weiter und schlängelte sich vorbei an Sitzgruppen, Beistelltischchen und diskutierenden Paaren.

»Das könnte ich eigentlich gut gebrauchen, was meinst du?«, tönte es unvermittelt hinter ihr.

Wanda blieb stehen, drehte den Kopf und bereute es sofort.

Telse hielt ein totes Schaf im Arm und streichelte sein Fell. Jedenfalls sah es so aus.

»Es heißt Mjuk und will zu mir«, sagte sie strahlend.

»Mich mjuckt es auch schon, wenn ich diese Flohfalle sehe.« Wanda bemühte sich um einen strengen Blick. »Nein, meine Liebe, im Gartenhaus ist Tierhaltung untersagt. Du stellst den räudigen Fellhocker sofort wieder dahin, wo du ihn gefunden hast. Komm, dahinten muss unsere Abteilung sein. Wir haben Größeres vor.«

»Na gut, ich stelle ihn hier in die Ecke und hole ihn später ab, wenn wir das Bett haben«, gab sich Telse geschlagen. Sie bugsierte den wolligen Hocker hinter einen Ohrensessel und folgte dann Wanda, die schon weitergeeilt war.

Hinter der nächsten Kurve breitete sich tatsächlich das Schlafzimmerparadies aus. Telse warf sich gleich mit voller Länge auf das erstbeste Bett und wippte darauf herum. »Hach, hier könnte ich liegen bleiben.« Sie verschränkte die Hände hinterm Kopf und schloss die Augen.

»Das könnte dir so passen.« Wanda kannte keine Gnade. »Los, hoch mit dem Hintern, du brauchst was Ordentliches. Diese Kiste ist höchstens für Jugendliche unter achtzehn geeignet.«

»Wieso, ist doch breit genug für mich.« Zur Bestätigung streckte Telse beide Arme von sich.

»Ja, sicher. Aber wenn zufällig, ich betone: zufällig, ein weiterer Mensch auf deiner Matratze nächtigen sollte, und zwar gemeinsam mit dir, könnte es unter Umständen eng werden.«

Telse richtete sich seufzend auf und musterte ihre Liegestatt. »Das Prinzip Hoffnung habe ich mir schon lange abgewöhnt. Da passiert nichts mehr. Auf dem Markt hat Gammelfleisch keine Chance.«

»Aber, aber!« Wanda schüttelte den Kopf. »Was muss ich da hören? Will hier jemand aufgeben und sich frustriert zu Hause einigeln? Die Abende allein mit fettem Knabberzeug vor der Glotze verbringen?«

»Genau das. Du glaubst doch nicht im Ernst, dass ich in diesem Leben noch mal was reißen werde?«

»Aber sicher.« Wanda ließ sich neben Telse auf die Matratze plumpsen und tätschelte ihre Hand. »Meine liebe Telse, wir sind im besten Alter, um ganz entspannt auf Beutefang zu gehen. Mach dir da mal keine Sorgen.«

»Erst mal einen finden, der willig und nicht schon vergeben ist. Daran scheitert es doch schon«, sagte Telse missmutig. »Mir bleibt nur noch die Resterampe.«

»Papperlapapp!«, konterte Wanda. »Es gibt doch Geschiedene oder sexy Witwer. Ich bin schließlich auch solo und extrem attraktiv.« Sie grinste. Heute früh vor dem Badezimmerspiegel hatte sie daran zwar leichte Zweifel gehabt, aber das ging niemanden etwas an.

Auf Telses Gesicht erschien der Anflug eines Lächelns. Kurz entschlossen sprang sie auf. »Du hast recht. Außerdem ist ein Doppelbett auch dann bequemer, wenn ich allein darin liege.« Sie ließ ihre Augen über die Möbel schweifen. »Dahinten sind die großen Lotterbetten, da müssen wir hin!«, verkündete sie und spurtete gleich darauflos.

Wanda folgte ihr gemessenen Schrittes nach. Als sie aufgeholt hatte, war Telse schon dabei, Preisschilder zu vergleichen.

Wanda äugte ihr über die Schulter. »Jetzt such dir etwas Hübsches aus, damit wir den Nachmittag mit angenehmeren Dingen verbringen können.«

»Das dahinten!« Telse deutete auf ein weiß lackiertes Monstrum ganz in der Ecke, auf dem sich Berge von Kissen und Decken türmten. »Das gefällt mir, glaube ich.«

Wanda zuckte mit den Schultern. »Von mir aus. Gewinnt zwar keinen Designpreis, aber Platz hast du darin genug.«

Telse steuerte das Doppelbett an, blieb aber zwei knappe

Meter davor wie angewurzelt stehen und riss die Augen auf. »Huch, was ist das denn?«

Wanda drehte sich um. Sie hatte gerade ein Hinweisschild studiert, das den kürzesten Weg zum Ausgang wies. »Doch was Besseres entdeckt?«

»Nein. Da … da bewegt sich was. Zum Glück habe ich mich noch nicht drauf geschmissen.« Telse deutete mit einem Nicken auf den Deckenberg, der in sichtbare Wallung geraten war.

»Scheint so, als ob da schon jemand die Matratze testet«, meinte Wanda trocken. »Du musst dich wohl hinten anstellen.« Sie guckte spitzbübisch. »Komm, wir schleichen uns mal an.«

Als sie vor dem Bett standen, wippte Telse auf den Fußballen und fixierte das Deckenlager, unter dem jetzt vereinzelte Quieker hervordrangen. Auf die Quieker folgte unterdrücktes Lachen.

»Also, jetzt reicht es langsam! Haben die kein Zuhause?« Sie sah sich suchend um. »Gibt es hier kein Verkaufspersonal, das die Leute rausschmeißen kann?«

»Alle wegrationalisiert, da kannst du lange warten«, sagte Wanda. Kurz entschlossen marschierte sie auf das Bett zu und riss mit jeder Hand eine Decke zur Seite.

»Nanu, wen haben wir denn da?«

Die Überraschung war offensichtlich beiderseitig, wie der erschrockene Ausdruck in Tilman Reinfelds Augen verriet. Neben ihm wühlte sich eine kichernde junge Frau aus dem Federbett hervor.

»Na, Spaß gehabt?« Wanda hatte sich schnell wieder gefasst. »Wie schön, wenn man sich vom Tod der Ehefrau nicht die

Freude am Leben verderben lässt.« Sie musterte Reinfeld, der hektisch seine Kleidung richtete.

Er stolperte aus dem Bett und riss dabei Decke und Kopfkissen zu Boden. »Komm, wir gehen.« Heftig zog er an der Hand seiner Begleiterin, die sogleich protestierte.

»He, du tust mir weh! Lass die alte Schachtel doch rumquaken, wir können machen, was wir wollen. Und ich will hier liegen bleiben!« Die junge Frau machte sich los, setzte sich auf den Bettrand und bedachte Wanda mit einem süffisanten Lächeln.

»Nein, Anja, wir gehen!« Reinfeld wurde zusehends nervös und griff abermals nach ihrer Hand, diesmal fester. »Das muss ich mir nicht anhören.«

»Ach, bleiben Sie doch noch ein wenig«, mischte sich Telse mit zuckersüßer Stimme ein. »Wo Sie es gerade so gemütlich haben. Ich wollte mit dem Probeliegen warten, bis sie fertig sind, aber ich könnte mich ja einfach dazulegen, wenn Sie ein klein wenig rücken.« Sie setzte sich auf den Deckenwulst, schwang ihre Beine hoch und ließ sich mit einem wohligen Seufzer neben Reinfelds Gefährtin in die Kissen sinken.

Diese sprang entsetzt auf. »Die spinnt doch, die Alte.« Sie griff nach ihrer Umhängetasche, die auf den Fußboden gerutscht war, und schubste Reinfeld in Richtung des Mittelgangs. »Lass uns abhauen, bevor die beiden komplett durchdrehen.«

Einen Augenblick später war das Pärchen in den Menschenmassen verschwunden.

»Wo gibts denn so was.« Wanda ließ sich neben Telse rücklings auf die Matratze fallen und starrte gegen die Decke. Sie wusste nicht, ob ihr zum Lachen oder zum Weinen zumute war. Eine kleine Weile sagte keine von beiden etwas.

»Ein entzückender Ehemann«, brach Telse schließlich das Schweigen. »Vergeudet seine kostbare Zeit nicht mit so lästigen Dingen wie Trauern.« Sie schnaubte. »Da hat sich ein astreines Motiv in den Laken gerekelt, wenn du mich fragst.«

»Ich ahnte es ja, aber es ist schon etwas anderes, wenn man den Beweis so überdeutlich vor Augen geführt bekommt.« Wanda schluckte. »Mir tut Kirsten nachträglich leid. Das hat sie nicht verdient. So ein elendiger Mistkerl.«

Plötzlich setzte sie sich mit Schwung auf. Ihre Miene strahlte finstere Entschlossenheit aus. »Dem bleibe ich auf den Fersen, das verspreche ich. *Abyssus abyssum invocat.* Der Abgrund ruft den Abgrund!«

Jetzt war es an Telse, Wandas Hand zu tätscheln. »Steigere dich da nicht rein. Tilman Reinfeld mag ein Charakterschwein sein, aber das muss nicht zwangsläufig heißen, dass er für Kirstens Tod verantwortlich ist.« Sie schaute zu dem Menschenstrom, der sich im Mittelgang an ihnen vorbeischob. »Immerhin wissen wir jetzt mit Gewissheit, dass Reinfeld eine Freundin hat.«

»Ich hatte den Verdacht ja schon länger, aber Kirsten wollte nichts davon wissen«, ließ sich Wanda mit dumpfer Stimme vernehmen. Sie hatte sich wieder hingelegt und ein dickes Kopfkissen herangezogen, das sie mit beiden Armen vor ihre Brust gepresst hielt.

Telse drehte sich zu ihr um und zog das Polster weg. »Nun reiß dich zusammen. Wir müssen einfach analytisch weiterarbeiten. Ohne handfeste Beweise werden wir gar nichts erreichen. Wir behalten Tilman Reinfeld natürlich im Auge, dürfen uns aber nicht auf ihn versteifen. Ich werde meine Fühler an der

Schule ausstrecken, und du könntest dich in Kirstens weiterem Umfeld umhören. Vielleicht war sie in einem Sportverein, im Chor oder irgendwo, wo sie sich mit jemandem angelegt hat.«

Wanda schlug die Augen auf. »Du hast ja recht. Wir müssen mehr Informationen sammeln und hoffen, dass sich irgendwer verplappert.« Sie rappelte sich hoch und richtete ihre Haare. »Ich habe eine Idee.«

»Und welche? Zum Friseur gehen?« Telse schwang die Beine über die Bettkante und setzte die Füße auf den Boden.

»Das auch. Aber ich glaube, ich werde mal im Strander Segelclub vorbeischauen. Da war ich früher mit Jan Friedrich Mitglied, als wir noch die *Kontiki* hatten. Eine Wahnsinnsjacht war das. Mit allen Schikanen.« Ein träumerischer Ausdruck erschien auf Wandas Gesicht, der aber schnell wieder verschwand. »Vielleicht läuft mir da ein alter Bekannter über den Weg, den ich über Reinfeld ausfragen kann. Mir ist eingefallen, dass Kirsten ihm vor Jahren ein Boot geschenkt hat, obwohl sie selbst nicht so gerne gesegelt ist.«

Telse nickte anerkennend. »Keine schlechte Idee.«

»Und das ist noch nicht alles.« Wanda schien plötzlich voll neuer Energie und Tatendrang. »Außerdem werde ich die Exkursion mit diesem Steinesammler mitmachen, von der du erzählt hast. Ich will mir den Kerl mal mit eigenen Augen ansehen und ein bisschen ausquetschen. Obendrein schadet es nichts, sich naturwissenschaftlich weiterzubilden.«

Bei der Vorstellung von Wanda in Wanderstiefeln und Friesennerz musste Telse laut auflachen. »So richtig, mit Hämmerchen und Lupe? Mach dich nicht lächerlich.« Sie schüttelte den Kopf.

»Du hältst mich also für eine neureiche, dekadente Tussi, die nur auf ihren Prada-Pumps durchs Leben stolzieren kann? Da täuschst du dich gewaltig.« Wanda erhob sich schwungvoll und strich ihre Kleidung glatt. »So, und jetzt suchst du dir gefälligst deine neue Liegewiese aus, aber hopp!«

Telse stand auf, gähnte und streckte sich, dass die Knochen knackten. »Ich glaube, das hier nehme ich. Macht ordentlich müde. Und wenn es erst mal zu Hause aufgebaut ist, werde ich es nie wieder verlassen.«

»Davor hat die liebe Göttin aber noch den Akkuschrauber gesetzt.« Wandas Grinsen konnte man zu Recht als diabolisch bezeichnen.

15

»HUHU! WAS SCHLEPPT IHR denn da an? Soll ich tragen helfen?«

Camilla Wuttke winkte von der Terrasse ihres Hauses herüber, wo sie gerade dabei gewesen war, einen Sonnenschirm aufzuspannen. Die Regenfront vom Vormittag hatte sich unerwartet schnell verzogen und strahlendem Spätsommerwetter Platz gemacht. Der Garten schien in der plötzlichen Hitze förmlich zu dampfen.

»Nicht nötig. Telse hat sich ein neues Bett gekauft. Jetzt muss sie es nur noch zusammenbauen«, schnaufte Wanda, an ihrem Haaransatz glitzerte der Schweiß. Sie konnte kaum fassen, wie schwer die Bretter dieser Pressspankiste waren, die sie über den Gartenweg wuchteten. Sie hätte ihrer Freundin anbieten sollen, die Gebühren für Lieferung und Montage zu übernehmen. Jetzt hatte sie den Salat beziehungsweise demnächst einen Bandscheibenvorfall, so viel war sicher.

»Oh, wie schön! Wartet, ich hole schnell Olaf«, rief Camilla über die Hecke. »Der hatte in der Gegend zu tun und ist zur Mittagspause vorbeigekommen. Jetzt kann er sich gleich nützlich machen.« Sie drehte sich um und verschwand im Haus.

»Gute Idee.« Wanda blieb augenblicklich stehen und ließ ihr Ende des Pakets auf die Steinplatten sinken. Notgedrungen musste Telse es ihr gleichtun, wobei sie nicht unglücklich über die Verschnaufpause war.

»Hätte ich auch drauf kommen können«, sagte Wanda und wischte sich mit dem Handrücken über die Stirn. »Wozu hat man denn einen kräftigen Nachbarn?«

»Na, ob der zu der Schlepperei Lust hat, wo er doch den ganzen Tag Kriminellen hinterherjagen muss?« Telse streckte ihren Rücken durch. »Aber zum Glück scheint er wieder fit zu sein.«

»Keine Sorge, ich werde an seine Eitelkeit appellieren. Als starker, mitteljunger Mann wird er nicht Nein sagen können.«

»Wozu kann ich was nicht sagen?« Olaf Wuttke war unbemerkt in den Garten getreten und guckte misstrauisch.

»Ah, der Meister persönlich! Wie reizend, dass du uns armen schwachen Weibern helfen willst«, säuselte Wanda. »Es sind nur ein paar Kleinigkeiten, die ins Gartenhaus transportiert werden müssen. Für Telse, damit sie endlich in Frieden schlummern kann.« Sie deutete auf das Paket zu ihren Füßen. »Das da und noch zwei, drei im Auto. Ist doch ein Klacks für einen Kerl wie dich.«

Wuttke rollte mit den Augen. »Deine Manipulationsversuche waren auch schon mal subtiler. Aber für unsere neue Nachbarin mache ich das natürlich gerne.« Er nickte Telse mit einem Lächeln zu. »Warum benutzt ihr eigentlich keine Sackkarre?«

»Na ja, also …«, stotterte Telse und blickte Hilfe suchend zu Wanda, die schwerhörig tat.

»Ist ja auch egal, ich hole mal meine aus dem Keller.« Wuttke deutete zu dem kleinen Tischchen unter dem Sonnenschirm. »Wollt ihr vielleicht ein Mineralwasser? Ihr seht so aus, als ob ihr was zu trinken nötig hättet. Setzt euch einfach.« Dann verschwand er in den Kellereingang.

Camilla war in der Terrassentür erschienen und hatte die letzten Worte noch gehört. »Ja, kommt rüber«, rief sie. »Ich hole schnell Sprudel und Gläser.«

»Bloß keine Umstände«, wehrte Telse ab. »Einen Schluck trinken wäre super, aber dann will ich mein neues Nachtlager zusammenschrauben.«

Wanda blickte auf das sperrige Paket, dachte sich ihren Teil und nahm neben Telse auf Wuttkes Veranda Platz.

Kurz darauf kam Camilla mit einem vollen Tablett nach draußen. Sie setzte es auf dem Tischchen ab, hob ein Wasserglas in die Höhe und zog ein darunter liegendes bedrucktes Papier hervor. Es handelte sich um einen Flyer, mit dem sie jetzt in der Luft herumwedelte. »Hier habe ich was für euch. Von Wanda weiß ich ja, dass sie kulturell interessiert ist, aber vielleicht wäre es auch etwas für dich«, sagte sie an Telse gewandt. »Im Vergleich zu Hamburg ist hier gewöhnlich nichts los, da muss man jede Gelegenheit nutzen, die sich bietet.« Sie reichte Telse das Faltblatt herüber. »Eine Vernissage auf Gut Seekamp, an diesem Sonnabend. Eine Fotoausstellung, und die Aufnahmen sehen gar nicht übel aus.« Mit ihrem blutrot lackierten Zeigefinger wies sie auf den Prospekt. »Der Knipser nennt seine Werkreihe *Blaues Licht – Die Unwirklichkeit des Nordens*. Das passt doch perfekt hierher.«

Telse und Wanda beugten sich über den Tisch und musterten die Einladung neugierig.

»Der Künstler ist zur Eröffnung anwesend«, raunte ihnen Camilla zu und lächelte bedeutsam.

»Na dann«, sagte Wanda. »Wenn wir Glück haben, ist der Herr Fotograf ebenfalls was fürs Auge.«

Telse zog eine Grimasse, aber Camilla kicherte amüsiert.

»Das wollen wir doch hoffen. Ich gehe auf jeden Fall hin, Olaf weiß es noch nicht.«

»Was weiß ich nicht?«, tönte es aus Wandas Garten herüber. Dort balancierte Olaf Wuttke einen Stapel ausladender brauner Kartons mit der Sackkarre den Plattenweg entlang.

»Über Kunst weißt du nichts«, rief Camilla zurück und lachte.

»Muss ich auch nicht. Das war übrigens die letzte Fuhre. Du kannst deinen Wagen wieder vom Fußweg runterfahren.«

»Wird gemacht, Herr Wachtmeister!«, rief Wanda über die Büsche, während Wuttke schnaufend seine Karre weiterschob.

»Also, ich hätte schon Lust, zu der Vernissage zu gehen«, sagte Telse. »Wie sieht es bei dir aus?«

»Selbstverständlich werden wir auf Seekamp unsere Aufwartung machen«, bekräftigte Wanda. »So ein Event lassen wir uns doch nicht entgehen.«

»Toll!« Camilla klatschte erfreut in die Hände. »Da machen wir drei uns einen schönen Abend. Wie ich meinen Olaf kenne, hat er genau am Sonnabend etwas fürchterlich Dringendes zu tun und kann mich leider nicht begleiten. Oder er macht sich gar nicht erst die Mühe, eine Ausrede zu erfinden, und bleibt einfach auf dem Sofa liegen.« Der Schatten auf ihrem Gesicht verflog so schnell wieder, wie er aufgetaucht war. »Aber ich habe ja euch beide«, sagte sie munter. »Wir werden uns auf Seekamp prächtig amüsieren.«

16

ALS IN DER FERNE das Hauptgebäude der Grundschule in ihr Blickfeld kam, fuhr Telse unwillkürlich langsamer. Zum ersten Mal, seit sie in ihrem neuen Job tätig war, hatte sie keine Lust zu arbeiten. Der Morgen präsentierte sich so friedlich und strahlend, dass sie viel lieber den Tag draußen in der Natur genossen hätte. Mit dem Fahrrad zur Schule zu radeln war da nur ein kleiner Trost. So schnell geht das also, dachte sie, ich bin schon so sehr vom Vollzeitjob entwöhnt, dass mir selbst drei Stunden Unterricht zu viel sind.

Ein schlechtes Gewissen hatte sie deswegen nicht, im Gegenteil. Jeden Tag genoss sie das wunderbare Gefühl, nicht mehr in der Mühle eines Nine-to-five-Jobs gefangen zu sein. Wobei es sich im Verlag meistens um einen Nine-to-seven-Job gehandelt hatte, die übliche Selbstausbeutung im Journalismus. Sie vermisste die Hamburger Redaktion inzwischen keine Sekunde mehr.

Was ihr dagegen fehlte, war das selbstbestimmte Arbeiten. Wie lange schon hatte sie keine Geschichte recherchiert oder fotografiert? Da gab es nichts zu beschönigen: Seit ihrem Umzug bekam sie in dieser Hinsicht den Hintern nicht mehr hoch. Pass bloß auf, dass du kreativ bleibst, ermahnte sie sich selbst, während sie mit mechanischer Regelmäßigkeit in die Pedale trat, sonst kommt früher oder später die große Unzufriedenheit und klopft an deine Tür. Eine alte Bekannte, die schlechte Laune verbreitet und sich nur mit viel Anstrengung wieder vertreiben lässt.

Prompt wanderten ihre Gedanken weiter zu dem lästigen Thema Geld. Selbstverwirklichung war das eine, eine drohende Rente unter dem Existenzminimum das andere. Wenn sie beruflich nicht wieder auf die Beine kam, würde sie als Sozialfall enden, so viel war abzusehen. Telse hätte es nie zugegeben, aber es nagte an ihrem Stolz, dass sie das Studium ihrer Tochter nur mit einem geringen monatlichen Zuschuss unterstützen konnte, auch wenn Julianne niemals Geld von ihr eingefordert hatte. Und selbst diese Summe war eigentlich mehr, als sie sich zurzeit leisten konnte. Ihre Abfindung vom Grotenhus-Verlag war längst nicht so üppig ausgefallen, wie sie erwartet hatte, und inzwischen weitgehend dahingeschmolzen. In diesem Moment beneidete sie Wanda um ihr sorgenfreies, ungebundenes Leben fernab jeglicher Existenzängste. Doch dieses negative Gefühl versuchte sie sofort wieder zu verbannen, schließlich verhielt sich die Freundin ihr gegenüber mehr als großzügig.

Telse trat kräftiger in die Pedale und erschreckte einen Handtaschenhund, der unschlüssig auf dem Radweg herumhoppelte. Der Fahrtwind pfiff ihr um die Ohren, die Bewegung tat ihr gut. Dann war sie eben eine arme Kirchenmaus, na und? Sie war gesund, hatte eine schlaue Tochter und eine tolle Freundin. Das Leben könnte schlimmer sein. Und mit den paar Schulkindern wurde sie auch noch fertig. Außerdem, wer sagte denn, dass sie hier nicht als selbstständige Journalistin arbeiten konnte? Kontakte aufbauen, Leute kennenlernen, das brauchte Zeit, war aber nicht unmöglich.

Die letzte Kurve zur Schule nahm Telse mit Schwung. Die können froh sein, mich zu haben, dachte sie mit frisch poliertem Selbstbewusstsein. Einen so rundum befähigten Menschen wie mich kriegt die Lohmeyer nicht alle Tage für ihren Laden. Glück gehabt, ihr Landeier!

Telses gute Stimmung hielt exakt bis zur Tür des Lehrerzimmers. Schon unten am Treppenaufgang waren vereinzelte aufgeregte Stimmen an ihr Ohr gedrungen, die sich auf dem oberen Flur zu einer Kakofonie steigerten. Gute Güte, was war hier denn los? Neugierig öffnete sie die nur angelehnte Tür zum Konferenzzimmer und trat ein.

Das Stimmengewirr erstarb urplötzlich. Peter Cassens stand mit dem Rücken zum Fenster und stützte sich mit beiden Fäusten auf die Tischplatte. Seine Gesichtsfarbe hatte sich dem Ton seiner roten Haare angenähert, und die Mimik ließ auf mühsam beherrschte Wut schließen. Neben ihm stand Ursula Brenner, die Hände in die Hüften gestemmt. Mit bebender Brust unter dem Twinset gab sie ein lebendes Bild der Empörung ab. Auf der anderen Seite des großen Tisches lehnte Sabine Westphal mit verschränkten Armen am Bücherregal, während die rundliche Brigitte Groote neben ihr unruhig auf der Stelle trat und mit den Fingern eine grüne Papierserviette zerpflückte.

Beide Paare fixierten sich. Die Stimmung im Zimmer war erdrückend.

»Guten Morgen alle zusammen!« Telse marschierte in Richtung Konferenztisch, als besäße sie weder Augen noch Ohren. Die Antwort war eisiges Schweigen. »Störe ich?«

Natürlich störte sie, das war nicht zu übersehen, aber irgendetwas musste sie schließlich sagen.

»Nein, Sie kommen gerade richtig«, stieß Cassens zwischen zusammengebissenen Zähnen hervor. »Wir haben hier nämlich eine kleine Meinungsverschiedenheit. Die sollte Sie auch interessieren.« Er warf ihr einen feindseligen Blick zu.

Telse zog einen Stuhl heran, setzte sich an den Tisch und bemühte sich um einen harmlosen Gesichtsausdruck. »Aha. Um was geht es denn?«

»Darum, dass Stellen eingespart werden müssen«, platzte Sabine Westphal heraus.

»Hier an der Grundschule?«

»Wo denn sonst?« Offensichtlich war auch Frau Westphal mit schlechter Laune gesegnet.

Telse atmete durch. »Ja und? Was habe ich damit zu tun?«

»Das kann ich Ihnen sagen«, fuhr Cassens dazwischen. »Wir sind nämlich alle auf unsere Jobs angewiesen. Die Schule hat laut Ministerium schon im Sommer mehr Lehrkräfte beschäftigt, als ihr im offiziellen Stellenplan zustanden. Jetzt hat die Behörde Schülerzahl und Stunden wieder neu berechnet, und siehe da, wir sind trotz Kirsten immer noch einer zu viel. Oder besser: eine.«

»Eigentlich zwei, die meisten von uns unterrichten ja keine volle Stundenzahl. So gesehen müssen zwei halbe Stellen wegfallen«, übernahm Ursula Brenner.

»Und dann kreuzen Sie hier auf, als ob nichts wäre.« Sabine Westphal fixierte Telse aus zusammengekniffenen Augen. »Und arbeiten zur Freude des Bildungsministeriums auch noch umsonst. Das ist ja wohl die Höhe. Andere müssen von ihrem Gehalt ihre Miete bezahlen, Sie haben das offenbar nicht nötig.« Die letzten Worte spie sie förmlich über den Tisch.

Telse fühlte sich, als hätte ihr jemand einen Ziegelstein vor den Kopf gehauen. Auf so eine geballte Aggression war sie nicht vorbereitet gewesen. »Ich ... ich verstehe nicht ganz«, stammelte sie. »Sind Sie denn als Beamte nicht unkündbar?« Das Kollegium hatte für Duzerei nichts mehr übrig, das war eindeutig.

Das schnaubende Geräusch kam von Brigitte Groote. »Beamte sind außer Ute Lohmeyer nur noch Ursula und ich. Uns kann zwar nicht gekündigt werden, aber wir können versetzt werden. Und wir haben weiß Gott keine Lust, in unserem Alter noch mal an einer anderen Schule anzufangen, das kann ich Ihnen sagen.« Das erneute Schnauben diente quasi als Unterstreichung.

»Ich arbeite nicht umsonst«, versuchte Telse, Zeit zu gewinnen, während sie überlegte, wo dieses Tribunal eigentlich hinführen sollte.

»Ach nein? Da habe ich von Lene Denker, der Sekretärin, aber etwas anderes gehört«, sagte Sabine Westphal spitz.

»Ich bekomme mein Gehalt von einer außerschulischen Stelle«, widersprach Telse. Gleichzeitig ärgerte sie sich, dass sie das Bedürfnis hatte, sich zu verteidigen. Ihr Honorar ging diese Figuren hier gar nichts an. »Außerdem fülle ich nur vorübergehend die Lücke, die Kirsten Reinfelds Tod gerissen hat. Schließlich gibt es bei den DAZ-Schülern gerade viel zu tun.«

Peter Cassens grunzte. »Ja, ja, die armen Flüchtlingskinder, ich weiß schon. Die sollen erst mal lernen, wie man sich benimmt. Von Disziplin haben die in ihrem ganzen Leben noch nichts gehört.«

»Vielleicht sind sie nur froh, dass sie es noch haben«, erwiderte Telse trocken.

»Eigentlich dachten wir ja, nach Kirstens Tod hätte sich das Problem gelöst«, sagte Brigitte Groote und schaute dabei auf das grüne Papierhäufchen zu ihren Füßen. »Aber jetzt muss doch noch jemand gehen. Es will bloß keiner freiwillig.«

»Kann die Schulleiterin jemanden bestimmen?«, erkundigte sich Telse.

»Natürlich kann sie darauf Einfluss nehmen. Aber sie möchte wohl, dass wir das unter uns entscheiden«, ließ sich Ursula Brenner mit bitterer Stimme vernehmen. Sie hatte der Gruppe den Rücken zugekehrt und starrte aus dem Fenster.

»Da kann sie lange warten.« Peter Cassens lachte höhnisch auf und ließ sich auf einen Stuhl fallen. »Aber vielleicht erbarmt sich noch einer aus dem Kollegium und geht ebenfalls ins Wasser.«

Wenn die Blicke, die ihn trafen, Pfeile gewesen wären, hätte man Cassens problemlos als Nudelsieb verwenden können.

Telse räusperte sich. »Wenn ich Ihre Bemerkung richtig interpretiere, gehen Sie davon aus, dass Frau Reinfeld entweder Suizid begangen oder beim Schwimmen ihr Leben aufs Spiel gesetzt hat.« Sie schaute in die Runde. »Wie kommen Sie darauf?«

Allgemeines Schweigen.

»Es soll ja ein Unfall gewesen sein«, sagte Brigitte Groote schließlich. »Das meint die Polizei doch, oder?«

»Und was meinen Sie?«, fragte Telse.

Die Lehrerin zuckte mit den Schultern. »Keine Ahnung. Kirsten war immer etwas eigen. Die hat ihr Herz nicht auf der Zunge getragen.«

»Im Gegensatz zu dir«, tönte es von Cassens herüber.

Brigitte Groote antwortete nicht, sondern begann hektisch, in ihrer Tasche zu wühlen, bis sie ein Päckchen Papiertaschentücher gefunden hatte. In diesem Moment schrillte die Schulklingel.

Kurz entschlossen ließ Telse einen Versuchsballon steigen: »Könnte nicht auch jemand Frau Reinfeld ermordet haben?«

Einen Moment lang verstummten alle Geräusche. Sabine Westphal und Ursula Brenner starrten wortlos nach draußen auf den Schulhof. Brigitte Groote riss die Augen auf.

Die Stille wurde schließlich durchbrochen von Peter Cassens, der schnaubte und eine Handfläche auf den Tisch klatschte. »Ermordet? Da lachen ja die Hühner. Nee, der Unfall geht auf ihre eigene Kappe. Unsere Miss Perfect hat doch immer gerne selbst bestimmt, wo es lang geht, nicht wahr?«

»Wie kannst du nur so etwas sagen?« Brigitte Groote schnappte sich ihre prall mit Schulheften gefüllte Tasche und stürmte aus dem Raum. Mit einem Knall schlug die Tür hinter ihr zu.

»Vielleicht waren es ja die Eltern von diesem entzückenden Justin«, sagte Sabine Westphal, während sie ihre Kaffeetasse zur Spüle trug.

Telse horchte auf. »Was ist mit denen?«

»Das sind die komplett überforderten Erziehungsberechtigten von diesem Sonnenschein, der nichts lieber tut, als seine Mitschüler krankenhausreif zu kloppen«, dröhnte es aus Cassens' Richtung.

»Justin Kletzkow ist am Ende des letzten Schuljahres wegen fortgesetzter körperlicher Gewalt gegen Mitschüler und sogar Lehrkräfte von der Grundschule verwiesen worden«, erläuterte Ursula Brenner. »Die Eltern haben sich furchtbar darüber aufgeregt. Aber denen einen Mord zuzutrauen … Das ist einfach lächerlich.«

»Diese Klientel ist doch zu allem fähig, wenn sie nicht ihren Willen kriegt«, sagte Cassens unbeeindruckt. »Würde mich nicht wundern, wenn die nur auf eine Gelegenheit gewartet haben, um für ihren missratenen Ableger Rache zu nehmen. Was willst du von diesen intellektuellen Tiefffliegern auch erwarten.«

Ursula Brenner schüttelte nur stumm den Kopf. Dann hob sie ihre lederne Aktentasche vom Boden auf und klemmte sie sich unter den Arm. »Du könntest dich übrigens mal um die zwei Kisten dort kümmern«, sagte sie an Telse gerichtet und wies mit dem Kinn zu dem Standregal neben der Spüle. »Da sind noch Unterrichtsmaterialien von Kirsten drin. Die Sachen müssen dringend aussortiert werden, die nehmen nur Platz weg.« Ohne eine Antwort abzuwarten, schritt sie hocherhobenen Hauptes aus dem Zimmer.

Sabine Westphal beeilte sich, ihrer Kollegin zu folgen. »Kirsten Reinfeld war einfach zu leichtsinnig, immer allein schwimmen zu gehen«, rief sie über die Schulter zurück, dann war sie ebenfalls weg.

Telse starrte die Kisten an, während Cassens sie mit selbstgefälliger Miene taxierte. Bloß raus aus dieser Schlangengrube, war ihr einziger Gedanke. Am liebsten hätte sie jetzt den philosophischen Hausmeister Paule aufgesucht, aber die Kinder warteten schon. Nur noch ein paar Wochen, schwor sie sich, danach konnte ihr dieser neurotische Haufen gestohlen bleiben.

17

WANDA HOLLE STAND in Gummistiefeln am Strand
und verfluchte nicht zum ersten Mal ihr vorlautes Mundwerk.
Welcher Teufel hatte sie nur geritten, als sie Telse verkündet
hatte, sich zur nächsten Exkursion von Strandfossilien & Steine anzumelden? Jetzt stand sie hier um halb zehn Uhr morgens
am Schilkseer Steilufer herum und fühlte sich komplett fehl
am Platz. Am Treffpunkt hatte sich außer ihr noch ein Grüppchen ergrauter Funktionsjackenträger eingefunden, das sich
mit riesigen Rucksäcken, Baumarkthämmerchen und Batte-
rien von Wasserflaschen ausstaffiert hatte. In Wandas Augen
eine Ausrüstung wie für eine dreiwöchige Patagonien-Expedi-
tion. Was kam da bloß auf sie zu? Sie hätte sich beißen können,
aber jetzt war es zu spät.

Just in diesem Moment erklomm Ingolf Scheurich die Strandtreppe, brachte sich auf der dritten Stufe von unten in Positur
und musterte zufrieden die Schar seiner Schützlinge. Er begann mit einem kurzen Vortrag über die Versteinerungen, die
hier an der Steilküste zu finden seien, und zeigte dann zu einem frischen Küstenabbruch in knapp fünfzig Metern Entfernung. »An dieser Stelle liegt jetzt ganz unberührtes Geschiebe
im Sand, in dem wahre Schätze schlummern können«, spornte

er die Kursteilnehmer an. »Sozusagen ein Eldorado für Fossiliensammler.«

Die kleine Gruppe setzte sich umgehend in Bewegung. Wanda schlenderte mit Sicherheitsabstand und ohne Eile hinter der aufgekratzten Truppe her und fragte sich, was sie hier eigentlich erreichen wollte. Vor drei Tagen hatte es sich noch wie eine ermittlungstechnische Notwendigkeit angefühlt, an der Exkursion teilzunehmen. Heute, am Freitag, war sie sich dessen nicht mehr so sicher. Immerhin hatte sie hier die Chance, Scheurich nach Kirstens Steinfigur auszufragen.

An der Abbruchstelle angekommen, stoppte Scheurich und wartete, bis alle Nachzügler aufgeschlossen hatten. Dann blickte er aufmunternd in die Runde seiner Jünger.

»So, hier haben wir die Goldgrube erreicht. Unser Strandabschnitt ist ja leider schon ziemlich abgesucht, aber bei den Neuankömmlingen hier«, er drehte sich um die eigene Achse und deutete dabei mit ausgebreiteten Armen auf die umgebende Geröllhalde, »haben wir eine echte Chance auf tolle Fundstücke. Da drin kann es von Orthoceren, Brachiopoden oder Seeigeln nur so wimmeln. Ich wünsche Ihnen viel Erfolg!«

Die rüstige Schar fiel kollektiv auf die Knie und begann, im Strandkies nach den Überbleibseln urzeitlicher Meeresbewohner zu wühlen. Nur Wanda blieb etwas entfernt stehen. Auf Bodenkontakt war sie nicht eingerichtet.

Vorgestern, bei ihrer telefonischen Kontaktaufnahme mit dem Verein, hatte sie noch insgeheim gehofft, dass die Exkursionen von Ingolf Scheurich allesamt auf Wochen hinaus ausgebucht waren. Ein Irrtum, wie sich herausgestellt hatte. Sie warf einen Blick auf ihre Armbanduhr. Tja, jetzt blieb ihr nichts anderes übrig, als so etwas wie Enthusiasmus oder zumindest Interesse an dem herumliegenden Eiszeitschutt zu heucheln. Das tue ich nur für Kirsten und die Gerechtigkeit, versuchte sie, sich aufzumuntern. Hoffentlich sieht mich niemand unter diesen Freaks, war ihr nächster Gedanke. Unauffällig musterte sie Ingolf Scheurich, der inmitten des Grüppchens herumstolzierte, die Hände hinter dem Rücken verschränkt, und auf Zuruf hier und da die ersten Fundstücke begutachtete. Telse hatte seine Outdooraufmachung präzise beschrieben, nur dass er heute zusätzlich ein Sonnenkäppi in Camouflagefarben auf dem Kopf trug.

In diesem Augenblick schaute Scheurich hoch. Ihre Blicke trafen sich, und als er Wanda wie unbeteiligt in einiger Entfernung stehen sah, winkte er sie prompt zu sich. Wanda stöhnte innerlich auf, setzte sich aber brav in Trab.

»Sie sind doch bestimmt Frau Holle, oder? Die Teilnehmerin, die sich ganz kurzfristig noch angemeldet hat. Kommen Sie näher, gesellen Sie sich zu uns. Nur keine falsche Scheu!« Er strahlte sie an und lotste sie zu den am Boden krauchenden Gestalten. »Haben Sie denn schon etwas Interessantes gefunden? In diesem Abbruch wimmelt es von den tollsten Versteinerungen, die nur von Ihnen entdeckt werden wollen.« Er zwinkerte ihr aufmunternd zu.

Wanda bezweifelte das. Trotzdem bemühte sie sich um einen angemessen begeisterten Gesichtsausdruck. Schließlich wollte sie Ingolf Scheurich noch auf den Zahn fühlen, was diese seltsame Figur anging, da schadete eine positive Grundstimmung nicht. »Nun, bis jetzt war ich leider erfolglos. Vielleicht könnten Sie mir hilfreich zur Seite stehen und meinem Finderglück etwas auf die Sprünge helfen?« Sie schickte ihm einen treuherzigen Augenaufschlag von schräg unten.

Scheurich biss sofort an. »Aber sicher, werte Fossilienfreundin. Ich darf Sie doch so nennen, oder? Wir Steinesammler haben es nicht so mit Förmlichkeiten, wissen Sie, dafür machen wir uns zu dreckig, haha.« Nach schnellem Rundblick wählte er einen Geröllhaufen in der Nähe aus und marschierte darauf zu, wobei er gleichzeitig Wanda bedeutete, ihm zu folgen. »Wollen wir doch mal sehen, ob hier nicht irgendein Schätzchen verborgen liegt. Einen Donnerkeil findet man fast immer.« Er ließ sich umständlich auf die Knie sinken und blickte sie auffordernd an.

Notgedrungen ging Wanda in die Hocke. Ihre Gelenke protestierten, aber darauf konnte sie jetzt keine Rücksicht nehmen. Schlimmstenfalls würde sie den Abend mit Quarkwickeln um die Knie ausklingen lassen müssen.

»Wonach soll ich denn suchen?« Wandas Stimme klang genauso hilflos, wie sie sich in dieser Situation fühlte. Ihr Blick glitt über den Teppich rundlicher Steine. In ihren Augen sahen alle mehr oder weniger gleich aus und unterschieden sich höchstens in der Farbgebung. Was daran interessant sein sollte, war ihr komplett schleierhaft.

»Donnerkeile sind ganz einfach zu erkennen«, dozierte Scheurich. »Warten Sie mal, ich müsste sogar ein Exemplar zu Demonstrationszwecken dabeihaben.« Er stand auf, wühlte in seiner Jackentasche und zog ein fingerlanges gelbbraunes Objekt hervor, das ein bisschen wie eine steinerne Zigarre aussah. »Hier, bitte schön.« Erwartungsvoll hielt er Wanda das Ding unter die Nase. »Der Körper eines Millionen Jahre alten Kopffüßlers. Davon liegen Dutzende am Strand herum, man tritt quasi drauf.«

Wanda musterte die Zigarre skeptisch. Und dafür sollte sie hier auf Knien durch den Sand robben? Unter Strandfossilien hatte sie sich etwas anderes vorgestellt. »Was ist mit versteinerten Seeigeln?«, fiel ihr ein. »Die finde ich hübscher.«

Scheurich nickte enthusiastisch. »Kein Problem. Sie müssen nur nach Steinen mit einem weißen fünfstrahligen Sternmuster suchen. Mal ist es mehr, mal weniger gut erhalten. Versuchen Sie's einfach!«

Die Begeisterung des Mannes machte es Wanda schwer, sich der Aufforderung zu entziehen. Doch die Gelegenheit war gerade günstig. »Ich möchte Sie noch kurz etwas ganz anderes fragen«, begann sie. »Es handelt sich um einen außergewöhnlichen Fund, den jemand vor ein paar Wochen hier am Strand gemacht hat.« Sie wartete einen Moment, um ihre Worte wirken zu lassen, und blickte ihn bedeutungsvoll an. »Eine kleine Skulptur, eine Frauenfigur.«

Ingolf Scheurich erstarrte in seiner Bewegung. »Was wissen Sie davon?«, stieß er hervor.

Wanda hob bedauernd die Arme. »Nicht viel. Ich habe nur gehört, dass Sie auf der Suche nach der Plastik sind.«

Der Exkursionsleiter wollte gerade zu einer Antwort ansetzen, als ein Mann in dunkelgrüner Wachsjacke, der sich ihnen unbemerkt genähert hatte, ihm von hinten auf die Schulter tippte. »Entschuldigung. Wenn ich kurz mal stören dürfte?«

Scheurich zuckte zusammen und drehte sich mit einer schnellen Bewegung um. »Ja, sicher. Um was geht es denn?«

»Ich bräuchte mal eine fachliche Auskunft.« Der Wachsjackenträger streckte eine Hand hervor und präsentierte ihm darauf einen gelblichen faustgroßen Stein. »Ist das was?«

Scheurich schob seine Lesebrille von der Stirn auf die Nase, nahm das Objekt hoch und begutachtete es von allen Seiten.

Wanda ärgerte sich über die Unterbrechung. Sie selbst konnte an dem Klumpen nichts Außergewöhnliches erkennen. Er sah wie ein normaler, vom Wasser rund geschliffener Felsbrocken aus, in dessen Furchen und Rillen sich Algen angesiedelt hatten. »Was soll denn daran besonders sein?«, platzte es aus ihr heraus.

Ingolf Scheurich drehte sich zu Wanda um und sah ihr mit ernsthafter Miene in die Augen. »Bei diesem Stein hier, meine Dame, handelt es sich um einen über fünfhundert Millionen Jahre alten Skolithen-Sandstein. Das, was hier wie dunkle Punkte auf seiner Oberfläche aussieht«, er deutete mit seinem Zeigefinger auf die entsprechenden Stellen, wobei Wanda nicht umhinkam, den schwarzen Trauerrand unter seinem Nagel zur Kenntnis zu nehmen, »sind versteinerte Fressgänge von urzeitlichen Wattwürmern. Von oben gesehen.« Er drehte den Stein und wies auf die Seitenfläche, wo sich zahlreiche röhrenartige Formen abzeichneten. »Das Ganze ist quasi eine halbe Milliarde Jahre alter Wattboden. Faszinierend, nicht wahr?« Er reichte den Stein an den Wachsjackenmann zurück. »Ein wunderschönes Exemplar, das Sie da gefunden haben!« Plötzlich richtete Scheurich seinen Blick in die Ferne. »Ich glaube, dort hinten wird dringend nach meiner Person verlangt«, erklärte er. »Wenn mich die Herrschaften bitte entschuldigen würden?« Eine Sekunde später eilte er schon in Richtung dreier Freizeitgeologen davon, die am Wassersaum gestikulierten und offenbar in einen hitzigen Disput verwickelt waren.

Wanda schaute ihm nach. Der plötzliche Abgang des Exkursionsleiters wirkte auf sie fast wie eine Flucht. Das lief hier alles nicht so, wie sie es sich vorgestellt hatte.

Der Wachsjackenträger hatte sich derweil nicht von der Stelle gerührt. Aus Mangel an Alternativen und weil er einen sympathischen Eindruck machte, beschloss Wanda, ihn anzusprechen.

»Immerhin haben wenigstens Sie etwas Brauchbares aus diesem Geröllhaufen herauspicken können«, sagte sie und schenkte ihrem Gegenüber einen anerkennenden Blick.

»Ja, Glück muss man haben. Darf ich mich vorstellen: Gerd Petersen mein Name.« Der Mann streckte ihr die Rechte hin und bedachte sie mit einem gewinnenden Lächeln.

Nach einem kurzen Moment des Zögerns ergriff Wanda die Hand und schüttelte sie. »Angenehm. Wanda Holle. Sind Sie auch zum ersten Mal dabei?«

»Ehrlich gesagt, nein. Aber meine letzte Exkursion ist schon eine Weile her. Wie Sie gesehen haben, kann ich mich kaum noch an die unterschiedlichen Gesteinsarten oder Fossilien erinnern.« Er ließ ein kollerndes Lachen hören.

Wanda musterte ihn. Sie konnte es nicht leiden, wenn Leute mit ihrer Unfähigkeit kokettierten, egal, ob sie vorgeschoben oder echt war. Dabei machte er auf sie nicht den Eindruck, als wäre er schwer von Begriff. Seine Augen hatten einen wachen, aufmerksamen Ausdruck und schienen die Umgebung genau zu beobachten. Seine Kleidung wirkte gepflegt, und die Lederschuhe, die er trug, waren eigentlich zu schick für diese Art Strandausflug. Um ein Mitglied der Outdoorfraktion, die im Dreck die Steine umdrehte, handelte es sich bei ihm nicht, so viel schien klar zu sein.

»Ich kann mich nicht erinnern, Sie vorhin am Treffpunkt gesehen zu haben. Sind Sie erst später zu uns gestoßen?«

»Ja, ich war etwas in Zeitnot und habe es dummerweise auch nicht mehr geschafft, mich umzuziehen.« Er blickte mit gerunzelter Stirn auf seine Schuhe.

»Dann sind wir schon zwei, die nicht durch den Sand robben wollen«, stellte Wanda fest.

»Man kann an einer Steilküste die ungewöhnlichsten Objekte entdecken, meinen Sie nicht auch?«, führte Petersen die Konversation weiter, dabei ließ er seinen Skolithen-Sandstein wie einen Ball in der Hand hüpfen.

»Na ja, bei mir hält es sich in Grenzen«, antwortete Wanda. »Andere scheinen mehr Glück zu haben.« Sie nickte in Richtung der Steinesucher, von denen die meisten schon gut gefüllte Beutel oder Plastiktüten mit sich schleppten. »Haben Sie denn sonst noch etwas Interessantes gefunden, oder nur diese versteinerte Würmerspeisekammer?«

»*Nur* ist gut. Ich bin richtig stolz darauf.« Er lächelte sie an, und Wanda lächelte automatisch zurück.

Eine kleine Pause entstand.

»Unter dem Sand liegen bestimmt noch viele aufregende Dinge verborgen«, sagte Petersen und ließ dabei den Blick die Küstenlinie entlangwandern.

»Zum Beispiel goldene Ringlein«, schlug Wanda vor. »Die würde ich viel lieber finden als so einen Briefbeschwerer, wie Sie ihn da haben«.

»Ja, während der Badesaison ist sicherlich der ein oder andere Ehering verloren gegangen. Ich dachte aber mehr an historisches Kulturgut.« Er wies zum Bülker Leuchtturm, dessen grün-weiße

Gestalt durch den Meeresdunst schimmerte. »Vor Bülk haben Unterwasserarchäologen eine ehemalige Bronzezeitsiedlung am Meeresboden entdeckt. Die Medien haben vor einiger Zeit darüber berichtet, vielleicht haben Sie es gelesen. Natürlich keine komplette Siedlung«, korrigierte er sich, »sondern nur ein paar Eichenbalken und ähnliche Hinterlassenschaften, die auf eine prähistorische Niederlassung hindeuten. Trotzdem eine spektakuläre Entdeckung für Schleswig-Holstein. So etwas findet man nicht alle Tage.«

Plötzlich war Wanda hellwach. »Ach, das ist ja interessant. Hat man dort auch Kunsthandwerk gefunden?« Sie versuchte, ihre Frage möglichst unbeteiligt klingen zu lassen.

»Nicht dass ich wüsste.« Petersen ließ seinen Stein wieder in der Hand hüpfen und schien zu überlegen. »Es wäre schon eine Sensation, wenn da noch etwas auf dem Meeresgrund liegt, das im Laufe der Jahrhunderte oder Jahrtausende nicht zerstört worden ist. Oder die Artefakte liegen allesamt unter meterdicken Sedimentschichten begraben.«

»Kennen Sie sich damit aus?«

Petersen räusperte sich leicht. »Ein wenig, wenn ich so unbescheiden sein darf.«

»Wie spannend. Erzählen Sie doch mal.« Wanda schaute ihr Gegenüber aufmunternd an.

»Tja, wie soll ich sagen ...« Petersen räusperte sich erneut. »Ich bin Sachbuchautor und beschäftige mich schon eine Weile mit der Archäologie Schleswig-Holsteins. Es ist mein persönliches Steckenpferd. Ein unglaublich vielschichtiges Thema, das kann ich Ihnen versichern.«

»Ich muss zugeben, davon habe ich leider keine Ahnung«,

sagte Wanda. »Haben Sie denn schon viele Bücher veröffent-
licht?«

»So einige.« Petersen lächelte verbindlich.

»Und davon kann man leben? Ihre Werke richten sich vermutlich nicht an Laien wie mich, nehme ich an.«

»Nun ja. Bei dem, was ich schreibe, handelt es sich schon um
populärwissenschaftliche Bücher, was aber keinesfalls bedeutet,
dass man schlampig und ungenau arbeiten darf. Sie richten sich
an eine interessierte Leserschaft, die mehr darüber erfahren will,
wie und wo unsere frühen Vorfahren im Land gelebt haben.«
Er hüstelte. »Damit verdient man zwar kaum etwas, aber ich
kann mir diesen Luxus erlauben, da ich zum Glück finanziell
unabhängig bin.«

Wanda horchte auf. Bemerkungen dieser Art weckten grundsätzlich ihre Neugier. Reich geboren, reich geheiratet, reich verdient oder reich geerbt, das war hier die Frage.

»Beneidenswert.« Sie schenkte ihm einen Augenaufschlag.
»Ich will nicht zu indiskret sein, aber haben Sie auch beruflich
mit dem Thema Archäologie zu tun?«

»Nicht direkt.« Petersen zuckte leicht mit den Schultern. »Die
Welt des Altertums ist einfach meine Leidenschaft. Und da ich
seit einem Jahr pensioniert bin, kann ich sie ungehindert ausleben.«

Wanda bemerkte bei einem Seitenblick, wie in einiger Entfernung Ingolf Scheurich Anstalten machte, seine Schützlinge
zusammenzutrommeln. Sie überlegte kurz, dann hatte sie ihren
Entschluss gefasst. »Ich hätte da mal eine andere Frage«, wandte
sie sich an Petersen, »ist Ihnen zufällig der Name Kirsten Reinfeld bekannt?«

Der Sachbuchautor stutzte. »Reinfeld sagen Sie? Nein, nicht dass ich wüsste.« Er kratzte sich am Kinn und schaute hoch zum Himmel, wo sich unter grauen Wolken ein Schwarm Möwen tummelte. »Oder doch, Moment, das ist die Lehrerin, nicht wahr? Da gab es doch eine Meldung in der Zeitung. Ist schon etwas her.« Er schien nachzudenken. »Es ging da um einen tödlichen Unfall mit einem Schiff, wenn ich mich nicht irre.« Er sah Wanda an. »Warum wollen Sie das wissen?«

»Weil Kirsten Reinfeld meine Freundin war und sie kurz vor ihrem Tod an diesem Strand etwas sehr Ungewöhnliches gefunden hat. Eine uralte Frauenfigur aus Stein oder Knochen, keine Ahnung. Ich weiß nur, dass sie möglicherweise viele Tausend Jahre alt sein soll«, erläuterte sie.

Petersen fielen fast die Augen aus dem Kopf. »Wo ist die Figur jetzt? Könnte ich sie mir mal ansehen?«

»Das ist leider nicht möglich, da niemand weiß, wo sich das Kunstwerk zurzeit befindet«, erklärte Wanda.

»Aber Sie wissen sicher, dass es existiert?«

»Es gibt sogar ein Foto davon. Ich weiß, dass Frau Reinfeld es unserem wackeren Exkursionsleiter geschickt hat, um ihn um eine Bewertung des Objekts zu bitten.« Sie deutete mit einer Kopfbewegung zu Ingolf Scheurich, der sich mit den Steinesuchern im Schlepptau in ihre Richtung bewegte. »Er hat das Fundstück aber nicht mehr im Original sehen können und keine Ahnung, was sie damit gemacht hat. Sagt er jedenfalls.«

Petersen schüttelte den Kopf. »Die Geschichte hört sich ja ganz unglaublich an.« Dann schien ihm ein neuer Gedanke zu kommen, und er fixierte Wanda. »Wollte Ihre Freundin die Figur etwa zu Geld machen? Oder hat sie es womöglich schon getan? Das wäre ein furchtbarer Frevel. Prähistorische Kunstwerke sollten grundsätzlich der Allgemeinheit gehören, es handelt sich schließlich um ein Erbe der gesamten Menschheit.«

»Um Himmels willen, nein! Das hatte sie gar nicht nötig.« Wandas Empörung war echt. Sie trat einen Schritt näher zu Petersen. Dann beugte sie ihren Kopf zu ihm und fuhr mit leiser Stimme fort: »Ich könnte mir aber vorstellen, dass ihr Tod mit dieser Figur in Zusammenhang steht.«

Petersens Mund öffnete sich. Bevor er etwas sagen konnte, legte Wanda ganz leicht ihre Hand auf seinen Arm. »Bisher weiß niemand sicher, ob es tatsächlich ein Unglücksfall war. Es besteht auch die Möglichkeit, dass jemand, der von dem Kunstwerk wusste, es mit Gewalt an sich genommen hat und Frau Reinfeld danach zum Schweigen bringen wollte.« Sie sah ihn eindringlich an. »Vielleicht können Sie als Experte Augen und Ohren offen halten, ob in Ihren Archäologenkreisen ein neues, außergewöhnliches Fundstück auftaucht. Eines, das vielleicht mit der *Venus von Willendorf* verglichen werden kann. Ich will einfach wissen, ob meine Freundin wegen dieser Figur sterben musste. Und wenn sich herausstellen sollte, dass es tatsächlich Mord war, werde ich dafür sorgen, dass man den Täter zur Rechenschaft zieht. Erst dann kann ich wieder ruhig schlafen.« Ihre Stimme war unwillkürlich laut geworden.

Petersen bemühte sich sichtlich um Fassung. »Aber ist das nicht Sache der Polizei?«

»Die weiß nichts von der Figur und hält den Tod ohnehin für ein tragisches Bootsunglück«, sagte Wanda lapidar.

»So, so.« Man konnte förmlich sehen, wie es hinter Petersens Stirn arbeitete. Er blickte zu Scheurich, der schon fast in Ruf-nähe war, und runzelte die Stirn. Dann drehte er sich zu Wanda, nahm mit einer schnellen Bewegung ihre beiden Hände in seine eigenen und drückte sie. »Meine Liebe, ich kann Ihnen nichts versprechen, aber ich werde mich umhören und tun, was mir möglich ist. Wie kann ich Sie erreichen?«

»Ich gebe Ihnen meine E-Mail-Adresse.« Wanda strahlte ihn an. »Haben Sie etwas zu schreiben dabei?«

»Aber sicher.« Petersen kramte einen Kugelschreiber aus seiner Wachsjacke und zog anschließend aus der Innentasche eine lederne Geldbörse hervor. Daraus fischte er zwei makellos weiße Visitenkarten, die er Wanda mit einer angedeuteten Verbeugung überreichte. »Bitte sehr, eine ist für Sie. Kontaktieren Sie mich gerne, wann immer Sie möchten, ansonsten werde ich mich bei Ihnen melden. Es wäre mir sehr an einem Wiedersehen mit Ihnen gelegen, wenn ich das so frei sagen darf. Vielleicht sogar bei einem Glas Wein?«

Wanda verstaute ihre Karte sorgfältig in der Jackentasche, auf der anderen notierte sie ihre Mailadresse und reichte sie an Petersen zurück. »Wir werden sehen. Ich glaube, wir sollten uns wieder der Gruppe anschließen.«

Der Hobbyarchäologe nickte, schien mit seinen Gedanken aber ganz woanders zu sein.

In die Spur gesetzt, dachte Wanda zufrieden. Es konnte nicht schaden, wenn der hilfreiche Herr Petersen für sie Augen und Ohren offen hielt, selbst wenn er es vornehmlich aus eigenem Interesse tat. So war der Strandausflug jedenfalls nicht ganz umsonst gewesen.

18

TELSE STAND IN IHREM Schlafzimmer und hielt den Akkuschrauber mit beiden Händen wie eine Pistole umklammert. Wäre es ein echter Revolver gewesen, hätte sie für nichts garantieren können, falls in diesem Moment jemand das Zimmer betreten hätte. Ihr Adrenalinpegel schwappte nahe am Allzeithoch, und ihr Nervenkostüm bestand nur noch aus Fetzen. Schuld daran war ein Möbelhaus, das sich offenbar einen Spaß daraus machte, seine Kunden zuverlässig in den Wahnsinn zu treiben. Sie wünschte die Produktdesigner des Ladens in den neunten Kreis der Hölle, und zwar in ein Extrafeuer aus fehlenden Verbindungsstücken und falsch gebohrten Brettern, wo sie bis in alle Ewigkeit schmoren sollten. Allerdings half ihr Wünschen momentan auch nicht weiter. Sie hatte es am Dienstag vorgezogen, erst mal alle Kartons mit den Einzelteilen ihres neuen Bettes auf einem Stapel im Flur zu lagern und noch eine Nacht auf dem Klappsofa zu verbringen. Aus einer Nacht waren dann drei geworden. Heute am Freitag wollte sie endlich in die Puschen kommen und die neue Schlafstätte aufbauen.

Telse fuhr sich mit den Fingern durch ihre kurzen Haare und stöhnte laut. Verdammt, wo waren die Kerle, wenn man sie mal brauchte? Nicht dass sie Probleme gehabt hätte, mit Bohrmaschine und Akkuschrauber umzugehen. Löcher bohren, Dübel reindrücken und Regale anschrauben war eine ihrer leichtesten Übungen. Aber allein zwei Meter lange bleischwere Holzbretter zu jonglieren war eine andere Nummer. Ihr fehlte schlicht ein zweites Paar Hände.

Missmutig warf sie den Akkuschrauber auf einen Sessel und schnappte sich die Tasse Darjeeling-Tee vom Fenstersims. Er war längst kalt, aber sie trank trotzdem einen Schluck und starrte aus dem Fenster. Jetzt hätte sie gut Wandas Hilfe brauchen können. Doch die hatte etwas von einem wissenschaftlichen Strandspaziergang gemurmelt und würde wohl noch länger fort sein. Am Strand wäre sie selbst jetzt auch lieber. Es half nichts, sie musste bei Olaf Wuttke klingeln, wenn sie in naher Zukunft mit dem blöden Bettgestell fertig werden wollte.

Erst als Telse den Finger auf den Klingelknopf drückte und niemand öffnete, dämmerte ihr, dass Normalsterbliche vormittags gewöhnlich ihrer Arbeit nachgingen.

Na gut, dann eben nicht. Sollte der vertrackte Bettbausatz doch warten, bis sich ein Helfer seiner erbarmte. Sie jedenfalls hatte nicht vor, sich noch länger von unwilliger Materie tyrannisieren zu lassen.

Auf dem Rückweg zum »Seemannsfrieden« überlegte Telse, was sie tun könnte, um wieder in bessere Stimmung zu geraten. Immerhin war heute ein schulfreier Tag. Sie öffnete die Haustür und ging ins Wohnzimmer, wo sie unschlüssig umherwanderte. Unvermittelt fiel ihr Blick auf die Kamera, die auf einem Stapel alter Zeitschriften auf sie zu warten schien. Das war nicht die schlechteste Idee. Sie kontrollierte schnell die Akkuladung, schraubte ein mittleres Zoomobjektiv auf und machte sich auf den Weg.

Der Küstenweg hinter Strande präsentierte sich fast menschenleer, und Telse trat schwungvoll in die Pedale. Sie genoss es, endlich mal freie Bahn zu haben. An den Wochenenden sah es hier gewöhnlich anders aus. Kaum war schönes Wetter, schoben sich Massen von Ausflüglern in Richtung des grün-weiß gestreiften Bülker Leuchtturms und verstopften sowohl den Spazierpfad als auch die Straße. Aber heute hinderte sie niemand am Vorwärtskommen. Sie ließ sich die frische Ostseebrise um die Ohren wehen und fühlte, wie sich ihre Stimmung wieder hob. Was auch damit zu tun hatte, dass diesmal kein selbst ernannter Hilfssheriff sie daran hindern wollte, auf der Fußgängerpromenade zu radeln und den offenen Blick aufs Meer zu genießen.

Kiel mochte in den Augen einiger Menschen eine hässliche Stadt sein, hier draußen vor den Toren war es einfach wunderschön. Windgebeugte Bäume säumten im Wechsel mit Strandhafer und Wildrosensträuchern die Wasserlinie und ließen jeden Gedanken an hektischen Großstadtverkehr verschwinden.

An einem besonders romantischen Platz stieg Telse vom Rad ab und lehnte es an eine Eiche. Dann kramte sie die Kamera aus dem Rucksack, hängte sie um und ging auf die Pirsch. Zwar war das Licht um die Mittagsstunde nicht ideal zum Fotografieren, aber der leichte Dunstschleier vor der Sonne milderte alle harten Schatten wie ein Weichzeichner ab. Bald darauf lag sie bäuchlings hinter einem Büschel Strandhafer im Sand und beobachtete durch das Objektiv ein braun geflecktes Möwenjunges, das lautstark um Futter bettelte. Das Muttertier hockte in einiger Entfernung auf einer vom Wasser frei gespülten Baumwurzel und äugte aufmerksam herüber. Es machte keine Anstalten, sich von dem jämmerlichen Geschrei beeindrucken zu lassen.

Plötzlich klingelte ihr Handy. Bei dem Geräusch hüpfte die kleine Möwe sofort mit unbeholfenen Flügelschlägen von dannen.

Telse drückte schnell ein paarmal auf den Auslöser, bevor sie sich erst auf die Knie und von da in eine Sitzposition wuchtete. Dann angelte sie das Telefon aus der Jackentasche. Ein Blick auf das Display zeigte ihr, dass ihre Tochter dran war.

»Hallo, mein Schatz, was gibts denn?«

»Störe ich? Du hörst dich angestrengt an.«

»Nein, alles gut. Ich sitze gerade am Wasser und bin unter die Tierfotografinnen gegangen, zumindest versuche ich es.«

»Was willst du denn vor die Linse bekommen? Haben sich wieder ein paar Delfine in die Ostsee verirrt?«

»Schön wärs. Nein, ich habe ein ganz gewöhnliches Möwenküken beobachtet, aber das ist auf und davon.« Telse wischte sich ein paar Sandkörner von der Jeans. »Was wolltest du denn?«

Kleine Pause am anderen Ende der Leitung. »Ähem. Ich würde mich gerne mal mit dir treffen. Ich muss dir was sagen, und am Telefon geht das nicht so gut.«

Bei Telse begannen auf einen Schlag alle inneren Warnleuchten zu blinken. »Was ist passiert? Bist du schwanger?«

»Schwanger? Um Gottes willen, nein. Keine Sorge.« Julianne lachte. »Es geht um etwas anderes.«

Telse atmete erleichtert aus. »Nun mach es nicht so spannend! Wollt ihr etwa heiraten?« Ohne es richtig zu merken, war sie aufgesprungen.

»Mama! Jetzt entspann dich mal. Nein, und es ist auch nichts Schlimmes. Aber mir wäre es trotzdem lieber, wenn wir das irgendwo in Ruhe besprechen könnten. Wie wäre es denn am Wochenende bei dir? Wir könnten zusammen kochen.«

Telse überlegte einen kurzen Moment lang. »Ja, gerne. Samstagabend bin ich schon verplant, aber am Sonntag passt es mir gut. Dann kann ich morgen noch etwas Leckeres einkaufen, außer Dosenfutter habe ich nämlich nichts mehr im Haus.« Ihr kam eine Idee. »Bring doch Fenno mit. Ich habe mir ein neues Bett gekauft, und das kriege ich nicht allein zusammengebaut. Dein Liebster ist doch kräftig und sicherlich handwerklich begabt. Dann muss ich nicht noch Ewigkeiten auf dieser Knochenmühle von Schlafcouch verbringen und warten, bis sich endlich Wanda oder mein Nachbar erbarmt.«

»Klar, ich kann ihn gerne fragen. Wenn es was zu essen gibt, kommt er bestimmt mit. Sagen wir achtzehn Uhr?«

»Okay. Vielleicht zaubere ich sogar noch einen Nachtisch herbei, mal sehen. Also, bis dann.«

Telse packte das Smartphone zurück in die Jackentasche, setzte sich wieder in den Sand und ließ sich dann auf den Rücken fallen. Lang ausgestreckt starrte sie in den diesigen Himmel. Was um alles in der Welt kam da wohl auf sie zu? Julianne war immer für Überraschungen gut.

Gedankenverloren hob Telse die Arme an und klopfte damit Adlerflügel in den Sand. Dabei beobachtete sie, wie sich ein Wolkenberg vor die Sonne schob. Es dauerte nicht lange, dann wurde es ihr am Boden zu kühl. Sie rappelte sich hoch und betrachtete ihren Körperabdruck. Zu ihren Füßen breitete sich ein Sandengel aus, den sie so lange wunderschön fand, bis sie den Hundehaufen knapp oberhalb der Kopfmulde entdeckte.

Angeekelt verzog sie das Gesicht. Sie hob die Kamera auf, die sie während des Telefonats auf einem Strandhaferbüschel zwischengelagert hatte, stopfte sie in den Rucksack und ging zu ihrem Fahrrad zurück. Das Licht hatte sich merklich verdüstert und war dumpf geworden. Unter diesen Umständen konnte sie das Fotografieren vergessen. Am besten war es wohl, sie übertrieb es nicht mit der Frischluftzufuhr und machte sich wieder auf den Heimweg.

In Strande radelte Telse gerade an dem kleinen Fischerhafen vorbei, als ihr aus den Augenwinkeln ein Straßenschild auffiel. Austernfischerweg … Etwas klingelte plötzlich in ihrer Erinnerung. Es dauerte ein paar Sekunden, bis es ihr schließlich dämmerte. War das nicht die Adresse von Kirsten Reinfeld und ihrem Ehemann? Wanda musste den Straßennamen beiläufig erwähnt haben. Einem jähen Impuls folgend, wendete sie ihr Rad, fuhr ein Stückchen zurück und bog dann nach links in die kleine Sackgasse ein.

Welche Hausnummer mochte es nur sein? Telse hatte keine Ahnung. Sie spähte radelnd über Gartenzäune und akkurat geschnittene Hecken und hoffte auf einen Fingerzeig. Überall herrschte Totenstille. Niemand trieb sich draußen herum, den sie nach den Reinfelds hätte fragen können. Vermutlich saßen die Strander gerade allesamt hinter den Gardinen beim Mittagessen. Ihr knurrender Magen hielt das für keine dumme Idee.

Als sie den Wendehammer erreicht hatte, ließ sie plötzlich etwas in die Bremsen steigen. Hinter einer hohen Ligusterhecke am Ende der Straße hatte sie einen Schwarm Treibholzfische bemerkt, die an etwa zwei Meter langen rostigen Eisenstangen in der Brise schwangen.

Telse stieg vom Fahrrad ab und schob es langsam zu dem Grundstück mit dem roten Backsteinhaus. Gerade als sie unauffällig über das Gartentor linsen wollte, ließ eine Bewegung sie zurückzucken. Direkt hinter der Hecke tauchte wie aus dem Nichts eine junge schlanke Frau in erdverschmierten Jeans auf. In der Hand hielt sie einen Spaten, an dem braune Erdklumpen klebten.

Als sie Telse entdeckte, blieb sie wie angewurzelt stehen und starrte sie an.

Telse starrte zurück. Das war doch der Betthase aus dem Möbelmarkt! Wohnte die Frau etwa schon hier, wo die Gattin noch nicht mal unter der Erde lag? Unglaublich. Sie bemühte sich, ihre Empörung zu unterdrücken und eine entspannte Miene aufzusetzen. Während sie noch überlegte, was sie sagen sollte, kam ihr Reinfelds Freundin zuvor. »Irgendwoher kenne ich Sie doch.« Sie musterte Telse mit zusammengekniffenen Augen. »Was wollen Sie hier?«

»Wir haben uns vor ein paar Tagen in der Bettenabteilung getroffen, erinnern Sie sich?«, antwortete Telse betont munter. Besser, die Sachlage war gleich geklärt. »Haben Sie denn in dem Laden etwas Passendes finden können?«, plapperte sie drauflos. »Ich selbst besitze jetzt zwar ein neues Bett, habe es aber immer noch nicht zusammengebaut. Das ist mit diesen Überraschungspaketen alles nicht so einfach, wie sie sicherlich wissen. Ich wollte mich auch noch bei Ihnen entschuldigen für meine Reaktion im Möbelhaus, es war wohl nicht mein Tag ...«

Sie machte eine Pause und wartete auf eine Reaktion ihres Gegenübers. Es kam keine.

»Ich heiße übrigens Telse Himmel.« Sie lächelte so breit, dass sie fürchtete, einen Gesichtsmuskelkrampf zu bekommen.

Die junge Frau schaute sie einen Moment lang an, als überlege sie, ob sie die Entschuldigung annehmen oder Telse zum Teufel schicken sollte. Dann seufzte sie auf. »Anja Heider«, quälte sie schließlich hervor mit einer Miene, die nichts außer Ablehnung ausdrückte. Sie wischte sich mit dem Handrücken eine Haarsträhne aus der Stirn und blickte kurz über die Schulter zurück in den Garten. »Ja, ich muss dann mal wieder. Oder wollten Sie zu Herrn Reinfeld? Der ist nicht da.«

»Nein, nein, ich bin nur auf einer Spazierfahrt und zufällig hier vorbeigekommen. Was pflanzen Sie denn gerade ein?«, versuchte Telse, das Gespräch weiterzuführen. »Jetzt ist ja die beste Zeit, alte Stauden zu teilen, damit sie im nächsten Jahr wieder schön blühen.«

»Ich pflanze nichts«, kam es brüsk zurück, »ich grabe um.« Die junge Frau zog ein Gesicht und musterte erst den Spaten, dann ihre Handinnenflächen. »Spaß macht das nicht. Aber jetzt muss ich weitermachen.« Sie wandte sich ab und ging ohne Gruß mit schnellen Schritten zurück in den Garten.

Nicht so hastig, dachte Telse. »Besitzen Sie eigentlich ein Boot?«, platzte sie unvermittelt heraus.

Anja Heider blieb ruckartig stehen, dann drehte sie sich langsam um. »Wieso fragen Sie?«

»Ach, nur so.« Telse guckte harmlos. »Sie machen auf mich einen sehr sportlichen Eindruck. Ich könnte Sie mir gut als Seglerin vorstellen.«

Das war nicht einmal gelogen. Die muskulösen, mit Tribal-Tattoos geschmückten Arme der Frau waren ihr gleich aufgefallen. Da hat der feingliedrig gebaute Reinfeld bestimmt nicht viel zu melden, war ihr nächster Gedanke.

»Ich habe kein eigenes Boot. Ist bei meinem Gehalt nicht drin. Aber segeln kann ich natürlich. Wer nicht?«

Ich zum Beispiel, dachte Telse. Sie wollte sich schon verabschieden, als ihr eine spontane Eingebung kam. »Ich glaube, ich habe Sie vor nicht allzu langer Zeit mit Tilman Reinfeld in einem Restaurant gesehen. Mir fällt bloß nicht ein, wo …« Sie tat so, als ob sie angestrengt nachdächte.

»Ich kann mich nicht an Sie erinnern. Wann soll das denn gewesen sein?«

»An dem Abend, bevor Kirsten Reinfeld den tödlichen Unfall hatte. Erinnern Sie sich?«

Es war schwer zu beurteilen, was Anja Heider dachte. Sie maß Telse mit einem langen Blick, bevor sie mit gleichmütiger Stimme antwortete. »Ja. Die arme Frau. Ich weiß noch, wie ich Tilman damals mit meinem Wagen nach Hause gefahren habe, damit er im Restaurant was trinken konnte. Am nächsten Vormittag hat er mich dann angerufen und von dem Unglück erzählt. Tragische Sache, das alles.«

So tragisch hat es in der Bettenabteilung nicht gewirkt, lag es Telse auf der Zunge. »Ja, das ist es wohl«, sagte sie stattdessen. »Ich wünsche Ihnen trotzdem noch einen schönen Tag und viel Erfolg bei der Gartenarbeit.« Sie lächelte freundlich, schwang sich auf den Sattel und radelte davon.

Anja Heider trat an das Gartentor und schaute ihr mit irritierter Miene hinterher.

19

DER HEUTIGE FREITAGABEND sollte ganz entspannt werden. Wanda hatte vor, in trauter Zweisamkeit mit Telse das Überstehen ihrer ersten und garantiert letzten Strandexkursion zu feiern. Sie war gerade dabei, den Tisch auf der Veranda zu decken, als nebenan bei Wuttkes die Gartenpforte quietschte und Olaf mit schweren Schritten den Plattenweg entlanggeschlurft kam. Seinen müden Gruß über die Hecke nahm sie zum Anlass, ihn spontan an ihren Tisch zu beordern.

Wuttke zögerte nur kurz, dann nahm er die Abkürzung durch die Sträucher. Auf der Terrasse angekommen, ließ er sich mit einem leisen Stöhnen in den Sessel fallen.

»So schlimm?« Wanda schob ihm ein großzügig gefülltes Weinglas hin.

»Kann man wohl sagen. Im Präsidium war der Teufel los. Bombendrohung am Hauptbahnhof. Hast du davon nichts mitbekommen?« Er nahm einen Schluck.

»Nein. Ich war den Tag über am Strand und habe Fossilien gesucht. Aber dazu später mehr«, schob Wanda schnell nach, als sie Olafs erstaunten Blick bemerkte. »Jetzt essen wir erst mal eine Kleinigkeit. Telse wollte auch gleich hier sein.«

»Ist sie schon. Schönen Abend zusammen.« Telse bog um die

Ecke und stellte einen Teller mit Käse-Weintrauben-Spießchen auf den Tisch. Dann setzte sie sich dazu. Sie sah Olaf an. »Du siehst aber müde aus. Ist alles okay?«

»War ein stressiger Tag heute, hat aber nichts mit euch zu tun. Und jetzt ist Feierabend.« Er angelte sich einen Käsespieß von der Platte.

Wanda schob sie ihm freundlich lächelnd näher. »Aber vorher könntest du uns noch schnell auf den neuesten Stand bringen, was sich in Sachen Kirsten getan hat. Quasi als Gegenleistung dafür, dass Telse herausgefunden hat, mit wem Tilman Reinfeld in der Mordnacht im Restaurant gewesen ist. Also, habt ihr irgendwelche neuen Erkenntnisse?«

Der Kriminalhauptkommissar kaute und verdrehte die Augen. »Du weißt, dass ich das nicht darf.«

»Na und?«

»Nichts da. Es geht nicht, schließlich seid ihr Außenstehende.«

Wanda schnaubte. »Das meinst du hoffentlich nicht ernst?«

»Doch, tut mir leid.« Wuttke zuckte mit den Schultern und nahm sich ein weiteres Spießchen.

Telse sah ihn bittend an. »Olaf, das kannst du nicht machen. Hältst du uns etwa für Plaudertaschen?«

Olaf verschluckte sich an seinem Käsewürfel und hustete. Tränen traten ihm in die Augen. »Nein, natürlich nicht«, sagte er, als er wieder sprechen konnte. »Aber die Vorschriften sind nun einmal so, die habe ich nicht erfunden. Ich mache mich strafbar, wenn ich euch vertrauliche Informationen weitergebe, das wisst ihr doch.«

»Vorschriften, dass ich nicht lache.« Wanda schnaubte. »Als ob du dich immer daran halten würdest.«

Olaf schwieg und seufzte schwer.

»Du kannst dich darauf verlassen, dass alles, was wir hier bereden, unter uns bleibt«, beschwor ihn Telse. »Das versprechen wir hoch und heilig. Aber wir müssen einfach wissen, was deine Leute herausgefunden haben.« Sie sah ihm fest in die Augen. »Willst du Wanda wirklich so hängen lassen? Ich dachte, ihr seid Freunde.«

»Das dachte ich auch mal.« Wanda machte Anstalten, die Spießchenplatte aus Wuttkes Reichweite zu ziehen. »War wohl ein Irrtum.«

Der Kriminalkommissar kämpfte mit sich und verlor. Er schluckte, kratzte sich am Kopf und holte tief Luft. Schließlich bequemte er sich zu einer Antwort. »Wenn es denn unbedingt sein muss.« Er beugte sich ein Stück näher und senkte die Stimme. »Aber nur unter dem Siegel der absoluten Verschwiegenheit.«

Wanda und Telse nickten synchron und fixierten ihn.

Wuttke räusperte sich. »Wir haben nichts, was uns weiterbringt. Da muss ich euch leider enttäuschen. Die Überprüfung des Schiffsverkehrs in der Kieler Bucht hat erwartungsgemäß keine Erkenntnisse gebracht. Es gab nicht die kleinste Unfallmeldung, was mich auch nicht wundert. Die großen Pötte mangeln doch alles über, was kleiner als ein Lastwagen ist, und merken es nicht einmal. Den Rest erledigen die Schiffsschrauben.« Er ließ seine Hände auf die Knie fallen. »Wenn deine Freundin in die Fahrrinne geschwommen ist, hatte sie nicht den Hauch einer Chance. Die Wahrscheinlichkeit, dass sie das getan hat, ist aber nicht sehr groß. In diesem Fall wäre es nämlich ein Wunder, dass überhaupt etwas von ihr übrig geblieben ist.«

»Segler oder Motorboote waren keine draußen?«, fragte Telse.

»Keine Ahnung. Das wird nirgends registriert, wie du dir denken kannst. Eine Kollision, bei der ein Mensch schwer verletzt wird, muss normalerweise gemeldet werden, das versteht sich von selbst. Ganz zu schweigen von einem Unfall mit Todesfolge. In unserem Fall hat sich der Schuldige aber klammheimlich verkrümelt. Unfallflucht gibt es halt nicht nur auf der Straße, sondern auch auf dem Wasser. So sind die Leute.«

»Sonst gibt es keine neuen Informationen?« Wanda bemühte sich, nicht allzu enttäuscht zu klingen.

Olaf kratzte sich erneut am Kopf. »Nicht wirklich. Das Wichtigste wisst ihr schon, aber ich fasse es für euch gern noch mal zusammen. Also, Frau Reinfeld hatte zwei unterschiedliche Kopfwunden, wobei wir in der kleineren am Hinterkopf lediglich Splitter von unbehandeltem Holz gefunden haben. In der massiven Stirnverletzung hat Frau Doktor Kernbeiss dagegen minimale Metallspuren sowie Holz- und Lackreste entdecken können. Möglicherweise hat es die auch am Hinterkopf gegeben, und sie sind vom Meerwasser herausgeschwemmt worden. Das können wir nicht wissen.«

»Und das ist alles?« Wanda tippte energisch mit den manikürten Fingern auf den Tisch.

»Eins vielleicht noch.« Olaf streckte sich nach einem weiteren Spießchen, aber Wanda zog den Teller blitzschnell in ihre Richtung. »Mach hinne! Dann gibt es auch Futter.«

»Wir haben das Fahrrad deiner Freundin nicht am Strand finden können, weil es friedlich bei ihr zu Hause stand. Allerdings nicht an seinem üblichen Platz im Carport, sondern dahinter im Buschwerk versteckt. Was der Ehegatte leider erst mit Verzögerung bemerkt hat und sich nicht erklären kann. Immerhin dürfte jetzt klar sein, dass Frau Reinfeld nicht zum Schwimmen geradelt ist. Ihren Wagen hat sie aber auch nicht genommen. Das ist laut Aussage ihres Gatten schon ungewöhnlich.« Er zuckte mit den Schultern. »Muss allerdings nichts heißen. Es ist schließlich nicht verboten, von Strande nach Schilksee zu laufen. Sie war wohl sehr sportlich.«

»Blödsinn.« Wanda schüttelte den Kopf. »Das hat Kirsten nie gemacht. Schließlich musste sie immer ihren kompletten Schulkram mitschleppen. Die ganze Sache riecht oberfaul, das kannst du nicht abstreiten.«

»Du hattest doch vorhin etwas von einem leichten Abendmahl gemurmelt«, ignorierte Olaf die Bemerkung. »Ich finde, jetzt wäre der richtige Zeitpunkt dafür.«

»Ich auch«, schloss sich Telse an. Sie wünschte sich ebenfalls einen Themenwechsel, aber den Gefallen tat ihr Wanda nicht.

Die Freundin ließ nachdenklich den Zeigefinger auf dem Rand ihres Weinglases kreisen und erzeugte damit einen schwingenden Ton, der geeignet war, bei sensiblen Menschen eine Gänsehaut auszulösen. »Da ist ja noch unsere Spur mit der *Venus*.«

Als Wanda Olafs Fragezeichengesicht sah, setzte sie ihn kurz über ihre morgendliche Strandexkursion und die daraus resultierende Bekanntschaft mit Herrn Petersen ins Bild.

»Der hat sich förmlich auf Ingolf Scheurich gestürzt, als ich ihm von Kirstens Fund erzählt habe. Vorher hat er mir aber noch seine Visitenkarte überreicht. Ich habe mir gedacht, seine Kontakte in die Archäologenszene könnten für uns ganz nützlich sein. Wenn wir Glück haben, findet er in den einschlägigen Foren, oder wo auch immer, Hinweise auf die Figur. Man darf die menschliche Eitelkeit nicht unterschätzen.« Sie blickte ihre Gäste mit einem feinen Lächeln an. »Falls er mir nicht zuvorkommt, werde ich mich nächste Woche bei ihm melden und nachfragen, ob er etwas herausgefunden hat. Eventuell bei einem kleinen Treffen.«

»Wenn er dir überhaupt etwas sagt«, warf Telse ein. »Ich vermute mal, der Herr wird alle Informationen, die er über die *Venus* an Land ziehen kann, hübsch für sich behalten und sie nicht dir auf die Nase binden. Da geht es nicht nur um Geld, sondern auch um Ruhm und Ehre. So was wollen die wenigsten teilen.«

Wanda ließ sich nicht erschüttern. »Abwarten. Ich habe da so meine Methoden, wenn ich von Männern etwas bekommen will. Er machte auf mich einen ganz zugänglichen Eindruck.«

Telse verdrehte die Augen, verkniff sich aber eine Bemerkung.

Nicht so Olaf Wuttke. »Meine Liebe, zu deinen Verführungskünsten möchte ich mich nicht äußern, aber eine Frage sollte erlaubt sein: Was wollt ihr beide eigentlich machen, wenn ihr wisst, wer aktuell im Besitz dieser ominösen *Venus* ist? Wobei ich wie Telse starke Zweifel habe, dass ihr das überhaupt erfahren werdet. Ihr habt nicht den geringsten Beweis, dass derjenige etwas mit dem Tod von Frau Reinfeld zu tun hat. Das sind doch alles nur wüste Spekulationen.«

Wanda zuckte mit den Schultern. »Uns wird schon etwas einfallen, da mach dir mal keine Sorgen. Das wird sich alles zeigen, wenn es so weit ist. Kreativität ist unsere Stärke, nicht wahr, Telse?«

Der Kriminalhauptkommissar stöhnte auf. »Treibt es bloß nicht zu dolle! Zwei Misses Marple auf Verbrecherjagd haben mir gerade noch gefehlt. Und eins sage ich euch: Wenn irgendwann die Hütte brennt, kommt nicht zu mir. Ich haue euch nicht raus!«

»Du gibst uns also recht, dass wir es vermutlich mit einem Verbrechen zu tun haben?«, antwortete Wanda mit zuckersüßer Stimme. »Das wurde ja mal Zeit. Aber keine Sorge, wir können selbst auf uns aufpassen. Wenn wir irgendwann den Schuldigen für Kirstens Tod gefunden haben, werden wir ihn dir mit einer roten Schleife um den Bauch als Geschenk überreichen, versprochen.«

Wuttke seufzte. »Wanda, ich bitte dich nur, nichts Unüberlegtes zu tun. Ihr wisst nicht, worauf ihr euch einlasst. Falls, ich wiederhole, falls ihr in Erfahrung bringen solltet, dass es tatsächlich zu kriminellen Aktivitäten gekommen ist, gebt mir umgehend Bescheid. Dann ist das eine Sache für Profis, nicht für zwei Amateurdetektivinnen.«

»Ich wette, dein Herr Petersen wird sowieso nichts herausfinden«, schaltete sich Telse ein. »Angenommen, diese seltsame Figur steht tatsächlich mit dem Todesfall in Zusammenhang. Sofern der Täter nur einen Funken Intelligenz besitzt, wird er sich erst mal bedeckt halten, und zwar so lange, bis sich die ganze Aufregung gelegt hat. Das kann dauern. Vielleicht ist die Sache aber auch ganz simpel, und Kirsten Reinfeld hat die *Venus von Schilksee* irgendwo versteckt. Einfach damit sie nicht in die falschen Hände gerät, um zu überlegen, was sie damit anstellen wollte. An diesem Platz liegt sie dann vermutlich immer noch. Solange die Presse nichts von einem Sensationsfund meldet, gibt es keinen vernünftigen Grund, daran zu zweifeln.«

Bevor Wanda reagieren konnte, fügte sie an die Freundin gerichtet hinzu: »Das wird uns aber nicht davon abhalten, in dieser

Sache sämtliche Ungereimtheiten und Spuren weiter zu verfolgen, bis wir den Mord an Kirsten Reinfeld entweder bewiesen oder eindeutig widerlegt haben.«

Wanda klatschte begeistert in die Hände. »Schätzchen, ich hätte es nicht besser formulieren können.« Sie erhob sich von ihrem Gartenstuhl. »So, und jetzt mache ich uns schnell ein paar Schnittchen. Nicht weglaufen!«

»Mit Ei! Mit Schinken und Ei!«, rief Olaf Wuttke ihr hinterher.

Eine knappe Stunde später verabschiedete er sich satt und selig durch die Heckenlücke wieder nach nebenan. Die beiden Frauen ließen die werte Gemahlin grüßen und winkten ihm nach.

Kaum war der Kommissar verschwunden, begann Wanda, mit energischen Schritten und einem gut gefüllten Glas Barolo in der Hand über die Terrasse zu stromern.

»Wir müssen jetzt ernsthaft in die Pötte kommen, und zwar zügig«, verkündete sie. »So kann das nicht weitergehen.«

»Was meinst du genau?« Telse gähnte verhalten.

Wanda ließ sich mit Schwung auf einen Gartenstuhl fallen, wobei sie das Weinglas automatisch so ausbalancierte, dass kein Tröpfchen des Inhalts herausschwappte. Auf ihren antrainierten Alkoholrettungsreflex war Verlass. »Das liegt doch auf der Hand. Ich wollte es nicht ansprechen, solange Olaf hier war, aber wir müssen endlich in den Strander Segelclub. Soviel ich weiß, ist Tilman Reinfeld in dem Verein Mitglied.«

»Glaubst du wirklich, das bringt etwas?«

»Keine Frage. In meinen Augen ist er immer noch unser Hauptverdächtiger. Er hat kein Alibi für die Nacht und gleich zwei Motive, seine Ehefrau aus dem Weg zu räumen. Erstens wird er dadurch frei für ein gemeinsames Leben mit seiner Freundin, zweitens erbt er das Haus und beträchtliche Vermögenswerte, die er bei einer Scheidung nicht bekommen hätte.« Wanda nahm einen tiefen Schluck. »Er hatte sowohl die Gelegenheit als auch die Möglichkeit zu dem Mord, schließlich besitzt er ein Boot. Das ist der entscheidende Punkt, den wir bisher vernachlässigt haben.« Sie blickte Telse nachdenklich an, sah vielmehr durch sie hindurch und sagte: »Vielleicht erfahren wir im Segelclub, ob es Auseinandersetzungen zwischen Kirsten und ihm gab oder ob er sich auf andere Weise verdächtig gemacht hat. Im Idealfall hat jemand beobachtet, ob er in der Nacht ihres Todes mit seinem Schiff draußen auf See war.«

Telse nickte mit halb geschlossenen Augen. »Wie du meinst. Wenn ich wieder wach bin.« Sie hatte dem Segelsport noch nie etwas abgewinnen können.

20

»HIER WILLST DU DIE LEUTE ausfragen? Na, viel Spaß dabei.« Telse blieb stehen, stemmte die Hände in die Hüften und musterte das strahlend weiße, flache Gebäude mit den Panoramafenstern. Auf der millimeterkurz gestutzten Rasenfläche davor ragten drei Fahnenmasten in die Höhe, an denen die Flaggen von Schleswig-Holstein, Deutschland und dem Strander Segelclub flatterten. Durch die Fensterfront konnte sie einen Blick auf gepolsterte Stühle und mit Leinen gedeckte Tische erhaschen. Alles machte einen blitzsauberen Eindruck und strahlte gediegene Exklusivität aus. Genau so hatte sie sich einen Segelclub vorgestellt, und genau deshalb hatte sie jetzt Lust, ein wenig zu bocken. »Die haben garantiert einen Türsteher, der mich nicht reinlässt. Falsche Sonnenbrille.«

Wanda schien Telses Missgelauntheit nicht zu bemerken. »Keine Angst, Schätzchen, die tun nur so geschniegelt. Schließlich war ich früher mal Mitglied in dem Verein, Jan Friedrich sei Dank. Wir haben uns dort nicht übel amüsiert.« Sie zog Telse sanft und geduldig hinter sich her. »Die meisten Leute im Club sind ganz entzückend und gar nicht snobistisch. Du darfst dich von dem Ambiente und dem feinen Getue nicht beeindrucken lassen, die können nicht anders.«

»Kann ich nicht einfach hier draußen warten und ein Eis essen, während du die Hobbykapitäne ausquetschst?«, maulte Telse. »Die kennen dich ja bestimmt noch und vertrauen dir.«

»Glaube ich kaum, das ist zu lange her. Übrigens haben sie auch Tilman Reinfeld als Mitglied ihres Vereins akzeptiert, und der trägt ganz sicher keine Clubjacke mit Goldknöpfen. Verkrümeln gilt nicht, wir beide ermitteln gemeinsam.« Wanda drückte das Kreuz durch, schritt auf die Eingangstür zu, öffnete und hielt sie grinsend für ihre Freundin auf. »Frisch herein, nur keine Angst vor dem Klassenfeind!«

Telse hob die Augenbrauen, fügte sich aber und trat ein.

Das Erste, was ihr auffiel, als sie den Windfang durchquert hatten, war ein riesiger Tresen aus glänzendem Mahagoni mit Messingbeschlägen, vor dem eine Reihe lederbezogener Barhocker stand. Eine junge Frau mit langen schwarzen Haaren war dahinter mit dem Polieren von Gläsern beschäftigt. Als die Tür ging, sah sie kurz auf, unterbrach ihre Tätigkeit aber nicht.

Wanda nahm sofort Kurs auf die Theke und enterte einen der Hocker. Telse blieb einen Schritt hinter ihr stehen.

Die Barfrau ließ das Geschirrtuch sinken und schickte ein Lächeln über den Tresen. »Hallo, was kann ich euch Gutes tun?«

Wanda strahlte zurück. »Ich hätte gerne einen großen Kaffee. Nur mit Milch und ohne Schnickschnack.« Sie legte ihre Handtasche auf dem Holz ab und sah sich interessiert im Raum um.

»Ich nehme einen Tee, Darjeeling, wenn möglich«, schloss sich Telse an. Sie trat näher und bequemte sich ebenfalls auf einen der Barhocker.

»Sehr gerne.« Die Bedienung drehte sich um und machte sich an einer silbern funkelnden Siebträgermaschine zu schaffen.

»Hier hat sich in den letzten zehn Jahren so einiges verändert«, stellte Wanda fest. »Besonders die Kaffeemaschine scheint ein neueres Modell zu sein.«

»Ja, eine Modernisierung war auch dringend nötig«, stimmte die schwarzhaarige Frau zu, während sie den Kaffeebecher auf eine Untertasse stellte und zwei Kekse dazulegte. »Die alte Einrichtung war ja schon museumsreif. Den meisten Seglern gefällt es jetzt auch besser, obwohl sie Veränderungen eigentlich nicht besonders mögen.«

»Wenig los hier, für einen Sonnabendvormittag«, sagte Telse. »Ist das immer so?«

Die Barfrau schüttelte den Kopf. »Das täuscht. Es ist bald Saisonende, da sind halt alle noch mal draußen auf dem Wasser oder schrubben schon die Decks, bevor es demnächst ins Winterlager geht. Am Nachmittag wird es garantiert voll.« Sie blickte die Frauen nacheinander an. »Habt ihr auch ein Boot liegen? Ich habe euch hier noch nie gesehen.«

Wanda winkte ab. »Früher. Mein Mann und ich waren lange Zeit Mitglieder im Segelclub. Vielleicht sagt dir der Name Jan Friedrich Holle etwas?«

»Holle?« Sie schob nachdenklich die Unterlippe vor. »Nein, nie gehört.«

»Macht nichts. Leider ist er vor einigen Jahren verstorben, und ich habe danach das Segeln aufgegeben.«

»Das tut mir leid.«

»Ja, aber jetzt bin ich hier, weil ich wieder Lust bekommen habe, an meine alte Leidenschaft anzuknüpfen. Ich heiße übrigens Wanda«, erklärte sie mit breitem Lächeln.

»Ich bin Sarah.« Die Frau goss heißes Wasser in ein Teekännchen und schob es mitsamt einer Tasse und einer kleinen Schale Honig zu Telse. »Bitte schön.«

»Danke. Mein Name ist Telse, ich segle aber nicht.«

Wanda rührte in ihrem Kaffee.« Wir wollten uns hier ein wenig umschauen, bevor ich mir ein neues Boot zulege. Vielleicht können ein paar Skipper mir nützliche Tipps geben, was meinst du?«

Sarah lachte auf. »Da kannst du drauf wetten. Die werden sich niemals die Chance entgehen lassen, dir zu zeigen, was für Fachmänner sie alle sind. Für die gibt es nichts Schöneres.«

»Tilman Reinfeld ist doch auch im Segelclub Mitglied, oder?«, meldete sich Telse zu Wort. Ihrer Meinung nach konnten sie das Geplänkel abkürzen und langsam zur Sache kommen.

Sarah krauste die Nase und überlegte, dann hellte sich ihre Miene auf. »Ja klar, Tilman. Netter Kerl, gibt immer ordentlich Trinkgeld.«

»Ist er regelmäßig hier?«

»Er schon. Früher sind sie auch zusammen gekommen, in den letzten Monaten aber nicht mehr.«

»Er und seine Frau?«, hakte Telse ein.

»Ja, Kirsten. Das war der Name, wenn ich mich richtig erinnere.« Ihr Lächeln verschwand. »Gab es da nicht diesen tödlichen Unfall?«

»Ja, leider.« Telse nickte bedauernd. »War es denn eine harmonische Beziehung, oder hatten die beiden manchmal Streit?«

Die Barfrau guckte irritiert. »Keine Ahnung. Warum willst du das wissen?«

»Och, nur so.« Telse trank schnell einen Schluck Tee, um sich nicht weiter erklären zu müssen.

Zum Glück schaltete sich Wanda ein: »Wir kennen Tilman Reinfeld, aber nur entfernt. Ich habe mir gedacht, vielleicht nimmt er mich mal auf eine Ausfahrt mit und zeigt mir sein Schiff. Sagt mir, worauf ich bei einem Kauf achten muss und so weiter. Weißt du zufällig, ob ich ihn hier finden kann oder wie sein Boot heißt?«

»Puh …« Sarah legte die Stirn in Falten. »Keine Ahnung, ob er heute hier ist, es kommen schließlich nicht alle Skipper zu mir rein. Aber frag doch Jesse. Ich glaube, der ist früher öfter mit den Reinfelds gesegelt. Der weiß bestimmt mehr.«

»Super Idee, danke!« Wandas Augen blitzten. »Wo finde ich diesen Jesse?«

»Eigentlich heißt er Jesper. Jesper Grode.« Sarah streckte sich in Richtung der Panoramafenster und ließ ihren Blick nach draußen schweifen. »Ich glaube, ihr habt Glück. Wenn mich nicht alles täuscht, ist er noch dabei, seine *Frida* startklar zu machen. Steg drei.« Sie lehnte sich wieder zurück. »Jesse ist zwar groß und bullig, aber eine Seele von Mensch, der hilft euch bestimmt gerne. Ihr erkennt ihn an der blauen Strickmütze. Die ist sein Markenzeichen.«

Die beiden Frauen bedankten sich, tranken zügig aus und machten sich gleich darauf auf den Weg nach draußen.

»Herr Grode, sind Sie das?«

Auf dem Steg drehte sich ein hünenhafter Mann um, der einen nagelneu aussehenden Fender unter dem Arm trug. »Jep. Was gibts?«

Wanda trat näher und lächelte verbindlich, Telse folgte nach. »Moin, mein Name ist Wanda Holle, und das ist meine Freundin Telse Himmel. Hätten Sie vielleicht einen Moment Zeit für uns?«

»Kommt drauf an. Eigentlich wollte ich gleich raus. Um was gehts denn?«

Wanda zögerte kurz. »Wir möchten Sie nicht aufhalten, aber vielleicht könnten Sie uns, besser gesagt mir mit Ihrem Expertenrat helfen.«

Neugierig hob Grode eine Augenbraue und wartete auf eine weitere Erklärung.

»Nun ja, es geht darum«, fuhr sie fort, »dass ich als ehemaliges Clubmitglied nach einer längeren Pause wieder mit dem Segeln anfangen möchte und nicht weiß, welches Boot ich mir dafür zulegen soll. Ein entfernter Bekannter, der auch hier Mitglied ist, wollte mich beraten, aber leider ist ein Todesfall in der Familie dazwischengekommen. In dieser schwierigen Situation möchte ich ihn nicht noch mit meinen Fragen behelligen. Vielleicht kennen Sie ihn sogar ...«

»Ich kenne fast alle aus dem Segelclub. Wie heißt er denn?«

»Tilman Reinfeld.«

In Grodes Gesicht zuckte es. »Ach ja, diese furchtbare Geschichte. Die arme Kirsten.«

»Kannten Sie sie?«, fragte Telse.

»Sicher.« Grode schluckte und starrte auf die Stegplanken. Dann sah er hoch. »Wir haben früher manchen Törn zusammen gemacht. Ich habe sie wirklich gerne gemocht.«

»Sie sind zusammen mit Kirsten Reinfeld gesegelt?«

»Nein, das heißt, ja. Wir waren zwei Paare. Die Reinfelds, meine Freundin und ich.« Er machte eine Pause. »In letzter Zeit war aber nichts mehr.«

»Kirstens Tod muss Sie schwer getroffen haben«, sagte Wanda mitfühlend. »Hatte sie zuletzt keine Lust mehr zum gemeinsamen Segeln?«

»Nein, daran lag es nicht.« Grode blickte übers Wasser. »Das ist eine private Sache.«

»Ein wirklich tragisches Unglück.« Wanda folgte seinem Blick. »Sie war eine so lebenslustige, sportliche Frau. Wussten Sie, dass sie jeden Morgen im Meer geschwommen ist?«

»Dieser Mistkerl hatte sie gar nicht verdient!«, brach es aus Grode heraus. In seinen Augen schimmerte es feucht.

»Ihr Mann?«, schaltete Telse sich ein. »War es keine harmonische Ehe?«

»Er hat sie doch nach Strich und Faden betrogen«, schnaubte Grode. »Das wusste jeder.« Er fixierte Wanda. »Sie etwa nicht?«

Wanda nickte resigniert. »Doch, die Vermutung hatte ich schon länger.«

»So etwas soll ja vorkommen«, warf Telse ein.

Grode warf ihr einen finsteren Blick zu. »Reinfeld ist ein Arschloch. Damit Sie's wissen.«

»Wie lange ging das schon? Seine Seitensprünge, meine ich?«

»Keine Ahnung. Hat er mir doch nicht auf die Nase gebunden.« Er blickte auf seine Armbanduhr. »Ich muss dann mal. Was wollten Sie noch gleich von mir wissen?«

»Ach, das hat keine Eile«, zwitscherte Wanda. »Vielleicht haben Sie ein anderes Mal etwas Zeit für mich. Ich würde ausgesprochen gern von Ihrem Fachwissen profitieren. Ein Boot kauft man schließlich nicht alle Tage, nicht wahr?«

»Kein Problem. Ich helfe gerne, wo ich kann.« Grode sprang auf das Deck seines Schiffes. »Kommen Sie einfach vorbei. Solange schönes Wetter ist, fahre ich jeden Abend raus. Meistens bin ich kurz nach neunzehn Uhr wieder zurück, dann passt es am besten.« Er fing an, die Leinen zu lösen.

»Das werde ich machen. Herzlichen Dank für Ihr Angebot, Herr Grode.« Wanda reichte ihm die Hand über die Reling.

Grode schüttelte sie knapp. »Jesse. Nennen Sie mich ruhig Jesse, so wie alle hier.«

»Gerne, dann bin ich Wanda.« Sie wollte sich gerade zum Gehen wenden, als ihr zum Glück noch etwas einfiel. »Das Boot von Tilman Reinfeld, heißt das nicht Luna?«

»Nee.« Jesse schaute nicht von seinen Leinen auf. »Der Kahn heißt Hippios.«

»Liegt die hier in der Nähe?«

Anstelle einer Antwort warf der Skipper den Außenborder an und ließ die *Frida* langsam rückwärts aus dem Liegeplatz gleiten. Als sie die beiden Dalben passiert hatte, legte er den Vorwärtsgang ein und steuerte das Boot zügig Richtung Hafenausfahrt.

Wanda und Telse schauten ihm hinterher. Als Grode aus ihrem Sichtfeld verschwunden war, schlenderten sie vom Steg zurück zum Hafenvorfeld. Beide hingen ihren Gedanken nach.

»Ich wüsste gern, was damals vorgefallen ist«, dachte Telse laut nach.

»Was meinst du?«

»Na, warum dieser Jesse nicht mehr mit den Reinfelds auf Tour gegangen ist.«

Wanda nickte. »Das wüsste ich auch gern. Kann aber ganz banale Gründe haben. Wahrscheinlich die übliche Konkurrenz unter Alphamännchen.«

»Und jetzt? Sollen wir diese *Hippios* suchen?«

Wanda schüttelte den Kopf. »Ich weiß nicht, ob das klug wäre, wenn wir alle Stege ablaufen und auf die Bootsnamen schielen. Das machen wir lieber unauffällig, wenn nicht mehr so viel Trubel herrscht und alle Leute auf ihren Schiffen zugange sind.« Ihr Blick fiel auf das Vereinsgebäude. »Ich schlage vor, wir schauen noch mal kurz bei Sarah vorbei.«

Wanda öffnete die Doppeltür zum Vereinsheim und ließ Telse den Vortritt. Sarah war zuerst nicht zu sehen. Einen Moment später kam sie mit einem Tablett voller Kuchen aus dem Nebenraum. »Na, Erfolg gehabt?«, erkundigte sie sich, während sie die Gebäckstücke in eine Glasvitrine räumte. »Das ging ja flott.«

Wanda lehnte sich an die Theke. »Dieser Jesse ist ein wirklich netter Kerl, danke für den Tipp«, antwortete sie. »Er hatte nur leider nicht viel Zeit für uns.«

»Tja, die letzten warmen Tage, da werden sie alle kribbelig und wollen aufs Wasser, solange es noch geht.« Sarah klappte den Vitrinendeckel zu und stützte dann die Ellenbogen auf den Tresen. »Für mich echt langweilig. Wenn nichts los ist, vergeht die Zeit überhaupt nicht.«

»Wir beide kommen wieder, wenn es Jesse besser passt«, versprach Telse. »Hoffentlich gibt es dann noch ein paar dieser köstlichen Kalorienbomben.« Ihr begehrlicher Blick strich über Mohnstrudel, Sahnetorten und Pflaumenkuchen. Sie wollte sich gerade von dem Anblick losreißen, als ihr ein Gedanke kam. »Sag mal, haben sich Tilman Reinfeld und Jesse irgendwann in die Haare bekommen?«

Sarah wischte mit einem Lappen über die makellos saubere Mahagonitheke und antwortete nicht gleich. Schließlich hob sie den Blick. »Ich habe keine Lust auf Tratsch«, erklärte sie. »Da müsst ihr die beiden schon selbst fragen.«

Telse nickte. »Du hast recht, das war zu neugierig von mir, entschuldige.«

Telse und Wanda verabschiedeten sich und waren schon kurz vor der Ausgangstür, als Sarah hinter ihnen herrief: »Bei Jesse sitzen die Fäuste manchmal etwas zu locker, und Tilman ist manchmal etwas zu nett, besonders zu Frauen. Aber das habt ihr nicht von mir.«

21

»NA DANN BIS NACHHER«, verabschiedete sich Wanda und steckte den Schlüssel ins Schloss ihrer Haustür. »Ein bisschen Zeit zur Erholung haben wir zum Glück noch.«

Telse stutzte. Dann fiel es ihr siedend heiß ein. Heute Abend war ja die Vernissage! Die Fotografie-Ausstellung im Gutshaus Seekamp, zu der Camilla Wuttke sie beide eingeladen hatte. Das hatte sie durch den Ausflug zum Segelclub komplett vergessen. Die Schrecksekunde verwandelte sich jedoch umgehend in Vorfreude. Ein bisschen Kunst und Kultur, schöne Menschen und gepflegte Gespräche, das war genau das, was sie heute Abend gebrauchen konnte.

Ein paar Stunden später öffnete Telse frisch geduscht und geföhnt die Türen ihres Kleiderschranks. Zu ihren Hamburger Zeiten hatte sie bei Kulturveranstaltungen grundsätzlich Schwarz getragen, damit machte man nie etwas verkehrt. Doch als sie sich jetzt im kohlenkellerfarbenen Outfit vor den Spiegel stellte, starrte ihr keine coole Künstlerin entgegen, sondern eine sizilianische Witwe. Irgendetwas musste sich schleichend verändert haben. Die schicke schwarze Bluse ließ sie blass und ältlich aussehen, damit konnte sie keinen Eindruck mehr schinden. Nach kurzer Überlegung entschied sie sich für ein ultramarinblaues Etuikleid, das seit Juliannes Abiturfeier im Schrankdunkel auf seinen zweiten Einsatz wartete. Dazu die Stiefel mit den hohen Absätzen und ein Paar Statement-Klunker für die Ohren. Wenn schon, denn schon.

Als die Kleiderfrage geklärt war, kramte Telse Camillas Flyer hervor. Laut Beschreibung handelte es sich beim Gutshaus Seekamp um ein ehemaliges Künstlerdomizil am Rand von Schilksee, das inmitten eines Parkgeländes voller wuchtiger Metall- und Granitskulpturen residierte. Eine Bürgerinitiative hatte das Anwesen vor einigen Jahren aus seinem Dornröschenschlaf gerissen und zu einem Platz für Vorträge, Musikveranstaltungen und Ausstellungen gemacht.

Der Fotograf Philipp von Jaden war ihr zwar unbekannt, aber die abgebildeten Werke auf dem Flyer ließen hoffen. Ein gewisses Talent konnte man dem Herrn nicht absprechen.

Der Blick auf ihre Armbanduhr ließ sie wieder im Hier und Jetzt landen. In einer Viertelstunde sollte sie sich bei Camilla einfinden, die sich dankenswerterweise als Fahrerin angeboten hatte.

Als Telse etwas außer Atem bei Wuttkes an der Haustür klingelte, sah sie Wanda auf selbstmörderisch hohen Pumps um die Ecke stöckeln. Die Freundin hatte sich nicht minder aufgebrezelt und führte ein cremefarbenes Seidenkostüm spazieren. Neben uns wird Camilla heute ein graues Mäuschen sein, dachte Telse, als schon die Tür aufging.

Ihre Befürchtung erwies sich als unbegründet.

Camilla Wuttke hatte dafür gesorgt, dass sie nicht übersehen werden konnte. Anstelle einer Begrüßung hob sie wie eine Ballerina beide Arme über den Kopf und drehte sich im Türrahmen einmal um ihre Achse. »Na, wie findet ihr mein Gewand? Passt doch prima, oder?«

Telse war sprachlos. Wanda hingegen zuckte mit keiner Wimper. »Guten Abend, meine Liebe«, flötete sie und spendierte Luftküsschen. Dann trat sie einen Schritt zurück und ließ ihren Blick von oben nach unten über Camillas Aufzug wandern. »Überwältigend. Einfach überwältigend.«

Dem Urteil konnte sich Telse nur anschließen. Camilla Wuttke präsentierte sich in einer Wolke aus türkisfarbenem Tüll und Satin, aus der es an verschiedenen Stellen silbrig hervorfunkelte. Ihr Kleid bestand aus einem tief ausgeschnittenen, eng anliegenden Oberteil, an das sich ein Rock von so voluminösen Ausmaßen anschloss, dass er die gesamte Türfassung ausfüllte. Der Stoff war mit einem Schwarm glitzernder Strasssteinchen und Pailletten besetzt, die mit ihrer Trägerin um die Wette strahlten. Ihr rabenschwarzes Haar wurde von einem breiten Reif zurückgehalten, dessen Brillanten garantiert nicht echt waren, aber genauso blitzten. Die ganze Aufmachung ließ Telse an eine Maharadscha-Hochzeit aus Tausendundeinernacht denken.

»Aus welchem Theaterfundus hast du das denn an Land gezogen?« Wanda trat etwas zur Seite, damit Camilla aus dem Haus schreiten konnte.

»Nix Theaterfundus. Das Prachtstück stammt aus meiner Zeit als Hobbytänzerin. Lateinamerikanisch. War noch vor Olaf, wie ihr euch vielleicht denken könnt.« Camilla kicherte vergnügt. »Ich habe es damals aus sentimentalen Gründen aufgehoben. Zum Glück, möchte ich sagen. Meine Schneiderin musste es nur ein winzig kleines bisschen weiter machen.«

Sie drehte sich erneut im Kreis, wobei der Rock tellerförmig hochflog und einen Petticoat sehen ließ.

»Ich habe mich entschlossen, das Sujet der Ausstellung kleidertechnisch zu interpretieren«, erklärte sie, als sie wieder zum Stehen kam. Sie kramte in ihrer silberfarbenen Clutch, zog den Einladungsflyer hervor und deutete auf den Titel. *Blaues Licht – Die Unwirklichkeit des Nordens*. Meine Garderobe harmoniert mit dem Thema perfekt, das müsst ihr zugeben.«

Telse hatte andere Assoziationen, hütete sich aber, ihre Meinung kundzutun. Dieses Kleid war das perfekte Äquivalent zu einem lamettageschmückten Weihnachtsbaum. »Das willst du wirklich auf der Vernissage tragen?«, traute sie sich dann doch zu fragen. »Für den Opernball ist es perfekt, aber ist es für Schilksee nicht ein klein wenig … na ja, overdressend?«

»Papperlapapp, das Leben ist kurz, und langweilige Kostüme trage ich im Job jeden Tag. Außerdem will ich auf den jungen Fotografen Eindruck machen.« Camilla zwinkerte neckisch. »Olaf kommt nicht mit, das hat er jetzt davon.« Sie wedelte mit ihrer Handtasche. »Also, auf gehts, Mädels. Worauf warten wir noch?«

Eine Tüllwolke auf silberfarbenen Pumps schwebte in Richtung Gartentor davon, Wanda und Telse folgten in gebührendem Abstand.

22

CAMILLAS NACHTSCHWARZER PORSCHE war nicht für historisches Kopfsteinpflaster gebaut. Das stellte sich heraus, als sie die Einfahrt zu Gut Seekamp passierten und die Hoppelpiste bei allen dreien die Zähne klappern ließ. Nicht nur Telse war erleichtert, als sie endlich eine der letzten Parklücken erreicht hatten. Die Veranstaltung schien gut besucht zu sein.

Auf ihrem Fußweg zum Gutshaus sah Telse sich neugierig um. Das herrschaftliche Anwesen war in stimmungsvolles Licht getaucht, das nicht nur von der untergehenden Sonne herrührte. Rechts und links des Hauptportals sorgten Fackeln und schleifengeschmückte kleine Buchsbäume für eine festliche Atmosphäre. Auf den Stufen davor tummelte sich die fein gemachte Kulturszene der Stadt, die sich ausnahmsweise hier draußen zwischen den Feldern die Ehre gab.

Wie Telse unterwegs durch Google in Erfahrung gebracht hatte, handelte es sich bei dem Fotografen Philipp von Jaden nicht um irgendeinen Wald- und Wiesenknipser, sondern um einen international angesagten Vertreter seiner Zunft. Wobei er seinen Bekanntheitsgrad nicht den heute ausgestellten Naturstudien verdankte. Einen Namen hatte er sich viel mehr mit seelenvollen Schwarz-Weiß-Porträts von Musikern und Künstlern gemacht. Telse konnte im Internet aber auch eine Reihe Modeaufnahmen von ihm entdecken, ein Bereich, der sie nicht sonderlich interessierte. Wie ihr der Einladungsflyer bereits verraten hatte, zog es den Fotografen als Ausgleich zur Kunstwelt neuerdings an den menschenleeren Polarkreis. Seine Bilder aus der Frostlandschaft präsentierte er heute zum ersten Mal der Öffentlichkeit.

»Voilà, da sind wir.« Mit der Geste einer Schlossherrin wies Camilla zu dem fackelbeleuchteten Portal. Sie hakte Wanda unter und schritt in kerzengrader Haltung wie eine leibhaftige Königin der Nacht die Stufen der Freitreppe empor. Ihr Funken sprühendes Operettengewand sorgte dafür, dass sich in dem Menschenpulk sogleich eine Gasse für sie auftat. Es war nicht zu übersehen, dass sie die Aufmerksamkeit ihres Publikums genoss. Ob aus den Blicken Bewunderung oder Belustigung sprach, schien ihr gleichgültig zu sein.

Telse folgte im Windschatten nach. So ein stabiles Selbstbewusstsein hätte ich auch gerne, dachte sie, als sie hinter den beiden in das Foyer trat.

Die Fotoausstellung erstreckte sich auf drei Säle, die durch weit geöffnete Flügeltüren miteinander verbunden waren. Kaum hatten sie den ersten Raum zu ihrer Rechten betreten, kamen zwei Pärchen auf Wanda zugestürzt, um Wangenküsse zu verteilen und sie in ein Gespräch zu verwickeln. In Sekundenbruchteilen schloss sich ein Kreis um sie.

Telse ging langsam weiter. Als sie sich nach Camilla umblickte, entdeckte sie die Nachbarin in der Nähe des Eingangs inmitten einer Menschentraube. Die war also auch nicht weit gekommen. Solange der Belagerungszustand ihrer Begleiterinnen anhielt, musste sie wohl oder übel selbst dafür sorgen, dass sie sich amüsierte. Immerhin näherte sich in diesem Moment ein Jüngling vom Cateringservice und bot ihr ein Glas Sekt an. Telse griff dankbar zu, schlenderte in den nächsten Raum und sah sich um. Eigentlich war es ihr ganz recht, erst mal unauffällig den Blick schweifen zu lassen und die Lage zu sondieren.

Die Vernissage schien sich nicht im Geringsten von allen anderen zu unterscheiden, die sie im Laufe ihres Lebens besucht hatte. Die Gäste standen grüppchenweise und in reger Unterhaltung an Stehtischen herum. Ihr Gelächter mischte sich mit dezentem Hintergrundjazz und dem Klirren der Sektgläser. Die großformatigen Naturaufnahmen des Fotografen hingen still an den Wänden und störten nicht weiter. Auf den ersten Blick handelte es sich hauptsächlich um verschneite Landschaften unter grünlichem Polarlicht. Keiner blieb davor stehen oder machte sich gar die Mühe, die kleinen Tafeln mit den Bildtiteln zu studieren. Alles wie gewohnt.

In Ermangelung eines Gesprächspartners beschloss Telse, sich den unbeachteten Fotografien zu widmen. An der Stirnseite des Saales hing eine Aufnahme, die ihr schon beim Hereinkommen aufgefallen war und die sie näher in Augenschein nehmen wollte. Aus der Ferne hatte das Bild wie ein abstraktes Gemälde gewirkt. Jetzt, als sie direkt davorstand, meinte sie, eine merkwürdig gefärbte Nebellandschaft zu erkennen, in der eine fahle Sonne den einzigen Lichtfleck bildete. Eine Kette rundlicher Steine lugte im unteren Bildteil aus einem grünlichblau schimmernden Farbenmeer hervor, von dem sie nicht hätte sagen können, ob es sich dabei um Wasser oder Eis handelte.

Die Stimmung der Aufnahme hatte etwas Einsames, Verlorenes, strahlte gleichzeitig aber auch Ruhe aus.

»Spricht es zu Ihnen?«

Telse zuckte zusammen. Unbemerkt hatte sich ein Mann neben sie gestellt. Er schien ebenfalls die Fotografie betrachtet zu haben und wandte sich jetzt mit einem Lächeln ihr zu. Sie registrierte einen athletischen Körperbau, dunkle kurze Haare, ein weißes Leinenhemd, das nachlässig in die Hose gesteckt war, sowie grünbraune Augen, die sie aufmerksam musterten. Während sie noch über eine Antwort nachdachte, winkte er eine Bedienung heran und nahm zwei Sektkelche vom Tablett, von denen er ihr einen ungefragt reichte. Telse zögerte kurz, ihr halb volles Glas wartete auf einem Stehtisch in der Nähe, doch dann nahm sie das Angebot an. Erstens war das frische Getränk eindeutig kühler, und zweitens fühlte sie sich geschmeichelt. Wann hatte ihr zuletzt ein höflicher Mann seine Aufmerksamkeit geschenkt? Und dann noch einer, der so attraktiv war?

»Ein magisches Bild wie dieses braucht keine Worte. Man kann es fühlen.«

»Wie schön, dass Sie so empfinden.« Er streckte seine Hand aus. »Darf ich mich vorstellen? Philipp von Jaden, der diensthabende Künstler.«

Telse musste schlucken. Sie spürte, wie die Röte ihr in den Kopf schoss, als sie die Hand ergriff. »Angenehm, Telse Himmel, Fotoredakteurin.« Schließlich war das ihr richtiger Beruf. Ihren aktuellen Job als Schülerbändigerin musste sie ihm ja nicht gleich auf die Nase binden.

»Oje, eine Frau vom Fach. Da muss ich mich wohl auf strenge Kritik einstellen.«

Er lächelte sie an, und Telse fühlte, wie ihr Blut erneut die verkehrte Richtung nahm.

»Für welche Zeitschrift arbeiten Sie denn?«

Die Frage musste ja kommen. Sie fuhr sich mit der Hand durch die Haare. »Ich weiß nicht, ob Sie das Magazin *Gartenwonne* vom Grotenhus-Verlag in Hamburg kennen. Heute bin ich aber privat hier.« Hoffentlich fragte er nicht genauer nach.

»Dann habe ich ja Glück.« Von Jaden lachte leise. »Der professionelle Blick, der sich nicht von Gefühlen leiten lassen will, wird gern überbewertet. Man muss sich auf die sinnlichen Aspekte meiner Kunst einlassen können, denn allein darauf kommt es an. Fotografie, die nicht das Herz berührt, ist nichts wert, davon bin ich fest überzeugt. Nicht nur bei Porträts. Wenn wir die letzten noch weitgehend unberührten Landschaften erhalten wollen, muss an das Gefühl der Menschen appelliert werden, sonst gelingt es uns nicht. Viele, die nur meine üblichen Arbeiten kennen, können mit diesen Aufnahmen wenig anfangen. Ich habe den Eindruck, bei Ihnen ist es anders.«

Telse hing an seinen wohlgeformten Lippen. Er hätte ihr ebenso gut den Fahrplan der Regionalbahn von Kiel nach Neumünster vorlesen können, Hauptsache, er sprach weiter. Was für eine samtene Stimme …

Irgendwann bemerkte sie, dass er schon eine ganze Weile nichts mehr sagte und sie nur ansah. Er wartete auf einen Gesprächsbeitrag von ihr, so viel war ersichtlich. Sie riss sich zusammen und schenkte ihrem Gegenüber einen tiefen Blick, der hoffentlich nicht ganz so entrückt wirkte, wie sie sich gerade fühlte.

»Die Bilder sind einfach toll«, rutschte es ihr heraus. Nicht gerade eine qualifizierte Bemerkung, der Sekt zeigte inzwischen

Wirkung. Auf jeden Fall war es nicht gelogen, die Naturaufnahmen gefielen ihr tatsächlich. »Ich hätte angesichts Ihrer anderen Arbeiten nicht erwartet, dass Sie eine so romantische Ader haben.« Ziemlich dick aufgetragen, aber jetzt war es raus.

»Ja, ich werde gerne unterschätzt.« Er lachte erneut.

Ich auch, dachte Telse. »Nun, das dürfte sich heute Abend sicherlich ändern«, plauderte sie weiter. »Zeigen Sie diese Aufnahmen auch noch an weiteren Orten?«

»Voraussichtlich nur hier. Ein guter Freund von mir ist in der Initiative Kulturpark Seekamp aktiv und hat mich überredet, die Landschaftsbilder einer kleinen, aber feinen Öffentlichkeit vorzustellen.« Er deutete mit einer Handbewegung auf die Vernissage-Gäste.

»Hoffentlich wissen sie es zu schätzen«, sagte Telse und registrierte gleichzeitig seine gepflegten Fingernägel. »Kommen Sie eigentlich aus Süddeutschland, Herr von Jaden? Da ist so ein Klang in Ihrer Stimme.«

»Gut erkannt, ich bin in Rheinland-Pfalz geboren. Aber nennen Sie mich doch Philipp.« Er grinste sie an. »Natürlich nur, wenn Sie mögen.«

Telse schluckte. »Gerne. Ich bin Telse, aber das wissen Sie ja schon.«

»Sag ruhig du.«

Himmel, was jetzt? Der Kerl stand da ganz locker und schenkte ihr einen intensiven Blick. Telse fühlte sich wie gelähmt. Ihr Hirn schien komplett runtergefahren zu sein und einen Neustart zu planen. Sie holte Luft und straffte die Schultern. Herrgott, mahnte sie sich innerlich, du bist doch keine siebzehn mehr, jetzt reiß dich mal zusammen.

Doch bevor sie etwas sagen konnte, kam Philipp von Jaden ihr zuvor. »Ich glaube, es soll gleich losgehen, dahinten werden mir schon Zeichen geben.« Er wies mit dem Kinn in Richtung des Rednerpults am anderen Ende des Saals, wo ein Mann mit schwarzer Brille eindringlich in seine Richtung gestikulierte. Dann wandte er sich an Telse und sah ihr so tief in die Augen, dass ihr fast schwindelig wurde. »Ich hoffe, nein, ich bitte dich darum, dass du bei dem langweiligen Teil, der nun folgt, nicht wegläufst, auch wenn ich das gut verstehen könnte. Reden sind grauenhaft. Aber ich möchte dich gern nachher wiedersehen, damit wir uns weiter unterhalten können. Abgemacht?«

Telse öffnete den Mund, brauchte aber einen Moment, bis sie zu einer Antwort fähig war. »Ja, ich bleibe hier, versprochen.«

Als der Fotograf aus ihrem Sichtfeld verschwunden war, musste sie sich erst mal auf den nächsten Stuhl setzen. Sie leerte ihr Glas in einem Zug.

»Ach, hier bist du, ich habe dich überall gesucht. Es geht gleich mit der Eröffnungsrede los. Hast du den schnuckeligen Künstler schon gesehen? Ich glaube, dahinten ist er.«

Wanda hatte sich unbemerkt genähert und zeigte auf Philipp von Jaden, der sich gerade einen Weg durch die Menge bahnte. Dann ließ sie sich auf dem Stuhl neben Telse nieder.

»Diese Schuhe bringen mich noch um.« Sie streifte den rechten Pumps ab und massierte ihren Fuß.

Telse sagte nichts und starrte zum Rednerpult.

»Hallo, jemand zu Hause?« Wanda tippte ihr gegen den Arm und beugte sich vor, um ihr ins Gesicht zu schauen. »Ich vermute mal, du hast schon einen ersten Eindruck von dem jungen

Künstler bekommen.« Ihre Augen blitzten. »Ja, mir gefällt er auch, falls du mich das fragen wolltest.«

Das wollte Telse mit Sicherheit nicht. Ihre Freundin besaß einen siebten Sinn und einen messerscharfen Blick, wenn es um amouröse Verwicklungen ging, das wusste sie aus Erfahrung. Allerdings hatte Wandas nüchterne Betrachtung rosagefärbter Schwärmereien sie schon vor so manchem als Prinz getarntem Frosch bewahrt.

»Wir haben uns bloß ein wenig unterhalten.« Telse versuchte, unbeteiligt zu klingen. »Er ist längst nicht so schnöselig, wie ich erwartet hätte.«

»Na dann. Wo treibt sich eigentlich Camilla herum?«, wechselte Wanda das Thema. Sie blickte sich um. »Ich habe sie schon eine Ewigkeit nicht mehr gesehen.«

»Vermutlich da, wo gerade der größte Menschenauflauf ist«, gab Telse trocken zurück.

Aus Richtung des Rednerpults ertönte ein durchdringendes Fiepen, dann ein prüfendes Klopfen auf das Mikrofon. Wanda und Telse ergriffen gemeinsam die Flucht in den nebenan liegenden Saal. Ein Dutzend weitere Gäste hatte die gleiche Idee und zog es ebenfalls vor, den anstehenden Vortrag zu schwänzen. Als Telse den Blick über das Grüppchen schweifen ließ, fiel ihr ein hochgewachsener Pferdeschwanzträger auf, der ihr den Rücken zugewandt hatte. An irgendwen erinnerte sie die Frisur. Erst als der Mann sich umdrehte, erkannte sie, was sie so irritiert hatte. Dahinten im Raum stand eindeutig Paule, der Hausmeister der Grundschule, aber er war kaum wiederzuerkennen. Anstelle seiner üblichen blauen Latzhose trug er heute einen eleganten Anzug mit blütenweißem Hemd. Die schwarzen Schuhe glänzten frisch poliert, und die Haare waren streng nach hinten gekämmt. Er hätte ohne Weiteres als Künstlerkollege von Philipp von Jaden durchgehen können.

Als er die beiden Frauen erblickte, stutze er einen Moment, dann eilte er ihnen entgegen.

»Hallo, Telse. War ja zu erwarten, dass du als Fachfrau für Bilder auch hier bist.« Er stoppte und machte eine leichte Verbeugung zu Wanda. »Gestatten, Johannes Paulsen, ich arbeite ebenfalls an der Grundschule. Telse und ich sind quasi Kollegen.«

»Wanda Holle, angenehm.« Ganz Dame von Welt reichte sie ihm ihre Rechte, die Paule, ohne zu zögern, ergriff, um einen Handkuss anzudeuten.

Telse zog die Augenbrauen hoch, sagte aber nichts.

»Sie arbeiten also auch als Lehrer?«, fragte Wanda im Plauderton.

»Nicht direkt. Mein Fachgebiet sind die Grünanlagen und die Hardware der Schule.« Er lächelte. »Ich bin der Hausmeister.«

»Eigentlich ist er aber Philosoph«, fügte Telse hinzu. Immerhin machte Paule keinen Hehl aus seiner Tätigkeit, das rechnete sie ihm an.

»Eine interessante Kombination, von der sicherlich beide Berufsfelder profitieren«, sagte Wanda mit charmantem Lächeln.

»Da stimme ich Ihnen zu. Die Verbindung von Geistes- und Handarbeit kann durchaus hilfreich sein, wenn es darum geht, die Dinge aus verschiedenen Perspektiven zu betrachten.«

Wanda nickte langsam und schien nachzudenken. »Dann kennen Sie also auch Kirsten Reinfeld, die verstorbene Lehrerin«, sagte sie wie nebenbei.

Falls Paule von dem plötzlichen Themenwechsel überrascht war, ließ er es sich nicht anmerken. »Ja, selbstverständlich. Wir haben uns immer gut verstanden.« Er senkte seinen Blick, als er fortfuhr. »Sie hatte einen Schwimmunfall, soviel ich gehört habe. Es tut mir wirklich sehr leid um sie.« Er blickte Wanda an. »Kannten Sie sie auch persönlich?«

»Ja, sie war eine Freundin von mir. Allerdings glaube ich nicht an einen Unfall. Kirsten Reinfeld war eine geübte Schwimmerin, die sich niemals leichtfertig in Gefahr gebracht hätte.« Wanda sah Paule fest in die Augen. »Ich bin mir sicher, dass es kein Unglücksfall war. Sie wurde absichtlich getötet.«

»Absichtlich?« Paule starrte irritiert von Wanda zu Telse und wieder zurück. »Wie kommen Sie darauf? Die Polizei hat doch …«

»Ja, ja.« Wanda winkte ungeduldig ab. »Die Polizei behauptet viel, wenn der Tag lang ist und alle gerne Feierabend machen wollen. Die haben gar keine ernsthafte Untersuchung angestellt.«

»Es sind tatsächlich ein paar Ungereimtheiten aufgetaucht«, warf Telse ein. »Das gibt sogar unser Nachbar, Kriminalhauptkommissar Wuttke, zu. Die scheinen die Polizei aber nicht zu stören.«

»Aber wer um Himmels willen sollte Kirsten getötet haben? Und aus welchem Grund? Sie hat doch keiner Seele etwas zuleide tun können. Das ist schlicht unvorstellbar.« Johannes Paulsen sprach jetzt so laut, dass sich einige Besucher zu ihm umdrehten.

»Habgier«, sagte Wanda. Sie trat einen Schritt näher an ihn heran und senkte die Stimme. »Kirsten hat vor einigen Wochen etwas am Strand gefunden, eine vermutlich Zehntausende Jahre alte kleine Frauenfigur. Die Skulptur kann durchaus mit der berühmten *Venus von Willendorf* verglichen werden. Ihr Wert dürfte unschätzbar sein, denn bisher hat man nur zwei, drei Figuren dieser Art in Alpennähe entdeckt, und die stehen mittlerweile unter Sicherheitsglas im Museum.«

Paule guckte skeptisch. »Hat Kirsten sie Ihnen gezeigt?«

»Nicht direkt. Sie hat ein Foto der Figur an den Exkursionsleiter von Strandfossilien & Steine geschickt, um zu erfahren, was er davon hält. Der Mann war ganz aus dem Häuschen. Leider konnte er das Original vor ihrem Tod nicht mehr persönlich in Augenschein nehmen. Das Dumme ist«, sie seufzte leicht, »dass niemand weiß, wo Kirsten die *Venus von Schilksee* verwahrt hat und wem sie davon erzählt hat. Möglicherweise gibt es Personen, die alles dafür tun würden, um in den Besitz der Figur zu gelangen. Oder bereits alles getan haben …«

Paule rieb sich eine Augenbraue. Man konnte sehen, wie es hinter seiner Stirn arbeitete. »Das ist ja ein Ding. Das Fundstück befindet sich also immer noch in einem Versteck, das nur Kirsten kannte?«

»Vermutlich schon«, sagte Wanda. »Es sei denn, ihr Mörder hat es in die Hände bekommen, was nicht auszuschließen ist.«

»Aber ein so einmaliges Kunstwerk gehört doch in ein Museum oder in einen Banktresor. Das kann man nicht einfach in der Küchenschublade verwahren. Womöglich wird es unwiederbringlich beschädigt.«

»Die Figur lag Jahrtausende ungeschützt in der Erde oder im Meeresboden. Da werden ihr ein paar Tage zwischen Löffeln und Gabeln auch nicht schaden«, beruhigte ihn Wanda.

Johannes Paulsen schwieg. Dann blickte er nacheinander beide Frauen an. »Warum erzählen Sie mir das eigentlich alles?«

Telse beschloss, die Karten auf den Tisch zu legen. »Wir beide wollen herausfinden, warum Kirsten Reinfeld sterben musste, wer dafür verantwortlich ist und ob die *Venus* dabei eine Rolle gespielt hat. Vielleicht wurde sie von jemandem bedroht, der sie zur Herausgabe der Figur zwingen wollte. Sie könnte sich geweigert haben, sollte dann möglicherweise einen Denkzettel auf See verpasst bekommen, und das Ganze ist aus dem Ruder gelaufen. Soviel ich weiß, war sie nicht der Typ, der sich schnell einschüchtern ließ.«

Wanda nickte zur Bestätigung.

Telse fuhr fort: »Um es kurz zu machen: Uns interessiert, ob Kirsten dir gegenüber Andeutungen gemacht hat, dass sie sich möglicherweise bedroht oder verfolgt gefühlt hat.«

Paule schüttelte den Kopf. »Nein, hat sie nicht. Kann ich mir auch nicht vorstellen. Und wenn ihr mich fragt, dann stehen eure Befürchtungen weniger für Logik als für Paranoia. Wieso stemmt ihr euch so vehement gegen die Erkenntnis der Polizei, dass es ein tragisches Unglück gewesen ist?«

»Wir haben unsere Gründe«, erklärte Wanda vielsagend. »Aber die genauer zu erläutern ist hier nicht der richtige Ort. Nur so viel: Wir verfolgen auch noch andere Spuren.« Die beiden Frauen blickten ihn erwartungsvoll an.

»Ich sehe, ihr meint es ernst«, sagte Paule schließlich. »Darüber will ich mir trotz meiner Zweifel kein Urteil erlauben. Ich kann lediglich versprechen, dass ich mich melden werde, falls mir zu Kirsten noch etwas einfallen oder zu Ohren kommen sollte.« Sein Blick wanderte zu der Fotografie, die neben ihnen an der Wand hing. Darauf erleuchtete der grün schimmernde Himmelsvorhang einer *Aurora borealis* eine Winternacht auf den Lofoten. »Konfuzius sagt: Verantwortlich ist man nicht nur für das, was man tut, sondern auch für das, was man nicht tut.« Er deutete eine Verbeugung an. »Die Damen. Ich bitte darum, mich entfernen zu dürfen. Es hat mich sehr gefreut.«

Die Freundinnen sahen ihm nach, wie er in der Menschenmenge verschwand. »Ich glaube, Konfuzius sagt auch: Lasst uns keine Zeit verlieren und den Rest des Abends genießen«, bemerkte Telse. Dann ärmelte sie Wanda unter und verschwand mit ihr durch die Flügeltür.

23

AUS DEM MITTLEREN SAAL ertönte lautes Klatschen, an das sich kurz darauf ein allgemeines Stühlescharren anschloss. Die Rede war vorbei, das war nicht zu überhören. Aus der Menschenmenge, die wieder in die Ausstellungsräume strömte, schoss eine silberblaue Glitzerwolke auf Wanda und Telse zu.

»Ach, hier seid ihr! Habt ihr etwa den Vortrag geschwänzt? Selbst schuld, kann ich nur sagen, der Fotograf ist wirklich reizend. Ich habe mich schon ein wenig mit ihm unterhalten, er ist ja so was von charmant, den müsst ihr einfach kennenlernen. Wenn ihr lieb seid, kann ich euch miteinander bekannt machen.«

Als Camilla kurz Luft holen musste, nutzte Wanda die Gelegenheit. »Mir kannst du den Künstler gerne vorstellen. Unsere Telse hat das schon allein geschafft und mit dem Herrn geschäkert, wenn ich mich nicht täusche.« Sie grinste. »Da leuchtet etwas in ihren Augen. Nein, du musst doch nicht gleich rot werden.« Sie duckte sich hinter Camilla, um sich vor einer möglichen Wurfattacke zu schützen. »Nicht das gute Kristall! Bewirf mich lieber mit den Kanapees, die sind eh schon ganz vertrocknet.«

Telse war wütend darüber, dass Wanda sie derart vorführte. Sie wollte mit einer gepfefferten Retourkutsche antworten –

doch schon im nächsten Moment kam sie sich lächerlich vor. Gute Güte, was war los mit ihr? Hatte das Geplänkel mit dem Knaben sie etwa so wuschig gemacht, dass sie glaubte, sich hier verteidigen zu müssen? Sie ließ die Schultern fallen und entspannte sich. »Schon gut, du hast ja recht. Ich glaube, meine Hormone sind mit mir durchgegangen.« Sie zog eine Grimasse. »Außerdem bin ich mindestens zehn Jahre älter. Null Chance.«

»Wie kannst du so etwas sagen?« Wanda wirkte ehrlich empört. »Darfst du etwa nicht mit jüngeren Männern flirten? Kein Opa denkt sich etwas dabei, wenn er eine Frau anbaggert, die vierzig Jahre jünger ist als er. Im Gegenteil, die alten Säcke geben noch damit an. Also, es gibt nicht den geringsten Grund, sich Sorgen zu machen. Und wenn die Gesellschaft ein Problem damit haben sollte, kann dir das komplett egal sein.«

»Ich würde mir auch nicht die Gedanken anderer Leute machen, sondern jeden jungen Kerl um den Finger wickeln, den ich kriegen kann. Herrgott, das Leben ist zu kurz, um enthaltsam zu sein«, unterstützte Camilla. »Warum einen faltigen Hintern nehmen, wenn du einen knackigen haben kannst?« Sie kicherte.

Telse sah sich um, ob jemand der anderen Gäste womöglich mitgehört hatte. Zum Glück schienen alle mit Small Talk beschäftigt zu sein, außerdem sorgte der Barjazz, der nun wieder durch die Räume flutete, für einen erhöhten Geräuschpegel. »Lasst uns das Thema wechseln«, sagte sie betont locker. »Wahrscheinlich bin ich nur aus der Übung.«

Wanda klopfte ihr aufmunternd auf den Rücken. »Das kommt schon wieder.«

»Musst du ja wissen«, gab Telse etwas spitzer als beabsichtigt zurück.

Camilla beschloss einzugreifen. »Schluss jetzt. Wir sind doch hierhergekommen, um uns zu amüsieren. Also«, sie klatschte in die Hände, »was machen wir mit dem angefangenen Abend?«

»Ich glaube, mir würde ein bisschen frische Luft guttun«, sagte Telse. »Hier drinnen ist es ziemlich stickig. Ich gehe mal ein paar Minuten vor die Tür.«

»Ja, lass dich draußen kurz durchlüften, danach stürzen wir uns gemeinsam ins Getümmel«, sagte Wanda. »Wir haben uns noch gar nicht umgesehen, wer von der Kieler Prominenz hier seine Aufwartung macht.«

Telse waren die Lokalgrößen schnurz. Im Augenblick interessierte sie nur Philipp von Jaden, und der Gang nach draußen bot ihr die Gelegenheit, unauffällig nach ihm Ausschau zu halten. Zugegeben hätte sie das aber um keinen Preis der Welt. »Wir treffen uns in einer Viertelstunde wieder an dieser Stelle«, schlug sie vor. Gleich darauf drängte sie sich in Richtung Ausgang.

Kaum war sie im Freien gelandet, ließ Telse mit tiefen Zügen frische Luft in ihre Lunge strömen. Ihre Wangen glühten. Sie brauchte dringend Abkühlung und ging langsam die Steinstufen hinunter. Der Abend war windstill und immer noch angenehm mild. Auch andere Ausstellungsbesucher hatte es nach draußen gezogen. In kleinen Gruppen standen sie auf der Freitreppe und dem Kiesweg vor dem Gutshaus zusammen. Murmelnde Gespräche und vereinzelte Lacher vermischten sich mit den Musikfetzen, die aus dem Inneren drangen, und schufen eine friedliche Atmosphäre.

Telse seufzte wohlig. An Abenden wie diesem war das Leben, wie es sein sollte. Fehlte eigentlich nur noch ein ganz zufälliges Aufeinandertreffen mit Philipp von Jaden. Am besten hier draußen im Mondlicht. Sie blickte hoch zu der Sichel am Himmel. Vielleicht sollte sie sich einen Bildband von ihm signieren lassen? Sie beschloss, einmal um die kreisrunde Rasenfläche zu spazieren, in deren Mitte eine monumentale Steinskulptur ruhte, bevor sie wieder zu den Freundinnen zurückkehrte.

Der Kies knirschte unter ihren Schuhen, und sie fühlte, wie ihr die Bewegung guttat. Als Telse den Rasenkreis halb umrundet hatte, nahm sie plötzlich einen Schatten wahr, der hinter der Steinfigur hervorhuschte. Ein Mann, der an seiner Hose nestelte. Er hatte den Sichtschutz der Figur offensichtlich zum Urinieren genutzt.

Telse stöhnte auf. Konnten die Kerle noch nicht mal bei einer Vernissage die Toilette benutzen? Alle Frauen schafften das problemlos. Diese Wildpinkelei war eine Pest, die auch genauso stank. Sie fixierte den Mann, um ihm zu zeigen, dass er mitnichten unbeobachtet war. Als er sie bemerkte, zuckte er kurz zusammen, fasste sich aber sofort wieder und starrte zurück. Dann kam er direkt auf sie zumarschiert.

Telse wusste nicht, was sie tun sollte. Abwarten, bis er sie erreicht hatte, um ihm dann ordentlich die Meinung zu sagen, oder lieber schnell zu den anderen Besuchern am Eingangsportal zurückkehren?

Während sie sich zögernd in Bewegung setzte, beschleunigte der Mann seinen Schritt. »Frau Himmel! Warten Sie!«, rief er ihr nach.

Telse stutzte und blieb stehen. Verdammt, wer war das?

Sie drehte sich um, und aus der Dunkelheit tauchte Ingolf Scheurich höchstpersönlich auf. Diesmal nicht in Funktionsjacke und Wanderstiefeln, sondern mit gebügelter Jeans und Cordjackett.

»Ach Sie sind das«, brach es aus Telse heraus. Sie stemmte die Hände in die Hüften. »Sagen Sie mal, hätten Sie nicht drinnen auf die Toilette gehen können?«

»Es war dringend.« Scheurich schien nicht im Geringsten peinlich berührt zu sein. »Aber gut, dass ich Sie treffe. Es geht um die Skulptur, die Frau Reinfeld gefunden hat, erinnern Sie sich? Es sind schon mehrere Leute daran interessiert, und ich will keinesfalls, dass sie in die falschen Hände gerät.«

Er fixierte Telse und kam näher. Sie konnte seine Alkoholfahne riechen und trat instinktiv einen Schritt zurück. Scheurich setzte sofort nach.

»Sie müssen unbedingt rauskriegen, ob jemand in der Schule weiß, wo sie das verdammte Ding versteckt hat. Mit mir reden die ja nicht. Die Reinfeld hat garantiert irgendwem was gesagt. So einen Fund verschweigt man nicht, Teufel noch mal.« Er atmete schwer und starrte sie aus glasigen Augen an.

Telse bemerkte sein leichtes Schwanken. »Ich habe doch schon gesagt, dass ich keine Ahnung habe, wo sich die Figur befindet«, erklärte sie in einem Tonfall, in dem man mit einem aufsässigen Kleinkind spricht. »In der Schule ist sie ganz sicher nicht. Sie sollten sich nicht zu sehr in die Sache hineinsteigern.«

»Ich mache, was ich will«, herrschte Scheurich sie an. Plötzlich ergriff er ihren Arm. »Und ich bin noch lange nicht fertig. Ich bin mir sicher, Sie wissen mehr, als Sie sagen.«

Telse riss sich los und funkelte ihn wütend an. »Finger weg, Idiot!« Sie warf den Kopf in den Nacken und machte kehrt, um schnurstracks zurück zum Gutshaus zu marschieren.

Weit kam sie nicht.

»Hiergeblieben!« Wie ein Springteufel schoss Scheurich auf Telse zu und umklammerte mit eisenhartem Schraubstockgriff ihr linkes Handgelenk. Mit der Rechten krallte er sich an ihrem Kleid fest, wobei seine Hand auf ihrer Brust landete.

Telse wand und drehte sich, so heftig sie konnte, aber Scheurich ließ sich nicht abschütteln. Im Gegenteil, sein Griff wurde noch fester. Sie fühlte, wie eine grenzenlose Wut in ihr aufstieg. Mit einem blitzartigen Schwenk ihrer Hüfte sprang sie zur Seite, holte aus und donnerte Scheurich ihre freie Faust auf das Kinn.

Vollkommen überrumpelt schrie er auf, klappte nach hinten weg und landete auf dem Kies.

»Arschloch«, zischte Telse ihm zu und trat ihm beherzt zwischen die Beine.

Scheurich jaulte auf und krümmte sich zusammen.

Vom Eingang näherten sich jetzt drei Leute, die durch das Geschrei aufmerksam geworden waren. Telse strich ihr Kleid glatt und ging ihnen ruhigen Schrittes entgegen.

»Alles in Ordnung. Dieses Schwein dahinten hat mich begrapscht, und ich habe ihm deutlich gemacht, dass ich das nicht will.«

Die elegant gekleideten Männer schauten missbilligend zu Scheurich. Dieser hatte sich inzwischen auf die Knie hochgerappelt und stützte sich mit nach vorne gebeugtem Oberkörper an der Granitskulptur ab.

Telse ging einfach weiter. Nach einem ratlosen Augenblick folgten ihr die drei Gäste. Es schien ja alles geklärt zu sein, und die Party wartete.

In diesem Moment tauchte Wanda auf der Treppe auf und lief ihr entgegen. »Alles in Ordnung?«, erkundigte sie sich mit besorgter Miene.

Telse deutete mit dem Daumen über ihre Schulter nach hinten, wo Scheurich jetzt auf dem Rasen saß, die Beine lang ausgestreckt, den Rücken an das Kunstwerk gelehnt.

»Der Blödmann da erwartet allen Ernstes, dass ich ihm die *Venus* auf dem Silbertablett serviere. Als er grob wurde und mir an die Wäsche wollte, habe ich ihm einen Kinnhaken und einen Tritt in die Eier verpasst«, erklärte sie.

»Komm mit.« Wanda nahm Telses Hand. »Ich glaube, ich muss dem werten Herrn mal erklären, wie man sich einer Dame gegenüber benimmt.«

»Ach, lass mal, am besten wir ignorieren den Schwachkopf einfach.« Telse hatte nicht die geringste Lust, sich den Abend noch länger verderben zu lassen.

Unbeeindruckt nahm Wanda Kurs auf Scheurich, die widerstrebende Telse mit sich ziehend. Als sie ihn erreicht hatten, hielt sie sich nicht lange mit Formalitäten auf.

»He, Sie!« Wanda trat fest gegen Scheurichs linke Schuhsohle, worauf dieser die Luft zwischen den Zähnen einzog. »Ich glaube, Sie haben da eine Entschuldigung vergessen.« Dann holte sie aus und trat mit Schwung gegen den rechten Fuß. »Wirds bald? Die Dame wartet.«

Ingolf Scheurich stöhnte und rieb sich das Kinn. Aus seinem Nasenloch floss ein feiner Blutfaden und versickerte im Mundwinkel. Es machte ihn nicht hübscher. Als er hochschaute, flackerte Trotz in seinem Blick auf.

»Die Dame kann mich mal.«

»Na, na, wer wird denn so ungehobelt sein?« Wanda schüttelte den Kopf. »Sie wollen wohl lieber eine Anzeige wegen Nötigung und Belästigung bekommen. Mein Freund, Kriminalhauptkommissar Wuttke wird sich bestimmt gerne Ihrer annehmen.« Sie seufzte, dann öffnete sie ihre Abendtasche und holte demonstrativ das Smartphone hervor.

Scheurich stöhnte. »Das war keine Gewalt, verdammt noch mal«, presste er zwischen zusammengebissenen Zähnen hervor. »Ich wollte nur verhindern, dass die da mich für dumm verkauft.« Ein feindseliger Blick traf Telse.

»Ich vermute mal, Sie möchten für Ihr Leben gerne erfahren, wo Frau Reinfeld die *Venus von Schilksee* versteckt hat«, sagte Wanda mit zuckersüßer Stimme. Ihr Lächeln hätte einer Muräne vortrefflich zu Gesicht gestanden. »Das verstehe ich gut. Und wissen Sie was, weil heute Ihr Glückstag ist, verrate ich es Ihnen. Suchen Sie doch einfach mal auf dem Meeresgrund nach ihr.«

In Scheurichs Gesicht spiegelten sich widersprüchliche Gefühle. »Ich kenne Sie doch irgendwoher«, brach es unvermittelt aus ihm heraus. »Von einer Strandexkursion … Heißen Sie nicht Holle oder so ähnlich?«

Wanda betrachtete ihn kühl. »Für Sie nur noch Hölle.«

Sie nickte Telse zu, die die Diskussion schweigend und mit verschränkten Armen verfolgt hatte, und ohne Scheurich noch eines Blickes zu würdigen, schritten beide zum Gutshaus zurück.

Als sie wieder in den Ausstellungssaal eintraten, empfand Telse tiefe Erleichterung. Sie hatte zwar keine Sekunde echte Angst vor Scheurich verspürt, aber die Situation war doch äußerst unangenehm gewesen. Seine schmerzenden Hoden sollten ihn ruhig eine Weile daran erinnern, dass er Frauen mit Respekt zu behandeln hatte. Ihre erfolgreiche Abwehr erfüllte sie sogar ein wenig mit Stolz. Obwohl die Zeit ihres Shotokan-Karatetrainings schon über zwanzig Jahre vorbei war, saßen die geübten Reflexe offenbar noch immer.

Mit liebenswürdigem Lächeln und spitzen Ellenbogen drängelte sich Wanda durch die zähe Masse der Vernissage-Gäste, Telse schlüpfte in ihrem Windschatten hinterher. Die Anzahl der Besucher hatte sich für ihr Gefühl inzwischen verdoppelt, der Sauerstoffgehalt der Luft entsprechend halbiert. Während Wanda im Vorbeigehen rechts und links bekannte Gesichter grüßte, machte Telse einen langen Hals und ließ den Blick über die Menge schweifen. Im Nachbarsaal bemerkte sie eine dicht gedrängte Menschentraube, aus der es hervorfunkelte und -blitzte. Sie tippte Wanda auf die Schulter und deutete in die Richtung.

Die Freundin erfasste die Situation mit einem Blick. »Ah, in dem Bienenschwarm dahinten dürfte unsere Discokugel Camilla stecken.«

Als sie näher kamen, entpuppte sich der Auflauf als ein Pulk aufgekratzter Frauen, die sich um Bücher balgten. Genauer gesagt um Philipp von Jadens höchstpersönlich signierte Fotobände, die dieser milde lächelnd in die rundum ausgestreckten Hände reichte. Er arbeitete an seinem Tisch so perfekt wie ein Uhrwerk und schenkte jeder Verehrerin zum Buch noch einen tiefen Blick in die Augen. Telse merkte, wie ein winziger Stachel der Eifersucht in ihr pikte.

Zu seiner rechten Seite thronte Camilla Wuttke wie eine Königinmutter und machte sich nützlich, indem sie die Scheine von den Käuferinnen entgegennahm und aus einer kleinen Kassette das Wechselgeld herausgab. Dazwischen schäkerte sie mit dem Fotografen und ließ wie zufällig und eindeutig länger als nötig ihre Hand auf seinem Arm liegen.

Telse schluckte. War ihre Nachbarin mit einem so umwerfenden Charme ausgestattet, dass sogar Philipp von Jaden nicht widerstehen konnte?

Wanda drängelte sich derweil vorwärts, bis sie den Signiertisch erreicht hatte. Telse hielt sich halb hinter ihr versteckt. Philipp sollte sie keinesfalls mit diesen aufgedrehten Bewunderinnen, die auf Teufel komm raus mit ihm zu flirten versuchten, in einen Topf werfen.

»Da seid ihr ja endlich! Seht nur, ich darf dem Künstler ein wenig beim Verkaufen helfen.« Camilla strahlte mit ihren Pailletten um die Wette. »Einen Moment.« Sie nahm ihr Smartphone, rückte noch enger an den Fotografen heran, drapierte ihren linken Arm um seine Schultern und schoss blitzschnell ein Selfie. »Philipp ist wirklich ein Schatz, da bin ich ganz deiner Meinung, Telse.« Sie zwinkerte von Jaden spitzbübisch zu. Dann wies sie mit ausgestreckter Hand nach vorne. »Darf ich vorstellen: meine Nachbarin Wanda Holle. Mit unserer entzückenden Telse hast du ja schon Bekanntschaft gemacht.«

Telse hätte im Boden versinken können. Blieb ihr denn heute nichts erspart?

Philipp von Jaden grüßte Wanda höflich mit einem Nicken.

Gleich darauf wandte er sich Telse zu. »Hallo.« Er lächelte. »Wie schön, dich wiederzusehen. Camilla hat mir schon viel von euch dreien erzählt.«

Telse wollte lieber nicht wissen, was. Sie schloss kurz die Augen und wünschte, die Erde würde sich unter ihr auftun und sie verschlucken. Das zarte Pflänzchen ihres Flirts war mausetot getrampelt worden, bevor es überhaupt die Chance bekommen hatte zu wachsen.

Von Jaden erhob sich. »Bitte entschuldigen Sie mich für einen Moment«, sagte er zu den wartenden Käuferinnen. »Ich bin gleich zurück.« Er wandte sich zur Seite. »Könntest du kurz die Kasse und die Bücher im Blick behalten?«

»Aber gerne doch«, zwitscherte Camilla und schenkte ihm einen koketten Augenaufschlag. Der Fotograf eilte um den Signiertisch, nahm Telse bei der Hand und zog sie ein paar Schritte weiter in den hinteren Bereich der Bar. Telse war so verdutzt, dass sie es widerstandslos geschehen ließ.

»Ich befürchte, heute Abend wird es nichts mehr mit uns«, sagte Philipp von Jaden. Seine grünbraunen Augen drückten Bedauern aus. »Leider bin ich zu sehr verplant worden. Ich möchte dich aber unbedingt wiedersehen. Willst du mir vielleicht deine Nummer geben?«

Telse fühlte, wie ihr Herz einen Salto machte. Sie holte tief Luft. »Ja, ich will.«

24

VERFLUCHTER SCHAMPUS! Telse saß in ihrer kleinen Küche am Frühstückstisch und hielt sich den Kopf. Noch eine der Sachen, die schlechter wurden, wenn man keine dreißig mehr war. Im Gegensatz zu früher vertrug sie viel weniger Alkohol.

Gestern Abend hatte sie vorsichtshalber eine Spuckschüssel neben ihre Schlafcouch gestellt, so übel war ihr beim Nachhausekommen gewesen. Kaum hatte sie sich in die Waagerechte begeben, war es noch schlimmer geworden. Die Zimmerwände schienen sich in einem Höllentempo zu drehen und ihren Kopf dabei mitzureißen. Im letzten Moment war ihr der Trick von damals eingefallen: Fuß raus zum Bremsen! Sie hatte ihr rechtes Bein unter der Decke hervorgeschoben, über die Bettkante fallen lassen und den Fuß fest auf den Teppich gestemmt. Der Bodenkontakt hatte das Kopfkarussell einen Gang heruntergeschaltet, und das Schwindelgefühl war weniger geworden. Zum Glück hatte ihr Magen dicht gehalten.

Mechanisch rührte sie in ihrem Kaffeebecher. Irgendetwas lag heute an, sie kam nur nicht drauf, was. Am besten, sie legte sich einfach wieder hin. Schließlich war Sonntag, und es sprach in ihren Augen nichts dagegen, den Tag im Bett zu verplempern.

Apropos Bett, das wartete ja immer noch in Einzelteilen auf seinen Aufbau. Mit müdem Blick musterte sie das Chaos aus aufgerissenen Kartons, Holzbrettern und Plastiktüten voller Inbusschrauben, das durch die geöffnete Schlafzimmertür quoll.

In dieser Sekunde fiel es ihr ein: Julianne und Fenno! Die beiden wollten heute Abend zum Essen kommen! Das hatte sie komplett vergessen. Es ging um irgendeine wichtige Neuigkeit, daran erinnerte sie sich jetzt, und sie hatte angeboten, für alle etwas Leckeres zu kochen, im Gegenzug sollte Fenno ihr beim Bettaufbau helfen.

Seufzend nahm Telse einen Schluck Kaffee und rieb sich die verquollenen Augen. So viel dazu, den Tag einfach zu verschlafen. Trotzdem freute sie sich auf den Besuch, sie hatte ihre Tochter in letzter Zeit viel zu selten gesehen. Und nach dem gestrigen Abend etwas Ordentliches in den Bauch zu bekommen konnte auch nicht schaden. Eins war auf jeden Fall sicher: Für sie selbst gab es heute nur Wasser, den Rotwein durfte ihr Besuch allein trinken.

Es war schon zwei Uhr nachmittags, als Telse bei Wanda klingelte. Sie musste eine ganze Weile warten, bis die Tür geöffnet wurde. Die Freundin blinzelte durch kleine Augen und trug trotz der späten Stunde noch ihren Bademantel. Einen taufrischen Eindruck machte sie nicht gerade.

»Moin, kannst du mir vielleicht etwas Knoblauch und Basilikum leihen? Julianne und ihr Freund kommen nachher, und ich habe versprochen zu kochen.«

Wanda konnte ein Gähnen nicht unterdrücken. »Kann sein. Komm rein.« Sie drehte sich um und schlappte auf ihren Puschelpantoffeln in Richtung Küche.

Telse blieb im Eingang stehen. Sie wollte sich nicht lange aufhalten, denn da hatte wohl noch jemand mit einem gepflegten Kater zu kämpfen.

»Na, wie gehts?«, erkundigte sie sich vorsichtig, als Wanda zurückkehrte.

»Muss ja. Zum Glück habe ich heute nichts vor. Hier ist dein Knoblauch. Das Grünzeug kannst du auch behalten.«

Telse bedankte sich, nahm Knolle und Kräutertopf entgegen und wandte sich zum Gehen.

»Viel Spaß.« Gähnend schloss Wanda die Haustür.

Telse nutzte die Zeit, die ihr bis zum Eintreffen ihrer Gäste blieb, um einigermaßen klar Schiff zu machen und das nötige Geschirr zusammenzusuchen. Sogar eine Stunde Nachmittagsschlaf war noch drin. Punkt achtzehn Uhr klingelte es.

Als sie öffnete, blickte sie in einen Strauß riesiger Sonnenblumen, hinter denen plötzlich Fennos Gesicht auftauchte. Lachend schloss er sie in die Arme.

Julianne trat zum Glück etwas weniger stürmisch auf und begnügte sich mit zwei Wangenküssen. »Hallo, da sind wir. Ausnahmsweise sogar pünktlich, mein Liebster stirbt nämlich fast vor Hunger.«

Telse nahm ihnen die Jacken ab. »Das wollen wir nicht riskieren. Es gibt Spaghetti all' arrabiata und dazu Salat. Zum Nachtisch bekommt ihr noch Eis, aber erst, wenn mein Bett zusammengeschraubt ist. Werkzeugkasten und Akkuschrauber liegen schon griffbereit.«

Fenno krempelte sich demonstrativ die Ärmel hoch. »Kein Problem. Die Kiste baue ich dir ruckzuck zusammen. Am besten, du schmeißt schon mal die Nudeln in den Topf.«

Telse nickte zufrieden, so hatte sie sich das gedacht. Ihre Tochter suchte zur mentalen Unterstützung noch die passende Musik aus der Playlist, dann legten alle drei los. Nach knapp einer Stunde war ihre neue Liegewiese einsatzbereit, der Tisch gedeckt und das Essen fertig.

»Was ist eigentlich aus eurer Mörderjagd geworden«, erkundigte sich Julianne zwischen zwei Gabelbissen. »Habt ihr in Sachen Kirsten Reinfeld etwas Neues herausgefunden?«

Telse schüttelte den Kopf. »Leider kaum. Wir wissen nur, dass es einige Personen gibt, die entweder Kirsten nicht leiden konnten, von ihrem Tod finanziell profitieren oder scharf auf ihre Venusfigur waren. Womöglich auch alles zusammen. Ob sie deswegen umgebracht wurde, ist aber völlig unklar. Wir haben bisher keine handfesten Beweise für einen Mord finden können.« Sie zuckte mit den Schultern. »Ich schätze, wenn wir weiterhin im Trüben stochern, muss Wanda mit der Ungewissheit leben lernen. Aber vorher wollen wir uns den untreuen Ehemann noch genauer ansehen. Der besitzt ein Boot und ist bis jetzt unser Hauptverdächtiger.« Sie nahm ihr Wasserglas und leerte es in einem Zug. »Ach ja«, sagte sie, als sie das Glas absetzte. »Bist du eigentlich bei deinen Internetrecherchen auf etwas gestoßen?«

»Absolute Fehlanzeige. Wandas Freundin hatte mit den sozialen Medien nichts am Hut. Keine Spur, nirgends. Weder bei Instagram noch Facebook, Twitter oder sonst wo.« Julianne grinste. »Ist ja nicht weiter ungewöhnlich bei Vertretern deiner Generation. Für euch ist doch alles, was mit direkter Kommunikation im Netz zu tun hat, Teufelszeug.«

Telse wollte schon protestieren, aber Fenno funkte schnell dazwischen. »Ich bin sicher, deine Mutter nutzt das Internet so, wie es für sie richtig ist, genau wie du auch. Etwas nicht machen zu wollen heißt nicht zwangsläufig, es nicht zu können. Ist doch so, oder?«

Telse nickte zustimmend. »Allerdings. Und das Leben ist zu kurz, um permanent online zu sein und sich mit den Angelegenheiten anderer Leute zu beschäftigen.«

»So wie ich mich mit eurer Kirsten?«, fragte Julianne süffisant.

Telse merkte, wie sie in die Defensive geriet. Am besten, sie wechselte das Thema, solange die Stimmung noch gut war. Ihre Gäste luden sich gerade die zweite Portion auf, die Gelegenheit war günstig.

»Sag mal, was wolltest du mir eigentlich so Wichtiges mitteilen? Raus damit, ich bin schon ganz gespannt.«

Julianne kaute erst sorgfältig zu Ende und schluckte, bevor sie zu einer Antwort ansetzte. »Äh, ja.« Sie machte eine Pause, schickte einen Blick zu Fenno und schob sich dann noch eine Gabel voll Pasta in den Mund.

Telse wartete geduldig.

Irgendwann ließ ihre Tochter Löffel und Gabel sinken. Telse konnte sehen, wie sie innerlich Anlauf nahm, während sie das Tischtuch fixierte. »Fenno und ich, also ... Wir wollen nach Göteborg ziehen«, erklärte sie schließlich.

Telse setzte sich kerzengerade hin.

»Erst mal nur für zwei Semester«, schob Julianne schnell nach. »Es ist auch noch gar nicht sicher, ob es klappt.«

»Wir haben uns für ein Erasmus-Stipendium beworben, und unsere Chancen stehen gar nicht schlecht«, erläuterte Fenno.

»Aber ... warum das denn?« Telse rang um Worte. »Ist die Kieler Uni so schlecht?«

»Nein, überhaupt nicht«, beruhigte Julianne. »Wir wollen einfach gerne zwei bis drei Auslandssemester einschieben. Das macht nicht nur Spaß, sondern sieht auch gut im Lebenslauf aus. Mama, glaub mir«, sie hatte jetzt den leicht mitleidigen Blick, mit dem sie ihrer Mutter gewöhnlich bei den simpelsten Computerproblemen half, »Kiel ist allertiefste Provinz. Ich möchte wieder in einer Großstadt leben, das müsstest du doch am besten verstehen. Es ist ja auch nur für ein Jahr.«

»Dann studier halt in Hamburg statt gleich im Ausland.«

»Hamburg kenne ich schon. Und Göteborg hat eine super Uni, total international, und die sind in den meisten Fächern viel besser und moderner aufgestellt als Kiel. Außerdem sind die Seminare dort keine Massenveranstaltungen. Alles ist viel überschaubarer und persönlicher.«

»Und du?«, wandte sich Telse an Fenno. »Willst du auch so dringend weg?«

»Nicht unbedingt. Aber wenn meine Süße das machen will, gehe ich mit, das ist Ehrensache. Nicht dass da ein Schwede kommt und sie mir abspenstig macht.«

Telse biss sich auf die Unterlippe, während sie versuchte, ihre widerstreitenden Gefühle zu sortieren. Na, das waren ja Neuigkeiten. Warum mussten die Studierenden heute nur so reiselustig und weltgewandt sein? Sie selbst hätte sich früher nicht getraut, einfach ins Ausland zu gehen. Tja, kaum hatte sie sich gefreut, wieder mit ihrer Tochter in einer Stadt zu leben, sollte es schon vorbei sein.

»Wann wollt ihr denn nach Göteborg ziehen?«, fragte sie vorsichtig.

»Vermutlich zum nächsten Herbstsemester, wie es in Schweden heißt. Das beginnt Anfang September. Mit viel Glück bekommen wir schon eine Zusage zum Frühjahrssemester. Das fängt im Januar an, aber daran glaube ich nicht«, sagte Julianne. »Du hast mich also noch eine ganze Weile in deiner Nähe. Übrigens ist Göteborg eine zauberhafte Stadt, die wird dir gefallen. Wenn die Sehnsucht zu groß wird, kommst du uns einfach besuchen. Ist ja ein Klacks mit der Stena Line, die fährt jeden Tag.«

»Ich muss das erst mal sacken lassen.« Telse hatte keine Lust, jetzt darüber nachzudenken, was sie von den Plänen ihrer Tochter halten sollte. Ihr Bauchgefühl morste Nein, aber das versuchte sie zu ignorieren. Ihre Tochter wollte sich ausprobieren und die Welt kennenlernen, und das war auch gut so, versuchte sie, sich einzureden.

»Und wie soll das mit der Sprache laufen?«, wagte sie einen vorläufig letzten Einwand. »Ihr müsst doch erst mal Schwedisch lernen.«

Julianne betrachtete sie erneut mit diesem milden Blick. »Mama, da oben spricht jeder, aber wirklich jeder supergut Englisch. *No problem at all.* Außerdem sind auch die Seminare auf Englisch. Du siehst, alles bestens. Einen Sprachkurs werden wir trotzdem vorher machen, logisch. Ist doch selbstverständlich, wenn man länger im Ausland bleiben will.«

Länger, dachte Telse und schaute in zwei glückliche Gesichter. Ihr wurde warm ums Herz. »Will jemand ein Eis?«

25

»DU HAST ES ALSO DOCH noch geschafft, deine Lotterwiese zusammenzuschrauben. Wurde auch Zeit.« Wanda bog mit ihrem Subaru in die Fördestraße ein und nahm Kurs auf Strande. »Jetzt kannst du endlich Besuch empfangen.«

»So weit kommts noch.« Telse hing im Beifahrersitz und verspürte nicht die geringste Lust, ihr Liebesleben zu erörtern. »Außerdem hat es der neue Freund von Julianne zusammengeschraubt, nicht ich. Was hast du denn eigentlich gestern Abend gemacht?«, wechselte sie schnell das Thema.

»Erzähle ich dir später, jetzt müssen wir uns sputen.«

Telse verdrehte die Augen. »Müssen wir nicht. Was glaubst du, was an einem Montagnachmittag in deinem Segelclub los ist? Gleich nach dem Wochenende herrscht da doch sicher tote Hose.«

»Genau deshalb will ich hin. Wir müssen endlich Tilman Reinfelds Boot unter die Lupe nehmen und schauen, ob wir Spuren finden, die auf einen Mord hindeuten. Was natürlich nur geht, wenn der Kerl nicht in der Nähe oder gar an Bord ist. Ansonsten suchen wir uns einfach im Hafen ein paar nette Tratschtaschen.«

»Wenn wir Glück haben, turtelt Reinfeld zu Hause mit seiner neuen Flamme herum.«

»Oder er unternimmt mit ihr einen romantischen Segeltörn, das wäre Pech. Wir werden sehen.«

Der Parkplatz des Strander Segelclubs war nur wenig belegt. Wanda parkte schwungvoll ein, zog die Handbremse an und öffnete die Fahrertür. »Auf gehts. Stürzen wir uns in die Ermittlungsarbeit.«

Telse öffnete ebenfalls ihre Tür und stieg aus. Als sie zu dem Mastenmeer im Hafen blickte, fiel ihr etwas ein. »Weißt du überhaupt noch, wie das Boot von Reinfeld heißt?«

Wanda stutzte. »Verdammt, keine Ahnung.« Sie gab der Fahrertür einen Stoß, die daraufhin krachend ins Schloss fiel. »Irgendwas mit Pferd, glaube ich.«

»Pferd?« Die Skepsis in Telses Stimme war nicht zu überhören. »Der ist doch kein zwölfjähriges Mädchen.«

»Doch«, murmelte Wanda vor sich hin. »Es war etwas mit Pferden. Ich bin mir ziemlich sicher. Aber lateinisch oder so.«

Telse machte ihr Fragezeichengesicht.

»Oder nicht Latein.« Wanda dachte angestrengt nach. »Griechisch vielleicht …« Sie tippte sich nachdenklich mit dem Zeigefinger gegen die Lippen. Ihr Gesicht hellte sich auf. »Ich habs: *Hippios*!«

Telse zuckte mit den Schultern. »Wenn du es sagst. *Hallodri* würde besser passen.«

Wanda grinste. »Komm, lass uns lieber außen rum gehen, sonst bleiben wir noch an der Kuchentheke hängen. Erst die Arbeit, dann das Vergnügen.« Sie deutete auf den schmalen Fußweg, der um das Clubhaus herum direkt zum Hafen führte, und ging mit flotten Schritten voraus.

Wie erwartet herrschte kaum Betrieb. Wanda blickte sich

kurz um und schritt dann, ohne zu zögern, auf einen tief gebräunten Segler zu, der auf dem Vorderdeck seiner Jacht hantierte.

»Entschuldigung, wissen Sie zufällig, wo die *Hippios* liegt?«

Der Angesprochene kratzte sich den fast kahlen Schädel. »Sagt mir nichts. Wer ist denn der Eigner?«

»Tilman Reinfeld.«

»Ach der. Sein Boot müsste an Steg vier liegen, aber ganz sicher bin ich mir nicht.«

»Vielen Dank, wir schauen dort mal.« Wanda verabschiedete sich freundlich, hakte Telse unter und nahm Kurs auf die besagte Anlegebrücke.

Der Skipper hatte sich richtig erinnert. Die Frauen mussten nicht lange suchen, bis sie das Schiff entdeckten. Bei der *Hippios* handelte es sich um eine schneeweiße, schätzungsweise acht Meter lange Segeljacht, die gut vertäut am hinteren Teil des Stegs dümpelte. An Bord war niemand zu sehen, und die Persenning war fest verschnürt.

Telse beugte sich vor und musterte das Cockpit. »Alles verrammelt«, stellte sie fest. »Unser Vöglein ist wohl ausgeflogen.«

»Das trifft sich gut.« Wanda sah sich verstohlen nach allen Seiten um. »Wenn keiner guckt, können wir schnell mal einen Blick hineinwerfen.« Als sie sich sicher war, dass niemand in ihre Richtung blickte, sprang sie kurzerhand an Deck und winkte Telse, ihr zu folgen.

Diese zögerte einen Moment, kletterte dann aber hinterher und duckte sich auf eine Sitzbank. »Wonach suchen wir eigentlich?«, wisperte sie.

»Lass uns überlegen, wie er es getan haben kann«, flüsterte

Wanda zurück. »Entweder hat er die schwimmende Kirsten auf dem Wasser verfolgt und sie dann einfach überfahren.« Sie musterte nachdenklich das Heck. »Für diesen Fall sollten wir uns den Propeller des Motors genauer ansehen. Wenn sich an der Schraube zum Beispiel die roten Haare von Kirsten finden lassen, wäre das ein starkes Indiz für den Mord.«

»Das wird aber schwierig«, wandte Telse ein. »Oder willst du im Hafenbecken tauchen?«

»Wenn es sein muss, ja. Aber wir können es auch erst mal von oben probieren. Vielleicht sehen wir Haare hängen, das Wasser ist glasklar.«

Telse guckte skeptisch. »Oder er hat sie schon vorher getötet und dann ins Wasser geschmissen, um es wie einen Schwimmunfall aussehen zu lassen«, dachte sie laut.

»Das wäre die andere Möglichkeit. Wenn er sie an Bord getötet hat, müssten wir Blutspuren finden. Erst recht, wenn es einen Kampf gegeben hat.«

»Oder er hat Kirsten zu Hause umgebracht und dann die Leiche mit dem Schiff transportiert.«

»Auch möglich«, stimmte Wanda zu. »Eins ist klar: Falls es Blut an Bord gegeben hat, finden wir etwas. Selbst wenn er alles geputzt hat, irgendetwas übersieht man immer.«

Telse ließ ihren Blick über das Deck schweifen. »Sollte das nicht eigentlich die Polizei untersuchen? Die haben meines Wissens spezielle Lampen, mit denen man Blutspuren sogar dann noch nachweisen kann, wenn alles blitzblank geschrubbt worden ist.«

»Natürlich sollte sie«, antwortete Wanda, »macht sie aber nicht. Das weiß ich von Olaf.« Sie holte ein Paket Papiertaschentücher aus ihrer Jackentasche und zog ein Tuch heraus. Dann ging sie in die Hocke und fuhr damit in den Ecken der Backskiste und unter den Sitzbänken entlang. Anschließend betrachtete sie das Ergebnis. »Nach Blut sieht es nicht aus, nur nach Dreck.« Sie kramte eine Plastiktüte aus ihrer anderen Jackentasche und verstaute das Tuch darin. »Aber wir sind ja noch nicht fertig.«

Telse nahm sich gleichermaßen ein Taschentuch und feuchtete es leicht mit Meerwasser an. Anschließend kletterte sie zu dem abgeschlossenen Steckschott des Niedergangs und wischte die Kanten ab. Das dreckige Tuch verstaute sie ebenfalls in Wandas Plastiktüte. »Reinfeld kann sich freuen, dass wir ihm freiwillig seinen Kahn putzen«, sagte sie und nahm sich das nächste Taschentuch. Sie beugte sich vor und inspizierte die dunkle Lücke zwischen einem Knäuel Tauwerk und zwei morschen Fendern. Dann drehte sie sich seitlich, streckte den Arm hinein und rieb in der hintersten Ecke über das Kunststoffdeck. »Ich dachte immer, Segler sind pingelige Leute.« Sie ächzte. »Aber hier sieht es ja aus wie bei Hempels.«

Wanda kommentierte die Feststellung nicht, denn sie war gerade dabei, sich so weit wie möglich über die Heckreling zu beugen, ohne kopfüber ins Hafenwasser zu stürzen. Obwohl sie schon auf Zehenspitzen stand, fehlten ihr immer noch ein paar Zentimeter für einen Blick auf den Schiffspropeller. Sie hielt die Edelstahlstange fest umklammert und streckte sich so lang, wie es ihr nur möglich war. Kurz bevor sie vornüberkippte, hatte sie endlich freie Sicht.

»Kann ich den Damen behilflich sein?«

Beide Frauen zuckten zusammen. Telse drehte ihren Kopf zu dem Sprecher herum, während Wanda sich eilig in eine aufrechte Position brachte. Oben auf dem Holzsteg stand Tilman Reinfeld. Er setzte seine große Sporttasche auf den Planken ab, stemmte die Hände in die Hüften und wartete.

Wanda fasste sich als Erste. »Der Wind hat mir meine Haarspange aus der Hand gerissen, als ich sie feststecken wollte«, behauptete sie. »Ich bin mir sicher, dass sie auf Ihrem Schiff gelandet ist, deshalb suchen wir danach. Verzeihen Sie, dass wir nicht vorher um Erlaubnis gefragt haben – ich dachte, es geht ganz schnell. Aber die Spange scheint wie vom Erdboden verschluckt ...«

»Vielleicht ist sie im Wasser gelandet«, sekundierte Telse. »Das wäre natürlich sehr schade.« Eine leichte Röte überzog ihre Wangen. Ihr war die Situation mehr als unangenehm.

»Sie wollen mich wohl verarschen.« Reinfelds Augen funkelten wütend. »Raus aus meinem Boot, aber flott, bevor ich die Polizei hole!«, zischte er.

Telse hob beschwichtigend die Hände. »Ist ja gut, wir sind schließlich nicht eingebrochen und haben auch nichts kaputt gemacht.« Sie kletterte über das Deck zurück zum Steg, die Plastiktüte mit den dreckigen Papiertüchern hatte sie vorher unauffällig in ihrer Jackentasche verstaut.

»Das ist Hausfriedensbruch, was Sie hier machen!«

Nur widerwillig bequemte Reinfeld sich einen Schritt zur Seite, damit die Frauen das Boot verlassen konnten. Sein Blick war pure Feindseligkeit. »Sie wissen genau, dass Sie kein Recht haben, einfach mein Schiff zu betreten. Kommen Sie mir bloß nie wieder unter die Augen, sonst ...«

»Sonst was?«, fragte Wanda herausfordernd.

Reinfeld schnappte nach Luft. »Verpisst euch endlich!« Er

ballte seine Fäuste, ließ die Arme aber unten und ging ein paar Schritte auf die Frauen zu. Dann stoppte er abrupt und machte wieder kehrt. Er hob seine Sporttasche von den Planken und knallte sie mit Schwung in das Boot.

Wanda stand still und ließ ihn nicht aus den Augen. Telse zog leicht an ihrem Ärmel. Ein geordneter Rückzug war ihrer Ansicht nach jetzt die beste Option.

»Gibt es Probleme?«, ertönte plötzlich eine tiefe Stimme hinter ihnen.

Wanda und Telse drehten sich um. Ein bulliger Mann eilte ihnen auf dem Steg entgegen.

»Hallo, Jesse. Wie schön, Sie wiederzusehen!« Telse sprach exakt das aus, was sie gerade dachte.

»Moin.« Jesse gab ihnen die Hand. »Hat sich von Ferne so angehört, als ob es hier Ärger gibt. Ist alles o.k. bei euch?«

Beide Frauen nickten. »Alles in Ordnung, keine Sorge«, sagte Telse.

Jesse zog die Stirn kraus und drehte sich zu Reinfelds Segelschiff um. »Glaube ich kaum, wenn dieser Mistkerl mit im Spiel ist. Hat er euch etwa belästigt?«

»Zieh Leine und kümmere dich um deine eigenen Angelegenheiten!« Reinfeld schien sich nur mühsam beherrschen zu können. Hektisch fummelte er an den Klampen seines Boots herum, um die Vertäuung zu lösen.

»Das könnte dir so passen, Blödmann.« Jesse baute sich oberhalb der *Hippios* auf und spuckte haarscharf daneben ins Wasser. »Mich wirst du so schnell nicht los, das verspreche ich dir.«

»Halt bloß die Klappe. Von einem wie dir lasse ich mir nicht drohen.« Endlich hatte Reinfeld alle Leinen gelöst. Er schmiss den Motor an und rauschte ohne Rücksicht auf Verluste aus seiner Box. Kurz darauf war er raus aus dem Hafen. Die Frauen und Jesse starrten ihm hinterher, bis das Boot hinter der Mole verschwunden war.

»Mann, Mann, Mann.« Telse drehte sich um und schüttelte den Kopf. Was war nur in die beiden Kerle gefahren? Anscheinend hatten sie noch eine Rechnung offen. Irgendetwas musste zwischen ihnen vorgefallen sein, und sie hätte zu gern gewusst, was das war. Ein Blick zu Wanda sagte ihr, dass es der Freundin genauso erging.

Jesse schien ungerührt zu sein. »Ein unangenehmer Charakter«, bemerkte er lapidar. »Mit dem solltet ihr euch besser nicht einlassen.« Er warf einen Blick auf seine Armbanduhr. »So, ich muss los. Man sieht sich.« Er nickte den Frauen kurz zu und marschierte auf dem Steg zurück.

Auf halber Strecke blieb er plötzlich stocksteif stehen und starrte geradeaus. Dann kam wieder Bewegung in ihn, und er sprintete mit Riesenschritten an Land.

Die Frauen sahen sich fragend an und schlenderten ihm dann in gebührendem Abstand hinterher. Am Ende des Stegs hielt Telse inne. Sie zupfte Wanda am Ärmel und deutete zur Eingangstür des Vereinsheims. Dort stellte sich Jesse einer groß gewachsenen Frau in den Weg, die gerade nach draußen getreten war. Wanda sah zwar nur das Profil, trotzdem kam sie ihr bekannt vor. Jesse sprach die Seglerin an, und die beiden wechselten ein paar Worte miteinander, die zu einem erregten Disput führten. Schließlich drehte sich die Frau um, eilte zur Eingangstür des Clubhauses zurück und verschwand im Innern.

Jetzt war sie deutlich zu erkennen gewesen. Telse stutzte. Es handelte sich um Anja Heider, Tilman Reinfelds Freundin.

Wanda hatte sie ebenfalls erkannt. »Wie wärs mit einem Tässchen Tee?« Sie nickte Richtung Clubhaus.

»Könnte nicht schaden.« Telse sah nachdenklich erst zur Eingangstür und dann Jesse hinterher, der im Hafenvorfeld verschwand.

Als die Frauen durch die Tür traten, brandete ihnen ein deutlich höherer Geräuschpegel entgegen als bei ihrem letzten Besuch. Diesmal waren fast sämtliche Tische von einer Seglergruppe belegt, die es sich mit Kaffee und Kuchen gut gehen ließ. Anja Heider war nirgends zu sehen, wie sie mit einem schnellen Rundblick feststellten.

»Was Tilmans neue Flamme wohl mit Jesse zu bereden hatte?«, überlegte Telse, während sie auf einen Barhocker kletterte. »Sie schien ziemlich aufgebracht zu sein, so schnell, wie sie abgehauen ist.«

Wanda gab Sarah, die am Ende des Tresens werkelte, ein Zeichen.

»Sah aus, als ob die sich kennen.« Sie scannte erneut den Raum. »Schade, ich hätte mich zu gern mit ihr unterhalten, aber wie es aussieht, hat sich die Dame durch den Nebeneingang verkrümelt.«

In diesem Moment kam Sarah zu ihnen und erkundigte sich nach ihren Wünschen.

»Zwei Kännchen Schwarztee bitte. Heute ist ja richtig was los hier«, sagte Wanda und lächelte.

»Ach, das sind nur ein paar Vereinsmitglieder, die sich um die Organisation des Winterlagers kümmern, außerdem ist Kaffee-zeit. Möchtet ihr auch etwas essen? Unser Käsekuchen ist legendär.«

Telse wollte schon dankend abwinken, aber Wanda kam ihr zuvor: »O ja, das ist eine gute Idee. Wir beide lieben Käsekuchen, nicht wahr, Telse?«

Die Angesprochene fühlte einen zarten Klaps an ihrem Knie und nickte folgsam.

Als Sarah Tee und Kuchen vor ihnen abstellte, beugte sich Wanda leicht zu ihr vor. »Sag mal, wir haben vorhin Anja Heider draußen gesehen, die Freundin von Tilman Reinfeld«, erzählte sie im Plauderton. »Ist sie zufällig mit Jesse bekannt?«

Sarah lachte auf. »Bekannt? Du bist gut. Die waren doch ein paar Jahre zusammen.«

»Oh.« Wanda war ehrlich überrascht.

»Ja, die wollten in eine gemeinsame Wohnung ziehen und sogar heiraten, glaube ich.«

»Und dann ist Reinfeld gekommen und hat sie ihm ausgespannt«, folgerte Telse messerscharf.

»So ist es.« Sarah kassierte nebenbei und gab das Wechselgeld heraus. »Das gab richtig Stress.«

»Inwiefern?«

Sarah lachte erneut. »Na, die beiden Kerle haben sich gekloppt, und zwar richtig. Wie Männer so sind, wenn ein neuer Platzhirsch auftaucht. Jesse kann ziemlich impulsiv sein.«

»Und wie ging die Sache aus?«

»Tja, der liebe Jesse hat Tilman eine deutliche Ansage gemacht. Mit den Fäusten. Ich kann mich an ein blaues Auge und eine Platzwunde erinnern, aber da war bestimmt noch mehr. Ein Wunder, dass wir nicht den Krankenwagen rufen mussten. Gegen Jesse hat der doch keine Chance, das dünne Hemd.«

»Und Anja?«, fragte Wanda.

»Die ist fertig mit den Nerven.« Sarah beugte sich über den Tresen und flüsterte: »Jesse stalkt sie immer noch, sogar wenn sie bei Tilman ist. Das hat sie mir selbst erzählt. Sie hat ihn mehrmals abends vor dem Haus herumlungern gesehen. Der kann einfach nicht aufgeben.« Sie richtete sich wieder auf und räumte einen schmutzigen Kaffeebecher weg. »Irgendwie tut mir Jesse leid. Er ist wohl immer noch in Anja verknallt, auch wenn sie ihn nicht mehr will. Tja, wo die Liebe hinfällt.«

Ein Gast an einem der Tische machte sich winkend bemerkbar. Sarah nahm ihren Block und eilte zu ihm.

Telse und Wanda nippten an ihren Teetassen und ließen die Informationen sacken. »Wir müssen Anja Heider auf dem Schirm behalten«, sagte Telse. »Sie hätte ein starkes Mordmotiv, schließlich stand Kirsten ihrem neuen Liebesglück mit Reinfeld im Weg.«

»Segeln kann sie jedenfalls. Und kräftig genug ist sie auch. Eine Figur wie eine Bodybuilderin.« Wanda seufzte. »Ich könnte direkt neidisch werden.«

»Kraft ist kein notwendiges Kriterium, um einen Mord begehen zu können«, dozierte Telse.

»Aber hilfreich.« Wanda trank ihren Tee aus und stellte die Tasse klirrend auf die Untertasse. »So, ich fasse mal zusammen. Angeblich war Anja in der Mordnacht zuerst mit ihrem Liebsten im Restaurant, hat ihn dann nach Hause gefahren und ist anschließend in ihre eigene Wohnung zurück. Kann sie aber nicht beweisen. Dafür ist sie in der Lage, mit einem Boot umzugehen, denn als Jesses Freundin war sie wohl bei den gemeinsamen Segeltörns mit den Reinfelds dabei.«

»Sich Tilmans Schiff heimlich auszuleihen wäre ein Klacks für sie«, ergänzte Telse.

»Oder die beiden haben den Mord gemeinsam begangen.« Wanda blickte nachdenklich aus dem Panoramafenster. Plötzlich schreckte sie hoch. »Da läuft die Heider. Ich bin gleich wieder da.« Ohne Telses Antwort abzuwarten, rutschte sie vom Barhocker und flitzte nach draußen.

Telse starrte durch das Fenster, konnte aber niemanden entdecken. Kurzerhand machte sie sich über Wandas Kuchenrest her.

Es dauerte eine Weile, bis die Freundin zurückkehrte.

»Das war interessant«, erklärte Wanda. Sie setzte sich wieder auf den Hocker, musterte ihren leeren Kuchenteller und schob ihn dann kommentarlos beiseite.

»Was wolltest du denn von Anja Heider?«

»Mich nochmals vorstellen«, erklärte Wanda und grinste, nur um gleich darauf gespielt zerknirscht die Brauen hochzuziehen. »Vor allem wollte ich mich natürlich für unseren unverschämten Auftritt im Möbelhaus entschuldigen.«

»Ach was.«

»Jedenfalls habe ich mich bei ihr erkundigt, was Tilman Reinfeld zurzeit macht und was sie selbst über Kirstens Tod denkt.«

»Und was hat sie gesagt?«

»Dass Tilman nicht gut drauf sei und er ihr auf die Nerven gehe und sie von der ganzen Sache mit dem Todesfall nichts mehr hören wolle und ich mich verkrümeln solle.«

»Also kein holdes Liebesglück.«

»Offenbar nicht. Und dann hat mich Anja noch etwas ganz Unerwartetes gefragt.« Sie machte eine Kunstpause.

»Nun sag schon«, drängelte Telse.

»Als ich sie daran erinnert habe, dass ich Kirstens Freundin war, hat sie mich gefragt, ob ich etwas von einer kleinen Steinfigur weiß. Die hätte Kirsten am Strand gefunden, und Tilman würde sie dringend suchen. Leider wüsste er nicht, wo sie abgeblieben sei. Ob ich nicht eine Ahnung hätte.«

Telse schlug mit der flachen Hand auf die Theke. »Bingo! Dann weiß sie also, dass die *Venus* wertvoll ist.«

»Das nehme ich an. Aber für ihren Geliebten wird sie mich bestimmt nicht ausgehorcht haben. Die Dame ist selbst scharf darauf, das sagt mir mein Bauchgefühl.«

Telse nickte. »Was hast du ihr geantwortet?«

Wanda grinste. »Ich habe ihr gesagt, dass ich weiß, wo sich die *Venus* befindet, aber Kirsten versprechen musste, es niemandem zu verraten. Die Augen hättest du sehen sollen.«

»Ob das klug war?«

»Ist mir egal. Ich hatte einfach Lust drauf, sie etwas zu beschäftigen.« Wanda seufzte und massierte sich die Schläfen. »Mir schwirrt langsam der Kopf. Ich schlage vor, wir fahren wieder nach Hause und überreichen Olaf unser kleines Präsent.«

Telse sah sie fragend an. »Präsent?«

Statt einer Antwort steckte Wanda die Hand in Telses Jackentasche, zog das Plastiktütchen mit den schmutzigen Taschentüchern hervor und wedelte damit vor deren Nase.

»Na, der wird begeistert sein.«

26

DER DIENSTAGMORGEN präsentierte sich grau verhangen und stürmisch. Als Telse die Tür zum »Seemannsfrieden« öffnete, riss eine Böe sie ihr fast aus der Hand. Sie zurrte ihren Rucksack fester, stülpte die Kapuze auf und eilte mit schnellen Schritten zum Schuppen. Es gelang ihr nur mit Mühe, das Fahrrad hinauszubugsieren, denn das Schuppentor wurde von den heftigen Windstößen unkontrolliert herumgeschlagen. Der kurze Blick zu Wandas Villa ließ sie einen Funken Neid verspüren. Wie schön, wenn man selbst entscheiden konnte, wann man das kuschelige Bett verlassen wollte, und nicht gezwungen war, in aller Frühe bei diesem Schietwetter zur Arbeit zu radeln.

Telse bemühte sich, ihren aufsteigenden Missmut durch positives Denken zu vertreiben. Sieh es einfach als morgendliches Fitnessprogramm, versuchte sie, sich einzureden, mit der Fahrradtour unter erschwerten Bedingungen hast du dein Sportsoll für heute erfüllt. Sie schloss das Gartentor hinter sich, schwang sich mit einem unwilligen Grunzen auf den Sattel und strampelte los. Auf der Fahrt hatte sie mit einem strammen Gegenwind zu kämpfen, der sie sofort ins Schwitzen brachte. Wenigstens regnete es nicht.

Als Telse an der Schule ankam, fühlte sie sich komplett ausgepumpt. Sie schloss das Rad am Fahrradständer an, betrat das Gebäude und wollte gerade ihr Klassenzimmer ansteuern, als ihr siedend heiß etwas einfiel. Sie hatte den Kindern letzte Woche fest versprochen, heute mit ihnen kleine Papierdrachen zu bauen. Es sollte sogar einen Wettbewerb geben, welcher Drachen sich am längsten in der Luft hielt. Dummerweise hatte sie es versäumt, schon mal das nötige Bastelmaterial zusammenzustellen. Was bedeutete, dass sie wohl oder übel das Lehrerzimmer aufsuchen musste. Dort gab es ein großes Standregal, in dem das Kollegium Arbeitsmaterialien deponierte, für die in den Klassenräumen kein Platz war. In Kirsten Reinfelds Fach lagerten immer noch farbige Kartons, Schnüre und Klebstoff, genau die Dinge, die Telse heute benötigte. Sie verspürte zwar nicht die geringste Lust, sich schon am frühen Morgen der Pädagogenschar auszusetzen, aber es half ja nichts.

Gerade als Telse die Klinke drücken wollte, öffnete sich die Tür des Lehrerzimmers, und Brigitte Groote stürmte heraus. Die rundliche Frau murmelte eine Entschuldigung, gleich darauf verschwand sie im Flur. Telse wartete einen Moment, ob noch jemand nachfolgte, und trat dann in den Raum. Nach einem kurzen Rundblick stellte sie erleichtert fest, dass sie allein war. Ohne Zeit zu verlieren, eilte sie zur Regalwand und zog die mit Kirsten Reinfelds Namen beschriftete Plastikklappbox aus dem untersten Regalfach. Sie war bis oben hin mit Malfarben und Unmengen von Bastelkram vollgestopft. Telse hievte die Kiste mit Schwung auf den Konferenztisch und begann damit, das Material zusammenzusuchen, das sie für ihr Projekt benötigte. Als sie alles gefunden hatte, räumte sie den Rest wieder ein, trug die Klappbox zurück zum Regal und hockte sich auf den Boden, um sie ins Fach zu schieben. Dabei fiel ihr Blick auf etwas Weißes, das ganz hinten durch den Spalt zwischen Regalboden und beigefarbener Wand blitzte. Telse kniete sich hin. Sie spähte unter das Regal und tastete, bis sie einen in Haushaltspapier eingewickelten länglichen Gegenstand hervorzog.

Sie pustete den Staub ab und besah ihren Fund. Dann wickelte sie vorsichtig das Papier ab. Was sie anschließend in den Fingern hielt, war in etwa so lang wie ihr Handteller und schien aus einer Art bräunlichem Stein zu bestehen. Der Gegenstand hatte eine dicke Mitte und verjüngte sich spindelförmig zu zwei Seiten, wobei das eine Ende von einer kugelähnlichen Verdickung gekrönt wurde.

Telse schloss die Augen. Dann öffnete sie sie wieder und starrte auf die kleine Figur in ihrer Hand. Es war kein Zweifel möglich. Sie hatte die *Venus von Schilksee* gefunden.

27

VIER KÖPFE BEUGTEN SICH über den runden Tee-
tisch und starrten wie gebannt auf dessen Mitte. Dort lag eine
unscheinbare, ungefähr zehn Zentimeter lange Steinfigur im
Lichtkegel von Wandas Manufactum-Leuchte. Von außen betrachtet musste die Szene den Eindruck eines Ärzteteams machen, das diskutierte, ob der Patient vor ihnen auf dem Opera-
tionstisch eine Überlebenschance hatte.

Die Plastik ruhte auf einem Geschirrtuch. Der schräg auftref-
fende Lichtstrahl ließ unzählige feine Linien und Rillen auf dem
dunklen Stein hervortreten. Manche waren deutlich ausgeführt,
andere zart, fast unsichtbar. Klar zu erkennen waren zwei Arme
und Beine, dazu ein paar angedeutete Speckrollen am Bauch. Bis
auf eine winzige Nase hatte die Figur kein erkennbares Gesicht,
dafür aber eingeritzte lange Haare, die bis auf die Schultern fielen. Am auffälligsten waren die gut ausgearbeiteten großen Brüste, die sich über ihrem Bauch hervorwölbten. Abgesehen von
den Einritzungen war die Oberfläche glatt poliert, was die An-
mutung eines Handschmeichlers oder Talismans erweckte.

Telse ergriff als Erste das Wort. »Meint ihr, das ist sie?«

»Was sollte es sonst sein?« Camilla beugte sich vor und stupste mit dem Finger leicht gegen die *Venus*.

»Sie muss es sein«, erklärte Wanda. »Du hast gesagt, dass es die Figur vom Foto ist.«

Olaf blieb skeptisch. »Es ist doch gar nicht erwiesen, dass es sich bei diesem Ding da überhaupt um ein Kunstwerk handelt. Das kann auch einfach ein Massenprodukt made in China sein. Vielleicht die Göttin der ewig gefüllten Reisschüssel.«

Camilla tätschelte seinen Arm. »Liebling, von Kunstgeschichte hast du keine Ahnung. Die *Venus von Willendorf* sieht auch nicht schöner aus.«

»Aber ich besitze ein gesundes Misstrauen. Berufskrankheit.«

»Warum hat sie die Figur nicht bei sich zu Hause versteckt?«, grübelte Telse. »Das wäre doch viel einfacher und sicherer gewesen.«

»Tilmann?« Wandas Blick hing wie hypnotisiert an dem unscheinbaren Objekt.

»Du meinst, der geldgeile Gatte war zu neugierig? Nicht auszuschließen. Aber dann frage ich mich, warum sie die *Venus* nicht zumindest ein bisschen sorgfältiger eingewickelt und verstaut hat. Die Figur ist doch angeblich unbezahlbar.«

»Vielleicht war sie in Eile und wollte das Ding nur schnell aus dem Blickfeld schaffen?«, schlug Camilla vor. »Es könnte ein ganz spontaner Entschluss gewesen sein, womöglich ist gerade jemand aus dem Kollegium ins Lehrerzimmer gekommen. Bestimmt hatte sie vor, später einen besseren Aufbewahrungsort zu suchen, und ist nur nicht mehr dazu gekommen.«

Olaf schüttelte den Kopf. »Ihr wollt mir doch nicht weismachen, dass dieses dilettantisch gearbeitete Steinfigürchen unschätzbar wertvoll ist? So wertvoll, dass jemand dafür« – er zeigte mit spitzem Finger auf die *Venus* – »morden würde? Das kann ich nicht glauben.«

»Musst du auch nicht, wir sind hier nicht in der Kirche«, beschied ihm seine Gattin. »Aber vielleicht sollten wir die Figur tatsächlich erst mal von einem Experten begutachten lassen, bevor wir weitere Schritte unternehmen. Sicher ist sicher.«

»Sag ich doch«, brummte Olaf.

»Ist bestimmt nicht verkehrt«, schloss sich Telse an.

»Ich werde mich nachher mal schlaumachen, wo es im näheren Umkreis Fachleute gibt, die sich damit auskennen«, sagte Wanda.

»Vielleicht in Museen?«, überlegte Telse.

Camilla winkte ab. »Das kann ewig dauern, bis sich einer von diesen Wissenschaftlern erbarmt. Die sind meist chronisch unterbesetzt und haben Besseres zu tun. Falls sie den Fund überhaupt ernst nehmen und dich nicht gleich als Spinnerin abwimmeln.«

»Ich könnte sie ja mal diesem Herrn Petersen zeigen, mit dem ich bei der Strandexkursion Bekanntschaft gemacht habe«, überlegte Wanda. »Der hat behauptet, sich mit Archäologie auszukennen, und war sehr interessiert an der *Venus*.«

»Das kann ich mir vorstellen. Trotzdem kein schlechter Plan, dann hätten wir zumindest einen Anhaltspunkt. Aber das machst du keinesfalls allein«, bestimmte Telse. »Nicht dass der werte Herr noch auf unschöne Ideen kommt.«

»Da möchte ich drum gebeten haben. Eine Leiche reicht.« Olaf stand mit verschränkten Armen da und guckte grimmig.

Wanda verdrehte die Augen und enthielt sich eines Kommentars.

Das war das Zeichen für Camilla, energisch in die Hände zu klatschen. »Ich werde mal recherchieren, wer in der Fachwelt Expertise besitzt. Einen weiteren unabhängigen Gutachter sollten wir auf jeden Fall konsultieren.«

»Das sollten wir«, bekräftigte Telse. »So, dann wäre das ja geklärt.«

Olaf Wuttke streckte sich. »In einer halben Stunde ist meine Mittagspause vorbei, und ich würde gerne noch eine Kleinigkeit essen, bevor ich wieder losmuss. Komm, Schatz, lass uns rübergehen.«

Camilla schenkte ihm einen Luftkuss. »Ja, Meister.«

»Geht nur, ich versuche gleich mal, Petersen zu erreichen«, sagte Wanda. »Vielleicht können wir uns schon morgen treffen. Je eher, desto besser.«

»Aber nur mit mir zusammen!«, erinnerte Telse.

Wanda nickte. »Klar doch. Immerhin wissen wir jetzt, dass Kirstens Mörder nicht in den Besitz der Skulptur gelangt ist, sondern womöglich noch danach sucht. Wir müssen Augen und Ohren offen halten, ob sich jemand verdächtig macht. Was uns aber nicht daran hindern sollte, unsere Nachforschungen in alle anderen Richtungen fortzuführen. Wir brauchen Beweise, nicht nur Vermutungen. Schließlich haben wir noch weitere Mordhypothesen in petto, nicht wahr?«

Olaf bedeckte in stiller Verzweiflung seine Augen mit der Hand und schüttelte müde den Kopf.

»Und wo bewahren wir die *Venus* solange auf?« Camilla hatte ihren Hang zum Praktischen eindeutig mit Wanda gemein.

»Das machen wir nach der bewährten Hitchcock-Methode«, sagte Telse. »Das heißt, wir stellen sie ganz offen zur Schau, wo sie nicht auffällt und genau deshalb übersehen wird. Zwischen irgendwelchen Nippes. So wie man einen Diamanten im Kronleuchter versteckt.«

»Ich würde ja ein Bankschließfach empfehlen«, meinte Camilla trocken.

Wanda griff sich die *Venus* und hüllte sie wieder in das Leintuch. »Nix da. Erstens besitze ich keinen Nippes, und zweitens kommt sie sofort in meinen Tresor. Ende der Durchsage.«

Olaf wandte sich zum Gehen. »Gut, dann ist dein steinerner Gast erst mal im Warmen. Und wir können jetzt endlich essen.«

28

DER MORGENDLICHE BLICK in den halb leeren Kühlschrank erinnerte Telse daran, dass sie dringend ihre Lebensmittelvorräte aufstocken musste. Da sie heute erst um halb zehn in der Schule aufschlagen sollte, beschloss sie, die Zeit zu nutzen und vorher schnell noch einkaufen zu gehen. Schilksees einziger Supermarkt war der zentrale Ort, wo sich die Bevölkerung des Stadtteils traf, ob sie wollte oder nicht. Es irritierte Telse immer noch, wenn sie in den Gängen von wildfremden Kindern mit »Hallo, Frau Himmel« angesprochen wurde. Wenn sie dann freundlich zurückgrüßte, kam sie sich mit ihrem neuen Job fast schon wie eine anerkannte Stütze der Schilkseer Gesellschaft vor.

Sie war gerade dabei, in dem Laden ihr gewohntes Bio-Hafer-Dinkelbrot in der Auswahl zu suchen, als sie hinter sich eine durchdringende, ungeduldige Stimme hörte.

»Tschastin! Nu komm mal bei! Du kriegst keine Chips, geht das endlich in dein' Schädel rein? Du hattest gestern erst welche. Jetzt quak nich' rum. Na gut, dann eben Erdnussflips.«

Telse drehte sich zu der Geräuschquelle um und sah, wie ein gut genährter, rotwangiger Junge von ungefähr zehn Jahren zwei Tüten Knabberzeug in den Einkaufswagen einer ebenso stämmigen Frau stopfte. Ihre frischgebackene pädagogische Wachsamkeit meldete sich sofort mit der Frage, warum der Knabe nicht in der Schule war, wo er an einem Vormittag zweifellos hingehörte. Die Antwort bekam sie von der Mutter einen Augenblick später.

»Nu mach hinne, sonst fällste noch auf. Ich hab doch denen an der Schule gesacht, dat du krank büst.«

Bei der Lautstärke dieser Mutter war das wohl unvermeidlich, dachte Telse noch, als ihre Vermutung prompt bestätigt wurde.

»Guten Tag, Frau Kletzkow.« Eine ältere Frau mit Rollator blieb stehen und musterte den Jungen. »Und du musst gar nicht in die Schule?«

Bei dem Namen klingelte etwas. Den hatte sie schon mal irgendwo gehört. Justin Kletzkow, ja richtig! Ihn hatten die Kolleginnen erwähnt, als es um Kirsten Reinfelds Probleme mit einigen Schülern und deren Eltern ging.

»Nee, der Tschastin hat heute frei. Schönen Tach noch.« Die dralle Mutter drehte sich abrupt um und zog mit ihrem Einkaufswagen von dannen, ihr Sohn trottete hinterdrein.

Die Rollatorfrau schüttelte bedächtig den Kopf und sah den beiden hinterher.

Telse folgte ihrem Blick. Immerhin hatte der Appetit des Jungen trotz Krankheit nicht gelitten. Als das Gespann um die Ecke verschwunden war, bewegte sie sich wie zufällig auf die weißhaarige Dame zu, die auf ihre Gehhilfe gestützt noch am selben Fleck stand.

»Entschuldigung, dass ich Sie anspreche, aber kennen Sie die beiden?«

Die Frau drehte sich samt Rollator zu Telse und sah zu ihr hoch. »Die Kletzkows? Kann man wohl sagen. Warum wollen Sie das wissen?«

»Ich habe mich nur gewundert, dass der Junge um diese Uhrzeit nicht im Schulunterricht ist so wie alle anderen Kinder«, sagte Telse und machte ein besorgtes Gesicht. »Das fällt einfach auf.«

Die Frau zuckte mit den Schultern. »Der schwänzt doch andauernd. Kein Wunder, bei den Eltern.« Auf Telses fragenden Blick hin ergänzte sie: »Wir sind Nachbarn. Wohnen im selben Haus, im Walrossweg, wissen Sie. Ich kann mich immer noch alleine versorgen, auch in meinem Alter, will ich Ihnen sagen, das können nicht viele. Aber ein Heim kommt für mich nicht infrage. Aus meiner Wohnung holt man mich nur mit den Füßen voran heraus, da kann meine Tochter so viel reden, wie sie will. Die lebt in Karlsruhe, wo auch meine Enkel …«

»Haben die Kletzkows manchmal Ärger mit den Nachbarn oder mit anderen Leuten?«, unterbrach Telse den Redeschwall.

Die Seniorin ließ ein empörtes Schnauben hören. »Fragen Sie mal, mit wem die sich nicht anlegen. Ohne Streit können die gar nicht leben. Das hört man durch alle Wände. Und in meine Blumentöpfe im Hausflur schmeißen die immer ihre ekelhaften Zigarettenkippen rein. Ungezogen sind die, allesamt. Der Lütte fängt auch schon an. Beschmiert die Scheiben und klebt Kaugummis auf die Klingeln. Ein feines Früchtchen ist das.« Sie kam so in Wallung, dass sie sich auf die Sitzfläche ihres Rollators niederlassen musste, um sich von ihrer Tirade zu erholen.

»In der Schule gibt es bestimmt auch einige Probleme«, ließ Telse wie nebenbei fallen. Dabei musterte sie suchend das Regal mit den Backzutaten, um nicht zu neugierig zu wirken. Die Sorge hätte sie sich sparen können. Im Gegenteil, die Rollatorfrau schien die unverhoffte Gelegenheit zu einem Klönschnack zu genießen.

»Das kann ich Ihnen flüstern, junge Dame.« Sie streckte den Zeigefinger aus und deutete auf Puddingpulver in der obersten Regalreihe. »Sind Sie so freundlich und holen mir ein Päckchen Vanille herunter?«

»Selbstverständlich.« Telse beeilte sich, dem Wunsch nachzukommen. »Was ist denn genau passiert?«, nahm sie den Faden wieder auf.

»Na, der ist doch von der Grundschule geflogen, können Sie sich das vorstellen? Jetzt dürfen die in Holtenau sich mit ihm abquälen. Oder war es Strande?« Die Rentnerin schüttelte ihren Kopf, dass die kleinen grauen Löckchen zitterten. »Ich sage Ihnen mal was. Dieser Junge verprügelt nicht nur andere Kinder. Nein, der hat auch seine Lehrerin geboxt und getreten, habe ich gehört. Und dann hat er tatsächlich noch versucht, sie zu beklauen. Ist aber erwischt worden!«

»Und die Lehrerin? Was hat die dann gemacht?«

»Na, was wohl? Die Eltern zu sich zitiert und mit denen Tacheles geredet. Hoffe ich jedenfalls. Aber die lassen ja nichts auf ihren Sonnenschein kommen. Tja«, sie ließ einen Seufzer hören, »da dürfte die kriminelle Karriere vorgezeichnet sein. Der landet bestimmt noch mal im Knast.« Die alte Dame erhob sich und machte Anstalten weiterzurollern. »Nett, mit Ihnen geplaudert zu haben. Jetzt muss ich los, mein Mittagessen kommt bald. Ich wünsche Ihnen einen schönen Tag.«

»Eine Frage noch«, beeilte sich Telse. »Wissen Sie, ob die

Eltern nach dem Schulwechsel noch Kontakt zu der Lehrerin hatten? Wurde der Konflikt irgendwann beigelegt?«

Die alte Dame blieb stocksteif stehen und dachte nach. »Ich glaube, die Frau hat vor ein paar Wochen mal bei den Kletzkows geklingelt«, sagte sie schließlich. »Die haben aber nicht aufgemacht. Obwohl sie da waren. Die Arme hatte einfach kein Glück.« Sie wandte sich ab, umklammerte die Griffe ihres Rollators und setzte sich langsam in Bewegung. »Aber wer hat das schon …«, konnte man sie noch murmeln hören.

29

ALS TELSE EINE STUNDE SPÄTER mit ihrem Fahrrad auf den Schulhof einbog, wurde ihr die Neuigkeit schon entgegengebrüllt, und zwar aus Leibeskräften.

»Frau Himmel, hier ist eingebrochen worden!« Die Stimme des Sechsjährigen, der auf sie zustürmte, überschlug sich fast vor Aufregung. »Paule hat den Einbrecher verjagt! Ganz allein!« Dem Knirps ging vor Begeisterung fast die Luft aus.

Telse stellte ihr Rad ab und ging in die Knie, um mit dem Erstklässler auf Augenhöhe zu sein. »Das ist ja ein Ding. Wann ist das denn passiert?«

»Gestern Abend, als keiner mehr da war. Und Paule hat ihn fast erwischt, weil er noch mal zurückmusste, was holen«, erklärte der Schüler mit wichtiger Miene. »Der Dieb hatte bestimmt eine Pistole.«

»Hoffentlich nicht.« Telse machte sich wieder lang, ihre Knie beschwerten sich. »Und wo genau ist das passiert, weißt du das auch?«

»Natürlich.« Dumme Frage. »Der wollte in den Klassenraum von der Vierten rein. Dahinten!« Ein speckiger Zeigefinger wies auf die betreffende Fensterreihe.

Telse war nicht wirklich überrascht. Der Finger deutete unmissverständlich auf ihren Arbeitsplatz, das ehemalige Klassenzimmer von Kirsten Reinfeld.

Sie fand Johannes Paulsen nach einigem Herumfragen in der Jungentoilette des Pavillonanbaus, wo er gerade den Wasserhahn am Handwaschbecken reparierte. Bevor sie eintrat, holte sie vor der Tür vorsichtshalber tief Luft.

Der Hausmeister schien immun gegen die üblen Dünste zu sein, die ihn an diesem Örtchen umwehten. Er pfiff bei der Arbeit leise vor sich hin. Als er seiner Besucherin gewahr wurde, legte er die Rohrzange zur Seite. »Oh, was verschafft mir die Ehre in diesem Höllenpfuhl?«

»Ich habe gerade von einem begeisterten Grundschüler erfahren, dass du einen Einbrecher verjagt hast«, kam Telse gleich zur Sache.

»Sieht ganz danach aus. Leider habe ich ihn nicht mehr erwischt, er konnte türmen. Ich bin halt nicht mehr der Jüngste.«

»Willkommen im Club.« Sie grinste. »Hast du gesehen, wer es war?«

»Nicht direkt.« Paule zuppelte mit nachdenklicher Miene an seinem kleinen Dutt am Hinterkopf. »Als ich in den Schulgarten einbog, habe ich nur gesehen, wie eine große Person gerade dabei war, das Klassenzimmerfenster der Vierten aufzuhebeln. Als sie mich bemerkt hat, ist sie sofort durch die Büsche geflüchtet. Aber es war bestimmt ein Kerl. Männer rennen irgendwie anders als Frauen.«

»Hat dich die Person vielleicht an jemanden erinnert?«

Paule zuckte mit den Schultern. »Keine Ahnung. Der Typ trug ein dunkles Sweatshirt mit Kapuze. Die hatte er so tief runtergezogen, dass weder Gesicht noch Haare zu erkennen waren. Außerdem war es schon ziemlich dämmerig. Mehr habe ich der Polizei vorhin auch nicht sagen können.«

Telse dachte nach. »Falls es sich bei dem Einbrecher nicht um einen gewöhnlichen Kriminellen handelt, kommen meiner Ansicht nach alle in Betracht, die von Kirstens Fund der Figur wissen und scharf darauf sind«, überlegte sie. »Sonst gibt es in einem Klassenzimmer doch nichts zu holen.«

»Hm.« Der Hausmeister fixierte einen Punkt auf dem gefliesten Fußboden. »Der Gedanke liegt nahe. In diesem Fall müsste es sich um jemanden handeln, der weiß oder vermutet, dass Kirsten das Ding nicht bei sich zu Hause versteckt hat.«

»Das spricht für den lieben Gatten, möglicherweise auch für seine neue Freundin.« Auf Paules fragenden Blick hin berichtete Telse kurz von Tilmans neuer Liebschaft.

»Das ging ja fix. Der werte Herr Reinfeld lässt offenbar nichts anbrennen.« In diesem Moment unterbrach die Schulhofklingel das Gespräch.

Paule nahm die Rohrzange vom Boden auf. »So, ich muss dann mal zu Potte kommen. Die Jungs sollen sich doch nach dem Strullern die Hände waschen können, die kleinen Ferkel.«

»Bin schon weg.« Telse zögerte. »Diese ganze Angelegenheit macht mich fertig. Ich habe das Gefühl, dass ich bald Gespenster sehe, wenn die Sache mit Kirsten Reinfeld nicht endlich geklärt wird. Und zwar eindeutig und ohne jeden Restzweifel.«

Der Hausmeister nickte, während er weiterschraubte. Dann hob er den Kopf und schaute Telse an. »Verliere nicht die Geduld, der Täter wird sich irgendwann verraten. Konfuzius sagt: Die Menschen stolpern nicht über Berge, sondern über Maulwurfshügel.«

»Schön wärs.« Telse hob kurz die Hand zum Abschied und trat wieder auf den Schulhof hinaus. Sie musste sich beeilen, ihr Unterricht fing in fünf Minuten an. Als sie das Foyer des Schulhauses durchquerte, wankte ihr die Sekretärin Lene Denker entgegen, beladen mit einem Turm Druckerpapier.

»Warten Sie, ich nehme Ihnen was ab«, bot sie an und pflückte sich mehrere Pakete aus Denkers Armen.

»Das ist lieb«, schnaufte die Sekretärin. »Sie glauben ja gar nicht, wie viel Papier hier jeden Tag durch den Kopierer gejagt wird. Ich komme gar nicht hinterher mit dem Nachfüllen.«

»Es sollte wirklich mehr mit Tablets gearbeitet werden, um die Bäume zu schonen«, pflichtete Telse bei, weniger aus Überzeugung, als um etwas Small Talk zu betreiben. Ihr Verhältnis zu der Schulsekretärin war seit deren Indiskretion bezüglich ihres Honorars eher angespannt.

»Sie sagen es.« Als sie im Büro angekommen waren, ließ Lene Denker mit einem erleichterten Seufzen die Pakete auf den Schreibtisch fallen.

Telse packte ihren Stapel rasch dazu. Es war höchste Zeit, in die Klasse zu kommen, bevor die Schüler anfingen, auf den Tischen zu tanzen. »Tschüss, ich muss.«

»Vielen Dank für die Hilfe.« Die Sekretärin blies sich eine Strähne aus der Stirn und lächelte ihr zu.

Telse war schon an der Tür, als ihr plötzlich etwas einfiel. »Eine Frage noch: Wissen Sie eigentlich, wie die Sache mit Justin Kletzkow und seinen Eltern weitergegangen ist?«

Lene Denker guckte verblüfft.

»Das war der Junge, der die Schule verlassen musste, weil er sich wiederholt gewalttätig gegen seine Mitschüler verhalten hat«, beeilte sich Telse zu erläutern. »Gab es nach dem Wechsel noch Ärger mit der Familie? Es interessiert mich einfach, wo ich doch in seiner ehemaligen Klasse unterrichte.«

Die Sekretärin legte die Stirn in Falten. »Da ist alles paletti, glaube ich«, verkündete sie. »Das hat sich erledigt.«

»Inwiefern? Waren die Eltern denn nicht wütend auf Frau Reinfeld?«

»Ja, anfangs bestimmt, aber jetzt wohl nicht mehr. Ich habe gehört, dass die Familie ganz zufrieden mit der neuen Schule sein soll. Scheint so, als ob sich der Junge da besser benimmt als hier bei uns. Vielleicht sind sie dort auch strenger und haben ihn besser im Griff, was weiß ich. Man soll eben die Hoffnung nie aufgeben, dass sich die Kinder irgendwann berappeln. Besser spät als nie.«

Telse nickte. Damit hat sich ein Mordmotiv aus Rache vermutlich erledigt, dachte sie, als sie zu ihrer Klasse spurtete.

Vier Stunden später saß sie erschöpft auf ihrem Fahrrad und strampelte zurück nach Hause. Der Wind hatte böig aufgefrischt und machte ihr das Treten schwer. Nicht zum ersten Mal seit ihrem Umzug an die Küste wünschte sie sich ein E-Bike. Zu ihren Hamburger Zeiten hatte sie Elektroräder als Rentnermobile verlacht, die für sie selbst noch lange nicht infrage kamen. Mittlerweile sah sie die Sache anders. Obwohl sie sich eigentlich fit fühlte, machten ihr die ewigen kräftigen Brisen an der Küste zu schaffen. Außerdem hatte sich die hiesige Endmoränenlandschaft als weitaus hügeliger entpuppt als erwartet. Vor ihrem inneren Auge sah sie sich schon auf einem schicken Pedelec durch die Gegend brausen, allein ihr Kontostand legte sein Veto ein.

Nach einer Weile schlich sich unvermutet ein neuer Gedanke heran. Der Gedanke sah umwerfend aus, sprühte vor Charme und hatte einen Blick, der Knie weich werden ließ. Er hieß Philipp von Jaden.

Telse fühlte, wie widersprüchliche Empfindungen in ihrer Brust um die Deutungshoheit stritten. Wollte sie den Fotografen wiedersehen? Ja, natürlich. Seit Torstens Tod hatte sich kein Mann mehr um ihre Gunst bemüht, und sie hatte sich fast schon daran gewöhnt, nicht mehr ins Beuteschema zu passen. Doch sie vermisste das prickelnde Spiel von Nähe und Distanz, in dem alles möglich schien. Allein sein war öde, ein paar aufregende Jahre durften in ihrem Leben gerne noch kommen.

Augenblicklich reagierte ihre innere Kontrollinstanz. Telse, du Traumtänzerin, du hast doch keine Ahnung, ob er überhaupt etwas von dir will. Dir an einem tollen Abend tief in die Augen zu gucken und verführerisch zu plaudern bedeutet erst mal gar nichts. Der Kerl wird sich nie wieder melden. Der kann doch massenhaft jüngere Frauen haben, wenn er will.

Der Gegenwind blies heftig, und Telse trat kräftiger in die Pedale. Das Fahrradfahren ließ ihr Gedankenkarussell mit Hochgeschwindigkeit kreisen. Und wenn er tatsächlich Kontakt mit ihr aufnehmen sollte? Dann gehst du mit ihm aus, du Nuss, am besten in ein schickes Restaurant. Du bist doch eine erwachsene Frau und kannst jederzeit aufstehen und gehen, wenn dir was nicht passt. Oder bleiben, wenn es schön wird.

Sie radelte noch etwas schneller und genoss den Fahrtwind, der ihr Gesicht kühlte. Die Luft roch nach Salz und verrottendem Seetang, eine Mischung, die nach und nach ihre Anspannung löste.

Telse hatte gerade das Fahrrad in den Schuppen geschoben, als sie Wanda sah, die über den Rasen zu ihr geeilt kam.

»Ich habe diesen Petersen endlich erreicht, wir treffen uns später«, rief sie schon im Laufen. »Dann zeige ich ihm die *Venus*. Du kommst doch mit, oder?«

»Puh.« Telse schloss die Schuppentür ab und machte dicke Backen. »Etwas Zeit zum Erholen habe ich hoffentlich noch.«

»Aber sicher doch.« Wanda tätschelte ihr beruhigend den Arm. »Der Treffpunkt ist auch nicht weit weg.«

»Zu dir nach Hause wolltest du ihn nicht einladen?«

»So weit kommt es noch. Nein, wir bleiben hübsch auf neutralem Boden.«

»Dann musst du die *Venus* durch die Gegend transportieren und öffentlich auspacken, das ist nicht ganz ohne Risiko«, gab Telse zu bedenken.

»Ach was. Wir beide werden auf die Dame schon aufpassen, da mach dir mal keine Sorgen. Ich hole dich um vier ab. Bis später!«

30

DIE KRABBE ENTPUPPTE SICH als ein gemütliches Café direkt am Falckensteiner Strand. Hier war Telse noch nicht gewesen, und es gefiel ihr auf den ersten Blick. Durch die offen stehende Eingangstür konnte sie einen Blick ins Innere auf alte Holztische, rote Plüschsofas und einen Kristallkronleuchter erhaschen. Wanda winkte jedoch ab. Sie wollte auf den Holzplanken der Außenterrasse die Herbstsonne genießen und enterte sogleich den letzten freien Vierpersonentisch. Telse wählte einen Stuhl mit Blick aufs Wasser, um den Schiffsverkehr auf der Förde beobachten zu können. Manchmal fühlte sie sich noch immer wie eine Touristin.

Die Bedienung kam und fragte nach ihren Wünschen. Wanda vertröstete sie auf später und schaute ungeduldig erst auf ihre Armbanduhr, dann in beide Richtungen des Spazierwegs, der direkt an dem Lokal vorbeiführte. Wenn sie eines nicht leiden konnte, dann war es Unpünktlichkeit.

»Falls der werte Herr Petersen nicht innerhalb der nächsten fünf Minuten auf der Bildfläche erscheint, kann er mir gestohlen bleiben«, verkündete sie mit Bestimmtheit. Eine Wanda Holle ließ man nicht warten.

Telse lehnte sich zurück und ließ ihren Blick schweifen.

»Ziemlich öffentlicher Ort für ein konspiratives Treffen«, stellte sie fest. »Wenn du die Figur auf dem Tisch auspackst, sieht doch jeder, was du mitgebracht hast.«

»Im Gegenteil«, konterte Wanda. »Je voller, desto besser. Die Leute gucken sowieso nur auf ihre Kuchenteller oder Smartphones, da fallen wir überhaupt nicht auf.«

»Lass uns doch schon mal zwei von diesen riesigen Waffeln mit heißen Kirschen und Sahne bestellen«, schlug Telse vor, »die sehen absolut lecker aus.« Sie wies mit dem Kopf zum Nachbartisch, wo besagte Kalorienbombe gerade aufgetischt wurde. »Dann hat sich unser Ausflug gelohnt, auch wenn dein Archäologe uns womöglich sitzen lässt.«

Wanda trommelte mit den Fingern auf den Tisch. »Der Kerl kommt schon noch, so scharf, wie er auf die Skulptur war. Sie im Original zu sehen wird er sich niemals entgehen lassen. Wir sollten das Futtern besser auf hinterher verschieben, sonst krümeln wir unsere *Venus* noch voll.«

»Ein paar Krümel werden ihr nach all den Jahren in der Erde auch nichts mehr ausmachen«, widersprach Telse. »Ich habe Hunger.«

»Das trifft sich doch, ich auch. Einen schönen guten Tag, die Damen.« Wie aus dem Nichts war Gerd Petersen aufgetaucht und reichte mit einer angedeuteten Verbeugung erst Wanda, dann Telse die Hand. »Darf ich mich zu Ihnen setzen?«

Wanda nickte huldvoll. »Wie schön, dass Sie es noch einrichten konnten.«

Petersen guckte zerknirscht. »Ich bitte aufrichtig um Entschuldigung für meine kleine Verspätung. Es lag leider nicht in meiner Macht.« Er nahm Platz und blickte sich interessiert um. »Reizende Lokalität, kannte ich noch gar nicht. Sie haben nicht schon bestellt?« Telse verneinte.

»Dann schlage ich vor, wir widmen uns zuerst dem Anlass unseres Treffens und verschieben den kulinarischen Teil auf später. Vorausgesetzt, Sie haben nichts dagegen.« Petersen machte eine Pause und rutschte auf seinem Stuhl herum. Dann konnte er sich nicht mehr zurückhalten. »Und, haben Sie das Kunstwerk dabei?«

»Gewiss«, antwortete Wanda. Ihr Gesicht war ausdruckslos – das perfekte Pokerface. »Möchten Sie es jetzt gleich sehen?«

»O ja, ausgesprochen gerne. Ich kriege vorher sowieso keinen Bissen herunter.« Er knetete seine Finger. »Was für eine unglaubliche Geschichte.«

»Kann man wohl sagen.« Wanda beugte sich zu ihrer Tasche neben ihrem Stuhl hinunter, nahm sie auf den Schoß und zog den Reißverschluss auf. Dann hob sie vorsichtig das Objekt der Begierde aus dem Inneren und platzierte es mitten auf dem Tisch.

Petersen starrte auf das kleine, in ein hellgraues Leintuch gewickelte Bündel. »Da ist sie drin?«, flüsterte er ehrfürchtig.

»Ja.« Wanda stupste mit dem Zeigefinger leicht dagegen. »Sie dürfen sie gerne auswickeln.«

»Aber nicht fallen lassen«, konnte Telse sich nicht verkneifen.

Petersen würdigte sie keines Blickes. Behutsam wie ein frischgebackener Vater beim ersten Windelwechsel seines Neugeborenen, begann er, die Tuchzipfel aufzuklappen und den Inhalt freizulegen. Als die Figur zum Vorschein kam, hielt er inne und sah sich hastig um. Niemand beachtete ihren Tisch. Dann zog er das Tuch vollständig auseinander.

Da lag sie. Klein, braun, zerkratzt und großbusig.

Petersen schluckte schwer, sein Adamsapfel hüpfte auf und ab. »Darf ich sie anfassen?«

»Aber sicher«, ermunterte ihn Wanda. »Deshalb wollten wir uns doch mit Ihnen treffen. Schließlich sind Sie ein Fachmann, was Archäologie angeht.« Sie fixierte Petersen. »Wie ich Ihnen schon am Telefon erklärt habe, brauchen wir unbedingt eine Expertise von jemandem, der sich mit prähistorischer Kunst auskennt. Da sind Sie mir sofort eingefallen.«

»Nun ja ...« Petersen wand sich ein wenig. »Für derart alte Objekte bin ich nicht unbedingt ein Fachmann, schon gar nicht für Kunsthandwerk. Aber ich kann ja mal einen Blick darauf werfen.«

Er streckte die Hand so zögerlich aus, als könnte die Figur bei einer zu schnellen Bewegung urplötzlich verschwinden. Dann nahm er sie behutsam zwischen Daumen und Zeigefinger hoch. Er schob seine Brille auf die Stirn und hielt die Skulptur dicht vor die Augen.

Das typische Verhalten kurzsichtiger Menschen, wenn sie etwas ganz nah betrachten wollen, dachte Telse. Die hatten im Alter noch Lupenaugen.

Plötzlich bemerkte sie, wie sich auf der Stirn des Archäologen zwei tiefe Falten bildeten. Er platzierte die Steinfigur auf einer Handfläche und bewegte diese leicht auf und ab, wie um das Gewicht zu schätzen. Dann hielt er sie sich wieder vor die Nase und untersuchte sie von allen Seiten. Dabei richtete er sein Augenmerk besonders auf die Bearbeitungsspuren, die deutlich auf der Steinoberfläche zu erkennen waren. Er fuhr mit dem Finger darüber, deponierte die Skulptur kurz auf dem Tisch, fummelte eine Klapplupe aus seiner Jackentasche und begann die Prüfung erneut.

Wanda und Telse warteten.

Schließlich legte Petersen die *Venus* langsam auf das hellgraue Leintuch zurück. »Hm.«

Mehr sagte er nicht.

Dann noch einmal »hm«, gefolgt von einem Räuspern.

»Und? Was meinen Sie? Ist die Figur tatsächlich so wertvoll?« Telse war ein wenig genervt, weil man dem Kerl alles aus der Nase ziehen musste.

»Steinalt scheint sie jedenfalls zu sein«, ergänzte Wanda. Man konnte auch ihr ansehen, wie viel Selbstbeherrschung es sie kostete, ihre Ungeduld zu unterdrücken.

»Ich will es einmal so sagen …« Petersen lehnte sich auf seinem Stuhl zurück. »Stein kommt sicherlich hin, alt eher weniger.« Er beugte sich vor und schob die *Venus* mit ausgestrecktem Arm in die Tischmitte. »Diese Dame hier ist sehr schön und hat durchaus Ähnlichkeiten mit der berühmten *Venus von Willendorf.* Aber mit einem entscheidenden Unterschied.«

Wanda und Telse wagten kaum zu atmen.

»Diese hier«, er tippte der Figur mit dem Zeigefinger mitten auf den rundlichen Bauch, »ist definitiv aus Speckstein. Der ist so weich, dass die Gravuren und Bearbeitungsspuren auf der Oberfläche niemals unbeschadet Zehntausende Jahre überstanden hätten. Schon gar nicht, wenn die Skulptur angeblich an einem Strand voller Eiszeitgeröll gefunden wurde. Das Aneinanderscheuern der Steine im Verein mit den Naturgewalten hätte sämtliche Feinheiten innerhalb kürzester Zeit komplett ausgelöscht. Ich beweise es Ihnen.«

Er nahm die Figur und ritzte leicht mit seinem Daumennagel über die Oberfläche. Dann zeigte er den Frauen die Stelle. »Sehen Sie, man braucht noch nicht mal Werkzeug, um eine Spur zu hinterlassen. Summa summarum« – er machte eine Pause und legte das Objekt wieder zurück auf das Leintuch, während die Frauen wie gebannt an seinen Lippen hingen –, »diese Figur kann niemals das Werk eines steinzeitlichen Meisters sein, sondern wurde definitiv von einem durchaus nicht unbegabten Künstler unserer Zeit angefertigt. Oder Künstlerin selbstverständlich, ich bin ja nicht von gestern.« Er lehnte sich in seinem Stuhl zurück und faltete die Hände über dem Bauch. »Tja, so sieht es aus.«

Wanda und Telse griffen fast gleichzeitig nach der *Venus*. Wanda war schneller und erwischte sie zuerst, hielt sie aber so, dass auch Telse bequem draufschauen konnte. Beide tasteten mit den Fingerspitzen über die weiblichen Formen und kratzten leicht an der Oberfläche.

»Aber woher kommt sie dann?«, ergriff Telse als Erste das Wort. »Wer nimmt so eine Skulptur mit an den Strand und lässt sie dort liegen?«

Wanda runzelte die Stirn und ließ die *Venus* langsam von einer Hand in die andere rollen. Dann hielt sie die Figur direkt vor ihre Augen und fixierte sie. »Wer bist du?«

»Da können Sie lange auf eine Antwort warten«, schaltete sich Petersen ein. »Aber eins ist klar: Es handelt sich bei diesem Kunstwerk keinesfalls um ein Industrieprodukt oder irgendwelche Massenware. Unsere Dame ist eindeutig Handarbeit, da bin ich mir sicher. Wenn auch neueren Datums.«

»Kirsten hat gesagt, sie hätte die Figur am Strand entdeckt«, überlegte Wanda laut. »Sie hat schließlich das Foto vom Fundort an Herrn Scheurich geschickt.«

»Vielleicht stimmt das aber gar nicht. Möglicherweise hat sie die Skulptur von zu Hause mitgebracht und selbst im Sand deponiert, bevor sie die Aufnahme gemacht hat. Wäre immerhin möglich«, schlug Petersen vor.

Wanda fuhr hoch. »Kirsten Reinfeld war keine Lügnerin!«

»Entschuldigung, so habe ich das natürlich nicht gemeint«, ruderte Petersen sofort zurück.

Telse starrte unterdessen wie hypnotisiert auf die Figur und nagte an ihrem Zeigefingerknöchel. »Und wenn Kirsten sie doch eigenhändig im Sand verbuddelt hat?«, gab sie schließlich zu bedenken. »Um anschließend so zu tun, als ob sie einen sensationellen Fund gemacht hätte? Einfach nur, um diesen Scheurich zu foppen? Kann doch sein. Wer weiß, wie die zueinanderstanden, ein Sympathieträger ist er ja nicht gerade.«

Wanda legte erneut die Stirn in Falten, geriet diesmal aber nicht in Wallung. »Zuzutrauen wäre es ihr schon«, sagte sie nach einer Weile. »Kirsten hatte manchmal einen etwas schrägen Sinn für Humor. Soviel ich weiß, ging ihr der Scheurich bei den Klassenausflügen an den Strand regelmäßig auf die Nerven. Dir muss ich ja nichts von seiner aufdringlichen Art erzählen. Erinnere dich an Seekamp …«

Telse schien nicht zuzuhören. Sie musterte mit abwesendem Gesichtsausdruck die *Venus*, nahm sie in die Hand und legte sie dann langsam wieder zurück.

»An irgendwas erinnert mich das Pummelchen.« Plötzlich richtete sie sich kerzengerade auf. »Jetzt fällt es mir ein!«, rief sie.

Wanda zog die Augenbrauen hoch.

»In Kirstens Klassenzimmer, also das, in dem ich jetzt unterrichte«, sprudelte Telse heraus, »da gibt es ein Regal, wo in einem Karton so komische Brocken liegen und vor sich hin stauben. In allen möglichen Farben, Grünlich, Rosa, Grau und so weiter. Ich hatte mich schon gefragt, was das für ein Zeug ist. Aber jetzt glaube ich, das könnte dieser Speckstein sein. Direkt daneben steht nämlich auch eine alte Holzkiste mit Feilen. Das haut hin.«

»Denkst du, was ich jetzt denke?«, fragte Wanda.

»Wäre nicht unmöglich.«

»Würde zu Kirsten passen.«

»Ganz schön frech.«

»War halt meine Freundin.«

»Wenn die Damen so freundlich wären, mich aufzuklären?«, bat Petersen.

»Tja.« Wanda hob beide Handflächen Richtung Himmel und ließ sie mit resignierter Miene wieder auf die Tischplatte plumpsen. »Möglicherweise hat sich Frau Reinfeld einen kleinen Scherz erlaubt, der gründlich danebengegangen ist. Es ist nicht auszuschließen, dass sie ihn mit ihrem Leben bezahlt hat.«

Petersen zog die Augenbrauen zusammen.

»Also, wir denken, dass Frau Reinfeld die *Venus* selbst hergestellt haben könnte«, ging Telse schnell dazwischen. »Sie hat auch Kunst unterrichtet, und die Specksteine im Klassenzimmer lassen vermuten, dass sie damit gearbeitet hat oder wenigstens vorhatte, es zu tun.«

»Und was machen Lehrer gewöhnlich, wenn sie mit ihren Schülern etwas Künstlerisches fabrizieren wollen?«, übernahm Wanda. »Sie stellen vorab ein paar hübsche Anschauungsobjekte her, damit die Kinder wissen, was Sache ist. Wahrscheinlich einfache Tiere. Eulen oder Enten, keine Ahnung.«

»Genau, da stand so ein glatt polierter weißlicher Klops neben dem Karton, der sollte wohl eine schlafende Katze darstellen. Den hat sie bestimmt für die Klasse gemacht«, rief Telse dazwischen.

»Sehen Sie.« Wanda nickte befriedigt. »Und als Kirsten so schön am Schnitzen war, hat sie als kleine Überraschung für den Exkursionsleiter gleich noch unsere *Venus* erschaffen. Hat ihr bestimmt Spaß gemacht.«

Wanda klang gleichmütig, aber Telses scharfem Blick entging nicht das feuchte Glitzern in ihren Augen.

Petersen zuckte mit den Schultern. »Das wäre zumindest eine plausible Erklärung dafür, dass die Figur am Strand aufgetaucht ist, obwohl mir der tiefere Sinn der ganzen Aktion verborgen bleibt. Erst recht, was die ganze Sache mit ihrem tragischen Tod zu tun haben soll.« Er schnaufte tief aus. Für einen Moment war ihm die Enttäuschung anzusehen, dann hatte er sich wieder gefasst. »Wie dem auch sei. Es lässt sich nicht jedes Rätsel lösen, damit müssen wir wohl leben.« Er griff nach der laminierten Speisekarte. »Was meinen die Damen, wollen wir uns zur Aufheiterung etwas Süßes genehmigen? Die Waffeln hier machen einen ganz hervorragenden Eindruck.« Er räusperte sich kurz. »Sie sind natürlich meine Gäste, keine Widerrede.«

Telse und Wanda zögerten kurz, stimmten dann aber zu. Jetzt waren sie schon mal hier, und ohne Waffeln wurde die Welt auch nicht besser.

»Nur eine Frage noch«, meldete sich Telse zu Wort. »Wissen

Sie zufällig, ob sich noch weitere Menschen bei Herrn Scheurich nach der Steinfigur erkundigt haben oder ob er anderen davon erzählt hat?«

Petersen schüttelte bedauernd den Kopf. »Nein, dazu habe ich leider keine Informationen. Er hat mir gegenüber weder Andeutungen in diese Richtung gemacht, noch habe ich ihn konkret danach gefragt.«

»Schade. Wäre auch zu schön gewesen.«

Als etwas später die Sonne hinter den Bäumen verschwand, wurde es merklich kühler auf der Terrasse. Kaum war der letzte Krümel verzehrt, verabschiedete sich Gerd Petersen. Die Frauen blieben noch einen Moment sitzen, um die neuen Erkenntnisse sacken zu lassen.

Abwechselnd griffen sich Wanda und Telse die Figur und untersuchten noch einmal jedes Detail an ihr. Auch wenn sie sich damit schwertaten, es gab keinen vernünftigen Grund, an Petersens Diagnose zu zweifeln. Jetzt, wo sie wussten, dass die Steinfrau keine Zehntausende Jahre alt war, sondern lediglich ein paar Wochen auf dem Buckel hatte, erschien sie ihnen überhaupt nicht mehr geheimnisvoll. So schnell konnte sich ein prähistorisches Kunstwerk in ein schnödes Bastelobjekt verwandeln, dachte Telse, ohne dass die *Venus* sich äußerlich im Geringsten verändert hatte.

Wanda schlug vor, noch einen kleinen Strandspaziergang zu unternehmen. Telse stimmte zu, etwas Bewegung tat ihnen bestimmt gut. Während sie durch den Sand schlenderten und auf das dunkel schimmernde Meer blickten, hing jede für sich ihren Gedanken nach.

»Wir beide wissen, dass die Figur keine fünf Euro wert ist«, sagte Telse irgendwann. »Der Mörder weiß es nicht. Hilft uns das weiter?« Sie kickte eine Muschel ins Wasser. Bevor Wanda antworten konnte, fuhr sie fort: »Die große Frage ist und bleibt aber eine andere.«

Wanda drehte im Gehen den Kopf und schaute gespannt.

»Steht Kirstens Tod überhaupt mit der *Venus* in Zusammenhang?«

Eine halbe Stunde später öffnete Wanda das Gartentor und ließ ihrer Freundin den Vortritt. Als die Frauen den Plattenweg passierten, erschien unvermittelt ein dunkelhaariger Schopf über der Hecke zu ihrer Rechten, und eine Stimme rief: »Wie schön, dass ich euch treffe. Ich war gerade drüben und habe geklingelt. Es gibt Neuigkeiten.« Camilla Wuttke bedeutete ihnen mit einer Handbewegung zu warten und eilte dann zu ihnen hinüber.

»Was ist los, wird Olaf Polizeipräsident?«, fragte Wanda matt.

Camilla machte ein geheimnisvolles Gesicht. »Ach was. Viel besser.« Sie spitzte die Lippen, wartete ein paar Sekunden, dann platzte sie heraus: »Ich fliege übermorgen in die USA. Nach New York, genauer gesagt. Unser Projektmanager vor Ort hat einen Herzkasper bekommen, und ich muss jetzt auf die Schnelle einspringen. Da wollte ich schon mal Tschüss sagen, falls wir uns nicht mehr sehen.«

Sie strahlte, als würde sie in zwei Tagen ihren Jahresurlaub antreten.

»Auweia, du Ärmste.« Wanda zog eine Grimasse. »Das wäre ja nichts für mich. Zu viele waffenverliebte Psychopathen, die um ein Haar erneut den größten Idioten unter ihnen als Präsidenten gewählt hätten. Nein danke, bloß nicht.«

Camilla winkte ab. »Zum Glück gibt es ja auch noch ein paar vernünftige Leute dort drüben.« Sie schaute auf ihre Armbanduhr. »So, ihr Lieben, ich suche mal meine Unterlagen zusammen. Voraussichtlich bleibe ich ein bis zwei Wochen. Wenn ich zurück bin, gibts wieder eine kleine Party, versprochen.«

Telse grinste. »Mit Hamburgern, Marshmallows und Cola?«

»Wartet ab, ich werde mir schon etwas Besonderes einfallen lassen.«

»Davon bin ich überzeugt«, sagte Wanda und umarmte Camilla. »Gute Reise.«

»Wünsche ich dir auch«, schloss sich Telse an.

Sie waren erst ein paar Meter weiter Richtung Villa gegangen, als Wanda plötzlich stehen blieb. Sie drehte sich auf dem Absatz um und rief: »Unsere *Venus von Schilksee* ist übrigens ein Fake! Hat der Archäologe festgestellt, und er scheint recht zu haben.«

Camilla war schon wieder drüben in ihrem Garten. Sie stutzte erst, dann lachte sie. »Wenn das so ist, kannst du sie dir ja beruhigt ins Regal stellen. Jetzt habe ich leider keine Zeit, die Einzelheiten müssen warten, bis ich zurück bin.« Sie winkte kurz und eilte zurück zum Wohnhaus.

»Sollten wir nicht auch Olaf informieren?«, fragte Telse, als sie vor ihrem Gartenhaus standen.

»Keine Sorge, ich bin sicher, er weiß in zwei Minuten Bescheid«, meinte Wanda mit vielsagendem Blick. »Camilla würde sonst platzen. Es sei denn, es geht um geschäftliche Dinge, da kann sie schweigen wie ein Politiker, der zu seinen Nebenverdiensten befragt wird.«

Telse verharrte unschlüssig mit dem Schlüssel in der Hand.

»Und was machen wir nun?«

»Tja«, Wanda überlegte. »Ich glaube, wir sollten noch mal dem lieben Jesse auf den Zahn fühlen. Wir müssen mehr über dieses Dreiecksverhältnis zwischen ihm, den Reinfelds und Anja Heider herausfinden, das scheint zurzeit unsere vielversprechendste Spur zu sein.«

»Meinst du?«

»Ja. Geld, Eifersucht, Neid, Rache, da ist alles drin.« Wanda grinste. »Wir müssen nur ein bisschen weiterstochern und die Bande aufschrecken. Dann sehen wir, was passiert. Am besten gleich morgen, am späten Nachmittag, schlage ich vor.«

»Morgen kann ich nicht, da bin ich in der Stadt mit Julianne verabredet. Sie will sich schon mal Wanderstiefel für Schweden besorgen, und ich brauche auch noch ein paar Kleinigkeiten.«

»Dann gehe ich alleine. Ist vielleicht sogar gut, wenn wir nicht immer im Doppelpack auftreten. So werden die Männer zutraulicher.«

Telse drohte mit dem Zeigefinger. »Mach bloß keine Dummheiten.«

Wanda kicherte. »Mal sehen. Gegen einen schnuckeligen Segler hätte ich nichts, es muss ja nicht Jesse sein.«

Telse stöhnte auf, schlüpfte ins Haus und zog die Tür hinter sich zu.

31

ALS WANDA DAS VEREINSHEIM des Strander
Segelclubs betrat, wurde sie von Sarah schon wie eine alte
Bekannte begrüßt. Sie setzte sich an ihren üblichen Platz an
der Theke und sah sich um. Es war lediglich ein Tisch mit
zwei Männern und zwei Frauen besetzt, die sich angeregt unterhielten.

Sarah kam, und Wanda bestellte Tee. Dann beugte sie sich
etwas nach vorn und fragte mit gedämpfter Stimme: »Sag mal,
weißt du zufällig, ob unser gemeinsamer Freund Jesse hier ist?«

»Jesse?« Sarah schüttelte den Kopf. »Nein, nicht um diese
Uhrzeit. Der muss schließlich arbeiten.«

»Ja, natürlich, daran habe ich gar nicht gedacht.« Es war Wanda ein bisschen peinlich, vergessen zu haben, dass nicht alle Menschen so frei über ihre Zeit verfügen konnten wie sie selbst.
»Wann kommt er denn gewöhnlich in den Hafen?«

»Meistens gleich, wenn die Schwimmhalle dichtmacht«, erklärte Sarah. »Um achtzehn Uhr.« Sie sah auf ihre Armbanduhr.
»Also in einer knappen halben Stunde. Danach zieht es ihn immer zu seinem Boot. Vom Wasser kann der nie genug kriegen.«

»Geht er denn jeden Tag ins Schwimmbad?«

»Lässt sich nicht vermeiden, wenn man der Bademeister ist.

Eigentlich müsstest du ihn schon mal dort gesehen haben, oder gehst du nie schwimmen?«

»Das schon, aber nicht zusammen mit Menschenmassen in einem kleinen Becken voller Chlorwasser. Ganz zu schweigen von den unappetitlichen Flüssigkeiten, die die Leute manchmal von sich geben.« Wanda schüttelte sich. »Mir ist das Meer vor der Tür lieber.«

Sarah lachte. »Das lass mal besser nicht Jesse hören. Auf sein Hallenbad lässt der nichts kommen. Bei solchen Sprüchen kann er richtig wütend werden, und dann musst du dir erst mal einen Vortrag über seine hervorragende Wasserqualität anhören.«

Wanda lächelte. »Danke für die Warnung. Ich will es mir mit dem guten Mann nicht verderben, schließlich brauche ich noch seine Hilfe.« Sie trank ihren Tee aus, legte das Geld auf den Tresen und rutschte vom Hocker. »So, jetzt muss ich mich weiter schlaumachen und Boote angucken gehen.« Nach einer kurzen Verabschiedung verließ sie das Clubhaus.

Draußen an den Stegen war es ruhig. Die aufgereihten Jachten wurden von der Abendsonne angestrahlt und boten vor dem dunklen Meer das perfekte Postkartenmotiv. Wanda spürte, wie ein wehmütiges Gefühl in ihr aufstieg. Sie dachte an die Segeltörns mit Jan Friedrich und wie viel Spaß sie zusammen gehabt hatten. Sie vermisste das Lachen ihres verstorbenen Ehemanns und kam sich auf einmal mutterseelenallein auf der Welt vor. Als sie merkte, wie Tränen in ihre Augen traten, atmete sie tief durch. Dann wischte sie sich über das Gesicht und marschierte entschlossen zu den Booten. Jetzt nur nicht sentimental werden! Sie hatte schließlich zu tun.

Eine Möwe schrie, ließ knapp vor ihren Füßen einen Schiss

fallen und drehte ab. Wanda blickte ihr nach und entdeckte im selben Moment Jesse, der zum Steg Nummer drei schlenderte. Er schien es nicht besonders eilig zu haben, was ihr gut in den Kram passte. Sie folgte ihm in einigem Abstand, betrachtete die Jachten und tat so, als würde sie ihn nicht bemerken. Dabei behielt sie den Skipper unauffällig im Auge. Als Jesse den Steg zu seiner *Frida* betrat, wurde er noch langsamer und besichtigte in aller Ruhe die dort vertäuten Boote. Wanda witterte ihre Chance und spurtete zur Anlegebrücke Nummer zwei nebenan. Dort spazierte sie wie zufällig über die Holzplanken. Es dauerte nur Sekunden, bis sie in Jesses Blickfeld geriet. Der Segler zögerte kurz, dann winkte er ihr freundlich zu.

Wanda winkte strahlend zurück, dann eilte sie zu ihm herüber. »Ach, Herr Grode, wie schön, Sie wiederzusehen«, sprudelte sie los. »Wollen Sie raus auf große Fahrt?«

»Wir waren doch schon bei Jesse, oder?« Grode klang streng, grinste dabei aber.

»Ja, natürlich, Verzeihung.« Wanda stellte sich neben ihn und betrachtete die *Frida*. »Ein wunderschönes Schiff hast du da, alle Achtung. Ein wahres Liebhaberstück, scheint mir.«

Jesse nickte voller Besitzerstolz. »Meine *Frida* ist ein Schätzchen, eine feine alte Dame, die ich hege und pflege. So ein Teakdeck macht richtig Arbeit, wenn es schön glänzen soll. Aber Holzboote sind nun mal meine Leidenschaft.«

»Wirklich ein Prachtstück«, stimmte Wanda ehrlich beeindruckt zu. »Ich würde sagen, jetzt fehlt dir nur noch eine nette Vorschoterin, damit das Segeln so richtig Spaß macht.«

»Mir gefällt es auch allein«, sagte Jesse kurz angebunden. »Wenn du willst, kannst du aber gerne mitsegeln.«

»Das wäre wunderbar!« Wanda lächelte ihn an. »Im Moment bin ich leider nicht dafür ausgerüstet, ein anderes Mal gerne.«

»Alles klar.« Jesse bückte sich und zog erst seine Sneakers, dann seine Socken aus, die er sorgfältig in die Schuhe stopfte. Als er sich wieder aufrichtete, bemerkte er Wandas Blick. »Auf meiner Lady trampele ich nicht mit Straßenschuhen herum. In der Backskiste habe ich meine Bootsschuhe. Die sind nur für die *Frida*.«

»Dann weiß ich ja, was ich mitbringen muss«, sagte Wanda. Sie schaute zu, wie Jesse barfuß an Bord kletterte, die Backskiste öffnete und seine Sneakers darin verstaute. Anschließend förderte er ein Paar schneeweiße Bootsschuhe zutage. Die Schuhe machten einen ladenneuen Eindruck, lediglich an einer der Messerschnittsohlen fiel ihr ein dunkler Schmutzfleck auf.

In diesem Moment beschloss sie, es einfach drauf ankommen zu lassen. »Ich habe gehört, du warst mal mit Anja Heider zusammen?«

Jesse erstarrte und drehte dann den Kopf. »Was geht dich das an?«, stieß er hervor.

»Oh, ich habe euch beide kürzlich vor dem Vereinsheim gesehen. Sie hat sich an Tilman Reinfeld rangemacht, nicht wahr?«

»Ja, und?« Jesse sprang auf das Vordeck.

»Anja muss Kirsten Reinfeld gehasst haben. Immer blöd, etwas mit einem verheirateten Mann anzufangen.«

In Jesses Augen blitzte es. »Reinfeld hat seine Frau noch viel mehr gehasst. Und ich ihn, falls es dich interessiert. Ein Jammer, dass nicht er über den Jordan gegangen ist, sondern die arme Kirsten.« Er begann, die Persenning des Großsegels zu lösen. »Aber was nicht ist, kann ja noch werden.«

Wanda beschloss, nicht länger drum herumzureden: »Könntest du dir vorstellen, dass Tilman Reinfeld seine Frau umgebracht hat?«

Jesse hielt inne. »Wieso umgebracht, es war doch ein Unfall, oder nicht?« Er rieb sich die Stirn und blickte zum Horizont. »Ihr Herz hat er auf jeden Fall gebrochen. Alles andere würde ich ihm auch zutrauen.« Er musterte Wanda aus schmalen Augen. »Irgendwie bist du ganz schön neugierig. Das gefällt mir nicht.«

»Tut mir leid, ich weiß, ich tratsche zu viel.« Wanda tat zerknirscht. »Das ist eigentlich nicht meine Art. Dieser Todesfall beschäftigt mich einfach.«

Jesse antwortete nicht und fummelte an den Bändern der Segelhülle.

Wanda spürte, dass er dichtgemacht hatte. Ihre Begabung als Undercover-Ermittlerin war noch ausbaufähig, musste sie sich eingestehen. Mit Brachialtaktik kam sie hier nicht weiter. Besser, sie zog sich fürs Erste zurück. »Tschüss! Und Mast- und Schotbruch!«, verabschiedete sie sich betont munter. »Über ein neues Boot für mich können wir uns vielleicht später einmal unterhalten, es eilt nicht.«

Jesse nickte knapp und zog die Persenning ab.

Wanda zuckte mit den Schultern, drehte sich um und ging den Steg zurück an Land. Dann eben nicht, dachte sie. Du bist nicht der Einzige, der trauert, wir haben es alle nicht leicht. Ich bemühe mich wenigstens, irgendwie Licht in das Dunkel um Kirstens Tod zu bringen. Andere machen einfach ihr Ding und gehen segeln. Sie merkte, wie sie wütend wurde. Die Ignoranz der Menschen um sie herum fiel ihr auf die Nerven. Herrgott, sollte etwa alles so weiterlaufen, als ob nichts geschehen wäre?

Ohne nachzudenken, wo sie hinwollte, marschierte sie im Hafenvorfeld die Reihe der Liegeplätze entlang. Sie ärgerte sich über sich selbst. Bei Jesse war sie mit der Tür ins Haus gefallen, das hatte sich gerächt. Wahrscheinlich hielt er sie für nichts anderes als eine geschwätzige Trulla. Von dem würde sie keine Silbe mehr über Tilman oder seine Freundin erfahren, so viel war sicher.

Missmutig kickte Wanda eine von Möwen aufgehackte Miesmuschel, die auf den Steinplatten lag, zurück ins Wasser. Sie hatte nicht die geringste Lust, sich an weitere Segler heranzumachen, um sie über die Reinfelds auszuquetschen, wie es eigentlich ihr Plan gewesen war. Das brachte doch alles nichts. Vielleicht sollte sie lieber ganz woanders weitermachen, ging ihr durch den Sinn. Zum Beispiel Kirstens Nachbarn aushorchen.

Als sie fast am Ende des Hafengeländes angekommen war, entdeckte sie eine Sitzbank. Kurz entschlossen ließ sie sich darauf nieder, streckte die Beine aus und schloss die Augen. Die Abendsonne tat ihr gut, und sie fühlte, wie die Anspannung langsam von ihr abfiel.

Nach einer Weile öffnete sie die Augen wieder und ließ den Blick umherschweifen. Neben ihrer Sitzgelegenheit führte ein schmaler Trampelpfad zu einer Wildrosenhecke, die den dahinter liegenden Clubparkplatz vom Hafen abgrenzte. Der Fußweg endete vor einer Lücke in dem Buschwerk. Allem Anschein nach wurde er gerne als Abkürzung zwischen den Stellplätzen und dem Hafenvorfeld genutzt.

In diesem abgelegenen Teil des Hafens herrschte längst nicht mehr so viel Trubel wie in der Nähe des Vereinsheims. Es war auch nicht mehr ganz so schnieke. Blumenkübel und Rasenrabatten hatte man sich hier gespart, stattdessen moderte ein Stapel alter Holzpaletten vor sich hin. Ganz am Ende des Geländes befand sich die Müllstation, wo die Segler Altöl sowie weiteren Abfall entsorgen konnten. Eine gammelige kaputte Badelatsche lag nicht weit davon entfernt auf dem Boden.

Na gut, dachte Wanda, retten wir die Meere. Plastik zu Plastik, bevor der Wind den Schlappen noch ins Wasser weht. Sie hievte sich hoch, trottete zu dem Latschen, hob ihn auf und trug ihn mit spitzen Fingern zu dem Abfallcontainer. Sie öffnete die Klappe und zuckte zurück, als ihr der Gestank entgegenschlug. Dann warf sie den Schuh hinein. Gerade als sie den Deckel wieder schließen wollte, fiel ihr ein weißer Stoff auf, der unter dem Berg aus Mülltüten hervorleuchtete.

Ein Stückchen fester Stoff mit bräunlichen Flecken.

Unvermittelt schlug ihr Bauchgefühl an. Sie hätte nicht sagen können, warum.

Wanda zögerte kurz und blickte sich um. Weit und breit war kein Mensch zu sehen. Dann überwand sie sich, hielt die Luft an, ergriff den Stoffzipfel und zog.

Nichts passierte, das Textil klemmte fest.

Sie ruckelte stärker daran und schaute dann erneut in den Container. Die Müllbeutel waren verrutscht und ließen das Weiß an mehreren Stellen hervorblitzen.

Das ganze Tuch musste viel größer und schwerer sein, als sie gedacht hatte. Sie nahm noch einmal alle Kraft zusammen und riss, so heftig sie konnte. Unvermittelt gab es einen Ruck, und Wanda stolperte einige Schritte rückwärts, den Stoff hielt sie dabei fest umklammert.

Als sie ihr Gleichgewicht wiedergefunden hatte, zerrte sie

weiter daran. Jetzt ging es ganz leicht. Sie zog, bis das ganze Teil schließlich aus dem Müllcontainer heraus war und zu ihren Füßen lag. Sie hatte es geahnt.

Was sich da dreckig und faulig müffelnd im leichten Abendwind bauschte, war eindeutig ein Segel. Ein Segel, gesprenkelt mit einer Unzahl verschmierter rotbrauner Flecken. Ein Segel mit eingetrockneten Blutspuren.

Wanda betrachtete es eine Weile, während sich die Gedanken in ihrem Kopf überschlugen. Vielleicht war Kirsten nicht nur überfahren, sondern vorher schon ermordet worden? Auf dem Boot? Oder noch an Land. Danach hat man sie in das Segel gewickelt und anschließend ins Meer geworfen, um es wie einen Schwimmunfall aussehen zu lassen. Dieser Tathergang war nicht auszuschließen. Sie musste unbedingt so schnell wie möglich Gewissheit haben, ob es sich bei den Flecken um das Blut von Kirsten Reinfeld handelte.

Wanda breitete das Segel vollständig aus. Dann klappte sie das Tuch so vorsichtig wie möglich ordentlich zusammen. Sie fasste es dazu nur an den äußersten Rändern an und bemühte sich, keinesfalls die Flecken zu berühren. Anschließend betrachtete sie den voluminösen Ballen ratlos. Wie sollte sie es transportieren? Sich das Paket einfach unter den Arm zu klemmen und damit noch mehr zu kontaminieren war keine gute Lösung. Nach kurzem Zögern zog sie ihre Kaschmirstrickjacke aus und wickelte sie mittig um das Bündel. Die Ärmel knotete sie zu einer Art Tragegriff zusammen. Der Trampelpfad als Abkürzung zum Parkplatz kam ihr jetzt sehr gelegen. Wenn sie eines nicht brauchen konnte, dann waren es neugierige Blicke oder Fragen.

Na, dachte Wanda, als sie ihren Subaru aufschloss und den Packen in den Kofferraum bugsierte, auf das Gesicht von Olaf bin ich gespannt.

32

ES KLINGELTE AN DER TÜR. Wanda sah von ihrem Agatha-Christie-Schmöker hoch und zum Fenster, wo an den Scheiben das Wasser in Sturzbächen herunterlief. Seit zwei Tagen regnete es wie aus Eimern. Sie fragte sich, wer sie bei diesem Mistwetter besuchen kam. Wahrscheinlich der Paketbote, obwohl der gewöhnlich vormittags anrückte. Unwillig bequemte sie sich aus ihrem Lesesessel hoch und eilte ins Erdgeschoss. Als sie die Haustür öffnete, sah sie sich einem tropfnassen Olaf Wuttke gegenüber, der sogleich ins Innere drängte.

»Du hast tatsächlich den richtigen Riecher gehabt«, kam er ohne Umstände zur Sache. »Das Blut am Segel stammt von Kirsten Reinfeld. Ich hätte es nicht für möglich gehalten, aber das kriminaltechnische Labor hat es heute bestätigt. Hat mich nebenbei ganz schön Überzeugungsarbeit gekostet, dass die das überhaupt untersucht haben.« Er hängte seine Jacke auf einen Bügel und deutete auf die Treppe. »Oben?«

Wanda nickte. »Hab ich's doch gewusst. Warte, ich rufe schnell Telse an, sie muss dabei sein. Du kannst dir schon mal Tee einschenken.«

Telse ließ sich erwartungsgemäß nicht lange bitten und nahm kurz darauf ebenfalls auf dem Sofa im Salon Platz.

»So, alle versammelt«, eröffnete Wanda die Runde. Dann an Olaf gewandt: »Jetzt lass hören. Ich dachte schon, du meldest dich gar nicht mehr.«

»Das geht nicht immer so fix mit einem DNA-Abgleich, wie du es aus deinen Fernsehkrimis kennst. Außerdem musste ich mich hinten anstellen.« Der Kriminalkommissar räusperte sich. »Na dann. Wie ihr wisst, darf ich eigentlich keine Ermittlungsergebnisse ausplaudern, aber du hast das Segel schließlich gefunden. Da werde ich mal eine Ausnahme machen.«

»Danke. Ihr ermittelt wieder, wie schön«, konnte Wanda sich nicht verkneifen, bekam aber gleich einen Knuff von ihrer Freundin, die wie gebannt an Olaf Wuttkes Lippen hing.

»Erzähl weiter«, bat Telse. »Es gibt also keinen Zweifel?«

»Nein. Die getrockneten Blutflecke stammen eindeutig von Kirsten Reinfeld. Höchstwahrscheinlich ist sie in das Segel eingewickelt worden, meint das Labor. Die Spuren weisen darauf hin. Also die Art und Weise, wie sie verschmiert sind.« Wuttke räusperte sich erneut. »Wir müssen jetzt die Unfallthese aufgeben und von einem Tötungsdelikt ausgehen. In dem Blut klebte übrigens ein Haar, das nicht von Frau Reinfeld stammt.«

»Tilman!« Wanda schlug mit der flachen Hand auf die Tischplatte.

»Den haben wir schon besucht«, sagte Wuttke trocken. »Sein Haar ist es nicht, das wissen wir bereits. Da waren unsere Kriminaltechniker plötzlich ganz flott. Aber es ist sein Segel.«

»Und? Habt ihr ihn verhaftet?« Telse rutschte auf die Vorderkante ihres Sessels.

»Nein.« Wuttke schüttelte den Kopf. »Reinfeld behauptet steif und fest, das Segel sei ihm aus seinem Werkstattschuppen geklaut worden. Er hätte es vor einiger Zeit ausgemustert und dort gelagert. Den Verlust will er erst bemerkt haben, als wir ihn aufgesucht haben. Er klang ziemlich glaubwürdig, vielleicht ist er aber auch ein verdammt guter Schauspieler. Das wird sich noch zeigen.«

»Der Kerl ist hochgradig verdächtig! Der lügt das Blaue vom Himmel herunter, um seinen Hals zu retten!« Wandas Stimme kippte vor Empörung fast über. »Den könnt ihr doch nicht einfach laufen lassen.«

»Lassen wir auch nicht. Er darf bis auf Weiteres nicht verreisen und muss sich zur Verfügung halten. In Untersuchungshaft kommt er aber nicht, da erstens die Beweise für eine Täterschaft nicht ausreichen, er zweitens einen festen Wohnsitz hat und drittens keine Fluchtgefahr besteht. Außerdem hat er sich bis jetzt immer kooperativ verhalten.« Wuttke nahm sich einen Keks aus der Porzellanschale.

»Ich fasse es nicht.« Wanda konnte sich kaum beruhigen. »Was braucht ihr denn noch? Sein Geständnis auf einem Silbertablett?«

»Wäre nicht schlecht. Aber darauf können wir wohl lange warten.« Der Kriminalhauptkommissar lehnte sich zurück und kaute. »Ich weiß, du möchtest den Mann gerne in Handschellen sehen, aber wir können nicht ausschließen, dass er die Wahrheit sagt und ihm das Segel tatsächlich gestohlen wurde. Der Werkstattschuppen war laut seiner Aussage nicht immer abgeschlossen. Von einem Mord finanziell zu profitieren reicht hierzulande nicht für eine Verurteilung aus. Zum Glück, möchte ich betonen.«

»Und die Spuren, die wir von seinem Boot mitgebracht haben? Hast du die auch untersuchen lassen? Er muss die Leiche doch darin transportiert haben.«

»Eure schmutzigen Papiertaschentücher?« Olaf Wuttke grinste. »Habe ich brav zum Segel dazu gepackt. Der Dreck war aber nur Dreck. Kein Blut, nicht der kleinste Tropfen.«

»Wollt ihr denn keine Hausdurchsuchung bei Reinfeld machen?«, schaltete sich Telse ein.

»Die Staatsanwaltschaft zögert noch, ihr ist die Beweislage bisher zu dünn. Das ist aber womöglich nur eine Frage der Zeit. Reinfeld bleibt selbstverständlich auf dem Radar, keine Frage. Schließlich ist er der Einzige, der überhaupt ein Motiv für einen Mord hätte. Viel Geld und freie Bahn für die neue Freundin. Wobei wir auch nicht ausschließen können, dass die Geliebte selbst für klare Verhältnisse gesorgt hat. Oder alles ist ganz anders gewesen.« Wuttke seufzte. »Die ganze Geschichte ist mysteriös, ich will das endlich vom Tisch haben.«

»Meine Worte«, sagte Wanda.

»Wir dürfen nicht die Möglichkeit außer Acht lassen, dass Kirsten Reinfeld wegen der *Venus von Schilksee* getötet wurde«, warf Telse ein. »Das kann der gierige Gatte, aber auch jeder andere gewesen sein, der scharf auf die Figur war. Zum Beispiel Ingolf Scheurich.«

Wuttke ignorierte die Bemerkung, trank den letzten Schluck Tee und stellte die Tasse zurück auf den Tisch. Dann stemmte er sich aus dem Sessel hoch. »Wir werden sehen. So, ich muss dann wieder. Und wehe, eine von euch beiden plaudert!« Warnend hob er einen Finger.

»Keine Sorge, Sheriff, unsere Lippen sind versiegelt.« Wanda machte eine Reißverschlussbewegung vor ihrem Mund. Kaum war der Kommissar verschwunden, rückte sie auf dem Sofa zu Telse. »Ich finde, wir sollten keine Zeit verlieren.«

Telse guckte misstrauisch. »Was meinst du?«

»Das liegt doch auf der Hand. Wie du gerade gehört hast, kommt die Polizei nicht in die Hufe und gibt Reinfeld so Gelegenheit, alle Spuren zu verwischen. Ich denke, wir sollten seine Werkstatt unter die Lupe nehmen, bevor er sie spiegelblank gewienert hat. Könnte doch sein, dass er Kirsten dort ermordet und in das Segel gewickelt hat. Anschließend hat er sie mit dem Boot rausgefahren und versenkt. Wir müssen nur vorher ausbaldowern, wann die Luft rein ist.«

Telse konnte nicht glauben, was sie da hörte. »Wanda, das wäre Hausfriedensbruch! Du spinnst!«

»Nein, im Gegenteil, meine Liebe. Ich bin rational, denke logisch und will nichts unversucht lassen.« Wanda nahm Telses Hände zwischen ihre eigenen und blickte ihr tief in die Augen. »Bitte! Komm mit!«

Telse zögerte und schaute aus dem Fenster in den regenschweren Himmel. Der sandte ihr kein Zeichen.

Schließlich nickte sie ergeben. Es half ja nichts.

33

DER AUSTERNFISCHERWEG LAG an diesem späten Nachmittag wie ausgestorben da. Wanda fuhr bis ans Ende der Sackgasse, wendete und stellte den Subaru dann kurz vor der Einmündung in die Hauptstraße ab. Die beste Fluchtposition für den Notfall. Das Auto direkt vor dem Wohnhaus zu parken erschien ihr zu risikoreich, obwohl sie wusste, dass Tilman Reinfeld nicht zu Hause war.

Sie konnte sich dessen so sicher sein, weil sie sich die letzten zwei Stunden zusammen mit Telse auf dem Gelände des Strander Segelclubs herumgedrückt und auf Reinfeld gewartet hatte. Kurz bevor sie unverrichteter Dinge wieder abziehen wollten, war ihnen schließlich das Glück hold gewesen. Hinter einer aufgebockten Jacht versteckt, hatten sie Reinfeld dabei beobachtet, wie er in aller Ruhe seine *Hippios* startklar machte. Es hatte eine gefühlte Ewigkeit gedauert, bis er endlich aus dem Hafen hinaus auf die Ostsee geschippert war. Dann galt es, keine Zeit zu verlieren. So schnell wie möglich waren die Frauen zu ihrem Wagen auf dem Vereinsparkplatz geeilt und hatten sich auf den Weg nach Strande gemacht.

Wanda und Telse ließen die Autotüren zufallen und bewegten sich langsam auf den Wendehammer am Ende der Straße zu. Telse fiel auf, dass nirgends Kinder zu sehen waren. Entweder spielten die nur noch an ihren Computern, oder Familien konnten sich die hiesigen Immobilienpreise nicht mehr leisten. Vermutlich traf sowohl das eine als auch das andere zu.

Schließlich standen sie vor dem roten Backsteinhaus der Reinfelds. Die sechs mannsgroßen Stahlstangen mit den Treibholzfischen, die den Gartenweg säumten, schwangen leicht im Wind. In den schräg einfallenden Strahlen der Sonne leuchteten die Rückenflossen der Meerestiere algengrün auf.

Wanda beugte sich so weit wie möglich über die Holzpforte und spähte nach rechts und links an den Hecken vorbei, die das Grundstück einfassten. Es war niemand zu sehen oder zu hören, weder hinter den Fensterscheiben noch im vorderen Teil des Gartens.

»Und wenn Anja Heider im Haus ist? Die wohnt doch schon halb hier«, flüsterte Telse.

»Glaube ich nicht. Aber wir können ja einfach mal klingeln.« Ohne zu zögern, öffnete Wanda das Gartentor und marschierte zur Eingangstür. Dort drückte sie auf den Messingknopf und wartete. Telse war am Straßenrand stehen geblieben und hörte, wie es im Inneren laut bimmelte. Nichts geschah. Wanda drückte erneut auf den Klingelknopf. Wieder blieb alles ruhig. Sie drehte sich um und signalisierte Telse, zu ihr zu kommen, was diese mit zögernden Schritten tat. »Keiner da«, sagte Wanda zufrieden. »Wir haben also freie Bahn.«

Telse sah sich misstrauisch um. »Und jetzt?«

»Jetzt sehen wir uns den Werkstattschuppen an, wie besprochen. Der ist dahinten um die Ecke.« Wanda deutete in den rückwärtigen Teil des Gartens und lief los.

Telse folgte ihr in leicht gebückter Haltung nach. Sie war darauf bedacht, im Schutz der Sträucher zu bleiben, um vom Haus aus nicht sichtbar zu sein. Es war ihr zutiefst unangenehm, bei fremden Leuten einzudringen und auf deren Privatgrundstück herumzuschnüffeln. Erst recht bei einem mutmaßlichen Mörder. Sie hoffte, dass die ganze Sache möglichst schnell überstanden war, ohne dass sie jemand entdeckte und Fragen stellte.

Als sie hinter dem Gebüsch um die Ecke bog, konnte sie einen Blick auf die Terrasse werfen, die auf beiden Seiten von hohen Gräsern und sanft raschelndem Schilf eingerahmt wurde. Auf den grauen, verwitterten Holzplanken gruppierten sich vier niedrige Loungesessel um einen aus Paletten gezimmerten Tisch. An der Hausrückwand baumelte eine Schnur mit aufgefädelten Hühnergöttern neben einem ausgemusterten Fender. Die Schiebetür zum Wohnzimmer war geschlossen. *Hier könnte es mir auch gefallen*, ging es ihr durch den Kopf.

»Los, komm schon, nicht träumen.« Wanda schnappte sich Telses Hand und zog sie über den Rasen zu dem abseits liegenden Schuppen, der dringend einen neuen Anstrich nötig hatte. »Hoffentlich ist die Bude nicht verrammelt.« Wanda drückte die Klinke, während sich Telse hektisch umsah.

»Mist.« Wanda rüttelte am Türgriff. »Abgeschlossen. Ich hatte es fast befürchtet.« Sie bückte sich und inspizierte das Schloss. »Sieht ziemlich altmodisch aus. Kein Zylinderschloss.« Sie richtete sich wieder auf und tippte sich mit dem Zeigefinger nachdenklich an die Unterlippe. »Vielleicht können wir es knacken. Mit einem Draht oder so.«

»Und wo willst du den hernehmen? Oder hast du zufällig deine Dietrichsammlung dabei?« Telse fühlte so etwas wie Erleichterung in sich aufkommen. Jetzt blieb ihnen wohl keine andere Wahl, als unverrichteter Dinge abzuziehen. Im nächsten Moment schämte sie sich für diesen Gedanken und ihre Verzagtheit. Ihre Freundin würde niemals so schnell aufgeben.

»Warte mal.« Telse schob Wanda zur Seite und ließ ihren Blick prüfend über die Schuppenfront gleiten. Links und rechts neben der Tür standen zwei blau lasierte, von faustgroßen Feuersteinen umrahmte Blumenkübel, die mit Geranien bepflanzt waren. Sie hockte sich vor den linken Topf und begann systematisch, einen Stein nach dem anderen hochzuheben. Schon unter dem dritten wurde sie fündig.

»Tadaaa!« Mit triumphierendem Grinsen schwenkte Telse einen Bartschlüssel durch die Luft, an dem ein schmutziges kleines Schild baumelte, auf dem »Werkstatt« stand. »Ich hätte auch keine Lust, jedes Mal ins Haus zu rennen, wenn ich im Garten bin und Werkzeug brauche.«

Wanda war ehrlich beeindruckt. Sie hatte schon immer ein Faible für praktisches Denken gehabt. »Schätzchen, ich könnte dich küssen. Los, mach auf.«

Telse steckte den Schlüssel ins Schloss und drehte ihn. Wider Erwarten ließ sich die abgeschrammte Tür leicht und geräuschlos öffnen.

Beide Frauen traten nacheinander ein.

Durch zwei schmuddelige Fenster fiel nur wenig trübes Licht in den etwa zwölf Quadratmeter großen Raum. An der Stirnseite, direkt dem Eingang gegenüber, erstreckte sich über die gesamte Breite eine ausladende Werkbank. Darauf tummelten sich Feilen, Sägen und Stechbeitel. Dazu kamen ein halbes Dutzend Treibholzstücke in verschiedenen Größen, von denen manche Bearbeitungsspuren aufwiesen. In einem Schraubstock steckte ein altes Ruderblatt, dessen grüne Farbe abblätterte. Ein Sammelsurium aus diversen Werkzeugteilen hing an den Wänden oder lag unter der Werkbank, wobei eine dicke Staubschicht anzeigte, dass einige Teile schon lange nicht mehr benutzt worden waren. Unter den Fenstern standen zwei große Kisten mit diversem Segelkram wie Beschlägen und aufgerollten Leinen. In der Ecke neben der Tür lehnte sich ein Holzpaddel an ein Bündel angerosteter Eisenstangen. An der gegenüberliegenden Wand parkte ein großer, halb von Lumpen verdeckter Benzinrasenmäher neben einem Spaten und einem Rechen.

»Ganz schön unordentlich, der Knabe.« Wanda musterte die Batterie von Kästen und Kisten neben dem Mäher, in denen sich alte Putzlappen, Farbeimer, Flaschen und leere Blumentöpfe angesammelt hatten. Sie griff in ihre Jackentasche und zog zwei Paar Latexhandschuhe hervor, von denen sie eines Telse zuwarf. »Die können wir hier gut gebrauchen, und wenn es nur zum Eigenschutz ist. In diesem Müllhaufen kann man sich ja sonst was holen.«

»Danke. Dafür habe ich uns Taschenlampen mitgebracht«, sagte Telse und zog sich die Handschuhe über. »Nach einer Künstlerwerkstatt sieht es hier jedenfalls nicht aus. Eher nach einer Sperrmüllsammlung.«

Wanda ging nicht auf Telses Kommentar ein. »Ich schlage vor, jede von uns nimmt sich eine Längsseite vor, dann kommen wir uns nicht ins Gehege. Mal sehen, ob wir etwas Interessantes zutage fördern können.«

»Die Tatwaffe?«

»Das wäre der Volltreffer. Aber so blöd wird selbst Reinfeld kaum sein. Wahrscheinlich ruht das Ding längst auf dem Meeresgrund.« Wanda knipste ihre Taschenlampe an und fing an, den Inhalt und die Umgebung der ersten Kisten abzuleuchten. »Möglicherweise finden wir Kampfspuren.«

»Oder Blutspuren«, ergänzte Telse. Sie stemmte die Hände in die Hüften, blickte auf das Chaos und seufzte. Dann machte sie sich ebenfalls an die Arbeit.

Es war eine frustrierende Aufgabe. Als das größte Problem stellte sich schnell heraus, dass es nahezu unmöglich war, den überall anhaftenden Dreck von frischeren Spuren zu unterscheiden. Dicke Staubschichten und Spinnweben auf, hinter und zwischen dem Gerümpel ließen darauf schließen, dass die meisten Gegenstände schon länger nicht bewegt worden waren. Der Fußboden machte dagegen einen vergleichsweise saubereren Eindruck. Reinfeld hatte den Schmutz einfach aus der Mitte heraus an den Rand der Kisten gefegt.

Telses Laune wurde während der Suche nicht besser. In ihr hatte sich schnell die Einsicht festgesetzt, dass die ganze Aktion vergeblich war und sie hier nur ihre Zeit vergeudeten. Sie ließ ihren Lichtstrahl tanzen. Natürlich waren im Schuppen keine Blutspuren zu finden, genau, wie sie erwartet hatte. So viel Dummheit traute sie Reinfeld nicht zu. Missmutig leuchtete sie in einen Spalt zwischen den Gartengeräten. Eine aufgeschreckte Spinne krabbelte schnell davon. Plötzlich leuchtete in ihrem Lichtkegel etwas Helles auf dem staubigen Fußboden auf. Sie bückte sich, fuhr mit der Hand zwischen die Arbeitsgeräte und angelte den Gegenstand aus dem Staub. Es handelte sich um ein auf Scheckkartengröße zusammengelegtes Stück Papier.

Neugierig faltete Telse den Bogen auseinander. Er entpuppte

sich als Infoblatt der Schwimmhalle Schilksee, dem man die aktuellen Öffnungszeiten und Kursangebote entnehmen konnte. Auf der Blankorückseite war mit säuberlicher Schrift eine Einkaufsliste notiert worden. »Wanda, ich habe einen Merkzettel gefunden.« Sie las laut vor: »Bananen, Milch, Kaffeepads, Naturjoghurt, Müsliriegel, Klopapier.«

»Könnte ich auch gebrauchen. Man kommt zu nichts.« Wanda sah von ihrer Arbeit nicht einmal auf.

Telse faltete das Blatt wieder zusammen und überlegte, was sie damit anfangen sollte. Was interessierten sie Reinfelds Ernährungsgewohnheiten. Schließlich steckte sie das Papier, ohne weiter darüber nachzudenken, in ihre Jackentasche.

»Ich glaube, wir sollten uns ein wenig beeilen«, drängelte sie. »Wer weiß, wann Reinfeld zurückkommt. Vielleicht ist heute Flaute.«

»Immer mit der Ruhe.« Wanda stocherte mit einer Holzleiste in einer Ecke voller Putzlappen. »Wir haben Zeit genug, es bläst draußen ordentlich, das lässt sich ein Segler kurz vor Saisonende nicht entgehen.« Sie beugte sich leicht vor, musterte den Stoffhaufen und schüttelte den Kopf. »Gute Güte, was der Kerl hier alles zu Putzlappen macht. Das da sieht wie ein Ärmel aus.« Sie warf die Holzleiste zur Seite und zog unter den alten Lappen eine Arbeitsjacke hervor. Als Erstes fiel ihr ein Werbeaufdruck der Fußballweltmeisterschaft 2006 auf, der großflächig auf dem Rücken prangte. Dann drehte sie das Kleidungsstück um.

Sie stutzte.

Beide Frauen betrachteten still den Parka, der vor ihnen ausgebreitet auf dem Fußboden lag. Die Jacke schien oft und gern getragen worden zu sein. Ihre ursprünglich orange Farbe hatte sich durch immer neue Schmutzschichten teilweise in einen bräunlichen Ton verwandelt. So weit ein normaler alter Arbeitsparka. Bis auf einen Unterschied.

Seine Vorderseite sah aus, als hätte der Besitzer ihn zum Schweineschlachten getragen.

34

OLAF WUTTKE KRIEGTE sich nicht mehr ein.

»Ihr habt *was*? Das ist doch wohl unglaublich!« Man konnte ihm ansehen, dass er sich am liebsten die Haare gerauft hätte, wenn da etwas zum Raufen gewesen wäre. »Ist euch eigentlich klar, dass es sich bei eurer Aktion um Hausfriedensbruch handelt? Das ist strafbar!«

»Es war für einen guten Zweck«, sagte Wanda unbeeindruckt. »Jetzt hast du endlich den Beweis, den du gebraucht hast, um Kirstens Ehemann zu verhaften.«

»Was sich erst noch herausstellen muss. Vielleicht hat Reinfeld sich auch nur selbst verletzt bei seinen Schnitzereien und dann vergessen, die dreckige Jacke wegzuschmeißen.« Wuttke lief mit langen Schritten um seinen Esstisch herum, auf dem die Plastiktüte mit dem blutbefleckten Kleidungsstück lag, die seine Nachbarinnen ihm überreicht hatten. Dann stoppte er, warf erneut einen kurzen Blick in die Tüte, schüttelte den Kopf und setzte seine Runde fort. Den Feierabend hatte er sich anders vorgestellt.

Wanda verdrehte die Augen. »Ja, ganz bestimmt. So ein Zufall.« Sie erhob sich von ihrem Stuhl und stellte sich Olaf in den Weg, die Hände in die Hüften gestemmt. »Du bist also der

Meinung, Tilman Reinfeld hätte lediglich ein kleines privates Kettensägenmassaker veranstaltet, hm? Als er mir das letzte Mal über den Weg lief, war er aber noch im Besitz beider Arme und sah auch sonst vollständig aus.«

»Kannst du die Jacke nicht einfach untersuchen lassen? So wie das Segel?«, fragte Telse. »Dann wäre gleich klar, ob es Kirstens Blut ist und ihr die Werkstatt auseinandernehmen müsst.«

Wuttke stöhnte theatralisch. »Meine liebe Telse, das Problem ist, dass ihr euch das angebliche Beweismittel illegal beschafft habt. Hausfriedensbruch ist kein Kavaliersdelikt. Das wird und darf kein Richter anerkennen, sollte es zu einem Strafprozess kommen. Ihr habt euch die ganze Mühe umsonst gemacht, egal, ob ich das Kleidungsstück ins Labor bringe oder nicht.« Wuttke ließ sich auf einen Küchenstuhl fallen und streckte die Beine aus.

»Mein lieber Olaf.« Wanda war die Ruhe selbst. »Ein ganz klein wenig habe ich mich auch schlaugemacht. So einfach, wie du die Sache darstellst, ist sie nicht. Ich bin zwar keine Juristin, aber so viel meine ich, verstanden zu haben: Es kommt bei einem möglichen Beweisverwertungsverbot auch auf eine Abwägung zwischen den Rechten des Beschuldigten und der Schwere der Tat an. Auf Deutsch gesagt, heiligt der Zweck manchmal die Mittel. Nicht immer, aber unter Umständen eben doch. In einem Mordfall zum Beispiel.«

»Du hast doch gute Kontakte zum kriminaltechnischen Labor«, warf Telse ein. »Willst du nicht auch wissen, ob Reinfeld ein Mörder ist? Willst du ihn nur wegen so einer dummen Vorschrift davonkommen lassen? Wir liefern dir hier ein handfestes Argument für eine Hausdurchsuchung. Solltest du dadurch den Mord an Kirsten nachweisen können, winken dir Ruhm und Ehre. Du musst dafür lediglich ein klein wenig über deinen Schatten springen.«

»Dann darfst du dir eine weitere Kerbe in deine Schreibtischplatte schnitzen. Fall erledigt, Täter gefasst«, kam Wanda zu Hilfe. »Und wenn es doch nicht ihr Blut ist, schweigen wir alle und vergessen die Geschichte. Es muss ja niemand davon erfahren.«

»Und was bitte soll ich denen im Labor sagen? Ich habe keinerlei Grundlage, eine Untersuchung anzufordern.« Er schüttelte den Kopf. »Das wird nichts, glaubt mir.«

»Komm schon, Olaf«, Wanda schenkte ihm ihr charmantestes Lächeln. »Du bist unsere einzige Hoffnung. Du schaffst das. Ganz sicher.«

Olaf saß zusammengesunken auf dem Stuhl und antwortete nicht. Er hatte keine Chance, und er wusste es.

35

DIE NÄCHSTEN TAGE saßen Wanda und Telse wie auf Kohlen. Sie konnten die Untersuchungsergebnisse der Blutprobe kaum abwarten. Olaf Wuttke hatte ihnen allerdings keine Hoffnung auf eine schnelle Untersuchung der Jacke gemacht und vorsorglich betont, dass sich die Angelegenheit hinziehen könnte. Er müsse eine günstige Gelegenheit abwarten, und wann die käme, wäre nun mal nicht abzusehen.

Wider Erwarten dauerte es doch nicht so lange, wie von ihnen befürchtet. Wuttke hatte die Sache so schnell wie möglich vom Tisch haben wollen und erhielt – durch viel gutes Zureden – vom kriminaltechnischen Labor schon zwei Tage später das Ergebnis. Was er den Kollegen dafür im Gegenzug hatte versprechen müssen, blieb sein Geheimnis.

Am Donnerstagnachmittag rief er aus dem Präsidium bei Wanda an. »Die DNA-Analyse hat ergeben, dass das Blut auf der Arbeitsjacke eindeutig von Kirsten stammt. Als wir Herrn Reinfeld dazu befragt haben, hat er gleich zugegeben, dass es sich um seine Jacke handelt. Laut eigener Aussage trägt er die gewöhnlich, wenn er im Winterlager an seinem Segelboot arbeitet und auch in der Werkstatt. Er hatte sie angeblich schon vermisst. Von den Blutflecken darauf will er nichts wissen.«

Man hörte Papier rascheln. »Das wars auf die Schnelle, ich habe zu tun.« Ohne eine Antwort abzuwarten, beendete er das Gespräch.

Entsprechend ungehalten war Wanda nun. Es passte ihr ganz und gar nicht, von Olaf so knapp abgefertigt zu werden. Es gab noch viel zu viele ungeklärte Fragen. War Tilman nun ihr Mörder? Warum hatte er dann die Jacke nicht beseitigt? Ohne eindeutige Beweise würde eine Anklage schwierig werden. Er könnte einfach behaupten, Kirsten hätte sich bei einem Unfall in der Werkstatt verletzt und seine besudelte Jacke zu den Lumpen gepackt.

Glaubhaft war das nicht.

Wanda stromerte unruhig durch das Wohnzimmer, zupfte Sofakissen zurecht, rückte die Vase auf dem Tisch ein paar Zentimeter zur Seite und wieder zurück. Sie wusste nichts mit sich anzufangen. Der Fund und die möglichen Konsequenzen, die sich aus der Untersuchung ergeben mochten, hatten ihr Denken in Beschlag genommen. Was sollte sie jetzt tun? Olaf zurückrufen? Keine gute Idee. Lieber erst mal Telse die Neuigkeit verkünden. Als sie am Fenster vorbeikam, nahm sie die Messinggießkanne vom Fensterbrett hoch und gönnte ihren drei weißen Orchideen jeweils einen Fingerhut voll Wasser. Dabei fiel ihr Blick auf das Nachbarhaus. Dort war alles dunkel und still. Camilla war schon ausgeflogen, um New York unsicher zu machen.

Das brachte sie auf eine Idee. Sie schaute auf ihre Armbanduhr. Noch drei Stunden, bis Olaf Feierabend hatte. Das hieß, sofern nichts Unerwartetes dazwischenkam, womit man bei ihm immer rechnen musste. Um ihrem Nachbarn Informationen zu entlocken, war erfahrungsgemäß nichts besser geeignet als ein gutes Essen. Erst recht wenn zu Hause nur ein einsamer Abend mit Tiefkühlpizza auf ihn wartete. Und auch Telse konnte statt ihrer ewigen Gemüseeintöpfe mal ein leckeres Coq au Vin vertragen. Wanda griff nach ihrem Handy.

Die Sonne war im Begriff unterzugehen, als drei Personen an Wandas Esstisch Platz nahmen. Einer müde und hungrig, die zwei anderen bis in die Haarspitzen gespannt.

Aus der Küche duftete es verführerisch nach Hähnchen in Rotweinsoße, aber die Gastgeberin machte keinerlei Anstalten, das Essen aufzutragen.

Telse hielt es nicht mehr aus. »Habt ihr jetzt Reinfelds Werkstatt untersucht?«, platzte sie heraus.

Wuttke nickte langsam und schenkte sich ein Glas Wasser ein. Er trank in tiefen Zügen, bevor er das Glas zurückstellte und antwortete. »Ja. Das wurde von der Staatsanwaltschaft veranlasst. Die KTU hat alles auseinandergenommen, du kannst beruhigt sein. Im Haus waren wir auch.«

»Und?« Wanda umklammerte ihre aufgerollte Stoffserviette mit beiden Händen.

Telse rutschte auf die Stuhlvorderkante. Zwei Augenpaare hefteten sich auf den Kriminalkommissar.

Der wusste, dass er jetzt liefern musste, wenn er nicht ewig auf sein Abendessen warten wollte. »Reinfeld sitzt in Untersuchungshaft.« Wuttke lehnte sich zurück und faltete die Hände über dem Bauch. »Unsere Leute haben tatsächlich etwas gefunden.«

»Was denn? Nun sag schon!« Wanda hätte ihn würgen können, wenn es dadurch schneller gegangen wäre.

»Bitte, Olaf, spann uns nicht auf die Folter!« Telse hielt ihre Gabel in der Faust wie ein Bauer seine Forke.

»Also, es war definitiv kein Schwimmunfall.«

Wanda stieß hörbar genervt Luft aus. »Das wissen wir bereits. Was haben deine Pinselschwinger Neues entdeckt?« Sie war kurz davor, über den Tisch zu springen.

»Wir haben die Tatwaffe gefunden.« Er sah sie triumphierend an.

Wanda hob die Augenbrauen. »Nicht zu fassen. Wo war die versteckt?«

»Die war nicht versteckt.« Wuttke gefiel es, die Frauen zappeln zu lassen. »Das Ding stand ganz offen herum.«

»Jetzt sprich doch bitte Klartext«, flehte Telse.

»Ihr habt es bei eurer illegalen Aktion mit Sicherheit gesehen. Es war direkt vor eurer Nase.«

Wuttke ließ noch einen Moment verstreichen, bevor er sich schließlich erbarmte: »Der Schraubstock.«

»Der Schraubstock?« Wandas Gesicht war ein einziges Fragezeichen.

Telse guckte auch nicht schlauer aus der Wäsche.

»Exakt. Massives Eisen. Oder Edelstahl. Auf jeden Fall scharfkantig.«

»Ich verstehe nicht …« Telse runzelte die Stirn. »Das Gerät war doch bombenfest mit der Werkbank verschraubt.«

Der Kriminalhauptkommissar räusperte sich. »Nun ja, ihr habt bei eurem kleinen Einbruch zwar Reinfelds blutige Jacke entdeckt, die anderen Blutspuren sind euch jedoch verborgen geblieben. Der Herr hat das Tatwerkzeug sorgfältig gereinigt. Natürlich nicht sorgfältig genug für Jochen Moders und seine Leute von der Spurensicherung. Die können mit Luminol und ihren Fluoreszenzlampen selbst winzigste Blutreste sichtbar machen. So perfekt kann nicht mal meine Schwiegermutter putzen, um davor sicher zu sein. Dem Hämoglobin sei Dank.«

Wanda nickte ungeduldig. »Ja, ja. Aber was ist denn nun genau passiert?«

Olaf Wuttke schlug die Hände zusammen. Er genoss es, wie die Frauen an seinen Lippen hingen. »Nun, wir denken, die Sache hat sich folgendermaßen abgespielt. In den besagten Schraubstock, der fest verankert ist, hatte Reinfeld etwas zur Bearbeitung eingespannt. Das alte Ruderblatt seines Segelboots, das habt ihr sicherlich gesehen.«

Wanda und Telse nickten.

»Wahrscheinlich wollte er es abschleifen und neu lackieren«, fuhr Wuttke fort. »Er hatte schon mit der Arbeit angefangen. Das Ding sah oberflächlich sauber aus. Jochen Moders hat aber Blutreste sichtbar machen können, die zu denen am Schraubstock passen und eindeutig von Kirsten Reinfeld stammen. Wir gehen davon aus, dass die Frau vor der Werkbank stand, als ihr jemand von hinten ein Stück Holz über den Schädel gezogen hat. Wir haben Faserspuren von der Arbeitsjacke, Blutstropfen und Haare an einem Brett finden können. Kirsten Reinfeld trug die Jacke ihres Mannes, aus welchen Gründen auch immer. Vielleicht wollte sie in der Werkstatt irgendetwas erledigen und hat sie schnell übergezogen, weil ihr kalt war.« Wuttke trank noch einen Schluck Wasser und wischte sich mit dem Handrücken den Mund ab. »Tja, dann ist Frau Reinfeld mit Wucht nach vorn gestürzt, erst auf das eingeklemmte Ruderblatt und dann auf die Kante des Schraubstocks. Die Wunden am Kopf passen zu diesem Hergang. Wie ihr wisst, hat Frau Doktor Kernbeiss Lackspuren darin finden können.«

»Kann ein Sturz wirklich zu so furchtbaren Verletzungen führen?«, fragte Telse ungläubig.

»Der Schlag ist vermutlich mit allergrößter Kraft ausgeführt worden. Frau Reinfeld muss komplett überrascht worden sein, sie ist anscheinend gefallen wie ein Stein. Laut unserer Rechtsmedizinerin kann sie nicht gleich tot gewesen sein, da sie in ihrer Lunge Wasser gefunden hat. Mit rechtzeitiger Hilfe hätte sie vielleicht überlebt.«

»Aber Reinfeld hat sie einfach im Meer entsorgt.« Wandas Stimme klang aufgewühlt, sie ballte die Hände zu Fäusten.

»Er streitet alles ab, wenn ich dich richtig verstanden habe«, sagte Telse. »Aber eine Erklärung für das Blut hat er auch nicht.«

»Deshalb haben wir ihn vorsorglich mitgenommen. Die Indizien sprechen gegen ihn, und ein Alibi für die Tatzeit hat er auch nicht. Obwohl ich nicht begreife, wie man sich so dämlich anstellen kann, wenn man einen Mord begangen hat. Es wäre doch kein Problem für ihn gewesen, die Beweise verschwinden zu lassen. Nicht nur das Ruderblatt, sondern vor allen Dingen das Segel und die verdreckte Jacke. Dann wären wir nicht so schnell auf den Schraubstock gekommen.«

»Wir?« Die Schärfe in Wandas Stimme hätte einem Samuraischwert zur Ehre gereicht. »Ich höre wohl nicht richtig. Ohne uns wärt ihr noch nicht mal in die Nähe der Werkstatt gekommen. Ganz zu schweigen von dem Segel, das hätte die Müllverbrennungsanlage längst vernichtet.«

»Olaf hat aber recht«, sagte Telse nachdenklich. »Ich frage mich auch, warum Reinfeld sich so sorglos verhalten hat. Ist er einfach naiv und verblendet? Wollte er vielleicht insgeheim, dass seine Tat entdeckt wird? Hat ihn sein Gewissen geplagt? Oder verdächtigen wir womöglich den Falschen? Irgendetwas stimmt da nicht. Kann nicht auch seine Freundin Anja Heider ihre Rivalin aus dem Weg geräumt haben?«

»Um es ihrem Geliebten hinterher in die Schuhe zu schieben? Warum hätte sie das tun sollen?« Wanda schüttelte entschieden den Kopf. »Die Ehefrau beseitigen, um anschließend den Lebensgefährten im Knast zu besuchen? Klingt unlogisch.«

»Oder sie wollte Kirsten auf eigene Rechnung zur Herausgabe der *Venus* zwingen«, gab Telse zu bedenken. »Immerhin ist sie auf der Suche nach der Figur, was bedeutet, dass sie von deren vermeintlichem Wert weiß. Und dann ist die Sache irgendwie eskaliert ...«

»Ein wasserdichtes Alibi hat sie genau so wenig wie ihr Lover«, erinnerte Wuttke. »Wir haben allerdings keinerlei Anhaltspunkte für einen begründeten Verdacht gegen sie.« Er setzte sich aufrecht hin und schnupperte demonstrativ. »Meine Liebe, ein ganz wunderbarer Duft umweht meine Nase. Dein Coq au Vin verlangt dringend nach unserer Zuwendung, sonst verschmurgelt es demnächst im Ofen. Und das wäre wahrlich ein Verbrechen.«

»Gleich.« Wanda machte keine Anstalten aufzustehen, sondern trommelte mit ihren manikürten Nägeln auf der Tischplatte herum. »Mir gefällt das alles nicht. Es ist wie bei einem Puzzle, mit dem man unbedingt fertig werden will. Wir dürfen nicht der Versuchung erliegen, die Teile mit Gewalt zusammenzudrücken, obwohl sie nicht richtig passen.« Sie hörte mit dem Geklopfe auf und heftete den Blick auf ihre beiden Gäste. »Das entscheidende Puzzleteilchen fehlt uns noch.«

36

TELSE STARRTE AUF IHR HANDY. Sie kannte die Nummer auf dem Display nicht, hatte aber eine Befürchtung. Ihr sechster Sinn signalisierte so deutlich, als würde er ein rotes Tuch schwenken, dass gerade Philipp von Jaden bei ihr anrief. In einem Anflug von Panik drückte sie den Anruf weg und schloss kurz die Augen. Darauf war sie jetzt nicht vorbereitet. Mit dem Telefon in der Hand wanderte sie vom Wohnzimmer in die Küche und wieder zurück, während sie nachdachte. Ob er ihr wohl ein Treffen vorschlagen wollte? Falls er es denn wirklich war.

Und nun? Telse fixierte das inzwischen wieder dunkle Display. Ein kleiner harmloser Flirt am Abend war das eine, sich zu verabreden etwas anderes. Sie konnte sich einfach nicht vorstellen, dass er sie trotz des Altersunterschieds attraktiv und begehrenswert fand.

Gleichzeitig ärgerte sie sich über diese Gedanken.

Missmutig warf sie das Handy aufs Sofa. Natürlich wollte sie auch, am liebsten sofort, aber sie hatte Angst, sich lächerlich zu machen. So war die Lage.

Plötzlich tauchte ein neuer Gedanke in ihrem Kopf auf, und sie musste auflachen. Vielleicht sorgte sie sich ganz umsonst,

und er wollte mit ihr nur über Fotografie fachsimpeln oder rauskriegen, wie gut ihre Verbindungen im Verlagswesen waren.
Das war sogar die wahrscheinlichere Variante. Offenbar gingen
ihre Hormone mit ihr durch.

Telse atmete tief ein und wieder aus. Morgen – morgen würde sie zurückrufen und herausfinden, was er von ihr wollte.
Eine Nacht drüber schlafen konnte nicht schaden.

Mit dem befriedigenden Gefühl, ihr Leben wieder im Griff
zu haben, verließ sie das Haus »Seemannsfrieden«. Schon beim
Frühstück hatte sie sich vorgenommen, am Nachmittag im Garten für Ordnung zu sorgen. Eine wunderbar meditative Arbeit,
bei der sie über Männer, die Liebe und den ganzen Rest nachdenken konnte. Oder besser gar nicht.

Telse ging zum Schuppen und holte Gartenschere, Hacke
und Abfallkorb, dann machte sie sich an die Arbeit. Die Luft roch
nach Herbst, und feine Spinnenfäden glitzerten zwischen den
Pflanzen. Das Wühlen in der Erde tat ihr gut und beruhigte ihr
Gemüt. Sie war gerade dabei, die Lavendelbüsche unter dem
Wohnzimmerfenster zurückzuschneiden, als plötzlich ein Schatten darauf fiel.

Telse schreckte auf und drehte sich um. Hinter ihr stand Wanda, die sich lautlos genähert hatte.

Die Freundin starrte mit verschränkten Armen auf den La-
vendel. »Alles klar bei dir?«

»Geht so.« Telse richtete sich stöhnend auf und strich Erde
von ihrer Jeans. »Ich glaube, ich bekomme bald eine Schüler-
allergie. Oder Männerallergie. Oder beides.«

»Hm.«

»Und selbst?«

»Ach.« Ein Seufzen schwebte davon.

»Ich weiß.« Telse warf die kleine Handhacke auf den Rasen und legte den Arm um ihre Freundin. »Es ist alles unbefriedigend. Wir müssen einfach dranbleiben, bis sich die ganze Sache geklärt hat. Und hinterher machen wir beide eine schöne kleine Wochenendreise. Mit Schampus und Wellness und allen Schikanen.«

Wanda nickte. Sie überlegte einen Moment, dann räusperte sie sich. »Wenn du Lust hast, komm doch später rüber. Zusammen jammert man weniger allein. Einen kühlen Bio-Riesling aus der Pfalz habe ich auch da.«

Telse zögerte. »Eigentlich bin ich heute ziemlich schlapp. Mir ist mehr nach Ruhe.«

»Als Bonus bekommst du den Vollmond umsonst dazu«, lockte Wanda. »Von meinem Balkon aus kannst du ihn über dem Meer aufgehen sehen. Riesengroß und orange, einfach traumhaft. Nimm deine Kamera mit.«

Telse gab sich geschlagen. »Eindeutig ein Angebot, das ich nicht ablehnen kann.«

37

WANDA WUSSTE NICHT, warum sie eine so schwermütige Stimmung heimgesucht hatte. Vielleicht waren es die diffusen Schuldgefühle, die bei jedem Gedanken an den Tod ihrer alten Freundin mitschwangen. Hätte sie ihn irgendwie verhindern können? Hatte Kirsten sich bedroht gefühlt, oder war sie ihrem Mörder ganz arglos begegnet? Immer wieder stellte Wanda sich diese Fragen, ohne eine Antwort zu finden.

Sie ging ins Wohnzimmer, öffnete die Terrassentür und blickte aufs Meer hinaus. Die kühle Luft der heranschleichenden Nacht streichelte ihre Haut. Sie war froh, dass Telse noch ein Stündchen zum Plaudern herüberkommen wollte. Andernfalls würde sie heute nur schwer in den Schlaf finden können.

Endlich klingelte es an der Tür. Telse trat ein und erkannte gleich, dass sie sich heute Abend gegenseitig aufmuntern mussten. Sie begrüßte ihre Freundin mit einer festen Umarmung. »Dann gehen wir mal den Mond angucken.« Sie lächelte.

»Ich habe für uns beide Logenplätze im ersten Rang gebucht. Es wird dir gefallen.« Wanda winkte, ihr zu folgen.

Der Erdtrabant gab heute Abend wirklich alles. Wie eine riesige kreisrunde Orangenscheibe hing er knapp über dem Horizont und sprenkelte die Oberfläche der spiegelglatten Ostsee mit funkelnden Safttropfen. Ein paar Segelboote dümpelten mit gelichtetem Ankerball neben dem Hafen. Das perfekte Foto, dachte Telse, fast zu schön, um echt zu sein. Sie stützte die Unterarme auf das Balkongeländer und genoss den Ausblick. Der Kieler und der Bülker Leuchtturm blinkten um die Wette.

Unvermittelt stieg ein diffuses Sehnsuchtsgefühl in ihr auf. Wollte sie für immer hierbleiben? Julianne wollte es jedenfalls nicht, schoss es ihr durch den Kopf. Deren Umzugspläne nach Göteborg hatte sie bisher erfolgreich verdrängen können. Jetzt fragte sie sich, ob ihre Tochter tatsächlich vorhatte, wieder nach Kiel zurückzukehren. Oder zumindest nach Deutschland.

Telse spürte, wie sich ein Kloß in ihrem Hals bildete. Das hatte ihr gerade noch gefehlt. Schluss, jetzt reichte es mit der Gefühlsduselei. Sie richtete sich auf und umfasste das Geländer fest mit beiden Händen. Natürlich blieb sie hier wohnen, und zu Julianne konnte sie jederzeit mit der Fähre fahren, wenn sie Lust hatte. Schweden war doch nicht Neuseeland. Abends an Bord gehen, morgens in Göteborg aussteigen, wo war das Problem? Und Philipp von Jaden wollte vermutlich nur ihre Kontakte als Redakteurin nutzen, um eine dicke Story im Kunstmagazin des Grotenhus-Verlags zu kriegen. Pah, da konnte er lange warten.

»Alles gut bei dir?« Wanda musterte sie, während sie ein Tablett mit zwei Weingläsern, Käsewürfeln und Oliven auf den Balkontisch stellte. »Komm, setzen wir uns gemütlich hin. Möchtest du eine Wolldecke?«

Telse verneinte, gerührt von der Fürsorglichkeit ihrer Freundin, und nahm in einem der Korbsessel Platz.

»Tja, da sitzen wir nun, schauen zum Himmel empor und

sind so schlau als wie zuvor«, eröffnete Wanda das Gespräch. Sie nahm einen Schluck Wein, bevor sie fortfuhr. »Die Sache mit Tilman kommt mir einfach nur spanisch vor. Das passt doch hinten und vorne nicht zusammen.«

»Tja, da ist jetzt Olaf gefordert. Ich glaube nicht, dass die Staatsanwaltschaft schon eine wasserdichte Anklage basteln kann.«

»Ich habe ehrlich gesagt keine Idee mehr, was wir noch tun können, um entweder Reinfeld zu überführen oder – was ich immer noch für unwahrscheinlich halte – einen anderen Täter zu finden.« Wanda zog dezent die Nase hoch und suchte erfolglos nach einem Taschentuch.

»Am besten ist es wohl, wenn wir es einfach bleiben lassen«, antwortete Telse. Sie fühlte, wie eine angenehme Trägheit Besitz von ihr ergriff. »Wir haben nur Verdachtsmomente gegen alles und jeden.« Sie gähnte. »Wenn wir weiter nachforschen, machen wir uns noch zum Gespött des Ortes. Man wird mit dem Finger auf uns zeigen und rufen: Guckt mal da, die beiden verrückten Hobbydetektivinnen von Schilksee auf Verbrecherjagd. Nein danke, das muss ich nicht haben.«

»Sag mal, hast du vielleicht ein Taschentuch für mich?«, unterbrach Wanda den Gedankenfluss. »Meine Nase läuft wie verrückt, und bevor ich aufstehen muss …«

»Kann sein.« Telse nahm ihre Jacke vom Nachbarsessel und wühlte in den Taschen. »Hier.« Sie zog ein Paket Papiertaschentücher hervor. Dabei fiel ein kleiner gefalteter Zettel auf den Boden.

»Danke.« Wanda nahm die Packung entgegen und schnäuzte sich.

Telse bückte sich, hob den Zettel auf und faltete ihn auseinander »Ach ja, das hatte ich in Reinfelds Werkstatt auf dem Boden gefunden. Eine alte Einkaufsliste. Wollte ich eigentlich schon entsorgen.«

»Was steht denn da auf der Rückseite.« Wanda beugte sich mit zusammengekniffenen Augen vor.

Telse drehte das Blatt um. »Ach, das sind nur die Öffnungszeiten und Kursangebote der Schwimmhalle Schilksee. Aquagymnastik montags von sechs bis sieben Uhr, mittwochs von elf bis zwölf, donnerstags von …«

»Schon gut.« Wanda winkte ab. Unvermittelt erschien ein nachdenklicher Ausdruck auf ihrem Gesicht. »Seltsam.«

»Was ist seltsam?«

»Wieso ein Infozettel der Schwimmhalle?«

Telse zog irritiert die Augenbrauen hoch. »Wieso nicht? Vielleicht war gerade nichts anderes greifbar. Die leere Rückseite bietet sich ja für Notizen an.«

»Hm«, brummte Wanda. »Die Sache hat nur einen Haken.«

»Nun mach es nicht so spannend.« Telse hielt nicht viel von Wandas Hang zur Spökenkiekerei.

»Tilman geht grundsätzlich nicht gerne ins Wasser, darüber hat sich Kirsten oft genug beklagt. Erst recht nicht in eine überfüllte Schwimmhalle, da hätten ihn keine zehn Pferde rein bekommen. Was ich persönlich gut verstehen kann, das ist aber auch schon unsere einzige Gemeinsamkeit.«

»Na und?« Telse zuckte mit den Schultern. »Dann hat halt Kirsten die Liste geschrieben.«

Sie wollte das Papier zusammenknüllen, aber Wanda rief laut: »Stopp!«

Überrascht hielt Telse inne.

»Kirsten hat ebenfalls nie die Schwimmhalle besucht. Sie hat das Chlorwasser nicht vertragen«, erklärte Wanda. »Davon bekam sie brennende Augen und Ausschlag.« Sie griff sich den Zettel und musterte die Liste. Dann legte sie ihn auf die Tischplatte. »Ihre Handschrift ist es übrigens auch nicht.«

Beide Frauen starrten einen Moment auf den Flyer, bis Wanda den Kopf hob und einen Punkt in der Ferne fixierte.

»Da war doch was mit dem Schwimmbad …«, überlegte sie laut. Plötzlich richtete sie sich gerade auf, ihre Augen leuchteten. »Ich habs!«

Telse sah ihre Freundin gespannt an.

»Jesse! Der arbeitet dort als Bademeister, wenn ich mich richtig erinnere. Hat Sarah aus dem Segelclub erzählt.«

»Und du meinst, er könnte den Zettel in Reinfelds Werkstatt verloren haben?« Telse guckte skeptisch.

Wanda wiegte den Kopf. »Nicht wahrscheinlich, aber durchaus möglich, schließlich war er früher mit den Reinfelds befreundet. Die Frage ist nur, was er in der Werkstatt zu suchen hatte.«

»Vielleicht hatte er eine heimliche Beziehung mit Kirsten. Wo das mit seiner Anja doch in die Brüche gegangen ist. So als kleine Rache an Reinfeld«, spekulierte Telse vor sich hin. »Und Kirsten wollte es mit der Affäre ihrem untreuen Gatten heimzahlen.«

»Ich glaube, du liest zu viele Groschenromane. Erstens hätte Kirsten mir davon erzählt, und zweitens: Warum sollte Jesse sie dann umbringen? Gesetzt den Fall, es wäre so, wie du sagst.«

»Es kam aus irgendwelchen Gründen zu einem Streit, der

tödlich ausging. Vielleicht hat Kirsten ihm den Laufpass gegeben. Jesse kann ja recht impulsiv sein, wie wir wissen.«

»Ein Boot hat er immerhin«, sagte Wanda nachdenklich. Sie machte aber keinen überzeugten Eindruck.

»Wissen wir etwas über sein Alibi zur Tatzeit?«

»Keine Ahnung.«

»Du solltest Olaf fragen, ob man von einem Stück Papier Fingerabdrücke nehmen kann.« Telse griff nach ihrer Serviette und bemühte sich, den Zettel damit zusammenzufalten, ohne ihn zu berühren. »Falls da überhaupt noch etwas Brauchbares drauf ist. Ich habe vermutlich schon sämtliche Spuren verwischt. Plastiktüte?«

»Hole ich.« Wanda stand auf. »Und dann möchte ich für die nächsten Stunden nichts mehr von Mord und Totschlag hören, sondern nur noch einen schönen Abend haben. Bitte.«

38

TELSE SPIESSTE MIT DER GABEL eine Olive auf, kaute und spuckte den Stein über das Geländer.

»He, den Schweinkram fegst du morgen von meiner Terrasse«, empörte sich Wanda aus der Tiefe ihres Sessels.

Telse grinste, spuckte den nächsten Olivenkern in ihre Hand, sah sich suchend um und schnippte ihn schließlich in hohem Bogen über die Brüstung.

In diesem Moment klingelte es unten an der Tür.

»Huch, erwartest du noch Besuch?« Neugierig beugte sich Telse über das Balkongeländer, aber die Haustür befand sich außerhalb ihres Blickfelds.

»Keine Ahnung, wer das ist. Ich muss wohl nachschauen gehen, hilft ja alles nichts.« Wanda seufzte, stellte ihr Glas ab und stemmte sich aus dem Korbsessel hoch. »Bin gleich wieder da.«

»Guck erst mal durch den Spion, bevor du aufmachst!«, rief Telse ihr hinterher.

»Worauf du dich verlassen kannst«, tönte es dumpf zurück.

Telse lauschte. Sie konnte hören, wie die Haustür geöffnet wurde. Dann drang leises Stimmengemurmel zu ihr hoch. Kurz darauf vernahm sie Schritte auf der Treppe, die eindeutig von mehr als einer Person stammten. War das etwa Olaf Wuttke?

Sie musste auf des Rätsels Lösung nicht lange warten.

»Schau mal, wer bei uns hereingeschneit ist.« Wanda hielt die Balkontür einladend auf und bedeutete jemandem im Innern des Zimmers, näher zu treten. »Da kommst du nie drauf.«

Telse starrte auf die Person, die jetzt im Türrahmen erschien. Nein, darauf wäre sie in der Tat nicht gekommen.

Vor ihr stand Anja Heider, die Freundin von Tilman Reinfeld und lächelte unsicher. Sie hielt einen Weidenkorb umklammert, in dem gut sichtbar zwei Flaschen Rotwein und ein Paket Grissini lagen.

»Hallo. Wir kennen uns ja schon vom Sehen.« Sie stellte den Korb auf den Boden und reichte Telse die Hand. »Anja Heider, falls Sie sich nicht mehr an mich erinnern. Ich weiß, es ist schon spät, und ich möchte auch nicht stören, aber ich muss unbedingt mit Ihnen beiden reden. Heute Abend noch. Wie schön, dass ich Sie zusammen angetroffen habe.« Sie bückte sich, nahm eine der beiden Weinflaschen heraus und stellte sie auf dem Balkontischchen ab. »Eine kleine Entschädigung dafür, dass ich Ihre Zeit stehle.«

»Äh, guten Abend«, sagte Telse. Sie versuchte, sich ihre Irritation nicht anmerken zu lassen, und schielte unauffällig zu ihrer Freundin hinüber.

Wanda machte einen gelassenen Eindruck und bot dem Gast einen Platz an. »Na, dann besorge ich schnell mal frische Gläser, wenn wir schon zu einem Schlummertrunk eingeladen werden«, verkündete sie nach einem kurzen Blick auf die Flasche und verschwand sogleich im Inneren des Hauses.

Telse biss sich auf die Lippen, um Reinfelds Freundin nicht mit offenem Mund anzuglotzen. War sie die Einzige, die die

Situation merkwürdig fand? Was wollte die Frau hier? Ihr fiel partout nichts ein, womit sie bis zu Wandas Rückkehr Small Talk hätte machen können.

Anja Heider schien auch nicht recht zu wissen, was sie sagen sollte, und rutschte in ihrem Sessel herum. »Haben Sie vielleicht einen Korkenzieher?«, platzte sie schließlich heraus.

»Schon da«, ertönte Wandas Stimme. Sie betrat mit einem voll beladenen Tablett den Balkon und ließ sich nicht anmerken, wie sie zu dem unangemeldeten Besuch stand. Telse kannte sie aber gut genug, um zu wissen, dass es nicht etwa Höflichkeit, sondern pure Neugier war, die ihre Freundin dazu bewogen hatte, Anja hereinzubitten. Die Chance, Neuigkeiten über Tilman Reinfeld quasi aus erster Hand zu erfahren, hätte sie sich niemals entgehen lassen. Sie beobachtete, wie Wanda routiniert die mitgebrachte Flasche entkorkte und die Gläser füllte. Auf ihrer Miene lag ein eigentümlich zufriedener Ausdruck.

Wie eine Katze, die eine Maus in die Enge getrieben hat und noch ein wenig mit ihr spielen will, bevor sie zum tödlichen Finale ansetzt, dachte Telse.

»Was verschafft uns die Ehre?«, eröffnete Wanda das Gespräch, nachdem alle den ersten Schluck getrunken hatten.

Anja pulte mit gesenktem Kopf an ihrem Daumennagel. Dann hob sie den Blick und straffte sich entschlossen. »Es geht einfach nicht mehr«, erklärte sie. »Ich dachte, ich schaffe das, aber ich habe mich geirrt.« Sie nahm ihr Weinglas und drehte es zwischen den kräftigen Fingern.

Telse und Wanda schwiegen und warteten auf die Fortsetzung.

»Ich meine, mit Tilman.« Wieder Pause.

Auf Wandas Gesicht malte sich Anspannung.

»Und weshalb kommen Sie damit zu uns?«, konnte Telse sich nicht mehr zurückhalten. »Wir kennen uns doch kaum.«

»Bitte glauben Sie mir«, Anja stellte das Weinglas auf den Tisch zurück, hob den Kopf und sah von einer zur anderen. »Tilman ist kein Mörder, das weiß ich genau. Das alles muss ein furchtbares Missverständnis sein.«

»Die Polizei sieht das anders«, warf Telse ein.

»Ja, aber sie wird ihren Irrtum hoffentlich bald bemerken. Die können ihn doch nicht für etwas anklagen, was er gar nicht getan hat. Ohne jeden Beweis.«

»Immerhin gibt es Indizien, die gegen ihn sprechen«, sagte Telse. »Ob die ausreichen für eine Verurteilung, wird sich zeigen. Es sieht jedenfalls nicht gut aus für ihn.«

Anja schluckte. »Da ist aber noch etwas anderes, was mir auf dem Herzen liegt.« Sie machte eine Pause.

Die beiden Frauen sahen sie erwartungsvoll an.

»Ich bin mir nicht sicher, ob Sie mich verstehen werden.« Anja zögerte abermals. Dann schien sie sich einen Ruck zu geben. »Es ist mir wichtig, dass Sie mich nicht für die dumme Geliebte halten, die einfach die Rolle der toten Ehefrau einnimmt, ohne sich etwas dabei zu denken. So ist es nämlich nicht.«

»Sondern?«, fragte Wanda.

»Ich weiß, dass Sie Kirstens Freundin waren.« Anja holte Luft. »Deshalb bin ich hier, obwohl Sie mich vermutlich nicht leiden können. Das akzeptiere ich. Aber ich will Ihnen etwas mitteilen.« Sie sah Wanda direkt in die Augen. »Ich werde mich von Tilman Reinfeld trennen, und ich möchte, dass Sie das wissen.«

Wanda zog die Augenbrauen hoch. »Warum?«

»Ich mich trenne?«

»Das auch.«

»Nun ja.« Anja nahm bedächtig ihr Glas in die Hand und trank einen Schluck, bevor sie weitersprach. »Tilman ist nicht der richtige Mann für mich, das ist mir schon vor einer Weile klar geworden. Nicht erst, seit ihn die Polizei abgeholt hat. Ich habe gemerkt, dass er immer noch an seiner verstorbenen Frau hängt und nicht reif für eine neue Beziehung ist.« Sie blickte die Frauen an. »Aber ich bin kein billiger Zeitvertreib, sondern ein Mensch mit eigenen Zielen und Wünschen. Das zu begreifen fällt Tilman schwer, und ich habe nicht ewig Zeit.«

Sie schien auf eine Reaktion zu warten, die aber nicht kam, deshalb fuhr sie fort: »Mein Entschluss steht fest. Ich werde aus dem Austernfischerweg ausziehen und mich wieder um mich selbst kümmern. Meine alte Wohnung habe ich zum Glück noch behalten.« Sie lachte kurz auf. »Wir Frauen warten doch immer zu lange, bis wir die richtige Entscheidung treffen.«

»Aha«, kommentierte Wanda trocken.

»Und um uns das mitzuteilen, haben Sie sich so spät noch auf den Weg gemacht?«, fragte Telse. »Abgesehen davon, dass es uns doch eigentlich nichts angeht, hätte Ihr Bekenntnis nicht Zeit bis morgen gehabt?«

»Nein, hätte es nicht«, kam die prompte Antwort. »Morgen Abend werde ich wahrscheinlich nicht mehr hier sein. Ich muss Abstand gewinnen und will erst mal verreisen. Meine Koffer sind schon gepackt.«

Telse hob die Augenbrauen. »Das kommt ganz schön plötzlich. Aber besser eine späte Einsicht als gar keine. Auch wenn ich das von Ihnen, ehrlich gesagt, nicht erwartet hätte.«

»Ich habe mich viel zu lange Tilmans Interessen untergeordnet, jetzt bin ich dran. Wobei ich hoffe, dass diese Krise nicht nur für mich, sondern auch für ihn gut ausgeht.«

»Krise ist gut!« Wanda lachte unfroh. »Bezeichnen Sie einen Mordverdacht samt Untersuchungshaft immer so, Frau Heider?«

»Nennen Sie mich doch bitte Anja. Auch wenn wir vermutlich keine Freundinnen mehr werden. Ich würde mich trotzdem freuen, wenn dieser Abend ein positives Ende finden könnte. Lasst uns noch einen Schluck trinken, dann werde ich mich verabschieden.« Sie ergriff ihr Weinglas und hob es in die Höhe. »Auf uns!«

Zögernd taten es ihr Wanda und Telse nach.

»Wollen wir nicht ein paar von diesen Stangen dazu knuspern?« Anja angelte die Tüte Grissini aus dem Korb und riss sie auf. »Die sind zwar ein bisschen trocken, aber angeblich mit Tomaten und Basilikum veredelt.« Sie wandte sich an Wanda: »Hast du dafür vielleicht ein großes Glas oder etwas Ähnliches?«

Wanda nickte. Etwas widerwillig zwar, aber sie erhob sich. »Bin gleich zurück.«

Kaum war Wanda verschwunden, wandte sich Anja an Telse. »Sag mal, könnte ich vielleicht eine Decke bekommen? Es ist doch ziemlich frisch geworden. Irgendwie war ich noch auf sommerliche Temperaturen eingestellt, als ich losgefahren bin.« Sie rubbelte ihre Oberarme. »Aber nur, wenn es keine Umstände macht.«

Telse seufzte innerlich. »Ich schau mal, was ich finde.«

»Danke, das ist lieb von dir.« Anja lächelte, und Telse machte sich auf die Suche. Sie traf Wanda in der Küche an und schilderte ihr kurz den Auftrag. Wanda nickte, eilte in den Flur und kramte eine leichte Wolldecke aus dem Einbauschrank.

Als sie nach ein paar Minuten gemeinsam auf den Balkon zurückkehrten, hatte Anja es sich im Sessel bequem gemacht. Sie schien bester Laune zu sein.

»Bitte schön. Ich hoffe, sie ist warm genug.« Telse reichte ihr die Decke und setzte sich.

»Tja, lange halte ich heute nicht durch, ich habe morgen so einiges zu erledigen.« Wanda nahm sich eine Gebäckstange und biss ein Stück ab, wobei sie demonstrativ auf ihre Armbanduhr schaute.

»Kein Problem, ich will euch nicht auf die Nerven fallen. Aber austrinken müssen wir noch, ich lasse mein halb volles Glas doch nicht umkommen. Danach mache ich mich auf die Socken, versprochen.« Anja nahm die Rotweinflasche und füllte die Gläser ihrer Gastgeberinnen großzügig auf.

Telse protestierte schwach und vergebens. Wanda dagegen schien keine Einwände gegen einen Absacker zu haben und griff bereitwillig zu.

»Auf diesen wunderbaren Abend.« Anja setzte ihr Glas an den Mund und trank es fast auf ex. Wanda sah amüsiert und mit leichtem Kopfschütteln zu. Dann nahm sie ebenfalls einen ordentlichen Schluck. Und gleich darauf noch einen.

Telse hob die Augenbrauen und nippte an ihrem Wein, um keine Spielverderberin zu sein.

»Nicht so sparsam.« Anja prostete ihr aufmunternd zu. »Oder schmeckt dir der Wein nicht? Soll ein guter Tropfen sein, der war echt nicht billig.«

»Doch, ist lecker«, log Telse. In Wahrheit fand sie den Geschmack nicht so überragend, sondern fast ein wenig seifig, aber das behielt sie lieber für sich.

»Dann runter damit. So jung kommen wir nicht mehr zusammen.« Anja stieß mit ihr an und wartete, bis Telse ihr Glas komplett geleert hatte.

»Oh, schon alle.« Wanda hielt die leere Weinflasche hoch und machte ein enttäuschtes Gesicht. So langsam zeigte der Alkohol Wirkung.

Anja kicherte. »Kein Problem, ich habe die andere Buddel schon aufgemacht.« Sie griff in ihren Korb und zog den zweiten Rotwein hervor, dessen Korken bereits halb herausguckte.

»Wie wunderbar vorausschauend von dir.« Wandas Wangen waren auffällig gerötet, und sie sprach leicht verwaschen. »Ich glaube, ein winziges Gläschen könnte ich noch vertragen.« Sie schob ihr Glas über den Tisch und strahlte Anja an. Dann blickte sie streng zu Telse. »Komm, sei kein Frosch. Einer geht noch.« Ohne zu fragen, nahm sie deren Glas und hielt es Anja hin, die es bereitwillig bis zum Rand füllte.

Telse stöhnte innerlich. Sie musste morgen zwar nicht in die Schule, sah aber deutlich einen ausgewachsenen Kater heranschleichen.

»Iss einfach ein paar von den trockenen Tomatendingern dazu«, schlug Wanda vor. »Jetzt wird es doch gerade erst gemütlich.«

Telse zog gehorsam ein Grissini aus dem Stangenbündel und nagte lustlos daran herum.

Die beiden anderen Frauen waren mittlerweile in Plauderlaune. Telse hörte mit halbem Ohr, wie Anja über die künstlerische Arbeit Tilman Reinfelds lästerte. Wanda schüttete sich aus vor Lachen und gab im Gegenzug Klatsch über die Strander Politprominenz zum Besten. Die beiden schienen sich prächtig zu amüsieren.

Kurz entschlossen ergriff Telse ihr Weinglas. Jetzt wollte sie auch Spaß haben, Herrgott noch mal. »Auf uns und diesen Abend!« Sie leerte das Glas in einem Zug und stellte es schwungvoll auf den Tisch zurück.

Wanda und Anja ließen sich nicht lange bitten und erhoben ebenfalls ihre Gläser.

»Genau, auf uns und alle, die noch wach sind!« Anja lachte und goss den Rest ihres Weins über die Balkonbrüstung in den Garten. »Für die Gänseblümchen!«

Wanda schmiss eine Knusperstange hinterher. »Für die kleinen Mäuschen!«

Beide schütteten sich aus vor Lachen.

Auch Telse musste grinsen. Der Abend wurde wider Erwarten richtig schön albern. Sie bewaffnete sich ebenfalls mit einem Grissini und schleuderte es wie einen Speer in die Büsche. »Für die hungrigen Miezekatzen! Damit ihr nicht die Mäuschen fressen müsst.«

Das war das Signal. Alle drei Frauen stürzten sich auf die Knabberstangen, um sie dann mit Schwung vom Balkon herab in die dunklen Tiefen des Gartens zu versenken.

»Für den armen Olaf!« Wanda zielte in die Hecke von Wuttkes. »Damit er mir nicht verhungert.«

Telse kniff ein Auge zu, hielt ihr Grissini mit Daumen und Zeigefinger wie einen Dartpfeil und schoss es dann präzise durch die Lücke zwischen zwei dicken Eichenästen. »Für alle Nachteulen!« Sie wollte gerade das nächste Wurfgeschoss abfeuern, musste aber innehalten. Unvermittelt spürte sie heftige Übelkeit in sich aufsteigen. Ihr wurde schwindelig. Verdammt, das war ja zu erwarten gewesen, warum hatte sie nur so viel getrunken? Besser, sie verzog sich ins Bad, bevor noch ein Unglück geschah.

»Ich glaube, mir ist nicht gut.« Sie erhob sich zitternd, ließ sich aber gleich wieder in den Korbstuhl zurückfallen. Ihr Kopf spielte Karussell, und der gesamte Fußboden schien zu schwanken. Das würde eine Nacht mit Eimer neben dem Bett werden, so viel stand fest. Sie versuchte erneut, sich aufzurichten, gab es aber sofort wieder auf. Schon bei der kleinsten Bewegung drehte sich alles um sie herum. Ihr Magen rebellierte, und ihr stand der Schweiß auf der Stirn.

Wanda reagierte nicht auf Telse. Sie warf auch keine Gebäckstücke mehr in die Gegend. Stattdessen hing sie plötzlich völlig apathisch in ihrem Sessel und starrte Löcher in die Luft.

Der gehts auch nicht besser als mir, dachte Telse, bevor eine ungeheure Kopfschmerzwelle sie erfasste.

»Alles okay mit euch?«, erkundigte sich Anja mit einfühlsamer Stimme. Als keine Antwort kam, blickte sie erst Telse, dann Wanda scharf an. Anschließend nahm sie die beiden Weinflaschen vom Tisch und packte sie in ihren Korb.

Aus Telses Richtung ertönte ein leises Stöhnen, Wanda dagegen schien eingeschlafen zu sein. Ihre Augen waren geschlossen, und ihr Kopf hing schwer zur Seite. Ein feiner Speichelfaden rann aus ihrem linken Mundwinkel und bildete einen nassen, dunklen Fleck auf ihrer Bluse.

Anja lächelte und stupste sie leicht an der Schulter an. Wandas Arm rutschte über die Sessellehne und baumelte dann wie bei einer Gliederpuppe herab. Nach einem weiteren Blick auf Telse, die sich in ihrem Korbsessel zusammenkrümmte, sammelte Anja alle drei Weingläser ein, trug sie in die Küche und spülte sie sorgfältig aus. Dann kehrte sie auf den Balkon zurück, baute sich vor Telse auf und stemmte die Hände in die Hüften. Mitleidslos musterte sie das Häufchen Elend vor sich.

»So, meine Liebe, dann wollen wir mal.« Sie schaute kurz auf ihre Armbanduhr. »Bevor du mir noch genauso wegdämmerst wie deine Kollegin, die alte Saufnase. Jetzt ist sie leider nicht mehr zu gebrauchen, aber eine von euch beiden reicht ja.« Sie beugte sich hinunter, bis ihr Gesicht auf gleicher Höhe mit Telses war. »Hallo, kannst du mich hören?« Als keine Antwort kam, rüttelte sie sie unsanft an der Schulter.

Aus Telses Mund kam ein Schmerzenslaut.

»Komm, bleib wach, nicht abhauen. Wir zwei haben noch eine kleine Reise vor uns.«

Anja wuchtete Telse mit einiger Mühe aus dem Sessel. Dann legte sie sich deren Arm um die Schulter und hielt ihn am Handgelenk fest, während sie sich bemühte, das Gleichgewicht auszubalancieren. Sie fluchte. Die Frau war eindeutig schwerer, als sie aussah. Welch gute Fügung, dass sie sich nicht mit der anderen abplagen musste, die wog garantiert noch zehn Kilo mehr.

»Was is 'n los?«, nuschelte Telse. Unvermittelt knickten ihr die Beine weg, aber Anja hatte sie fest im Griff und riss sie grob wieder nach oben.

»Wir beiden Hübschen gehen spazieren, das wird dir guttun. Laufen kannst du hoffentlich noch.« Anja schlang ihren anderen Arm um Telses Hüfte und zog sie unnachgiebig ins Innere des Hauses.

»Spassiern is gut, sehr gut. Ich brauch frische Luft«, lallte Telse, machte zwei Schritte vorwärts, stolperte und fing sich wieder.

»Ja, ja. Mach hinne, wir haben nicht ewig Zeit.«

Anja schleifte Telse erst durch das Wohnzimmer und dann die Treppe hinunter, wobei sie ihr Opfer fest an das Geländer presste. Unten öffnete sie die Haustür und blickte prüfend in alle Richtungen. Die Promenade war um diese Uhrzeit menschenleer, selbst aus den angrenzenden Häusern schimmerte kein Lichtschein mehr.

»Bin müde, will ins Bett«, jammerte Telse. Sie versuchte schwach, sich aus der Umklammerung zu befreien, aber Anjas Griff war eisenhart.

»Schlafen kannst du später. Jetzt sei ein braves Mädchen. Los, hier gehts lang.«

Anja zerrte Telse zur hinteren Gartentür, die auf die Sackgasse hinausführte. Ihr schwarzer Seat parkte schräg gegenüber an der dunkelsten Stelle zwischen den Lichtkegeln der Straßenlaternen, wo er fast unsichtbar war. Seine Scheinwerfer leuchteten kurz auf, als sie mit der Fernbedienung die Türen entriegelte, dann verschwand der Wagen wieder in der Finsternis. Mit aller Kraft ihres durchtrainierten Körpers schob sie Telse vorwärts, die sich wie ein bockiger Esel steif machte.

»Will nich' Auto fah'n.«

»Und ob du willst.« Anja riss die Beifahrertür des Wagens auf und schubste Telse auf den Sitz. »So, jetzt kannst du dich kurz ausruhen. Aber schön friedlich bleiben, sonst gibt es Ärger, verstanden? Bin gleich wieder da.« Sie drückte die Tür zu und schloss ab. Dann rannte sie zu der Villa zurück. Kurz darauf war sie schon wieder am Auto und verstaute ihren Korb mit den leeren Weinflaschen im Kofferraum. Telse hing willenlos auf dem Sitz und schnarchte. Mit schnellem Blick kontrollierte Anja die Häuserfronten zu beiden Seiten der Straße. Nichts rührte sich. Sie stieg ein, startete den Motor und fuhr los.

39

DER OLYMPIAHAFEN IN SCHILKSEE lag um diese späte Uhrzeit wie ausgestorben da. Als Anja Heider mit ihrem Seat auf das Gelände einbog, schaltete sie die Scheinwerfer aus und steuerte nach links in den abgeschiedenen nördlichen Teil. Am Ende der Stegreihe tauchte ein holzverkleidetes Müllsammelhäuschen aus der Dunkelheit auf. An dessen Rückseite brachte sie den Wagen neben einer aufgebockten Segeljacht zum Stehen und stellte den Motor ab. Nach einem kurzen Blick auf die schlafende Telse öffnete sie die Fahrertür, stieg aus und lauschte. Es war totenstill, bis auf das ewige Klackern der metallenen Fallen an den Bootsmasten. Das Licht des Vollmonds spiegelte sich auf der Wasseroberfläche zwischen den Stegen. Dunkle Wolkenfetzen jagten über den Himmel, verdeckten die hell leuchtende Scheibe und gaben sie wieder frei.

Anja sog die kühle Luft ein. Sie wusste, nach Mitternacht zeigte sich hier draußen nicht der kleinste Katzenschwanz, von Menschen ganz zu schweigen. Sie ging um den Wagen herum und ließ die Beifahrertür lautlos aufspringen. Dann beugte sie sich über Telse und schlug ihr mit der flachen Hand auf beide Wangen.

»Aufstehen, meine Hübsche, wir haben noch etwas vor. Aber ein bisschen sportlich, wenn ich bitten darf.« Sie packte die Aufwachende grob am Arm, zerrte sie nach draußen und presste sie gegen die Karosserie.

»Mir is' schlecht«, stöhnte Telse. Urplötzlich gaben ihre Knie nach, und sie sackte zusammen, doch Anja bekam sie auf halber Höhe zu fassen und stabilisierte sie mit festem Griff. »Kotzen kannst du später, jetzt will ich dir erst mal was zeigen. Los gehts.« Sie legte sich Telses Arm über die Schulter und steuerte mit ihr den letzten Steg am Hafenende an. Ein möglicher Beobachter sollte sie ruhig für ein betrunken stolperndes Pärchen halten, das den Weg nach Hause nicht mehr gefunden hatte.

Die nördliche Grenze des Hafens wurde im Wasser von einer rostigen Spundwand markiert. Eine kurze Treppe führte von dem erhöhten Hafenvorfeld auf die letzte Anlegebrücke herab. Hier, am Steg fünf, hatten jene Segler festgemacht, die ihre Ruhe schätzten und möglichst wenig von den in den Hafen herein- oder herausmanövrierenden Booten behelligt werden wollten. Anja schubste Telse zum Treppenabsatz. »Los jetzt, schön die Beinchen heben«, zischte sie und zwang ihr schwach protestierendes Opfer die Stufen hinunter. Dann schubste sie es den Holzsteg entlang.

Benommen taumelte Telse vorwärts. Sie trug offene Sandalen und stieß mit den Zehen wiederholt gegen leere Getränkekisten, die manche Eigner als Trittleiter vor ihren Jachten deponiert hatten. »Aua«, jammerte sie mit schwacher Stimme.

»Dann pass halt auf, du blöde Kuh.« Anja boxte Telse grob in die Seite, sodass diese aufjaulte, und bugsierte sie dann zwischen den Kisten und zusammengerollten Leinen weiter bis zum Ende des Stegs. Dort angekommen, drehte sie ihr den Arm auf den Rücken und zwang sie so in die Knie.

Telse schrie auf.

»Schnauze!« Anja Heider umklammerte Telses Nacken mit hartem Griff. »So, guck dir das ganz genau an«, fauchte sie und drückte den Kopf ihres Opfers näher zur Wasseroberfläche. Telses Blick verschwamm immer stärker. Schmerzwellen überrollten sie, nicht nur wegen der Finger, die sich unnachgiebig in ihren Hals gruben. Ihr Schädel drohte zu platzen, gleichzeitig revoltierte ihr Magen und schickte einen Schwung Säure nach oben.

Es dauerte einen Moment, bis sie das Glitzern des Wassers direkt vor ihrem Gesicht wahrnahm. Es war nah, viel zu nah. Fast im selben Augenblick brandete eine neue Woge Übelkeit in ihr hoch, die sie aufstöhnen ließ.

»Niedlich, die Tierchen, findest du nicht?«, drang Anjas Stimme wie durch Watte in ihr Bewusstsein. »So weich und hübsch.« Der Druck in ihrem Kopf benebelte Telses Denken. Da vor ihr war Wasser, so viel begriff sie. Kaltes, klares Wasser. Das wollte sie trinken. Aber irgendwer ließ sie nicht. Ach ja, diese Frau. Warum war die so gemein zu ihr? Trinken, sie wollte trinken, jetzt sofort. Die Frau sollte sie loslassen.

Telse machte eine unbeholfene Bewegung mit den Armen, worauf sich die Finger noch stärker in ihren Nacken krallten. Das löste eine weitere Welle Übelkeit in ihr aus, die diesmal noch höher stieg.

»Schau mal, wie viele es sind.« Telses Gesicht wurde tiefer gedrückt. »Und sind sie nicht wunderschön rot? Feuerrot und genauso brennend.« Anja kicherte.

Telse starrte ins Wasser.

Auf einmal geschah es, der Schleier vor ihrem Verstand hob sich für einen Moment. Unwillkürlich wollte sie zurückzucken, doch die Schraubzwinge um ihren Hals ließ ihr keine Chance.

»Nichts da, schön hierbleiben. Du darfst gleich mit den Biestern schwimmen. Jedenfalls, wenn du meine klitzekleine Frage nicht beantworten willst. Aber das wirst du bestimmt tun, du bist doch ein braves Mädchen, nicht wahr?« Anja versetzte ihr einen Schlag in den Nacken.

Telse stöhnte auf. Nicht nur wegen des Hiebs, sondern wegen des grauenvollen Anblicks, den das Mondlicht plötzlich in ihr Bewusstsein fräste.

Einen halben Meter vor ihrem Gesicht schwebten tellergroße Feuerquallen in den Fluten. Es mussten Dutzende, wenn nicht Hunderte sein, die sich bis in die schwärzesten Tiefen des Wassers über- und untereinanderschoben. Die Strömung hatte sie zu einer amorphen roten Masse zusammengetrieben, die keine Chance hatte, diesen hintersten Winkel des Hafenbeckens jemals wieder zu verlassen. Die meterlangen Tentakel der Medusen bewegten sich wie ein Geflecht feiner Haare in der Dünung, bestückt mit giftgefüllten Nesselzellen, die sich in jedes Lebewesen bohrten, das ihnen zu nahe kam.

Telse bemühte sich mit aller Kraft zurückzuweichen, vergeblich. In ihrer Not kniff sie die Augen fest zu, um den Anblick nicht länger ertragen zu müssen. Hier in der Tiefe zeigte sich das schlichte Grauen. Eine pulsierende, Gestalt gewordene Androhung ungeheurer Schmerzen.

»Eine winzig kleine Chance hast du noch, dem Bad in der glibberigen Menge zu entgehen.« Die Stimme drang seltsam

verzerrt an ihr Ohr. »Beantworte mir nur eine einzige Frage.«
Es folgte eine Pause, dann schrie Anja sie aus nächster Nähe an:
»WO HABT IHR KIRSTENS VERDAMMTE STEINFIGUR
VERSTECKT?«

Telse hielt die Augen geschlossen und gab keine Antwort. Das
hier war alles nicht echt, pochte ihr Hirn, das konnte es einfach
nicht sein. Sie musste träumen. Ein fürchterlicher Albtraum, aus
dem sie bestimmt gleich aufwachen würde. Sie stöhnte.

Ein brutaler Kniestoß in ihren Rücken ließ sie aufschreien.

»Halts Maul!« Anja schüttelte sie grob und drückte sie dann
tiefer. Telse versuchte, nicht an das näher kommende schwarze
Wasser zu denken. »Deine versoffene Freundin hat mir selbst
verraten, dass sie weiß, wo die Figur ist. Dann weißt du es garantiert auch! Los, antworte, aber ein bisschen dalli. Sonst landest
du gleich bei den Feuerquallen. Ich warte nicht ewig.«

Telse suchte verzweifelt mit den Armen nach Halt. Nein, da
wollte sie nicht rein, um keinen Preis der Welt! Ihr Mund formte ohne ihren Willen undeutliche Laute, worauf sich der Griff
in ihrem Nacken etwas lockerte. Sie nutzte die Gelegenheit sofort, um wenigstens etwas zurückzuweichen. Sie hatte keine
Chance, das war ihr so klar, wie etwas in ihrem erbärmlichen
Zustand nur klar sein konnte.

»Los, letzte Gelegenheit!«, zischte es über ihr, dazu bekam
sie einen Schlag auf den Hinterkopf.

In diesem Moment explodierte ihr Mageninhalt und bahnte
sich den Weg ins Freie. Sie schaffte es gerade noch, sich reflex-
haft zur Seite zu drehen, dann erbrach sie sich mit der Wucht
eines Tsunamis.

Der Schwall kam gewaltig und ohne Vorwarnung und landete direkt auf einem Paar nagelneuer eisblauer Wildleder-Sneaker von Onitsuka Tiger.

»Du verdammtes Schwein!« Anjas Gebrüll gellte durch die nächtliche Stille. Sie sprang angeekelt zurück, kam aber in der dünnflüssigen Lache ins Rutschen. Mit beiden Armen rudernd, versuchte sie, an der Stegkante das Gleichgewicht zu halten, als in der nächsten Sekunde ein heftiger Stoß gegen ihre Beine rammte.

Ein Schrei, ein Aufklatschen – dann herrschte Stille.

Telse saß auf dem Hintern und brauchte ein paar Sekunden, um sich zu sammeln. Sie hatte nicht nachdenken oder gar eine bewusste Entscheidung fällen können. Es war wie von selbst passiert. Irgendetwas in ihrem Unterbewusstsein hatte die Chance erkannt und eigenmächtig gehandelt, als sie sich mit ihrem ganzen Körpergewicht zur Seite und gegen die schwankende Anja fallen ließ.

Vorsichtig lugte Telse über die Holzkante in das pechschwarze Wasser. Die Armee der Feuerquallen zog immer noch ihre Kreise, ansonsten war nichts zu erkennen. War Anja einfach untergegangen? Hatte sie sich im Fallen den Kopf angeschlagen und trieb nun bewusstlos auf dem Grund des Hafenbeckens?

Telse versuchte, sich zu konzentrieren. Sie schöpfte vorsichtig mit einer Hand etwas Wasser und rieb sich damit das Gesicht ab. Um sie herum wurde es stockdunkel, als sich erneut undurchdringliche Wolkenberge vor den Mond schoben. Ihre Gedanken sprangen kreuz und quer durcheinander. Sie musste etwas tun, jetzt und sofort, funkten ihre noch arbeitsfähigen Synapsen. Es dauerte einige Atemzüge, bis ihr Großhirn die Situation verarbeitet hatte und den Befehl zum Aufstehen gab. Mit zusammengebissenen Zähnen erhob sie sich erst auf die Knie, dann richtete sie sich ganz langsam zu voller Größe auf. Sie wankte. Augenblicklich erfasste sie ein Schwindelgefühl, aber das Adrenalin im Blut trieb sie zur Eile.

Telse warf einen letzten Blick auf die spiegelglatte Wasseroberfläche, dann wandte sie sich um und stolperte auf dem Steg in die Dunkelheit. Bloß zurück an Land! Schneller, schneller, hämmerte es in ihrem Kopf, während sie gleichzeitig das Gefühl hatte, sich wie in Zeitlupe zu bewegen.

Nur noch ein paar Schritte, gleich hatte sie es geschafft. Aus der Finsternis schälte sich die schmale Betontreppe hervor, die auf das Hafenvorfeld hoch führte. Weg hier, nur weg, war ihr einziger Gedanke, als urplötzlich aus der Schwärze der Nacht ein rasendes Seeungeheuer auf sie zugestürmt kam. Telse blieb stocksteif stehen, so perplex war sie.

Das Ungeheuer entpuppte sich als tropfnasse Anja Heider, die sich ihr bebend vor Zorn in den Weg stellte.

»Du Miststück!«, fauchte sie ihr entgegen. »Du glaubst wohl, mit dieser Nummer kommst du durch?« Sie strich sich eine triefende Haarsträhne aus der Stirn und entblößte dabei mehrere leuchtend rote Striemen, die sich quer über ihr Gesicht zogen. Die Feuerquallen hatten ihre Signatur hinterlassen.

Anja drehte sich blitzschnell um, sprang ein paar Stufen die Treppe hoch und baute sich dann breitbeinig in der Mitte auf, um Telse den Weg abzuschneiden. Sie stemmte die Fäuste in die Hüften und lachte hämisch. »Aber erstens kann ich tauchen, und zweitens bin ich nicht so zimperlich wie du. Tja, Pech gehabt.«

In diesem Moment machte es bei Telse klick.

Mit einer einzigen geschmeidigen Bewegung drehte sie sich zu der links von ihr vertäuten Segeljacht, riss die davor deponierte Getränkekiste hoch und donnerte sie mit aller Kraft, zu der sie fähig war, auf ihre Peinigerin.

Anjas Reflexe waren außerordentlich. Mit einem mühelos wirkenden Sprung zur Seite gelang es ihr, dem Plastikgeschoss auszuweichen. Doch in der Dunkelheit landete sie auf der Kante der Treppenstufe, fuchtelte einen Moment in der Luft nach Halt und stürzte dann wie ein gefällter Baum hinunter auf den Steg. Ein Schmerzensschrei gellte durch die Nachtluft.

Anja versuchte, sich aufzurappeln, gab es aber gleich wieder auf. Mit größter Anstrengung brachte sie sich auf dem Boden in eine sitzende Haltung. Dann streckte sie ihr rechtes Bein lang aus, beugte sich zu dem Fußknöchel vor und umfasste ihn mit beiden Händen. Dabei zog sie geräuschvoll die Luft zwischen den Zähnen ein.

Es dauerte einige Sekunden, bis der Nebel in Telses Kopf sich gelichtet und sie die Situation erfasst hatte. Sie wartete noch einen Moment. Als Anja keinerlei Anstalten machte, wieder aufzustehen, bewegte sie sich vorsichtig und mit größtmöglichem Abstand an ihr vorbei. Anjas in hilfloser Wut ausgeteilten Schläge konnten sie nicht treffen und zerteilten nur Luft. Auf der Treppe klammerte sie sich mit beiden Händen am Geländer fest und erklomm dann eine Stufe nach der anderen nach oben.

Als Telse auf dem Festland angekommen war, musste sie erst mal verschnaufen. Der Aufstieg hatte ihr sämtliche Kraftreserven abverlangt. Zum Glück hatte sie das Gefühl, wieder einigermaßen klar denken zu können.

Sie schaute sich um. Das Hafenvorfeld präsentierte sich immer noch komplett menschenleer. Die allumfassende Schwärze wurde nur hier und da von ein paar fahlen Laternen erhellt, die im Wind schwankten. Der dunkle Koloss des *Fliegenden Holländers* lauerte wie ein unheimliches Geisterschiff im Mondschein, kein einziges Fenster der vielen Apartments war erleuchtet. Sie fröstelte.

Das also war ihre Lage. Mitten in der Nacht allein und ohne Handy am Außenrand des Hafens, weitab von der nächsten menschlichen Behausung und kaum fähig, mehr als zehn Schritte unfallfrei geradeaus zu gehen.

Nicht zu vergessen Anja, von der sie nicht wusste, wie lange diese außer Gefecht bleiben würde.

Vorsichtig linste Telse hinter sich die Treppe hinunter. Am unteren Absatz rührte sich nichts, aber sie konnte schemenhafte Umrisse ausmachen und erkennen, wie Anja dort still und zusammengekauert hockte.

Telse war einerseits erleichtert, andererseits aber auch auf der Hut. Sie musste so schnell wie möglich weg von hier.

Ein Anflug von Panik machte sich in ihr breit. Was sollte sie ohne Smartphone nur tun? Einfach loslaufen, soweit sie es eben schaffte? Unmöglich, meldeten ihre Gummibeine.

Sich bis zur Morgendämmerung verstecken und warten, ob ein paar Segler oder Spaziergänger auftauchten, die ihr helfen konnten? Sie fror jetzt schon erbärmlich, außerdem gab es in dieser blank gefegten Einöde kaum Verstecke, abgesehen von ein paar aufgebockten Jachten. Da ohne Leiter hochzuklettern, war undenkbar, das hätte sie selbst in körperlich besserem Zustand kaum gemeistert.

Nervös spähte sie nochmals die Treppenstufen herunter. Der Schatten unten schien sich zu bewegen, und sie meinte, Anjas Augen zu erkennen, die sie aus dem Dunkel heraus anfunkelten.

Telse schauderte.

Eine Entscheidung war nötig, jetzt und sofort.

40

»FEUER! FEUER!«

Telse brüllte sich die Seele aus dem Leib. Sie hielt den Laternenmast fest umklammert, damit sie nicht zu Boden rutschte. Mit letzter Kraft hatte sie sich vom Bereich der Spundwand näher zur Hafenmitte geschleppt und stand jetzt direkt an der Wasserkante. An den Stegen vor ihr dümpelten in langen Reihen die abgedeckten Jachten.

»Feuer!« Ihre Stimme krächzte.

In höchster Anspannung ließ sie den Blick über die Boote streichen. Ihr Herz klopfte wie verrückt.

Sie wartete, aber nichts regte sich zwischen den Masten.

Hatte sie niemand gehört? Sollte ausgerechnet heute kein einziger Mensch auf seinem Schiff übernachten? Gewöhnlich schliefen doch immer irgendwo Gastsegler unter Deck.

Telse beschloss, es noch ein letztes Mal zu versuchen. »FEUER!« Sie schrie, so laut sie konnte, aber in ihren Ohren klang es nur wie ein jämmerliches Fiepen. Oder hätte sie doch lieber »Hilfe« rufen sollen? Sie blinzelte die aufsteigenden Tränen weg und ließ den Kopf gegen den Laternenmast sinken.

Da nahm sie plötzlich aus den Augenwinkeln eine Bewegung wahr. Ihr Herz machte einen Sprung.

Anja Heider!

Am Ende von Steg vier konnte sie die Umrisse eines Menschen erahnen, der über ein Schiffsdeck kletterte.

Sie starrte angsterfüllt in die Dunkelheit, bis ihr Verstand meldete, dass es sich kaum um ihre außer Gefecht gesetzte Widersacherin handeln konnte. In diesem Moment öffnete sich die Wolkendecke vor dem Mond. Als hätte jemand Licht angeknipst, wurde die Szenerie schlagartig erleuchtet, und sie konnte eine zweite Figur erkennen, die aus der Kajüte eines Folkeboots geklettert kam. Anschließend standen beide Personen etwas unschlüssig an Deck und schienen miteinander zu diskutieren.

Telse fuhr sich mit der Hand über die Augen.

»Hallo!«, rief sie in Richtung der beiden Gestalten und winkte mit den Armen.

Das Paar erstarrte und drehte sich in ihre Richtung.

»Hier! Helfen Sie mir bitte! Ich brauche Hilfe!« Wäre sie in der Lage gewesen, auf und ab zu springen, hätte sie es getan, aber so musste Armwedeln reichen.

Die Segler verharrten einen Moment unschlüssig. Doch dann sah Telse zu ihrer grenzenlosen Erleichterung, wie die beiden nacheinander auf den Steg sprangen und landeinwärts zu ihr hinliefen.

»Haben Sie ein Handy?«, rief sie ihnen entgegen, kaum dass sie in Hörweite waren. »Bitte, ich muss unbedingt telefonieren!«

»Was ist denn los?« Der junge Mann, der jetzt am Stegende angelangt war, wirkte mit seinem blonden Lockenkopf und dem Kapuzenpulli wie der Inbegriff eines Surfers. Ihm folgte eine junge Frau, die ebenfalls einen sportlichen Eindruck machte.

Kaum waren sie bei Telse angelangt, sah sie sich unruhig um. »Wo brennt es denn?«

»Keine Angst, es gibt kein Feuer«, erklärte Telse erschöpft. »Mir ist nur furchtbar elend, und ich kann nicht mehr laufen. Ich muss mich abholen lassen. Bitte helft mir!« Sie schluckte und schloss die Augen. In diesem Moment gaben ihre Beine nach, und sie sank in die Knie.

Das Pärchen sprang zu ihr hin und fing Telse auf, bevor sie auf den Steinplatten aufschlagen konnte. Dann ärmelten sie sie auf beiden Seiten unter und schleppten sie zur nächsten Sitzbank.

Telse schloss die Augen und atmete ein paarmal tief durch, bevor sie ihren Rettern bruchstückhaft erklärte, was sie bei Nacht und Nebel allein im Hafen machte.

»Das ist ganz klar ein Fall für die Polizei«, beschloss der Mann, der sich als Jan vorgestellt hatte, und nestelte sein Smartphone aus der hinteren Tasche seiner Jeans.

Seine Begleiterin nickte zustimmend. »Wenn diese Irre nicht mehr laufen kann, dürfte es ja kein Problem sein, sie zu kriegen.«

Telse winkte ab. »Lasst gut sein, ich rufe lieber meine Freundin Wanda an, damit sie mich abholt. Die Polizei wohnt bei ihr nebenan, die kann sie gleich mitbringen.«

Jan zögerte kurz, dann zuckte er mit den Schultern und reichte ihr das Handy. »Wie du meinst.«

Telse wählte Wandas Nummer und ließ es klingeln, bis der Anrufbeantworter ansprang. Sie legte auf und wählte noch einmal, doch auch auf ihrem Handy erreichte sie nur die Mailbox. Nach dem dritten Versuch gab sie auf. Ein mulmiges Gefühl machte sich in ihr breit. Wanda war mit ihrem Smartphone quasi verwachsen und überhörte gewöhnlich niemals ein Klingeln, auch nicht mit ein paar Gläsern Wein intus. Das mulmige Gefühl wurde stärker und ließ bei ihr die Alarmglocken läuten.

»Ich muss Olaf Wuttke erreichen, unbedingt!« Telses Finger schwebten schon über der Tastatur, als ihr siedend heiß einfiel, dass sie dessen Nummer gar nicht kannte. Ein unkontrolliertes Schluchzen schüttelte ihren Körper, sie konnte nichts dagegen tun.

Die beiden Segler tätschelten ihr beruhigend den Rücken, bis sie in der Lage war, ihnen das Problem zu schildern.

»Also doch 110«, sagte Jan und griff nach dem Smartphone.

Keine zehn Minuten später rollte ein Streifenwagen mit eingeschaltetem Blaulicht in den Hafen, gefolgt von einem Rettungswagen. Auf Telses dringenden Wunsch hin hatte Jan darum gebeten, dass man den Kriminalhauptkommissar benachrichtigte, damit dieser sich im Haus nebenan vergewisserte, ob mit seiner Nachbarin Wanda alles in Ordnung war.

Anja Heider aufzuspüren war erwartungsgemäß kein Problem. Die Beamten fanden sie am unteren Ende der Steintreppe zum Steg, wo sie immer noch bewegungsunfähig lag. Mit einem hühnereigroß angeschwollenen Knöchel, leicht unterkühlt und äußerst übellaunig.

Die Sanitäter empfahlen Telse dringend, sich in ein Krankenhaus bringen zu lassen. Andernfalls könnte es für einen Nachweis der Substanzen, die Reinfelds Freundin ihr vermutlich verabreicht hatte, zu spät sein.

Aber Telse weigerte sich strikt und bestand auf einer sofortigen Heimfahrt. Zu groß war ihre Angst um Wanda. Warum war sie nicht ans Telefon gegangen? War sie bewusstlos? An etwas Schlimmeres mochte sie gar nicht denken.

Olaf Wuttke war sofort nach dem Anruf der Einsatzzentrale aus dem Bett gesprungen und in die Kleider geschlüpft. Er griff sich den Ersatzschlüssel, den Wanda bei ihm hinterlegt hatte, und sprintete zur Villa hinüber. Hastig schloss er die Tür auf und eilte die Treppe hoch in den ersten Stock, indem er zwei Stufen auf einmal nahm.

Er fand Wanda bewegungslos und halb zu Boden gerutscht in ihrem Korbsessel auf dem Balkon. Ihre Vitalzeichen waren vorhanden, wie er schnell feststellte. Sie atmete regelmäßig und schlief offenbar tief und fest, dem leichten Schnarchen nach zu urteilen. Er schlang die Hände um Wandas Körper und hievte sie in die Sitzposition. Dann stellte er sich direkt davor, fasste sie unter die Achseln und versuchte, sie auf die Beine zu bringen. Ein vergebliches Unterfangen, wie er sogleich feststellte. Seine Nachbarin wog mehr, als er vermutet hatte. Sie in das Innere des Hauses zu tragen war ein Ding der Unmöglichkeit. Kurz entschlossen trat er hinter die Rückenlehne des Sessels und kippte ihn vorsichtig zu sich hin, sodass dieser nur noch auf seinen beiden Hinterbeinen stand. Dann zog und ruckelte er rückwärtsgehend das Sitzmöbel mitsamt der Schlafenden vom Balkon über die Türschwelle ins Wohnzimmer. Vor dem Sofa stoppte er und schob Wanda mit einiger Mühe hinüber auf die Liegefläche, wo er sie in die stabile Seitenlage brachte und fürsorglich mit einer Wolldecke, die er auf dem Balkon gefunden hatte, zudeckte.

In diesem Moment wurde unten an der Haustür Sturm geklingelt. Nach einem letzten prüfenden Blick auf seine Nachbarin eilte Wuttke die Treppe hinunter und öffnete. Draußen stand Telse, begleitet von zwei Polizeibeamten. Sie sah ihm mit bangem Gesichtsausdruck entgegen.

»Alles in Ordnung«, beruhigte er sie und nickte den Kollegen zu, die sich daraufhin verabschiedeten.

Wuttke half Telse, sich auf eine Treppenstufe im Flur zu setzen, und hockte sich daneben. Er nahm ihre Hand und drückte sie. »Unsere liebe Wanda schläft gerade ihren Rausch aus. Mich würde zwar brennend interessieren, was neben dem Alkohol sonst noch in ihrem Blut herumschwimmt, aber ich will sie nicht wecken. Lebensbedrohlich scheint ihr Zustand jedenfalls nicht zu sein.«

Telse sackte erleichtert zusammen und biss sich auf die Lippen, um nicht loszuheulen.

»Und was ist mit dir?« Olaf Wuttke sah sie prüfend an. »Soll ich dich ins Krankenhaus fahren? Besser wäre es auf jeden Fall, vielleicht kann man noch feststellen, was genau dir untergemischt wurde.«

Telse winkte müde ab. »Nicht nötig. Es geht mir wieder einigermaßen, ich habe ja das meiste von dem Zeug ausgekotzt. Ich will mich nur noch hinlegen und schlafen.«

»Gut, ich bringe dich rüber in deinen ›Seemannsfrieden‹.«

Telse schüttelte den Kopf. »Nein, ich bleibe hier bei Wanda, falls es ihr nicht gut gehen sollte. Kannst du mir die Treppe hochhelfen?«

Wuttke seufzte tief. Dann erbarmte er sich und ärmelte Telse unter. Im Wohnzimmer angekommen, verfrachtete er sie auf die zweite Couch.

Kurz bevor er die Tür hinter sich schloss, drehte er sich noch einmal um und ließ seinen Blick auf den beiden Frauen ruhen. »Morgen will ich aber alles hören!«, rief er halblaut in den Raum hinein. Eine Antwort bekam er nicht.

Telse war schon eingeschlafen.

41

ES DAUERTE NICHT LANGE, bis Anja Heider ihren Widerstand aufgab. Olaf Wuttke hatte es sich nicht nehmen lassen, sie persönlich zu verhören, obwohl der Fall offiziell nicht in den Zuständigkeitsbereich der Mordkommission gehörte. Hier waren aber seine beiden Nachbarinnen die Opfer, was in seinen Augen schon Grund genug war, sich der Sache anzunehmen. Außerdem konnte er nicht von vornherein ausschließen, dass die Straftat möglicherweise in Zusammenhang mit Kirsten Reinfelds Tod stand. So schwer er sich mit diesem Gedanken auch tat.

Zuerst hatte Anja sich stur gezeigt und jegliche Kommunikation verweigert. Als der Kriminalhauptkommissar aber nach Aufzählung aller Anklagepunkte einen drohenden Gefängnisaufenthalt ankündigte und sich daraufhin die Zeit nahm, ihr in aller Deutlichkeit ein paar unschöne Einzelheiten des Knastlebens zu schildern, wurde sie blass. Er musste sie dann nicht mehr lange bitten.

»Ja, das waren K.-o.-Tropfen im Wein«, gab Anja unumwunden zu. »Ich hab sie in eine der mitgebrachten Flaschen gefüllt. Eigentlich wollte ich mir diese Wanda vorknöpfen, aber die hat so viel von dem Zeug getrunken, dass sie schnell komplett außer Gefecht war. Das war so nicht geplant. Da habe ich eben die andere genommen, die konnte zum Glück noch halbwegs reden.«

»Woher hatten Sie die Tropfen?«

»Von einem Bekannten, der mir ab und zu ein bisschen Gras besorgt. Die Tropfen waren nur zur Sicherheit, damit ich was für Notfälle habe, falls mal irgendwelche Kerle bei mir zu Hause Ärger machen sollten.«

»Auf Ihre Quelle werden wir später noch zurückkommen. Wo ist der Rest des Betäubungsmittels?«

»Weggekippt.« Anja zuckte mit den Schultern. »Da war nicht viel drin in dem Fläschchen.«

Olaf Wuttke beugte sich ein wenig vor und fixierte ihren Blick. »Dann kommen wir jetzt zu der Entführung von Frau Himmel.« Er sprach so sachlich wie ein Bankangestellter, der mit seinem Kunden die Konditionen eines Kredits erörtert. »Was sollte diese Aktion?«

Anja verschränkte die Arme vor der Brust, schob trotzig die Unterlippe vor und schwieg.

»Gut, dann können wir uns die Fortsetzung unseres Gesprächs sparen.« Wuttke machte Anstalten, sich vom Stuhl zu erheben. »Leider haben wir kein Einzelzimmer mehr frei. Aber Ihre Zellengenossinnen freuen sich bestimmt, wenn sie ihre luxuriösen acht Quadratmeter noch mit einer Person mehr teilen dürfen. Die werden begeistert von Ihnen sein.«

Anja Heiders Augen flackerten nervös. Sie fuhr sich mit der Zungenspitze über ihre trockenen Lippen. Dann räusperte sie sich. »Na gut.« Sie schaute zum Fenster mit der Milchglasscheibe, dann wieder zu Wuttke. »Es ging um diese Steinfigur, die

Tilmans Frau am Strand gefunden hat. Die soll uralt sein und wahnsinnig wertvoll, das hat dieser Exkursionsleiter gesagt, der sie ihr abluchsen wollte. Tilman hatte das im Nebenzimmer heimlich mit angehört. Wir beide haben später überall nach diesem Ding gesucht, aber nichts gefunden. Kirsten hat die Figur irgendwo versteckt, die raffinierte Hexe.«

Zwischen Olaf Wuttkes Augenbrauen bildete sich eine steile Falte. »Und woher hätte Frau Himmel das Versteck kennen sollen?«

Sie machte ein ungeduldiges Geräusch. »Von ihrer Freundin natürlich! Schließlich wohnen die sogar zusammen. Diese Wanda hat mir vor ein paar Tagen selbst gesagt, sie wüsste, wo sich die blöde Figur befindet.«

Der Kriminalhauptkommissar lehnte sich zurück. »Also, ich fasse mal zusammen. Sie hatten vor, sich die *Venus* unter den Nagel zu reißen. Und wie sollte es dann weiterlaufen? Damit abhauen? Zusammen mit Ihrer große Liebe Tilman Reinfeld?« Der spöttische Unterton war nicht zu überhören.

»Pah!«, spie Anja Heider geradezu aus. »Tilmans Gesäusel von wegen gemeinsamer Zukunft habe ich schon lange nicht mehr geglaubt. Davon abgesehen wollte ich auch gar nicht mit ihm weg.« Sie starrte trotzig geradeaus zur Wand.

»Wie kann ich sicher sein, dass Tilman seine Frau nicht doch umgebracht hat? Ihre Leute haben ihn schließlich mitgenommen. Also wird da auch was dran sein, egal, was er mir gegenüber behauptet. Da hätte ich doch immer Angst, dass ich irgendwann die Nächste bin. Nein danke, darauf kann ich verzichten.« Sie schwieg einen Moment. »Darum wollte ich unbedingt vor Tilman diese wertvolle Steinfigur finden. Als eine Art

Abschiedsgeschenk, das ich mir selbst mache. Der hat jetzt sowieso genug Geld, und ich muss ja auch von was leben.«

»Glauben Sie ernsthaft, Sie hätten die Plastik zu Geld machen können? So ein seltenes prähistorisches Kunstwerk ist doch gemeinhin unverkäuflich.«

Jetzt lachte Anja auf. »Das denken aber nur Sie. Es gibt für alles einen Schwarzmarkt, ich sage nur Darknet, und außerdem genug stinkreiche Leute, denen es vollkommen egal ist, ob ein Kunstobjekt legal oder illegal verkauft wird. Das sollten Sie doch wissen.«

»Da haben Sie leider recht«, musste Wuttke zugeben.

»Denken Sie an die vielen Kunstschätze, die in Kriegszeiten aus den Museen verschwinden.« Anja schien fast empört. »Raten Sie mal, wohin.«

»Die stehen jetzt bei skrupellosen Milliardären auf dem Kaminsims«, antwortete Wuttke müde. »Ich muss Ihnen aber mitteilen, dass Ihr ganzer toller Plan für die Tonne war.«

Anja guckte irritiert.

»Die *Venus von Schilksee* ist leider ein Fake.« Er wartete, bis sie die Information verarbeitet hatte, dann fuhr er fort: »Die Figur ist keine Zehntausende Jahre alt, sondern ungefähr zwei Monate. Vielleicht auch drei, das weiß keiner so genau. Was natürlich nichts über ihren Wert aussagen muss. Den bestimmt bei Kunstwerken aller Art bekanntlich nur die Nachfrage potenzieller Käufer.«

»Das ... das ist nicht wahr.«

»Doch, ist es.«

»Woher wollen Sie das wissen?«

»Wir haben die Figur von einem Experten begutachten lassen. Der hat festgestellt, dass sie aus Speckstein ist. Hätte sie tatsächlich so lange Zeit ungeschützt in der Erde gesteckt, wäre sie längst zerbröselt.«

Anja Heider sackte sichtlich zusammen. »Shit.« Mehr sagte sie nicht.

42

AM SPÄTEN NACHMITTAG klingelte Olaf Wuttke bei Wanda, um sich nach deren Befinden zu erkundigen.

»Komm rein«, begrüßte sie ihn. »Telses Tochter ist auch gerade da. Wir sitzen im Wohnzimmer.«

»Wie schön, dass du wieder auf dem Damm bist.« Wuttke nahm sie in den Arm und drückte sie. »Ich habe mir wirklich Sorgen gemacht.«

Wanda fühlte, wie sie errötete. »Nicht nötig, so schnell haut mich nichts aus den Pumps.« Die Antwort sollte lässig klingen, dabei genoss sie die unerwartete Umarmung.

Olaf Wuttke betrat das Wohnzimmer, und sein Blick fiel auf die üppig gedeckte Kaffeetafel. Sofort meldete sich sein hungriger Magen. Als Julianne von der Entführung ihrer Mutter erfahren hatte, hatte sie alles stehen und liegen lassen und war mit einem Blumenstrauß und einem großen Kuchentablett nach Schilksee geeilt.

Telse freute sich über den Besuch, auch wenn sie am Telefon behauptet hatte, nicht betüdelt werden zu müssen. Sie fühlte sich immer noch, als hätte ihr jemand einen Spanngurt um den Kopf gelegt und fest angezogen. Ihr Magen hielt jede Art von Nahrungsaufnahme für absurd. Sogar Wanda hatte ihren sonst gesunden Appetit verloren. Zu Wuttkes heimlichem Entzücken warteten deshalb noch reichlich Plunderteilchen und Pflaumenkuchen auf der Tortenplatte.

Julianne war die Erschütterung über die Entführung ihrer Mutter anzusehen. Sie hockte mit fahlem Gesicht auf der Sesselkante und knetete energisch ihre Hände. »Hättet ihr nicht gleich in der Nacht zu einem Arzt gehen sollen?«, wandte sie sich an die Frauen. »Oder meinetwegen am nächsten Morgen? Wer weiß, was für Auswirkungen dieses Teufelszeug in eurem Blut hat.«

Olaf Wuttke hatte sich schon am Kuchen bedient und schluckte schnell den Bissen seiner Apfeltasche hinunter, bevor er die Antwort übernahm. »Meiner Erfahrung nach haben die beiden keine sehr hohe Dosis verabreicht bekommen, sonst wären die Folgen viel massiver gewesen. Mit K.-o.-Tropfen, auch GHB oder Liquid Ecstasy genannt, hatte ich schon öfter zu tun, da habe ich ganz andere Sachen erlebt. Von Tiefschlaf über Bewusstlosigkeit, Koma und Atemlähmung bis hin zum Tod.«

Telse und Wanda sahen sich geschockt an.

»Da gab es bei euch offensichtlich keine Gefahr«, beruhigte Olaf sie sofort. »Ihr könnt euch ja sogar noch an den Abend erinnern, jedenfalls Telse. Das ist eher untypisch und deutet auf eine niedrige Dosis hin. Normalerweise führen K.-o.-Tropfen zu einem vollständigen Blackout, deshalb werden sie vorwiegend bei sexuellen Übergriffen eingesetzt. Das Zeug ist farb- und geruchlos, das merkt man in einem Getränk gar nicht. Wanda hat wohl ein, zwei Tröpfchen mehr von dem vergifteten Gebräu getrunken als Telse, deshalb war sie komplett weggetreten.« Er grinste. »Ein Glück, dass unsere kleine Weinkönigin so hart im Nehmen ist, das hätte sonst böse ausgehen können.«

Wandas empörten Blick ignorierend, fuhr er fort: »Allerdings müsst ihr die nächsten Tage noch mit Schwindel, Übelkeit und Erbrechen rechnen, von Kopfschmerzen ganz zu schweigen. Nachweisen kann man den Stoff aber nicht mehr, nach zwölf Stunden ist da Schluss. Freundlicherweise hat Frau Heider den Tatbestand bereits zugegeben.«

»Wenn ich die in die Finger kriege«, brauste Wanda auf. »Die kann was erleben. Von der Vergiftung will ich gar nicht reden, aber wäre Telse nur ein Haar gekrümmt worden ... Ich würde persönlich dafür sorgen, dass sie uns nie wieder vergisst.«

»Immer mit der Ruhe«, der Kriminalhauptkommissar tätschelte ihr die Hand. »Der Rechtsstaat hat da noch ein Wörtchen mitzureden. Sie wird ihre angemessene Strafe auch ohne dein Zutun erhalten.«

»Das Wichtigste ist jetzt, dass es euch wieder einigermaßen gut geht«, schaltete sich Julianne ein. »Um alles andere können wir uns später kümmern.«

»Sehe ich auch so.« Wuttke nickte. Er schob seinen leeren Teller weg und erhob sich. »So, dann werde ich mal rübergehen. Ich bin ganz schön geschafft, und ihr habt euch sicherlich noch viel zu erzählen.« Mit einem Ausdruck des Bedauerns blickte er auf die Kuchenplatte.

Wanda entging das nicht. »Ach, Olaf, sei so lieb«, plauderte sie leichthin und stand ebenfalls auf, »nimm den Kuchen mit, sonst muss ich ihn nachher wegschmeißen. Das wäre doch jammerschade. Ich packe ihn dir gleich ein.«

Wuttkes Miene leuchtete auf.

Eine halbe Stunde später machte auch Julianne Anstalten, sich zu verabschieden. »Ich glaube, ich lass euch jetzt lieber allein. Du machst noch einen ziemlich schlappen Eindruck, Mama. Geh wieder rüber und leg dich hin. Das ist in deiner Situation bestimmt das Beste. Pass gut auf dich auf. Und ruf mich an, wenn was ist. Versprochen?« Sie gab ihrer Mutter einen Kuss auf die Wange und warf sich ihre Jacke über.

»Mach ich. Grüß Fenno von mir.«

Telse hörte, wie Julianne sich von Wanda verabschiedete und die Haustür ins Schloss fiel. Sie winkte ihrer Tochter durch das Fenster hinterher.

Wanda kam mit dem Tablett zurück, das sie aus der Küche geholt hatte und fing an, den Kaffeetisch abzuräumen. »Ich schlage vor, wir beide gönnen uns ein, zwei Tage Ruhe. Dann sehen wir weiter.«

»Wie, weiter?« Telse wandte sich vom Fenster ab und blickte irritiert zu ihrer Freundin.

Wanda stapelte seelenruhig die Tassen ineinander. »Schätzchen, wie du weißt, haben wir noch etwas zu erledigen. Hilft ja alles nichts.«

»O nein, bitte nicht.« Telse stöhnte. »Sag mal, kannst du denn nie aufgeben?«

»Warum sollte ich? Wegen der bescheuerten Aktion von dieser Heider?«

»Zum Beispiel. Was soll denn noch alles passieren, bevor du es mal gut sein lässt und Ruhe gibst?«

»Ruhe gebe ich erst, wenn ich in der Kiste liege.« Wanda stemmte das schwer beladene Tablett in die Höhe. »Oder wenn ich wie Bruce Willis sagen kann: ›Mission accomplished.‹«

»Der hat aber erstens keine K.-o.-Tropfen verabreicht bekommen und zweitens ein immenses Waffenarsenal zur Verfügung.«

»Und ich habe dich.« Wanda schickte ihrer Freundin einen Luftkuss.

Telse gab auf. Vermutlich hätte sie eher den Papst zum Heiraten überredet, als Wanda von ihrem Entschluss abgebracht, weiter die private Ermittlerin zu spielen.

»Zwei Tage Pause«, rief sie in Richtung Küche, wohin Wanda gerade mit dem Geschirr verschwunden war. »Versprich mir das. Sonst streike ich.«

»Versprochen, großes Holle-Ehrenwort!« Wanda streckte den Kopf um die Ecke und blinzelte verschwörerisch. »Ich weiß auch schon, wen wir als Nächstes überraschen werden.«

Telse schnappte sich die Kaffeekanne und folgte ihrer Freundin. In der Küche setzte sie sich auf einen Stuhl und blickte Wanda, die an der Spülmaschine stand, fragend an. »Und wen? Tilman Reinfeld ist in Untersuchungshaft und Anja Heider erst mal außer Gefecht gesetzt. Oder denkst du etwa an diesen Scheurich?«

»Nichts dergleichen. Wir haben doch immer noch unsere kleine Privatspur aus der Werkstatt, erinnerst du dich?«

Telse brauchte einen Moment. »Du meinst diesen Einkaufszettel auf dem Schwimmbad-Flyer?«

»Genau. Der liebe Olaf würde uns vermutlich für verrückt erklären, aber ich fühle, dass es das entscheidende Puzzleteilchen sein könnte. Du weißt, warum.«

Telse nickte nachdenklich. »Also Jesse?«

»Also Jesse.« Wanda bückte sich und begann, die Geschirrspülmaschine einzuräumen.

»Die Frage ist, wie wir unauffällig seine Handschrift überprüfen können, um rauszukriegen, ob der Zettel tatsächlich von ihm stammt«, überlegte Telse laut. »Mal abgesehen davon, dass ich bei ihm immer noch nicht das geringste Motiv für einen Mord erkennen kann.«

»Der Mensch ist unergründlich.«

»Vielleicht sollten wir ihn am Arbeitsplatz besuchen, da kann er uns nicht so leicht abwimmeln. Dann lassen wir ihn einfach etwas aufschreiben, eine Wegbeschreibung zum Beispiel.«

Wanda lachte auf. »Willkommen im einundzwanzigsten Jahrhundert. Er wird dich dezent auf deine Karten-App im Handy aufmerksam machen und anschließend weiter Ertrinkende retten.«

Telse fühlte sich peinlich berührt. »Ja, ja, ist schon gut, vergiss es. War nur eine Idee.«

»Außerdem kriegen mich keine zehn Pferde in eine Schwimmhalle.« Wanda klappte die Spülmaschine zu und schaltete das Programm ein. »Es muss eine andere Lösung geben.«

Telse nagte an ihrem Daumen und dachte nach, während die Spülmaschine leise vor sich hin brummte. »So wird das nichts«, sagte sie schließlich. »Vielleicht sollten wir Jesse irgendwie provozieren und hoffen, dass er die Nerven verliert und sich verrät. Mit Täterwissen zum Beispiel. Ich weiß nur nicht, wie wir das mit diesem Einkaufszettel schaffen können.«

Wanda guckte für eine Weile ins Unbestimmte. »Dein Vorschlag hört sich gar nicht übel an«, sagte sie schließlich und nickte dabei. »Heute Abend werde ich ihn in meinem Herzen bewegen und mir etwas Schönes ausdenken. Ich glaube, das könnte funktionieren.«

»Und ich werde heute Abend ein himmlisch heißes Bad nehmen. Mit Lavendelduft, Kerzen und allem Pipapo.«

»Tu das.« Wanda war in Gedanken schon ganz woanders. »Entspann dich noch mal richtig, bevor wir unsere Offensive starten.«

43

UM IHRE GNADENFRIST auszunutzen, hatte Telse
sich für die nächsten Tage krankgemeldet. Eine weise Entscheidung, wie ihr müder, ausgelaugter Körper signalisierte. Bei ihrem Anruf im Schulbüro hatte sie zu ihrer Überraschung Paule
an die Strippe bekommen, der kurzfristig die anderweitig einge-
spannte Sekretärin Lene Denker vertrat. Telse hatte eine Er-
kältung vorgeschoben, um sich nicht in umständlichen Erklä-
rungen zu verheddern, aber Paule hatte keine Fragen gestellt
und ihr einfach nur gute Besserung gewünscht.

Telse biss in ihr Brötchen. Sie fühlte, wie sich Körper und
Geist langsam wieder zu einer Einheit zusammenfügten. Das
Haus »Seemannsfrieden« machte seinem Namen alle Ehre. Zu-
dem hatte Wanda ihr Versprechen gehalten und sich zwei Tage
lang nicht gemuckst.

Telse hatte gerade frisches Teewasser aufgesetzt, als es klingelte. Unwillig zog sie den Gürtel ihres Bademantels enger, schlurfte zur Tür und drückte die Klinke.

Wanda betrachtete Telses Aufmachung vom Frotteemantel
bis zu den Plüschpantoffeln an den Füßen. »Oh, ich komme
wohl etwas ungelegen? Darf ich trotzdem rein?« Ohne eine Antwort abzuwarten, schlüpfte sie ins Haus.

»Aber immer«, sagte Telse überflüssigerweise. »Kaffee?«

»Gerne.« Wanda machte es sich sogleich am Frühstückstisch gemütlich. »Eine kleine Stärkung kann nicht schaden, bevor wir mit dem Basteln anfangen.«

»Hä?« Telse ließ sich auf ihren Stuhl sinken.

»Deinem Begeisterungslaut entnehme ich, dass du mit dem Frühstück fertig und aufnahmebereit bist. Ich habe einen Plan«, verkündete Wanda triumphierend. »Einen sehr, sehr guten Plan!«

»Du klingst wie der Irre aus Amerika«, sagte Telse matt.

»Warts ab, du wirst begeistert sein.«

Wanda stand auf, legte zwei Kaffeepads in die Maschine, stellte einen Becher darunter und drückte auf Start.

»Nun mach es nicht so spannend«, drängelte Telse. »Was hast du ausbaldowert? Ich nehme an, es geht um Jesse.«

»Exactamente.« Wanda genoss es, ihre Freundin zappeln zu lassen. Doch schließlich erbarmte sie sich. »Wir brauchen einen Hokkaidokürbis, ein Segel und ein altes Federbett. Eine Decke tuts aber auch.«

»Willst du eine Vogelscheuche bauen?«, fragte Telse, während sie sich nach dem Milchkännchen streckte.

»So ähnlich. Man könnte sagen, eine Jessescheuche.« Wanda setzte sich wieder an den Tisch und ließ Zucker in ihren Kaffee rieseln.

Telse stöhnte. »Erkläre mir bitte in einfachen Worten, die mein Sparflammenhirn kapieren kann, was du vorhast. Sonst gehe ich gleich wieder ins Bett.«

»Na gut, ich male es dir am besten auf.« Wanda beugte sich über die Tischplatte und zog die aufgeschlagene Tageszeitung zu sich heran. Dann fischte sie einen Kuli aus Telses Krimskramsschale und zeichnete eine wellenförmige Wurst auf. Anschließend verschönerte sie eines der Wurstenden mit einem anliegenden Kreis. »Da!« Sie schob die Zeichnung ihrer Freundin rüber. »Was siehst du?«

»Die Raupe Nimmersatt.«

»Kunstbanause.« Wanda setzte erneut an und malte ein Streifenmuster über ihre Wurst. »Und jetzt?«

»Die Raupe Nimmersatt à la Sean Scully.« Telse stützte ihr Kinn in die Hand und gähnte herzhaft.

»Ah, doch kein Banause«, sagte Wanda anerkennend. »Ich nehme alles zurück. Aber bevor du mir hier noch wegdämmerst, will ich dir die richtige Lösung verraten.«

»Bin ganz Ohr.«

»Ich schlage vor, wir erschrecken Jesse gehörig, und zwar damit.« Wanda tippte auf ihre Zeichnung.

»Mit einer Wurst?«

»Nein«, winkte sie leicht ungeduldig ab. »Mit einem Nachbau von Kirstens eingewickelter und zugeschnürter Leiche.« Wanda lehnte sich auf dem Stuhl zurück und wartete die Wirkung ihrer Worte ab.

Telse starrte sie ungläubig an. »Wie das? Warum?«

»Das waren zwei Fragen in einer«, hob Wanda an. »Ich werde sie nacheinander beantworten, und zwar letztere zuerst. Der Plan ist, Jesse zu überführen, indem er Täterwissen preisgibt, das nur der Mörder haben kann. Niemand außer uns, Olaf, seinen Kollegen und dem Täter weiß, dass Kirstens Leichnam in ein Segel gewickelt wurde. Es ist davon auszugehen, dass der Mörder sie mit dem Auto zu seinem Boot transportiert und dann ins Meer geworfen hat.«

»Eine Sackkarre wird er kaum benutzt haben. Aber wie willst du das aus dem Bademeister herauskitzeln?«

»Ganz einfach: Ich will Jesse unter einem Vorwand dazu bringen, meinen Kofferraum zu öffnen. Darin wird er einen Nachbau von Kirstens Leiche vorfinden, eine scheinbar menschliche Gestalt, verschnürt in ein blutverschmiertes Segel. Dann warten wir einfach ab, wie er reagiert. Falls er der Täter ist, muss die eingewickelte Figur wie ein Déjà-vu auf ihn wirken, und er wird sich verraten. Das hoffe ich jedenfalls. Der Rest ist Improvisation.«

»Und wenn er einfach deshalb panisch reagiert, weil er dich für eine Auftragskillerin hält, die gerade zur Leichenbeseitigung unterwegs ist?«

Wanda zuckte mit den Schultern. »Darauf müssen wir es ankommen lassen. Ich bin mir sicher, dass er sich irgendwie verraten wird.«

»Wenn du Pech hast und er unschuldig ist, ruft er wahrscheinlich die Polizei«, gab Telse zu bedenken.

»Quatsch.« Wanda winkte ab. »Dann entblättere ich meine Leiche einfach und zeige ihm, woraus sie gebastelt ist.«

»Damit er dich von den Männern in den weißen Jacken abholen lässt.«

»Womit wir bei der Beantwortung deiner anderen Frage wären, nämlich, wie wir unseren Lockvogel bauen wollen«, fuhr Wanda ungerührt fort. »Am einfachsten wird es sein, wenn wir ein altes Federbett in ein Segel einwickeln und so verschnüren, dass es wie ein menschlicher Körper aussieht. Als Kopf, den man ja nicht direkt erkennt, nehmen wir einen großen Hokkaidokürbis. Das wird reichen. Das Wichtigste ist sowieso die Deko …«

»Welche Deko?«

»Na, das Blut. Wir müssen das Segelpaket schließlich original-getreu gestalten. Der Stoff war reichlich blutverschmiert, als ich ihn aus dem Müllcontainer gefischt habe. Kein Wunder bei den Kopfverletzungen, die Kirsten hatte.«

»Blut, aha.« Telse pustete in die Teetasse, um ihre Gedanken zu sortieren. »Und wo willst du das herkriegen?«

»Ach Gottchen, da gibt es viele Möglichkeiten«, sagte Wanda mit einem Schulterzucken. »Frische Leber, Kunstblut, oder ich frage den Schlachter meines Vertrauens.« Sie grinste. »Haupt-sache, Jesse kriegt einen Schock.«

Telse schüttelte den Kopf. Sie überlegte einen Moment, dann ergab sie sich in ihr Schicksal. »Eine Frage hätte ich noch.« Sie schenkte Wanda einen müden Blick. »Welche Rolle hast du mir bei deinem Plan zugedacht?«

»Ich habe schon befürchtet, du würdest nie fragen. Also, erst mal wäre es hilfreich, wenn du mir beim Basteln des Dummys helfen würdest. Und dann muss jemand Schmiere stehen und Hilfe holen können, falls Jesse ausrastet.«

»Das heißt, du willst die Aktion allein durchführen, und ich soll derweil hinter dem Busch hocken und bei Bedarf hervor-springen?«

»So ungefähr habe ich mir das gedacht.« Wanda nickte. »Wir haben es schließlich mit einem mutmaßlichen Mörder zu tun, vergiss das nicht.«

»Wie könnte ich.« Telse stöhnte auf beim Gedanken daran, was ihr blühte. »Wann und wo soll das Ganze denn stattfinden?«

»Heute, am späten Nachmittag, auf dem Parkplatz des Stran-der Segelclubs.«

»Heute schon?«, fragte Telse in der Hoffnung, sich verhört zu haben.

»Ja, warum nicht? Morgen wird es auch nicht einfacher. Wir müssen ihn gleich abfangen, wenn er im Club auftaucht.« Wanda nahm den letzten Schluck Kaffee, stellte die Tasse ab und erhob sich. »Komm rüber, wenn du fertig bist. Ich kümmere mich inzwischen um das Blut.«

44

»KEINE ANGST, MIR GEHT ES wunderbar. Das K.-o.-Zeug ist komplett abgebaut, alle Reaktionen funktionieren wieder tipptopp. Du brauchst gar nicht so ängstlich zu gucken.« Wanda steuerte ihren Subaru nonchalant die Fördestraße entlang, bis sie am Kreisel rechts Richtung Strande einbog.

Telse musterte ihre Freundin vom Beifahrersitz aus. Sie selbst spürte durchaus noch Nachwirkungen der Vergiftung. Wandas robuste Pferdenatur schien dagegen nichts so schnell umzuhauen.

In diesem Moment hörte sie das vertraute Pling, mit dem ihr Smartphone den Eingang einer Nachricht signalisierte. Sie musste sich in ihrem Sicherheitsgurt verrenken, bis sie das Gerät aus ihrer Jacke gefummelt hatte. Die Mitteilung war kurz und kam von Julianne: *Bin mit Fenno in Göteborg. Sehen uns schon mal um. Alles nice hier. Melde mich, wenn ich irgendwann zurück bin.*

Irgendwann, soso. Telse starrte auf das Display. Das ging ja flott mit den Umzugsplänen. Ihrer Ansicht nach zu flott. Ob Fenno die treibende Kraft war? Sie verwarf den Gedanken sofort wieder. Julianne hatte ihren Dickkopf geerbt und wusste selbst, was sie wollte.

Gerade als sie das Handy wieder zurück in die Jackentasche gestopft hatte, bog Wanda auf den Parkplatz des Strander Segelclubs ein. »Voilà! Da sind wir.«

Alle Gedanken an Göteborg verschwanden und wichen einer plötzlichen Anspannung. Worauf hatte sie sich da bloß eingelassen? Im günstigsten Fall machten sie beide sich nur komplett lächerlich, über den ungünstigsten wollte sie gar nicht erst nachdenken. Aber jetzt gab es kein Zurück mehr.

»Ich habe ganz vergessen, wie du Jesse hierherlocken wolltest«, erkundigte sie sich betont locker.

Wanda steuerte die am weitesten vom Eingang entfernte Ecke des Parkplatzes an und hielt vor einer dichten Hecke aus Hundsrosen und Brombeergestrüpp. Sie stellte den Motor ab und zog die Handbremse an, dann fischte sie einen Lippenstift aus dem Handschuhfach. Erst nachdem sie in aller Ruhe Farbe aufgelegt hatte, drehte sie Telse ihr Gesicht zu. »Indem ich zu einem technisch unbegabten Weibchen mutiere, das mit dem komplizierten Innenleben seines Autos überfordert ist und dringend männlicher Hilfe bedarf.«

»Das möchte ich sehen. Wie gut, dass ich die Kamera dabeihabe.« Telse grinste schwach und strich mit der Hand über die Nikon auf ihrem Schoß.

»Wirst du gleich, Schätzchen. Aber vorher springst du in die Büsche und versteckst dich. Suche dir einen Platz, wo du den Kofferraum gut sehen kannst. Alles Weitere haben wir ja besprochen.« Wanda stieg aus, holte ihr Handy hervor und fummelte daran herum. »Am besten, ich aktiviere das Mikrofon schon, damit wir unseren Herrn Grode im Originalton kriegen. Wer weiß, ob ich später noch dazu komme.« Sie blickte

Telse aufmunternd an. »Halt die Ohren steif, das wird schon. Bis gleich.« Ein Rundblick über den leeren Parkplatz, dann nahm sie Kurs auf das Clubhaus des Segelvereins.

Telse tat wie geheißen. Nach kurzem Suchen fand sie eine Stelle, wo das Dorngebüsch nicht ganz so dicht war und sie durch eine Lücke auf die andere Seite schlüpfen konnte. Sie landete auf einer verwilderten Wiese und ließ sich ein kleines Stückchen neben dem Durchlass am Fuß des Knicks nieder, wo sie den Subaru durch die Zweige gut im Blick hatte. Im Notfall konnte sie von hier aus schnell zurück auf den Parkplatz sprinten. So hockte sie und wartete.

Die Zeit verging. Um sie herum summten Insekten auf Futtersuche und verbreiteten eine friedliche Stimmung. In Telses Innerem herrschte dagegen blanke Aufregung. Sie sorgte sich um Wanda, deren Unbekümmertheit in ihren Augen schon an Leichtsinn grenzte. Wie Jesse wohl auf die Provokation reagieren würde? Schnell überprüfte sie zum wiederholten Mal, ob ihr Smartphone Netz hatte. Wenn Julianne mich jetzt sehen könnte, schoss es ihr durch den Kopf, die würde mich für komplett verrückt halten. Oder vielleicht auch nicht. Je nachdem, wie die Sache ausging.

In diesem Moment drangen Stimmen an ihr Ohr. Telse erhob sich halb und linste durch die Dornenbüsche.

Am entgegengesetzten Ende des Parkplatzes erspähte sie Wanda, die einen lustlos wirkenden Jesse zu ihrem Auto lotste. Die Freundin bemühte sich redlich, ihn in ein Gespräch zu verwickeln, bekam aber augenscheinlich nur einsilbige Antworten.

Plötzlich blieb Jesse stocksteif stehen und starrte zur Ausfahrt. Telse folgte seinem Blick und entdeckte am anderen Ende des

Parkplatzes eine groß gewachsene Frauengestalt mit Sporttasche, die zu Fuß auf dem Weg zur Straße war. Sie wandte ihnen den Rücken zu, ihr Gesicht war nicht zu erkennen.

Telse stutzte. Sie fühlte, wie sie auf einmal eine Gänsehaut bekam. Das konnte doch nicht …

Sie sah, wie Jesse die Frau fixierte und dann unvermittelt zu ihr hinrannte.

Wanda schaute völlig überrumpelt hinterher.

»Anja!« Jesse hatte die Frau fast erreicht. Die Seglerin drehte sich um.

Jesse stoppte so schlagartig, dass er fast ins Stolpern kam, und starrte die Frau mit offenem Mund an. Er murmelte etwas Unverständliches, drehte sich um und trat schnell den Rückzug an.

Die Seglerin schaute irritiert. Dann schüttelte sie den Kopf, wandte sich ab und ging weiter ihrer Wege.

Es handelte sich nicht um Anja Heider, natürlich nicht, auch wenn die Frau ihr von hinten erstaunlich ähnelte.

Mittlerweile war Jesse wieder bei Wanda angelangt und trottete mit ihr zu dem Subaru. Sein Gesichtsausdruck sprach Bände.

»Na, dann wollen wir mal«, hörte Telse ihre Freundin betont munter sagen. »Ich weiß auch nicht, warum diese dumme Kofferraumabdeckung von meinem Kombi immer klemmt. Angeblich hat die Werkstatt das bei der letzten Inspektion repariert, aber nun steckt sie schon wieder fest. Es wäre ganz wunderbar, wenn du dir das kurz ansehen könntest. Ich transportiere gerade ein ziemlich unhandliches Teil, das kriege ich sonst nicht wieder raus.«

Jesse zog die Stirn in Falten. »Kann ich mir ja mal ansehen. Aber nur, wenns schnell geht. Ich will heute noch aufs Wasser.« Er klang abweisend.

»Das ist wirklich lieb von dir.« Wanda schenkte ihm ein breites Lächeln. »Geht bestimmt ganz schnell. Hier steht mein Wagen.« Sie ließ mit der Fernbedienung die Verriegelung aufspringen und trat dann einen Schritt zurück. »Bitte.«

Jesse bequemte sich vor das Heck des Fahrzeugs und spähte durch die Scheibe auf die graue Rollplane, die den Inhalt des Kofferraums vollständig abdeckte. Dann ließ er die Heckklappe langsam hochgleiten.

Wanda hielt die Luft an.

Der Schwimmmeister fasste in die Griffmulde der Kunststoff-abdeckung und ruckelte kräftig daran. Sofort schoss die Plane nach hinten, rollte sich in ihrer Aufhängung vor der Rückbank auf und gab den Blick in das Innere des Kofferraums frei. Jesse sprang wie angestochen zurück.

Mit entsetzter Miene starrte er auf das blutbeschmierte Segel, das die Formen eines menschlichen Körpers umhüllte.

Es dauerte nur Sekunden, bis wieder Leben in ihn kam. Er knallte die Hecktür zu, drehte sich zu Wanda um und brüllte: »Was soll das?« Sein Gesicht sah verzerrt und furchterregend aus.

»Erinnert dich das an etwas?« Wandas Stimme war ruhig.

Ohne zu antworten, machte Jesse auf dem Fuße kehrt und lief in Richtung Seglerheim davon. Nach ein paar Metern blieb er abrupt stehen. Dann rannte er zu Wanda zurück, die ihn nicht aus den Augen gelassen hatte, und baute sich bedrohlich vor ihr auf. Er neigte den Kopf, bis sein Gesicht ganz dicht vor ihrem war.

»Ich lasse mir nichts anhängen«, zischte er. »Von dir schon gar nicht.«

»Was denn anhängen?« Wanda guckte betont harmlos. Sie versuchte, sich nicht von der hünenhaften Gestalt beeindrucken zu lassen.

»Das weißt du ganz genau.«

»Nein, sag es mir.«

»Den Teufel werde ich. Du kannst mich mal.«

»Was ist mit Kirsten passiert?« Wandas Stimme war jetzt pures Eis.

Jesse atmete schwer, und Wanda nahm durchdringenden Schweißgeruch wahr.

Die beiden Augenpaare fixierten einander herausfordernd.

Plötzlich drang ein klickendes Geräusch an ihr Ohr. Sie wusste, was es bedeutete, noch bevor sie das Messer sah.

»Mach keinen Fehler, das rate ich dir dringend. Du hast doch gar keine Ahnung.« Jesse hielt das Springmesser so fest umklammert, dass seine Knöchel weiß hervortraten, während er mit gehetztem Blick die Umgebung sondierte.

Sie waren allein auf dem Parkplatz.

Wanda wich langsam zurück und hob abwehrend die Hände. Sie ließ das Messer nicht aus den Augen. Nach etwa zwei Metern blieb sie stehen. »Warum hast du Kirsten getötet?«

Jesses Augen wurden noch schmaler. »Wer behauptet das?«

»Ich.«

»Nein!«, schrie Jesse wütend. »Ich habe sie nicht ermordet, verdammt! Es war ein Unfall! Aber das glaubt mir ja eh keiner.«

»Wer glaubt das nicht?«, fragte Wanda, hielt die Augen aber fest auf die Klinge gerichtet.

»Die Bullen natürlich. Und du.«

»Wieso ein Unfall?«

»Halts Maul, das begreifst du nicht.«

»Kirsten war meine Freundin.«

»Meine auch. Ich kann nichts dafür.«

»Dass sie tot ist?«

»Was denn sonst?« Jesse Stimme kippte fast über. »Schuld ist allein Tilman, der blöde Arsch. Hätte der seine widerlichen Griffel von Anja gelassen, wäre das alles nicht passiert.«

»Was ist denn passiert?« Wanda bemühte sich um den behutsamen Tonfall einer Therapeutin.

»Was geht dich das an, du neugierige Schnepfe?«, brach es aus Jesse heraus. »Verpiss dich, oder ich steche dich ab.«

»So wie Kirsten?«

Anstelle einer Antwort machte Jesse unvermittelt einen Satz nach vorne, das Messer unverwandt auf Wanda gerichtet.

Die sah den Angriff kommen und konnte ihm knapp ausweichen. Sie suchte hinter dem Subaru Deckung, stolperte aber und verlor fast das Gleichgewicht.

Jesse war sofort neben ihr und presste sie mit seinem massigen Körper gegen die Wagenfront. Er drehte sie mit dem Rücken zur Motorhaube, riss ihren Kopf an den Haaren nach hinten und hielt das Messer an ihre Kehle.

In seinen Augen standen Tränen.

Wanda war wie gelähmt, unfähig zum Widerstand.

In diesem Moment stürmte Telse aus dem Brombeergebüsch hervor. Bevor Jesse reagieren konnte, knallte sie ihm ihre Kameratasche wie einen Schleuderball gegen den Kopf. Das Springmesser wirbelte durch die Luft. Klirrend landete es auf dem

Boden, von wo sie es mit einem raschen Tritt in die Dornenhecke beförderte.

Wanda nutzte den Überraschungseffekt, machte eine schnelle Drehung mit der Hüfte und rammte dem Bademeister die Spitze ihres Ellenbogens mit voller Wucht auf den Solarplexus.

Jesse schnappte nach Luft, bevor er wie ein Stein umkippte.

Wie auf Kommando stürzten sich beide Frauen auf ihn, warfen ihn auf den Bauch und ließen sich mit ihrem ganzen Gewicht auf ihn fallen.

Der Segler jaulte auf.

»Mist, wir haben Kabelbinder vergessen.« Telse saß auf Jesses Hinterteil und blickte verzweifelt um sich.

»Im Auto. Da kommen wir nicht ran«, stieß Wanda hervor. Sie stand bis zum Anschlag unter Adrenalin, kniete auf dem massigen Rücken und machte sich so schwer, wie sie konnte.

Jesse grunzte und versuchte, sich zu befreien. Gegen zwei ausgewachsene Frauen hatte er jedoch keine Chance.

»Wir müssen den Kerl irgendwie fixieren, damit er uns nicht abhaut. Hast du zufällig eine Strumpfhose oder lange Socken an?« Wanda verdrehte den Kopf, um auf Telses Beine zu sehen.

»Weder noch.« Telse verlagerte ihren Druck auf Jesses Oberschenkel, was zu einem erneuten Aufjaulen führte. »Macht aber nichts, die sind sowieso gleich da.«

»Wer?«

»Glaubst du, ich gucke seelenruhig zu, wie dieser Kerl dir ein Messer in den Hals rammt, und knipse noch ein paar hübsche Fotos? Die ich übrigens nicht gemacht habe, dafür aber ein Video. Das schien mir als Beweismittel nützlicher zu sein.« Telse spähte zur Straße.

»Ich glaube, dahinten kommen sie schon.«

Jetzt sah auch Wanda das Blaulicht. »Auf dich kann man sich wirklich verlassen.« Sie schenkte ihrer Freundin einen dankbaren Blick.

Kurz darauf bog der Polizeiwagen auf den Parkplatz ein.

Wanda winkte, um die Beamten auf sich aufmerksam zu machen, während Telse weiterhin Jesse nach unten drückte. Sie musste aber keine große Kraft mehr aufwenden. Der Schwimmmeister lag jetzt still und muckste sich nicht. Seine Augen waren geschlossen. Jesper Grode hatte jeden Widerstand aufgegeben.

45

OLAF WUTTKE MACHTE ES sich auf dem Stuhl im Verhörzimmer der Kieler Kriminalpolizei bequem. Nachdenklich musterte er sein Gegenüber auf der anderen Seite des Tisches.

Der bullige Schwimmmeister war nur noch ein Häufchen Elend. Sein Kinn lag auf der Brust, und der Blick klebte an dem abgeschabten Noppenfußboden. Vor ihm auf dem Tisch standen ein Glas Wasser sowie ein Mikrofon.

Der Kriminalhauptkommissar beugte sich vor und schaltete das Aufnahmegerät ein. »So, Herr Grode, dann wollen wir mal. Von Anfang an, wenn Sie so freundlich wären.«

»Welcher Anfang?« Jesse hob müde den Blick. Der üppige Verband um seinen Schädel verdeckte die Platzwunde, die Telses Kameratasche verursacht hatte.

Wuttke stützte die Ellenbogen auf die Tischplatte und legte die Fingerspitzen aneinander. »Was schlagen Sie vor? Ich würde sagen, wir beginnen mit Ihrem Verhältnis zu den Eheleuten Reinfeld.«

Der Bademeister machte ein schnaubendes Geräusch. »Was soll ich da groß sagen. Wir waren früher mal Segelkumpel, sind öfters zusammen rausgefahren. Später dann nicht mehr.«

»Wer alles?«

»Na, Tilman, Kirsten und ich. Anja kam irgendwann auch dazu.«

»Frau Heider?«

»Wissen Sie doch.«

»Warum hat das gemeinsame Segeln aufgehört?«

»Warum wohl? Weil Tilman Anja angebaggert hat, der alte Sack.«

»Die Ihre Freundin war?«

Keine Antwort.

»Was haben Sie da gemacht?«

»Was glauben Sie denn, was ich gemacht habe? Dem Feigling gezeigt, was ich von ihm halte.«

»Sie sind handgreiflich geworden?«

Jesse schwieg und starrte auf die Wand hinter dem Kommissar.

»Wie ist Frau Heider Ihnen danach entgegengetreten?«

Er schnaubte. »Die wollte nichts mehr von mir wissen. Nicht mal reden wollte die mehr mit mir!« Grode fuhr sich mit der Hand über das Gesicht. »Den Weibern gehts doch nur ums Geld. Hat einer genug Kohle, dann nehmen sie jeden Schlappschwanz.«

»Wie war Ihre Beziehung zu Kirsten Reinfeld?«

»Die hat mir leidgetan. Mit Kirsten habe ich mich immer gut verstanden, da können Sie jeden fragen. Die hätte was Besseres verdient als diesen nichtsnutzigen Ehemann, der sie nach Strich und Faden betrogen hat. Dabei hat sie ihn sogar noch ausgehalten, weil der Herr sich zu fein zum Arbeiten war.«

»Haben Sie sich weiter mit ihr getroffen, nachdem Sie sich mit ihrem Mann überworfen hatten?«

Jesse zuckte mit den Schultern. »Nicht wirklich. Wir sind uns manchmal im Segelclub oder im Hafen über den Weg gelaufen und haben Hallo gesagt. Mehr war nicht drin.«

»Haben Sie versucht, den Kontakt zu Frau Heider aufrechtzuerhalten?«

»Nein!«

»Nein?«

Jesse wand sich. »Nur ein-, zweimal. Wollte nachsehen, was sie so treibt mit diesem Kerl.«

»Sie haben sie gestalkt«, stellte Wuttke sachlich fest. »Das wurde uns von verschiedenen Seiten berichtet.«

»Das war kein Stalking. Ich habe ihr nichts getan.«

»Waren Sie auf dem Grundstück der Reinfelds?«

Jesse biss sich auf die Lippen und schwieg.

Der Kommissar beugte sich über den Tisch. »Herr Grode, damit wir uns richtig verstehen: Dies ist Ihre letzte Chance, aus freien Stücken die Wahrheit zu erzählen. Die Indizien sprechen sowieso gegen Sie. Vorhin habe ich aus unserem Labor die Bestätigung bekommen, dass das Haar, das wir auf dem Segel im Blut von Frau Reinfeld gefunden haben, von Ihnen stammt. Wenn Sie noch etwas gutmachen wollen, dann haben Sie jetzt die Gelegenheit dazu.« Er lehnte sich zurück. »Ich höre.«

Jesper Grode atmete schwer. Er war blass, auf seiner Stirn standen Schweißperlen. »Es war ein Unfall, das müssen Sie mir glauben!«, brach es aus ihm heraus.

Wuttke bedeutete ihm mit einem Kopfnicken, fortzufahren.

»Ja, ich war an dem Abend im Austernfischerweg, das gebe ich zu. Vorher habe ich bei Anjas Wohnung vorbeigeschaut, wollte noch mal mit ihr reden. Sie war aber nicht zu Hause, jedenfalls hat sie nicht aufgemacht. Also bin ich nach Strande rüber. Wollte nur sehen, ob sie bei ihrem neuen Bettwärmer Tilman ist. Unterwegs hat es angefangen, mächtig zu schütten, fast wäre ich wieder umgekehrt.«

»Sind Sie aber nicht.«

»Nee. Als ich ankam, war nirgends Licht in den Fenstern. Also von der Straße aus gesehen. Ich bin dann in den Garten, um hinten durch die Wohnzimmerscheiben zu gucken. Wollte die beiden beim Knutschen ertappen.«

»War es schon dunkel?«

»Ziemlich. Im Wohnzimmer war aber auch kein Licht, nur oben im ersten Stock. Es hat gepisst wie Sau, und gerade als ich wieder gehen wollte, ging auf einmal die Terrassentür auf.«

»Und dann?«

»Kam Reinfeld raus. Der hatte seine alte rote Arbeitsjacke mit dem Fußball-Logo an. WM 2006. Die trägt er auch immer bei Drecksarbeiten am Boot. Jedenfalls ist er durch den Regen zum Werkstattschuppen gelaufen und hatte dabei die Kapuze ins Gesicht gezogen.«

»Was haben Sie getan?«

»Was wohl? Ich bin stinkwütend geworden. Dieser Typ hat mein Leben zerstört, der hat mir meine große Liebe genommen. Da kam so ein Hass bei mir hoch, das kann ich gar nicht beschreiben.« Jesse starrte mit finsterem Blick ins Leere. Dann sah er Wuttke direkt in die Augen. »Also bin ich hinter ihm her zur Werkstatt.«

»Und dann?«

»Habe ich ihn durch die Tür dort an der Werkbank stehen gesehen, wie er in der Schublade darunter gewühlt hat. Mir ist der Regen hinten in den Kragen gelaufen, ich war sauer, und da ist plötzlich die blinde Wut in mir hochgestiegen. In diesem Moment wollte ich Reinfeld fertigmachen, ein für alle Mal. Das ist wie eine Monsterwelle über mich gekommen. Ich habe ein Brett aus dem Eimer neben der Tür gerissen und ihm eins über den Schädel gezogen.«

Jesse stoppte. Seine Hände lagen zu Fäusten geballt auf dem Tisch.

Wuttke wartete.

»Da habe ich erst gesehen, dass das Kirsten war!«, brüllte Grode unvermittelt los. Kleine Speicheltropfen flogen ihm aus dem Mund. »Die hatte sich einfach Tilmans Jacke angezogen! Eine verdammte Scheiße war das!« Er schlug mit beiden Fäusten auf den Tisch.

Wuttke ließ ihm einen Moment Zeit, dann fragte er: »Am Körperbau hatten Sie das nicht erkannt?«

Grode schluchzte auf. »Wie sollte ich? Kirsten war Sportlerin, die war kräftig und fast genauso groß wie ihr Mann. Außerdem war es dunkel und hat so geregnet.« Er sackte in sich zusammen. »Ich wollte doch niemanden töten«, flüsterte er, »schon gar nicht die arme Kirsten.« Wieder wurde er von einem Schluchzer geschüttelt. Er atmete tief durch und zog die Nase hoch. »Es tut mir so leid. So furchtbar leid.«

»Was haben Sie getan, als Sie Ihren schrecklichen Irrtum bemerkt haben?«

Grode warf in einer verzweifelten Geste die Hände in die Luft. »Was hätte ich denn tun sollen? Sie war doch tot.«

Olaf Wuttke schüttelte den Kopf. »Nein, war sie nicht. Sie war nur bewusstlos. Das hätten Sie als ausgebildeter Bademeister eigentlich erkennen sollen.« Der Kommissar sah Jesper Grode in die Augen. »Die Rechtsmedizin hat Salzwasser in ihrer Lunge gefunden. Frau Reinfeld ist ertrunken.«

Grodes Gesichtsfarbe wurde noch fahler.

»Sie haben sich also nicht nur der schweren Körperverletzung mit Todesfolge schuldig gemacht, sondern auch unterlassener Hilfeleistung. Ob Ihre Tat als Mord oder Totschlag beurteilt werden wird, muss die Justiz entscheiden.«

»Aber ... es war doch keine Absicht«, flehte Grode. »Ich dachte wirklich, Kirsten wäre nicht mehr am Leben. Sie hat erst geschrien, aber auf einmal war sie mucksmäuschenstill. Bewegt hat sie sich auch nicht mehr. Und da war plötzlich überall Blut, so viel Blut.« Er stöhnte auf. »Scheiße, ich war total in Panik. Ich hatte keine Ahnung, was ich tun sollte, ich konnte gar nicht mehr klar denken. Das war alles so unwirklich ... wie im Film.« Er schloss die Augen und ließ seinen Kopf nach vorn fallen.

»Wir wissen mittlerweile, wie es zu den massiven Verletzungen von Frau Reinfeld gekommen ist«, fuhr Wuttke ungerührt fort. »Aber ich möchte es gerne noch einmal von Ihnen selbst hören. Sie haben ihr also mit dem Holz auf den Hinterkopf geschlagen. Was passierte dann?«

Grode sah auf. »Dann ist sie vornüber geknallt auf die Werkbank. Erst auf das Ruderblatt, das da eingespannt war, dann auf die Ecke des Schraubstocks. Das hat ein furchtbares Geräusch gemacht.« Er schluchzte auf und presste eine Faust vor den Mund. Als er sich wieder gefasst hatte, fuhr er fort: »Sie hat schrecklich geblutet, die ganze Jacke voll. Die habe ich ihr dann ausgezogen.«

»Warum?«

Grode fuhr sich mit den Fingern durch die Haare. »Mann, es hätte mir doch kein Mensch geglaubt, dass ich kein Mörder bin und dass es ein Unglück war. Also wollte ich es wie einen Schwimmunfall aussehen lassen.«

»Was haben Sie gemacht?«

»Ich hatte draußen an der Wäschespinne Kirstens Badeanzug gesehen. Der hing da noch im Regen, und das hat mich auf die Idee gebracht. Im Werkstattschuppen lag ein altes Segel in einer Kiste, das habe ich herausgeholt und auf dem Boden ausgebreitet. Dann habe ich sie darin eingewickelt und alles mit einem Strick verschnürt. Danach habe ich einen Lumpen nass gemacht und damit das Blut von dem Schraubstock und dem Ruderblatt gewischt. Auf dem Boden ist zum Glück kaum etwas gelandet. Anschließend habe ich den Badeanzug geholt und den in das Segel eingerollten Körper in die Schubkarre gepackt, die vor der Tür stand. Irgendwie musste ich das Paket ja zu meinem Auto kriegen. Hat gerade so in den Kofferraum gepasst.«

Wuttke fixierte ihn mit seinem Blick. »Und weiter?«

Grode starrte die Wand an. »Ich bin zum Strander Hafen gefahren. Ich wusste ja, dass da draußen so spät keine Menschenseele mehr unterwegs ist, erst recht nicht bei Regen. Den Wagen habe ich dann neben dem Slipkran geparkt, da gibt es eine Leiter zum Wasser runter. Meine *Frida* liegt ganz in der Nähe. Ich bin schnell zu dem Boot hin, habe es zu der Stelle unterhalb des Krans manövriert und dort festgemacht. Von da bin ich die Leiter hochgeklettert und zurück zum Auto, um … na, um das Paket aus dem Kofferraum zu holen. Rein hatte ich es noch bekommen, raus war schon viel schwieriger. Irgendwie habe ich den Packen aber aus dem Auto rauswuchten können. Dann wusste ich zuerst nicht weiter.«

Der Kriminalkommissar guckte fragend.

»Tragen ging ja nicht, so schwer, wie das war.« Grode räusperte sich. »Also habe ich …« Er schluckte sichtbar. »Ich hab den eingewickelten Körper bis zur Wasserkante gezogen. Dort habe ich ihn auf das Deck der *Frida* fallen lassen.« Er nahm das Wasserglas, das vor ihm stand, und trank einen tiefen Schluck.

Wuttke wartete still auf die Fortsetzung.

»Dann bin ich raus auf See. Elektromotor, ganz neu, den hörst du nicht. Ich wusste genau, wo Kirsten jeden Morgen schwimmen ging, das hatte sie mir oft genug erzählt. Also bin ich so weit rausgefahren, bis mir die Strömung günstig schien, damit sie an ihre Badestelle getrieben wird. Es sollte ja echt aussehen. Ich hab sie aus dem Segel gewickelt und ihr den Badeanzug angezogen. Dann habe ich sie über Bord geworfen.«

»Hat sie sich noch bewegt?«

»Nein, hat sie nicht!« Grode schrie es fast. »Das müssen Sie mir glauben.«

Wuttke schwieg.

Grode senkte den Blick. »Ich wollte, dass sie untergeht«, sagte er leise. »Deshalb habe ich versucht, sie mit dem Paddel unter Wasser zu drücken. Ich konnte den Anblick nicht ertragen.«

»Was haben Sie mit dem blutigen Segel gemacht?«

»Das habe ich später in einen der großen Müllcontainer hinten am Segelclub geworfen. Da liegen öfter ausrangierte Dinge drin, ich dachte, das fällt da nicht auf. Hab es extra so zusammengelegt, dass man von außen kein Blut gesehen hat.«

»Aha. Und die Jacke?«

»Die Arbeitsjacke habe ich im Schuppen versteckt. Für den Fall, dass die Sache mit dem Schwimmunglück irgendwie schiefgehen sollte. Dann würde der Verdacht auf Tilman fallen, so war der Plan. Der profitiert doch am meisten von Kirstens Tod. Jetzt hat er endlich die ganze Kohle und kann machen, was er will.« Die Verachtung in Grodes Stimme war nicht zu überhören.

»Und wenn er die Jacke gefunden hätte?«

»Ach was! Die lag tief unter dem ganzen Gerümpel verborgen. Da hätte er in dem Schweinestall erst mal richtig aufräumen müssen. Irgendwann später, wenn Gras über die Sache gewachsen wäre, hätte ich sie heimlich geholt und im Wald vergraben.«

Was Wuttke dachte, war ihm nicht anzusehen. »Und nachdem Sie Frau Reinfeld ins Meer geworfen hatten, sind Sie einfach nach Hause gefahren?«

»Nee, natürlich nicht. Ich musste doch erst mit dem Wagen nach Schilksee und Kirstens Klamotten am Strand deponieren. Da, wo sie jeden Morgen ins Wasser geht. Sollte ja alles echt aussehen. Aber vorher musste ich noch die *Frida* sauber machen, jedenfalls das Gröbste. Mit der Zahnbürste bin ich erst am nächsten Tag rangegangen.«

»Tja.« Wuttke machte eine Kunstpause. »Eine Stelle haben Sie bei Ihrer Putzorgie leider übersehen.«

»Ach was. Wo soll das bitte schön gewesen sein?« Grode klang ehrlich empört. »Die *Frida* hat geglänzt wie neu, als ich fertig war. Sie können mir glauben, vom Putzen verstehe ich was. Ich hatte aus der Schwimmhalle echt scharfes Zeug mitgenommen und habe beim Scheuern nicht die kleinste Ecke vergessen.«

»Doch, haben Sie. Die KTU hat auf Ihrem Schiff Blutspuren von Frau Reinfeld gefunden.«

Grode schüttelte den Kopf. »Das kann nicht sein. Wo?«

Der Kommissar lächelte ihn an. »An der Messerschnittsohle Ihrer Bootsschuhe.«

46

»DA SIND JA IMMER NOCH Feuerquallen.« Telse beugte sich über die Reling und deutete auf die Wasseroberfläche. »Und zwar ganz schön viele. Sollten die Ende September nicht verschwunden sein? Tot oder wieder in der Nordsee, was weiß ich, Hauptsache, weg.«

Wanda warf einen kurzen Blick in die Tiefe, wo das Schiff einen Teppich tellergroßer Medusen durchpflügte, deren rötliche Körper schwerfällig zur Seite trieben. Dann zuckte sie mit den Schultern, lehnte sich mit dem Rücken an die Bordwand und drehte ihr Gesicht wieder in die Sonne. »Du musst ja nicht reinspringen.«

»Danke für den Tipp. Hätte ich sonst glatt gemacht.« Telse holte ihre Nikon aus dem Rucksack und hängte sie sich um den Hals. Dann nahm sie den Objektivdeckel ab und fixierte die pulsierende Masse durch den Sucher. »Mal sehen, ob ich ein Porträt von den goldigen Tierchen bekomme. Sagt mal ›Fischstäbchen‹!«

Wanda genoss mit geschlossenen Augen die Sonnenstrahlen des Spätsommers und den Fahrtwind. Sie hatte Telse überredet, das schöne Wetter für einen Ausflug zu nutzen und mit der Fördefähre von Friedrichsort nach Laboe rüberzuschippern.

Den anderen Grund für die Minikreuzfahrt hatte sie ihrer Freundin noch nicht mitgeteilt.

Jetzt passierte das Schiff die schmalste Stelle der Kieler Förde, wo der Friedrichsorter Leuchtturm zum Greifen nah schien. Das grün-weiß geringelte Feuerzeichen glühte im Nachmittagslicht, und Telse fotografierte, was der Akku hergab. Niemand störte sie dabei, sie hatten das Oberdeck heute ganz für sich allein. Gleich danach nahm die Fähre Kurs auf das Ostufer der Förde, und Telse packte ihre Kamera ein.

»Wollen wir uns nicht irgendwo hinsetzen?«, schlug Wanda vor. »Dahinten ist es windgeschützt.«

Telse willigte ein, schwang sich ihren Rucksack auf den Rücken und marschierte quer über das Deck zu den Sitzplätzen unterhalb der Brücke. Wanda ergriff den Picknickkorb, auf dessen Mitnahme sie bestanden hatte, und folgte ihr durch die leeren Bankreihen nach.

»Was ist eigentlich jetzt mit Jesse?«, erkundigte sich Telse, als sie Platz genommen hatten. »Hast du noch etwas von Olaf gehört?«

»Habe ich. Jesse sitzt in Untersuchungshaft. Wann der Prozess stattfinden wird, ist noch ungewiss.« Der Wind hatte aufgefrischt, und Wanda zog den Reißverschluss ihrer Übergangsjacke zu. »Nachdem Olaf ihn verhört hatte, musste ich unserem lieben Hauptkommissar erst mal erklären, wie wir beide überhaupt auf Jesse als Tatverdächtigen gekommen sind. Als ich ihm den Schwimmbadflyer mit der Einkaufsliste präsentiert habe, den du in der Werkstatt gefunden hast, hat es ihm glatt die Sprache verschlagen. Sein Gesicht hättest du sehen sollen.« Wanda kicherte leise bei dem Gedanken daran.

»Ich bin so froh, dass die ganze Geschichte vorbei ist«, sagte Telse und streckte ihre Beine lang aus. »So entspannt wie heute habe ich mich schon ewig nicht mehr gefühlt.«

»Apropos entspannt«, bemerkte Wanda wie nebenbei. »Wie sieht es eigentlich in Sachen Philipp von Jaden aus? Habt ihr euch schon verabredet?« Sie musterte Telse unauffällig von der Seite.

»Ach ja.« Die Freundin seufzte und blickte ins Unbestimmte.

»Ja?«

»Nein.«

»Er hat sich nicht mehr gemeldet«, folgerte Wanda messerscharf.

»Doch, ich glaube schon.« Telse erzählte ihr von dem nicht angenommenen Telefonanruf.

»Und? Hast du nicht zurückgerufen?«

»Ich traue ihm nicht«, gab Telse zögernd zu. »Das ist doch alles lächerlich.«

»Du traust dir nicht, meine Liebe, obwohl es dafür überhaupt keinen Grund gibt.« Wanda lächelte aufmunternd. Dann wurde sie unvermittelt ernst. »Aber vielleicht hat dich dein Bauchgefühl auch vor einer Enttäuschung bewahrt.«

Telse guckte verständnislos.

»Ich habe da nämlich etwas für dich.« Wanda beugte sich vor und kramte in dem Picknickkorb zu ihren Füßen. »Hier. Hat mir ein Vögelchen zugetragen.« Mit unergründlicher Miene reichte sie ihrer Freundin die aktuelle Ausgabe einer Hochglanz-Prominentenzeitschrift.

Telse zog unwillkürlich die Augenbrauen hoch. Sie nahm das Klatschblatt und musterte die Titelseite. »Hast du das beim Friseur mitgehen lassen? Seit wann liest du solchen Quatsch?«

»Seite siebzehn«, sagte Wanda lapidar.

Telse blickte unschlüssig auf das Magazin, schließlich blätterte sie zu der besagten Seite. Sie musterte die dort abgebildeten Fotos und las die Bildunterschriften. Dann klappte sie die Zeitschrift zu, legte sie auf ihren Knien ab und lehnte sich zurück an den Brückenaufbau.

Beide Frauen schwiegen. Gischt klatschte gegen die Bordwand.

»Tja«, sagte Telse schließlich, »das wars dann wohl.«

»Ist bestimmt besser so.«

»Wahrscheinlich.«

»Auf jeden Fall.« Wanda legte den Arm um ihre Freundin.

»Hätte nicht gedacht, dass Philipp von Jaden auf dermaßen aufgebrezelte Trullas steht.« Telses Stimme klang kratzig, aber fest.

»Sei froh, dass er nicht Camilla genommen hat.«

Telse und Wanda guckten sich an, dann prusteten sie beide los.

»Noch mal davongekommen«, sagte Telse so gleichmütig wie möglich und legte das Promi-Magazin zurück in den Korb. »Gibt es sonst noch Dinge, die du mir mitteilen willst? Am besten gleich heraus damit, dann habe ich es hinter mir.«

»O ja, sogar etwas ganz Wichtiges. Dafür machen wir doch unsere kleine, feine Reise.« Wanda guckte geheimnisvoll. »Vorher wollte ich allerdings mit dir über deine Pläne für die Zukunft reden. Willst du eigentlich noch an der Schule weiterarbeiten? Von meiner Seite aus kein Problem, die Entscheidung liegt bei dir. Wir haben Kirstens Mörder schließlich gefunden, und damit wäre dein Job dort eigentlich erledigt.«

Telse krauste die Stirn und blickte einem Möwentrio nach, das kreischend seinen Kontrollflug über die Fähre machte.

»Weiß nicht«, meinte sie schließlich. »So schlimm sind die Kids gar nicht. Im Gegenteil, das Unterrichten macht mir sogar Spaß. Meistens jedenfalls. Aber es kommt ja auch darauf an, wie lange mich die Schulleiterin noch haben will. Und wie das mit den geplanten Stellenkürzungen ausgeht.«

»Da kann ich dich beruhigen«, sagte Wanda. »Ute Lohmeyer hat mir neulich beim Tennis verraten, dass sie dich gerne behalten würde. Du bist bei den Kurzen offensichtlich sehr beliebt. Die Personalsituation hat sich inzwischen auch geklärt. Es muss doch nur eine halbe Stelle aufgegeben werden, sagt Ute, und es hat sich sogar schon ein Freiwilliger gemeldet, der den Arbeitsplatz wechseln und woanders Schüler ärgern will. Rate mal, wer?«

Telse zuckte mit den Schultern. »Keine Ahnung.«

»Dein besonderer Freund Peter Cassens. Ob Ute da ein wenig Überzeugungsarbeit geleistet hat, kann ich dir nicht sagen.« Wanda grinste.

»Na, wenn das kein Grund ist, an der Schule zu bleiben.« Telses Laune hob sich. »Bis ich wieder vom Schreiben und Fotografieren leben kann, wird es vermutlich noch eine Weile dauern.«

Wanda nickte. »Ja, das will in Ruhe entwickelt werden. Kündigen kannst du zur Not jederzeit.«

»Eins weiß ich genau«, sagte Telse. »Paule würde ich vermissen. Bei ihm fühle ich eine Art, na ja Seelenverwandtschaft, so blöd das auch klingen mag. Vielleicht liegt es daran, dass er nicht die übliche Rennstrecke zum Erfolg genommen hat. Ob freiwillig oder nicht, sei dahingestellt.« Sie ließ den Blick in die blaue Ferne schweifen. »Ich mag Menschen, die über den Tellerrand schauen können.«

Eine Weile hingen beide Frauen ihren Gedanken nach.

Inzwischen hatten sie fast die halbe Strecke nach Laboe zurückgelegt, und die Dünung wurde merklich kräftiger. Die kleine Fähre rollte und schwankte in der Strömung, arbeitete sich aber beharrlich vorwärts. Gischt spritzte über die Reling und benetzte ihre Gesichter mit einem feuchten Schleier.

»Ordentlich Seegang heute«, sagte Wanda und musterte mit leicht zusammengekniffenen Augen die Schaumkronen der Wellen. Dann klatschte sie in die Hände. »Besser wirds nicht. Ich schätze, der Moment ist gekommen.«

Sie beugte sich hinunter, begann, in ihrem Korb zu wühlen, und hob ein in ein Geschirrtuch gewickeltes kleines Päckchen heraus.

Telse guckte argwöhnisch. »Ist es das, was ich denke?«

»Ist es, Schätzchen.«

»Und was willst du hier damit?«

Wanda hielt ihr das Bündel wie eine Opfergabe auf den flach ausgestreckten Handflächen entgegen. »Ihr eine würdevolle Seebestattung zukommen lassen. Das hat sie verdient, finde ich.«

Telses Blick wanderte von Wandas Händen zu ihrem Gesicht und wieder zurück. Sie brauchte einen Moment, um zu entscheiden, ob sie ihre Freundin für sentimental oder plemplem halten sollte. Schließlich breitete sich ein warmes Gefühl der Rührung in ihr aus. Unter Wandas rauer Schale verbarg sich nun mal eine unverbesserliche Romantikerin. »Du hast recht«, sagte sie.

Wanda rutschte einen Sitz weiter und legte das Päckchen auf dem freien Platz zwischen ihnen ab. Sie wickelte es vorsichtig auf. Unschuldig wie ein neugeborenes Baby glänzte die *Venus von Schilksee* im Nachmittagslicht.

Telse nahm die Figur und strich mit dem Daumen über den glatt polierten Stein. Dann hob sie sie direkt vor ihre Augen und sah sie streng an. »Na, mien Seuten, du hast uns ganz schön gefoppt. Dafür landest du jetzt im Seemannsgrab.«

Die *Venus* muckste sich nicht und guckte harmlos.

Wanda hatte unterdessen zwei Sonnenblumen aus den Tiefen ihres Korbes gefischt. Eine davon reichte sie Telse, die andere behielt sie selbst. »Hier. Ein bisschen Grünzeug gehört schließlich zu einer ordentlichen Bestattung dazu.« Sie erhob sich und winkte der Freundin, ihr zu folgen.

Zusammen gingen sie die paar Schritte bis zur Reling. Unter ihnen schäumte das Wasser fast smaragdgrün und weiß.

»Und jetzt?« Telse stand unschlüssig da und versuchte, das Gleichgewicht zu halten, in der einen Hand die Steinfigur, in der anderen die Blume.

»Na, jetzt wirfst du die Gute über Bord. Keine Angst, wir stehen auf der Leeseite«, ermunterte Wanda.

»Nein.« Telse schüttelte den Kopf und hielt ihr die Skulptur hin. »Das machst du. Kirsten war schließlich deine Freundin, also versenkst du auch ihr Kunstwerk.«

»Na gut, wenn du meinst.« Wanda griff nach der *Venus* und schleuderte sie mit kräftigem Schwung hinaus aufs Wasser. Das unruhige Meer verschluckte sie sofort.

»Wären nicht vorher ein paar feierliche Worte angebracht gewesen?«, gab Telse zu bedenken.

»Gleich. Erst mal die Blumen.«

Beide Frauen warfen ihre Sonnenblumen in die Gischt und sahen zu, wie sie von den Wellen zügig Richtung offene See getrieben wurden.

»So, das wäre erledigt«, stellte Wanda mit befriedigter Miene fest. »Warte hier, ich muss nur schnell was holen.«

Telse nickte gedankenverloren und starrte den gelben Blüten hinterher, die nach kurzer Zeit kaum noch auszumachen waren. Auch die Feuerquallen waren verschwunden, stellte sie mit einem Blick in die Tiefe fest.

Wanda steuerte unterdessen die Sitzplätze hinter der Brücke an und kehrte kurz darauf mit dem Picknickkorb zurück an die Reling.

»Jetzt wird es endlich feierlich«, verkündete sie. »Lass uns die glückliche Beisetzung der *Venus* begießen und dabei an Kirsten denken. Auf dass wir sie in liebevollem Andenken behalten und sie für immer in unseren Herzen wohnt.«

»Halt!«, rief Telse. »Ich habe noch was vergessen.« Sie bückte sich und klappte die beiden Deckelhälften des Korbs auf. Dann zog sie das Klatschblatt hervor, riss die Seite siebzehn heraus, zerknüllte sie zu einem handlichen Ball und pfefferte ihn der *Venus* hinterher. »So, das wäre erledigt.«

»Sehr schön«, lobte Wanda. »Jetzt können wir zum gemütlichen Teil übergehen.« Sie angelte zwei in Stoffservietten gewickelte Sektgläser heraus und reichte eins davon Telse. »Und bevor du nach unserem letzten Alkoholdebakel warnend den Zeigefinger hebst, guck hier!« Triumphierend zog Wanda eine mit einer roten Flüssigkeit gefüllte Literflasche aus den Tiefen des Korbs und wies auf das Etikett. »Superleckerer Bio-Rhabarbersaft! Sieht ganz entfernt aus wie Rosé Champagner und schmeckt genauso gut. Na ja, fast jedenfalls.« Sie drehte den Schraubverschluss auf. »Du merkst, ich bin lernfähig. Wir beide müssen schließlich fit bleiben.«

Telse hielt die Gläser, und Wanda schenkte beide voll. Dann verschloss sie die Flasche wieder und packte sie zurück in den Korb.

»Und nun ein paar passende Worte«, sagte Wanda. Sie hielt ihr Glas in den Wind, nahm Haltung an und deklamierte: »Et gah uns wol up unse olen Dage!«

»Habe ich irgendwo schon mal gehört.«

»Martje Flors. Jetzt du.«

Telse hob ihr Glas ebenfalls und beobachtete, wie die rote Flüssigkeit darin herumschwappte. »Quallen haben kein Gehirn«, sagte sie.

Wanda stutzte einen Moment. »Zum Glück«, fügte sie hinzu und trank einen Schluck. Telse tat es ihr nach. Hoch oben am Himmel schrie eine Möwe.

Die Blicke der Frauen trafen sich. Sie nickten einander kaum merklich zu, dann hielten beide ihre Kelche über die Reling und ließen die letzten Tropfen ins Meer fallen.

OVERSHADOWED

US MARINES IN WORLD WAR II:
EUROPE, THE CARIBBEAN, AND SOUTH AMERICA

ISAAC LAMBERTH

OSPREY PUBLISHING
Bloomsbury Publishing Plc
Kemp House, Chawley Park, Cumnor Hill, Oxford OX2 9PH, UK
Bloomsbury Publishing Ireland Limited,
29 Earlsfort Terrace, Dublin 2, D02 AY28, Ireland
Bloomsbury Publishing Inc.
1359 Broadway, 12th Floor, New York, NY 10018, USA
E-mail: info@ospreypublishing.com
www.ospreypublishing.com

OSPREY is a trademark of Osprey Publishing Ltd

First published in Great Britain in 2026

A catalog record for this book is available from the British Library

ISBN: HB 9781472872722; eBook 9781472872715; ePDF 9781472872746;
XML 9781472872739

26 27 28 29 30   10 9 8 7 6 5 4 3 2 1

Page 2: Marines aboard USS *Texas* man a 40mm antiaircraft gun at a position just off the
coast of France, June 6, 1944. (USMC, photo by Cpl William R. Gibbon)
Page 3: World War II-era Eagle, Globe, and Anchor. (USMC, photo by Sgt James
Stanfield)

Cover, page design, and layout by Stewart Larking
Maps by www.bounford.com
Index by Alan Rutter
Printed by Repro India Ltd

FSC

MIX
Paper
FSC® C047271

Osprey Publishing supports the Woodland Trust, the UK's leading woodland
conservation charity.

To find out more about our authors and books visit **www.ospreypublishing.com**. Here
you will find extracts, author interviews, details of forthcoming events and the option to
sign up for our newsletter.

For product safety related questions contact productsafety@bloomsbury.com

DEDICATION

To the Marines who served far from the Pacific – in the snow of far-off northern lands to the sunny tropics – this one is for you. Your stories may have faded from memory but your service deserves to be remembered.

CONTENTS

American Marines on maneuvers in Northern Ireland, May 1943. (USMC, photo by SSgt Weldon Keating)

PREFACE

Every year on June 6, many American soldiers are proud to talk about Operation *Overlord*, and rightfully so. The American landings at Omaha and Utah Beaches, and the air insertions by the 101st and 82nd Airborne Divisions, would prove to be critical events for the war in Europe. Also on every June 6 is the near certainty of soldiers poking fun at Marines about their absence during the largest amphibious landing of the European Theater. Many Marines will lament the fact and scratch their heads silently, wondering how in the world the Army pulled off the landings if the service best suited for amphibious assaults was concentrated on the other side of the world in the Pacific.

While there is no denying the American land component of Operation *Overlord* was carried out by soldiers, this is not to say there were no Marines on the beaches of Normandy, or even in Europe, during the war. In fact, research compiled for this book shows that in all, several thousand Marines served outside the Pacific Theater during the war. Not only did Marines fight the Germans in Europe, but they also fought them in Africa, guarded naval bases in South America, at Caribbean outposts, and on the East Coast of the United States, and landed with the US Army in Africa, all the while receiving numerous valor awards fighting alongside US soldiers and sailors.

Almost a century later, we often look back at the black-and-white photos, videos, maps, and paintings of World War II and imagine a time long forgotten. The great battles of Operation *Overlord*, Operation *Market Garden*, the Battle of Britain, the Battle of the Bulge, Iwo Jima, Saipan, Guadalcanal, and Pearl Harbor often receive much of the attention. However, areas where Marines helped fight the Germans, such as during the Battle of the Atlantic, Operation *Torch*, Operation *Dragoon*, Operation *Shingle*, or Operation *Union II* are all but given a glancing view, with the Marine portions forgotten to all but a few.

Research for this book took years to compile, scouring internet message boards, searching and following leads, emailing people around the world who I hoped would have information and be kind enough to pass it my way, reading dozens of books, and spending numerous hours at the US National Archives in College Park, Maryland. Surprisingly, a fair amount of people who are also interested in Marine Corps history discouraged me from writing on it.

The results of the FLEX experiments were profound in how they prepared the Marine Corps for World War II. The exercises outlined the need for increased gunfire skill in support of landing forces, improved communication for air and ground units, the creation of landing craft specifically designed to efficiently ferry troops from ships to shore and quickly offload them, the creation of reconnaissance units for pre-landing scout activities, and elevated the importance of streamlining logistics movements, enabling the quick unloading of supplies on beachheads to resupply troops already ashore while having supplies on hand for follow-on forces.

Following the Navy's lead of publishing official doctrine in the *Fleet Training Publication 167: Landing Operations Doctrine* in 1938, the Army published one soon thereafter. In June 1941, the US Army published its own amphibious operations manual entitled *Field Manual 31-5, Landing Operations on Hostile Shores*, which largely copied the Navy's document verbatim.

One key doctrinal difference between the Navy and Army was the Navy's focus on controlling smaller territories to extend naval dominance, in contrast to the Army's emphasis on conducting prolonged land campaigns. Another divergence was in how the services sustained their assault forces after the initial landing. To address this, the Marine Corps established Pioneer Platoons – specialized units tasked with logistics and engineering functions. As the war progressed, these platoons expanded in both size and importance, eventually evolving into Pioneer Companies and, later, full Pioneer Battalions. While the name "Pioneer Battalion" may have faded into history, its legacy endures in the Marine Corps' modern Combat Engineer Battalions.

In 1939, War Department planners abandoned the original color-coded plans in favor of the Rainbow plans – plans that accounted for the US fighting wars in the Pacific and Atlantic simultaneously. The newly evolved plans dubbed War Plan Rainbow refined aspects of the prospective future wars, with various versions of Rainbow being assigned numbers.

Developed in 1939, Rainbow 1 focused on defensive actions in the event of an attack on the US, particularly by Germany or Japan. It envisioned the US defending the Western Hemisphere and protecting its possessions in the Pacific and the Caribbean, relying on naval strength. Also developed in 1939, Rainbow 2 saw a shift in strategy to the possibility of simultaneous German aggression in Europe and Japanese aggression in the Pacific. The plan called for the US to support Great Britain if it was drawn into war with Germany. The plan also saw the protecting of American interests in the Pacific without immediately entering the conflict.

Army, Navy, Marines Plan Joint Exercises

Tacoma Times, **Washington State, January 18, 1941**

Washington – The army, navy and marine corps will hold joint training exercises in Puerto Rican waters, beginning about Jan. 21 and extending into February according to Frank Knox, secretary of the navy and Henry L. Stimson, secretary of war.

The exercises are held annually either in the Caribbean area or in the Pacific.

Knox said he did not believe the bases in the Caribbean recently acquired from Great Britain will be involved in the exercises.

2,900 Marines At Quantico Base Ordered to Cuba

Contingent in 'Training' Will Be Near Canal And South America

By the Associated Press.

Amid far-reaching plans to strengthen United States defenses in the Caribbean, the Navy is ordering 2,900 Marines to Guantanamo Bay, Cuba, for intensive training maneuvers.

The contingent—the 1st Marine Brigade of Quantico, Va.—would be in a position to reach Central or South America quickly, should any trouble requiring their presence arise.

The Navy already has undertaken conversion of four fast American ships into "destroyer transports" so the brigade could be moved swiftly.

The action comes shortly after the adoption at the Havana Pan-American Conference of a resolution expressing opposition to the transfer to other non-American nations of foreign possessions in this hemisphere. The conference voted to let one or more of the American republics establish a provisional administration over any possession affected.

Transfer of the Quantico brigade, Navy officials said, is "for the purpose of preliminary training of this force in view of extensive maneuvers planned during the winter in the Caribbean area."

The maneuvers—similar to those conducted each year—involve landings and other operations. Guantanamo provides a base from which ships may operate in carrying out one of the Navy's missions; keeping any enemy aircraft carrier from getting within 1,000 miles of the Panama Canal.

As the world stage became more complex, Rainbow 3 was developed in 1940. It assumed a two-front war, with the US assisting Britain against Nazi Germany and defending against Japanese threats in the Pacific. This plan also emphasized increased defense spending and the expansion of US forces to prepare for eventual involvement in the war.

Developed simultaneously with Rainbow 3, Rainbow 5 had evolved into the most detailed and comprehensive strategy, anticipating the US would need to engage in a full-scale two-front war with Germany and Japan. Rainbow 5 assumed the United States would be allied with the United Kingdom and France, with the US first concentrating its efforts in Europe and Africa to assist the Allies before turning its full attention to Imperial Japan in the Pacific. During this time, the US would wage a containment strategy in the Pacific to prevent the Japanese military from further spreading. Rainbow 5 would lay the foundation for the later strategies of combined Allied operations throughout World War II.

The work done between the Navy and Marine Corps in the years leading up to World War II would greatly assist and shape how the Army carried out amphibious operations throughout the war. While not perfect, the experiments and manuals helped rectify many major issues on how to carry out amphibious operations before the United States' entrance into the war and allowed American planners to focus on minute details for operations such as *Torch* and *Overlord*.

Prepared for Any Nazi Threat, Marines Move Up Trip to Cuba

A hand-picked force of 2,900 United States Marines will sail this month for Guantanamo Bay, from which it could strike swiftly to take over imperiled Caribbean possessions of conquered European nations or aid Latin American republics in downing any Nazi-inspired uprising.

Ostensibly bound for maneuvers the 1st Brigade of the Fleet Marine Force, stationed at Quantico, Va., will leave three months ahead of schedule for its customary winter operations in that area. The brigade is well-equipped with planes, tanks, artillery, anti-aircraft weapons and was organized as a hard-hitting fighting team, complete in itself, even as to transportation. Two for-

mer Grace liners, renamed the Mc-Cawley and Barnett, are to be commissioned at Brooklyn and Hoboken as Marine transports.

The Marines would be available also for their historic duty of guarding United States defense outposts—this time the new Atlantic bases leased from Britain. It was considered unlikely, however, that the brigade would be dispersed along the new frontier stretching from Newfoundland to British Guina. Marines from other organizations are expected to be used to guard the bases.

Although there was no official indication the Marines were being

(See MARINES, Page A-5.)

LEFT The *Evening Star*, Washington DC, August 10, 1940. (Library of Congress, hereafter LoC)

RIGHT The *Evening Star*, Washington DC, September 8, 1940. (LoC)

The maneuvers on cactus-studded beaches at Guantanamo Bay, Cuba, begin as US Marines climb down the nets of a transport into a landing boat, February 1941. Soldiers from the US Army crowd the decks to watch the Marines. (United States Marine Corps, hereafter USMC)

TOP Even before the landing boat hits the beach, the Marines are into the water in realistic landing maneuvers at Guantanamo Bay, February 1941. Leading his men, carrying a pistol on the left, is First Lieutenant Joseph L. Herson. On the far right is First Lieutenant Alfred L. O'Connor. (USMC)

CENTER These US Marines, normally stationed at San Juan, Puerto Rico, are in the "chow" line at a camp area in the Caribbean National Forest, February 1941. Mess gear in hand, they are ready for a big meal after a tough 15 miles of hiking. The 15 miles was part of a 90-mile hike in six days and periodic maneuvers for Marines stationed in the Caribbean. (USMC)

BOTTOM After a 90-mile trek over the rough terrain of Puerto Rico, these Marines stop to refill their canteens, February 1941. As the original caption reads, "One dog, pictured in the center, followed the Marines over the whole course and really looks 'dog tired' as one of the boys stops to give him an encouraging pet." (USMC)

LEFT FLEX 7 off the shore of Cuba in 1941. (Dmitri Kessel/The LIFE Picture Collection/ Shutterstock)

BOTTOM Marine Corps radiomen scout out for enemy troop movements during a training event with their radio reconnaissance car at Guantanamo Bay, Cuba, November 2, 1943. (USMC, photo by Sgt Sommers)

US Marines take part in squad-level scouting and patrolling exercises in Guantanamo Bay, August 9, 1941. (USMC)

INSET In July 1941, Brigadier General John T. Walker was sent to Cairo, Egypt, to serve as the assistant naval attaché and then later as naval attaché in London. While in Egypt, he acted as an observer to how the British forces were fighting the Axis in the desert. Walker was just one of dozens of Marines sent overseas during this time to gather knowledge and report back to Headquarters Marine Corps on how to make a more effective fighting force. He was sent to the Pacific shortly after the Japanese attack on Pearl Harbor. (USMC)

MARINE CORPS' INFLUENCE ON LANDING CRAFT

While only a few thousand Marines may have served in Europe and Africa, the Corps' influence was at every amphibious landing, whether soldiers realized it or not.

During the 1930s, the Navy and Marine Corps were on the lookout for a craft to efficiently move troops from ship to shore. In the late 1930s, Andrew J. Higgins had created the Eureka boat, a small craft designed to ferry heavy logs and explore for gas and oil in river and coastal areas. Seeing an impending global conflict on the horizon, Higgins unsuccessfully attempted several times to have his Eureka boat looked at by Navy planners. The Navy had already reached out to and had prototypes from several companies who were testing their boats with the Marine Corps. Although the Marine Corps lobbied Navy leaders to consider Higgins's boats, the Navy was developing its own requirements and designs and was uninterested in his version.

After several failed tests from the prototypes the Navy had contracted out to industry, Navy designers and leadership finally relented and allowed Higgins to showcase his Eureka boat to them. So impressed was the leadership that Higgins was awarded a small contract to begin building boats. He also received US Patent No. 2,144,111, protecting the Eureka boat's unique hull design which allowed the boat to land on a beach without the propellers getting stuck in the sand. Higgins would go on to expend development of the Eureka boat into the Landing Craft, Personnel (LCP) and Landing Craft, Personnel (Large), or LCP(L), for military use.

Original patent illustration submitted for the Eureka boat. (US Patent and Trademark Office, hereafter USPTO)

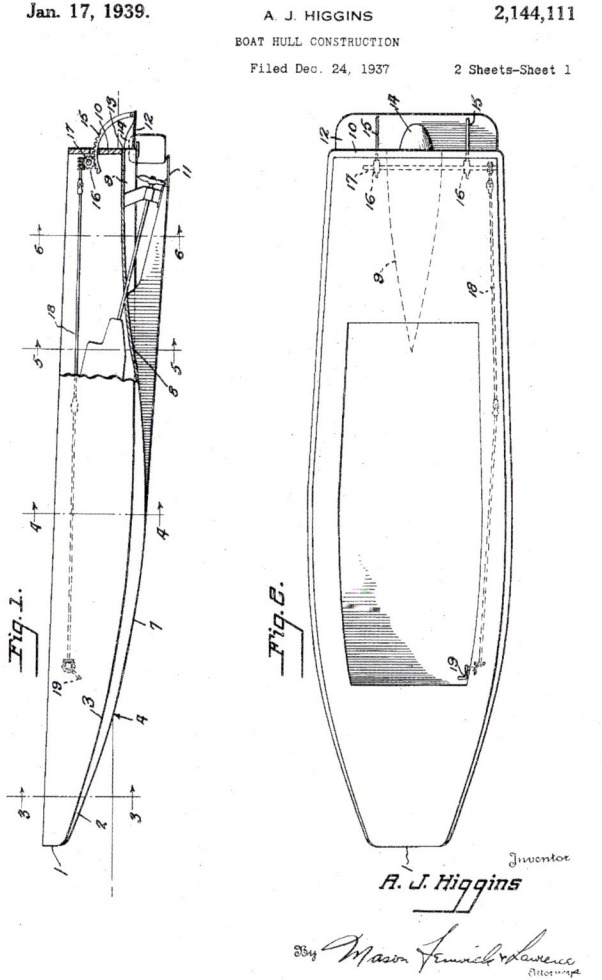

Marines with the 1st Marine Division land on Guadalcanal using Higgins's LCP(L), August 7, 1942. Notice the lack of bow ramp on the landing craft. During this time of the war, the now famous Landing Craft Vehicle, Person (LCVP) was only available in limited numbers. (USMC)

Original patent illustration for the LCVP with bow ramp. (USPTO)

Feb. 15, 1944.   A. J. HIGGINS   2,341,866

LIGHTER FOR MECHANIZED EQUIPMENT

Filed Dec. 8, 1941   4 Sheets—Sheet 1

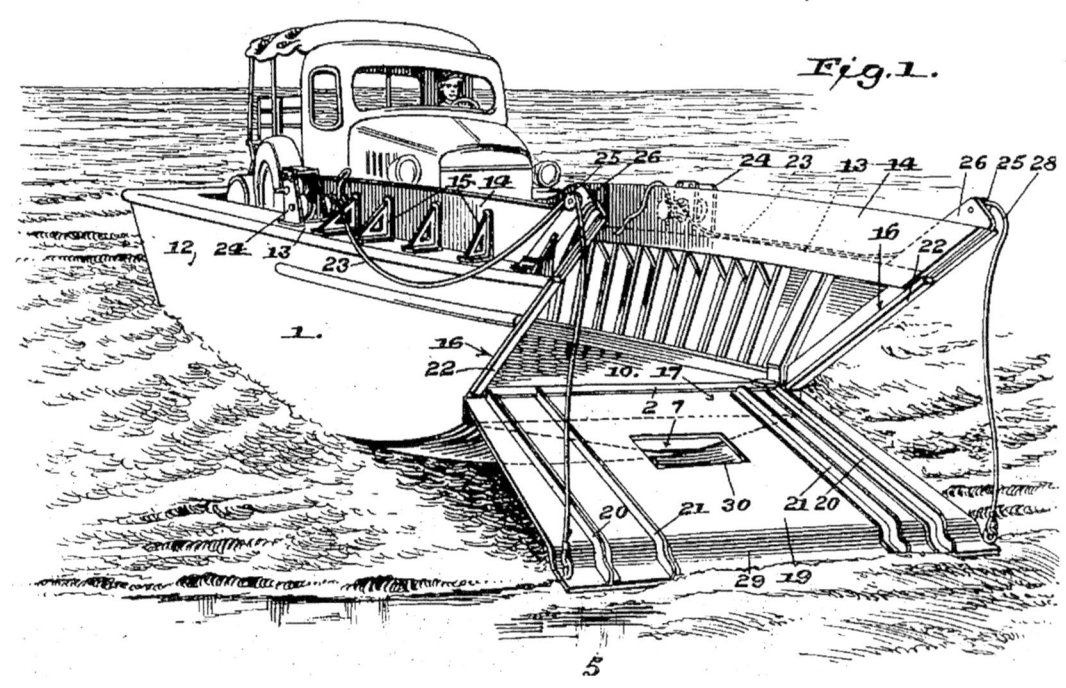

While the LCP boats solved the problem of transporting troops from ship to shore quickly, a new deficiency was discovered when Marines disembarking from the boat had to climb over the sides, exposing themselves to enemy fire and making unloading supplies and equipment cumbersome. Unknowingly to leadership, a solution already existed from a junior Marine officer.

In 1937, Marine Lieutenant Victor Krulak was in China as an observer to the Second Sino-Japanese War. During this time, he observed Japanese landing craft having a blunt bow with the bow becoming a ramp upon hitting the beach, enabling easy and fast unloading of troops. In the subsequent years, Krulak suggested such a device; his suggestions would eventually be listened to by Navy and Marine planners and ultimately made their way to Higgins. Higgins filed a patent for the ramp bow feature onto the Eureka boat the day after the Pearl Harbor attacks. The modified Eureka boat would be named the LCVP for Landing Craft Vehicle, Person.

The importance of the LCVP cannot be overstated enough. Eisenhower said, "If Higgins had not designed and built those LCVPs, we never could have landed over an open beach. The whole strategy of the war would have been different." The Marine Corps' mark was now cemented in nearly every amphibious assault of the war.

Marines with the guard detachment at Naval Air Station Patuxent River, Maryland, raise the flag during a morning colors ceremony, April 1, 1943. (US Navy)

MARINE DETACHMENTS EXPAND

By 1940, the Navy and Marine Corps had expanded in both size of manpower and locations. Retaining its role as a naval constabulary force, Marines were at nearly every location the Navy had a land presence, as base security was built into planned expansion considerations. Commercial contracts were awarded to expand Marine Corps presence in multiple locations, such as Cuba. The facilities there were extended to hold more than 2,000 men, with all necessary utilities, such as barracks, administration buildings, medical facilities, mess halls, storage buildings, laundry, and roads. In the spring of 1941, there were approximately 6,000 Marines stationed across the Caribbean, taking part in deterrence operations and safeguarding naval facilities.

During 1940 and 1941, numerous naval bases were set up in the Atlantic – all the way up from Newfoundland down to South America. St. Lucia, Antigua, Jamaica, British Guiana, and the island of Great Exuma in the Bahamas – all had secondary air bases built. Trinidad, Bermuda, and Argentia in Newfoundland were built into major air bases.

As described in *Building the Navy's Bases in World War II*, volume II, the major bases were "to be equipped with complete facilities for operation, storage, and supply, engine overhaul, and complete periodic general overhaul of all types of planes. A secondary air base was a smaller installation, having facilities primarily for the operation, routine upkeep, and emergency repair of aircraft." All of these bases had Marine detachments providing security in the event German saboteurs and spies decided to test their luck. The minor bases contained approximately 50 Marines for security, while the Marine barracks on major bases could have several hundred men assigned to them.

Additionally, during this time, the US embarked on a great diplomatic journey to show presence in South America and shore up its ties with nations to deter them from joining the Axis powers. Marine detachments from ships and shore establishments were used in parades and trained local militia-type groups in the basics of land warfare.

The American outposts in the Atlantic, the Caribbean, and on the East Coast of the United States scouted for German submarines, which preyed upon Allied supply shipments coming up from South America. Simultaneously, there were numerous times Marine detachments were called upon to assist with German crews who had been captured when their submarines had been sunk by Allied aircraft or warships or take any German spies into custody.

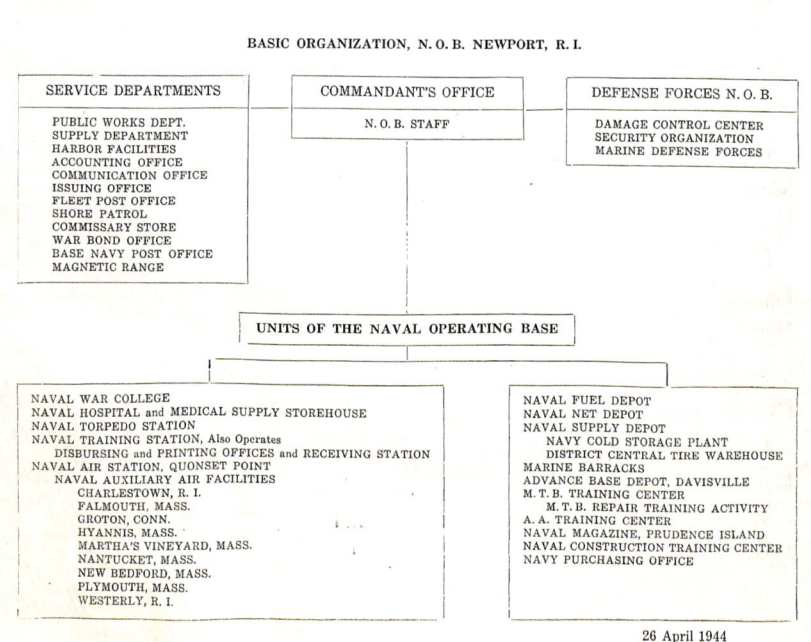

Organizational chart of Naval Operating Base (NOB) Newport, Rhode Island, from the base familiarization pamphlet, April 26, 1944. The Marine garrison is mentioned on the two right blocks of the chart. (US Navy)

US EAST COAST MARINE DETACHMENTS

Marine Guard Detachment, Naval Disciplinary Barracks Portsmouth, New Hampshire

Marine Barracks, Naval Yard Portsmouth, New Hampshire

Marine Guard Detachment, Naval Ammunition Depot Hingham, Massachusetts

Marine Barracks, Naval Yard Boston Chelsea, Massachusetts

Marine Guard Detachment, Naval Air Station (NAS) Squantum, Massachusetts

Marine Barracks, NAS South Weymouth, Massachusetts

Marine Barracks, Naval Operating Base (NOB) Newport, Rhode Island

Marine Guard Detachment, NAS Quonset Point, Rhode Island

Marine Guard Detachment, Naval Training Center Newport, Rhode Island

Marine Barracks, Naval Submarine Base New London, Connecticut

Marine Barracks, NAS Lakehurst, New Jersey

Marine Guard Detachment, Naval Ammunition Depot Lake Denmark, New Jersey

Marine Barracks, NAS Wildwood, New Jersey

Marine Guard Detachment, Naval Ammunition Depot Iona Island, New York

Marine Barracks, Naval Yard New York, New York

Marine Guard Detachment, Naval Receiving Station New York, New York

Marine Guard Detachment, NAS New York City

Marine Guard Detachment, Naval Ammunition Depot Fort Mifflin, Pennsylvania

Marine Barracks, Naval Yard and Station Philadelphia, Pennsylvania

Marine Guard Detachment, Naval Receiving Station Philadelphia, Pennsylvania

Marine Guard Detachment, Naval Powder Factory, Indian Head, Maryland

Marine Guard Detachment, US Naval Academy, Annapolis, Maryland

Marine Guard Detachment, David Taylor Model Basin, Carderock, Maryland

Marine Barracks, Washington DC

Marine Barracks, Navy Yard Washington, Washington DC

Marine Guard Company, Navy Yard, Washington DC

Marine Guard Detachment, Naval Proving Ground Dahlgren, Virginia

Marine Barracks, Naval Yard Norfolk, Portsmouth, Virginia

Marine Barracks, St. Juliens Creek Naval Annex, Virginia

Marine Guard Detachment, Naval Receiving Station Norfolk, Virginia

Marine Guard Detachment, NOB Newport, Virginia

Marine Guard Detachment, Naval Ammunition Depot St. Juliens Creek, Virginia

Marine Guard Detachment, Naval Mine Depot Yorktown, Virginia

Marine Barracks, Naval Station Weapons Station Yorktown, Virginia

Marine Guard Detachment, Naval Ammunition Depot South Charleston, West Virginia

Marine Barracks, Naval Yard Charleston, South Carolina

Marine Guard Detachment, NAS Glynco, Georgia

Marine Guard Detachment, NAS Banana River, Florida

Marine Guard Detachment, NAS Vero Beach, Florida

Marine Barracks, NAS Miami, Florida

Marine Guard Detachment, NAS Sanford, Florida

Marine Barracks, NAS Jacksonville, Florida

Marine Barracks, NAS Key West, Florida

Marine Guard Detachment, NAS Vero Beach, Florida

Marine Barracks, NOB San Juan, Puerto Rico

TOP Thirty-three German prisoners were brought ashore at the Navy Yard, Charleston, South Carolina, by US Coast Guard cutter *Icarus* (WPC-110) after the sinking of German submarine *U-352* off the Atlantic coast on May 9, 1942. The executive officer of the German submarine repeats in German the instructions given to him by US Navy officers. Note the Marine guard on the left side with fixed bayonet. (US Navy)

ABOVE LEFT US Marines with fixed bayonets stand guard as the German prisoners from *Icarus* are lined up in front of the Coast Guard cutter in Charleston, South Carolina, on May 9, 1942. (US Navy)

ABOVE RIGHT Marching from *Icarus*, the German prisoners show rigid discipline as they follow their captain in perfect step. Note the 13 Marine guards around them. (US Navy)

TOP LEFT *U-805*'s crew are lined up for press photographers before boarding busses bound for Portsmouth Naval Prison, December 1942. Many of the crew carry the Red Cross survivors' packages they were issued aboard USS *Otter*. Marine guards armed with Reising Model 50 .45-caliber submachine guns stand to the left. (US Navy)

BOTTOM LEFT A Marine assigned to Marine Guard Detachment, NOB Norfolk, escorts Lieutenant Commander Klaus Heinz Bargsten on June 2, 1943. Bargsten was the sole survivor of German submarine *U-521*, which was sunk off the Atlantic Coast by the USS *PC-565*, a submarine chaser. (US Navy)

TOP RIGHT More Marines assist in escorting Bargsten. *U-521* was credited with sinking four Allied vessels during World War II. (US Navy)

CENTER RIGHT A Marine guard stands on the right with a Reising Model 50 .45-caliber submachine gun while watching over captured crew members of *U-858* aboard US Navy rescue tug *ATR-57* at sea, May 1945. (US Navy)

BOTTOM RIGHT Marine guards assist members of *U-858* debark from US Navy rescue tug *ATR-57* at US Army base Fort Miles, Delaware, May 1945. (US Navy)

TOP German officers and their crew from the surrendered *U-873* at the Portsmouth Navy Yard in New Hampshire, May 16, 1945. German officers, with their backs to the camera, stand on the deck of the tug that brought in the submarine. The Marine guards stand ready to take the prisoners ashore. The man in the white cap with his hands behind his back is Captain Steinhoff, the submarine's commanding officer. (US Navy)

CENTER This photograph shows four German submarines at the Portsmouth Navy Yard, which were surrendered off the coast of Portland, May 16, 1945. A US Marine from Marine Detachment, Portsmouth, stands guard over German sailors. (US Navy)

BOTTOM Marine Guard Detachment, NAS New York City, September 5, 1942. (US Navy)

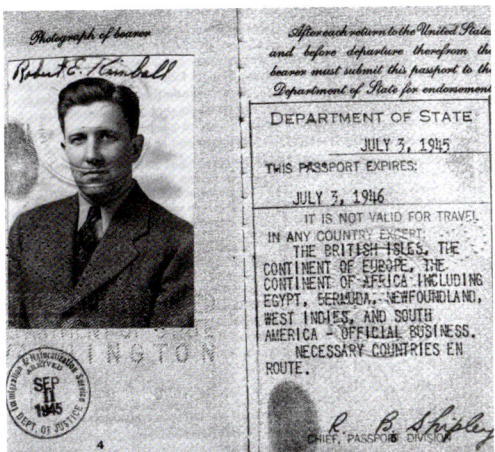

TOP Another lesser-known Marine Corps role during the war was using Marines as diplomatic document couriers, such as Gunnery Sergeant Robert E. Kimball. After serving in the Pacific with the 1st Marine Division, Kimball was home on leave when offered the courier position. Attracted by alternating travel and home time, he accepted eagerly. Based in Washington DC, his route included the United Kingdom, Portugal, the Caribbean, South America, and then back to Washington. (Robert E. Kimball's State Department passport, Leo. J. Daugherty III collection, used with permission)

CENTER First Lieutenant H. Feehan salutes the colors during an inspection at the Navy Nurse Indoctrination School in October 1943. It was not uncommon to have Marine detachments at Navy schools to help train sailors. (US Navy)

BOTTOM The Philadelphia Marine Detachment building still stands today and is now an administrative building for the Navy. (Author's collection)

VMS-3 "Devilbirds" Squadron insignia. (USMC)

13th Defense Battalion insignia. (Author's collection)

MARINES IN THE CARIBBEAN

Nearly forgotten now, the battle of the Caribbean saw United States Marines in sunny tropic scenes protecting naval installations and taking on the German and Italian navies.

The Caribbean Sea saw the US, British, and Dutch utilize the waters as shipping lanes transporting food, oil, and other raw materials from South America and outlying territories up to the US East Coast. Additionally, the region saw major throughput from US ships transiting from the East Coast and Atlantic to the Pacific via the Panama Canal. Nearly all Navy facilities contained a Marine guard unit in charge of protecting the installations in the event German and Italian submarines managed to land personnel with the intent of sabotage.

Beginning in the late 1930s, the US slowly began to enhance its presence in the area. A multitude of Navy installations were planned to provide bases for antisubmarine operations. Due to the Caribbean's logistic importance to the Allies, Hitler had directed constant pressure to be placed on the region.

As the war dragged on, fewer and fewer submarine encounters occurred as U-boat losses in the Atlantic caused Hitler to incrementally withdraw U-boats from the Caribbean and divert them to the Atlantic. During World War II, the Allies would lose more than 400 ships in the Caribbean, compared with the Axis navies' loss of 17 submarines from direct action from Allied antisubmarine efforts.

Alongside the Marine ground forces, Marine aviation had a small presence. Marine Scouting Squadron 3 (VMS-3) took part in numerous antisubmarine patrols throughout the duration of the war, while also providing search and rescue capabilities for crews of merchant ships that had been sunk. Several times during the war, the squadron dropped depth charges on Axis submarines when the vessels surfaced for fresh air and to recharge their batteries.

A unique mission given to the Marine Corps during the war was the task of guarding Navy communications and radio points sprinkled throughout Central and South America. These wireless transmissions points were put in place through a joint effort between the State Department and War Department and were utilized to collect information on Nazi spies. In turn, captured communication could also be used to help identify the whereabouts of Axis submarines in the area.

Marines of various job specialties assigned to Marine Corps Air Facility (MCAF) St. Thomas take part in refresher ground combat training events at the air station training area of the island on April 27, 1944. While their duty location may have been in the sunny tropics, the Marines, regardless of their jobs, were expected to keep a baseline of infantry proficiency in case they were shipped to the Pacific, which many of them were. (USMC)

MARINE DETACHMENTS IN THE CARIBBEAN AND CENTRAL AMERICA

Marine Barracks, NOB Bermuda

Marine Guard Detachment, Naval Air Facility Great Exuma, Bahamas

Marine Embassy Guard Detachment, Havana, Cuba

Marine Barracks, NOB Guantanamo Bay, Cuba

Marine Guard Detachment, NAS Jamaica

Marine Legation Guard Detachment, Guatemala City, Guatemala

Marine Guard Detachment, Naval Air Auxiliary Facility Corinto, Nicaragua

Marine Barracks, US Naval Station Coco Solo, Panama

Marine Barracks, US Naval Station Balboa, Panama

Marine Barracks, Naval Ammunition Depot Balboa, Panama

Marine Legation Guard Detachment, Ciudad Trujillo, Dominican Republic

Marine Guard Detachment, NAS San Juan, Puerto Rico

Marine Barracks, Roosevelt Roads Naval Station, Puerto Rico

Marine Barracks, MCAF St. Thomas, US Virgin Islands

Headquarters Squadron, MCAF St. Thomas, US Virgin Islands

Marine Scouting Squadron 3, MCAS St. Thomas, US Virgin Islands

Aircraft Engineering Squadron 31, MCAS St. Thomas, US Virgin Islands

Marine Guard Detachment, NAS Antigua

Marine Guard Detachment, NAS St. Lucia

Marine Barracks, Naval Air Auxiliary Facility Trinidad

Marines in the Caribbean

By Private First Class A. George February 1943
Marine Detachment, Naval Air Station, New York

There are few changes to report in the personnel here. Most important was GySgt Julis Grossman's transfer to Norfolk, Va. and Pfc. C. K. Holton got his transfer to glider school, among other personnel transfers that occurred.

Construction of a quarter-mile cinder track has been authorized by the Commanding Officer and work is well underway. It will afford the station means of staging meets with other military college teams in this section as well as facilities for conditioning all station personnel.

We finished tenth, 54 points behind the winning Coast Guard team from Manhattan Beach, in the championship rifle and pistol tournament of the Third Naval District.

TOP Marines at MCAF St. Thomas, US Virgin Islands, render honors for the crown prince and princess of Denmark as they depart the air facility, 1943. (USMC)

BOTTOM A detachment of US Marines march across a bridge on the island of St. Lucia in the British West Indies, June 16, 1943. The American base was established there in 1941. (USMC)

MARINES IN THE CARIBBEAN

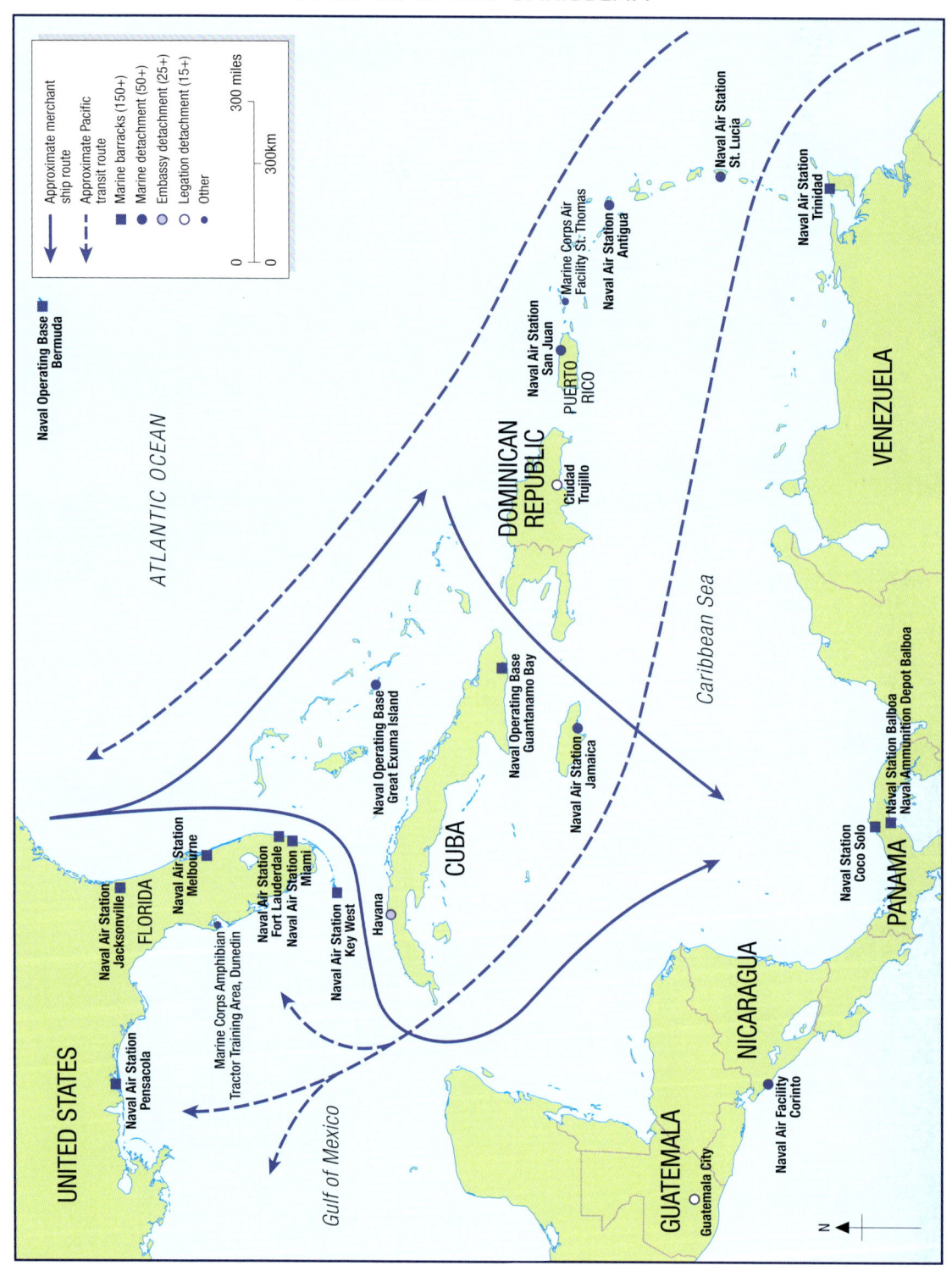

LEFT Marines with the 13th Defense Battalion practice gun drills with their five-inch naval gun at Guantanamo Bay, April 10, 1943. (USMC, photo by Sgt Andrew Knight)

BOTTOM Marines with the detachment at Guantanamo Bay salute during a visit from Secretary of the Navy Frank Knox, October 8, 1943. (USMC, photo by Cpl Chowaniec)

Marines in Great Exuma

By Sergeant Maurice Moran
February 1943

Great EXUMA, The Bahamas – After six months the Marines who helped build this Caribbean outpost own one complete victory – a rout with concentrated wisecracks of the loneliness which could have engulfed them.

These Leathernecks, young and tough as whipcord, today observed the six month anniversary of their occupation of this base.

When Marines landed here with supplies, they began a stretch of back breaking toil immediately after their feet touched solid earth.

It's difficult to glamorize such a prosaic thing as hard work and eternal watchfulness. But maybe Joe citizen back home will understand better if he recalls that hard work – and eternal warfullness – by another gallant band of Marines who saved Wake Island.

This island, some 150 miles from Nassau, that peacetime winter fairyland, looks now like Wake Island might have looked if those Marines had a little more time – and a little more help. It's secure.

There is historical significance to the Marines' presence in the Bahamas. The Corps' first success, in a 167-year-old history of successes, was scored in an invasion of Nassau in the Revolutionary War. This island is breath taking in its natural beauty – and overpowering in its remoteness from the hurdy-gurdy of America, which these Leathernecks love, left, and miss.

Great Exuma, about 35 miles long, and three to four miles wide, is part of the chain which rises like vertebrae from the ocean's back, beginning off the coast of Florida and extending south easterly into the Caribbean Sea. San Salvador, where Christopher Columbus landed, also is part of the chain.

Great Exuma is of coral rock, topped with a thin skin of sandy soil and a tangled thatch of scrubby growth. It nestles snugly in the lee of Stocking Island, famed in the bloody history of old free booters.

Exuma has stretches of excellent beaches, spread with blinding white sand. It has the prismatic unbelievable colors of sea, sky and land, and the picturesque pastels of resident homes. It has swaying coconut palms, soft breezes, and a healthy climate.

But it has nothing else – lizards, spiders and a harmless variety of boa constrictors constitute animal life. It is as if God had wrought an artistic masterpiece but had forgotten to breathe life into it – at least the life an American boy knows.

White persons are numbered by the handful; USO shows, and other types of state-side entertainment are only a pleasant dream.

Liberty – the Marines' term for a few hours of freedom to find entertainment in their own way – is only a figure of speech here.

The island houses about 12 settlements, populated by natives who are friendly and eager to please the Marines. An astonishing number of the island's 4000 native population bear the same surnames.

The nearest settlement is Georgetown, inhabited by a few hundred souls. Because of its proximity, it gets the greatest play from Marines and sailors on liberty.

There are a few dowdy snacks claiming the title of restaurant or grocery store. There is Solomon Glass establishment, a tavern so called because it is the only place on the island where liquid refreshments may be obtained.

To compensate for the lack of outside recreation, men and officers at the base have endeavored to provide entertainment within the reservation. They have succeeded admirably with limited resources.

There are nightly movies – if the dated film arrives and the weather permits – outdoor with the sky as a canopy. Most of the command uses the hard earth as seats.

The raw lumber recreation rooms house two pool tables and a ping pong table. Corporal

Henry Stephens, a Harvard graduate from Grosse Pointe Farms, Mich., voluntarily operates a library containing excellent volumes donated by himself.

The Post Exchange, whose steward is Corporal Mike Burak, a former *New York Daily News* circulation employee, supplies beer and some candy.

Sergeants Sidney Rosen, Long Island, NY, and Joe Gatto, of Brooklyn, NY, are excellent hosts if you can catch them in their free time. They'll show you around the island, boat and swim with you and best of all, assure you: "This isn't such a bad place. The fellow here are swell and you sort of get used to the loneliness."

They're right. The fellows are swell. From commanding officer to newest recruit, you never hear a complaint.

Caribbean Sea Frontier – Task Force 90

War Diary, September 16, 1942

Miscellaneous: A Marine Corps plane was reported missing since September 14th, at which time it was operating in the locality of 13-30 north, 61-00 west. Army, Navy, and Marine Corps planes have conducted continuous search for this plane without success. Two other Marine Corps planes have been lost while conducting search operations; an OS2N and a J2F, each with a crew of one officer and one enlisted man.

Author note

During the war, it is known that VMS-3 lost at least two Marines in the line of duty: Second Lieutenant Richard Dabbs, a pilot, and Private First Class Bert A. Shea, Jr., a mechanic. Dabbs's duties included flying patrols searching for Axis submarines in the Caribbean and locating survivors of sunk ships.

On September 15, 1942, Dabbs and Shea were assigned to temporary duty at nearby NAS St. Lucia. A Marine Corps plane operating between St. Lucia and St. Vincent was overdue, and Dabbs and Shea set out as part of the search and rescue force. They departed St. Lucia but never returned to base. Dabbs and Shea were reported missing in action the next day. Both Marines were officially declared dead on September 16, 1943, one year later.

Snapshot of US Marine Judson Stover standing in front of a Douglas SBD Dauntless dive bomber, with his hands holding onto the propeller blades. Judson was stationed in the Caribbean with his brother, Buford H. Stover, who was also a Marine. (Courtesy of the State Archives of North Carolina)

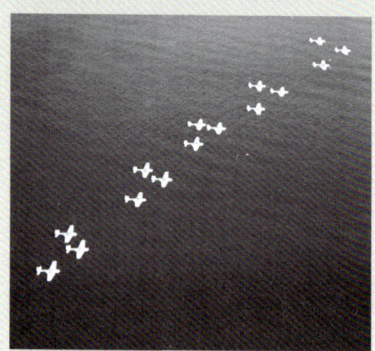

A formation of SBD-5 Dauntless dive bombers painted in the Atlantic Theater camouflage from VMS-3, August 1944. Based at MCAF St. Thomas (previously known as Bourne Field) during the entire course of its existence, the squadron logged hundreds of patrols from 1934 to its deactivation on May 20, 1944. Included among them were flights on May 11–14, 1942 to circumvent the expected escape attempt of the Vichy French Fleet for Guadeloupe, the constant scouting for German submarines, and the occasional dropping of explosive to either sink submarines or force them to surface. Originally, there were three Marine scouting squadrons prior to World War II; however, VMS-3 was the only squadron to retain the designation. It began the war flying Grumman J2F Ducks, later transitioned to the Naval Aircraft Factory/Vought OS2N Kingfisher, and then switched to the SBD Dauntless dive bomber.

In 1941, a series of upgrades expanded MCAF St. Thomas with additional barracks, recreational services and facilities, ammunition magazines, liquid fuel storage, and fresh-water storage capabilities. The expanded base included housing for 700 enlisted men in three barracks, one barracks for 40 officers, and 24 housing units for married non-commissioned and commissioned officers. The substantial expansion was to provide services and housing for all of the Marine pilots, mechanics, technicians, clerks, base security, and the small submarine base that had been built there. (USMC)

CONFIDENTIAL

U. S. AIRCRAFT — ACTION WITH ENEMY

073

INSTRUCTIONS

(a) To be filled out by unit commander immediately upon landing after each action or operation in contact with the enemy.

(b) Do not "gun deck" this report — if data can not be estimated with reasonable accuracy enter a dash in space for which no data is available.

1. DATE **3 July** 194 **2** LAT **19-06** LONG **65-10** TIME **0710** ZN **+ 4**

2. WEATHER Visibility - 3 miles

3. UNIT REPORTING **VMS-3** TYPE PLANES **J2F-5**

4. NATURE OF OPERATION

   Patrol

5. SPECIFIC OBJECTIVE

   SUBMARINES

6. FORCES ENGAGED (include models and markings)

   Own   Enemy

   1 J2F-5   SUBMARINE

7. TYPE OF ATTACK (Own/Enemy) (Underline one)

   Glide bombing

8. ENEMY TACTICS

   Crash dive

9. BRIEF DESCRIPTION OF ACTION (include altitudes and range of contact. Altitudes and directions of release and withdrawal.)

   Glided to position above submarine and released depth bombs.

10. WEAPONS EMPLOYED

    Own   Enemy

    325 lbs. depth bombs   None

11. EVASIVE ACTION EMPLOYED

12. AMMUNITION EXPENDED (include types and fuse settings. Indicate number of duds.)

    Two depth MK. 17-1 bombs set at fifty feet. No duds.

13. RESULTS (Certain)

    Unknown

    (Estimated)

156542

Page 1 of an action report from VMS-3 after patrol planes engaged a German submarine on July 3, 1942, when it dropped two glide bombs onto the submerging submarine. There was plenty of fighting to be had in the Caribbean. Between 1942 and 1943, 12 German U-boats were sunk between the Caribbean Sea, Gulf of Mexico, and Bermuda. (NARA)

SECRET

MARINE SCOUTING SQUADRON THREE
UNITED STATES MARINE CORPS AIR STATION
NAVAL OPERATING BASE
SAINT THOMAS, VIRGIN ISLANDS

Reg. No. M-2324
X.S. No. ....

1 March 1944

WAR DIARY

1944 APR 10
13
18

COMMANDER-IN-CHIEF
FLAG OFFICE
RECEIVED

1. Designation and Composition of Unit.
   (a) Designation:
   Marine Scouting Squadron Three,
   U. S. Marine Corps Air Station, NOB, St. Thomas, V.I.
   Puerto Rican Sector, Caribbean Sea Frontier.

   (b) Composition:
Personnel	Material
31 Officers	12 SBD-5
163 Enlisted	4 OS2U-3
	2 OS2N-1

2. Operation Plan:
   Com Task Group Two Six Three Op Orders
   5-42 para 3(e); as modified by C.C.S.F.
   letter, Serial 063, dated 25 May 1942.

3. Does not apply.

4. Day's Operations:
   (a) | Planes in Commission | Out of Commission |
   |-----------------------|-------------------|
   | 8 SBD-5 | 4 SBD-5 |
   | 4 OS2U-3 | |
   | 2 OS2N-1 | |

   6994

   (b) Brief of Operations:
   1. Operation plan (2. above), carried out.
      (a) Two patrols daily, one morning, one evening,
          are carried out with stand-by pilots and planes
          to cover emergencies and perform escort duty.
          Patrols range from St. Thomas to and including
          Virgin Passage and from St. Thomas to and incl-
          uding Anegada Passage, with occasional patrols
          made of Anguilla, St. Martins and St. Berthelemy.

      (b) One plane assigned to escort all vessels in our area.

      (c) Changes in formation and composition of unit: None.

      (d) Enemy Contacts: None.

      (f) Reference toother units: None.

      (g) Important information of own or enemy forces: None.

81571

The first page of a war diary report from VMS-3. (NARA)

TOP LEFT Marines at MCAF St. Thomas raise the American flag during a morning colors ceremony in 1940. (USMC, photo by Sgt Joseph Heiberger)

BOTTOM LEFT Corporal Clemon L. Hicks, stationed at the Marine Detachment in Jamaica, marches a squad of Marines, May 1, 1943. (USMC, photo by Sgt David Stick)

TOP CENTER Field Music Corporal Charles H. Kennedy, of Huttig, Arkansas, sounds colors, July 1943. (USMC, photo by Sgt Joseph Heiberger)

RIGHT US Marines raise Old Glory on Jamaican soil, July 1943. In the background are the ruins of a fort that once was the headquarters of Sir Henry Morgan, feared buccaneer and later Lieutenant Governor of Jamaica. (USMC, photo by Sgt Joseph Heiberger)

TOP LEFT Marine guards at the Kingston airport in Jamaica, August 1943. Not shown in the background are the pilot and crew of a Naval Air Transport Service plane getting weather information prior to takeoff for Coco Solo near the Panama Canal. (US Navy)

TOP RIGHT A Marine guard looks suspiciously at the photographer as he stands beside a PBM-3R at the Kingston airport, August 1943. (US Navy, photo by Lt (jg) Wayne Miller)

BOTTOM The 13th Defense Battalion passes in review at Guantanamo Bay in 1943. (USMC)

US Marine antiaircraftmen fire at a small sleeve target towed by a Navy plane, March 9, 1943 in Guantanamo Bay. (USMC, photos by Sgt Andrew Knight)

TOP Corporal Eugene L. Whatley, of Mobile, Alabama, receives the China Medal from Lieutenant Colonel W. W. Orr at Guantanamo Bay, August 5, 1943. (USMC, photo by Pvt Ostorich)

BOTTOM On training maneuvers, Marines stationed at San Juan, Puerto Rico, crossed streams in rubber boats, July 1943. Normally, these rubber boats carried seven persons, but the weight of the rifles and other equipment reduced the capacity to five. Light aluminum paddles were used to propel the craft. (USMC, photo by Sgt Joseph Heiberger)

Duty and beauty seem to go hand-in-hand as far as jungle scenery is concerned for this quartet of US Marines on guard on Vieques Island in the Caribbean, close to Puerto Rico, November 3, 1943. (USMC, photo by SSgt Byrd Ferneyhough)

TOP LEFT Marine Sergeant James Devaney exchanges addresses with four Puerto Rican women he met on a day's sightseeing trip from his base on the island, January 1943. (USMC)

TOP RIGHT Virgin Islands Home Guard being instructed by US Marines on a .22-caliber rifle range, March 1942. (US Navy)

BOTTOM Admiral Georges Robert leaves the French cruiser *Le Terrible* at San Juan, and steps ashore in civilian clothes, July 14, 1943. Admiral Robert, who resigned his post as high commissioner of the French island of Martinique, was replaced by French Nationalist Henri Hoppenot. Admiral Robert visited Puerto Rico to confer with Admiral John Hoover of the 10th Naval District. Marine Privates Frank G. Swagger, left, and Bernard L. Wright stand guard at the foot of the gangplank. (US Navy)

TOP LEFT When local roads became impassable because of mud left by heavy rains, Marines took to the open fields of Puerto Rico, as here during training maneuvers, June 18, 1943. Normally stationed at San Juan, the Marines remained in the field a week and hiked 90 miles in six days. (USMC, photo by Sgt Joseph Heiberger)

TOP RIGHT These Marines have pitched camp for the night. During the training maneuvers, they carried their full equipment. Photo dated June 17, 1943. (USMC, photo by Sgt Joseph Heiberger)

BOTTOM At the completion of the week's maneuvers in the field, Marines enter the main gate of their station in San Juan, June 23, 1943. (USMC, photo by Sgt Joseph Heiberger)

TOP Trinidad Marines guard the entrances to the base's sentry posts. Pictured is the control gate where Marine sentries checked the daily passage of thousands of local workers, May 13, 1943. Left to right are Private First Class George A. Salavati, of North Adams, Massachusetts, and Private First Class Richard M. Lawless, of Chicago, Illinois. Here, a Marine jeep is seen from nearby Port of Spain, the island's capital. Two-way radio contact supplemented telephone communication with Marine Headquarters and patrol jeep drivers in outlying districts of the base. (USMC, photo by Sgt Joseph Heiberger)

BOTTOM Marines in Bermuda take the new unit speed boat for a test ride, March 1943. (USMC)

THIS PAGE AND OVERLEAF
Marines with the Marine
Detachment aboard the
USS *Ranger* (CV-4)
disembark from a landing
craft at NAS Bermuda,
October 1942. The
detachment took
advantage of the carrier
docking in Bermuda to
refresh their land combat
skills. Their exercise saw
them take part in a mock
attack on an enemy force,
eventually taking them all
the way to West Whale
Bay, Bermuda, on the
other side of the
island. (US Navy)

MARINES IN SOUTH AMERICA

Crucial to the Allied war effort were the raw materials sourced from South American nations, including oil, rubber, food, sugar, and other essential goods. These resources, vital to sustaining the war, began their journey in the Southern Hemisphere. Recognizing the importance of these shipments, the Axis powers deployed numerous spies to sabotage Allied efforts and gather intelligence on cargo ships and logistics bases in the late 1930s. In addition to sabotaging facilities, probing base defenses, intercepting communications, and providing merchant ship coordinates to Axis submarines, these covert operations aimed to undermine the goodwill the US had cultivated over years of sending Navy warships to the region. Propaganda campaigns were also employed to spread misinformation and further erode support for the Allied cause.

Although the US was importing significant resources, the military and economic benefits for South American nations were also substantial, particularly for Brazil. As wartime efforts intensified, trade between the US and other South American countries flourished. The United States forged key trade agreements with Colombia for platinum, Chile for copper, Peru for cotton, and Venezuela and the Guianas for bauxite (the ore from which aluminum is derived). Additionally, Brazil became a crucial supplier of rubber to the US after economic ties with Japan were severed following the outbreak of war.

In addition to Marines stationed at naval airfields, several small units of Marines were assigned to protect US Navy counter-espionage operations. These Naval Mission teams had the crucial responsibility of detecting and intercepting transmissions from German spies operating in South America. These spies were providing intelligence to German and Italian submarines about cargo ship movements and Allied antisubmarine efforts.

Marines were also involved in training South American militaries in a wide range of modern tactics, significantly enhancing their combat readiness. Brazil in particular made exceptional use of this training. In 1944 and 1945, Brazil deployed 25,000 troops to support the Allies in Europe, playing a sizable role in the Italian campaign. Their training in modern military strategies proved invaluable as Brazilian forces participated in operations alongside Allied troops, contributing to the eventual defeat of Axis forces in Italy. This collaboration underscored the growing importance of inter-American military partnerships and demonstrated the significant impact of US military expertise in strengthening Allied efforts during World War II.

Marines serving in the Caribbean and in South America, on ships and at installations, were awarded the American Campaign Medal. Marines serving on ship detachments on duty in the Atlantic also received this award. (Author's collection)

Key West Citizen, June 11, 1940

Press reports disclose concerted activities of Nazi "fifth columnists" in South America. Stories are emanating that even a picked force of marines are being held in readiness and ready to embark on two hours notice to be rushed to a neighbor country to the south when the Nazi's blitzkrieg there. Large German populations in Mexico, South and Central America make this doubly possible. We do have a large number of troops in the South and Southwest.

However, in 1941, US planners were uncertain about the reliability of an alliance with Brazil and feared the country might align with Germany due to its dictatorship and certain characteristics of its government that resembled fascist regimes, particularly those of Italy and Spain in the late 1930s. This political climate in Brazil fueled concerns that the country could join the Axis powers. In late 1941, US diplomats requested that President Getúlio Vargas permit the stationing of American troops at airports in northern Brazil to safeguard Allied flights en route to French West Africa and Sierra Leone. However, the Brazilian government initially refused, further deepening suspicions about Brazil's potential sympathy toward European fascism. Additionally, reports from the Office of Strategic Services (OSS) – the precursor to the CIA – indicated that roughly 70 percent of the Brazilian military had pro-Nazi sympathies. With the fall of France and the Axis powers' occupation of French territories in West and North Africa, the US feared Brazil's potential entry on the German side. This initial refusal to allow US troops to be stationed in Brazil almost prompted President Franklin D. Roosevelt to send the 1st Marine Division to take control of the country and prevent it from siding with the Axis.

In December 1941, Secretary of State Sumner Welles successfully persuaded President Vargas to allow the first wave of US troops into Brazil. One hundred and fifty Marines were deployed, divided into three platoons, and stationed at airfields in Recife, Natal, and Belém. Their mission was to ensure the security of the airfields and military aircraft, vital for the safe transport of Allied forces to Africa. To avoid alarm and suspicion, the Marines were initially deployed under the guise of aircraft mechanics rather than as uniformed troops. Simultaneously, President Roosevelt authorized the export of weapons and ammunition to Brazil, bolstering support for the Allied cause within both the Brazilian government and military. In January 1942, during the Pan-American States Conference, US diplomats urged Brazil and other South American nations to sever diplomatic ties with Germany. By the end of the conference, Brazil made the pivotal decision to join the Allied side,

MARINE DETACHMENTS IN SOUTH AMERICA

Marine Guard Detachment, US Embassy
  Bogota, Colombia

Marine Guard Detachment, US Naval Mission Ecuador

Marine Guard Detachment, US Naval Mission Peru

Marine Guard Detachment, NAS British Guiana

Marine Guard Detachment, Naval Air Facility
  Amapa, Brazil

Marine Guard Detachment, Naval Air Facility
  Belém, Brazil

Marine Guard Detachment, Naval Air Facility
  Sao Luis, Brazil

Marine Guard Detachment, Naval Air Facility
  Recife, Brazil

Marine Guard Detachment, Naval Air Facility
  Maceio, Brazil

Marine Guard Detachment, Naval Air Facility Aratu, Brazil

Marine Guard Detachment, Naval Air Facility
  Caravelas, Brazil

Marine Guard Detachment, Naval Air Facility
  Santa Cruz, Brazil

Marine Guard Detachment, US Embassy
  Rio de Janeiro, Brazil

marking a significant shift in the country's stance and strengthening the Western Hemisphere's commitment to defeating the Axis. This diplomatic breakthrough laid the foundation for a deeper alliance between the United States and Brazil, which would prove essential in the coming years of the war.

By May 1942, the Brazilian–American Defense Agreement was established, fostering military cooperation between the United States and Brazil and encouraging the latter to align with the Allies in the war effort. Three months later, in August, Brazil officially joined the Allies after nearly two dozen Brazilian merchant vessels were sunk by German and Italian submarines, marking a turning point in Brazil's involvement. In response, approximately 500 Marines remained stationed in Brazil throughout the war to protect key naval air facilities, while several thousand US Army troops were also deployed. Both the US Navy and Army stationed significant antisubmarine assets in the region to safeguard convoys departing from South America, which were transporting crucial raw materials to the United States. This strategic cooperation played a key role in securing the Western Hemisphere's supply lines and fortifying the alliance between the US and Brazil.

MARINES TO GET FOUR DESTROYERS

'Minute Man' Expeditionary Force For Use In South America Seen

BY EDWARD E. BOMAR

WASHINGTON, July 21—(P)—The navy disclosed today that four destroyers were being fitted out for use of the marine corps, evidencing efforts to speed creation of a "Minute Man" expeditionary force ready for any hemisphere emergency.

The destroyers are World war warships, recently recommissioned after years of idleness. Naval circles understood they would be converted into high speed transports, specially armed and equipped to put ashore advance forces at any hemisphere point where hostilities threatened.

At the same time officials said the marine corps has rapidly been increased to a strength of approximately 28,000 officers and men, with the 34,000 goal in sight.

The fleet marine force, subject to first orders for overseas service, is being expanded one-third by the formation of two new heavily armed defense battalions.

In addition to the destroyer-transports, converted commercial vessels are to be made a part of the overseas force, informed congressmen understood. The liner Iroquois and the cargo-passenger ship Mormacpenn were acquired last week by the navy for undisclosed purposes.

The navy's intention, informed house members reported, is to maintain in a high state of readiness a seagoing version of Germany's fast moving armored land divisions. Ships would be fully equipped with artillery, tanks and special boats for quick landings so they could sail as soon as the marines marched aboard.

Any attempted "fifth column" coup in Latin America resulting in a call for United States intervention thus could be dealt with promptly, it was explained.

Third U. S. Ship Ordered to South America

The Navy has ordered a third cruiser to South American waters following increased reports of "fifth column" activities in Latin America, it was revealed today.

The 10,000-ton cruiser Phoenix, which has been operating with the battle fleet off Hawaii, was ordered direct from the islands to the west coast of South America. Acting Secretary of the Navy Compton announced. He said the Phoenix is making "a friendly visit to South American ports in accordance with the custom of making these periodic visits."

The first stop will be at Valparaiso, Chile, one of the southernmost ports on the west coast and not far from Cape Horn, which would be rounded if a ship was required to make a dash to east coast ports.

The Phoenix carries 6-inch guns and has a complement of 888 men and an undisclosed number of fleet marines.

Several weeks ago the cruiser Quincy was dispatched to Montevideo, Uruguay. Shortly thereafter a sister ship, the 10,000-ton Wichita, was sent to Rio de Janeiro, Brazil. It is understood unofficially the destroyer O'Brien and several other destroyers are in the vicinity.

ABOVE Newspaper clipping from the *Evening Star*, June 26, 1940. Marines are mentioned near the end. (LoC)

LEFT Newspaper clipping from the *Wilmington Morning Star*, July 23, 1940. (LoC)

MARINES IN SOUTH AMERICA

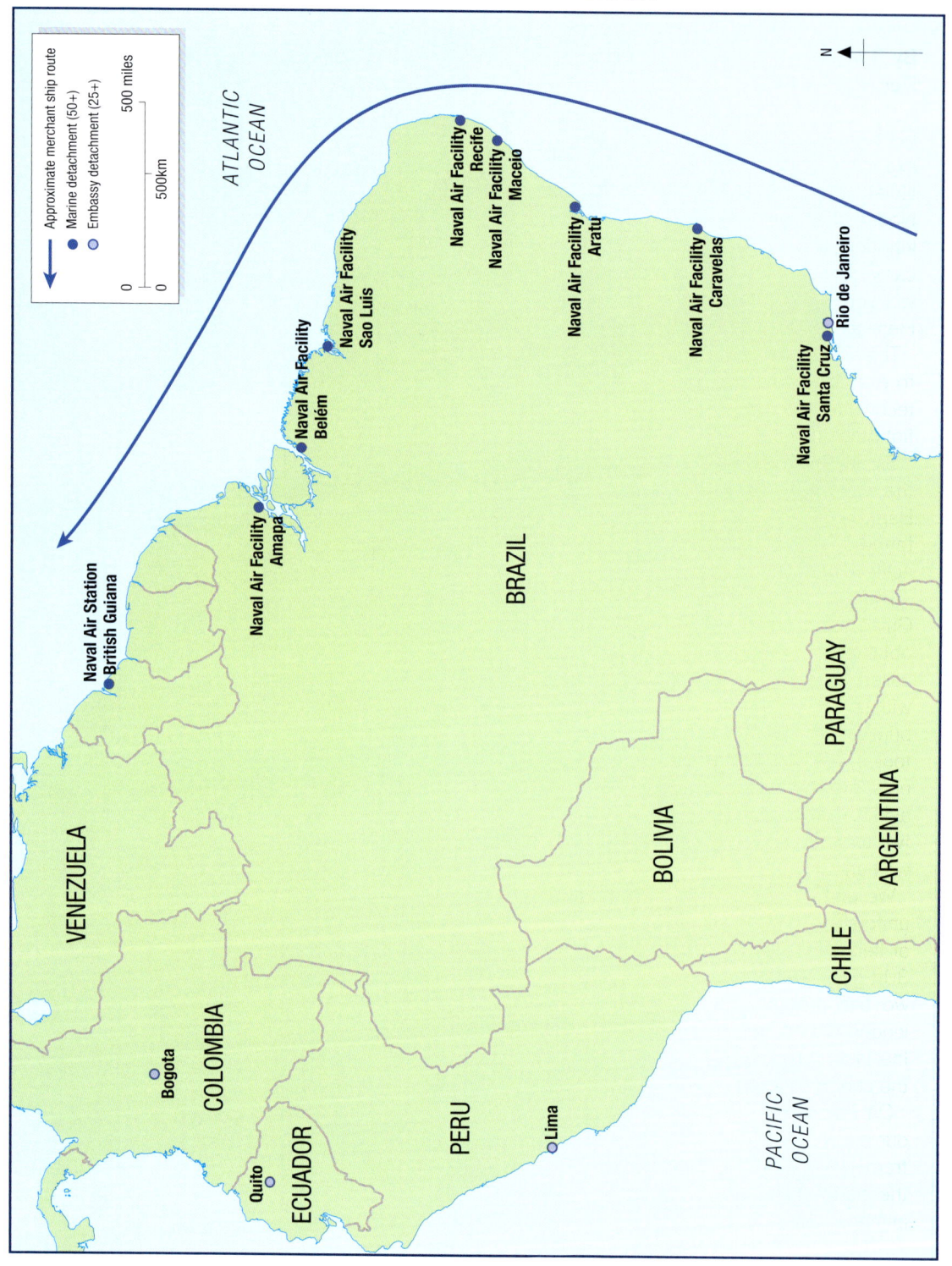

Marines Scout in Guiana

By Sergeant Jeremiah A. O'Leary, Jr.
December 1942

Marines here went on a 300-mile scouting expedition into the interior of primitive British Guiana. Into a land of impassable jungles, of bloodthirsty vampire bats, into a veritable kingdom of butterflies, aboriginal natives who carry blowguns and pointed darts, and the wonder of the greatest waterfall in the Western Hemisphere, Kaieteur.

The expedition allowed the Marines here time to exercise some and practice their patrolling techniques in case they get the opportunity to fight the Japs.

Six days passed before these men – of whom the writer was one – returned to their base at Bartica on the Essequibo River, unshaven, tattered, dirty, and hungry, but happy in their achievement.

There is an acute food shortage in British Guiana, and we knew there would be no food obtainable in the bush, as the inland jungle is called. We were compelled to carry all our food with us. This we did in two sea bags filled to the brim with canned goods, mostly beans. We also took seven cots and a like number of mosquito nets, files, pistols, bayonets, canteens, a first aid kit, rubber ponchos, an outboard motor and two milk cans filled with gasoline for the boats we had arranged to use.

We left the base at sunup. Dressed in old khaki uniforms, campaign hats, and boon dockers – or field shoes – we piled our dunnage into our 30ft river boat and shoved off. In 45 minutes, we had crossed the choppy Essequibo and landed at Bartica, an old mining town which is the last outpost of civilization until Manaus in the center of Brazil's "Green Hell."

On Friday – six days after the beginning of our expedition – we arrived back riding a lorry from a local. We barely beat a heavy rainfall into the sleepy little town mid-afternoon and went immediately to report in to our superior officer.

Marines with the Marine Detachment in British Guiana during a training expedition into the jungle, December 1942. (USMC, photo by Sgt Jeremiah A. O'Leary, Jr.)

Marines with the Marine Detachment, NAS British Guiana, take part in a field exercise at Kaieteur Falls, 1944. Now named Guyana, the country borders Venezuela, Brazil, and Suriname (formerly called Dutch Guiana). During World War II, the US Navy built a small airfield to use seaplanes and blimps to patrol for Nazi U-boats. (USMC, photos by Sgt Jeremiah A. O'Leary, Jr.)

LEFT A Marine with US Naval Mission Colombia helps load first aid supplies at the airport in Bogota for transport to Panama, June 1943. The items would eventually be grouped with other supplies and sent to the Pacific. (USMC, photo by Sgt Palmer)

RIGHT Colonel Byron F. Johnson, American naval attaché and naval attaché for air to Colombia and Panama, takes part in military and diplomatic ceremonies at the airport in Bogota, Colombia, July 20, 1943. (USMC, photos by Sgt Palmer)

RIGHT Colonel Miguel A. Lloma, Peruvian Air Corps; Colonel Ford O. Rogers, USMC, Chief of the US Naval Aviation Mission to Peru; General Fernando C. Melgar, Peruvian Minister of Aviation; Colonel Manuel P. Escalante, Peruvian Air Corps; and other Peruvian Air Corps officers are shown during an inspection tour immediately following their arrival in Chiclayo on May 26, 1943. The trip was made in a US Marine Corps plane flown by Colonel Rogers. (USMC, photo by Sgt Byrd F. Ferneyhough)

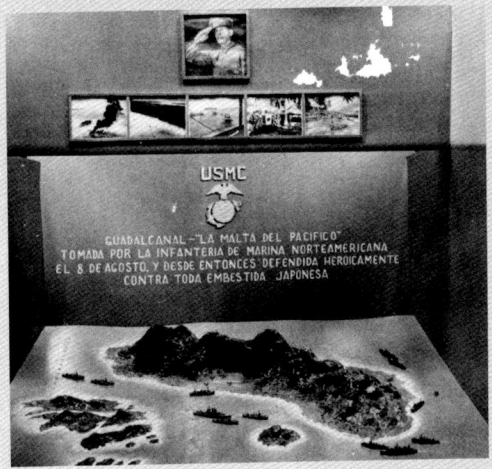

TOP LEFT Mrs. June, wife of Lieutenant Colonel Frank M. June, naval attaché at Guatemala City, Guatemala, and Marine Gunner William G. Mann, of Baltimore, Maryland, work on Christmas toys for Guatemalan children, December 1942. (USMC, photo by SSgt Wess Howland)

TOP RIGHT A pictorial display showcasing part of the battle of Guadalcanal on display in Guatemala City, September 1943. Translated, it states, "The Pacific island taken by the North American Marine Corps on August 8 and since then heroically defended against any Japanese attack." (USMC, photo by SSgt Wess Howland)

BOTTOM Marines with US Naval Mission Guatemala during a ceremony at the Guatemala Military Academy, May 29, 1943. (USMC, photo by SSgt Wess Howland)

Marines, US Army Military Police, and Brazilian Army Military Police take into custody 68 German spies and saboteurs who were arrested by Guatemalan police, October 1943. The prisoners were sent to the United States for further interrogation. (USMC, photos by SSgt Wess Howland)

TOP The tropical rains in Guatemala force the Marines to get the assistance of locals to get moving again, June 1943. (USMC)

BOTTOM Marines from various Marine detachments across Brazil joined to take part in a Victory over Europe parade in Rio de Janeiro, July 17, 1945. (US Army)

MARINE DETACHMENTS IN THE NORTH ATLANTIC

Marine Guard Detachment, Naval Operating Base
  Newfoundland

Marine Guard Detachment, Naval Air Station Argentia,
  Newfoundland

Marine Barracks, Naval Air Station Keflavik, Iceland

Marine Barracks, Naval Fleet Air Base, Iceland

Marine Barracks, Naval Operating Base Londonderry,
  Northern Ireland

Marine Barracks, Naval Operating Base Rosneath,
  Scotland

Marine Guard Detachment, US Embassy London,
  United Kingdom

MARINES IN NEWFOUNDLAND

From the outset of World War II, Britain faced steady losses of ships due to relentless German attacks on its fleet. As these losses mounted, the Royal Navy urgently needed to replenish its forces, especially with destroyers to escort convoys. A swift solution emerged with the "Destroyers for Bases" agreement, signed on September 2, 1940. Under this agreement, the United States provided Britain with 50 World War I-era destroyers to bolster its fleet. In exchange, the US was granted permission to establish military bases on British colonies and territories across the Caribbean and Atlantic. This deal allowed both nations to strengthen their strategic positions and safeguard vital maritime routes. A month later, engineers and surveyors began preliminary work on base construction, marking the beginning of a significant US military presence across the northern Atlantic region. On February 13, 1941, Marines officially raised the Stars and Stripes over the British colony of Newfoundland, signaling the first of many US military outposts that would play a role in defense and support the Allied war effort.

The US presence on Newfoundland would be substantial, with approximately 12,000 permanent personnel stationed on the island throughout the war. This strategic location would serve as a vital staging area for ships making supply runs across the Atlantic, enabling the US and its Allies to maintain crucial supply lines to Europe. Newfoundland also became home to key antisubmarine and convoy protection squadrons, ensuring the safety of Allied merchant vessels. In addition to providing repair facilities for ships, the island boasted a drydock and airfields for Allied antisubmarine aircraft.

Newfoundland hosted two detachments of Marines during World War II. One was stationed at NOB Newfoundland, which was officially commissioned on July 15, 1941, and the other at NAS Argentia, which opened on August 28, 1941. Each facility was guarded by approximately 100 Marines tasked with providing security. The strategic importance of these Marine guards was underscored a year later when German submarines attacked Allied ships in the surrounding waters and successfully landed spies ashore.

From 1942 to 1944, the battle of the St. Lawrence took place in the Gulf of St. Lawrence, the body of water separating Newfoundland from New Brunswick and Nova Scotia. This battle involved a series of engagements between British, Canadian, and German forces, with German U-boats sinking around two dozen merchant ships and several Royal Canadian Navy vessels. Despite the fact that the Allies did not succeed in sinking any German U-boats during this period, the battle was still considered a victory. The Allies effectively disrupted the U-boat operations and successfully captured all spies that had been landed during the attacks.

While the Marines in Newfoundland did not engage directly with German forces, their presence helped secure the naval installations. The Marines' security efforts ensured that the key bases in Argentia remained operational and secure throughout the battle, contributing to the overall Allied success in the region.

OPPOSITE Officers and men of the Marine Detachment that, on January 25, 1941, landed in Argentia. On February 13, 1941, this detachment, under command of Major H. E. Dunkelberger, raised the first US flag over a Lend-Lease base acquired from the government of Great Britain. (USMC)

MARINES IN THE ATLANTIC

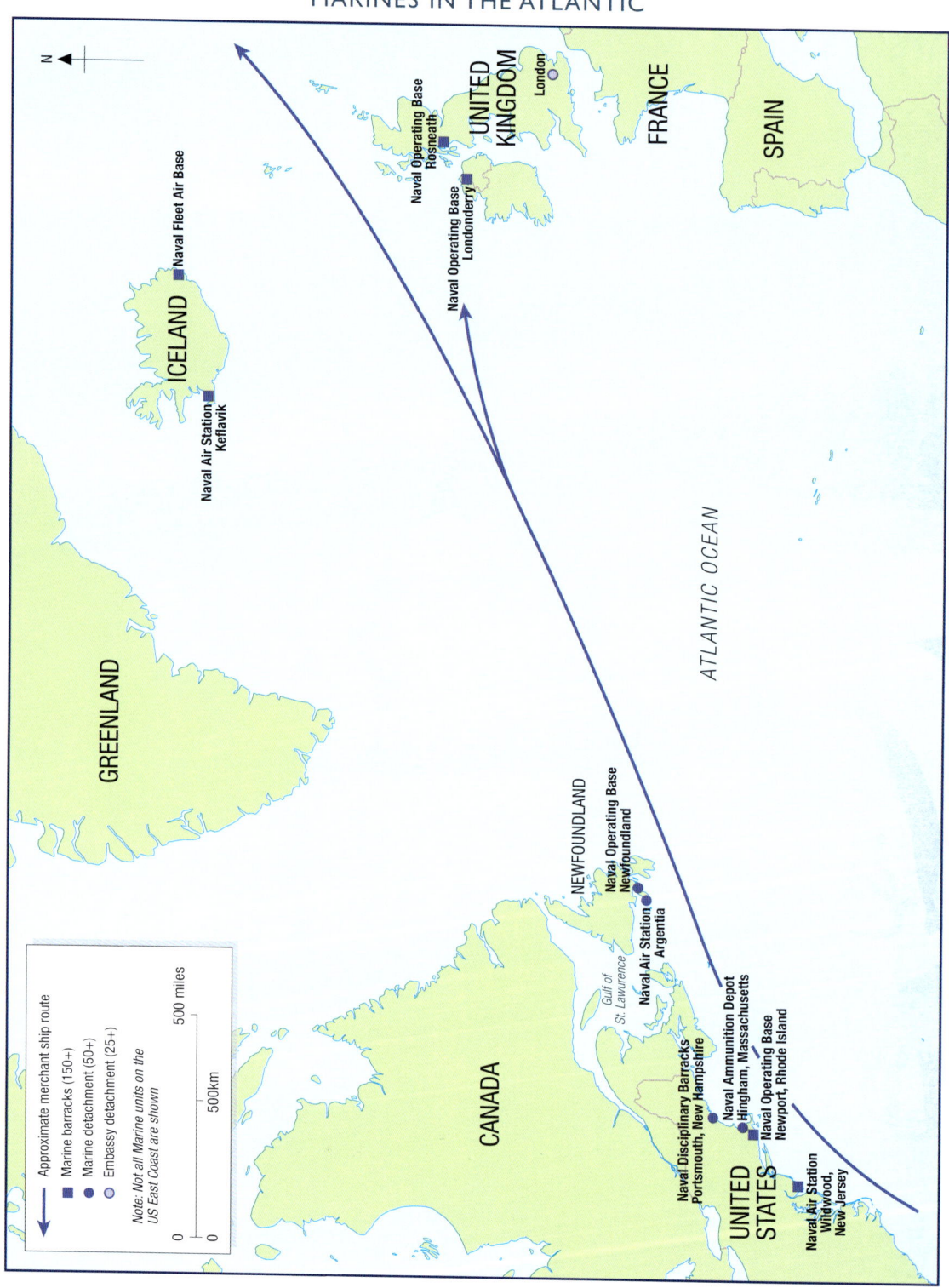

N

ICELAND

Naval Fleet Air Base

Naval Air Station
Keflavik

GREENLAND

Naval Operating Base
Rosneath

UNITED
KINGDOM

London

Naval Operating Base
Londonderry

FRANCE

SPAIN

ATLANTIC OCEAN

NEWFOUNDLAND

Naval Operating Base
Newfoundland

Naval Air Station
Argentia

Gulf of
St. Lawrence

CANADA

Naval Disciplinary Barracks
Portsmouth, New Hampshire

Naval Ammunition Depot
Hingham, Massachusetts

Naval Operating Base
Newport, Rhode Island

UNITED
STATES

Naval Air Station
Wildwood,
New Jersey

Approximate merchant ship route

■ Marine barracks (150+)

● Marine detachment (50+)

○ Embassy detachment (25+)

Note: Not all Marine units on the
US East Coast are shown

500 miles

500km

0

0

TOP Marines assigned to NAS Argentia take part in a morning colors ceremony, February 13, 1941. (US Navy)

LEFT A detachment of Marines stands at 'present arms' during the playing of the national anthem of the United Nations at the base in Argentia, July 1943. (USMC)

TOP Marines stand in formation at a dock at NAS Argentia, February 8, 1941. (US Navy)

BOTTOM Staff Sergeant Jack C. Harvey, USMC, of Flint, Michigan, poses with his wife, Margaret Walsh, on the steps of a Newfoundland church after their marriage ceremony, July 1943. (USMC)

MARINES IN LONDON

During the summer of 1941, a Marine Detachment of approximately platoon strength was established in London to help provide a guard unit at the US Embassy. Even before the United States formally entered the war, the Marines faced considerable danger as they crossed the Atlantic. Some members of the detachment saw combat when their transport ship was sunk by German U-boats, marking one of the first instances of Marines engaging in direct conflict in the Atlantic Theater.

As the months passed, the detachment's role expanded, and additional duties were assigned, causing the unit's ranks to swell. By December 1941, the detachment had grown to approximately 120 Marines. However, in October 1942, the detachment was temporarily disbanded when its personnel were sent to Rosneath, Scotland, to establish a Marine barracks there. Despite this shift, the detachment's role in London was quickly reinstated in January 1943, when it was reformed as the Marine Detachment, US Naval Forces, Europe. The detachment became a linchpin in support of naval and Allied efforts in the Atlantic and European Theaters of Operations.

Although officially designated as a guard detachment, the Marines stationed at the US Embassy in London played a much broader and more dynamic role. Administratively, the detachment was more akin to a battalion, having administrative control over hundreds of Marines throughout the European Theater of Operations, while only having several hundred on hand in London. In addition to their primary responsibility of securing the embassy against spies and saboteurs, the Marines were tasked with providing security at multiple naval headquarters buildings throughout the city. They also served as orderlies and drivers for flag officers, ensuring the smooth operation of high-level military leadership.

Beyond these duties, the Marines participated in Commando training alongside the Royal Marines, strengthening their combat capabilities and

Marines serving in Iceland and the United Kingdom were awarded the European–African–Middle Eastern Campaign Medal. Less then 1 percent of all Marines in World War II received this award due to the rarity of Marines serving outside the Pacific, especially in Europe. (Author's collection)

Harlem News, Montana, July 4, 1941

Incomplete account of the torpedoing of a detachment of US Marines to London has been disclosed this week. It is feared two Marines may have been lost. There were 17 Red Cross nurses aboard, it has been stated from one source, but all were safe. The Marines were bound for London to assist the American embassy in its expanded service, including fire prevention and communications.

Two District Marine Captains Report for Duty in Britain

LONDON, Nov. 26 (Delayed).— Marine Capt. Edward T. Johnson, 34, of Washington has reported for duty with the commander United States naval forces in Europe.

In his more than five years of service in the United States Marine Corps Capt. Johnson has served in New Caledonia, New Hebrides and Guadalcanal in the South Pacific.

Capt. Johnson.

Prior to combat duty he was a civilian engineer in charge of the construction of American airfields in British Guinea and Trinidad.

At Guadalcanal, where he was attached to a marine aviation unit, he was in charge of constructing an airfield. While there he became a member of the Century Club after spending more than 100 hours in foxholes with other marines.

He is a former student at George Washington University. His father, Ellwood Johnson, 3309 Runnymede place N.W., is superintendent of the Sanitary Department of the District of Columbia. Capt. Johnson's wife lives at 2401 Calvert street N.W.

Capt. John S. Hudson, 3348 Valley drive, Alexandria, Va., is at Marine Barracks, Londonderry, Northern Ireland. A native of Washington, D. C., he enlisted in the marines in May, 1939, while still an undergraduate at the College of William and Mary. He was commissioned in the Reserves in May, 1941 and in the regular Marine Corps in May, 1942.

Capt. Hudson.

After graduation from William and Mary in June, 1940, and prior to returning to active duty in February, 1941, Capt. Hudson was document and rare book librarian at his alma mater. He was married shortly before going overseas in the summer of 1942.

TOP Taken from the *Evening Star*, December 5, 1943 (LoC)

enhancing interoperability between US and British forces. They also took part in various ceremonial functions as required, showcasing their professionalism and versatility. When needed, they provided personnel for shore patrol security operations, helping to maintain order and discipline of American troops, and they operated as part of the motorcycle courier service, transporting classified documents between military and diplomatic offices in London.

As previously touched upon, the Marine Detachment in London also served as the administrative headquarters for Marines serving in the Office of Strategic Services (OSS). The OSS Marines would, on paper, be assigned to the detachment in London; however, their day-to-day duties would be in countries such as Yugoslavia, Italy, France, Belgium, or Morocco for extended periods of time.

In addition, a number of Marines on special assignments were also administratively attached to the Marine Detachment in London. These Marines held roles as observers, advisors, and Allied staff planners, and many played pivotal roles in shaping key operations throughout the war. Some were attached to British Army and Royal Navy units, while others were integrated into Allied staffs, contributing their expertise to the planning and execution of major Allied offensives, particularly those involving amphibious operations.

Notable figures such as Colonel Richard Jeschke, Colonel James Kerr, and Colonel Robert Bare, among many others, exemplified this collaboration. While they wore the uniform of the United States Marine Corps, much of their time during the war was spent working alongside Allied forces or within US Army units. Their contributions were critical in the development of joint strategies and the success of numerous operations, underscoring the Marine Corps' essential role in the broader Allied war effort.

Around 100 Marines, both officers and enlisted, were assigned to various Royal Air Force units in the UK and North Africa for extended periods during the war. While administratively under the command of the US Embassy in London, their primary mission was to gain expertise in nighttime fighter tactics and the effective use of radar. The British success in utilizing radar during the Battle of Britain was of significant interest to the Marine Corps, and these Marines were embedded into RAF nighttime fighter squadrons to gain practical experience by conducting nighttime combat air patrols against the German Luftwaffe. Several Marine pilots were shot down while serving with the RAF. With the exception of one, all of the Marines managed to make their way back to Allied lines and fight another day.

One notable Marine among these was Major Frank H. Schwable, who played a crucial role in this initiative. Schwable would go on to become the first commanding officer of Marine Night Fighter Squadron 531 (VMF(N)-531), the Marine Corps' first dedicated nighttime fighter squadron. The valuable tactics and techniques learned from the RAF's use of radar and night-fighting would prove indispensable when VMF(N)-531 was deployed to the Pacific in 1943. The newfound expertise would help counter the growing threat of Japanese night bomber and fighter attacks. The collaboration with the RAF not only provided critical skills to the Marines but also showcased the vital role of Allied cooperation in overcoming shared challenges during the war.

During the summer of 1941, Major Gerald C. Thomas and Captain James Roosevelt, the son of Franklin D. Roosevelt, had one of the most interesting assignments of the war. On special orders direct from Secretary of the Navy Frank Knox, the duo traveled to London and were attached as naval attachés to the US Embassy. From there they flew to India and then to Basra, Iraq. From Basra they flew on a British flying boat to Suez. Upon landing, they rode in a car to Cairo where they linked up with Marine Lieutenant Colonel Claude Larkin and Captain Perry Parmalee, both of whom were already in Egypt on assignment to observe the RAF.

After several days in Cairo, the pair traveled to Crete, Greece, to hand deliver a message to King George VI of the United Kingdom from President Roosevelt. Incidentally, they landed in the middle of a German air raid. Upon completing their mission, they flew to Jerusalem to meet several other high-ranking officials and were nearly killed from a strafing attack by German fighters, only surviving due to taking cover behind some nearby sandbags.

Upon leaving Jerusalem, they returned to Cairo and learned of the fall of Crete to German forces who had inflicted heavy casualties upon the defending British garrison. Shortly upon returning to the United States, both Marines were returned to regular Marine Corps duties, with Roosevelt taking a position of leadership in the newly created Marine Raiders and Thomas being assigned to the 1st Marine Division in time for the amphibious landings on Guadalcanal.

TOP The *Wilmington Morning Star*, June 30, 1941. (LoC)

BOTTOM RIGHT *Detroit Times*, July 7, 1941. (LoC)

BOTTOM LEFT The *Fort Worth Star-Telegram*, April 17, 1941. (LoC)

Fear U. S. Marine Lost On Torpedoed Vessel

WASHINGTON, June 29.— (AP) — An authoritative source said today that a ship carrying a detachment of 10 American marines to England had been torpedoed and sunk in the Atlantic.

Advices on the sinking, this source said, reported that one American was missing, leading to the presumption that the others had been rescued.

The ship was said to be the Maarsden, a former Dutch vessel now in the service of the British.

At the Navy department there was no immediate confirmation of the report.

The department announced yesterday that three officers and 60 men of the Marine corps were being dispatched to London "to facilitate communications between the various United States offices located there."

U. S. MARINES IN LONDON

Marines to Guard U. S. Embassy at London

WASHINGTON, April 16 (AP). — Secretary Knox said Wednesday the navy was preparing to send a force of one officer and 35 marines to London to guard the American embassy.

The Secretary of the Navy said only a formal request from Ambassador John G. Winant was awaited before the guard was sent. He described the move was "minor" matter and said the guard was "an ordinary embassy guard."

Marines now guard the embassy at Peiping, China, and were stationed at the London embassy in the World War.

MARINES GUARDING THE U. S. EMBASSY IN LONDON

James Roosevelt's original orders to serve in Europe, April 11, 1941. He is instructed to travel to Cairo "via such commercial transportation as may be most expedient." The orders conclude, "The travel herein enjoined is necessary in the public service." (NARA)

RESTRICTED

05477-1
AN-114-ebh

11 April, 1941

From: The Secretary of the Navy.
To: Captain James Roosevelt, Marine Corps Reserve,
             San Francisco, Calif.
Via: The Major General Commandant.

Subject: Orders.

    1.   On receipt of these orders, about 19 April, 1941, you will proceed via such commercial transportation as may be most expedient, to Cairo, Egypt, via Manila, P.I., and India. On arrival at Cairo, you will report, by despatch, to the Naval Attache, American Embassy, London, England, for duty as Assistant Naval Attache and Assistant Naval Attache for Air to that country.

    2.   You are authorized to participate in such flights in foreign belligerent aircraft as may be necessary in the performance of your duties.

    3.   You will perform such travel abroad from time to time in connection with your duties as may be required. You will perform the travel directed in this paragraph by air or by such other modes of transportation as you may deem expedient, and you are authorized to travel via conveyances of foreign registry.

    4.   Your dependents will not be permitted to accompany you abroad under these orders.

    5.   The travel herein enjoined is necessary in the public service. For all travel abroad directed under these orders and while away from your designated post of duty abroad, you will be allowed a per diem of six dollars.

                                                                    FRANK KNOX

Copy to The Chief of NavOp.,
            The Director of NavIntel.,   CG, Dept of Pacific,
            The Quartermaster,   CG, MCB, San Diego,
            The Paymaster - 3,   CG, 2d Mar.Div., FMF,
            N.A., London, England,   Capt. Roosevelt - 10.

                                                                    RESTRICTED

TOP Captain James Roosevelt (left) and Major Gerald C. Thomas in Cairo, May 1941. It was one of the last stops on Roosevelt's intel-gathering mission. Later in the war, Roosevelt would climb the ranks and become the executive officer for the 2nd Marine Raider Battalion and, eventually, the commanding officer for the 4th Raider Battalion. Thomas would be assigned to the 1st Marine Division and participate in the landings at Guadalcanal. (Marine Corps History Division, hereafter MCHD)

CENTER Brigadier General Julian C. Smith (center) and Colonel H. D. Weir, British Royal Marines, and their staff officers, observe Royal Marines in Eastney, southern England, June 1941. (A 4506 Imperial War Museum)

BOTTOM For the first time in their history, the graduating class of the Royal Marine Officers School was addressed by a US Marines officer. Colonel William T. Clement addressed and reviewed the Royal Marine Military School in southern England. Adjutant Lieutenant J. F. Parson, Royal Marines (left), Lieutenant Colonel F. M. Brosall, Royal Marines, and Lieutenant Weldon B. James, USMC (rear) accompanied the colonel during the inspection. Photo dated February 5, 1943. (USMC, photo by SSgt James R. Kilpatrick)

Marines assigned to the Marine Detachment in London make their way through an assault course in London Park, August 12, 1942. The Marines smashed all of the course records, which were previously held by the Coldstream Guards up until that day. Officers of the Coldstream Guards asked that the Marines put on all future demonstrations on the course. (Associated Press/Alamy)

US Naval Rating Buried

Nottingham Evening Post, March 17, 1942

United States Marines fired a last salute over the grave of Florencio Casiano, the first American naval rating to be killed in this country, when he was buried at Gillingham (Kent) with naval honours today. Casiano, a Filipino, was an officers' cook, attached to the office of the Special Naval Observer in London. His body was found in a dry dock. British sailors completed the funeral party and the US Embassy was represented by a naval officer.

Marines with the US Embassy in London render honors during a combined joint service funeral for Steward Second Class Florencio Casiano, US Navy, March 17, 1942. Casiano was later reinterred at the Cambridge American Cemetery. (piemags/ ww2archive/Alamy)

On Duty in London

London, England, June 16, 1944 – The strange roar of a Nazi raider flying low over this city one night recently gave American Marines on duty here a few anxious moments as a few Leathernecks viewed the new German "pilotless planes" for the first time.

Some of the Marines stationed here at the Naval headquarters witnessed some 300 German air raids in this country during the past three years, and they have taken the Nazi planes and bombs as a matter of course – that is until now.

"I've never heard a plane sound like that one," stated Marine Corporal John W. Linden, of 163-22 Sayers Avenue, Jamaica, Long Island, New York. "It sounded like a motorboat overhead with that put-put noise," he concluded after a wild dash down several flights of stairs to the ground floor of his billet.

"It looked like a Flying Fortress returning from a bombing raid with one of her engines on fire until I heard the explosion," added Sergeant Gilbert Cotton Jr. of 606 North Lincoln Avenue, Rockport Indiana, who watched it from the street.

Marines quartered in this billet move to various posts throughout the building during an air raid, while the rest of the Leathernecks go below to a shelter.

Five minutes after the warning last night the sound of the plane's engine brought Private First Class Carlton S. Ebling, of 6 Kingbury Avenue, Batavia, New York, out of his bunk with the mattress literally on his back.

"I thought the darn thing was going to crash on us," he admitted between gasps for breath on the ground floor. "That's the weirdest sounding plane I've heard since I've been in this country."

Sergeant Robert Kelly, of 1720 Kentucky Avenue, Detroit, Michigan, was on his way back to quarters after seeing a moving picture when he heard the plane.

"I was heading for home fast," he stated, "when a blonde bumped into me on her way to somewhere. The guns opened up about that time and I figured it would be a better idea to bump into a blonde some other night."

Private First Class Frank Perkins, of 5 Anita Terrace, Roxbury, Massachusetts, averred that "it was no fun patrolling those quarters on the top deck. That's one night I would like to have been below."

Hastily dressing as he raced down the stairs, Corporal Charles T. Brady Jr., of 260 Valentine Lane, Yonkers, New York, agreed that "It's the first real excitement we've had in some time."

A Marine from Broadpark Lodge, White Plaines, New York, Private First Class Harvey T. Bronkhurst, got a good look at one of the new weapons from the roof of the building.

"It was traveling very fast and appeared to be just another plane until I saw an exhaust of blue flame coming from its tail. It passed on and the guns banged away at it. Finally, I saw a big billow of smoke off in the distance where it hit," he said.

Marine Corporal Eugene Ferris, of New Brunswick, New Jersey, sums it up this way: "I definitely take a dim view of this Buck Rogers invention which they are throwing over here."

Although the majority of these Marines have served in this theater of operation for the past two years, Marine Private First Class Robert G. Wilfong, of Box 1141, Lakemore, Ohio, explains it this way: "We aren't fighting much of a material war at our base here, but we're batting pretty high in the war of nerves."

ABOVE Marines on duty at the US Embassy in London, February, 1942. Here, three privates first class are shown during a drill with a stirrup pump used for extinguishing incendiary bombs. The men, left to right, are Will H. Willmom of Tuscaloosa, Alabama, Adam W. Elkins of Guyton, Georgia, and James R. Eikel of Elfers, Florida. (USMC)

LEFT The photo appearing in the *Smyrna Times*, February 5, 1942. (LoC)

By Sergeant Robert T. Davis

Londonderry, Northern Ireland, June 1943 – Chief Torpedoman Floyd Moon, US Navy, of Toronto, Kansas, is an assistant to the combined Marine Corps–Navy Shore Patrol office here.

Chief Torpedoman Moon, who was on shore patrol duty in Boston for over four months before coming here, assists Shore Patrol Officer, a Marine Corps Captain, in the supervision of the 25 Marines and 25 Sailors permanently attached to the Shore Patrol.

Stationed at the Shore Patrol Office in Londonderry he and the Captain make hourly inspections during the evening of the patrols, each composed of one sailor and one Marine, which are stationed on the busiest streets in town and at the dance halls and American Red Cross Club.

Distinguished only by a brassard, Chief Torpedoman Moon, who is over six feet in height, has won the respect of the service men here, and usually can correct one with a word or two. When this cannot be done, the offender, whether he be Marines, sailor, or soldier, is taken in the Shore Patrol station wagon back to his camp for the night. Only rarely is one taken into custody, for as Chief Torpedoman Moon explains it, "our job is to see that they don't do anything that we'll have to arrest them for."

TOP "Heads of Navy–Marine Shore Patrol in Northern Ireland look over their records on the latest prisoners. First Lieutenant Michael Hines, Jr., USMC, of Kewanna, and Logansport, Indiana, former Notre Dame football star (left), and Chief Torpedoman Floyd E. Moon, USN (right), of Toronto, Kansas, can handle anything in the form of trouble." Photo dated May 29, 1943. (USMC, photo by SSgt James R. Kilpatrick)

CENTER "Marine and Navy members of the Shore Patrol in Northern Ireland look in on a dance to make sure no Americans need escorting home. Naval counterparts of the Army's Military Police, members of the Shore Patrol act as big brothers and 'Dutch Uncles' as well as policemen." Photo dated May 29, 1943. (USMC, photo by SSgt James R. Kilpatrick)

BOTTOM "United States Marines of the Embassy Detachment in London were recruited for shore patrol duty when sailors and Marines from US fleet units were on leave in England. The leave party was on hand to celebrate Navy Day with a dance in London." Photo dated October 25, 1943. (USMC, photo by SSgt James R. Kilpatrick)

RIGHT Original memo ordering a small detachment of US Marines to attend the new Royal Marines Commando training course in England. Two officers and 20 enlisted men were planned to be sent for two months, to arrive on April 1, 1942. (MCHD)

UNCLASSIFIED

COMINCH FILE
FF1/ P11-1/(0062) UNITED STATES FLEET
OFFICE OF THE COMMANDER IN CHIEF
Serial (0062)   NAVY DEPARTMENT, WASHINGTON, D C

S E C R E T   February 5, 1942

From: The Commander-in-Chief, U. S. Fleet.
To: The Chief of Naval Operations.
         The Commandant, U. S. Marine Corps.

Subject: Commando Training of U. S. Marine Corps
         personnel in England.

Reference: (a) Spenavo London Secret despatch Ø2130l
               of February, 1942.
           (b) OpNav Secret Despatch 191737 of January,
               1942.

　　　　1.　　The Commander-in-Chief approves the arrangements proposed in reference (a) for a detachment of two (2)
officers and twenty (20) enlisted men to proceed to England
for a two-month period of Commando training beginning April
1, 1942.

　　　　2.　　The Chief of Naval Operations is requested to
make the necessary administrative arrangements, and to notify
the Commandant, U. S. Marine Corps, of the date on which it
is desired that this detachment report to the Chief of Naval
Operations. Arrival of the detachment in England at least
one week prior to April 1, 1942 is desired.

　　　　3.　　The Commandant, U. S. Marine Corps, is requested
to form and equip this detachment and to issue the necessary
orders in conformity with the instructions of the Chief of
Naval Operations.

GEORGE C. DYER,
Flag Secretary.

E. J. KING   12311

RECEIVED
FEB
WAR PLANS SECTION
MARINE CORPS

REPORT ON UNITED STATES MARINE CORPS.

<u>Length of Course</u> - 8th June 1942 to 29th June 1942.

<u>Programme of Work</u> - Already submitted.

<u>GENERAL REPORT.</u>

The whole of the detachment were a credit to the United States Marine Corps, from the start they were all keen and entered into an arduous training with enthusiasm and cheerfulness.

They have undergone an arduous Commando training with an exceptionally unconquerable spirit which never wavered during the course.

I am sure that they have very much benefited by the course and are fit to take their place in a Commando.

Captain Roy J. Batterton proved himself to be a fearless and efficient leader of his men. He would make an excellent Troop Leader in a Commando.

Staff Sergeant George V Clarke,   Sergeant Way Holland, Sergeant George J. Huddock and Sergeant Curtis A Tatum proved themselves excellent N.C.Os. and possess exceptionally fine leadership qualities and could control their men under very difficult conditions.

It was a pleasure to be associated with such an excellent detachment.

/s/ L.E. Vaughan,
Lieut.-Colonel,
Commandant,
Commando Depot.

Achnacarry,
Spean Bridge,
Inverness-shire.
29th June, 1942.

LEFT Praise from the Royal Marine school on the US Marines' performance during the Commando course. (MCHD)

ELSEWHERE **IN 1941**

JANUARY 27: The Chief of Naval Operations orders the 3rd Marine Defense Battalion to Midway and directs the 6th Marine Defense Battalion to Pearl Harbor

FEBRUARY 3: Marine Corps Air Station Ewa in Hawaii is established

MARCH 18: The 7th Marine Defense Battalion arrives in Samoa

APRIL 6: Germany invades Greece and Yugoslavia

MAY 29: The Joint Board approves a plan for the occupation of the Azores. More than 28,000 troops are committed with half being Marines. The force is to be led by US Marine Maj. Gen. Holland M. Smith

JUNE 22: Hitler stuns the world by attacking the USSR

JULY 24: The 1st Marine Defense Battalion is established at Johnston Atoll

AUGUST 19: An advance party from the 1st Defense Battalion arrives on Wake Island

SEPTEMBER 11: The 6th Marine Defense Battalion relieves the 3rd Defense Battalion at Midway

NOVEMBER 27: The US withdraws Marine detachments in China: Peiping, Tientsin, and Shanghai

DECEMBER 7: Japanese forces attack Pearl Harbor and Wake Island

DECEMBER 11: Germany and Italy declare war on the United States

TOP From left to right is Marine Major Peter D. Lambrecht, RAF Wing Commander L. N. Hayes, and Major Homer J. Hutchinson at RAF Station Ford in Sussex, May 1943. The Marine aviators were temporarily assigned to the Marine Detachment in London with instructions on observing and learning from RAF Night Fighter Squadron 256. Their training pipeline with the RAF saw them take part in nighttime combat missions against the Germans. (MCHD)

BOTTOM LEFT Major Homer J. Hutchinson stands in front of his Bristol Beaufighter in which he flew combat missions with RAF Night Fighter Squadron 256 from Sussex air station. (MCHD)

BOTTOM RIGHT Major Peter D. Lambrecht and his Bristol Beaufighter in which he flew combat missions with RAF Night Fighter Squadron 256 from Sussex air station. (MCHD)

TOP LEFT US Marine Major C. E. Smith (center, hands crossed), of Augusta, Georgia, and several other American pilots attended a lecture on night-flying tactics at the Royal Air Force Empire Central Flying School in Britain in early 1943. Smith is flanked by US Navy pilots on both sides. The three are surrounded by RAF pilots. Smith's knowledge learned from the RAF during the Battle of Britain would go on to help create and expand the Marine Corps' night-fighting squadrons in the Pacific. (piemags/ww2archive/Alamy)

TOP RIGHT Led by a guard of Marines, the bodies of American officials killed in a plane crash are escorted to their graves near London, September 10, 1043. Commodore James A. Logan, former Commandant of NOB Northern Ireland, Captain Loren Lee Miles, USAAF, and David Grimes, official of the Philco Corporation, were killed in an airplane accident in Northern Ireland. (USMC, photo by SSgt James R. Kilpatrick)

BOTTOM In London on Memorial Day 1943, American Marines, sailors, and soldiers formed the guard of honor when wreaths were laid on the Cenotaph, Britain's memorial to its dead in World War I. Here, an Army bugler sounds "Taps," while British officials and American servicemen pay their respects to the dead. (USMC, photo by SSgt Keating)

Four Marines, who recently completed a course of instruction at the US Army Officer Candidate School at Shrivenham, England, pose with the commanding officer of the Marine Detachment at the US Embassy, London, before returning to their duties at NOB Londonderry. From left to right: Platoon Sergeant Henry J. Kelly, Jr., of Waltham, Massachusetts; Sergeant Marvin Thysse, of Kalamazoo, Michigan; First Lieutenant Alan C. Doubleday, of Millburn, New Jersey; Platoon Sergeant Charles S. Lucas, of Oakmont, Pennsylvania; and Platoon Sergeant Graham H. Cockefair, of Bloomfield, New Jersey. (USMC, photo by SSgt James R. Kilpatrick)

By Technical Sergeant Richard T. Wright

London, England, December 11, 1943 (Delayed) – After scouring Army personnel records for several days, Marine Sergeant Major Clement F. Betko of East Vandergrift, Pennsylvania, located his two younger brothers, who are serving with the Eighth Army Air Force in Southern England, and the three Pennsylvanians enjoyed a happy reunion recently.

The 33-year-old Leatherneck's youngest brother, Private John C. Licko, 20, has served with the Army Air Corps in England for three months, while 22-year-old Steve V. Licko has been here for 17 months. Sergeant Major Betko has served with the Marine Detachment in Londonderry, Northern Ireland for the last 19 months, making him the "long timer" in the family as far as overseas duty goes.

"It's really swell seeing my brothers again," he stated. "We had a tough time making our furloughs jibe so that we could all be here together, but we made it."

Sergeant Major Betko has been in the Marine Corps since 1930. Shortly after he enlisted, he served under the late Marine Major General Smedley Butler, at Quantico Virginia.

The Marine Sergeant Major remembers well "Those blue-white parades... General Butler used to have us parade in starched white trousers with the regulation dress blue coat, and I mean we really had to shine, or else. I also used to get a kick out of watching the General cheering for the Quantico Marines football team. He was a mighty rabid rooter."

The husky Marine Sergeant Major served with the present Commandant of the Marine Corps, Lieutenant General Alexander A. Vandergrift, at the American Legation Guard, in Peking, China for three and one half years. He saw duty aboard a light cruiser, and served at various Navy yards through the East Coast.

Sergeant Major Betko is the son of Mr. and Mrs. Julius Licko, of 247 Vandergrift Land, East Vandergrift, Pennsylvania. His wife, Pearl Betko, lives at 13461 Justine Street, Detroit, Michigan.

He has a son, Paul, who is 28 months old.

"Private John C. Licko, US Army Air Corps, points out a part of Dean's Yard, where the Dean of Westminster Abbey resides, as his two brothers, Sergeant Major Clement F. Betko, US Marines, and Sergeant Steve V. Licko, US Army Air Corps, look on intently. The three brothers enjoyed a happy reunion in London recently. They are from East Vandergrift, Pennsylvania." (USMC, photo by SSgt James R. Kilpatrick)

By First Lieutenant Herbert L. Merillat

Oxford, England – "Soldier-sailor" turned scholar for a week when Marine Staff Sergeant Harry R. Gasker, of 837 East 150th Street, Cleveland, Ohio, on duty with the Marines at the US Naval Operating Base, Londonderry, Northern Ireland, decided to spend his leave among the "dreaming spires of Oxford" where a seven-day course for officers and men of the United Nations armed forces is provided by Oxford University.

More than a thousand officers and men from the United Nations forces stationed in the British Isles have attended the course. The United States, Great Britain, Australia, Canada, New Zealand, South Africa, Belgium, Costa Rica, Czechoslovakia, Norway, Poland, and Venezuela all have been represented at one time or another.

Staff Sergeant Gasker, like many men in the United States forces in Great Britain, found the courses a pleasant and interesting way to spend his leave. A graduate of Collinwood High School in Cleveland, the sergeant attended Western Reserve University in Cleveland, one and a half years, and Ashland College, in Ashland, Ohio, two and half years before the war interrupted his education. He hopes to finish college after the war.

Staff Sergeant Gasker joined the Marines a month after Pearl Harbor and after finishing his "boot" training was sent to Londonderry, where he was among the first Marines to arrive. He has been serving there nineteen months.

Each man attending the seven-day course arrives at Oxford on a Monday, reports to Balliol College, where all students live, and begins a crowded program of lectures, entertainments, discussions, and tours. The course formally ends on Saturday, but members may stay on in Oxford over the weekend.

The course includes lectures on the history of England and the British Empire, English literature, English legal system, philosophy, and local government, with comparisons of American and British institutions.

The week begins with a dinner at Balliol College on Monday, followed by a welcome from Dr. A. D. Lindsay, Master of Balliol and former Vice-Chancellor of the University. Lectures begin the following day, and that night a dance is given at Rhodes House, long a center of hospitality for overseas students at Oxford. During the remainder of the week, in addition to the lectures, the program provides for a tour of Oxford colleges and historic monuments, an evening at the Oxford Playhouse where a repertory company produces a different play each week, a musical, and finally, on the last night, a "Brains Trust" meeting.

Modelled on American quiz programs, the "Brains Trust" panel consists of a distinguished visitor, an Oxford "don," two American and two British members of the school who answer questions submitted by other members of the course and lead the discussion. At various times Crown Prince Olaf of Norway, United States Ambassador John Winant, and Dr. Frank Aydelotte, American secretary of the Rhodes foundation, have been visiting experts on the Brains Trust program.

A typical schedule of lectures includes the following: English and American Character, Oxford, The Making of the British State, Shakespeare and the State, The Law Counts, Decision and Action, and Local Government. Each lecture is followed by a discussion period which usually proves lively and lasts well beyond the allotted time.

The course was first organized in April 1942, for the benefit of Canadians stationed in the United Kingdom. Dr. A. L. Goodhart, KC, Professor of Jurisprudence at Oxford, was a moving spirit in starting the school and still serves as one of the regular lecturers. Mr. Douglas LePan, of Toronto, Ontario, a former Oxonian himself, also played a large part in getting the school off to a good start.

For a year and a half the school for Canadian and British forces was held only during vacations when the Oxford undergraduates were not in college, and the members of the course were scattered among the twenty-odd Oxford colleges. Beginning in August 1943 the course was enlarged to permit attendance by Americans and other fighting men of the United Nations and all students were placed together in Balliol College, one of the three Oxford colleges which claim to be the oldest in the University. All three were chartered in the thirteenth century.

There the members of the course live in regular undergraduates' rooms, dine in the college hall, use the college lecture halls, and gather in the common rooms for tea and talk.

The Oxford dons who lecture the members of the course find them alert, intelligent, and eager for discussion. Mr. Idris Deane Jones, history don at Merton College, who helps train RAF cadets in addition to his teaching duties, remarked that "these people are right on their toes. There is always a barrage of questions when I finish my lectures and they aren't always easy to answer."

The members of the course, for their part, find that an amazing amount of learning is crammed into the short week at Oxford. All find that the seven days spent in the famous English University are packed full of instruction, fun, and new acquaintances.

A highlight of Staff Sergeant Gasker's visit was meeting with Sir William Beveridge, British economist whose "Beveridge Plan" for post-war social security has caused much discussion on both sides of the Atlantic. The sergeant visited University colleges, where Sir William Beveridge is master of the college, with Philip Goodhart, son of the Professor of Jurisprudence. There he was introduced to the famous economist.

Staff Sergeant Gasker's parents, Mr. and Mrs. H. J. Gasker, live at 837 East 150th Street, Cleveland, Ohio.

TOP "Marine Staff Sergeant Harry R. Gasker looks over his lecture notes while seated under an old tree in Balliol College quadrangle, Oxford, England. The musette bag at his side has travelled far. It was carried throughout the Guadalcanal campaign and lent for the Oxford visit by a Marine officer serving in Great Britain." (USMC, photo by SSgt James R. Kilpatrick)

BOTTOM "Following a lecture on the history of the British States, Idris D. Jones, center, history don of Merton College, continues the discussion with some of the students. Smoking is permitted during lectures, causing the haze in the background. Mr. Jones finds his service students alert, intelligent, and argumentative. Staff Sergeant Gasker stands at right." (USMC, photo by SSgt James R. Kilpatrick)

RIGHT "Gasker stops to discuss a point between classes with three Army Air Forces staff sergeants. Left to right: SSgt Joseph E. Fodor, Uniontown, PA; SSgt Don J. Sheff, Hamburg, NY; SSgt Isadore E. Friedman, Baltimore, MD; and SSgt Gasker of Cleveland, OH. At the right of the picture, a British officer chats with an American officer." Photo dated November 17, 1943. (USMC, photo by SSgt James R. Kilpatrick)

By Technical Sergeant Richard T. Wright

London, England, January 11, 1944 – Marine Corporal Louis Reese Grall, the son of Marine Sergeant and Mrs. Henry J. Grall, of Route 2, Anderson, South Carolina, is bruised but happy after being knocked down three times, by everything from an automobile and a bomb explosion during his tour of duty in the British Islands.

While walking along the streets of London during a blackout a short time after he arrived here in July 1942, Corporal Grall was hit by a taxicab when he stepped off a curb. The 21-year-old Marine was knocked down but was uninjured.

Two weeks later he was struck by a jeep which was driven by another Marine. The Leatherneck suffered a bruised hip, but otherwise was uninjured.

Five months later he was flattened when a bomb exploded outside of a friend's house, where he was visiting at a small town in southern England. This time he was knocked down and out, but Corporal Grall was "in the pink" within an hour afterwards.

"I suppose the next time I get knocked down it will be by a truck falling on me. I guess I had better start watching my step," he stated.

Corporal Grall's father, Sergeant Henry Grall, served with the Marines in World War I, and at present is on duty at Headquarters, Marine Corps, Washington DC.

Corporal Grall was one of three personal orderlies to Admiral Harold R. Stark, USN, at one time, and is now serving as a driver with the Marine unit here.

On duty as a driver, Corporal Louis Reese Grall ponders over a road map near the outskirts of London, January 16, 1943. (USMC, photo by SSgt James R. Kilpatrick)

By Technical Sergeant Richard T. Wright

London, England, January 11, 1944 (Delayed) – Marine Private First Class Robert G. Wilfong, the son of Mr. and Mrs. O. C. Wilfong, of Box 1141, Lakemore, Ohio, is serving with the Marine unit here as an official guard at the American Embassy.

Private First Class Wilfong has been on duty in the British Isles for the last 18 months, and previous to his coming here, he served with a Marine unit in Scotland. The 24-year-old Marine has also been on temporary duty with the Leatherneck unit in Londonderry, Northern Ireland.

The Ohio Marine has served as an orderly to high ranking Naval officers, and also as a driver.

According to Private First Class Wilfong, he has led a rather dull life since arriving at this base. "I've made quite a few interesting trips, but other than that things have been rather boring. I haven't been close to any bombs when they exploded; I haven't been knocked down by a cab in the blackout – in fact, I can't even get lost around here anymore."

Private First Class Wilfong was given a try out with one of the Cleveland Indians' baseball teams in 1941. The husky Marine pitched for his high school team for four years, and also played football.

He enlisted in the Marine Corps in January 1942. He has one brother, Corporal Ralph Mill, who is with the Army Air Corps.

"Marine Private First Class Robert G. Wilfong, of Lakemore, Ohio, checks his .45-caliber service pistol before going on guard at the US Embassy. Wilfong has been on duty with the Marine unit for the past 18 months." (USMC, photo by SSgt James R. Kilpatrick)

Story #19 by Technical Sergeant Richard T. Wright

London, England – Robert Harris, an 18-year-old American living here, is going down in history as the first United States Marine to be recruited in England.

Harris was sworn in as a Marine private by First Lieutenant Alan C. Doubleday, of a Marine unit in Great Britain. A check of records both in London and Washington reveal that, so far as is known, Harris was the first Marine who enlisted in this country.

"I always wanted to be a Marine," he said.

Private Harris will be sent to the United States, where he will undergo recruit training at the Marine base at Parris Island, South Carolina.

The husky youth came to this country with his parents, Mr. and Mrs. John E. Harris, of Milford Lodge, Milford, Near Stafford, England, from their home in Lynnfield, Mass., in September 1938. At that time, Private Harris was 13 years old.

All members of the Harris family are American citizens. His father is a consultant on shoes for the US Army and is employed in a large department store in London.

Harris was educated in England at Downside School, Stratton-on-the-Fosse, which is the equivalent of an American High School. The tall, dark-haired Marine, speaking with a pleasant English accent, explained:

"I always had a great deal of admiration of the Marines. My brother is in the Army Air Corps and I thought it was a good idea to have a Marine in the family."

Private Harris has two brothers and three sisters. One of his brothers, 20-year-old John Edward Harris, became a pilot with the RAF and later transferred to the US Army Air Corps.

"Private Robert Harris, of Milford Lodge, Milford, near Stafford, England, is being sworn in as a US Marine by First Lieutenant Alan C. Doubleday, of Millburn, New Jersey, The 18-year-old American, who came to England when he was 13, was the first Marine to be recruited in England during World War II. Private Harris formerly lived in Lynnfield, Massachusetts." (USMC, photo by SSgt James R. Kilpatrick)

By Technical Sergeant Richard T. Wright

London, England, February 7, 1944 – London fogs have proven baffling to Marine Sergeant Gilbert Cotton Jr. during his two years of service with Marine units in the United Kingdom.

The 22-year-old Leatherneck remembers one occasion distinctly.

"I spent half my time getting lost in the fog when I first came over here," he relates, "but one particular laundry run to a place called Putney was the worst. I started out and drove for five minutes. The fog got so bad I could only see five feet ahead of my motorcycle. It took me exactly three and one half hours to go three miles, and that is strictly a waste of time."

Sergeant Cotton has served as a police sergeant with a Marine unit in Scotland, and during his trip across the Atlantic, the ship that he was on was strafed by a German plane.

The Marine Sergeant found his first few months in England very amusing.

"Nobody knew our uniforms at first, and on many occasions enlisted men saluted us thinking we were officers," he said.

"One time in a town in southern England," he continued, "about 300 Canadians came out of their barracks to go on liberty as I was walking down the main throughfare. My arm got so tired from saluting that I went into a tea shop and waited until most of them had gone by," he concluded.

Sergeant Cotton is the son of Mr. and Mrs. Gilbert G. Cotton of 606 North Lincoln Street, Rockport, Indiana. He enlisted in the Marine Corps on September 12, 1940, at Cincinnati, Ohio. Sergeant Cotton is married to an English girl and is the father of a baby girl.

"Marine Sergeant Gilbert Gillian Cotton, Jr., gives a Marine dispatch rider orders for a run, at the motor transport office of the Marine unit here. The 22-year-old Leatherneck is from Rockport, Indiana, and has served in this area for the past two years. The origin of the moose head is unknown." (USMC, photo by SSgt James R. Kilpatrick)

TOP "A London 'Bobbie' gives directions to Marine Corporal John. B. Flowers at the gates of Buckingham Palace, where the 24-year-old Leatherneck has official business. Corporal Flowers, of Holliday, Tennessee, has served with Leatherneck units here for the past two years." Photo dated February 2, 1944. (USMC, photo by SSgt James R. Kilpatrick)

RIGHT "The wedding cake has been cut by the bride and groom. Sergeant Delbert O. Wilkins, of Lyons, New York, and guest prepare to taste this Anglo-American offering at a reception for the newlyweds who were married in London recently. The bride and best man look on." Photo dated January 16, 1944. (USMC, photo by SSgt James R. Kilpatrick)

TOP LEFT "'Here's the way we throw a forward pass,' says Marine Private First Class William C. Parsons to a group of English boys who watch intently. The 20-year-old Leatherneck from Revere, Massachusetts, was an All-State end with the Revere High School football team in 1942." Photo dated March 20, 1944. (USMC, photo by SSgt James R. Kilpatrick)

TOP RIGHT Admiral Sir Bertram Ramsay, Royal Navy, speaks with Captain L. A. Thackrey, Assistant Chief of Staff, US Navy, during the planning for D-Day. Colonel Robert O. Bare can be seen in the background. (piemags/Alamy)

RIGHT Marine Private First Class Robert F. Daigle of Newport, Vermont, during troop inspection in London, March 20, 1944. (USMC, photo by SSgt James R. Kilpatrick)

AMERICAN EMBASSY
OFFICE of the NAVAL ATTACHÉ
LONDON, ENGLAND
PAID

Travel Claim $_____

Voucher Number _____

Mileage Vou. $18.00

_____ Number 7974

Dependants Claim $_____

IN REPLYING ADDRESS
THE COMMANDANT, U. S. MARINE CORPS
AND REFER TO No.

03909-1
DFA-321-pbf

HEADQUARTERS U. S. MARINE CORPS
WASHINGTON   8 June, 1943

From: The Commandant, U. S. Marine Corps.
To: Lieutenant Colonel Robert O. Bare, Marine
             Corps, Headquarters Marine Corps,
             Washington, D.C.

W. J. FOSTER
Lieut.   (SC) USN.

Subject: Change of station.

1.   On 9 June, 1943, you will stand detached from your present station and duties, will proceed to New York, N.Y., and you are directed to proceed by air from that place to London, England. On arrival in London, you will report to the Commander, U. S. Naval Forces in Europe, for special duty.

2.   Class I priority air transportation and a total baggage allowance of fifty-five pounds is hereby certified as necessary in the execution of these orders.

3.   All commands and activities having cognizance over the assignment of space on aircraft under the control of the Navy Department are requested to arrange space for the foregoing air transportation.

4.   The travel herein enjoined is necessary in the public service. For the travel by air from New York, N.Y., to London, England, you will be allowed a per diem of six dollars. While on the above special duty abroad, you will be allowed per diem allowances as prescribed in Tables I and II of letter of The Secretary of the Navy, dated April 30, 1943.

T. HOLCOMB

Copy to CinC, U. S. Fleet,
        Comdr., U. S. Naval Forces in Europe,
        Vice Chief of Naval Operations,
        Director of Naval Intelligence,
        LtCol. Bare - 10.

FOR VICTORY
BUY
UNITED STATES
WAR
BONDS
AND
STAMPS

Colonel Robert O. Bare's original orders from the 1st Amphibious Corps to the US Naval Forces, Europe. (MCHD)

A Royal Marine Base in England

By Technical Sergeant Richard T. Wright, February 15, 1944

Whether the Marines are British "Jollies" or American "Leathernecks," it is obvious after watching the recruits at this depot in their training phase, that the men of the two Corps really get "the works" during their initial course of instruction.

Here a Royal Marine drill instructor addresses a backward recruit in this manner: "I say, you bloomin' clown, you better learn your right foot from your left!"

A United States Marine drill instructor puts it this way: "All right Mac, snap out of it, you haven't got two left feet!"

No matter how different the two methods of training Marines are, the results are usually the same, as evidenced by the records of the brother Corps during the past 200 years.

According to Regimental Sergeant Major R. Keeble, of the Royal Marines: "The purpose of our Corps is to train Marines to serve aboard His Majesty's Ships, and to be able to undertake special landing operations. Basically, our Marines and your American Marines have the same function."

In the present war Royal Marines have already played an outstanding part in the Norwegian campaign, Suda Bay, Crete, Burma, Ceylon, and Madagascar. They also participated in the initial landings at Sicily and Salerno.

This recruit training base is situated in the moors of Devonshire, reputedly one of the few really sunny spots in England. The rolling hills, dense forests, and thick underbrush are ideal for military training tactics.

Shortly after arriving at this camp, Staff Sergeant James R. Kilpatrick, a Marine combat photographer, and I were greatly impressed by the rigid discipline which is a requisite of all Royal Marines.

I watched a private walk up to a sergeant at the main gate yesterday. The private snapped to attention, clicked his heels, and awaited the order "stand easy." It is pounded into these recruits that proper discipline is the foundation of all military successes.

This British "boot camp" is similar to our American marines camps at Parris Island, South Carolina, and San Diego, California. Not unlike these camps, physical examinations, haircuts, the issuing of clothes and rifles are the main features of the initial indoctrination course.

Royal Marines lay a great deal of emphasis on physical conditioning in order that the recruits can shoot straight when they fire the range with their caliber .30-3 rifles. American Marines call their rifle "A Marines' best friend," and the Jollies evidently have the same ideal.

We witnessed close order drill, bayonet and hand-to-hand fighting classes, and the firing of small arms. These recruits complete their training in six weeks, and then "pass out" to another center, where the business of getting set to whip the Nazis begins in real earnest.

The drill instructors at this base are composed largely of pensioners – men who were called back with the Royal Marines when the war started.

A tour of duty in the United States Marines is four years. In the Royal Marines it takes twelve years to complete a cruise, so it was not uncommon for us to encounter some salty old British Leathernecks who have sailed around the world as many as ten times. Some of them had made the acquaintance of American Marines everywhere from Shanghai, China to Norfolk, Virginia.

Staff Sergeant Kilpatrick asked one Sergeant whether or not he had any brothers in the service.

"I've four in the Marines," the sergeant replied.

"Holy mackerel!" said Staff Sergeant Kilpatrick, "that's almost a record."

"Not quite, laddie," a wizened old Company Sergeant Major chimed in, "I have five brothers

in the Corps and my father served with the Royal Marines in the first World War. We have 177 years of continuous service with the Marines." As the American Marines put it, Staff Sergeant Kilpatrick was "snowed."

The Royal Marine recruits are quartered in Quonset huts, while the non-commissioned officers live in rooms called "cubicles," each with a small stove which burns coal.

Recruits must run cross country races, box with six-ounce gloves, and participate in all athletic contests which are run on an intramural basis.

The camp is brightened considerably by an array of femininity in blue in the persons of the girls serving with the English Women's Royal Naval Service. These girls do most of the office work.

The training of these Royal Marine recruits is hard and rigorous, but as one officer explained it to me: "We train our men down to a fine edge, but with it we make gentlemen out of them."

A sergeant major showed me an excerpt from a piece which Rudyard Kipling wrote some time ago. It very accurately describes the British Royal Marines: "But they're camped and fed, and they're up and fed, before our bugle's blew, Ho! They ain't no limpin' procrastitutes, soldier and sailor too!"

Author note

This story is more than likely written about training at Royal Marines Barracks Chivenor, a Royal Marines training center from 1940 to 1995.

TOP Staff Sergeant James R. Kilpatrick and a Royal Marine recruit take up rifle positions on the school range at the Royal Marine camp in southern England, February 15, 1944. (USMC, photo by TSgt Richard T. Wright)

BOTTOM Technical Sergeant Richard T. Wright of Arlington, Virginia, inspects a platoon of Royal Marine recruits at a base in southern England, as a British drill instructor looks on, February 15, 1944. (USMC, photo by SSgt James R. Kilpatrick)

A British Royal Marine takes his life in his hands while letting a Leatherneck shave him. This "tonsorial treatment" took place during maneuvers somewhere in Wales, March 1943. (USMC, photo by SSgt Weldon L. Keating)

MARINES IN SCOTLAND

The Marine barracks in Scotland was short-lived, lasting only four months beginning in late 1942. However, the Marines had been visiting Scotland for quite some time already. In 1940, Major John C. McQueen was sent to the United Kingdom to observe the training of the Royal Marines and study the landing craft the British possessed. In the summer of 1941, Captain Edward C. Dyer and Brigadier General Ross E. Rowell visited RAF Coastal Command Headquarters in Scotland. In September 1942, 27 Marines from Londonderry and 16 Marines from London were sent to Rosneath to establish a three-week course on small arms weapons use for US Navy boat crewmen who would be taking part in the upcoming Operation *Torch*. At the end of the training, ten Marines were sent back to their respective units while the rest were given orders to take part in the operation in North Africa. In October 1942, the London barracks was deactivated, and the Marines transferred to NOB Rosneath, Scotland. However, on January 21, 1943, the Marines were transferred back to London to reactivate the Marine barracks there.

LEFT "Clad in a British Army 'zoot suit,' Corporal Joseph Leitch, of Douglas, Arizona, is shown repairing a bayonet practice dummy. These rugged Leathernecks knock them down as fast as they are putting them up. Because of a shortage of dungarees, British Army battledress has been issued to this detachment for use as work clothes." Photo dated September 10, 1943. (USMC, photo by SSgt Weldon L. Keating)

RIGHT "American Leathernecks talk it over with Britain's Royal Marines after Royal Marine Commandos staged a battle exercise on Scottish hills and beaches for the Marine detachments from USS *Alabama*. The Americans are, from left to right, Major Harold S. Roise, of Moscow, Idaho, and First Lieutenant Natt K. Hammer, of Decatur, Illinois. The demonstration was followed by training films on scouting and handling anti-personnel mines." Photo dated July 1943. (USMC, photo by SSgt Weldon L. Keating)

TOP Lieutenant Fenton H. Mae, USMC, and Captain Griffith, Royal Marines, discuss plans during a joint training exercise, March 1943. (USMC, photo by SSgt Weldon L. Keating)

BOTTOM LEFT "Major Harold S. Roise, of Moscow, Idaho, with officers and non-commissioned officers of his shipboard command, recently witnessed battle techniques used by the Royal Marines in taking strong points. Here, Roise discusses details of the demonstration with two officers of the Royal Marines, clad in battledress and wearing Britain's unchanged version of the trench helmets of the last war." Photo dated July 1943. (USMC, photo by SSgt Weldon L. Keating)

BOTTOM RIGHT "First Lieutenant George H. Bantley chats with a kilted officer of a Scottish regiment 'somewhere in Scotland.' First Lieutenant Bantley said he had heard plenty about the kilted 'ladies from hell,' as the Germans call them, but had never seen one before and had plenty of questions to ask. Leathernecks in background include First Lieutenant Weldon James (smoking pipe) and, to the right, Major Harold S. Roise." (USMC, photo by SSgt Weldon L. Keating)

TOP "Sergeant James L. Lowery, center, foreground, watches combat tactics displayed by British Royal Marines in northern Great Britain. Sergeant Lowery, 23, of Gadsden, AL, is serving with an Anglo-American task force searching for the German fleet. He attended Gadsden High School, and was a professional boxer in the south before enlisting in the Marine Corps. He and other American Marines and British Royal Marines shown in the picture find that they talk the same anti-Nazi language nowadays." Photo dated July 1943. (USMC, photo by SSgt Weldon L. Keating)

BOTTOM "A Royal Marine demonstrates a new weapon to Platoon Sergeant Dorsey N. Simms, Jr. of New Orleans, LA (right), and two other American Marines at a US Marine training base in Scotland. They are all members of the task force that has been searching for the German fleet for several months near the North Pole right on down to warmer European waters. As a change from their frigid search, they hope eventually for a warmer assignment in the South Pacific, after the Germans crack." Photo dated July 1943. (USMC, photo by SSgt Weldon L. Keating)

MARINES IN NORTHERN IRELAND

With the United States' entrance into World War II following the attack on Pearl Harbor, the US Navy established a base on the European side of the Atlantic in February 1942.

Londonderry, Northern Ireland, was strategically selected as the new post. The port of Derry provided a home port for escort ships and a waypoint for cargo ships. A makeshift battalion was formed and, in May 1942, the 400-man unit left the US for the newly created NOB Northern Ireland. A month later, another 152 Marines were sent to bolster the ranks and another 200 Marines were sent in October 1942.

The unit was designated the Marine Barracks, Naval Operating Base Londonderry and was divided into four companies: a Headquarters and Service Company, and A, B, and C Companies. As well as helping to operate the shooting ranges in Bangor, the Marines were in charge of protecting:

- The US naval ammunition supply depot at Fincairn Glen
- Several US Navy radio stations around the city of Londonderry
- Navy supply depots at Lisahally
- The US Naval Field Hospital at Creevagh
- US ships docked in the ports of Derry and Belfast

The large Marine unit was necessary to guard the facilities, which were under constant fear of being raided by small German units that could be landed by submarines to carry out sabotage operations. Additionally, the embassies of Japan and Germany were bustling with activity in Ireland because it was feared the Axis powers would align with the Irish Republican Army and carry out sabotage operations.

Alongside their guard duties, the Marines played a key role in supporting the Royal Ulster Constabulary by assisting with shore patrol operations, ensuring law and order when US servicemen and women came off ship. The Marines also participated in various defensive field exercises designed to repel a potential German amphibious invasion. These exercises involved Marines assembling and moving to coastal positions, where they would integrate with British forces to bolster the region's defenses. Other

OPPOSITE British Marines explain the operation of their Bren gun to American Leathernecks: looking on are First Lieutenant George H. Bantley (with pipe), of Windber, Pennsylvania, and (right) First Sergeant James Wilson, Jr., of Philadelphia, Pennsylvania. The US Marines, members of a Marine Detachment aboard a ship, went ashore in Scotland to see Royal Marine Commandos stage a demonstration of their skill in attacking "enemy" strong points. (USMC, photo by SSgt Weldon L. Keating)

LEFT The patch with a clover leaf under the Eagle, Globe and Anchor is often mistaken as an official patch and shown in countless history books as an official unit emblem. However, no photos exist of a Marine wearing it during World War II. Additionally, the patch was not authorized by the Commandant of the Marine Corps. The June 22, 1944 edition of the *Marine Corps Chevron*, base newspaper of Marine Corps Recruit Depot San Diego, states definitively the patch was unauthorized by the Commandant of the Marine Corps. (Author's collection)

Irish City Keeps Shore Patrol Busy

By Staff Sergeant M. H. Dunlap, Combat Correspondent
Marine Corps Chevron, **August 21, 1943**

Londonderry, Northern Ireland, July 7 (delayed) – It's an old saying that sailors no sooner get their land legs than they start losing them.

But American sailors and Marines in this British port are kept out of serious mischief by an American Shore Patrol which has the difficult task of enforcing strict rules of behavior in a foreign port.

Londonderry is a Shore Patrol problem. In addition to American sailors and Marines, sailors of other United Nations fill the place and Irish civilians also enjoy excitement.

At Shore Patrol headquarters in the city, where prisoners are booked, a "flying squad" is always ready to dash to trouble spots. Another squad, the "roving patrol," makes regular rounds of the town. Both squads use Marine-driven station weapons. Nine pairs of patrols, one sailor and one Marine in each, stroll through the streets.

Test Londonderry Defenses

Detroit Evening Times, **November 2, 1942**

London – large scale antiinvasion exercises to test the defenses of the great Londonderry naval base gave American marines and other United States units a stiff Sunday workout, it was revealed today.

The *Wilmington Morning Star*, October 4, 1944. (LoC)

——V——
Woman From Irish Free State Is Naturalized

A woman marine from the Irish Free State was naturalized in Superior court yesterday, the first time that a woman member of the armed forces has ever received her American citizenship in Wilmington, Jennings Otts, immigration inspector and naturalization officer, announced yesterday.

She is Florence Elizabeth McConnell of Dublin, Eire, and is now stationed at Camp Lejeune. Two other marines, William Totten, of Belfast, Northern Ireland, and John Aitkin Guy, Jr., of Scotland received their naturalization papers along with Miss McConnell.

Totten is stationed at Camp Lejeune and Guy is stationed at the Cherry Point Marine Base.

training scenarios included counterattacks from inland positions to the coastline, as well as reinforcing Allied units during counterattack drills. These activities not only enhanced the Marines' preparedness but also demonstrated their vital role in strengthening the Allied defense efforts across the British Isles during the early years of the war.

The Marine barracks in Londonderry would often provide men for additional collateral duties or assignments throughout the European Theater of Operations. As such, these Marines' regular training regimen saw them practice amphibious operations, hand-to-hand combat, close-quarter battle drills, land navigation, and patrolling. As the war dragged on, some of the Marines at Londonderry would be sent to take part in major events such as Operation *Torch*, or to stand up a Marine barracks in Oran. Some would be killed in the line of duty taking part in these events. In all, around 1,500 Marines were assigned to Londonderry at the peak of the war in Europe.

TOP American Marines spray the heather with machine-gun fire as they prepare for action against more warlike enemies, May 12, 1943. (USMC, photo by SSgt Keating)

CENTER Marine Corps officers at Waterside Railway Station in Londonderry after having arrived from Belfast, May 19, 1942. From left to right are Major Louis Shoemaker, Major John Bathum, Captain Frank Martincheck, and Lieutenant Colonel James J. Dugan. (MCHD)

BOTTOM His Majesty King George VI inspects the newly arrived Marines in Northern Ireland, June 26, 1942. (piemags/ww2archive/Alamy)

Newspaper clipping from the *Wilmington Morning Star*, July 2, 1942. (LoC)

RIGHT TOP The first major group of Marines exits the docking area in Londonderry to be bused to the newly built huts for them at the NOB, May 19, 1942. (MCHD)

RIGHT BOTTOM Two US Marines from Company A perform a change of the guard at Lisahally, Northern Ireland, June 1942. US Navy destroyers can be seen in the background. (SuperStock/Alamy)

NAVY COMPLETES BIG IRISH BASE

Built To Guard The Western Approaches Of England In Atlantic

UNITED STATES NAVAL BASE LONDONDERRY, Northern Ireland, Thursday, July 2—(P)— T h e U. S. Navy has completed a giant operating base here guarding the western approaches of Britain in the critical battle of the Atlantic.

Londonderry in this war has become the counterpart of Queenstown (Cobh), now in neutral Eire, which during the first World War was base for as many as 92 United States warships at one time.

The Londonderry base is designed to refit, repair and supply destroyers and other light craft on Atlantic convoy duty. It was commissioned Feb. 5, but is just now receiving its finishing touches— a job virtually completed seven months after U. S. entry into the war.

"It already has lifted a great burden off the convoy problem," said Commodore Ross Stewart, commander of the adjoining British naval establishment.

Actual construction of the big base was started last year with lend-lease funds and more than 3,000 Irish and American laborers, under direction of American civil engineers headed by Commander Henry P. Needham.

Now hundreds of United States marines and bluejackets operate machine shops, supply bases, drydocks, control rooms, a hospital, movies and barber shops. All this is spread over hundreds of acres.

Wartime security prevents relating details of the intricate mechanism of the establishment, but it is ready to repair or rebuild anything from a typewriter to the biggest American destroyer.

"Eveything in the base down to the last pork chop or nut and bolt has been brought from t h e United States," Capt. William Larson of Annapolis and Chicago explained. "It's a bit of the United States transplanted."

The hundreds of men required to operate the base are housed in deluxe "Quionset huts," prefabricated at home and put together here. Scores of warehouses are stuffed with supplies of everything from shoe polish to new propeller shafts.

In blacked-out buildings skilled Navy men operate millions of dollars worth of precision machinery, 24 hours a day if necessary.

Sleek new American destroyers glide up the river to the docks side by side with Royal Canadian corvettes which also use the base.

While the American base operates as a separate unit, jobs are done jointly with the nearby British yard as occasion demands.

In a 200-bed Quionset hut hospital, which is capable of doubling its capacity overnight, British sailors occupy beds alongside Americans.

"In fact, 80 per cent of o u r patients at the moment are British," said Capt. B. P. Davis of San Francisco, senior Navy medical officer.

SHORES OF TRIPOLI

HALLS OF MONTEZUMA

Bruce Bairnsfather

But ofcourse there are a few places a Marine sentry
has to stop at in between

TOP A cartoon done by Captain Bruce Bairnsfather, creator of "Old Bill," while on a visit to Marine Barracks Londonderry. Photo dated January 3, 1943. (USMC, photo by Cpl William R. Gibbon)

BOTTOM American Marines on maneuvers in Northern Ireland. "The Leathernecks wend their way through heather, gorse, and broom, wondering what the terrain of the second-front-to-come will be like." Photo dated May 1943. (USMC, photo by SSgt Weldon Keating)

The Duke of Abercorn, Governor of Northern Ireland (center right with black hat), inspects US Marines during the celebration of the anniversary of their landing at Londonderry, May 12, 1943. Marine officers in party, from left to right, include Major John M. Bathum, of Chicago, Illinois; Colonel Lucian W. Burnham, of Needham, Massachusetts; and Lieutenant Colonel James J. Dugan, of Quincy, Massachusetts. (USMC, photo by SSgt Weldon Keating)

TOP "Thousands of Irish and British civilians perched atop the famous walls that withstood the 17th-century Siege of Derry look on as Marines march into Guildhall Square to celebrate the anniversary of their landing in Northern Ireland. Leading the Leathernecks is Captain John Hudson, Post Adjutant, of Washington DC." Photo dated May 12, 1943. (USMC, photo by SSgt Weldon Keating)

BOTTOM The Duke of Abercorn, Governor of Northern Ireland, and General Edmund Hill, commanding officer of the US Forces in Northern Ireland, were among the reviewing party. (USMC, photo by Cpl William R. Gibbon)

TOP LEFT The ceremonies included a parade through the streets of Londonderry and an inspection in Guildhall Square. Marines wore battledress for the occasion. (USMC, photo by Cpl William R. Gibbon)

TOP RIGHT Marines in front of Londonderry Guildhall. The Guildhall served as a site for many of the town's social functions, including Marine Corps dances, boxing matches, and, on the afternoon of the anniversary, a tea. (USMC, photo by Cpl William R. Gibbon)

CENTER "Sergeant Francis Fabyanic, of Turtle Creek, Pennsylvania, gives an okay to Corporal Phillip Soloneto, left, of Philadelphia, Pennsylvania, who just finished a batch of hot chocolate in Londonderry." Photo dated February 10, 1943. (USMC, photo by SSgt Weldon Keating)

BOTTOM "These birds traveled thousands of miles before coming to rest in a US Marine mess. Field Cook William Fedorka, of Cleveland, Ohio, and Assistant Cook Robert Clement, of Flint, Michigan, prepare the turkeys for dinner. These Leathernecks were trained to whip up a meal in an elaborate kitchen or on the field under fire." Photo dated February 10, 1943. (USMC, photo by SSgt Weldon Keating)

By Sergeant Robert Davis

Londonderry, Northern Ireland, June 1943 – Bringing with him an Irish brogue that can't be cut with a bayonet, an infectious smile, and a determination to get along, John Joseph Hargadon, 17, son of Mrs. Rose Hargadon, Box 126, Ithan, Pennsylvania, has joined the United States Marines.

To every Marine at this base, he's the "Irish recruit" but Hargadon is just as much an American citizen as any of them, having been born and brought up in the United States in Philadelphia before coming to Ireland at the age of seven to live with his grandmother.

But ten years in Ireland have left their mark on him, and even the Marine slang he has picked up in his first week as a Marine is marked with his brogue.

Reaching the age of 17, Private Hargadon turned down chances to enlist in the British forces to try to join some American service. Through the cooperation of Lieutenant Colonel James J. Dugan of Quincy, Massachusetts, the executive officer, his enlistment consent was obtained from his mother in Pennsylvania, and early in June, Private Hargadon's enlistment was completed.

It's an old Marine Corps saying that every Marine has either Parris Island or San Diego sun in his blood, but Private Hargadon will break that saying, for he'll have his recruit training at this base. To make it complete, like any other new recruit, he won't have liberty for over a month. His drilling is being given him by non-commissioned officers, and every Marine in his Quonset hut is out to see that he becomes a real Marine as soon as possible.

He's not finding the Marine Corps life too strange, however, for after finishing several years at St. Joseph's Academy, Termonbacca, Londonderry, he worked in the Navy Yard here for several months for the United States Navy and met many Marines.

One thing is troubling him, however, that is that he will be unable to visit his grandmother in Creeslough, Erie, for that is a neutral country, and as a United States Marine he cannot enter the country.

But right now he's too busy with his "drill instructors", who drill him individually each morning and afternoon. He completed the Junior Technical Course at St. Joseph's, before his enlistment and hopes to get into the Marine Air Corps.

So far as Marines here know, he's the first Marine in the history of this war to earn the right to wear the European Theater of Operations ribbon on the day of his enlistment.

TOP "Private John J. Hargadon (right) waves goodbye to fellow students at St. Joseph's Academy before joining the United States Marines. Leaving with Private Hargadon is Sergeant Jack F. Burns, of Upper Darby, Pennsylvania, stationed at Londonderry." (USMC, photo by Cpl William R. Gibbon)

BOTTOM "A welcome to a new Marine is extended by Lieutenant Colonel James J. Dugan, of Quincy, Massachusetts to Private John J. Hargadon, just after the latter was sworn into the Marine Corps. Center is Captain John S. Hudson, of Washington DC, adjutant at the Londonderry base. Lieutenant Colonel Dugan arranged for Private Hargadon's enlistment by obtaining consent papers from the recruit's mother in the United States." Photos dated June 11, 1943. (USMC, photo by Cpl William R. Gibbon)

TOP Corporal William R. Gibbon, of Columbus, Ohio, a combat photographer, during field maneuvers at Londonderry, May 12, 1943. (USMC, photo by Cpl Robert Brathumn)

BOTTOM Sergeant Robert Davis, combat correspondent, during field maneuvers in Northern Ireland, May 12, 1943. Davis was eventually transferred to the Pacific in 1944 and took part in the battle of Iwo Jima and continued writing stories of Marines on ship detachments. (USMC, photo by Cpl William R. Gibbon)

While a Navy crew prepares their landing craft in the background, Marines prepare to start a rehearsal of a landing maneuver on a river near Londonderry, July 12, 1943. (USMC, photo by Cpl William R. Gibbon)

Standing in the landing craft as it heads for the beach are First Lieutenants Samuel S. Smith, Jr., Missouri, and James P. Metzler, Kansas City, Missouri. They are giving a unit of Marines a last-minute word before the Marines "hit the beach" in the practice landing maneuver, July 12, 1943. (USMC, photo by Cpl William R. Gibbon)

Even the backs of these US Marines express excitement as the ramp of their landing barge goes down and the men in the bow prepare to "hit the beach." (USMC, photo by Cpl William R. Gibbon)

Marines spread out along the beach as they leap from their landing barge. Ahead of them through the trees can be seen the smokescreen that will cover their advance across the field beyond the shore. (USMC, photo by Cpl William R. Gibbon)

TOP Just a few feet from the shore, Marines meet a high stone wall as their first objective. (USMC, photo by Cpl William R. Gibbon)

RIGHT A Marine machine-gun team on an Irish hillside during battle exercises, July 1943. The Marine on the right is 20-year-old Private First Class Lynn F. Kirk, of Rensselaer, New York. (USMC, photo by SSgt Weldon Keating)

Marines in Northern Ireland practice disembarking from their "ship" using cargo nets, September 1943. "With the help of a mock-up and constant practice, the Leathernecks have learned to save precious seconds on the time down to their landing craft." (USMC, photos by SSgt Weldon L. Keating)

TOP "Against a typical Irish background, these Marines pause at the roadside for a ten-minute break. Constant drill in combat exercises keeps them in peak fighting condition." Photo dated September 1943. (USMC, photo by SSgt Weldon L. Keating)

RIGHT "Through the mists and smoke of artificial battle in peaceful Northern Ireland, a lone Leatherneck charges toward the 'enemy.'" This photo was taken in September 1943 during exercises in which Marines demonstrated their landing skills and approved techniques for assaulting enemy strong points. (USMC, photo by SSgt Weldon L. Keating)

"From the looks on their faces, these Marines would more than welcome going to the front. They posed for their company picture at the end of recent battle exercises in the Irish hills. That sailor on the left, they say, is just a figment of your imagination. Commanding officer of the company is Captain George O. Ludoke, Jr., of Minneapolis, Minnesota, a former University of Minnesota boxer, wrestler, and footballer, seen in the center of the front row holding one of the company's mongrel mascots." Photo dated May 1943. (USMC, photo by SSgt Weldon Keating)

TOP "The finest shooting in the world isn't any good if your weapon isn't in condition, and at the Marine Corps camp, Private First Class Clifton Walker of Bullock, North Carolina, checks on the mechanism of an air-cooled .30-caliber machine gun as part of his duties as armorer for the Marines at Londonderry." Photo dated July 10, 1943. (USMC, photo by Cpl William R. Gibbon)

CENTER "First Sergeant James G. Oliver, left, of Selma, South Carolina, and Private First Class William H. Ryall, of Ansonia, Connecticut, show off a newly made flag of the United States Marine Corps detachment at Londonderry, where they are both stationed." Photo dated August 15, 1943. (USMC, photo by Cpl William R. Gibbon)

BOTTOM "Sergeant David L. Watson, of Tenafly, New Jersey, is the driver for Colonel Shaler Ladd, commanding officer, Marine Barracks, Londonderry, Northern Ireland." Photo dated October 15, 1943. (USMC, photo by Cpl William R. Gibbon)

TOP Sergeant John E. French, of Sterling, Connecticut, mail clerk at Marine Barracks, Londonderry, January 12, 1944. (USMC, photo by Cpl William R. Gibbon)

CENTER Mail driver Private First Class Charles Owen, of San Diego, California. Photo dated October 15, 1943. (USMC, photo by Cpl William R. Gibbon)

BOTTOM "Knowledge of the rifle, which may at times mean the winning of a battle, is also a source of amusement for US Marines, November 10, 1943. During a field day, Marines engage in a rifle assembling and disassembling contest while blindfolded. The winner of this event took his Garand M1 rifle apart and put it back together again in two minutes and 35 seconds." (USMC, photo by Cpl William R. Gibbon)

TOP A US Marine shore patrolman, Private First Class William L. Strong, Jr. of Toledo, Ohio, talks shop with members of the Royal Ulster Constabulary. Marine and Naval shore patrolmen patroled the streets of Londonderry to maintain order among servicemen, while members of the Constabulary acted as civilian police. Photo dated August 21, 1943. (USMC, photo by Cpl William R. Gibbon)

RIGHT This Christmas tree was a feature of USMC Christmas dance, parties, and other events. Photo dated December 23, 1943. (USMC, photo by Cpl William R. Gibbon)

LEFT Executive officer Lieutenant Colonel James J. Dugan, Marine Barracks, Londonderry, uses a walkie-talkie near the camp, November 6, 1943. (USMC, photo by SSgt James R. Kilpatrick)

RIGHT Beside a fireplace in the Lion and Eagle Club in Londonderry, a Marine and British Wren get together over a cigarette, November 2, 1943. (USMC, photo by SSgt James R. Kilpatrick)

"Turkey in the straw" is the objective of these Marines near the base of
Londonderry, November 1, 1943. (USMC, photo by SSgt James R. Kilpatrick)

"In case the quartermaster gets mixed up and forgets to send turkeys for Christmas, Marines can obtain some fine ones at nearby farms. Tender turkeys from the United States were on hand for Thanksgiving, but these live ones look a lot more like home." Photo dated November 1, 1943. (USMC, photo by SSgt James R. Kilpatrick)

Triple Drowning Near Derry – Three US Marines in Combat Exercise

Belfast Telegraph, **September 24, 1943**

In a triple drowning accident near Londonderry on Thursday afternoon three members of the United States Marine Corps lost their lives. The victims were Sergt. Fred I. Brevik (29), Pfc. Hughes W. Gobble, and Private James T. M'Gowan.

The tragedy took place while the men were engaged in combat exercises near their camp at Londonderry. The three men were drowned while the unit was fording a stream, and the bodies were recovered shortly afterwards. Every attempt was made at resuscitation, but without success.

Sacrificed Own Life

Details of the accident reveal that Sergt. Brevik, who had successfully crossed the river returned to the water and sacrificed his own life in an attempt to help his men.

Corporal Richard. A Hickland of 95 Buckingham St., Springfield, Mass., who with Sergt. Brevik had successfully crossed the river, said the sergeant dived into the water when he saw that his men were in trouble, but sank himself almost immediately. Corporal Hickland immediately removed his own pack and ammunition belt so that he could swim more freely, but by the time he had divested himself of his heavy gear all three had vanished.

Pfc. Harry E. Davis, of Weatherly, Penn., who had also crossed the stream attempted to warn those behind him that the water was deeper than had at first thought but by that time the others were in trouble. Reaching the bank Pfc. Davis held his rifle out to Sergt. Brevik, who had just reached the surface following his dive but the sergeant sank without grasping it. Five other Marines who had crossed the stream immediately began diving for the bodies, and sent a messenger for 1st Lieut. Wm. E. Skye, of Alexandria, Louisiana who was in charge of the detail of men engaged in the exercise. Lieut. Skye organized a search upon his arrival on the scene.

Also aiding in the search for the bodies were Royal Naval personnel stationed near the scene of the tragedy and American sailors from the Naval Base.

Sergeant Fred I. Brevik

By Commandant, Naval Operating Base Londonderry, Northern Ireland
November 13, 1943

CITATION:

The President of the United States of America takes pride in presenting the Navy and Marine Corps Medal (Posthumously) to Sergeant Fred I. Brevik (MCSN: 360164), United States Marine Corps, for heroism while engaged in leading a group of men across the Faughan River during a combat problem. Sergeant Brevik, after having safely made the crossing himself, noticed that several of his men were having difficulty in crossing the river. With utter disregard for his own safety, he assisted one man to climb up the bank of the river and then jumped back into the river and swam to the aid of two other men. His heroics were without avail, however, as during the ensuing struggle the lives of all three men were lost.

By Sergeant Robert Davis

Londonderry, Northern Ireland, September 27, 1943 – Funeral services for Sergeant Fred I. Brevik, USMC, son of Mrs. Jacob Brevik, 704 Second Street, SE, Watertown, South Dakota, were held here September 27.

Sergeant Brevik drowned when, after successfully crossing a stream near his camp here, he turned into the stream to attempt to rescue two of his men who were in trouble. All three drowned. At the time, the unit was on a combat training exercise.

Full military honors were rendered Sergeant Brevik and the other two Marines, Private First Class Hughes W. Gobble, son of Mrs. Mary A. Gobble, RFD 5, 101 Johnson City, Tenn. and Private James T. McGowan, son of Mrs. Rose McGowan, 27 Minot Street, Lynn, Mass.

Lieutenant (jg) Puall Hann, US Navy Chaplain Corps, of Winterset, Iowa, officiated at the services for Sergeant Brevik. The remains are to be interred at Brookwood Cemetery, an American military cemetery near London.

Detachments of United States Marines and sailors under Captain John Curley, USMC, of Glen Head, Long Island, NY acted as funeral escort. The temporary chapel used for the services on the base was crowded with Sergeant Brevik's fellow Marines.

Bearers were Corporals Frank L. Edwards, of Erie, PA, Philip N. Dzavison, of Chevy Chase, MD, Linwood J. Rathbone, of Charlestown, RI, William H. Maneely, of Philadelphia, PA, Harold Fogarty, of Detroit, Mich., James W. Ker, of Jordan, NY, Walter L. Hudson, of Atlanta, GA, and Richard A. Hickland, of Springfield, Mass.

US Marines and sailors assigned to NOB Londonderry hold funeral services for Sergeant Fred I. Brevik, Private First Class Hughes W. Gobble, and Private James T. McGowan. Photo dated September 27, 1943. (USMC, photos by Cpl William R. Gibbon)

The officer-in-charge and three members of the first USMC bagpipe band talk things over between rehearsals. From left to right are Private John A. Chartowich, of Bound Brook, New Jersey, First Lieutenant Doyle R. Walker, of Claude, Texas, Private William E. Meirs, of Kendall, New York, and Private First Class George E. Master, of Valley View, Kentucky. Photo dated April 1943. (USMC, photo by SSgt Weldon Keating)

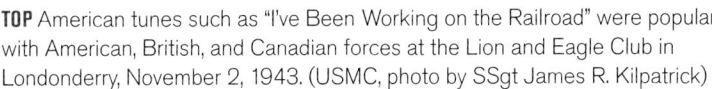

TOP American tunes such as "I've Been Working on the Railroad" were popular with American, British, and Canadian forces at the Lion and Eagle Club in Londonderry, November 2, 1943. (USMC, photo by SSgt James R. Kilpatrick)

LEFT Colonel Shaler Ladd, commanding officer, Marine Barracks, Londonderry, receives the colors during the 168th Marine Corps Birthday Ball, November 10, 1943. The ceremonies marked the 168th anniversary of the founding of the Marine Corps. (USMC, photo by Cpl William R. Gibbon)

RIGHT Private First Class John H. Kimbro, of Charlotte, North Carolina, stands a lonely vigil at the edge of his camp, November 4, 1943. (USMC, photo by SSgt James R. Kilpatrick)

ELSEWHERE **IN 1942**

JANUARY 23: The 7th Defense Battalion is reinforced by the 2nd Marine Brigade on Samoa

FEBRUARY 15: The British Garrison at Singapore surrenders to the Japanese

FEBRUARY 23: An oil refinery near Santa Barbara, California, is shelled by a Japanese submarine

FEBRUARY 27: US, UK, Dutch, and Australian naval forces are defeated at the battle of the Java Sea

MARCH 10: 132,000 acres are purchased in Santa Margarita Ranch, north of San Diego, and is named Camp Joseph H. Pendleton 11 days later

APRIL 9: Japanese artillery begins bombardment of Corregidor

MAY: Battle of the Coral Sea begins

MAY 5: Marines with 1st Battalion, 4th Marine Regiment engage Japanese forces landing on Corregidor

JUNE 3: Japanese forces strike Dutch Harbor, Alaska

JUNE 4: Japanese forces attack Midway Island

JUNE 5: US declares war on Bulgaria, Hungary, and Romania

JUNE 12–21: The Japanese occupy Attu and Kiska Islands in Alaska

By Sergeant Robert Davis

Londonderry, Northern Ireland, October 5, 1943 – Private Donald G. Trimby, USMC, who joined the United States Marines here a month ago, isn't quite sure just where they will hang out a service star in his honor.

It could be Carlisle, England, where he has lived for the past several years; in Hillsboro, Ill., where he was born and lived to the age of 8; in Perry, Iowa, where he spent the last war while his father was in charge of music for the YMCA at Camp Dodge; in Davenport, Iowa, where he lived from 1918 to 1920; or in Defiance, Ohio, where he lived between 1920 and 1923.

In 1923 he came with his parents, Mr. and Mrs. George Trimby to the British Isles, living first in Belfast, Northern Ireland, and later in Carlisle, England, where he was employed by a tailoring firm before joining the Marines.

His wife, a native of Belfast, Northern Ireland, has moved to Londonderry, where Private Trimby is stationed, as have his parents.

During his first month in the Marine Corps, Private Trimby received individual recruit instruction by a Marine non-commissioned officer. Now he is ready to start regular guard duty.

"Individual recruit training is being given to Private Donald G. Trimby, a native of Carlisle, England, who has joined the United States Marine Corps at Londonderry, September 20, 1943. Born in Hillsboro, Illinois, in 1909, Private Trimby lived there until 1917, when he moved, with his family, Mr. and Mrs. George Trimby, to Perry, Iowa. Later he lived in Davenport, Iowa, and Defiance, Ohio, before coming to the British Isles in 1924. His wife, a native of Belfast, Northern Ireland, is living in Londonderry, a few miles from the Marine camp, at present. In this picture with Private Trimby is Corporal Norman LeBel." (USMC, photo by Cpl William R. Gibbon)

FILE NO.
SERIAL:

U. S. NAVAL OPERATING BASE
LONDONDERRY, NORTHERN IRELAND

C-O-N-F-I-D-E-N-T-I-A-L   W-A-R   D-I-A-R-Y

17 July 1944:

Work continued on the USS DONNELL, USS DAVIS and USS NELSON by the Repair Force.
US LST 289 slipped from Berth #19 at 1105 this date and proceeded to sea.

Stores and provisions were issued to USS BATES, USS BULL, USS NELSON, USS HURST,
US LST 289, USS DAVIS, USS RICKETTS and S/S HILLSBORO INLET (W.S.A. #5).

The Commanding Officer, Marine Barracks, U.S. Naval Operating Base, Londonderry
requested that the Marine Guards at Talbot House (Communication Center) and Marine
Guards at Lisahally Tank Farm be secured in view of the British Civic Guard assum-
ing responsibility this date. Permission was granted by the Commandant at 0930 this
date to secure both Marine Guard Details at Talbot House and Lisahally Tank Farm.

18 July 1944:

Work continued on the USS DONNELL, USS DAVIS and USS NELSON by the Repair Force.

Stores and provisions were issued to USS NELSON and USS DONNELL.

19 July 1944:

Work continued on the USS DONNELL, USS DAVIS and USS NELSON by the Repair Force.

Stores were issued to the USS NELSON.

A fire broke out in the Springtown Camp Brig at 2210 this date due to overheating
of the stove pipe which in turn ignited the insulation within the bulkhead. Fire was
completely extinguished at 2235. No casualties were reported. Damage resulting from
fire consisted of five (5) frames of the hut which require replacement.

20 July 1944:

Work continued on the USS DONNELL, USS DAVIS and USS NELSON. USS NELSON slipped
from Drydock and tied up to Berth #19 at the Repair Yard at 2230.

- 8 -

THIS AND SUBSEQUENT PAGES Document detailing the removal of the Marine guards from Talbot House and Lisahally Tank Farm, July 1944. (US Navy)

FILE NO.
SERIAL:

U. S. NAVAL OPERATING BASE
LONDONDERRY, NORTHERN IRELAND

C-O-N-F-I-D-E-N-T-I-A-L W-A-R D-I-A-R-Y

26 July 1944: (continued)

PATRICK at 1610, USS PETERSON at 1625, and USS GANDY at 1645.

The decommissioning records of the U. S. Naval Hospital No. ONE were shipped to the Medical Officer in Command, Medical Supply Depot, New York.

27 July 1944:

Work completed on the USS NELSON.

29 July 1944:

The following ships arrived at Lisahally at times indicated: USS LAWRENCE at 1315, USS HOPPING at 1455, USS SIMS at 1345, USS GRIFFIN at 1615, and USS REEVES at 1815.

A draft of 160 men and 2 officers from the 97th Naval Construction Battalion departed for Exeter, England.

31 July 1944.

Three motor launches slipped from berth #19, Repair Yard, at 0800 and proceeded to Belfast, Northern Ireland. These launches were transferred to the Naval Port Officer at that port as part of the decommissioning program of this base.

Personnel on board as of this date. Enlisted personnel; ship's company- 1382; for further transfer - 92; 97th Construction Battalion 895; U.S. Marines 406. Officer Personnel: Ships Company - 56; 97th Construction Battalion - 18; U.S. Marines - 19.

12

CHAPTER 2

MARINES HELP BEFORE US INVOLVEMENT IN WORLD WAR II

OCCUPATION OF ICELAND

At the outbreak of World War II, Iceland was of keen interest to the Germans. It could provide an excellent staging area and base from which to further harass the British. After several failed diplomatic attempts to persuade the Danish government to join the side of the Allies, Churchill sent an invasion force on May 10, 1940, one month after Germany invaded Denmark, of which Iceland was a part. The initial invasion force of 700 Royal Marines was followed up by soldiers from the British Army and then replaced by Canadian troops. By the summer of 1941, the British would have 25,000 troops on Iceland. Throughout the war, Iceland's government would remain officially neutral but would cooperate with the Allies.

While insignificant from a US military planner perspective, the island of Iceland was of major strategic value to the British. The island's location provided intermediate naval and air facilities, and more importantly, the stationing of US troops in Iceland freed up British troops to be redeployed to defend Great Britain's interests. On June 5, 1941, Roosevelt directed the Chief of Naval Operations, Admiral Harold R. Stark, to have a Marine brigade ready to sail for Iceland within 15 days. The news could not have reached Churchill at a better time. British forces had completed the famous withdrawal from Dunkirk, France, exactly one year prior and were in the midst of rebuilding and rearming their forces. The freeing of thousands of troops from Iceland to bring back to the UK was welcome news for the British.

Patch of the British 49th Infantry Division that was bestowed upon the Marines stationed in Iceland. (NARA)

On June 16, 1941, the 1st Provisional Marine Brigade was formed with Brigadier General John Marston in command. Marston's instructions from Stark were simple. "In cooperation with British garrison, defend Iceland against hostile attack." The 4,100-strong Marine brigade departed Charleston, South Carolina, on June 22, 1941. Upon leaving Charleston Harbor, the transports were met by their escorts: USS *New York* (B-34), USS *Arkansas* (BB-33), USS *Nashville* (CL-43), and USS *Brooklyn* (CL-40), all of which carried their own Marine detachments. In all, close to 4,600 Marines were now on their way to Iceland.

After some initial conversations about command relationships, it was decided the Marines would be placed under British control as they had the most senior ranking officer and had more forces on the island. Major General Henry O. Curtis, commander of the British Army's 49th Division, suggested to Marston that the Marines should wear the patch of the 49th Division as a show of solidarity. On September 10, 1941, Marston received approval from the Commandant of the Marine Corps, Lieutenant General Thomas Holcomb, for the Marines to wear the patches on both shoulders of their uniform. However, the order also stated that once the Marines left Iceland, the shoulder patches had to be removed. Although limited, this was the first approved shoulder patch worn by Marines in World War II.

During their time in Iceland, the Marines practiced defense of the island, played sports with their British cousins, and made friends with the locals, with some even being invited into Icelandic family homes for Christmas dinner. Christmas was particularly merry. The Marines received a proper Christmas dinner complete with baked ham, turkey, and the accustomed side dishes. Most importantly, the beer and cigars were free that night. The week prior, the Navy was able to provide a small number of Christmas trees for the mess halls and the first heavy snow of the season fell, providing a real white Christmas. While the news of the December 7 attack was grim, it did not change their stance as they had been on an alert status upon their arrival.

In January 1942, US Army units began arriving in Iceland to take over defense missions, and the Marines received orders to return to the United States. By March 31, 1942, a majority of the Marines had returned stateside, save a few small elements. Many of the Marines who returned would go on to participate in battles at Guadalcanal and Tulagi six months later, fighting the Japanese in the Pacific, after taking part against the Germans in the Battle of the Atlantic. A company of Marines was left in Iceland for the duration of the war to guard the Navy fleet air base at Reykjavik. The company would be disbanded and sent back stateside in October 1945.

LEFT The *Daily Alaska Empire*, July 7, 1941. (LoC)

RIGHT *Imperial Valley Press*, July 7, 1941. (LoC)

Seen from the quarterdeck of USS *New York* (BB-34), Atlantic Fleet ships steam out of Reykjavik Harbor at the time of the initial US occupation in early July 1941. The next ship astern is USS *Arkansas* (BB-33), followed by USS *Brooklyn* (CL-40) and USS *Nashville* (CL-43). (US Navy)

INSET The *Evening Star*, Washington DC, September 6, 1941. (LoC)

Britain and U. S. Make Iceland Their Gibraltar of the North

American Marines, in Position Alongside English, Occupy an Important Place

(Drew Middleton of the London Associated Press Bureau, who covered the B. E. F. in France and reported subsequent war developments in Britain, has arrived in Iceland. He tells in this dispatch of military activities on the North Atlantic island.)

By DREW MIDDLETON,
Associated Press War Correspondent.

REYKJAVIK, Iceland, Sept. 6.—Within a few short months this Atlantic island ocean has been turned into a United States-British Gibraltar of the North.

Iceland bristles today with guns, airfields dot the countryside and warships of America and Britain comb surrounding waters in ever-watchful patrols.

Newly-arrived observers are impressed at once with the defenses of this keystone in a communications arch over which arms and materials pass from America to Great Britain. Gibraltar itself and Malta in the Mediterranean are scarcely more strongly-held than this barren land, which is half again the size of Ireland.

Marines Have Important Place.

Censorship, of course, will not permit disclosure of the number of men or the amount of equipment here, but it can be said that the American, British and Norwegian forces on the island exceed the number of trained troops Britain had to repel invasion in the summer of 1940.

United States marines in olive-green uniforms occupy an important place in Iceland's defense plans. Their guns and tanks have taken up positions alongside the British.

The British appear to have great respect for the marines, who settled on the island as though it were the most natural place in the world to be.

In planning the defenses of Iceland no possibility has been overlooked.

Within Planes' Range.

The island is within range of troop-carrying planes based on the European continent, and the long nights would afford protection for a hostile flotilla creeping down past Greenland to effect a landing in the north.

American and British officers have studied these problems and have made their plans accordingly.

So well have these forces done their work that submarine sinkings in this part of the Atlantic have dropped to a new low. One report has it that not a single merchant ship has gone down along the northern route from the United States to Great Britain in the past seven weeks.

TOP An LCP takes fully equipped Marines to a landing inside the breakwater at Reykjavik Harbor, July 1941. (US Navy)

BOTTOM LEFT Uniforms reminiscent of World War I characterize this detachment of Marines in the city of Reykjavik, 1941. (USMC)

BOTTOM RIGHT Private Robert C. Fowler is welcomed by British gunner Harold Ricardi, as the Marines arrive at a British base in Iceland, July 1941. (US Navy)

PRIME MINISTER CHURCHILL VISITS ICELAND

Accompanied by a U. S. Marine officer (left), British Prime Minister Winston Churchill (knee-length coat) and Ensign Franklin D. Roosevelt, Jr., (center) salute the United States flag as they inspected U. S. Marines during a recent visit to Iceland on Churchill's return trip to England from his meeting with President Roosevelt.

TOP LEFT The *Nome Nugget*, September 10, 1941. (LoC)

OTHER IMAGES Prime Minister Churchill's visit to Iceland, August 16, 1941. On the return journey from his meeting with President Roosevelt, Churchill stopped in Iceland to inspect the Marines. (piemags/ww2archive/Alamy)

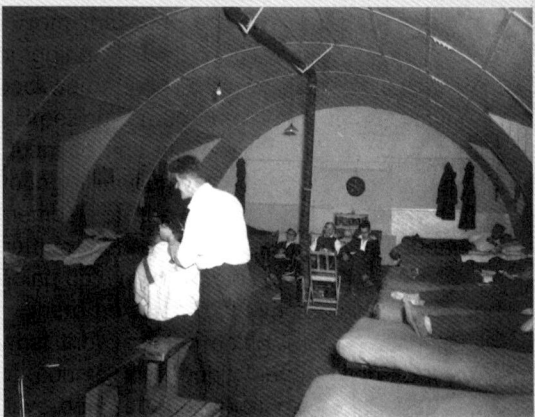

TOP Marines practice movement and trench-clearing procedures, 1941. (USMC)

BOTTOM LEFT Among the many types of weapons brought to Iceland by Marines in 1941 and 1942 was the small but deadly 37mm gun. A Marine gun crew, wearing the British polar bear insignia on their caps, prepares its piece for action in maneuvers. (USMC)

BOTTOM RIGHT Living quarters for Marines in Iceland. Photo dated October 23, 1941. (USMC)

TOP LEFT Marine sentry on duty, October 13, 1941. (USMC)

TOP RIGHT Marines on liberty in Iceland, October 1941. (USMC)

BOTTOM "To walk my post in a military manner." A Marine sentinel walks his post along the shore of one of Iceland's many lakes. Photo dated March 23, 1942. (USMC)

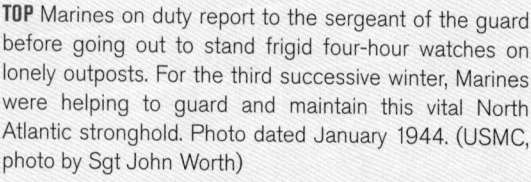

TOP Marines on duty report to the sergeant of the guard before going out to stand frigid four-hour watches on lonely outposts. For the third successive winter, Marines were helping to guard and maintain this vital North Atlantic stronghold. Photo dated January 1944. (USMC, photo by Sgt John Worth)

BOTTOM LEFT A US Marine reports to his superiors over a walkie-talkie. Photo dated 1942. (USMC)

BOTTOM RIGHT "These Marines in fur-collared cold-weather gear stand on the chilly 'Main Street' of their wooden-fronted and coke-and-coal-stove-heated Nissen hut encampment." Photo dated January 1944. (USMC)

NEW RIVER AVE.

TOP Five sergeants on the corner of the company street running through their camp, January 1944. Note the street sign. The streets were named after Marine camps in the United States. (USMC)

BOTTOM "From the sunny climes of Dixie to the bleak Icelandic shore, these Southern lads have come to serve at one of the most northern outposts ever maintained by the Marine Corps." Photo dated October 28, 1943. (USMC)

MARINE SHIP DETACHMENTS

Marine ship detachment patch, approved by the Commandant of the Marine Corps for Marines serving aboard ships. (Author's collection)

Since the founding of the United States, Marines had traditionally served aboard Navy ships, primarily in a security role, while also providing short-term ship-to-shore landing support and raiding parties when necessary. By 1940, Marine detachments were assigned to all large capital warships of the US Navy, including carriers, battleships, heavy and light cruisers. These detachments varied in size depending on the ship; battleships typically carried the largest Marine contingents, with two to three officers and over 100 enlisted personnel, while carriers and heavy cruisers might have one or two officers and approximately 80 enlisted Marines. Light cruisers, on the other hand, generally carried one officer and 45 enlisted personnel. Occasionally, destroyers would have a small group of Marines aboard, usually if a high-ranking official, such as a general or an admiral, was being transported. Some escort carriers might also carry Marines, depending on the availability of personnel for sea duty.

In the years leading up to World War II, the US Navy often deployed ships on diplomatic and goodwill missions to strengthen relations with other nations. During these missions, it was common to see Marines participate in local parades or engage in other public-facing activities to enhance diplomatic ties.

However, by 1942, the bulk of Marine detachments aboard Navy ships was concentrated in the Pacific. This shift was driven by the Navy's increased need for vessels in the Pacific due to the vast distances between islands and the limited ability of European nations such as France and the United Kingdom to provide naval support so far from home. As the fighting in Europe and North Africa moved inland, the need for naval gunfire support in those theaters diminished, allowing many ships to be reassigned to the Pacific. A few ships, however, would be transferred back from the Pacific to the Atlantic to continue supporting convoy operations.

Marine duties aboard ship included:

- Running the ship's brig
- Limiting access to sensitive areas of the ship such as the bridge and engine room
- Acting as a training element for the ship's landing parties, which comprised both Marines and sailors
- Providing personnel for ceremonial occasions
- Serving as orderlies and drivers for sea-based flag officers and ships' captains

- Operating secondary ship gun batteries such as the 5-inch, 40mm, and 20mm guns.

MARINE DETACHMENTS ON SHIPS

Carriers

USS *Ranger* (CV-4) – Notable participation: Operation *Torch*, Operation *Leader*. Transferred from the Atlantic to Pacific July 1944

USS *Wasp* (CV-7) – Notable participation: Convoy escort duty, Operation *Bowery*, Operation *Calendar*. Transferred from the Atlantic to Pacific May 1942

USS *Santee* (CVE-29) – Notable participation: Convoy escort duty, South Atlantic antisubmarine patrols, Operation *Torch*. Transferred to the Pacific February 1944

USS *Chenango* (CVE-28) – Notable participation: Operation *Torch*, antisubmarine patrols. Transferred to the Pacific December 1942

USS *Suwannee* (CVE-27) – Notable participation: Operation *Torch*, antisubmarine patrols. Transferred to the Pacific December 1942

USS *Sangamon* (CVE-26) – Notable participation: Operation *Torch*, antisubmarine patrols. Transferred to the Pacific December 1942

Battleships

USS *Arkansas* (BB-33) – Notable participation: Convoy escort duty, Operation *Overlord*, Operation *Dragoon*. Transferred to the Pacific November 1944

USS *New York* (BB-34) – Notable participation: Convoy escort duty, Operation *Torch*. Transferred to the Pacific November 1944

USS *Texas* (BB-35) – Notable participation: Convoy escort duty, Operation *Torch*, Operation *Overlord*, Operation *Dragoon*. Transferred to the Pacific September 1944

USS *Nevada* (BB-36) – Notable participation: Operation *Overlord*, Operation *Dragoon*. Transferred from the Pacific to the Atlantic summer 1943

USS *Washington* (BB-56) – Notable participation: Convoy escort duty. Transferred to the Pacific August 1942

USS *South Dakota* (BB-57) – Notable participation: Convoy escort duty, Operation *Husky*. Transferred from the Pacific to the Atlantic February 1943 and back to the Pacific August 1944

Heavy Cruisers

USS *Augusta* (CA-31) – Notable participation: Convoy escort duty, Operation *Torch*, Operation *Overlord*, Operation *Dragoon*

USS *Tuscaloosa* (CA-37) – Notable participation: Operation *Torch*, Operation *Leader*, Operation *Overlord*, Operation *Dragoon*. Transferred to the Pacific September 1944

USS *Wichita* (CA-45) – Notable participation: Convoy escort duty, Operation *Torch*. Transferred to the Pacific January 1943

USS *Quincy* (CA-71) – Notable participation: VIP escort duty, Operation *Overlord*. Transferred to the Pacific March 1945

Light Cruisers

USS *Omaha* (CL-4) – Notable participation: South Atlantic antisubmarine patrols, convoy escort duty, Operation *Dragoon*

USS *Milwaukee* (CL-5) – Notable participation: South Atlantic antisubmarine patrols, convoy escort duty

USS *Cincinnati* (CL-6) – Notable participation: South Atlantic antisubmarine patrols, convoy escort duty

USS *Marblehead* (CL-12) – Notable participation: South Atlantic antisubmarine patrols, convoy escort duty, Operation *Dragoon*. Transferred from the Pacific to the Atlantic winter 1942

USS *Memphis* (CL-13) – Notable participation: South Atlantic antisubmarine patrols, convoy escort duty, VIP escort duty

USS *Brooklyn* (CL-40) – Notable participation: Convoy escort duty, Operation *Torch*, Operation *Husky*, Operation *Shingle*, Operation *Dragoon*

USS *Philadelphia* (CL-41) – Notable participation: Convoy escort duty, Operation *Torch*, Operation *Husky*, Operation *Avalanche*, Operation *Dragoon*

USS *Savannah* (CL-42) – Notable participation: South Atlantic antisubmarine patrols, convoy escort duty, Operation *Torch*, Operation *Husky*, Operation *Avalanche*

USS *Boise* (CL-47) – Notable participation: Operation *Husky*, Operation *Avalanche*

US Ambassador to France Admiral William D. Leahy is welcomed aboard USS *Tuscaloosa* (CA-37) on December 17, 1940 by the Marine Detachment. The *Tuscaloosa* departed Norfolk and transported Leahy and his wife, Louise, to France. It was hoped Leahy could open lines of communication with Philippe Pétain, the Chief of the French State, also known as Vichy France. This was a government allowed to remain in place for a short while by Nazi Germany due to French leaders adopting a policy of collaboration with the Germans after the 1940 armistice. (US Navy)

Marines assigned to USS *Ranger* (CV-4) take part in short-range target practice with the ship's 5-inch/.25-caliber antiaircraft deck guns, August 1942. This was a heavy antiaircraft gun for the US born from the constraints and requirements of the Washington Naval Treaty prior to the start of World War II. It would be replaced by the 5-inch/.38-caliber as the war went on. Photos are taken near Norfolk, Virginia, after the ship had just returned from North Africa delivering Army P-40 Warhawks in time for the Second Battle of El Alamein. (US Navy)

TOP Ship's Marine Detachment on the flight deck of USS *Wasp* (CV-7) during an inspection, June 1942, at San Diego. (USMC)

BOTTOM LEFT Captain Forrest P. Sherman, commanding officer of USS *Wasp*, inspects the Marine Detachment. The *Wasp* and its crew had been taking part in defending Allied convoy escort duties in the Atlantic just one month prior. *Wasp* saw action in both the Atlantic and Pacific. (USMC)

BOTTOM RIGHT Taken during an inspection aboard USS *Wasp* at San Diego, California, in June 1942. Note that these two sergeants have Navy "gun pointer first class" and "E" with "hash mark" insignia on their right sleeves. These Marines would be some of the few to see action in both the Atlantic and Pacific. (USMC)

TOP In August 1942, Marines aboard USS *Ranger* man a CXAM-1 radar and Mk 33 gun director apparatus atop the ship's superstructure during gunnery practice offshore near Norfolk, Virginia. Note the "MD" on the back of the jackets denoting Marine Detachment. (USMC)

BOTTOM The Marine Detachment aboard USS *South Dakota* (BB-57) salute during an inspection on May 22, 1943 at Scapa, Scotland. (piemags/ ww2archive/Alamy)

ABOVE His Majesty King George VI inspects the Marine Detachment aboard USS *Washington* (BB-56) on June 7, 1942. During his visit, the King toured several ships assigned to the Home Fleet near Scapa. (piemags/ww2archive/Alamy)

INSET Marines salute President Harry Truman and his aide Captain James K. Vardaman coming aboard the USS *Augusta* (CA-31) for the return voyage from Potsdam Conference, August 6, 1945. (US Navy)

TOP Secretary of the Navy Frank Knox inspects the Marine Detachment aboard USS *Augusta*, September 1943. (piemags/ww2archive/Alamy)

BOTTOM Marine Detachment aboard USS *Tuscaloosa* goes through a fitness drill with weapons, April 6, 1943. (US Navy)

General Dwight D. Eisenhower inspects USS *Quincy* (CA-71) at Belfast Lough, Northern Ireland, on May 18, 1944, shortly before the Normandy invasion. Rear Admiral Alan G. Kirk is following immediately behind. Note the Fleet Marine Force seahorse shoulder patch worn by the Marine at right. (US Navy)

"A veteran of the Solomon Islands campaign, Gunnery Sergeant Ernest Roessner, aboard the USS *Alabama* (BB-60), of Burke, South Dakota, can now claim the distinction of having served in all theaters of this war. As the ship's score painted in the background indicates, their fighting ability is well established in the South Pacific. Now ships, sailors, and Marines are in the North Atlantic with hopes of testing their fighting ability against the Nazis." Photo dated July 1943. (USMC, photo by SSgt Weldon Keating)

Marine Captain Francis R. Schlesinger, of Franklin, New Hampshire, salutes King George VI during an inspection of USS *Augusta* following the Normandy invasion. The King talked with Captain Schlesinger for several minutes, asking his age, length of service aboard the *Augusta*, and how he liked the US Marine Corps. (USMC)

Illinois Marine on Battleship

By First Lieutenant Weldon James, US Marine Corps Public Relations Officer
August 29, 1943

USS *Alabama* – Look for the typical young American aboard one of the great ships of the "new Navy," and you wouldn't go far wrong in picking out Marine First Lieutenant Natt Kemper Hammer, of Decatur, Illinois.

Today, Hammer, like all his shipmates, is primarily concerned with striking as hefty a blow as can be struck against whatever part of the German navy or air force that dares show itself.

Husky, pink-cheeked, possessed of an infectious grin and a no-less-evident impatience to get on with the war, Hammer is a fighting man well trained for his job. He has qualified as an expert with the bayonet, the automatic rifle, and the machine gun, and as a sharpshooter with the rifle. By training, and now by experience, he knows his business as controlling officer of an anti-aircraft battery of this dreadnought, knows how to discharge all the duties required of him as an officer of the ship's Marine Detachment.

None of these things were true a scant 30-odd months ago.

Back in the spring of 1941 young Hammer was what he believes as green a civilian as ever attended James Millikin University. He was pretty remote from the war, even in thought, in those days; he was busy holding down the job of president of Sigma Alpha Epsilon and of Alpha Beta (business), of getting ready for graduation, of pleasantly worrying over when would be the best time for him to marry his best girl (he's done that, too since, along with becoming a Marine), of debating just what his first post-graduation job in the business world ought to be.

He had gained vacation-time experience earlier as a salesman for the American Tobacco Company – "the Lucky Strike man, I was," he recalls – and decided in favor of more.

But in the summer after his graduation young Natt Hammer, like many another Americans, decided that war was not only coming, but soon. He wrapped up all his peace-time plans, except those for his girl, and in July he enlisted in the Marine Corps.

Ten months after his enlistment Private First Class Hammer, having completed the officer-candidates training at Quantico, Virginia, pridefully accepted his commission as a second lieutenant in the Marine Corps. He had reason to be doubly proud. He knew in advance that the program was tough, that the instructors regularly flunked out 30-percent of the hand-picked candidates. He knew, too that only a handful of those qualifying for commissions were chosen as regular (and not reserve) officers of the Marine Corps – but on April 3, 1942, he found that Natt Kemper Hammer, the green young business man of the summer before, was one of the handful of regulars in his class.

From that time on, he recalls, time ceased dragging. "I used to think it was even going backwards, in candidates' class," he said.

Breezing through more months of training in Quantico and at Portsmouth, the transformed young Illinoisan found himself eventually a member of the Marine Detachment of this battlewagon, found himself, too, last January, going up a notch in rank.

Where he and his shipmates have been and what they've been doing in recent months is, of course, not public information. But they have been sticking their necks out in various parts of the world, including a spot too near the top of it, they will tell you, and among their prized possessions is the blue-nose certificate awarded to all seafaring men who have crossed the Arctic Circle.

Most of the millions of young Americans in uniform, of course, have not yet come to close grips with the enemy. In this, Hammer, again like his shipmates, thinks his typicalness is grievous, unfair.

In the midst of this potential deadliness to which they are constantly exposed, Hammer and his shipmates in what they ironically term their spare time make this dreadnought a floating university. The new Navy and the expanding Marine Corps want every man-jack and officer in the service to qualify himself for the next two and three and four notches above his current job and this entails an endless amount of schooling at sea as well as at the training bases ashore. Like other officers in the naval service, Hammer not only bones up on textbook, lectures, and correspondence schooling himself, but instructs classes of enlistment men in subjects designed to earn them higher rating and improve their usefulness in war.

He is eagerly ambitious to go up in the service, and he wants his men to be as well. Besides, as he explains, it makes even the dullest of routine days at sea fly by, and he is all for that.

Talk with him some night on the mid watch, as a driving wind from the north sends shivers through the vigilant members of his gun crew, and you'll get the rest of the picture.

First Lieutenant Hammer is not troubled by any complicated or conflicting attitudes toward the war. He believes quite simply that both the Germans and Japanese richly deserve the beating they are going to get, and he is impatiently eager to speed that beating, as he put it, by lending a very personal hand.

He speculates a great deal, with his men and his brother officers, on what the shape of peace is likely to be. But it doesn't worry him much; he is convinced that it will be a confounded sight better than the war, and of one thing he is quite happily certain: it will enable him to be much more with his young wife.

And that, of course, is pretty much the crux of the matter. Lend an ear for a moment, and Hammer, like a million other young husbands overseas, will cease to be a tough, professional fighting man; he will show you not only the picture of his wife, but all the snapshots as well, and happily will tell you about how lovely and charming a girl she is.

You will sense that he cannot think about the war, or any aspect of it, except in terms of his wife and his home. That his normal, efficiently motivating hatred for the enemy is doubled every day by the pursuit of the enemy that keeps him from her side.

"I guess I'm like a lot of you guys," Hammer muses. "I guess she is my war aim and my peace aim."

She lives in Chicago, Illinois.

"First Lieutenant Nate Kemper Hammer of Decatur, Illinois, is pictured here at his battle station on USS *Alabama* in the North Atlantic in July 1943. Born August 30, 1919, in Indianapolis, Indiana, he attended the public schools in Decatur, and graduated from James Millikin University in 1941 after serving as president of the local chapters of Sigma Alpha Epsilon (social) and Alpha Beta (business) fraternities and engaging in intramural athletics. Formerly a salesman of the American Tobacco Company, he enlisted in the Marine Corps Reserve in July 1941, ten months later won a commission as a regular officer, and in January 1943 was appointed a first lieutenant." (UMSC, photo by SSgt Weldon Keating)

Indiana Marine on Battleship

By First Lieutenant Weldon James, US Marine Corps Public Relations Officer, and Staff Sergeant M. H. Dunlap, US Marine Corps Combat Correspondent, August 12, 1943

USS *Alabama* – Sergeant Donald R. Zinn is one Marine who can tell the boys in the South Pacific what the other side of the world is like, from the North Pole right down to the warmer waters off the European coast.

Sergeant Zinn, a 21-year-old from Alma, Michigan, is a member of the Marine detachment aboard this great battlewagon. These Leatherneck guardsmen and ack-ack gunners, with their naval shipmates, have for months past been engaged in a deadly game of hide-and-seek with the German naval forces.

The details of their frigid search and the composition of the Anglo-American task force with which they have been serving must remain military secrets. But it is permissible to say that in their long months away from America these sailors and Marines have seen much of the "far off norther lands," that they crossed the Arctic Circle and were issued their blue-nose certificates, and that at one time they were within a scant 800 miles of the North Pole itself.

For Sergeant Zinn it's been much colder weather than he ever dreamed of when he enlisted in the Marine Corps back in Detroit in November 1940. From there he went to Parris Island, South Carolina, for recruit training, then to Quantico, Virginia, and to Sea School at Portsmouth, Virginia, prior to joining the battleship.

Born Sept 4, 1922, he attended high school in Alma, where he played baseball and was cartoonist on the school paper, before enlisting.

Like other "arctic veterans," Sergeant Zinn wants to crack the Germans first, hopes then for "a warmer assignment with the Japs in the South Pacific."

"Private First Class James R. McCoy aboard USS *Alabama* can tell the men in the South Pacific what the weather is like near the North Pole. He's been about everywhere the Arctic winds blow, he says. The 22-year-old son of Mrs. Cloe McCoy, of Churubusco, Indiana, Pfc McCoy attended Churubusco High School and was active in a rifle club before enlisting in the Marine Corps in November 1941." Photo dated July 1943. (USMC, photo by SSgt Weldon Keating)

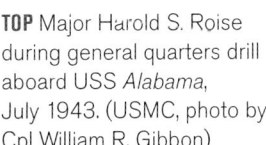

TOP Major Harold S. Roise during general quarters drill aboard USS *Alabama*, July 1943. (USMC, photo by Cpl William R. Gibbon)

RIGHT Privates First Class Charles Makiunis and John L. Yan practice firing at a sleeve target in the North Atlantic aboard USS *Alabama*, July 1943. "While on search for the hidden German fleet, they constantly try out their antiaircraft guns and other powerful new weapons now carried by new US battleships." (USMC, photo by SSgt Weldon Keating)

THE ATLANTIC CHARTER

The Atlantic Charter was a pivotal document released on August 14, 1941, following a meeting between President Franklin D. Roosevelt and British Prime Minister Winston Churchill aboard the USS *Augusta* (CA-31) in Placentia Bay, Newfoundland. The Charter outlined the shared objectives of the United States and the United Kingdom in their fight against the Axis powers and set the tone for the postwar world order. Although the United States had already supported Britain with the Lend-Lease Act in March 1941, the British were facing significant challenges on multiple fronts. German forces had inflicted severe defeats on British Empire troops in Greece and North Africa. There was also the threat of Axis forces cutting off British access to India by sealing the Suez Canal. India had become an economic, military, and strategic cornerstone of the British Empire, providing vital resources, manpower, and a base for operations across Asia. Its loss would have meant the collapse of Britain's global influence, making its defense a top priority during World War II. So influential was India to the British that it was often referred to as the "jewel in the crown" of the Empire. Meanwhile, in the Pacific, Britain feared that Japan might seize the opportunity of Britain's weakened position to take control of British, French, and Dutch territories in Southeast Asia.

The signing of the Atlantic Charter had mixed results. While both Roosevelt and Churchill hoped it would rally American public support for entering World War II, it did not achieve that immediate goal. However, the Charter did serve a vital purpose in publicly solidifying the strong

Sailors and Marines from both the United Kingdom and the United States at church services aboard the Royal Navy battleship HMS *Prince of Wales* during the Atlantic Charter, August 10, 1941. Note the three US Marines in dress blues. The original caption for this photo states the US ship in the background is the USS *Augusta* (CA-31). However, this is incorrect as the ship is too small and the *Augusta*'s main turrets had three barrels each whereas the above has two. The ship is more than likely USS *McDougal* (DD-358), one of five US destroyers at the conference. Other photos exist of the *McDougal* tied up alongside the *Prince of Wales* for the event. (NARA)

partnership between the US and Britain in their common struggle against the Axis powers. This alignment was significant in demonstrating to the world the resolve of the two nations, even as the United States remained officially neutral in the conflict. The principles laid out in the Atlantic Charter would later serve as a foundation for many postwar agreements and the creation of international institutions like the United Nations.

As was customary during the time, Marines provided security details for the President on ship and were present during the activities of the historical event.

TOP Informal group photograph including President Franklin D. Roosevelt and Prime Minister Winston S. Churchill on the deck of HMS *Prince of Wales* following church services during the Atlantic Charter. Shown behind Roosevelt and Churchill are Admiral Ernest J. King and General George C. Marshall. A US Marine can be seen in the background, center. (NARA)

BOTTOM *Evening Star*, August 15, 1941. The US Marine from the group photo can also be seen in the newspaper. (LoC)

CHAPTER 3

TAKING THE FIGHT TO THE GERMANS

Of the nearly half a million men and women who served in the US Marine Corps during World War II, only several hundred can claim the distinction of directly engaging with German forces. These engagements ranged from a sole US Marine among hundreds of US Army troops to hundreds of Marines.

OPERATION *JUBILEE*

In early 1942, American and British planners were deep in discussions on where and how to strike Hitler next. Following the evacuation at Dunkirk and the successful defense of the British homeland during the Battle of Britain in 1940, Fighter Command of the Royal Air Force found itself with fewer immediate threats to confront. To keep their pilots active and their skills sharp, British leadership began tasking them with small-scale "hit-and-run" raids against German airfields, supply depots, and defensive positions along the French coast. For a short while, RAF pilots enjoyed near-total air superiority, wreaking havoc on German trucks, aircraft, fuel depots, and ammunition stockpiles. However, this dominance was challenged in the spring of 1941 when the Luftwaffe introduced the formidable Focke-Wulf Fw 190 fighter, which quickly tipped the balance in the skies.

Unwilling to cede control of the skies to the Germans, British planners decided to launch an amphibious raid along the French coast to provoke a German response. It was anticipated that the Luftwaffe would react aggressively, sending a large force of fighters into battle. The hope was that a massive air engagement would unfold over western France, allowing the RAF to draw out and destroy a significant portion of the German fighter force.

Dieppe was selected as the site for the Allied raid, involving 5,000 Canadian troops, 1,000 British Commandos, 50 US Army Rangers, and three US Marines: Captain Roy Batterton, Sergeant Robert R. Ryan, and Corporal Paul E. Cramer. Originally scheduled for July 3, 1942, the plan called for seizing and holding the town of Dieppe for a single day. The objectives were to destroy German supplies, capture prisoners, gather intelligence, and test German coastal defenses. The operation also served as a critical opportunity for the Allies to trial tactics, techniques, and procedures for landing troops and equipment on a defended shoreline.

ELSEWHERE IN 1942

JULY 11: The last elements of the 1st Marine Division arrive in Wellington, New Zealand

AUGUST 7: The 1st Marine Division lands on Guadalcanal; the 1st Raider Battalion lands on Tulagi Island and the 1st Parachute Battalion lands on Gavutu Island

AUGUST 24: The US Army assumes command of the Amphibious Corps, Atlantic Fleet, from the Marine Corps

SEPTEMBER 16: The 3rd Marine Division is activated

SEPTEMBER 19: MCAS Eagle Mountain Lake, in Fort Worth, Texas, is organized to function as a glider training base for glider assault Marines. The unit would never leave the experimental phase

OCTOBER 2: The 5th Marine Defense Battalion occupies Funafuti, Tuvalu

OCTOBER 14: A Japanese night bombing attack on Henderson Field on Guadalcanal causes heavy casualties and damages 42 of the 90 aircraft

NOVEMBER 7: The organization of the Marine Corps Women's Reserve is approved

NOVEMBER 29: Military planners approve the US Army's 25th Division to relieve the 1st Marine Division on Guadalcanal

DECEMBER 17: The 35th Infantry Regiment of the Army's 25th Division arrives on Guadalcanal

Lieutenant General Franklin Hart service photo, 1950. (MCHD)

In 1942, Marine Colonel Franklin Hart was assigned to the staff of Naval Forces, Europe, based in London. He was joined by Marine Lieutenant Colonel Harold Campbell. Together, Hart and Campbell served as liaison officers to the Commander of Combined Operations, Royal Navy, Vice Admiral Lord Louis Mountbatten. Their positions embedded them within the planning process for major Allied operations, including Operation *Jubilee*. Campbell, leveraging his background as a Marine aviator, played a particularly significant role in planning the air operations for the raid, ensuring coordination between naval, air, and ground elements.

The raid was postponed twice due to poor weather conditions before being rescheduled for August. Hart and Campbell remained assigned to the operation and observed the raid from aboard HMS *Fernie*, a Royal Navy destroyer. However, following the second delay, the three Marines initially assigned to participate were removed from the operation and redirected to continue Commando training in England with the Royal Marines.

After Dieppe, Hart was reassigned to the Pacific Theater, where he went on to command the 24th Marine Regiment during the campaigns in the Marshall Islands, Saipan, and Tinian, and later fought at Iwo Jima. He was succeeded in London by Colonel William T. Clement, who would play a key role in the planning of Operation *Overlord*, the Allied invasion of Normandy.

Operation *Jubilee* ultimately proved to be a costly failure, particularly for the Canadians, who suffered heavy casualties with no strategic gain.

OPERATION *TORCH*

The attack on Pearl Harbor ignited the wave of patriotism and public support that President Roosevelt had long needed to formally bring the United States into the war. With a declaration of war swiftly made, America turned its full attention to mobilizing its industrial might and expanding the ranks of its armed forces. A massive buildup of manpower and materiel would be essential before the nation could undertake large-scale offensive operations.

In early 1942, military leaders and planners from the United States and United Kingdom held a series of meetings to determine the next steps of the war. The Rainbow 5 war plan had provided the US a solid foundational plan to begin mobilizing, but events were moving faster than anticipated. Japanese forces were advancing rapidly across the

Pacific, there were growing fears that the Soviet Union might collapse under the weight of the German onslaught since Hitler had surprisingly turned on Joseph Stalin, and British forces were in no position to launch a major ground offensive in Europe. American leadership agreed that US forces needed to engage German troops on a limited scale first – to work out logistical challenges, refine air support tactics, and most importantly, gain real world combat experience.

It was decided to strike German forces at the periphery of Hitler's empire: North Africa, where British forces were already locked in a back-and-forth struggle against German Panzer divisions. Attacking in North Africa would reopen the Mediterranean to Allied shipping, defeat the German Afrika Korps, reinforce the British Eighth Army defending Egypt, and relieve pressure on the Soviets by forcing Hitler to divert forces away from the Eastern Front. Just as important, it would pit American troops initially against the weaker Vichy French forces – allowing the US military to gain real world battlefield experience before facing the full strength of the German and Italian armies.

Dubbed Operation *Torch*, the invasion marked the beginning of Allied efforts to reclaim Axis-controlled North Africa. The landings took place at multiple locations across French-controlled Morocco and Algeria. The Western Task Force, led by Admiral Henry Hewitt, relied extensively on established Marine Corps operating procedures to plan a successful amphibious assault. Within the Western Task Force's land component, two Marines played crucial roles: Lieutenant Colonel Homer L. Litzenberg, assistant operations officer, and Major Francis Millet Rogers, an intelligence officer. Rogers worked directly under Hewitt, while Litzenberg was attached to Major General George Patton's headquarters. The Marine Corps' experience from FLEX proved invaluable during the landings, despite not having resolved every challenge. In keeping with late-1930s Marine Corps amphibious doctrine, it was decided that once the Task Force set sail, Army and Navy forces would fall under naval command. Hewitt would maintain command until Patton could land and assume control. Due to the Army's lack of an amphibious doctrine to guide their planning, many of the tactics and techniques developed by the Marine Corps through years of exercises in Puerto Rico were adopted by the Army for the assault.

Enormous political considerations were at play as well. The Vichy French troops stationed in North Africa had agreed to collaborate with the Germans following France's surrender, complicating any Allied action in the region. Moreover, these French forces were known to be hostile toward the British, creating a delicate political situation. However, the

MARINE LANDING SITES DURING OPERATION *TORCH*

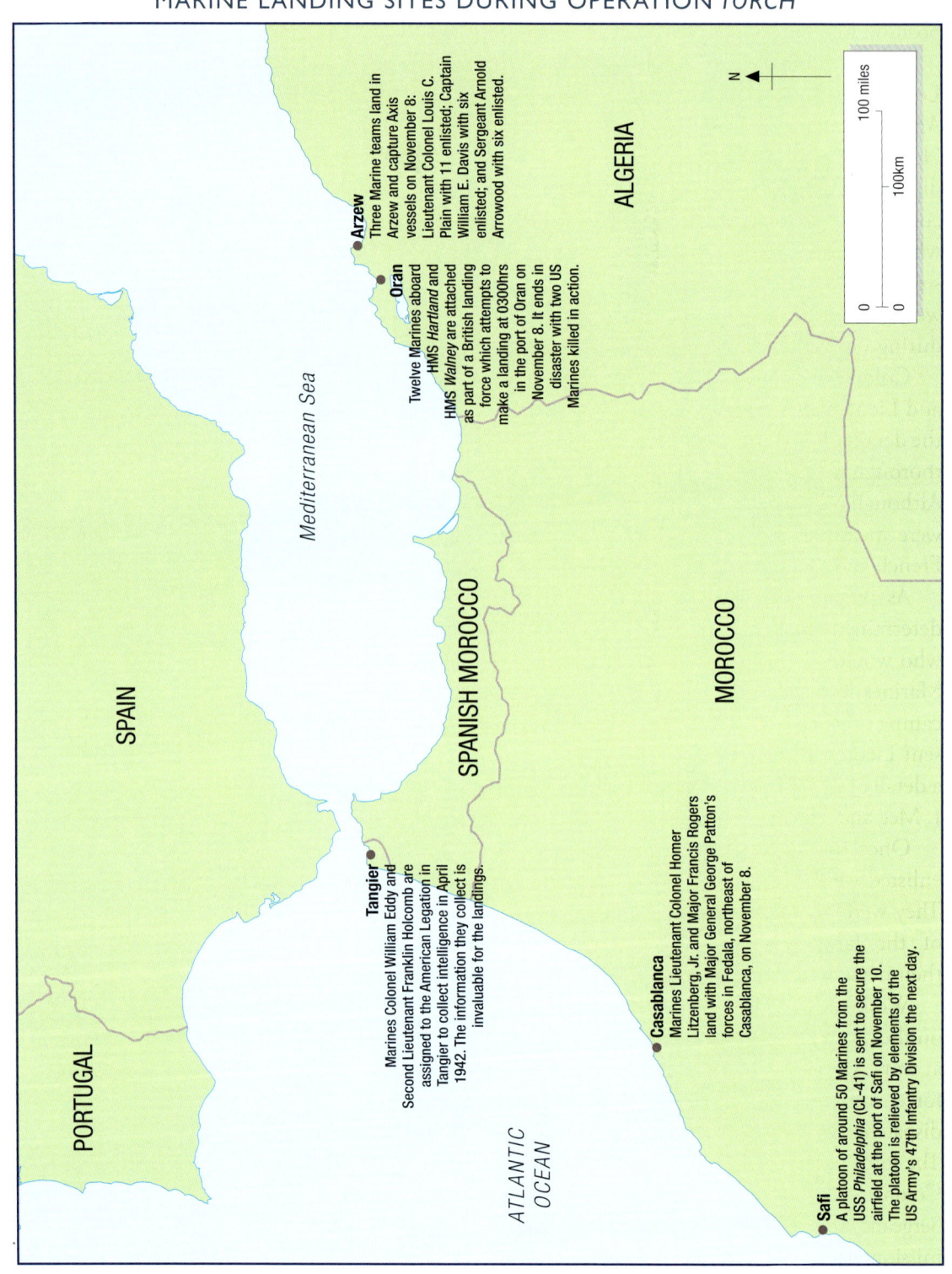

N

0   100 miles

0   100km

ALGERIA

MOROCCO

SPANISH MOROCCO

Mediterranean Sea

SPAIN

PORTUGAL

ATLANTIC OCEAN

Arzew
Three Marine teams land in Arzew and capture Axis vessels on November 8: Lieutenant Colonel Louis C. Plain with 11 enlisted; Captain William E. Davis with six enlisted; and Sergeant Arnold Arrowood with six enlisted.

Oran
Twelve Marines aboard HMS *Hartland* and HMS *Walney* are attached as part of a British landing force which attempts to make a landing at 0300hrs in the port of Oran on November 8. It ends in disaster with two US Marines killed in action.

Tangier
Marines Colonel William Eddy and Second Lieutenant Franklin Holcomb are assigned to the American Legation in Tangier to collect intelligence in April 1942. The information they collect is invaluable for the landings.

Casablanca
Marines Lieutenant Colonel Homer Litzenberg, Jr. and Major Francis Rogers land with Major General George Patton's forces in Fedala, northeast of Casablanca, on November 8.

Safi
A platoon of around 50 Marines from the USS *Philadelphia* (CL–41) is sent to secure the airfield at the port of Safi on November 10. The platoon is relieved by elements of the US Army's 47th Infantry Division the next day.

Marine Corps already had a presence in North Africa prior to the landings, positioning them to play a key role in the operation.

Marine Colonel William A. Eddy was assigned to the American Legation in Tangier, Algeria, as one of several assistant naval attachés in April 1942. He was assisted by Marine Second Lieutenant Franklin Holcomb, who quickly embraced his role as a uniformed officer in a diplomatic capacity. While stationed there, Holcomb made valuable connections both locally and abroad. These connections proved essential when he managed to smuggle out two boatmen from Casablanca, who were well versed in the region's complex hydrography. These boatmen would later play a crucial role, guiding portions of the landing force during Operation *Torch*.

Colonel Eddy was called from Morocco to brief President Roosevelt and Lieutenant General Dwight D. Eisenhower, along with his staff, on the details of the upcoming operation. Eisenhower, impressed with Eddy's thorough work, promoted him to senior military attaché for Africa. Although officially assigned as assistants on staff, both Eddy and Holcomb were members of the OSS, tasked with gathering intelligence on both French and German forces in the region.

As preparations were well under way for Operation *Torch*, it was determined small arms training was required for US Navy boat crews who would be involved in the Eastern Task Force. In September 1942, Marines from Londonderry and London created a three-week training camp at the naval base in Rosneath, Scotland. The Londonderry barracks sent Lieutenant Colonel Louis C. Plain, Captain William E. Davis, and a detail of 25 enlisted Marines. Joining them was First Lieutenant Fenton J. Mee and 15 enlisted Marines from the London detachment.

Once the training was completed, the three officers and 30 of the enlisted were selected to take part in landings during Operation *Torch*. They were divided into six teams and assigned to different ships as part of the landing force. The remaining Marines were sent back to their detachments.

While the main landings of Operation *Torch* took place around 0800hrs on the morning of November 8, 1942, the Marines had already been hard at work for several hours. In the early hours of November 8, a pre-landing force composed of US Marines, US Army Rangers, and others was dispatched to secure parts of the harbor at Arzew, east of Oran, at 0100hrs. The force of 26 Marines was divided into three smaller teams: Lieutenant Colonel Plain led 11 enlisted Marines, Captain Davis commanded six, and Sergeant Arnold Arrowood took charge of the remaining Marines. Their mission was to secure the French Vichy ships in the harbor. Upon arrival, they found a greater number of ships than expected, and each Marine, assisted by the Vichy French crews who had decided to switch sides, took control of a ship. Despite some sporadic sniper fire, no Marines were injured or killed during this part of the operation.

The situation was much grimmer for the Marines involved in the mission to open the port of Oran. At 0300hrs, HMS *Hartland* was detected by searchlights at the port's entrance and came under gunfire from French ships and coastal batteries. Marine Corporal Norman Boike was wounded by machine-gun fire during the attack, and Privates First Class Robert F. Horr and James E. Earheart were killed. Earheart was posthumously awarded the Silver Star for his heroic actions in attempting to save wounded Allied troops.

The survivors from the vessels, both American and British, were captured by Axis forces but were later released after the Vichy French signed an armistice.

Later in the morning on November 8, Patton's troops landed at Fedala (modern-day Mohammedia), a port city in Morocco, where Rogers joined the assault. Litzenberg landed with Patton's headquarters element and remained ashore for several days. Initially, Litzenberg went ashore to assist in securing and setting up the headquarters for Admiral Hewitt and his staff. However, Rogers soon found himself acting as an interpreter during peace negotiations with the Vichy French.

Two days later, on November 10, the Marine Corps' birthday, a landing party of approximately 50 Marines from USS *Philadelphia* arrived at the port of Safi to take control of the airfield. They were relieved the following day by soldiers from the 47th Infantry Regiment.

In total, around 100 Marines landed in North Africa during Operation *Torch*. Additionally, about 600 Marines were aboard ships during the operation, where they assisted in operating secondary gun batteries and antiaircraft batteries, vigilantly watching for enemy aircraft, sea mines, and submarines.

Marines In Africa On 167th Birthday

The marines, sea-soldiers of the United States who celebrate their 167th birthday November 10, again are in action in Africa now as they were in the United States military operation against that continent in the early 1800's.

In 1803 United States marines accompanied U. S. naval forces to Tripoli to enforce a blockade of the regency, whose pirates were harassing American shipping in the Mediterranean. Again in 1815 they were in the squadron which Stephen Decatur led to Tripoli to eliminate attacks on our commerce.

"To the shores of Tripoli" is a phrase known throughout the world because of its inclusion in the marine hymn.

The *Daily Republican*, November 9, 1942. (LoC)

Marines man the CXAM-1 radar and Mk 33 gun director apparatus aboard the USS *Ranger* during an amphibious landing during Operation *Torch*, November 1942. The "MD" on the back of their jackets denotes Marine Detachment. (US Navy)

A Grumman F4F-4 Wildcat fighter taking off from USS *Ranger* to attack targets ashore during the invasion of Morocco, November 1942. The radar director apparatus the Marines are manning can be seen on the ship's superstructure. (US Navy)

TOP USS *Wichita* (CA-45) is straddled by three shells from French battleship *Jean Bart* during the naval battle of Casablanca, November 1942. (US Navy)

BOTTOM Rear Admiral J. L. Hall, Jr. checks a communique aboard USS *Augusta* during Operation *Torch*. A Marine serves as his orderly to the right. (US Navy)

Major General George S. Patton, Jr., US Army, Commanding General,
Western Task Force (left), and Rear Admiral Henry Kent Hewitt, Commander,
Western Naval Task Force (center), share a light moment aboard
USS *Augusta*, off Morocco during the Operation *Torch* landings, November 9,
1942. Note the two Marines on the right of the photo. (US Navy)

Marines aboard USS *Philadelphia* go ashore at the port of Safi, Morocco, during Operation *Torch*, November 10, 1942. The Marines were utilized by the US Army's 47th Infantry Regiment, 9th Infantry Division, as a forward element to secure the Safi airport and guard it until relieved by the soldiers the next day. (USMC, photos by Pfc Donald Passoth)

Marines and sailors manning the gun batteries aboard USS *Augusta* look on as shells from Vichy French ships and shore batteries impact around their ship. (US Navy)

TOP Navy SBD Dauntless dive bombers at Safi airport on November 10, 1942. In the background stand Marines from USS *Philadelphia*. (USMC, photo by Pfc Donald Passoth)

BOTTOM Marines aboard the USS *Ranger* at the ready after general quarters was sounded after a submarine spotting during Operation *Torch*. (US Navy)

SECRET   17 November 1942.

From: Lieutenant Commander G.D. Dickey, U.S. Navy,
             Commanding Officer, U.S. Naval Detachment
             Reservist Party.

To: U.S. Naval Flag Officer in Charge, Oran, Algeria.

Subject: Report of the conduct of personnel during
             the attack on Oran by Reservist Party.

    1.   The following named officers and men formed part
of the boarding party aboard the H.M.S. HARTLAND. The mission
was to board and hold the merchant ships in the harbor of Oran
until the town was captured by American Landing Forces.

DICKEY, G.D.	Lt. Comdr.	USN
GILL, J.M.	Lt.(jg)	USNR
FOX, V.C.	Ensign	USN
OBELKEVICH, E.	Gunner	USN

ADKINS, William E.	100 21 72	CMM(PA)	USFR
ALDRIDGE, James A.	644 24 26	F2c	USNR
CONNORS, Francis X.	650 44 85	PhM2c	USNR
DARDEN, William R.	658 32 19	Sea2c	USNR
DORAN, James E.	403 02 65	F2c	USNR
HEDGES, Paul L.	266 39 66	F2c	USN
HINTON, Charles E.	214 93 67	MM1c	USN
HOLT, John R. Jr.	658 19 64	MM2c	USNR
KLINE, Stanley F.	243 22 66	BM1c	USNR
LUMBY, Russell (n)	321 24 13	MM2c	USN
MAGEE, Howard F. Jr.	65 78 17	EM3c	USN
MOORE, William B.	406 73 89	Sea2c	USNR
O'CONNOR, John B.	311 76 21	F3c	USN
POULSEN, Theone L.	368 65 08	F3c	USN
RANDALL, Frank L.	316 01 47	F2c	USNR
ROWE, Carl E.	316 57 17	Sea1c	USNR
SHELEY, George H.	299 39 48	BM1c	USNR
STANFIELD, William J.	616 16 77	Sea1c	USNR
TROTT, Martin	256 26 95	CWT(AA)	USN
WADE, George W. Jr.	265 76 65	WT2c	USN
WATERS, Charles A.	274 02 72	CWT(PA)	USN
WILKINSON, Charles V.	550 00 25	F1c	USNR

BOIKE, N.H.	Corp.	USMC
DICKINSON, W.T.	Pvt.	USMC
EARHEART, J.E. Jr.	Pfc.	USMC
HORR, R.F.	Pvt.	USMC
SPENCER, R.K.	Pfc.	USMC
WHITTAKER, F.P.	Sgt.	USMC

                                        1   259 7/

                        -1-

THIS AND SUBSEQUENT PAGES Scans of a report of the conduct of US Marines and sailors who
took part in direct action against Axis forces during the initial landings. (NARA)

SECRET

Subject: Report of the conduct of personnel during
           the attack on Oran by Reservist Party.
- -

2.   All of the U.S. Navy group of 28 men and four
officers with the exception of the U.S. Navy officers in
charge had action stations in the Captain's cabin in the
after part of the ship. The Officer in Charge's station
was on the bridge.

3.   During the engagement the ship was repeatedly
holed by 3" and 4.7" shells. This caused the compartment
in which the men were stationed to be filled with smoke
and later by fire. It was reported to me that during this
period of the action no single man showed sign of panic
or made any attempt to leave his station. Also during this
period several men were killed in these close quarters and
the smoke made conditions practically intolerable. Upon
abandoning ship these officers and men again showed the
highest kind o leadership and spirit in helping to save the
lives of many U.S. soldiers who were unfamiliar with the
ship and the use of the life jackets. Also in addition upon
arriving at the wharf they continued to help b pulling many
men out of the water although physically exhausted themselves.
The heroism and spirit displayed by the officers and men of
this detachment was exceptional and from all observation it
can be said that no one did less than the maximum that could
be expected of him.

4.   The following men were killed:

EARHEART, J.E. Jr.	Pfc.	USMC
HORR, R.F.	Pvt.	USMC
HINTON, Charles E.	MM1c	USN
KLINE, Stanley F.	EM1c	USNR
POULSEN, Theone L.	F.3c	USN

The following officers and men were wounded:

DICKEY, G.D.	Lt-Comdr.,	USN
FOX, V.C.	Ensign	USN
ADKINS, William E.	CMM(PA)	USFR
HOLT, John R. Jr.,	MM2c	USNR
DARDEN, William R.	Sea.2c	USNR
SHELEY, George H.	BM1c	USNR
BOIKE, N.H.	Corp.	USMC

5.   It is recommended that each man be advanced
to the next higher rating and that whatever commendation
that is considered adequate be given to the three junior
officers.

                        G.D. DICKEY.
            -2-   77

SECRET

S-E-C-R-E-T   26 November, 1942.

Subject: Operation of U.S. Naval Detachment, Reservist
           Party, Operation TORCH, in Assault of Oran,
           8 November, 1942.
- -

EARHEART, James E. Jr., Pfc., U.S.M.C.

        When the order to abandon ship was given aboard H.M.S.
HARTLAND, a line was thrown from the HARTLAND to a French harbor
tug nearby, and was secured by a seaman who had swam to the tug.
This line was being used by wounded and men unable to swim as a
means of getting ashore. When the crew aboard the tug started to
move the boat away from the mole, and it was evident the lives
of the men on the line would be jeopardized when the rope parted,
Earheart volunteered to swim to the tug and halt it. While leaving
the HARTLAND, he came under heavy machine gun fire and was instantly
killed.

        This act beyond the normal course of duty was only another
example of initiative and of his courageous behavior under heavy
fire.

                          JOHN M. GILL, Jr.
                          Lieutenant (jg), U.S.N.R.

The report includes a summary of the action taken by Private First Class James E.
Earheart, Jr. It concludes, "This act beyond the normal course of duty was only another
example of initiative and of his courageous behavior under heavy fire." He was posthumously
awarded the Silver Star. (NARA)

19 November 1942

Subject: Operations of U.S. Naval Advance Party,
             Port of Arzeu, Algiers, 8 November 1942.

             Enclosure (A).

- -

Lt-Colonel L.C. Plain, U.S.M.C.
Lt-Commander C.B. Munson, U.S.N.
Ensign F. Olender, U.S.N.

Bowen, G.A.	Corp.	USMC.
Damato, A.P.	Pfc.	USMC.
Elias, E.	Pfc.	USMC.
Hager, R.D.	Pvt.	USMC.
Jones, S.O.	Sgt.	USMC.
Marsh, R.W.	Pfc.	USMC.
Orlando, D.	Sgt.	USMC.
Pledger, L.L., Jr.	Corp.	USMC.
Skelly, T.F.	Pfc.	USMC.
Smith, K.A.	Pfc.	USMC.
Trail, H.W.	Pfc.	USMC.

(25)   ENCL (C)   88

Major Francis M. Rogers

CITATION:

The President of the United States of America takes pleasure in presenting the Silver Star to Major Francis M. Rogers, United States Marine Corps, for gallantry in action while attached to the staff of Admiral H. K. Hewitt, United States Navy, on the afternoon of 8 November 1942. On that date, he drove a commandeered automobile for the Chief of Staff, Western Task Force, from Fedala through the enemy lines to Headquarters French Military District in Casablanca, thence to Headquarters French Naval District, thence returning to Red Beach 2, at Fedala. Although fired upon several times by small arms fire and in spite of the fact that the French Naval-Military District at the time of the visit to Headquarters, that District was under severe bombardment from American bombers, Major Rogers drove boldly forward with utter disregard to his own safety. His calmness, courage and boldness contributed materially to the successful completion of the trip.

Vice Admiral Henry K. Hewitt presents the Silver Star to Major F. M. Rogers for actions above and beyond the call of duty during Operation *Torch*, awarded on February 23, 1943. Rogers was attached to the headquarters element, Western Task Force. (US Navy)

Private First Class James E. Earheart, Jr.

CITATION:

The President of the United States of America takes pride in presenting the Silver Star (Posthumously) to Private First Class James E. Earheart, Jr., United States Marine Corps, for conspicuous gallantry and intrepidity as a member of a United States Navy anti-sabotage party aboard HMS HARTLAND during entry into the port of Oran, Algeria, on 8 November 1942. After crashing boom defenses and facing heavy gunfire from hostile shore emplacements and anchored warships, the Hartland secured a throw line to a harbor tug to provide escape for wounded personnel and non-swimmers during abandonment of the damaged vessel. When the tug began to move and the lives of the men on the line were jeopardized by an imminent break, Private First Class Earheart, with utter disregard for his own personal safety, volunteered to swim out and halt the boat. Unhesitatingly leaving the ship while it was still under vigorous shelling, he exposed himself to a riddling blast of machine-gun fire and was instantly killed. His heroic conduct was in keeping with the highest traditions of the United States Naval Service.

Corporal Anthony P. Damato

February 20, 1944
CITATION:

For conspicuous gallantry and intrepidity at the risk of his life above and beyond the call of duty while serving with an assault company in action against enemy Japanese forces on Engebi Island, Eniwetok Atoll, Marshall Islands, on the night of 19–20 February 1944. Highly vulnerable to sudden attack by small, fanatical groups of Japanese still at large despite the efficient and determined efforts of our forces to clear the area, Corporal Damato lay with two comrades in a large foxhole in his company's perimeter which had been dangerously thinned by the forced withdrawal of nearly half of the available men. When one of the enemy approached the foxhole undetected and threw in a hand grenade, Corporal Damato desperately groped for it in the darkness. Realizing the imminent peril to all three and fully aware of the consequences of his act, he unhesitatingly flung himself on the grenade and, although instantly killed as his body absorbed the explosion, saved the lives of his two companions. Corporal Damato's splendid initiative, fearless conduct and valiant sacrifice reflect great credit upon himself and the United States Naval Service. He gallantly gave his life for his comrades.

TOP Private First Class Damato's last letter home to his mother before leaving to help teach Allied sailors how to operate small arms weapons in Scotland. Damato would go on to take part in Operation *Torch* in North Africa. (MCHD)

BOTTOM AND INSET Corporal Anthony P. Damato was one of the Marines who landed at Arzew on November 8, 1942. Previously, Damato was stationed at Londonderry and was one of the few to be selected to help train Navy personnel in smalls arms weaponry in Scotland. From there he was sent to take part in the landings in Operation *Torch*. Later on, Damato was transferred to the 22nd Marine Regiment and was killed on February 19, 1944, in the Marshall Islands fighting the Japanese. When an undetected enemy approached his foxhole and threw in a grenade, Damato covered it with his body and absorbed the blast, sacrificing himself while saving his comrades. He would be awarded the Medal of Honor posthumously. Today, he is memorialized on Marine Corps Base Quantico with a street named after him. (US Navy; Author's collection)

TOP "A Marine who lost his life in the landing in North Africa last November has been honored at Londonderry with the naming of a road at the Marine Corps camp there. He was stationed at Londonderry when assigned to the invasion. He was Private First Class James E. Earheart, Jr. Standing by the sign is Private First Class Earl Peterson, of Penn Yan, New York." Photo dated June 27, 1943. (USMC, photo by Cpl William R. Gibbon)

BOTTOM "A Detroit Marine, Sergeant Norman H. Boike, received the Purple Heart when wounded during the landing operation in North Africa. He has been honored by the naming of a road at the Londonderry Marine Corps camp. Standing beside one of the signs on the road is Private Alexander J. Davis, of Washington DC." Photo dated June 1943. (USMC, photo by Cpl William R. Gibbon)

TOP Rear Admiral H. Kent Hewitt and his staff aboard USS *Augusta*, December 4, 1942. Marine Colonel Francis M. Rogers can be seen in the rear row near the center, while another unidentified Marine officer can be seen in the front row on the right. (US Navy)

BOTTOM "A New England Marine Corps private, Robert F. Horr, who is missing in action from the landing operations in North Africa last November, has been honored by the naming of a road in his memory at his home camp of Londonderry. Corporal Walter Suly, of Cleveland, Ohio, stands next to the new road sign." (USMC, photo by Cpl William R. Gibbon)

HORR ROAD

Marines aboard USS *Augusta* patrol the dock in the port of Morocco, November 1942.
The Marines aboard the *Augusta*, like their Navy counterparts, took part in five different
combat engagements during Operation *Torch* with their ship coming under fire
numerous times from Axis ships and shore batteries. (US Navy)

OTHER MARINES IN NORTH AFRICA

Throughout the entirety of the war, North Africa would average about 20 Marines on the entire continent, except during Operation *Torch*. However, the Marines who did work there, and passed through, made contributions to the Allied war effort that are incalculable. Among the first US Marines to make their way through Africa in early 1941 were Colonels Roy S. Geiger and Christian F. Schilt. The two had been tasked to observe British military operations, particularly air operations. Geiger was temporarily assigned to HMS *Formidable*, a Royal Navy aircraft carrier, while it was performing escort duty in the Mediterranean Sea.

Colonel Eddy would continue to lead the OSS Marines in North Africa for the duration of the war. However, one Marine who served in Africa stands out from the rest: Peter Ortiz.

From serving in the French Foreign Legion in the 1930s to being captured behind enemy lines in 1945, Ortiz's involvement in the OSS is more akin to a James Bond novel than a military service record. Born in the US but raised in France by his American mother and French father, Ortiz grew up well educated but very bored with school. To bring excitement to his life, Ortiz joined the French Foreign Legion as a lowly private in 1932 at the age of 19. By the end of his enlistment in 1937, he had reached the rank of sergeant and was the non-commissioned officer in charge of an armored squadron and considered a model soldier. He was extremely proficient in desert warfare and parachute qualified. Wanting a change in pace, Ortiz returned to the US, attempting a career in Hollywood as a military technical advisor. When Germany invaded Poland in 1939, Ortiz attempted to make his way to France; however, the transport he was on was sunk by a German submarine. By October 1939, Ortiz was back in the uniform of a Legionnaire as a first lieutenant and fought in combat against the Germans in North Africa in 1940. Recognized for his leadership prowess, Ortiz was made the officer in charge of his regiment's motorcycle platoon. In this capacity, he personally led numerous hit-and-run raids and scouring missions.

Ortiz's regiment was eventually overwhelmed by German forces, and he was captured and made a prisoner of war. During Ortiz's regiment's final stand, while attempting to destroy a fuel dump, he was injured and briefly paralyzed from the waist down due to shrapnel in his spine. Over the course of the next 15 months, Ortiz recovered in various prisoner-of-war camps and through the efforts of German doctors. Throughout this time, Ortiz attempted to make several escape attempts. Finally, in October 1941, Ortiz was able to make a clean getaway and make it to neutral Portugal and arrived in the United States two months later.

Arriving a week after the Japanese attack on Pearl Harbor, Ortiz initially attempted to join the US Army. However, bureaucratic red tape dragged the process out and Ortiz was itching to get back to the war. Wanting to get back into the fight quickly, Ortiz decided to enlist in the Marine Corps. Upon completing recruit training, Ortiz put on his previously received awards and badges from the Legion, much to the shock of his drill instructors. Realizing Ortiz's experience could best be served better than in the rank and file, Ortiz was offered a commission. He accepted and became a second lieutenant on August 1, 1942. Shortly after accepting the commission, he was assigned to Company D, 1st Battalion, 23rd Marine Regiment at Camp Lejeune. Upon arrival he requested to train with the Marine Corps' new Parachute Battalion. While there, Operation *Torch* had already been completed and the Allies were requesting more personnel in the OSS due to the invaluable work done by its members collecting intelligence behind enemy lines. By December 3, 1942 he had been promoted to captain and was on a transport bound for Tangiers, Morocco – the Corps recognizing that his fluency in French, German, Arabic, and his aggressive war-fighting spirit could be utilized in special operations.

During January 1943, Ortiz spent much of the month studying Operation *Torch* and had attached himself to the Army's 509th Parachute Battalion the last part of the month. While there, he created a team that could blend into the local populace and operate deep behind enemy lines to gather intelligence. On the return of one such mission, Ortiz and his team were caught by US soldiers crossing back into American lines. Wearing his Marine Corps utilities under his local clothes, he was unable to convince the soldiers he was an American, much less a US Marine. As far as the soldiers were concerned, all the Marines were in the Pacific.

In the following months, Ortiz was attached to a variety of British, French, and American units partaking in various combat actions behind the lines, and at times, side by side with rank-and-file troops. On March 18, 1943, Ortiz received a Purple Heart when his patrol encountered German troops and he was shot in the hand while leading a nighttime reconnaissance patrol. He spent some time recovering in a hospital in Algiers before being ordered back to the US to recover in April 1943. Ortiz quickly made impressions at Headquarters Marine Corps, and he was sent back to Europe and was again administratively attached to the Marine Detachment in London.

Lieutenant General George S. Patton and Rear Admiral Alan G. Kirk (right), US Navy, tour American forces before the invasion of Sicily, July 30, 1943. A Marine guard can be seen behind Kirk, to the left. (US Navy)

OPERATION *HUSKY*

One of the often-overlooked chapters of World War II is the Allied campaign to liberate Italy. After hard-fought victories against German and Italian forces in North Africa, and now more proficient in amphibious operations, the Allies turned their attention to the European mainland, beginning with Italy.

As was typical in the European Theater, relatively few Marines participated in ground operations. However, Marines remained actively engaged by serving aboard Navy vessels, manning secondary gun batteries. Marine detachments aboard USS *Brooklyn* (CL-40), USS *Philadelphia* (CL-41), USS *Savannah* (CL-42), and USS *Boise* (CL-47) provided support during the invasion of Sicily. Additionally, around a dozen Marines landed ashore, serving in roles such as amphibious coordination staff and security for high-ranking fleet officers. Among them were Colonel Richard Hall Jeschke, Sergeant Charles W. Marker, and Sergeant Edward F. McKnew, Jr. Jeschke's contributions to the operation's planning were so impactful that he was later transferred to General Omar Bradley's First Army Staff to assist in planning Operation *Overlord*.

The success of Operation *Husky* opened new opportunities for Marine involvement in the region. Beginning on Christmas Eve 1943, First Lieutenant John Hamilton operated out of the port of Monopoli,

Rear Admiral Alan G. Kirk (center), US Navy Commander, Amphibious Force, Atlantic Fleet watches maneuvers from aboard USS *Ancon* (AGC-4) as Allied troops practice for Operation *Husky*, May 31, 1943. A Marine orderly can be seen behind to the left of Kirk. (US Navy)

Marines Who Landed in Sicily Last July

By Technical Sergeant Richard T. Wright, US Marine Corps Combat Correspondent
December 5, 1943

London, England – Sergeant Charles W. Marker Jr., the son of Mr. and Mrs. Charles W. Marker, of 41 Beeson Street, Uniontown, Pennsylvania, has the unique distinction of being one of a handful of Marines to land with the invasion forces at Sicily last July.

Colonel Richard Hall Jeschke and Sergeant Edward F. McKnew Jr. were among the other Marines who took part in the landing on Sicily.

Sergeant Marker served as personal orderly to Rear Admiral Alan G. Kirk, USN, the commander of a Naval Task Force during the invasion. He joined Admiral Kirk's staff in May 1942 and has served as his orderly for the past year and a half.

The 22-year-old Sergeant went ashore with Admiral Kirk twice during the first few days of the landing. He was subjected to repeated Nazi dive bombing attacks during his stay on land.

According to Sergeant Marker, the most exciting incident that happened occurred on our ship out in the harbor. The German planes flew very low during their attack, and as a result, the gunners from Allied ships were forced to fire their shots very low.

"One morning a group of German Heinkels came buzzing over and the gunners started banging away at them. I heard a loud explosion in the fantail and by the time I got there they were carrying men down to the sick bay on stretchers. A shell from one of our ships had landed on the deck. A number of the men were wounded, but nobody was killed."

Marker enlisted in the Marine Corps February 14, 1939, in Maryland. Since that time he has served at numerous Marine bases. After recruit training at Parris Island, South Carolina, he went to the Marine sea school in Portsmouth, Virginia, and was then assigned to sea duty. He took part in the Pacific Fleet maneuvers in 1940, and served with the Second Marine Regiment, Second Marine Division.

At present, Sergeant Marker is serving with the Marine detachment here as Admiral Kirk's orderly.

"Sergeant Edward F. McKnew, Jr. looks on as Sergeant Charles W. Marker, Jr., USMC, of Uniontown, Pennsylvania, field strips the .45-caliber pistol that he carried during the invasion of Sicily last July." Photo dated December 6, 1943. (USMC, photo by SSgt Kilpatrick)

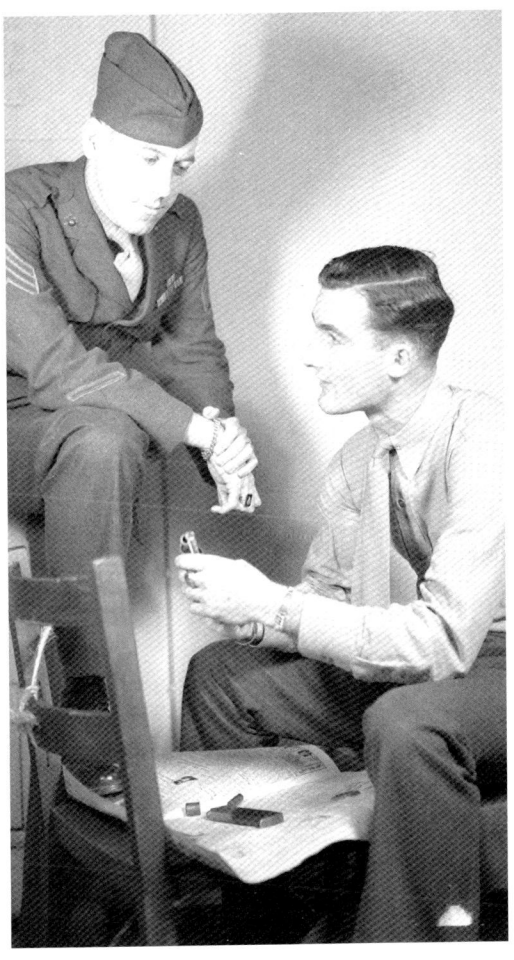

By Technical Sergeant Richard T. Wright

London, England – A handful of Marines landed with the Allied Forces at Sicily last July, and Sergeant Edward F. McKnew Jr., the son of E. F. McKnew, 1326 Jefferson Street, N.W., Washington DC, had the distinction of being one.

Along with Colonel Richard Hall Jeschke, and Sergeant Charles W. Marker Jr., Sergeant McKnew landed at Scoglitti, Sicily, on July 10, 1943. Sergeant McKnew served as Colonel Jeschke's orderly. Several other Marine officers were also present as observers.

The Marine sergeant went ashore three times at Sicily, and during his stay on the island was under constant dive-bombing attacks by Nazi planes. He was also on board a Navy ship in the harbor during intermittent bombing attacks.

The 24-year-old sergeant was most impressed by a group of German prisoners that he saw in Oran. "They were a very healthy-looking bunch of men," according to Sergeant McKnew. "Most of them were blond-headed, well-built, and it was clear to see, that as opponents, they were not to be underestimated."

Sergeant McKnew arrived at Sicily with Rear Admiral Alan G. Kirk's Naval Task Force, and as he put it, "my stay there was exciting, but brief."

The Washington DC Marine enlisted in the Marine Corps November 18, 1936 and saw duty at the Washington Navy Yard, Guantanamo Bay, Cuba, the Philadelphia Navy Yard, and at Marine Corps Base Quantico, Virginia.

His wife, Mrs. Gayle O. McKnew, lives at 2300 North Washington Boulevard, Arlington, Virginia. Sergeant McKnew is a graduate of Central High School in Washington.

At present, Sergeant McKnew is serving with the Marine detachment here as Colonel Jeschke's orderly.

Italy, until January 2, 1944, assisting Yugoslav resistance fighters across the Adriatic Sea. (Today, Yugoslavia's former territory is divided into Bosnia and Herzegovina, Croatia, Montenegro, North Macedonia, Serbia, and Slovenia.)

During this period, Hamilton, aided by Marine Gunnery Sergeant John Harnicker, commanded a fleet of 22 sailing vessels manned by 400 Yugoslav partisans. Their mission was to transport vital supplies to communist guerrilla fighters battling Nazi forces. Their efforts extended to the islands of Korčula, Hvar, Brač, and Vis. For his leadership and bravery, Hamilton was awarded the Silver Star.

Hamilton and Harnicker continued their operations throughout 1944, conducting Commando raids, coordinating additional supply missions, and fighting alongside partisans against the German 118th Jäger Division. That summer, the pair parachuted into Yugoslavia with a Navy operator to gather intelligence on German movements. They also assisted in rescuing downed Allied airmen and safely extracting them back to Italy. After completing these operations, Hamilton was reassigned to support OSS missions in France and Belgium under Lieutenant General Courtney H. Hodges's US First Army.

Captain John Hamilton

CITATION:
Captain John Hamilton (AKA: Sterling Hayden) United States Marine Corps, for gallantry in action while serving with the Office of Strategic Services in the Mediterranean Theater of Operations from 24 December 1943 to 2 January 1944. Captain Hamilton displayed great courage in making hazardous sea voyages in enemy infested waters and reconnaissance through enemy held areas. His conduct reflected great credit upon himself and the United States Armed Forces.

John Hamilton's birth name was Sterling Hayden. Not wanting to be recognized and treated differently due to his successful Hollywood career, he legally changed his name. (NARA)

Recommendation for Award of the Silver Star Medal to Captain John Hamilton, USMCR
28 February 1946

1. It is recommended that Captain John Hamilton, O-22085, USMCR, be awarded the Silver Star Medal for exceptional meritorious service and gallantry in action while assigned to a Strategic Services operational unit in MEDTO from December 1943 to February 1944, inclusive.

2. Captain John Hamilton (then a 1st Lieutenant) was assigned to the OSS, SO Shipping Operation based at Bari and Monopoli, Italy, in December 1943. This unit established the initial American contact with Marshal Tito's National Liberation Army in Yugoslavia by landing from small naval surface craft on the German-occupied coast of Dalmatia and penetrating through enemy lines to several of the most important headquarters of Tito's forces. After negotiations with Tito and his staff and after having obtained the necessary authority from the Allied Commander-in-Chief, the unit established shipping bases on the coast of Italy, collected a fleet of some 40 Yugoslav steamships and sailing vessels, procured cargoes of arms, ammunition, food and clothing as well as medical supplies, and organised a clandestine supply line across the Adriatic Sea, penetrating the German sea and air blockade along the Balkan coastline and landing in all some 7,000 tons of vitally needed war supplies for the National Liberation Army of Yugoslavia.

3. Owing to the timing as well as the local conditions in connection with the military situation in this particular area, the immediate results of this operation placed the German forces in Dalmatia at a great disadvantage and served to enhance the activates of Tito's forces in Dalmatia to a very considerable degree. The unit made 70 sailings altogether across the Adriatic, losing only four ships in spite of intensified enemy action on land, at sea and in the air along the clandestine supply line. Furthermore, the few American officers engaged in commanding and supervising the above-mentioned supply operations made more than a dozen armed reconnaissance penetrations deep into enemy territory in Yugoslavia and collected a substantial amount of original and at that time exceedingly valuable intelligence covering both German order of battle and the complete order of battle of Tito's Partisans in Yugoslavia.

4. On 24 December 1943, Captain John Hamilton (then 1st Lieutenant) was ordered to proceed by surface craft to the Islands of Korcula, Vis, Hvar and Brac, then reportedly under German attack. The object of his mission was to find out on the spot whether the islands in question had actually been occupied by German landing forces and to make contact with staff officers of Tito's Headquarters in

charge of the coastal area of Dalmatia, situated on the Island of Hvar.

Owing to exceedingly bad weather, Captain Hamilton's ship stranded and sank during the night of the 24th and 25th of December on the coast of Italy. However, Captain Hamilton managed to get ashore and returned to Bari, from where he proceeded on board another ship on the morning of the 25th.

After an extremely rough crossing, he landed on the Island of Korcula during the night of the 25th and 26th of December and made contact with units of Tito's forces. The island was under German attack. However, in order to acquaint himself with the situation, Captain Hamilton made a reconnaissance tour in a jeep accompanied by a Yugoslav staff officer and two Partisans. During the drive the car was ambushed, and the Yugoslav driver sitting next to Captain Hamilton was killed by enemy gunfire. However, Captain Hamilton and the remaining Partisans managed to shoot their way out of the ambush and escaped with the jeep.

After having ascertained the fact that the Island of Korcula was lost to the enemy, Captain Hamilton escaped with the remnants of the Partisan garrison during the night of the 26th and 27th of December, and after a hazardous sea voyage through waters patrolled by enemy E boats and landing craft, he arrived on the Island of Hvar on the morning of 27 December. He established contact with the Partisan Headquarters and had a six-hour conference with the Partisan staff officers, from whom he collected exact information as to the immediate military situation on the Dalmatian islands as well as on the mainland. The conference took place in the open outside the buildings of the said headquarters which were constantly subjected to enemy attacks from the air including Stuka dive-bombing.

Captain Hamilton remained on the Islands of Hvar and Brac until 30 December, taking an active part in the defense of the islands and the repulsion of a number of German attacks.

As the only American in the area, he gave a magnificent account of himself and received the unanimous admiration and respect of the fighting Yugoslavs.

In accordance with his orders which directed him to return to his base in Italy not later than 2400 hours, New Year's Eve, Captain Hamilton boarded a small local vessel on the night of the 30th and 31st of December, again sailed through waters patrolled by enemy naval craft and proceeded to Italy across the open Adriatic through a severe winter storm. Captain Hamilton returned with complete information concerning the situation in the Dalmatian coastal areas, on the basis of which immediate steps were taken to bring aid and relief to the threatened islands. Furthermore, Allied naval operations were initiated without delay and obtained extremely favorable results against German naval craft. Also, Allied air operations were at once undertaken against German occupation forces in Dalmatia, causing the German military operation to come to a temporary standstill.

5. While stationed in Italy at the OSS shipping bases, Captain Hamilton did outstanding work and was for a period of time in command of all operations out of the port of Monopoli, working day and night with his Partisan crews totaling some 400 men, organizing maintenance and repairs of ships, loading cargoes of guns, ammunition, mines, food, clothing and medical supplies, attending to the legion details in connection with the collection of cargoes, transportation, fueling, watering and clearing of the ships, as well as providing for housing and feeding his Yugoslav crews, all under a rigid system insuring the strictest security. Captain Hamilton conducted himself at all times in a manner which commanded the greatest respect from everyone who served with him and which reflected honor to the Allied military forces in the Middle East.

Hans V. Topte, Major, AUS. (formerly Chief OSS/SO Shipping Operations in the Adriatic)

OPERATION *LEADER*

Operation *Leader* was a US Navy air raid conducted in October 1943, targeting German shipping and port facilities near Bodø along the Norwegian coast. At the time, Norway was under Nazi occupation, and the primary objective of the operation was to disrupt German maritime supply lines that supported their garrison and operations in Scandinavia. The attack also aimed to weaken German control over vital resources, including the flow of Swedish iron ore critical to the Nazi war effort.

The carrier USS *Ranger*, supported by a screen of British and American warships, launched waves of Grumman TBF Avenger torpedo bombers, SBD Dauntless dive bombers, and F4F Wildcat fighters against enemy targets. In a carefully coordinated series of strikes, US aircraft successfully sank or severely damaged several German and Norwegian merchant vessels, tankers, and coastal installations. The raid caused significant disruption to German logistics in the region, and it was regarded as a sharp blow to Axis shipping at a time when German forces were already stretched thin across multiple fronts.

While Marine Corps aviators did not participate directly in the aerial attacks, hundreds of Marines were embarked aboard the *Ranger* and accompanying cruisers. Their role was critical: they manned antiaircraft batteries and provided internal ship security, protecting the fleet against potential German air assaults and reconnaissance threats. Their presence ensured the carrier and its escort vessels could operate with confidence in enemy-controlled waters.

Nazis Dared by Force Near Norwegian Coast

By First Lieutenant Weldon James, US Marine Corps Public Relations Officer

WITH AN ANGLO-AMERICAN TASK FORCE – The sailors and Marines of this great United States battleship got within 90 miles of Norway yesterday and dared the Germans to come out.

The great fleet of American and British warships steamed majestically through the northern seas to within 90 miles of the Norwegian coast – where, in other months, they might well expect hundreds of German torpedo planes and dive bombers to give battle – let the Blohm and Voss 138 take a good look, gave it plenty of time to radio back its findings.

Then they shot it down.

"We were robbed"

Two Seafires got it. Launched from a British carrier, they brought it down miles away from the fleet, robbing these sailors and Marines of the visual satisfaction of seeing Jerry zoom seaward in flames, but giving them all the other cause for celebration they could have asked.

After that, nothing happened. "Absolutely nothing," growled one Marine sergeant. "There weren't even any ants on this picnic."

No German warships, no German planes came out to harry the armada as the well-advertised fleet maneuvered in the northern seas, then steamed back whence it came.

Here in this quiet anchorage another group of American marines and sailors learned with relief that they had missed no action, then joined with the travelers in deriding the Germans for not giving battle.

Sign of weakness

Officers and men, in the inevitable and endless post-mortem of discussion aboard the various ships, agreed on one thing: the Germans might be too busy elsewhere, or they might be too fearful of the great firepower of such a fleet as this – but in any case their non-appearance was just one more indication of the weakness of a Germany whose days are numbered.

The Germans could answer other questions: Did Berlin panic with fear that a Norwegian invasion was on the way? How many German divisions were rushed northward? And which one of several of these "invasion feints" will finally be the real thing?

The sailors and Marines figured they were looking for the *Tirpitz*.

Add them to the list of those who failed to find her – but who, with their hard and vigilant campaign, played their part in "keeping the German Navy put."

They sailed the trackless northern seas for months. They moved from Point X to Point Y, from Point A to Point B and back again.

They pulled in here and slipped out there. They crossed the Arctic Circle and pocketed their blue-nose certificates with freezing satisfaction, and played about the top of the world, and manned their guns and kept their grim day-and-night watches in waters where there is no night. They pushed out tempting bait to lure the Germans out and lay in deadly wait.

They're only human, these sailors and Marines, drawn from every corner of America, and they're disappointed. They're like that great public of which they remain a part. Most of them, a few brief ages ago, were your peacetime drugstore cowboys, your soft jitterbugs, your truck-drivers, your schoolteachers, your lawyers, your mechanics and your soda jerkers. Once at war, they, like their greater public, were all for action.

They haven't found this action, and they're furious.

Their "gripe sessions" are unending, and they're probably the best – or the worst – in all the fleet. Their bitterness against the Germans increases in direct ratio to the number of days and weeks and months the Germans remain invisible. These sailors and Marines are contemptuously certain that the Japanese would be more accommodating; they can see a little German-sense, perhaps, in the TIRPITZ and the GNEISENAU and the SCHARNHORST and the rest of the German battle fleet hugging their harbors, but when this battleship and other British and American warships sweep within easy range of German land-based aircraft and no attack develops, they're puzzled. And, in their renewed disappointment, furious.

Cruise with this lively crew for awhile, listen to them talk, look at what they're talking about – and you'll have a fine idea of what America's "New Navy" is like.

You'd never surpass its confidence and enthusiasm, not on any of the fighting fronts.

The battlewagon itself is one of the newest, biggest and fastest in the world. It has what the reservists call "all the latest gadgets," and its men are willing to light any from any other ship who deny that it is the most powerful and deadly dreadnought afloat.

They are willing, it is evident, to try conclusions repeatedly with the crew of any other battleship in this fleet.

You'd believe them, too, if you could see them "in action" now against non-hostile targets, blasting away with terrifying accuracy – if you could see the enthusiasm with which they demonstrate their marvelous gadgets and their own know-how. It isn't just blind fighting pride that is responsible for their confidence. It's the magnificent ship itself, it's their training, their knowledge that their ship is new and deadly, their own admiration for the instruments and weapons they handle.

A ship like this, of course, is a collection of some experts who know everything about almost everything, other experts who know everything about one thing, and hundreds of guys who know everything about the particular job or possibly two jobs they've been trained to handle.

A lot of the men who man these guns and operate these instruments were trained in three- or four-months' time. For others it took six to eight months, for others, years. Now in line of battle for months, they represent all kinds, all types of Americans, every branch of general and specialized training.

Roughly two-thirds are wartime sailors, ex-civilians who a few months ago knew nothing about the jobs they now handle so efficiently. A salty third, officers and men, are the old-timers, the backbone of the new Navy. Between them and the highly-skilled ex-civilian experts of the reserves, they continue the Navy's unending program of education and training, making the great ship a floating university, a floating training base, so that the lowliest seaman or the greenest officer, as the months pass, acquires the training and skill for higher classifications, for handling two and three times the jobs he could handle when he first came aboard.

Then when the battleship touches home again, of course, it loses hundreds of these newly produced "old salts" to other new ships, takes on fresh hundreds of basically trained but green men, begins anew its seasoning process, in and out of battle. More than anything it will give, along with added knowledge and added training, the superb confidence and enthusiasm of the great new Navy.

Author note

It is likely Lieutenant Weldon was aboard one of the American ships when he wrote the article. The *Tuscaloosa* was a heavy cruiser with large 8-inch gun mounts that would make it appear like a battleship from a distance. The ship was one of seven US Navy ships to take part in Operation *Leader*, a planned attack on the Norwegian port of Bodø. On October 2, 1943, the American ships plus 12 Royal Navy vessels departed Scotland and made their way to Norway. Embarked aircraft from USS *Ranger* sank numerous German support

ELSEWHERE IN 1943

JANUARY 12: The 1st Marine Division arrives in Melbourne, Australia, for rehabilitation

JANUARY 29: Ruth C. Streeter is commissioned as major in the USMC Women's Reserve and becomes its first director

FEBRUARY 9: Major General Alexander Patch, US Army, announces the "total and complete defeat of Japanese forces on Guadalcanal"

MARCH 1: Australian and US forces engage the Japanese in what becomes known as the battle of the Bismarck Sea

MARCH 12: The F4U Corsair is employed in combat for the first time when VMF-123 arrives at Henderson Field

APRIL 1: Marine Aircraft Group 53 arrives at MCAS Cherry Point as the first Marine night fighter group

MAY 11: The battle to retake the island of Attu, Alaska, back from the Japanese begins with the US Army landing 12,500 soldiers

MAY 24: The Marine glider program is abandoned

JUNE 3: All Japanese resistance on Attu Island ceases

JUNE 21: The last Marine ground unit, the 3rd Marine Defense Battalion, is withdrawn from Bougainville

JUNE 30: The active-duty strength of the Marine Corps is 308,523 – 21,384 officers and 287,139 enlisted

vessels such as troop carriers and fuel transports, damaged port facilities, and dealt a crushing blow to the German navy and denying the German military complex of desperately needed iron ore for their war effort.

German air forces did attempt to locate the Allied fleet and launch counterattacks. However, these scout planes were intercepted by the *Ranger's* combat air patrols miles from the task force and was the sight Weldon and the other Marines likely saw. The Royal Navy task force contained no aircraft carriers, and the aircraft the British battleships HMS *Duke of York* and HMS *Anson* and cruisers HMS *Teazer* and

HMS *Belfast* carried were Supermarine Walrus single-engine amphibious biplanes designed for maritime patrol and scouting. Additionally, gun camera footage exists of American F4F Wildcats on combat air patrols shooting down German aircraft that were scouting for the Allied fleet.

The mission was deemed a strategic success. Operation *Leader* was the only carrier operation above the Arctic Circle during the war. Combined detachments from the *Ranger* and *Tuscaloosa* would equal around 150 Marines present for the operation.

Vice Admiral H. K. Hewitt inspects Marines aboard USS *Philadelphia* in Naples, Italy, May 16, 1944. Note the 1903 Springfield rifles. From February 14 to May 23, *Philadelphia* provided fire support for Allied troops near Anzio. Just four months later, on September 11, *Philadelphia* narrowly evaded being seriously damaged by a KG-100 "Fritz" anti-ship glide bomb. While bombarding targets off Aropoli, Italy, on September 15, the cruiser downed one of 12 attacking planes and assisted in driving off a second air attack the same day in the vicinity of Altavilla. It downed two more hostile aircraft on the 17th. (US Navy)

OPERATION *SHINGLE*

By the end of 1943, a stalemate had emerged in Italy after the Allies experienced initial success during the landings the previous year. However, relentless German resistance, coupled with heavy rains and the constant melting of snow, made it nearly impossible to break through the German lines. To overcome this deadlock, an amphibious landing at Anzio was authorized, codenamed Operation *Shingle*. The operation commenced in January 1944 and continued through June 4, 1944, with the liberation of Rome.

Initially, the landings were met with minimal resistance, as the Germans had concentrated most of their forces to the south, near Cassino, to halt the Allies' advance from that direction and were caught off guard by the Allied landings. However, within 24 hours, the Germans were able to quickly assemble elements from several divisions and halt the Allied push from the Anzio beaches after Allied leaders failed to seize on their good fortune to quickly move inland. This delay in progress gave the Germans time to reinforce their positions, bringing in additional troops from the Balkans, southern France, and northern Italy.

By mid-February, the Germans had made significant strides pushing the Allies back toward the beaches. An Allied offensive from the south at Cassino, aimed at linking up with the forces at Anzio, failed to achieve its objective. In response, the Germans launched heavy assaults to dislodge the Allies from Anzio. These attacks were met with fierce resistance, including devastating artillery barrages, with the US Navy providing vital support through artillery strikes from battleships and cruisers. Around 700 Marines took part in Operation *Shingle*, providing antiaircraft gunfire and ship-to-shore bombardment assistance.

THE EVROS MISSION

Based out of Cairo, Egypt, Gunnery Sergeant Thomas L. Curtis, a 29-year-old with 11 years of service in the Marine Corps, was a seasoned and skilled veteran. In March 1944, he was assigned as a demolition expert within the OSS. His team's primary objective was to disrupt the flow of vital materials – such as metals – being transported from Turkey to German weapons factories in Greece and Bulgaria. These shipments were essential to the Axis war effort, and the mission aimed to slow or halt their progress by destroying key infrastructure, particularly bridges.

The half-dozen-member team infiltrated Turkey, then split up to operate in Greece. Curtis, along with US Navy Radioman Third Class Michael Angelos, led a contingent of 50 Greek resistance fighters to demolish the strategically significant Alexandroupolis Bridge, a vital link for German supply lines.

For his contributions to the success of the Evros Mission, Curtis was awarded the Bronze Star for his bravery and service. His efforts were further recognized with a meritorious promotion to warrant officer, an acknowledgment of his exceptional abilities in executing complex and dangerous operations while leading others. Curtis's involvement in the mission was a significant achievement, underscoring his dedication to the success of Allied operations in the Mediterranean Theater and his critical role in disrupting Axis supply chains.

Gunnery Sergeant Thomas L. Curtis

By B. F. Giles Major General, US Army, for his work during the mission

CITATION:

For exceptionally meritorious conduct and heroic achievement in May 1944, in connection with military operations against the enemy in Greece. Gunnery Sergeant Curtis, serving in the capacity of liaison non-commissioned officer in the Evros district of Greece, was placed in command of a unit of fifty guerrillas and ordered to locate and destroy an important bridge, over which passed important raw materials for enemy industry. He traveled for a period of three days through a dangerous enemy-occupied area, carrying a great quantity of explosives, and although detected by the enemy, approached the bridge and was able to demolish it after capturing the guard. Through his courage, leadership and demonstrated ability, Gunnery Sergeant Curtis was mainly responsible for the successful completion of this mission.

OPERATION *UNION I*

By early 1944, preparations for the Allied invasion of Europe were well under way. In southern France, the mountainous region of Haute-Savoie had become home to several thousand French Resistance fighters, known as the Maquis. This region was of interest to both French General Charles de Gaulle and Allied planners, who saw its potential as a major base of operations to disrupt German forces prior to the upcoming invasion.

To assess and strengthen the Maquis, the OSS launched Operation *Union*. A small, elite team was formed, consisting of British SOE (Special Operations Executive) agent H. A. Thackwaite, French radio operator

Captain Pierre Fourcaud, and Marine Corps Captain Peter Ortiz. Their mission was twofold: to evaluate the strength and capabilities of the Resistance fighters, and to encourage a shift in focus from passive intelligence-gathering to more active guerrilla warfare against German forces.

The three-man team parachuted into Vercors, France, from an RAF Halifax bomber from No. 138 Squadron at Tempsford airfield north of London, in early January 1944. Codenamed "John 38," their mission was to insert near the Vercors Plateau, located in southeastern France.

Following the rules of war, the operatives wore their military uniforms; had they been captured in civilian clothes, they would have been classified and executed as spies. Ortiz, known for his boldness, proudly wore his Marine Corps uniform often with ribbons and insignia, even when venturing openly into towns, an act that won him the admiration and cheers of the French locals but quickly attracted German attention.

Despite the growing risks, *Union*'s operations flourished. The team coordinated the delivery of weapons, explosives, and supplies to the Maquis via aerial drops. They also organized extensive training sessions to enhance the fighters' guerrilla capabilities and even took part in direct raids on German military infrastructure. In addition to all of this, Ortiz volunteered to rescue four downed RAF crewmen and smuggled them through Spain, nearly 500km away.

While Thackwaite and Fourcaud generally remained concealed in the hills with the Resistance, Ortiz became something of a local legend for his daring exploits. On one famous occasion, Ortiz reportedly entered a café where he overheard German soldiers insulting American troops. According to legend, Ortiz dramatically threw open the overcoat his was wearing, revealing his Marine Corps uniform and .45-caliber pistols in each hand, and forced the German soldiers to toast to President Roosevelt and then toast to the United States Marine Corps.

The successes of Operation *Union* did not go unnoticed. By February 1944, the German command grew so alarmed by the Maquis' increasing strength and boldness that they dispatched three Panzer Grenadier battalions to Haute-Savoie to crush the uprising. Despite facing overwhelming odds, the Resistance, bolstered by *Union*'s leadership and training, held out for months. In May 1944, as Allied operations shifted focus toward the imminent D-Day invasion, the members of Operation *Union* were withdrawn. Due to his efforts and participation in Operation *Union*, Admiral Harold R. Stark awarded Ortiz his first Navy Cross.

Major Peter J. Ortiz

CITATION:

For extraordinary heroism in connection with military operations against an armed enemy, in enemy-occupied territory, from January 8, 1944 to May 20, 1944. During this period, Major Ortiz, together with two other officers of an inter-Allied Mission, after having been dropped from an airplane, reorganized existing Maquis groups and organized additional groups in the region of Rhone in a highly successful manner. By his tact, initiative, resourcefulness and leadership, he was largely instrumental in the acceptance of the mission by local Resistance leaders and in the effecting the organization of parachute operations from the delivery of arms, ammunition and equipment for the Maquis in his region. When four Royal Air Force officers were shot down in his region Major Ortiz, although his identity had become known to the Gestapo with the result increase in personal hazard, voluntarily conducted them to the Spanish border, after which he returned and fearlessly resumed his duties until he was directed to return to the British Isles.

Throughout the period of assignment, Major Ortiz repeatedly led successful raids against enemy forces greatly superior in number, inflicting heavy casualties with small losses to his own forces. His courageous leadership, and the astuteness with which these forays were planned and executed were an inspiration to his subordinates.

The actions of Major Ortiz throughout his dangerous mission reflect great credit upon himself and the United States Marine Corps.

The conditions of this awards are secret until the occupation of France is completed.

Harold R. Stark
Admiral, US Navy
Commander, US Naval Forces in Europe

OPERATION *OVERLORD*

"Why weren't the Marines at D-Day?" Let the record be straightened that at least seven Marines were confirmed to have landed in France on June 6, 1944. Additionally, at least another 600 Marines were present aboard Navy ships at sea as part of Marine detachments. These included: USS *Arkansas* (BB-33), USS *Texas* (BB-35), USS *Nevada* (BB-36), USS *Augusta* (CA-31), USS *Tuscaloosa* (CA-37), and USS *Quincy* (CA-71).

General Eisenhower even stated the usefulness of having the Marines on ships. The Marines would fire down upon mines in the water to clear the way to allow cruisers and destroyers better access to the beach areas to provide more accurate fire support.

Marines known to have taken part in Operation *Overlord*:

1. Colonel Robert O. Bare – Landed at Juno Beach as a joint staff observer for the Chief of Staff, Supreme Allied Commander, attached to 3rd Canadian Infantry Division (Assault Force J).
2. Colonel Richard Jeschke – Landed at Omaha Beach and was assigned to the Western Naval Task Force as the assistant planning

officer and joint operations officer, attached to US First Army HQ on D-Day.

3. Colonel James E. Kerr – Staff member assigned to Assault Force U, Western Naval Task Force. Kerr was sent ashore to assist with logistics deconfliction as reinforcements and supplies began landing. Kerr's leadership is credited with much of the logistics decongestion between Red and Green sectors of Utah Beach.

4. Captain Herbert L. Merillat – Public relations officer attached to 48 Commando Royal Marines in support of 3rd Canadian Infantry Division and the 2nd Canadian Armoured Brigade at Juno Beach.

5. First Lieutenant Weldon James – Public relations officer who landed with US sailors at Omaha Beach and helped provide targeting data for the USS *Texas*, allowing it to provide more accurate naval gunfire as Allied forces moved inland.

6. Staff Sergeant James R. Kilpatrick – Combat photographer attached to 48 Commando Royal Marines in support of 3rd Canadian Infantry Division and the 2nd Canadian Armoured Brigade at Juno Beach.

7. Technical Sergeant Richard T. Wright – Combat correspondent attached to 48 Commando Royal Marines in support of 3rd Canadian Infantry Division and the 2nd Canadian Armoured Brigade at Juno Beach. Wright manned a 20mm gun on his landing ship and exchanged fire with German forces ashore.

ELSEWHERE IN 1944

JANUARY 16: The withdrawal of the 3rd Marine Division from Bougainville is complete

FEBRUARY 4: Two planes from Marine Photographic Squadron 954 carry out the first photo reconnaissance of the Truk Atoll in the Marshall Islands

FEBRUARY 16: The 22nd Marine Regiment lands on beach White 1 and Blue 3 on Engebi Island, Eniwetok Atoll

MARCH 21: Marines with the 3rd Battalion, 22nd Marine Regiment, land on Ailinglaplap Island, in the Marshalls, and secure it

APRIL 1: The 9th Marine Aircraft Wing is activated at MCAS Cherry Point, North Carolina

APRIL 14: Marine Night Fighter Squadron 532 fly the Marine Corps' first successful interception by the F4U at night

MAY 10: James V. Forrestal is appointed Secretary of the Navy

JUNE 4: The US Fifth Army enters Rome

JUNE 15: The 2nd and 4th Marine Divisions assault Saipan

JUNE 17: The 105th Infantry Regiment of the Army's 27th Infantry Division lands on Saipan

JUNE 25: Japanese barges from Tinian carrying reinforcements to Saipan are intercepted by US Navy destroyers

JUNE 30: The active duty strength of the Marine Corps is 475,604 – 32,788 officers and 442,816 enlisted

US Marines train their 40mm antiaircraft gun on a Nazi aircraft, somewhere off the coast of France, June 6, 1944. These Marines were aboard USS *Texas*, which participated in initial action during the invasion. (USMC, photo by Cpl William R. Gibbon)

Marines aboard USS *Texas* man a 40mm antiaircraft
gun at a position just off the coast of France,
June 6, 1944. The Leathernecks are having a dull
time due to the absence of the German
Luftwaffe. (USMC, photo by Cpl William R. Gibbon)

Sailors and Marines aboard USS *Texas* man 20mm antiaircraft guns during action off the coast of France, June 7, 1944. (USMC, photo by Cpl William R. Gibbon)

Marine guards aboard USS *Texas* take German prisoners of war into custody on June 7, 1944. (USMC, photos by Cpl William R. Gibbon)

Marine Sergeant Joseph S. Sivy, of Aliquippa, Pennsylvania, passes out cotton to German and Italian prisoners who were captured off the coast of France and brought aboard USS *Texas*, June 7, 1944. The cotton should protect their ear drums from the 14-inch batteries that are about to start firing. Sergeant Sivy, who also took part in the invasion of North Africa, enlisted in the Marine Corps in May 1942 and joined the *Texas* in September 1942. (USMC, photo by Cpl William R. Gibbon)

Wounded Army Rangers being brought aboard USS *Texas* from Omaha Beach. Marines assigned to the 40mm antiaircraft gun behind look on. (USMC, photo by Cpl William R. Gibbon)

THIS AND SUBSEQUENT SPREADS Sailors and Marines crowd the deck to see the wounded Rangers brought aboard. (USMC, photos by Cpl William R. Gibbon)

US Marines and British Royal Marines at D-Day

By Technical Sergeant Richard T. Wright, US Marine Corps Combat Correspondent
June 6, 1944

Aboard a British Landing Craft, Guns, June 6, 1944 – The crew of Royal Marines and sailors on this courageous craft just finished the hottest 50-minute fight of their lives.

With guns belching death many times every minute, this "floating artillery" platform steamed to within 500 yards of German shore batteries today, as British Leathernecks blasted beach installations enabling the first wave of General Montgomery's Canadian troops to storm ashore in France.

At one stage in the assault this fighting ship was 400 yards ahead of the nearest supporting ship and drew most of the German fire from beach defenses. Her casualty list was very light in contrast to the hundreds of salvos which this landing craft guns smashed into the German-occupied village.

Forty-five minutes later I arrived on deck just in time to see a British battleship thunder the opening round in the invasion of this sector of the continent.

Low hanging clouds made the coast of France seem a long grey line off in the distance. I could see a large water tower and what appeared to be houses along the beach, as other warships began to pound away in an effort to blast everything that lived along the coast.

Hundreds of small landing craft, blue-grey transports, and many British men-of-war ploughed easily through heavy seas toward the sleepy-looking coastline.

Lieutenant Christopher D. Graham, Royal Navy, the skipper of this ship, spotted our particular target, which proved to be a battery of three-inch guns. Leaving the cruiser and destroyers behind, we moved out in front of the other assault units, and steamed full speed ahead toward our target.

Ten minutes later, at 0700, terrific blasts shook the beach while columns of dust and smoke rose high into the air. Although we could not see them because of the clouds, we knew that the American Army's Ninth Air Force was somewhere above.

Along with Royal Marine Corporal James Easton, of Glasgow, Scotland, I get set to man one of the 20mm twin Oerlikon guns on the port side of the bridge.

The first salvo from our guns landed somewhere to the left of our target. Shells from our warship whistled overhead while three-inch enemy shells cut the water around our ship. I strafed the houses along the shoreline with the Oerlikon, and then loaded for Corporal Easton who took great delight in, as he put it, "peppering the hell out of the Jerrys."

After firing four magazines of ammunition at German defenses on the coast, Corporal Easton and I were ordered off the gun to tend to two wounded Marines, who had been shot through the hand. We bandaged their hands as best we could and moved into their place on the larger gun.

The gun crew looked like seven dwarfs with their white-helmeted anti-flag gear and white gloves. They appeared glassy-eyed and the gun captain had blood streaming from a wound over his eye.

We fired salvo after salvo at the Germans as their three-inch shells continued to hit the ship.

Occasionally, I watched our skipper, who stands five feet six inches. He and the Royal Marine commander, Lieutenant Germa A. M. Ritson, were ducking three-inch shells on the bridge and barking orders. I began to understand how the traditions of the Royal Navy were made.

Finally, the order to cease firing came. I looked out over the water and saw hundreds of landing craft moving into the beach. Large tanks began to lumber up onto the sandy shore while the pop of machine gun fire, the blast of heavy cruiser shells bursting further in toward town, and occasionally a group of rocket shells bursting on the beach, heralded the initial landing of troops on French soil.

Royal Marines, who manned our gun, just lay and gasped for breath. Nobody said anything. They were too tired and dazed after firing their salvos at the Germans.

Five minutes later we saw two large explosions from the shore line, and were ordered to gun stations again. Two Landing Craft Tanks seemed to bend in the middle and turn over on their sides.

It was still unsafe to stand on the gun platform upright, as stray machine gun bullets and sniper fire were evident.

A small escort vessel came alongside, and one of our wounded was moved to the other craft where he was put in the care of a British doctor.

After 50 minutes of fighting, we took stock of our damage and found 15 three-inch shell holes in the hull of the ship, one in the bridge, and several on the gun platforms.

One shell had entered the mess deck and had chased a Royal Marine who was helping in the magazine room around the mess tables before it dropped to the deck, spent. He grabbed the shell, raced for a forward hatch, and tossed it into the sea.

"Harry," the galley chief, brought all hands a cup of hot tea, while the skipper cruised up and down the coast sector looking for trouble.

Battleships, cruisers, and destroyers continued to bombard the coast this afternoon as Allied air forces moved toward the front lines. At four o'clock we saw two Junker 88s being chased by two North American Mustangs.

With the aid of field glasses, we could see our infantry tanks, trucks, and an occasional jeep moving up the road to our right.

At four-thirty our tanks on the beach began blasting German machine gun nests on top of a small rise, directly in back of the town. Huge spurts of brown dirt geyser up into the air. We had a grandstand seat.

German snipers continued to peck away at Allied troops along the beach, while LSTs, and LCIs continued to move into the shore. Enemy mines held up the advance for some time.

We received orders to move out and act as a defense against German "E" and "R" boats. As darkness settled, we got set for the Nazi air force, which up to this time was missing.

At twelve o'clock a Junker 88 flew between our ship and a Landing Craft, Flak. It was so low that we could not fire upon it for fear of hitting other craft nearby.

The Germans began throwing up great red tracers in an attempt to down Allied planes who were bombing the Nazi front lines. A few minutes later we saw a plane, either ours or Jerry's, in a hail of ack ack fire just off the beach. Finally hit, he plunged seaward in a great ball of orange fire.

British "Dakotas," carrying either troops or ammunition, passed over our heads every few minutes. By one o'clock the sky was full of ack ack fire and both German and Allied planes.

Ammunition dumps on shore flashed occasionally as tracers burst out from the center in all directions. The warships continued to pound the shore.

A final radio broadcast announcing only light casualties to Naval personal and assault units was gratifying news to the Royal Marines and sailors aboard this ship.

TOP Sergeant Eric E. Dawe, Royal Marines, from Plymouth, England, and Staff Sergeant James R. Kilpatrick, Marine combat photographer from Detroit, Michigan, get together after the bombardment of the German beach defenses and landing the first wave of troops ashore at Juno Beach, June 6, 1944. (USMC, photo by TSgt Richard T. Wright)

BOTTOM Royal Marine Corporal James Easton (left), of Glasgow, Scotland, and Technical Sergeant Richard T. Wright, of Arlington, Virginia, Marine combat correspondent, "jock" aboard a British landing craft after a 50-minute engagement with German shore batteries, June 6, 1944. (USMC, photo by SSgt James R. Kilpatrick)

OPPOSITE Aboard a British Landing Craft, Guns (LCG) on D-Day. British troops wait to disembark on the coast of France, June 6, 1944. (USMC, photo by SSgt James R. Kilpatrick)

Royal Marines Blast Nazi Defenses

**By Technical Sergeant Richard T. Wright, US Marine Corps Combat Correspondent
June 6, 1944**

Aboard a British Landing Craft, Guns – This first morning after "D-Day" at our anchorage 1,000 yards from a battered coast town in France, is far from peaceful.

The British battleships *Warspite* and *Rodney* are lobbing shells ashore with their fifteen-inch guns in an attempt to blast German strongholds eight miles inland, where a forward observer wired the range. The occasional blast of a destroyer's guns reminds us that fighting ashore is still bitter even along the coastal sectors of this beach.

The beaches at our sector are loaded with tanks, jeeps, trucks, and artillery. Equipment is being moved to the front lines as fast as possible, while LSTs by the hundreds are anchored a short distance off shore, waiting to steam in and unload their cargo of men and supplies.

At ten thirty this morning four Nazi Junker 88s peeled off and over at an LST unloading on the beach. Anti-aircraft fire shot the tail away from one plane and it crashed a rubble of dust and flames on the beach. Another Jerry crashed a short distance inland, while the two other planes took off in the distance.

Pulling along an LST bound for the United Kingdom late this afternoon, I said goodbye to a great crew of English, Scotch, Irish, and Welsh Royal Marines and sailors, after ten days as part of the ship's company.

Climbing aboard the LST I heard a deck hand exclaim, "look at that funnel, she sure caught bloody hell!" He wasn't wrong.

Aboard this ship are six RAF crewmen who were shot down off shore by Jerry ack ack last night, while towing a glider plane full of supplies. Our other guest is a German flyer, a pilot officer, who was shot down by American "lightning." He landed by parachute on the beach just as a German mine exploded alongside a British Landing Craft Tanks, and was knocked out by the blast.

Newsmen Were Closest Marines to Normandy Landings

**By Herbert L. Merillat
Originally published in *Fortitudine* magazine, spring 1944**

The role of US Marines on D-Day in Normandy was pretty much limited to service on battleships and cruisers that were bombarding the beaches. A crack Marine battalion that had been sent to Londonderry early in the war to help defend Northern Ireland never got into action in Europe; it was eventually dispersed among units in the Pacific. Thus it happened that the US Marines who got the closest to the Normandy beaches on that fateful June morning were a team of three combat correspondents attached to the London headquarters of the US Naval Forces in Europe. These were myself (then a captain), TSgt Richard T. Wright, and combat photographer SSgt James R. "Scotty" Kilpatrick.

I arranged with the Royal Marines and Royal Navy for the three of us to take part in D-Day proceedings on LCGs — Landing Craft, Guns. These were British tank landing craft converted to serve as floating artillery. A twin-gun turret of 4.7-inch guns was mounted on each LCG. With their shallow drafts the LCGs could get close to the shoreline, just outside the belt of underwater obstacles, and deliver direct fire against German pillboxes and other targets on the beaches – part of Hitler's Atlantic Wall – just before assault troops landed. Then they could take on targets farther inland.

The skipper of LCG-1007, in which I embarked, was Lt Hugh G. Ashworth, and the commander of the Royal Marines contingent was Lt George Hardwick, RM. The ship's company consisted of 16 seamen and 46 Royal Marines who manned the guns. We were assigned to Juno Beach in the British sector, where a Canadian division would land.

Our LCGs were part of a vast armada assembling at Portsmouth, one of the many British ports from which the cross-Channel drive was to be mounted. We joined the ships on May 28, speculating that we would shove off for Normandy about the 4th or 5th of June. Electrical engineer teams attached mysterious wires and boxes to ships' masts; we later learned they were devices to foil enemy radar. But balmy summer weather turned wet and windy. On the 4th everyone felt let down when word came that D-Day had been postponed. It was, however, rescheduled for 6 June; as we now know, it was one of Gen Eisenhower's most difficult and momentous decisions. Our flotilla set out from Portsmouth on the morning of the 5th. Shortly after noon we entered the English Channel from the Solent, the first group after the minesweepers.

That night the Channel was alive with ships – fast ones, slow ones, fighting ships of all sizes, transports, landing craft, tiny rocket boats – overtaking or falling behind according to an intricate and inflexible pattern that would get each to its proper position off the Normandy coast at dawn. As one who had taken part in the first US amphibious attack in the war, against the Japanese at Guadalcanal in August 1942, I was much impressed by the variety of new

ships and boats that had been developed for such operations.

One of our main engines broke down after midnight. There were anxious minutes while it was repaired and we tried to recover our position in the formation, with the skipper peering through the gloom at numbers on buoys and other vessels. All night long the sky over the French coastline ahead was alive with German ack-ack, sweeping the skies like hoses of fire as Allied bombers roared in, wave after wave. As we later learned, some of the Allied planes carried parachutists in the early morning hours.

By 0530 it was growing light. Already the big naval guns were bombarding the shoreline of the American beaches west of us. At our beach the heavy naval guns opened fire behind us at 0600 and heavy bombers began coming over to blast the landing beaches. The shore was barely visible through smoke and dust. We closed in with the first assault wave of Canadian troops and began firing on our first designated target – a German pillbox mounting three-inch guns.

Just before the assault waves reached the beach sheets of flame rose from rocket craft astern of us. Clusters of rockets zoomed over our heads and crashed on the beach. As the Canadians went ashore, our guns were silent. Later we fired at houses in the village of Courseulles, at a strongpoint between two villages, and into the woods beyond.

In the first exchanges of fire some nearby vessels had been holed. Among them was our flotilla leader; one seaman was killed. TSgt Wright, on that LCG, joined in firing twin Oerlikon guns at beach targets. By 0930 the last German gun shelling Allied vessels from Juno beach had been silenced. Our own targets were now inland, ahead of the Canadian advance. Our ships' main work done, we watched in the afternoon as the Canadians moved slowly beyond the dunes.

The visually most spectacular events began at dusk. For hours the sky was full of Allied planes, as in the night before. First the bombers came, group after group. For half an hour the air was full of their thunder. Then the big, black transports and gliders filed over. (Later the troops landed in our sector were identified as the 6 Air Landing Brigade.) Coming low from the north amid heavy antiaircraft fire, the planes crossed the beach, wheeled, dropped their loads, and headed back. Within our field of vision one craft fell in flames in the sea, another crashed trying to land in a field, while a third, smoke trailing from an engine, swooped low, then began rising steadily and, as we all cheered, started back toward England.

The nighttime mission of our LCG was to help guard that vast assemblage of ships against possible attacks by German motor torpedo boats from bases nearby in the mouth of the Seine. It was not an E-boat but a Junkers 88 that almost got us. The German bomber dove low over the defense line shortly before midnight. It was shot down by a flak ship in our flotilla but crashed into the sea dead ahead of LCG-1007.

It was too late to reverse engines, and as we crouched on the bridge to take the shock of a possible explosion the skipper shouted down the voice pipe, "Full ahead together." Our LCG crunched into the plane, cutting it in two, and passed over the wreckage as German aviation gas drenched the gun crew in our bow.

All night the sky and the land behind the beaches were aflame with flares, bombs, artillery fire, burning buildings and planes, and great whips of German antiaircraft fire that lashed across the sky, interlacing, crisscrossing. We stayed on station for three days and nights and then returned to England. The three US Marines who had been closest to the action left their friends of the Royal Marines and Royal Navy with admiration and respect and some vivid memories. We could not claim to have contributed much if anything to the victory, but we were pleased that we had been able to witness at close quarters one of the greatest battles in history.

Author note

In the first paragraph Merillat is referencing Marine Barracks, NOB Londonderry, which was around the strength of a regiment at its highest end strength. At its peak, the Londonderry battalion had 1,600 stationed at it. However, he did not know of the unit's participation in Operation *Torch*. At the time, it is highly probable that Merillat was not knowledgeable of the unit's activities due to the general business of the war. With so few Marines in the United Kingdom to begin with, and the secrecy involved, it is likely Merillat was ignorant of the presence of Marines on staff helping to plan the invasion.

OPPOSITE Lieutenant Hugh Ashworth, Royal Navy Volunteer Reserve, and Lieutenant George Hardwick, Royal Marines, brief Marines en route to Juno Beach, Normandy, with Captain Herbert L. Merillat and Sub Lieutenant D. B. Beyon, Royal Navy Volunteer Reserve, watching from the bridge. (USMC, photo by SSgt James R. Kilpatrick)

Marines Aboard USS *Texas* Stood by to Reinforce Rangers in Normandy

**By First Lieutenant Weldon James, US Marine Corps Public Relations Officer
June 6, 1944**

USS *Texas* – How Marines from the detachment of the battleship *Texas* almost took part in the land assault on Normandy in the French invasion was revealed here as 10 of the men reported to R&R Center for reassignment and 30-day furloughs.

"American Rangers were attempting to scale a 100ft cliff," said Sgt Kenneth R. Cheek of New York City. "The Germans were rolling grenades down the cliff and raking them with machine gun fire. Our 14-in. guns were plastering the enemy over the Rangers' heads, but it looked as if they were going to fail to take the cliff.

"The Marine captain on board called for volunteers to go ashore and reinforce the Rangers. We volunteered and were ready to go, but at the last minute the plan was called off. After 18 hours of fierce fighting, the Rangers took the hill.

"Maybe it was lucky we didn't go in as twenty-eight months of sea-going duty isn't the best sort of conditioning for assaulting a 100ft high [cliff]." Pfc. Adelco J. Venitelli of North Plainfield, NJ, recalled that at Normandy "five or six of us were sent out in barges to shoot out enemy flares that were lighting up the area around the *Texas*. We were armed with rifles, BARs and machine guns."

At Cherbourg, he said, Marines whose normal duties were as AA gunners were used as riflemen to pick off floating mines. The *Texas'* roughest time, in the opinion of PFC Robert C. Ogden of Endicott, NY, was during the battle for Cherbourg June 25.

"We shelled the French coast for three solid hours and the shore batteries were dropping big ones all around us," he related. "A 200mm shell crashed into the forecastle and stayed there. It was a dud – luckily – because it had come to rest in a warrant officer's cabin. Later a fire started in an ammunition stack. We had to go in and toss live ammunition over the side of the ship before it could explode. We had to run in and out between salvos from our own guns to toss the ammunition overboard and extinguish the fire."

The *Texas'* Marines were proud, too, of "victories" over our Allies. In September, 1943, said Corp Bernard J. Finnegan of Flushing, NY, the Marines defeated a British Royal Marine pistol team at Gibraltar.

"We hadn't fired pistols since boot camp," he said, "but we won pretty easily."

And PFC Clarence A. Neitzelt of Wheeling, W Va, told how the Army's championship team challenged the *Texas'* Marines to a match at Oran, North Africa. "We beat them – about 8 to 1," he grinned. Members of the detachment served as color guard at Casablanca in February, 1943, for an impressive "changing of the flags" ceremony.

Shells from German shore batteries impact around USS *Texas* the morning of June 6, 1944. (US Navy)

Slam-bang Fight of U.S.S. Texas Against Heavy Nazi Batteries Told

BATTLESHIP TEXAS IN ACTION—Smoke from her 14-inch guns hover over American warship in three-hour gun duel with German shore batteries at Cherbourg. The queen of the older Fleet received two direct hits. (AP) Wirephoto

TOP The *Los Angeles Times*, August 14, 1944, featuring Lieutenant James's stories. Several dozen newspapers across the country republished James's stories of the sailors and Marines aboard USS *Texas* during D-Day. (LoC)

BOTTOM The *Greenville News*, August 14, 1944. (LoC)

ABOVE Second from the left is Lieutenant General Omar Bradley, then Colonel Richard H. Jeschke and on the right is Major General J. Lawton Collins. Jeschke had previously served as the commanding officer for the 8th Marine Regiment, 2nd Marine Division. In the summer of 1943, he was transferred to the Western Naval Task Force as the officer in charge of Force Marine Operations and Training located in the Mediterranean under command of Rear Admiral Henry Kent Hewitt. In his position on the task force, Jeschke helped plan Operation *Husky*, the invasion of Sicily. Omar was so impressed that following the success of Operation *Husky*, Jeschke was transferred to the First Army staff and worked directly for Bradley himself to help plan the invasion at Normandy. By D-Day, Jeschke was transferred back to the Western Naval Task Force as the assistant planning officer and joint operations officer. On D-Day, Jeschke went ashore with Bradley. Throughout the entirety of Operation *Overlord*, Jeschke made frequent trips from shore to ship with updates to help keep Admiral Alan Goodrich Kirk informed of naval gunfire effectives and provide reports on the progress of troop and logistics advancements. For his work on

D-Day, Jeschke was awarded the Legion of Merit with Combat "V" and also received the French Croix de Guerre with Gilt Star from the government of France. (MCHD)

INSET While he did not land in Normandy, Colonel William T. Clement was assigned to work on plans for the cross-Channel movements of D-Day. Shortly after Operation *Overlord*, he was transferred to the 6th Marine Division in the Pacific. (MCHD)

LEFT In June 1943, Robert O. Bare was serving with the G-3 (operations) of I Amphibious Corps when he received orders to Navy headquarters in London. After reporting in, Bare was placed as a staff officer of plans inside the Navy section working for British Admiral Sir Bertram Ramsay. Bare's work consisted of scouting training areas for Allied troops in addition to visiting command and installations to coordinate and work on combined and joint plans. Bare and other staff with him worked on much of the preliminary planning in 1943. It would not be until the very beginning of 1944 when General Dwight D. Eisenhower was named Supreme Allied Commander and Admiral Kirk and his staff arrived from the Mediterranean in March that the planning for D-Day began in earnest. Prior to D-Day, Bare requested to be attached to a British unit. As such he was attached to British Naval Force "J," which would be landing the 3rd Canadian Infantry Division. (MCHD)

BOTTOM Colonel Bare's Bronze Star Medal citation. (MCHD)

THE SECRETARY OF THE NAVY
WASHINGTON

 The President of the United States takes pleasure in presenting the BRONZE STAR MEDAL to

COLONEL ROBERT O. BARE,
UNITED STATES MARINE CORPS,

for service as set forth in the following

CITATION:

 "For meritorious achievement while attached to the British Assault Force J, as an Observer during the Normandy Invasion, from 29 May to 13 June 1944. Accompanying the forces through hazardous mine-infested waters as well as bomb and gunfire attacks, Colonel Bare participated in the attack by the British on the section of the Normandy coast near Courselles-sur-Mer on 6 June, observing all phases of the operation from the embarkation to the assault over the beaches until his return to England on 13 June. Compiling notes and making detailed sketches of his observations, he later incorporated these into a most valuable report. By his extraordinary initiative, keen judgment and courageous devotion to duty, Colonel Bare obtained information of great and immediate value to the United States in the successful prosecution of the war, thereby reflecting credit upon himself and the United States Naval Service."

 For the President,

 James Forrestal
 Secretary of the Navy.

Dear Tom:

     My typing will probably be worse than yours, but it's better than my handwriting.

     I could write pages, and talk for hours on the planning for the Normandy landings. The year I spent in England prior to, and during the landings, were the most interesting of my career,

     To go back a bit. After WW-1, it was the concensus that an Amphibious landing in the face of opposition was foolhardy, and probably impossible. A few Marine officers, and even fewer Naval officers doubted this, and began an intensive study of such operations with a view toward developing a doctrine for making such landings possible.

     The majority of this work was done at the MCS, and took the form of instructional pamphlets, which in the middle 30's xxx were collected into the publication known as FTP- 167. To my knowledge, this was the first such publication in the world. At the beginning of WW-2, the Army copied it word for word, and picture for picture, and issued it as a TR. At the beginning of WW-2, the only xw@ two nations in the world with an Amphibious doctrine, were the US and Japan. To illustrate how little the Army was interested in amphib operations prior to the war- when I was a student at the Army C&GS School at Leavenworth in 1938-39, the course in Amphib operations was about 6 hours, taught by a Coast Arty Lt. Col. who one day in exasperation at trying to explain Landing Schedules and Boat Diagrams, said, "If you really want to learn something about this get ahold of a good Marine Corps sergeant and have him explain it".

     My belief is that the MarCorp made a major contribution to the war effort by having ready an Amphib doctrine, upon which the refinements could be built. Much the same is true for the development of close air support, and the use of the helicopter.

     Now to Normandy. In June 1943, I was G-3 of the I Amphib Corps, for Gen. H.M. Smith,in San Diego. One day I received immediate orders to report to Hq. USMC for overseas assignment of an unspecified nature- ev n Gen Smith didn't know what nor where. On reporting to Hq I was sent to the Navy Dept. to xxxx see BG Reilly, USMC. All he would tell me was that I was going to England to be assigned to a combined staff for a period of about a year, and that I woud have to travel in civilian clothes. Ibought an old suit, shirt and tie from a friend, was processed in haste for passport and transportation, and before I came to was flying to England via Ireland, hence the civilian dress.

     A Capt. Gordon Huchins, USN was on the plane with me, and after we had reported in to the Navy Hq in London, we were sent on down to Norfolk House, and reported to Lieut. Gen. Sir Frederick Morgan, & British Army. We found that he was COSSAC, the Chief of Staff to the Supreme Allied Commander, and of course at that time there wasn't any such person.
     We found that for two years plans had been going on for "The return to the continent", and that the planning was definitely now to go on

THIS AND SUBSEQUENT PAGES Bare's reflection on the planning of Operation *Overlord*. (MCHD)

[9 MAY 1966?]

in a more intensive and realistic fashion. The planning was taken
out of the hands of Combined Operations, and placed in Cossacs hands.
     Incidentally, a book by Gen, Morgan entitled, "Overture to
Overlord" is excellent reading. I consider Gen. Morgan one of the
best military men I ever met.
     Cossac was composed of an Army, Navy, and Air Force section.
The Navy section was headed up by a British Admiral, and Capt.
Hutchins and I, along with eventually about 5 others, composed the
US portion of that section. After things got shaken douwn a bit,
I was designated the SOP (Staff officer,plans). It was fascinating
work, since I was in on all the most secret dope, and had an opportunity
to travel in seeking out training areas, and visiting various
military commands and installations in working out the intricate
c ombined plans.
     In the fall, although the Supreme Allied Commander had not been
named, the three Service Commanders were, Gen, Montgomery as ground
forces CO, Gen Sir Trafford Leigh-Mallory as Air CO, Mx and Adm.
Sir Bertram Ramsey as ANCXF (Allied Naval Commander Expeditionary
 Force), and he now became our boss. He was a fine man. He had been
retired, called back, and was the man who controlled the evacuation
from Dunkirk.
     In Dec. 1943. Gen Eisenhower was Mx named as the Supreme Allied
Commander, and took charge in the middle of Jan.
     The planning all along had envisaged only landing in the area to
the west of La Havre. This mainly because of lack of forces, and
uncert nty of the outcome of some of the operations in the Med. It
now bec me apparent the the sc pe of the landings could be enlarged,
to include landings on, and at, the base of the Cotantin Peninsula.
It was decided to assign these landings to the US, and the others to
the British. I think it was about March 1944, when Adm. Kirk and his
staff came up from the Med, and the planning for the American operations
got into high gear.
     As the planning progre sed many new and wonderful ideas were
formulated, none of which can really be tied down to one m n. Such
things as the artificial harbors, the pipe lines across the Channel,
the many clever diversion and deceptive plans, the swimming tanks,
and other tanks with flails to beat the mine fields, and other with
bridges attached, rocket ships, and large landing craft with large
calibre guns for close support.
     The plans for the control and movement of this huge force across
the Channel are almost unbelievable. Lanes had to be swept for
transports and NGF ships. Some ships had to leave from Scotland, and
yet be tied in with the whole force. There was the always high
probbbly probability that the Germans would find and hit the force
from the air. By dark of D-1 there would be some 4000 ships and
boats only about 15 miles from the landing areas. The fact is that
the Germans did not discover the huge forssix force is in my mind
due to several things. An elaborate deception effort had been made
to lead the Germans to believe that the main attack would come in
the Pais de Calais, and the other the wise decision of Gen. Eisenhower
to go ahead with the attack although the weather was marginal. The
German is a land animal, and he didn't believe anyone in his right
mind would venture a landing in such bad weather.
     As the time approached, D-day that is, our Hq. moved down to
Southwich House, near Portsmouth, and I began to wonder how I was
going to get to go Normandy with the troops. Fortunately, a
dispatch came from the CMC asking that Maj. Jimmy Kerr and I be
allowed to go along as observers. Being pretty well up on US
Amphib work, I requested to go with a British force. Since Gen,

Montgomery would not allow any observers with the ground troops, it
was arrangedthat I could go with British Naval Force "J",which lifted
the 3d Canadian Inf, Div. which landed at Bernier sur Mer, and
Courseulles sur Mer. Except for a mine, which looked at that time
the size of the Lincoln Memorial, drifting on our starboard side, the
trip was uneventful. Not a German plane showed up until about 2000
on D-day, and in the ensuing 10 days I was there, there were very few
showed up. Commodore Oliver, the CO of Force "J", was good enough
to take me ashore nearly every day, beginning with the afternoon of
D-day. There hadn't been too much resistance on the beaches, but the
Canadians were hit hard as they pushed inland.

Well, Tom. give and old man a chance to talk, and he will take it.
Now, I had better answer your questions.
I was on the staff of Adm. Sir Bertram Ransey, the Allied
Naval Commander in Chief, *as Staff Officer, Plans.*
The British had an Amphib Opn book, which was not so near
compleat as ours.
Full use was taken of reports from other operations and from
observers and people engaged in them.
Other Marines involved. Maj. Jimmy Kerr, who lives near Quantico,
was in SW England with the Commander of Landing Craft and Bases US.,
and went to France with the US Naval Task Force under Adm Kirk.
Col. Johnny Clement was on the staff of the Commander Naval Forces
Europe. They were more logistical in nature and had little to do with
the overall planning. Col. Jeschke was the Marine officer on Adm,
Kirks staff. What he did, I don't know. A Col. John Anderson was
on the rather defunct Combined Ops staff.
It may sound egotistical, but, so far as I know, I am the only
US Marine officer who was on the overall planning staff. What I
contributed is doubtful, but as I said before, it was the most
interesting part of my military life, and many of the events are as
fresh now as they were 22 years ago.

As to Tex and Nancy, I will offer no comments, except to say
that she and Sandy^free from fear and continual tension. They are
up in Menlo Park today for a horse show. Sandy is crazy about horses.
Our best to you and Alyce.

Sincerely

Bob Bare

OPERATION *BUGATTI*

In preparation for the Allied landings in southern France for Operation *Dragoon*, the OSS devised Operation *Bugatti* – a mission intended to help tie down German forces, create confusion, and disrupt enemy activities behind the lines. A four-man team was assembled, consisting of one British officer, two French officers, and led by Marine Major Horace W. Fuller. Their target was the town of Tarbes, the provincial capital of the Haute-Pyrénées in southwestern France.

The Haute-Pyrénées was rich with targets of importance to the Allies. Within the area were critical sites including an aircraft engine factory, an artillery ordnance plant, a major railway yard and repair facility, and an oil refinery at Peyrouzet, just east of Tarbes. Unfortunately for Fuller's team, the region was heavily garrisoned by several German regiments.

Major Fuller was no stranger to combat. A veteran of the 1st Marine Division, he had landed on Guadalcanal in August 1942 and was wounded when a Japanese aircraft strafed his position, leaving him with a leg injury.

On the night of June 28, 1944, a B-24 Liberator took off from Blida Airfield near Algiers, carrying Fuller and his team into occupied France. After a five-hour flight, they parachuted into the countryside and linked up with local Maquis Resistance fighters. Over the following weeks, Fuller's team led the Maquis on a series of successful sabotage missions, engaging in multiple firefights with German forces. One notable clash occurred on July 17 near Arbon, where they killed 16 German soldiers without suffering a single casualty.

By July 20, Fuller and the Maquis had struck all their assigned targets and were destroying rail lines faster than the Germans could repair them. Their most significant success came when they halted the shipment of 50,000 tons of iron ore, a critical blow to the German war effort.

The team's sabotage efforts also extended to the Peyrouzet oil refinery. By manipulating the local river control valves, Fuller's operatives deprived the refinery of its water source, rendering it powerless to generate electricity and halting its fuel production.

On the night of August 14, following orders from General Charles de Gaulle for a general uprising across southern France to support Operation *Dragoon*, Fuller coordinated a large-scale Maquis offensive in the Haute-Pyrénées. Ambush teams were placed at key road junctions to disrupt and paralyze German movements, sowing chaos ahead of the Allied landings.

In the weeks that followed, Fuller's small guerrilla army swelled to nearly 5,000 fighters. Together, they executed a relentless series of

TOP Liberated French citizens gather in the center of their town to heap praise and thanks on Major Horace Fuller (center with pistol belt on, wearing light top and dark pants) in the town of Luchon, after he and his team had routed the Germans garrisoned in the town. (NARA)

CENTER Major Fuller (near center to the left of the man in the dark suit), his team, and Maquis in Tarbes, 1944. (Horace Fuller)

BOTTOM Major Fuller (third from the right back row with garrison cap on) stands with a captured German standard in Luchon. The flag was obtained after the group completed an ambush operation. Fuller, along with the French, had captured members of the elite 3rd SS Panzer Division Totenkopf. The unit was infamous in France for having committed a massacre in Le Paradis. (Horace Fuller)

Lieutenant Colonel Horace W. Fuller

CITATION:

For conspicuous gallantry and intrepidity while attached to the Office of Strategic Services, United States Naval Forces in Europe, in action against enemy forces in enemy-occupied France, from 28 June 1944 to 15 September 1944. Parachuting into the Hautes-Pyrenees Department of France to organize, arm and lead resistance forces personnel in sabotage and other underground activities against enemy troops and installations, Lieutenant Colonel Fuller assembled men and arms to withstand an attack, on 17 July, of over five hundred German troops, inflicting heavy casualties on the enemy without the loss of a man of his own group. Due to the heavy concentration of enemy troops in his area, he voluntarily changed to civilian clothing the better to accomplish his task, making himself liable to treatment as a spy in the event of his capture and, on 14 August, led his Maquis forces in a series of raids and ambushes to liberate Tarbes, in which over six hundred prisoners and much German equipment were taken. Throughout this entire period, he led his forces in sabotage activities, severing the rail and power lines and rendering useless the oil refinery at Peyrouzet by outing off its water supply. His courage and devotion to duty were in keeping with the highest traditions of the United States Naval Service.

ambushes along the France–Spain border, capturing more than 400 German soldiers. Operation *Bugatti* became so successful that Fuller's forces no longer needed Allied reconnaissance aircraft; they had seized several German airfields – and aircraft – allowing them to conduct their own limited air operations.

For his actions and leadership, he was awarded the Silver Star by the United States and the Croix de Guerre by the French government.

PROJECT SAFEHAVEN

By late 1944, the eventual defeat of Nazi Germany was becoming increasingly clear to Allied leadership. Although fierce fighting still lay ahead, policymakers were already focused on shaping the postwar world – and ensuring that Germany would never again pose a global threat.

Within the Foreign Economic Administration, a group of strategists launched Project Safehaven – an ambitious operation aimed at identifying and securing German assets hidden abroad. Its goals were fourfold: prevent Nazi officials from smuggling wealth out of Germany to fund future revanchist movements, restrict German economic activities outside its borders, preserve German-held assets to aid in Europe's reconstruction after the war, and block the escape of Nazi leaders already marked for postwar war crimes tribunals.

While numerous individuals and agencies contributed in different capacities, the OSS took a leading role in intelligence gathering. Among its operatives was Second Lieutenant John Mowinckel, assigned to the OSS detachment supporting the US's Third Army under General Patton. Mowinckel was tasked with spearheading OSS efforts for Project Safehaven, working deep behind enemy lines to track financial movements and identify hidden Nazi resources.

During his service, Mowinckel distinguished himself in combat as well as intelligence operations. He was awarded the Bronze Star after fighting his way out of a German ambush 15km behind enemy lines. Just nine months later, he earned the Silver Star for another daring mission, infiltrating German positions once again to establish critical contact with advancing Soviet forces.

Mowinckel's efforts – and the broader success of Project Safehaven – played an important role in disrupting the Nazis' ability to create a postwar underground network and in laying the financial groundwork for Europe's recovery.

Second Lieutenant John W. Mowinckel

CITATION:

For meritorious service in connection with military operations as Intelligence Officer, Office of Strategic Service Field Detachments, European Theater of Operations, on 15 August 1944. Second Lieutenant Mowinckel, in order to obtain intelligence, escorted French agents fifteen kilometers into enemy-held territory. While en route, they were spotted by a German machine gun crew which immediately opened fire on them. He managed to direct the jeep up a side road and by passed the German position, after which he directed the party to within a few hundred yards of the town of Morey which was strongly held by the enemy. Here the agents were dropped off and proceeded on their mission. Through second Lt. Mowinckel's devotion to duty and courageous determination, much vital information was made available to the United States Armed Forces.

Second Lieutenant John W. Mowinckel

CITATION:

The President of the United States of America takes pleasure in presenting the Silver Star to Lieutenant John W. Mowinckel, United States Marine Corps Reserve, for gallantry as a member of the Office of Strategic Services Detachment, THIRD United States Army, in action in Austria. On 3 May 1945, Lieutenant Mowinckel courageously volunteered to infiltrate through enemy lines to establish contact with Russian units in the vicinity of Perg, Austria. Accompanied by two intelligence agents, he fearlessly proceeded through the enemy lines and, although halted and interrogated by German SS personnel, succeeded in continuing his vital mission. The information this intrepid officer obtained concerning the position of the approaching Russian elements and the disposition of enemy troops was an important contribution to the success of tactical operations. Lieutenant Mowinckel's courageous actions and unswerving devotion to duty was in keeping with the highest traditions of the military service.

THE MONUMENTS MAN

Captain Marvin C. Ross served in the G-5 section of the Supreme Headquarters Allied Expeditionary Force (SHAEF) staff, representing the Monuments, Fine Arts, and Archives (MFAA) program. He, along with several hundred other Monuments Men, helped locate, salvage, and preserve Europe's irreplaceable cultural treasures amid the devastation of war.

Ross enlisted in the US Marine Corps in 1942 and later saw combat in the South Pacific, serving in New Zealand and the Solomon Islands. In February 1944, he was transferred to the MFAA Branch at SHAEF Headquarters in London, appointed deputy advisor under the leadership of renowned "Monuments Man" Colonel Geoffrey Webb. Chosen for his knowledge of military organization and procedure, Ross played a critical role in coordinating monument protection plans for both the Normandy invasion and the anticipated postwar military government in Germany.

Beyond his administrative responsibilities, Ross served as a vital link between headquarters and the Monuments Men in the field. He provided updated information critical to their operations, including captured German documents, technical manuals, lists of protected sites, intelligence on newly discovered repositories, and reports from interrogations of suspected art looters.

Ross also took on field missions himself. In December 1944, he inspected cultural repositories near Strasbourg, France, in search of looted art. At Haut-Koenigsbourg, a historic château north of Colmar in the Alsace region, he uncovered a vast cache of priceless treasures looted by the Nazis from Alsace.

Amid the disorder, Ross discovered a remarkable find: the panels of the Isenheim Altarpiece by Matthias Grünewald, hidden safely in the cellar. According to his report, the château's caretaker had taken extraordinary measures to protect the masterpiece, reinforcing it with heavy timber supports and refusing to let it out of his sight.

Ross's combination of front-line service, logistical expertise, and commitment to preserving Europe's heritage made him a figure in the success of the MFAA's efforts during and after the war.

OPERATION *DRAGOON*

Sometimes called the second D-Day, Operation *Dragoon* saw the Allies make a second major landing in France at the French Riviera just two months after Operation *Overlord*. Originally envisioned to occur at the same time as the Normandy landings, the two operations were originally named Operation *Sledgehammer* (*Overlord*) and Operation *Anvil* (*Dragoon*). However, due to equipment and ship limitations, the concurrent operations were not to be. It was decided to put everything into the northern landings at Normandy and not divert resources away from the Italian campaign.

The Allied landings were a success, seeing little resistance initially due to effective sabotage operations by French Resistance fighters and OSS operatives, Allied paratroopers securing important areas, excellent pre-bombardment targeting by Navy ships and air forces, and an already underway general retreat of German troops. The advancing Russian

Second Lieutenant Walter Taylor

CITATION:

Second Lieutenant Walter Willard Taylor, Jr. (MCSN: 0-25233), United States Marine Corps, was captured by German Forces while serving with the OSS in Europe on 24 October 1944, and was held as a Prisoner of War until returned to US Military control at the end of the war.

Marines at Operation *Dragoon*

By Technical Sergeant Richard T. Wright, Marine Corps Combat Correspondent

Aboard a US battleship, August 15, 1944 – After silencing a heavy caliber battery of German coastal guns early this morning, Sailors and Marines manning this battleship were treated to two outstanding performances by Allied units which livened up an otherwise "dull D-Day" for them during the assault on Southern France.

With the exception of the men serving below the main deck, all hands had grandstand seats to watch the work of a fighting French cruiser and an invincible group of American heavy bombers.

The snub-nosed French cruiser started off by being the first ship in this task force to open fire on the enemy – evidently it had been agreed that the honor was entirely hers.

Moving to a broadside position 7,000 yards from her target on the beach, the cruiser's guns belched flame continuously for 70 minutes.

After knocking out her target she began plastering everything in sight on the beach in an unprecedented attack of fire power which had the men on this ship wondering just when her guns would come apart.

Around ten o'clock a German heavy caliber battery 3,000 yards inland opened fire on the Frenchmen. Crew aboard this ship could see shells hitting the water a few hundred yards in back of her.

An American destroyer which had been cruising up and down the beach looking like a fox terrier in search of trouble, laid a smoke screen around the French cruiser which concealed her immediately.

Five minutes later the French sailors got their revenge.

Contacting a spotting plane which gave them the range of their target, the Frenchmen opened up with everything they had. Blasting at rapid fire she dumped salvo after salvo on the Nazi battery up in the hills. Finally, the order came through: "Cease firing, target destroyed."

Sailors and Marines were surprised to find that this was not enough for the French cruiser. Seconds later she opened up again, this time with broadside salvo, as German targets continued to "take it" from the Frenchies.

"Those Frenchmen are making up for a lot of lost time," a Leatherneck aboard this ship stated.

Having attacked heavy German shore batteries from point-blank range before H-Hour, Southern France, this ship's 12 big guns so completely saturated beach defenses that there was no answering fire from the Germans ashore.

Sailors and Marines were convinced that the pounding they gave the Germans was quite a performance – that is until 1:15 this afternoon.

Cruising slowly some 5,000 yards offshore, crewmen on this ship watched a group of B-24 bombers soar in from a southwesterly direction, to bomb beach installations along a particularly troublesome sector which the "Jerry" still held on the South coast of France.

Waiting for the inevitable bang as the bombs hit, Sailors and Marines were completely awed by the terrific blasts which shook the ground as great scoops of dust and debris geysered into the air. The bombs burst like great firecrackers and appeared to hit beach and installations only a few yards apart in an area not exceeding five hundred yards in length.

So convincing was the attack that several men shied away from the beach as the blockbusters found their mark.

August 17 – "I'm doggone glad I'm playing for this team," one Marine remarked, while a sailor was heard to comment: "I'd hate like hell to be a German in there right now."

The aerial attack was so perfect that not a single bomb dropped into the water, which would have been evidenced by a large splash.

Dust concealed the bombed area for 30 minutes afterwards and it was the consensus that if there were anything living on that beach sector, it was a miracle.

The sailors and Marines aboard this battleship were so completely surprised by the effect of the bombing that several made statements to the effect that "we can get those Jerries out of holes those bombs can't hit. But I'm telling you we could fire for 48 hours and not do as much damage as those babies did in 30 seconds."

August 17 – United States Marines were again perched high in the mainmasts of American warships today watching for enemy mines to destroy with their rifles, as Allied warships plastered German shore batteries in the assault against the Southern Coast of France.

Army, coupled with the Allied landings at Normandy just months before, had placed incredible strains on the German Army.

Again, Marines from ship detachments would take part in defending the skies. But, in one of the few instances during World War II, a large group of Marines would come face to face with German troops.

A 70-man landing party comprised of Marines from aboard USS *Augusta* and USS *Philadelphia* landed on the islands of Ratonneau, Pomègues, and Château d'If off the coast of southern France at the end of August. While there, they took into custody 700 German soldiers. A few weeks later, Marines from USS *Philadelphia* would take part in liberation ceremonies in the town of Toulon, France.

While the Marine detachments were gathering prisoners, some Marines were ashore behind enemy lines. Marine Second Lieutenant Walter W. Taylor and Corporal James S. Sweeney were attached to the headquarters element of the US Army 36th Infantry Division. Taylor was captured by a German patrol in October in Saint Cézaire, France, while on a reconnaissance mission. He would not be freed until April 1945. Taylor was no rookie working behind enemy lines. Just a few months prior from March to July, he had been a part of a small OSS team that carried out raids and recon missions on the island of Corsica, infiltrating Italian intelligence networks.

A Mediterranean Port

August 6 (Delayed)

United States servicemen stationed near this city have initiated one of the strangest "leave systems" in existence – that of reciprocal liberty parties.

On their first liberty ashore, Marines and sailors aboard this battleship soon found that the combination of steaming mid-summer heat and a white-hot sun were not conducive to pleasant liberties. The town has practically nothing to offer servicemen, and even the most consistent "liberty hounds" agreed that it was worse liberty than Norfolk, Virginia.

However, it took the Marines and sailors only one day to remedy the situation.

Their own battleship, which is anchored in the harbor here, Benito Mussolini's "West Point" of the air, recently occupied by a heavy bombardment group of the 15th Army Air Corps, and some Stateside beer, provided the essentials.

Few Marines and sailors have ever flown in a B-24 Liberator bomber. Battleship duty for the Army Air Corps men has been confined to watching maneuvers in news reels.

The second day in this port a group of Marines and sailors made their first jaunt to a dusty camp located a few miles outside the city where the 15th Air Force made their headquarters.

After a short motor launch ride over choppy bay waters to the dock, khaki clad Leathernecks and sailors were wearing summer whites, headed for the main road leading out of the city. They hitched a ride on an Army truck which was going to the airport.

Bumping along the narrow Italian roads which were lined with swarthy men and brown skinned women and children, walking and driving carts laden with everything from sheep to furniture, the Marines and sailors got their first view of Italian rural life as the truck miraculously dodged in and out between the horse drawn carts.

Passing row after row of grape vines was inspiration enough for two Marines who thought it might be an opportune moment to pilfer a few clusters, until a Leatherneck Sergeant suggested that such action might be a bad taste.

Arriving at the camp, the liberty party was impressed with the remains of two large hangars which had been bombed during the Italian blitz last year. All that remained were gutted struts and crumpled operations buildings. B-24 bombers dotted the field as great clouds of dust geysered into the air while Liberators roared down the strip on the takeoff.

The liberty party was met by Technical Sergeant James E. Wiess, of 1117 East Third Street, Pine Bluff, Arkansas. An aerial photographer, Jimmy had just completed his 39th mission over enemy territory.

Several other soldiers put in an appearance and the next hour was spent getting acquainted and asking questions.

"Where's the water fountain Sarge," a chief asked a private in the Army.

"Are you kidding, chief?" was the reply. The chief had to be satisfied with a canteen full of luke warm water.

Marines and Sailors soon found that the cramped quarters on the battleship weren't so bad after all. The soldiers slept in tents. Their bunks were covered in mosquito netting as protection against malaria-carrying insects. The field is dry here. There is plenty of dust, and you take a bath from a bucket.

Several cans of beer found their maker and a trip to operations was next in order for a long-awaited trip in a B-24 Liberator.

Jimmy split the groups up and the men thronged over an Army truck which took the Marines and sailors out to their respective planes which were warming up.

After inspecting the dashboard in the cockpit, Marine Sergeant Major Charles B. Widestrom, of 12 West 95th Street, New York City, came to this conclusion: "Brother, it would take me a month of Sundays to learn what all those gadgets mean." The sergeant major has spent 13 years in the Corps.

An hour and a half low-level flight over the surrounding countryside followed. Chief Boilermaker Jack Lee, USN, of Jupiter, Florida, stated "Well doggone, I never thought I'd see the Adriatic Ocean – especially from 4,000 feet."

A veteran of 26 years in the Navy, Chief Commissary Steward White, of 630 County Street, Portsmouth, Va was most impressed with the ball turret.

"Stu" weighs 225 pounds and has amazed bartenders the world over by placing his magnificent stomach on a bar and telling the bartender to "fill'er up mac." His muscled "tummy" proved a nemesis in a futile attempt to fit into the ball turret which was built for little guys in the first place.

Marine Gunnery Sergeant John H. Chittick, of 17 Earlemoor Blvd, Pontiac, Mich, was surprised at the Lieutenant pilots. "Those guys sure are young," he stated. "One of them looks like he just started to shave but he can certainly fly the hell out of this plane." Gunnery Sergeant Chittick is 24.

After landing, Soldiers, Sailors and Marines retired to the Club 69 located on the top floor of Mussolini's ex-control tower. The front of the building is air conditioned, having caught a 500-pound bomb right in the front door somewhere in the distant past.

Sergeants, Chiefs, Privates, Apprentice Seamen – all enjoyed more beer, wild stories about memorable liberties, politics, sex, and Hitler. The soldiers told about bombing raids over Ploesti, Toulon, and Marseilles. Marines and sailors told how their battleship out-shot other battlewagons in the invasion of Normandy, and the shelling of Cherbourg.

A good chow, much good-natured clowning, and finally time to call it a day came all too soon. Sailors and Leathernecks said good night to their Air Corps buddies and departed amidst much revelry and thanks from the Navy men, including an invitation for the soldiers to visit the ship the next day.

At four o'clock the following day, Jimmy and a group of his friends walked up the gangway of their first battleship.

"A tour of the ship proved to Jimmy that, a B-24 is the simplest ship on earth after looking at the engine room and the bridge instruments."

The soldiers went everywhere on the ship. From the boiler room where the temperature hovers around 130 degrees, to the mainmasts where they looked down on the 12" guns which blasted German shore batteries at Normandy and Cherbourg.

Ice cream, plenty of cold water, and a movie up on deck rounded out another swell liberty for everybody.

"You know, it gets me," Jimmy stated as he prepared to enter the motor launch which would transport them to the shore, "in the States we never had much to do with sailors and Marines, but I sure have a different idea of things after the past few days."

He expressed the sentiments of all soldiers, sailors and Marines at this station.

Aboard the USS *Arkansas*

August 10, 1944 (Delayed)

United States Marines serving on this battleship agree that a woman called Midge is one of the war's greatest "bum dope artists."

This new idol of the air lanes used to be a beauty parlor operator in Boston, Mass. Now she is one of Adolf Hitler's pet stooges, much to the amusement of the Allied troops serving in the European Theater.

Her present activities are confined to regular propaganda radio programs which are designed by Dr. Goebbels for the purpose of making Allied troops homesick.

Marines serving aboard ships in this area take great delight in tuning in on Midge's daily radio program. Her smooth, dreamy voice jams the air lanes in this vicinity between ten o'clock in the morning and two in the afternoon.

Midge plays all the latest recordings. Harry James's music, Bing Crosby's crooning, and Frank Sinatra's swooning, are among her repertoire of musical offerings designed to play on the sympathies of the servicemen.

She philosophizes and she attempts to prophesy. As far as these Leathernecks are concerned, "It's the greatest four hours of corn in radio, but we love it."

Recently Midge honored the men aboard the Navy ships in this area with a few timely remarks. She stated: "Hello, all you Marines and sailors of Uncle Sam's Navy. I often wonder if you people know what you are fighting for. Just think, back in the states tonight I'll bet there's a big yellow moon. Your beautiful girl is probably out with some 4-F, but don't worry, she'll be there when you get back, but she won't be the same old gal."

Midge seems to have all the inside dope on all military operations in this section. Her daily report occasionally reads: "Ahoy Gyrenes and Sailors – German torpedo bombers sank two destroyers and five freighters this afternoon. That's pretty bad news, isn't it? Boy I bet you'd like to be home drinking nice, cool American beer after a swell movie with your girl. Let's listen to Tommy Dorsey's recording of 'Somebody Else Is Taking My Place.' Think it over boys."

Too bad, but we know there haven't been any sinkings.

Among her recent broadcasts was an offering to United States Marines guarding the Naval base in Londonderry, Northern Ireland. The gist of her program was about the same:

"Don't you Marines get tired of the rain and cold up there? If you were home now you could be enjoying a comfortable evening at home with your wife. How is she by the way? Hear from her lately? I hope so." This is always followed by a very nasty, throaty laugh.

Even Admiral Harold R. Stark, Commanding Naval Forces in Europe, comes in for his share of comment: "We've got a flying bomb over here with your name on it Admiral Stark. Your London command has been lucky so far, but you're next. Watch out you square boys."

Midge prophesized the invasion about seven times. She can tell you what weather will be like tomorrow, what the latest Broadway shows are, when the end of the war will come, and occasionally, she comes across with a few, too few, baseball scores.

The consensus among sea-going Marines over here is that without Midge, things might get very dull at times.

"They can kill all the Germans they want fast," one Leatherneck stated, "but I hope they save Midge because I'd like to see what the old bag looks like."

Aboard a Command Ship, Off Southern France

August 15, 1944

Attempting to make personal contact with any particular craft in the maze of shipping off the Southern coast of France this evening was like looking for a needle in a haystack.

The small "landing craft, personnel" which moved away from our command ship around 6:30 this evening carried a crew of three Coast Guardsmen, one American officer who was intent upon finding an LCI, and an English officer who wished to be landed on one of the beaches which had been secured early this morning.

Moving through the smooth blue waters the coxswain steered us in and out between transports, LSTs, LCTs, and other landing craft in search for the officer's LCI. Unable to find the craft in our sector we were forced to move along a hostile beach area which had not been completely freed from German shore batteries and infantry troops.

After traveling for some 5,000 yards, we finally found the LCI, dispatched the officer and headed back from our beach where the English officer had pressing business.

And that's when the trouble started.

One of the oldest and scrappiest ships in the United States Navy, with a combat record second to none, chose that moment to bombard a German shore battery not more than 1,500 yards from our landing craft.

The cruisers' guns belched a broadside of death which we watched explode a little to the right of the Germans who were perched on a lofty crag a few hundred yards up a wooded hill.

Sharp reports followed this assault as the Nazis fired back over our heads in an attempt to sink the cruiser. Evidently their position had been unnoticed by the warships and they had been waiting for an Allied man-of-war to come in close enough to blow it out of the water. There was plenty of other smaller shipping that they could have fired upon.

At this point we saw two tiny blue puffs of smoke blowing toward us from the side of the battery. Two minutes later we were convinced our guesswork was correct as two bullets flicked the water next to the boat while one hit the steel rack in front and richocheted off into space. All hands hit the deck, except the coxswain who remained exposed.

Almost immediately, we heard the cruisers' guns thunder, and the German shore battery went up in flames from a direct hit. Fires licked at the trees and what was left of the gun and control house. The German sniper who was firing at us also joined his comrades.

The coxswain steered our boat in between two LSTs that were unloading on the beach. They seemed comforting in a protective way. The English officer gave our coxswain the order to stand by for 20 minutes and that's just what we wanted to hear.

We walked ashore and watched American Army MPs herd a batch of 150 German prisoners into an LST. It did our hearts good to see a husky private first class very firmly showing the Nazis the right way to go when their feet became twisted.

They were a very arrogant looking group of Poles, Czechs, and what appeared to be low-grade of German youth. They all smoked cigarettes and seemed hot and stuffy in their blue-grey heavy winter uniforms. The Nazis moved into the LST in a manner which gave the impression that they were quite glad to get the thing over with.

We talked to two GIs who wore the red cross arm banner which designates Army "medics" in the American Army. They showed us the front lines from the top of a small hill and we watched American artillery pound German positions two and half miles inland. They also showed us two dead soldiers who had stepped on a mine.

The area was a mass of bomb craters where both Naval bombardment and Allied bombings had sealed many a Nazi's lips forever.

It was growing dark and after kidding with an Army lieutenant who suggested we take a "Molotov Cocktail" back with us for a souvenir, we headed back for the boat where we were ordered to shove off without the English officer who was remaining ashore.

As we moved out past the LST we heard the "red alert" piped over the loud speaker system. That was all the Coxswain needed. Our ship lay two miles out and speed was urgent, but we didn't quite make it before the Jerry put in an appearance.

To our left we could plainly see two JU-88s moving in to the area, completely ringed by a cluster of red tracers. Every ship opened fire at the Junker and we suddenly felt very lonely in the boat with thousands of bullets shooting skyward all around us. We seemed to be right in the middle.

A terrific explosion shook the shore line and a great sheet of flame rose into the air. Looking back we observed a bomb hit on one of the LSTs which we had left not more than six minutes before.

The flames leaped high into the air and we wondered how our army acquaintances on the beach had fared. It wasn't a nice feeling lying out there and not being able to help.

After the firing ceased and the Junker 88s passed over, we found our ship and were hoisted aboard.

Aboard a US Battleship, Off Southern France

August 15 (Delayed)

Marine Sergeant Major Charles Billy Widestrom, whose wife, Violet, resides at 12 West 95th Street, New York City, was aboard this fighting ship which shelled German shore batteries in the initial assault on the coast of Southern France.

Sergeant Major Widestrom, who is the Marine detachment administrative first sergeant on this warship, was at his post in the mainmast as control officer for 20mm anti-aircraft batteries, which are manned by Leathernecks.

A veteran of the Normandy invasion, and the shelling of Cherbourg, the sergeant major found this "D-Day" quite a bit different from the June 6 engagement.

"I'm not at all unhappy because we weren't fired at by German shore batteries," he stated. "Those big shells bursting all around us off Cherbourg will do me for some time to come."

A veteran of 13 years' service in the Marine Corps, Sergeant Major Widestrom was born in Boden, Sweden.

His battery of anti-aircraft guns were credited with downing two Junker 88s off the coast of France.

Late this evening a trio of the same type of planes flew in over shipping in this area. Again the Sergeant Major's sharpshooters sighted in on the German planes, which flew over very high and very fast. No hits were observed, but as the sergeant major puts it "we'll probably get a few before this engagement is over if the Nazis can get any planes past our air support groups – those Allied planes this morning were a comforting sight."

The sergeant major of Marines has served on two other battleships and has also done duty in the Pacific prior to this war. His other posts include Panama, Cuba, Puerto Rico, Haiti, and United States Naval bases.

Sergeant Major Widestrom was formerly a bank teller with the First National Bank, Portland, Oregon.

Aboard a US Battleship, Off Southern France

Marine First Lieutenant Hurley Edward Fuller Jr. son of Army Colonel Hurley E. Fuller, 208 Luther Drive, San Antonio, Texas participated in the invasion of Southern France as assistant air defense officer on this ship.

The 25-year-old Marine officer commands the Leatherneck detachment aboard this battlewagon.

During the D-Day landing operations in Northern France, this ship gave close support to troops commanded by his father, Colonel Fuller who landed with a unit of Army troops on D-Day. Lieutenant Fuller was also with this ship when German shore batteries were plastered by Navy vessels off Cherbourg.

Lieutenant Fuller found things a little easier on this invasion, than the operations in Northern France.

"Of course, our Marine job on this ship is primarily concerned with shooting down German planes, but I am glad that our big guns silenced the Nazi coastal guns. They can be rather unpleasant at times," he said.

Lieutenant Fuller has a hobby of collecting ammunition shells of different types. He has high hopes that his father, who is still in Normandy, can collect some new types.

The Texas Leatherneck is a regular in the Marines, and intends to make a career of the Corps. He enlisted August 15, 1942.

Lieutenant Fuller attended Louisiana State University, and recently completed a course of instruction at the Armored Force School, Fort Knox, Kentucky.

Aboard a US Battleship, Off Southern France

August 15 (Delayed)

Marine Second Lieutenant Charles A. Meyer, the son of Mrs. S. L. Meyer, 605 Highland Avenue, Aliquippa, participated in the invasion of Southern France on this ship as an anti-aircraft control officer.

The 25-year-old Marine Lieutenant could not work up much enthusiasm over this D-Day.

After a lull in the firing of the heavy guns, he came to the conclusion that "judging from the sound those bombs are making from the planes, I guess the Jerries find it more convenient to

hide in a hole somewhere until it's over – then maybe we'll get a crack at them."

Lieutenant Meyer enlisted in the Marines May 29, 1942. He served as a drill instructor, earned a platoon sergeant's rate, and entered Officer Candidates' School in November 1943.

The husky Leatherneck attended Duquesne University and worked for Jones and Laughlin Steel Corporation in Aliquippa as an electrician specialist prior to joining the Marine Corps.

TOP Marines with the Marine Detachment aboard USS *Nevada* receive a refresher class from Gunnery Sgt David M. Bynun (far left) prior to taking part in Operation *Dragoon*, August 11, 1945. Other Marines in the photo from left to right are: Privates First Class Charles G. Montrose and Elmer R. Zimmerman, Field Musician First Class John H. Merriman, Privates First Class Ludvik Kristofik, Emil Barbosa, William G. Griffin, and John L. Cuomo. (USMC, photo by SSgt William J. Kilpatrick)

BOTTOM From left to right are Private First Class Frances D. Hubbell of Milwaukee, Wisconsin, Corporal Robert L. Serman of Berkeley, California, and Corporal David W. Springer, of Grinnell, Iowa, stationed aboard USS *Nevada*. They are keeping lookout for enemy sea mines off the southern coast of France, August 11, 1944. (USMC, photo by SSgt William J. Kilpatrick)

TOP Marines from USS *Augusta* leaving the ship for the islands of Ratonneau, Pomègues, and Château d'If off the coast of southern France to guard prisoners after the surrender of the islands on August 29, 1944. (US Navy)

BOTTOM USS *Augusta* Marines transferring from a minesweeper to a whale boat on their way to the beach on August 29, 1944. (US Navy)

TOP Marines from USS *Philadelphia* who landed on the islands of Ratonneau and Château d'If in Marseilles Harbor, August 29, 1944. (USMC, photo by Sgt Yeager)

BOTTOM A Marine checks the uniform of a German Army corporal during the capture of Ratonneau Island, August 29, 1944. (US Navy)

TOP Marine Detachment from USS *Philadelphia* commanded by First Lieutenant R. A. Thompson immediately after landing on Ratonneau Island. (US Navy)

BOTTOM Marines from USS *Philadelphia* carrying supplies on Ratonneau Island. Supplies were brought by motor whale boat, which can be seen in the background speeding away. Two German boats are moored to a pole in the foreground. (US Navy)

TOP Two Marines and a sailor from USS *Philadelphia* work with German prisoners to account for weapons and supplies on Ratonneau Island. (US Navy)

BOTTOM German prisoners, guarded by Marines from USS *Philadelphia*, wait to be loaded aboard US landing craft and be taken to a prisoner-of-war camp. (US Navy)

TOP German prisoners are closely guarded by Marines. (US Navy)

BOTTOM A conference held on August 30, 1944 to discuss disposition of hospital assistance. On the left are Captain Schlesinger and Captain Fullgrabe. On the right is Lieutenant Reck, USNR. (US Navy)

TOP Gunnery Sergeant Raymond T. Kaiser, center, and other Marines stand with captured German military items in September 1944 aboard USS *Augusta*. (MCHD)

OPPOSITE TOP German prisoners on Ratonneau Island off the southern coast of France are closely guarded by Marines from USS *Philadelphia*. (US Navy)

OPPOSITE BOTTOM Marines and sailors from USS *Augusta* pose with a captured Nazi flag taken from the German garrison, which was presented to the Commandant of the Marine Corps. (MCHD)

CA31/A16-3
(*091*)

U.S.S. AUGUSTA,
c/o Fleet Post Office,
New York, New York.
6 September 1944.

C-O-N-F-I-D-E-N-T-I-A-L

From: Commanding Officer.
To: Commandant of the Marine Corps.

Subject: Landing Party.

Reference: (a) Article 721 (4), U.S. Navy Regulations.

1.   In accordance with reference (a), the following
information is submitted:

On 29 August 1944 the below named officers
and men landed on the Ile d'If as temporary
garrison troops and to take charge of prisoners
of war on the island. The party returned to
this vessel on 31 August 1944.

2.   The below named officers and men were the
members of the landing party:

Officers - Francis R. Schlesinger, Captain, U.S.M.C.
           Henry D. Reck, Lieutenant, D-V(S), U.S.N.R.
           William H. McDaniel, 1st Lieutenant, U.S.M.C.

Navy   - WIRTH, Benjamin F., 295 51 03, CPhM(AA), USN.
           BEAUREGARD, Leo L., 202 24 86, PhM1c, USN.
           WEBER, Raymond, 642 01 80, PhoM1c, V-6, USNR.
           NOLAN, Philip, M., 207 37 61, RM2c, USN.
           DUFFY, John E., 300 69 72, PhoM2c, USN.
           THOMAS, Robert E., 208 79 21, SM3c, USN.
           KRUGER, A.F., 905 57 34, S2c, V-6, SV, USNR.

Marines - SMITH, Memory H., (256338), 1st.Sgt., USMC.
           KAISER, Raymond T., (204110), Gy.Sgt., USMC.
           WALKER, Leonard A., (211849), Gy.Sgt., USMC.
           WOODS, Eugene S., (277525), Pl.Sgt., USMC.
           FETT, Bernard P., (315993), Sgt., USMC.
           PASSOTH, Donald W., (398387), Sgt., USMCR.
           PIERGIOVANNI, Henry, (316968), Sgt., USMCR.
           CHRISTOFELS, Adrian L., (263554), Corp., USMC.
           DAVIS, Harry J., (403981), Corp., USMC
           EVANS, Donald G., (444163), Corp, USMCR.
           HUMMEL, George E., (313481), Corp., USMC.
           LOGSDON, Jack B., (390107), Corp., USMCR.
           NOVAK, John L., (398437), Corp., USMCR.
           SEVENE, James G., (359403), Corp., USMC.
           TEMPEST, Reid W., (318531), Corp., USMC.
           WESSINGER, Frank, (368647), Corp., USMC.
           ADLER, Stanley R., (450938), Pfc., USMCR.
           ANTCZAK, Walter J., (885665), Pfc., USMCR.
           BARTLEY, William J., jr., ((450168), Pfc., USMCR.
           BAYLOR, Richard P., (895934), Pfc., USMCR.
           BOREN, William V., (491529), Pfc., USMCR.
           BUTALA, Bruce V., (551243), Pfc, USMCR.
           CATANIA, Cosmo, (862884), Pfc, USMCR.
           COLE, Joseph A., (539119), Pfc., USMCR.
           CONKLIN, Daniel D., (855324), Pfc., USMCR.
           D'AGATA, Anthony, jr., (390545), Pfc., USMC
           DOUGHERTY, James MacD., (459735), Pfc., USMCR.

CA31/A16-3

U.S.S. AUGUSTA,
c/o Fleet Post Office,
New York, New York.
6 September 1944.

C-O-N-F-I-D-E-N-T-I-A-L

Subject: Landing Party.
- -
ELLENBERGER, Victor M., (448342), Pfc., USMCR.
FLATI, Henry M., (512030), Pfc., Pfc., USMCR.
GARBACKI, Anthony A., (403997), Pfc., USMCR.
GOBIN, Charles H., jr., (398558), Pfc., USMC.
GREENE, Charles V., (347894), Pfc., USMCR.
GLEASON, Franklin J., (527297), Pfc., USMCR.
HACKMAN, George S., jr., (505321), Pfc., USMCR.
HIRLEMAN, James W., (867693), Pfc., USMCR.
JACOBS, Alfred A., (857078), Pfc., USMCR.
JUDICE, Frank D., (846068), Pfc., USMCR.
LONERGAN, Thomas J., jr., (432106), Pfc., USMCR.
MAGNONE, Elbert L., (804831), Pfc., USMC.
MARLEY, James W., (281167), Pfc., USMC.
MOSS, Delbert, (411844), Pfc., USMC.
MULGREW, William, J.P., (469602), Pfc., USMCR.
REGAN, Joseph T., jr., (880297), Pfc, USMCR.
RICHMAN, Harold M., (870161), Pfc., USMCR.
RING, William G., (457909), Pfc., USMCR.
SMITH, Richard D., (487220), Pfc., USMCR.
WENTSKOWSKI, John jr., (403659), Pfc., USMC.
WOKOWSKY, Joseph M., (392331), Pfc., USMC.
MACLEAN, Robert G., (539130), Pvt., USMC.
JARZYNIECKI, Sylvester J., (319807), FMCorp., USMC.

3.   A detailed report of this landing is being
forwarded via official channels to the Commandant of the
Marine Corps.

4.   A certified copy of this letter is being
appended to each of the above named officer's individual
files and men's service records.

E. H. JONES.
- -
Copy to: Chief of Naval Personnel.

ABOVE AND OPPOSITE Parts of an after action report written by the US Navy on the Marine Corps landing party. (MCHD)

3 ptember, 1944

From: Captain, Francis R. Schlesinger, U.S Marine Corps.
To: Captain, E.H, Jones, U.S. Navy.

Subject: Operations of Augusta Marine Detachment on August 29, 30, and 31.

1.   At midnight on the night of August 28-29, Rear Admiral Davidson called me to his cabin and explained to me the operation plan for the following day. On the Islands of Ratonneau, D'if and Pomegues, in the harbor of Marsielles, there were 850 Germans who were manning coast artillery and flak batteries. These Germans had refused to surrender but that plans were underway to negotiate a surrender with them. The plan in brief was to send Captain Ansel close to the islands in a destroyer for transfer to a mine sweeper, an officer interpreter, Lieutenant Nuelsen, in his company would meet a German boat from the islands and negotiate the surrender. The entire U.S.S. AUGUSTA Marine Detachment, minus 6 men who were to remain aboard ship as orderlies, were to land, occupy the islands, disarm the enemy and garrison the islands until the prisoners would be taken off. The U.S.S. PHILADELPHIA Marine Detachment was to land in company. The Marine Detachment was to land with sufficient supplies to last four days. Charts, aerial photographs were furnished after the brief.

2.   At 1200 on August 29 the detachment with full equipment disembarked from the AUGUSTA and embarked on Y.M.S. #28. The AUGUSTA and PHILADELPHIA followed the mine sweepers as close to the mine fields as possible to give fire support if necessary. Y.M.S. #28 with two other mine sweepers and the destroyer Madison #425 carefully maneuvered through the mine fields and lay off the island of Ratonneau. At about 1440 a German boat flying a white flag stood out from the breakwater and went along side the minesweeper on which Captain Ansel was embarked. The surrender was formally accomplished and at about 1550 the landing was made on Ratonneau.

3.   Lt's Thompson and Cable with 17 men were directed to land on the Island of D'if and occupy and disarm the enemy. The Commanding Officer of the German garrison was directed to tell his men that they would immediately surrender all their arms and stack them in a designated area. A large warehouse which was surrounded by barbed wire was used as a stockade for the 700 prisoners on Ratonneau. Prior to sunset a patrol was sent to scout the ridges surrounding the dock area where the prisoners were being searched and confined in the stockade. The same patrol was to occupy the ridge in the vicinity of the enemy batteries during our first night on the island. A curfew was established at 2030 after which there was to be no movement of the prisoners from their assembly area. Before sunset approximately 600 prisoners were rounded up in the stockade. The remainder were confined in barracks near the flak batteries. The wounded and German doctors were allowed to remain in a cave which was being used as a hospital.

4.   On the morning of August 30, the remainder of the 700 Germans on Ratonneau were placed in the stockade and all the prisoners on D'if were interned. The Germans on Pomegues surrendered on Ratonneau. About 1000 four L.C.I. stood into the small harbor on Ratonneau and one L.C.I. moored alongside D'if. The wounded and 11 women were embarked on the first of the L.C.I.'s. By late afternoon all prisoners were embarked on the five L.C.I.'s. The white surrender flag which was flying from a hill over looking the harbor on the island of Ratonneau was taken

ABOVE AND OPPOSITE Pages from the August Marine Detachment Commanding Officer After Action Report. (MCHD)

down and brought back to Admiral Davidson. The Marines embarked on a sub-chaser and transferred to an L.C.I. at sea. The L.C.I.'c were underway all night for the area where the prisoners were to be landed. Prisoners were landed at first light on the morning of August 31.

The detachment reported aboard the AUGUSTA at about 0730 on the morning of August 31, 1944.

FRANCIS R. SCHLESINGER

John H. Magruder III was assigned as a US liaison officer to the British Army. He had grown up in Holland due to his father being a naval liaison officer in his adolescence. Being familiar with the Netherlands, and fluent in the Dutch language, he was assigned to British General Bernard Montgomery's 21st Army Group during the liberation of Holland. For his work the Netherlands awarded him the Order of Orange-Nassau. It can be seen on the bottom right of his ribbon stack. (USMC)

Marines from the ship detachment aboard the USS *Augusta* stand at attention during a welcoming ceremony for King George VI and the President while the ship in in port in Plymouth, England, August 1945. (US Navy)

Aboard USS *Nevada* off Toulon

August 23, 1944

For seven hours today this 29-year-old battleship, veteran of Attu, Normandy, Cherbourg, and the Riviera, blasted at a concentration of German guns guarding the approaches to Toulon.

It began this morning when the *Nevada* was nosing in toward Toulon, now besieged by French and American troops, with a chip on her shoulder. Big Willie knocked the chip off at 9:22 by the clock, and there was hardly a let-up until 4:30 this afternoon, when the "Cheer-Up Maru" had fired 354 shells, each weighing well over half a ton, at the challengers.

Big Willie is really a twin. The name refers to either of two long range naval guns, removed by the Jerries from French battleship *Provence* and set up on a point of land outside the harbor entrance. This peninsula forms the southern boundary of Toulon Harbor. This peninsula dwindles into a narrow hook of land commanding the approaches to the naval base. That hook is the home of Big Willie and his satellite batteries of lesser guns, including anti-aircraft guns. They are the biggest thing in these parts, well protected by thick turrets, and very hard customers to deal with, as any Allied ship will attest, and which has come within range of them the past few days.

Just before the fireworks started HMS *Aurora*, a British cruiser, flashed a signal: "Please give Big Willie a poke in the kisser for me. Have a grudge against him since yesterday." A few minutes later a big column of water splashing up 500 yards from the *Nevada* and the roar of a bursting shell announced that Willie had got in the first poke. Our escorting destroyers, USS *Madison*, USS *Gleaves*, and HMS *Lookout*, immediately began darting about us laying protective screens of smoke. Two more splashes from German shells rose out of the water nearby while the *Nevada* maneuvered into position

to begin her firing run and then the day-long bombardment began.

It looked for a few minutes as though this might be another Cherbourg, when the *Nevada*, *Texas* and *Arkansas*, and American and British cruisers and destroyers had played tag for three hours with German shells, but Big Willie didn't come very close the rest of the day. He found closer targets when he was able to fire at all.

A few days ago, the *Nevada*'s chief engineer, Lieutenant Commander W. J. Buckley, knew what speed this battleship could make in her hey-day, thinking that her speed record had probably been set up many years ago. "Her hey-day," said the commander, "was June 25 off Cherbourg. Today we were lucky and didn't have to try to beat the record set up then."

From 9:30 the battleship's big turrets pounded the hook of land incessantly. As the blast of our own guns sprung shell lockers open, tore off ladders, and kicked us in the stomach, we began to feel a little sorry for the enemy gunners caught on that neck of land as ton after ton of steel and high explosive crashed among them.

At the halfway point in the day's firing, the new cruiser USS *Quincy*, who herself has had some brushes with Willie in recent days, passed nearby and signaled through the smoke: "Your shooting is beautiful, captain, keep it up."

The half-ton bullets lasted until almost 4:30. When our allowance of ammunition was fully expended, our spotting plane swooped down over the peninsula for a last look, found no signs of activity, blast damage everywhere, hits in the target area, and damage over a wide area. As we steamed away, Big Willie was silent. Whether he will remain silent can't be said. If he comes back after this pounding, on top of bombings and shellings of earlier days, we must take our hats off to him.

Marines and sailors from USS *Philadelphia* and sailors from French cruiser *Montcalm* go ashore in southern France after D-Day. The landing craft carrying them is British. (USMC, photo by Pfc Donald Passoth)

Marines from USS *Philadelphia* and USS *Augusta* stand in formation and accept the formal surrender of German forces in Toulon, France, September 14, 1944. (USMC, photo by Pfc Donald Passoth)

Ceremonies in Toulon celebrating the liberation of France, featuring Marines and sailors from USS *Philadelphia*. (US Navy)

Allied naval units take part in the victory parade in Toulon to celebrate the return of the French fleet to the port. Taken from the USS *Catoctin* (AGC-5). (US Navy)

TOP Marines of the battleship *Texas* are inspected by one of their officers during a guard mount on the dock at Oran, Algeria, July 27, 1945. The Marines are in tropical uniform. (USMC, photo by Cpl William R. Gibbon)

BOTTOM Marines chat about their experiences a few days after the invasion, August 15, 1944. In the background is the city of Algiers. From left to right are Privates First Class Herman J. Determan, of Glendale, New York; Private First Class Clarence Neitzelt, of Wheeling, West Virginia; and Private First Class John T. McLaughlin and John P. Pawley, of Philadelphia, Pennsylvania. (USMC, photo by Cpl William R. Gibbon)

ELSEWHERE **IN 1944**

JULY 10: Marines and sailors reconnoiter beaches on Tinian

JULY 21: The 3rd Marine Division lands on Guam

JULY 24: The 4th Marine Division lands on Tinian

JULY 26: President Roosevelt meets with Navy leadership in Hawaii. One topic they discuss is bypassing the Philippines in favor of Formosa (Taiwan)

AUGUST 9: Aslito Airfield on Saipan becomes operational for B-24s

SEPTEMBER 8: The Joint Chiefs of Staff issue a directive for the invasion of the Philippines

SEPTEMBER 15: The 1st Marine Division lands on Peleliu

OCTOBER 2: Military leadership meet in San Francisco and decide to land and take Okinawa instead of Formosa

OCTOBER 9: Major General Holland Smith receives orders directing the seizure of Iwo Jima

OCTOBER 10: A task force of fast carriers from the Third Fleet strike Okinawa while also capturing photographs for intelligence

NOVEMBER 24: Saipan-based B-29s bomb Tokyo. This is the first land-based aircraft attack on the Japanese capital

First Lieutenant Edward T. Dickinson, Jr

Author note

Not to be forgotten is First Lieutenant Edward T. Dickinson, Jr. While he never landed during Operation *Overlord*, his impact was immense. As an expert in factories, and with intelligence from behind German lines and gathered from reconnaissance planes, Dickinson was entrusted with and tasked to develop plans for the sabotage of key industrial facilities and chose targets for resistance fighters across Europe.

CITATION:

For meritorious service in connection with military operations while serving with the Office of Strategic Service, European Theater of Operations, from 7 March 1944 to 30 November 1944. First Lieutenant Dickinson, because of his foresight in estimation, appraisement, and execution, accomplished with signal success the difficult task set before him. He contributed greatly to the success of operations which were of such vital assistance to the Allied Forces prior to the subsequent invasion of the continent of Europe. His services during this period reflect high credit upon himself and the armed forces of the United States.

BATTLE OF THE BULGE

From December 1944 to January 1945, Hitler made a last-ditch attempt to push Allied forces back in the Ardennes Forest between Belgium and Luxembourg. During this time, Marine Second Lieutenant Peter Viertel and First Lieutenant Charles A. Muecke were attached to the US Army's Seventh Army as intelligence officers. Viertel received a Bronze Star and Silver Star for his participation and efforts in Europe. He would go on to become a successful Hollywood screenwriter after World War II.

OPERATION *UNION II*

Following the success of Operation *Union I*, a second one was immediately put into planning upon the return of Major Peter Ortiz and his team to the United Kingdom. In August 1944, after D-Day, Ortiz led an even larger team to France. The team of six US Marines, one US Army soldier, and one French Resistance fighter dropped into Haute-Savoie in France to carry out Operation *Union II*.

On the morning of August 1, 1944, B-17s from the 338th Bomber Squadron, 96th Bomber Group, from Knettishall Army Airfield, came in several hundred feet over the French Alps to drop the OSS team. Over the course of the next several days, they dropped more than 1,000 canisters to give to the French fighters. Despite the good weather and ideal drop zone, the mission began on a tragic note.

The team was using British-style parachutes, which had no reserve parachute and utilized metal straps to pull the chutes out of their packs, unlike the American parachutes that used fabric straps. As the team jumped, Sergeant Charles Perry's parachute cable snapped and he tragically fell to his death.

The team carried weapons, ammunition, and money and was directed to not only sabotage, but also when possible, seize key installations to prevent the destruction of critical infrastructure by retreating Germans who were fleeing the Allied advance from Operation *Dragoon* or slow down additional units heading to the front to reinforce German garrisons.

After a burial ceremony for Perry, the remaining members set out to train the nearly 3,000 French Resistance fighters in weapons handling, patrolling, and sabotaging. However, once they moved past the immediate hillside, German forces moved in, having heard rumors of Allied troops in the area from a local shepherd who was a German informant.

On August 16, 1944, *Union II* members were making their way outside of the town of Montgirod when German soldiers from the 157th Alpine Reserve Division unexpectedly arrived with trucks full of soldiers. Catching the Marines walking across a street, the Germans dismounted from their trucks and began to engage the Americans and some French Resistance fighters. The team retreated, being vastly outnumbered by the Germans. They took cover in the town of Centron. By now Captain Francis Coolidge had been shot in the leg. He and Sergeant Frederick Brunner made their way to the bank of the Isere River and made their way across.

Major Ortiz and Sergeants John Bodnar and Jack Risler continued to fight the Germans. However, knowing how ruthless the Germans were, the townsfolk implored the Marines to surrender to spare their lives after news had spread that the Germans had massacred a nearby town looking for the Allied troops.

Desperately needed supplies were parachuted into occupied France to equip and replenish the Resistance's weapons, ammunition, and medical stores during Operation *Union II*. Located 8,000ft above sea level in the French Alps, near Col-des-Saisies in the Savoie Province, a fleet of 100 B-17 Flying Fortresses delivered the OSS team of *Union II*, along with vital supplies and munitions to the Maquis. (USMC)

At first, Ortiz attempted to surrender just himself; however, two of the *Union II* Marines who had been separated with him, Risler and Bodnar, refused to leave without Ortiz and surrendered with him. Ortiz and the two sergeants were captured and taken into custody and sent to the prisoner-of-war camp Marinelager-Nord in northern Germany by mid-September. They would remain there until the camp was liberated by British troops of the 7th Guards Armoured Division on April 27, 1945.

Upon being liberated, the Marines attempted to attach themselves to a nearby Royal Marine Commando unit to continue fighting. But they were refused and ordered to return to England. Every Marine in Operation *Union II*, including Perry, was awarded a Silver Star for their involvement in the operation, except for Ortiz. He was awarded the Navy Cross, his second that year after receiving a Navy Cross for leading *Union I*.

Sergeant Charles R. Perry

CITATION:

The President of the United States of America takes pride in presenting the Silver Star (Posthumously) to Sergeant Charles R. Perry (MCSN: 324308), United States Marine Corps, for conspicuous gallantry and intrepidity in connection with military operations in German occupied territory on 1 August 1944. Volunteering for the extremely hazardous duty of entering enemy controlled territory for the purpose of serving as weapons instructor to resistance groups located in the Savoie Department of France, Sergeant Perry, with the full knowledge that he was undertaking additional risks in accompanying an officer who was known to the Gestapo because of his former resistance activities, courageously initiated his perilous mission by being parachuted from one of the seventy-two Flying Fortresses flying in formation at high speed. Although killed instantly in the jump, Sergeant Perry, by his resoluteness of purpose and fearless determination to serve despite all danger upheld the highest traditions of the United States Naval Service. He gallantly gave his life for his country.

Here, Captain Ortiz and his team render honors at Perry's grave. From left to right: Captain Ortiz; Captain Francis Coolidge, US Army; Gunnery Sergeant Robert E. Lasalle; Sergeant John P. Bodnar; Sergeant Frederick I. Brunner; and Sergeant Jack Risler. (USMC)

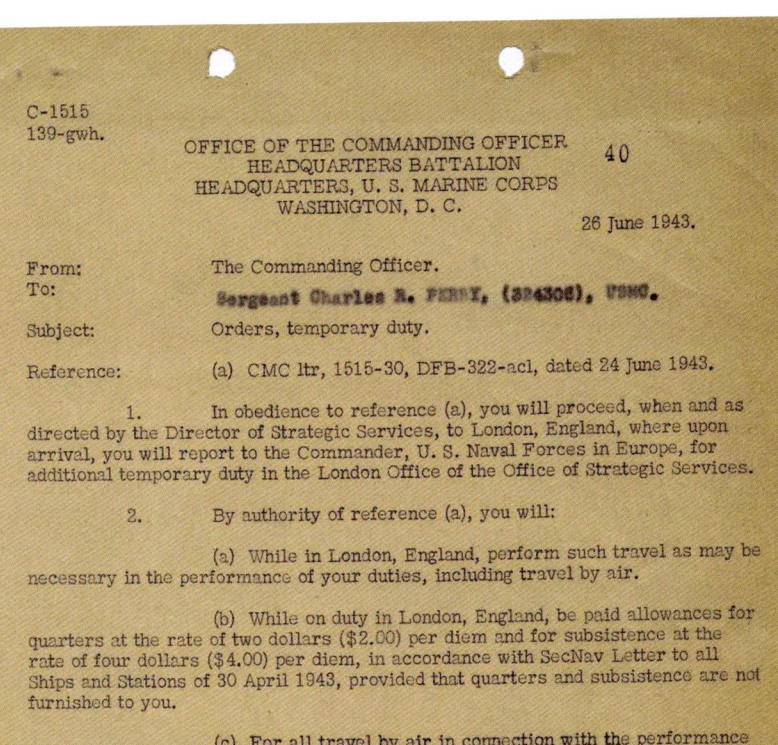

C-1515
139-gwh.

OFFICE OF THE COMMANDING OFFICER
HEADQUARTERS BATTALION
HEADQUARTERS, U. S. MARINE CORPS
WASHINGTON, D. C.

40

26 June 1943.

From: The Commanding Officer.
To: Sergeant Charles R. PERRY, (324308), USMC.

Subject: Orders, temporary duty.

Reference: (a) CMC ltr, 1515-30, DFB-322-acl, dated 24 June 1943.

1.   In obedience to reference (a), you will proceed, when and as directed by the Director of Strategic Services, to London, England, where upon arrival, you will report to the Commander, U. S. Naval Forces in Europe, for additional temporary duty in the London Office of the Office of Strategic Services.

2.   By authority of reference (a), you will:

(a) While in London, England, perform such travel as may be necessary in the performance of your duties, including travel by air.

(b) While on duty in London, England, be paid allowances for quarters at the rate of two dollars ($2.00) per diem and for subsistence at the rate of four dollars ($4.00) per diem, in accordance with SecNav Letter to all Ships and Stations of 30 April 1943, provided that quarters and subsistence are not furnished to you.

(c) For all travel by air in connection with the performance of your duties be allowed a per diem of six dollars ($6.00) in accordance with Article 24-119, Marine Corps Manual.

3.   Your staff returns are entrusted to you for delivery to the Commanding Officer, Marine Detachment, American Embassy, London, England.

4.   The cost of the travel involved in the execution of these orders is chargeable to "Pay, Marine Corps", except when you are in a travel status other than by air, when the charge will be made to "General Expenses, Marine Corps".

5.   The travel herein enjoined is necessary in the public service.

OFFICIAL COPY

E. E. BARDE,
Major, U. S. Marine Corps,
Commanding.

Copies to: The Paymaster and Quartermaster.
Commander, U.S. Naval Forces in Europe.
Director of Strategic Services, Washington, D. C.
Office of Naval Intelligence.

FILE

Charles Perry's original transfer orders to the Marine Detachment in London. Administratively, many Marines were assigned to the London detachment on paper to track their general whereabouts. However, most Marines in the European Theater of Operations did not work at the detachment in London. (LoC)

First report of
Sergeant Perry's
death. (NARA)

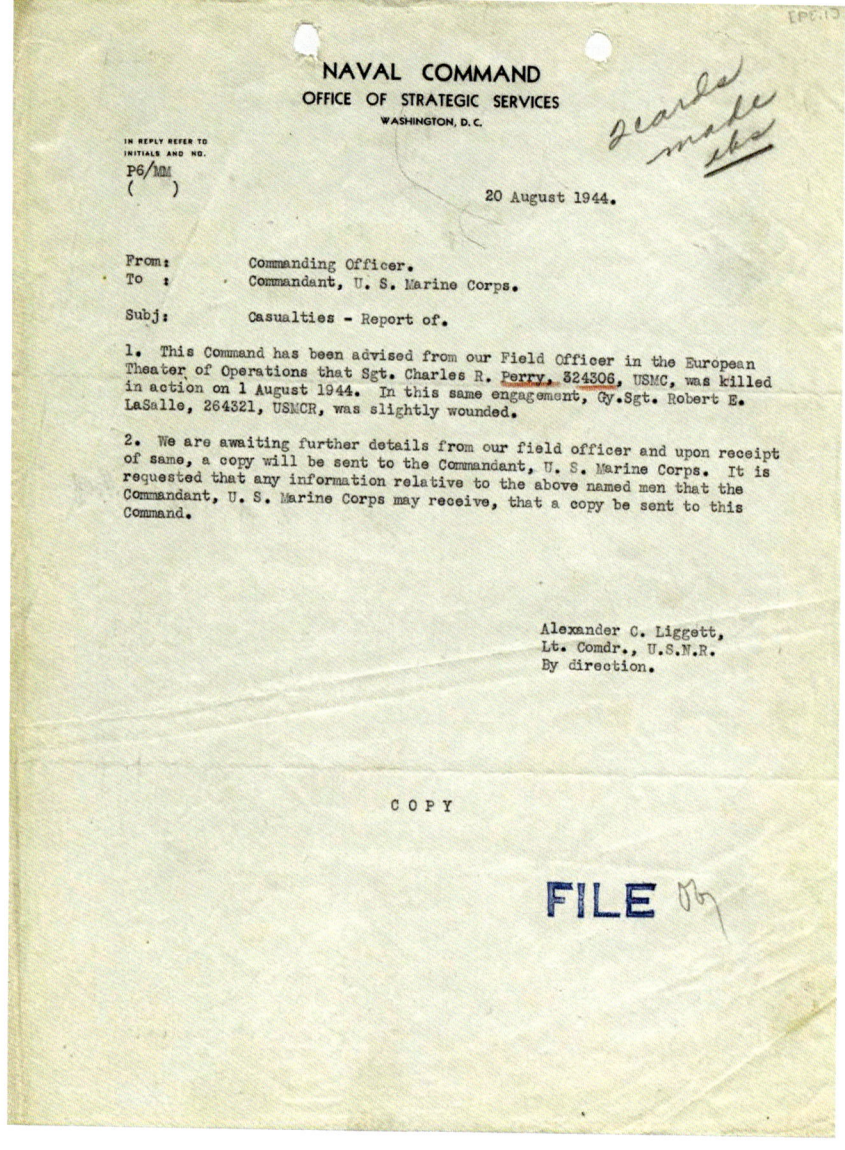

NAVAL COMMAND
OFFICE OF STRATEGIC SERVICES
WASHINGTON, D. C.

IN REPLY REFER TO
INITIALS AND NO.
P6/MM
( )

20 August 1944.

From: Commanding Officer.
To :   Commandant, U. S. Marine Corps.

Subj: Casualties - Report of.

1. This Command has been advised from our Field Officer in the European
Theater of Operations that Sgt. Charles R. Perry, 324306, USMC, was killed
in action on 1 August 1944. In this same engagement, Gy.Sgt. Robert E.
LaSalle, 264321, USMCR, was slightly wounded.

2. We are awaiting further details from our field officer and upon receipt
of same, a copy will be sent to the Commandant, U. S. Marine Corps. It is
requested that any information relative to the above named men that the
Commandant, U. S. Marine Corps may receive, that a copy be sent to this
Command.

Alexander C. Liggett,
Lt. Comdr., U.S.N.R.
By direction.

C O P Y

FILE

HWE/fjp
2300

Marine Detachment,
American Embassy, London, England.

1010-44

4 September, 1944.

From: The Commanding Officer.
To: The Commandant, Headquarters, U.S. Marine Corps.

Subject: Service record book, Sergeant Charles R. PERRY,
           (324306), USMC, deceased.

1.   Attached are the staff returns of Sergeant
Charles R. Perry, who was killed in action on 1 August, 1944,
in the performance of his duties as paratrooper somewhere in
France. We have endeavored to close his service record book
as completely as possible but since the nature of his work and
death were secret there was certain information which we were
unable to obtain. This information includes the exact hour of
his death, the exact location of his grave, and the whereabouts
of the remainder of his equipment and personal property. As
soon as this additional information becomes available we shall
forward it on to Headquarters.

2.   Actually, Sergeant Perry was not a member of
this Command, but since his staff returns were carried by us
for administrative purposes we have handled his demise in the
regular manner. We shall furnish a copy of this letter and a
copy of the inventory of both his government property and his
personal property to the Commanding Officer, Company "C", Headquarters Battalion, Headquarters, U.S. Marine Corps.

SER-NO-RECORDED

HARRY. W. EDWARDS.

Copies to: CMC(2)
            CO, Co "C", HqBn, HQMC
            CO, OSS
            File

Report from the London Marine Detachment commander to Headquarters Marine Corps on the notification of Sergeant Perry's death. (NARA)

TOP Sergeant Bodnar (left), Sergeant Brunner (center), and Sergeant Risler are shown paying their last respects to Sergeant Perry. Sergeant Brunner was killed March 19, 1945 when the A-26 bomber he was riding in for an OSS mission crashed near Bramsche, Germany. (USMC)

CENTER Sergeants Risler and Bodnar, a member of the French Maquis, and Gunnery Sergeant Lasalle shortly after their mission parachute drop in Col-des-Saisies, France. (USMC)

BOTTOM LEFT Bodnar shortly after parachuting into France, August 1944. (USMC)

BOTTOM RIGHT Sergeants Risler (left) and Bodnar in Paris shortly after being released from a prisoner-of-war camp in Germany, May 1945. They are looking at orders assigning a priority flight for them to be flown back to the United States by commercial airlines. (USMC)

Sergeant Risler, Gunnery Sergeant Lasalle, Major Ortiz, and Sergeant Bodnar were reunited at the OSS Headquarters in Washington DC, June 1945. Lasalle sustained a broken back during a parachute jump into Savoy, France, was evacuated to Italy, and finally flown back to London. Ortiz, Bodnar, and Risler were later captured by the German Army and lost contact with Lasalle until they were liberated a year later. (USMC)

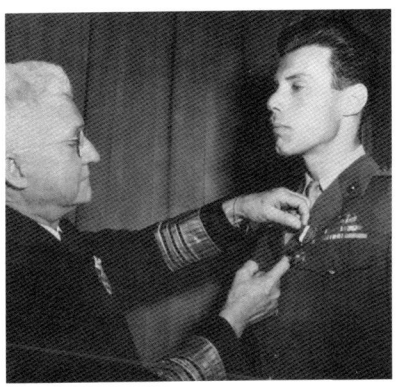

LEFT Peter Ortiz being awarded his second Navy Cross by Admiral Stark after his release from the German prisoner-of-war camp. (USMC)

RIGHT Ortiz portrait, late 1945. (MCHD)

Major Peter J. Ortiz

The Commander, United States TWELFTH Fleet, in the name of the President of the United States awards a Gold Star in lieu of Second Navy Cross to:
Major Peter J. Ortiz
United States Marine Corps Reserve

CITATION:

For extraordinary heroism and devotion to duty in the performance of outstanding service in connection with military operations against an armed enemy in enemy occupied territory, from 1 August 1944 to 27 April 1945.

After having been parachuted into the Savoie Department of France in a region where his past Resistance activities had made him an object of search by the Gestapo, Major Ortiz, with extraordinary courage and resourcefulness, continued his work of coordinating and leading Resistance groups in the section. On 16 August in the conduct of a special mission detained to immobilize enemy reinforcement in the area, Major Ortiz and his team were attacked and surrounded. Disregarding the possibility of escape, which course of action would most certainly have caused severe reprisal to be taken upon the villagers, Major Ortiz surrendered, and the townspeople were thereby spared. The story of the self-sacrifice of Major Ortiz and his group has become a brilliant legend in that section of France where acts of bravery were considered commonplace.

Subsequently imprisoned and subjected to numerous interrogations, he divulged nothing.

The heroic conduct throughout his dangerous mission reflects great credit upon himself and are in keeping with the highest tradition of the United States Marines Corps.

H. K. Hewitt
Admiral, US Navy
Commander, TWELFTH Fleet

MARINE CORPS SPECIAL OPERATIONS IN AFRICA

Marines were involved in Africa up until the very end of the war. Marine Colonel William A. Eddy led numerous OSS activities throughout the war in North Africa and was at several key events such as when President Roosevelt met numerous leaders in the Middle East.

Emperor Haile Selassie of Ethiopia boards USS *Quincy* on the Suez Canal near Cairo, February 13, 1945. He is escorted by US Navy Fleet Admiral William D. Leahy. Note the Marine captain at the bottom right of the photo, likely the commanding officer for the ships' Marine Detachment. (US Army)

TOP King Ibn Saud, surrounded by Commander Bernard A. Smith, commanding officer of USS *Murphy*, Colonel Eddy, minister to Saudi Arabia, and Captain John S. Keating, commodore, Destroyer Squadron 17, aboard *Murphy* (DD-603) en route to Great Bitter Lake near Cairo to meet USS *Quincy* with President Franklin D. Roosevelt aboard, February 1945. (US Army)

CENTER Admiral William D. Leahy, and Marines and sailors from the USS *Quincy*, salute as King Ibn Saud of Saudi Arabia arrives from USS *Murphy*. A Marine can be seen near the bottom right with the ship's Detachment patch. (US Army)

BOTTOM Admiral Leahy looks on as King Saud speaks to Eddy, who is interpreting. (US Navy)

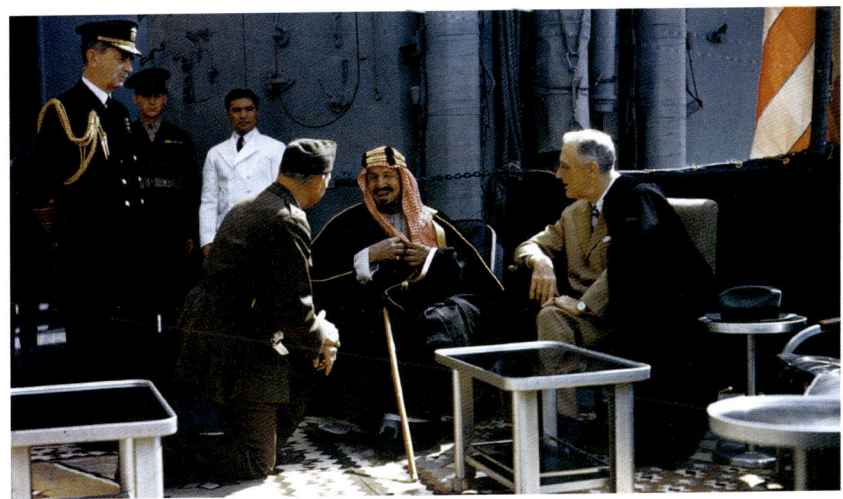

King Ibn Saud (on the President's left) was received by President Roosevelt aboard USS *Quincy* amid pomp and colorful ceremonies. It was the first time in his life that King Saud had left his country's soil. The meeting took place at Great Bitter Lake, near Cairo, after the monarch had traveled more than 800 miles. King Saud and President Roosevelt are shown seated on the deck of the ship that brought him from the "Big Three" conference at Yalta, Crimea, February 14, 1945. Colonel Eddy is shown to the left of King Saud, utilizing his Arabic skills to fill in as an interpreter. An unnamed Marine is seen at the top left corner between two men in white. (US Army)

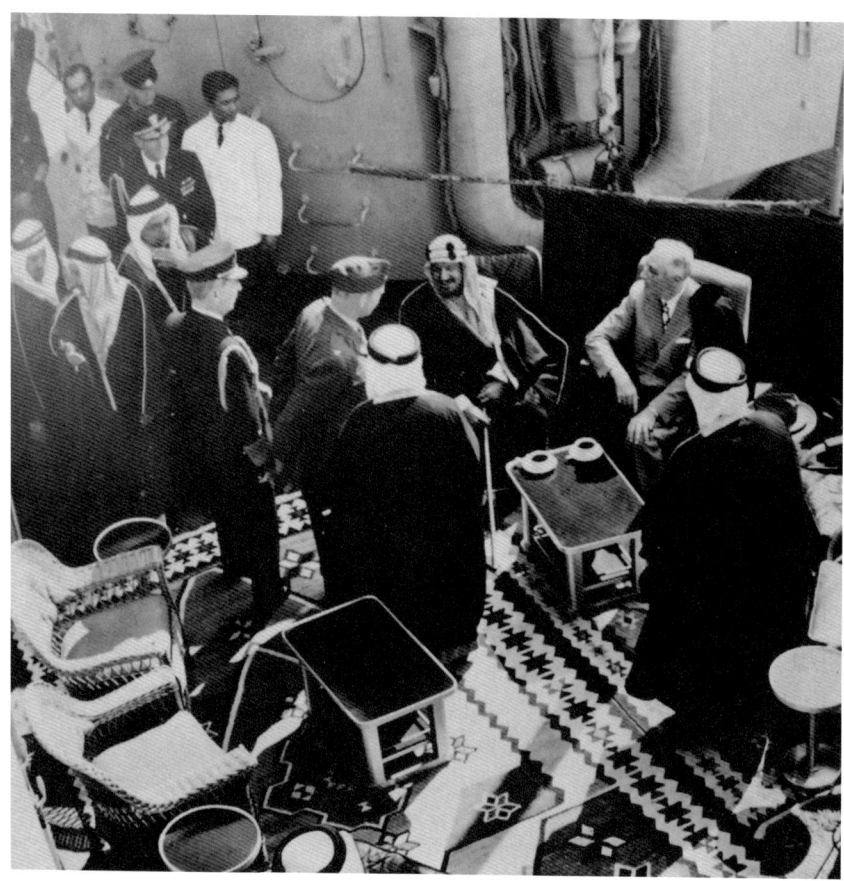

MARINES CONFIRMED TO HAVE SERVED IN THE OFFICE OF STRATEGIC SERVICES

NAME OF MARINE	AREA OF SERVICE
Colonel William A. Eddy	North Africa
Lieutenant Colonel Horace W. Fuller	France and China
Lieutenant Colonel Franklin P. Holcomb	Morocco, Algiers, and France
Lieutenant Colonel Peter J. Ortiz	North Africa and France
Major William G. Hamilton	England and France
Major Albert F. Moe	France and China
Major James T. Patterson	England and France
Captain William F. Grell	France
Captain William L. Cary	Romania, Yugoslavia, and Italy
Captain Joseph E. Charles	England, France, and Germany
Captain Gordon A. Craig	West Africa and Algiers
Captain Gerald F. Else	Cairo, Greece, and Liberia

Captain Leon Grell	England
Captain William F. A. Grell	England and France
Captain Sterling Hayden	Egypt, Italy, Yugoslavia, Albania, France, and Germany
Captain Elmer Harris	Tunisia, Corsica (France), Italy, and China
Captain William A. Holmin	Algeria, Italy
Captain Emil M. Krieger	France and Germany
Captain Walter R. Mansfield	England, Yugoslavia, and China
Captain George H. Owen	Algeria, Egypt, Burma, and Italy
Captain Sebastian Passanessi	Algiers, Italy
Captain Winthrop Rutherford Jr.	Tunisia, France, and Germany
1st Lieutenant Joseph F. Campisi	London and Italy
1st Lieutenant Edward T. Dickinson Jr.	London, Sweden, France
1st Lieutenant Harry H. Harper	Egypt, Bulgaria
1st Lieutenant George M. Hearn	Italy
1st Lieutenant Rolfe Kingsley Jr.	Egypt, Italy, Austria
1st Lieutenant William B. Macomber	France, Burma
1st Lieutenant Alan K. Magary	London, France
1st Lieutenant John J. Meilly	London
1st Lieutenant John W. Mowinckel	France, Germany, Austria
1st Lieutenant Charles A. Muecke	France, Germany
1st Lieutenant Robert Rubin	London
1st Lieutenant George S. Seabury	Egypt, Sri Lanka, Malaysia, Burma
1st Lieutenant Michael Shaughnessy	London
1st Lieutenant Edward E. Weismiller	France
1st Lieutenant Richard D. Wylly	France
2nd Lieutenant Nicholas R. Cooky	Italy and Albania
2nd Lieutenant Walter W. Taylor	Corsica, Italy
2nd Lieutenant Peter Viertel	France, Germany
Warrant Officer Thomas L. Curtis	Greece and China
Warrant Officer John L. Richardson	Washington DC, England, and Sri Lanka
Gunnery Sergeant Thomas L. Curtis	Egypt and Greece
Gunnery Sergeant John Harnicher	France and Germany
Gunnery Sergeant Robert LaSalle	France and Germany
Gunnery Sergeant Larry Elder	North Africa
Sergeant Charles Perry	France

Sergeant John Bodnar	France and Germany
Sergeant Fred Brunner	Germany
Sergeant Jack Risler	France and Germany
Corporal James S. Sweeney	Washington DC and England

A MARINE IN RUSSIA

Originally ordered to Moscow on December 10, 1943 as an assistant US naval attaché, Major John M. Maury, Jr.'s orders were changed and his assignment in Murmansk, Russia, began when he arrived there on February 29, 1944. Shortly after his arrival, he was promoted to the rank of lieutenant colonel. As a naval attaché, Maury carried out duties such as collecting intelligence, offering advice to the US War Shipping Administration (WSA), administrative duties concerning the Lend-Lease shipments to the Soviet Union, and provided oversight for repairs to US vessels. Maury wrote many reports and journal entries which detailed the Russian economy, bureaucracy, industry, and attitudes toward the West. Maury was detached from the WSA and left Russia on November 18, 1945.

LEFT Maury stands with a Russian barrage balloon crew in Murmansk, Russia, June 1944. (USMC)

RIGHT Maury (left) with his host Russian officer and his family in Murmansk, Russia, June 1944. (USMC)

CHAPTER 4

THE TIMES IT ALMOST HAPPENED

World War II is full of "what if" possibilities. These range from what if Hitler had waited a few more years before attacking the Allies to allow his scientists time to mature emerging technologies, to what if the Allies had skipped Okinawa and invaded Taiwan instead, or not dropped the atomic bombs at all. The following are four major times US Marines were almost deployed and would have caused a major shift in World War II as we know it.

MARINES INVADE THE AZORES

Located approximately 950 miles west of Portugal in the Atlantic Ocean lie the nine islands that make up the Azores. On May 22, 1941, President Roosevelt directed the Army and Navy to draft plans for the occupation of the Azores. A week later, the proposed plan was approved by the Joint Board and called War Plan Gray. It would call for a 28,000-troop landing force, 14,000 of which would be Marines.

It was calculated that at least 41 transport ships would be required to move the forces. The naval component would be led by Admiral King, Commander in Chief, Atlantic Fleet, and the landing force by Brigadier General Holland M. Smith, commander of the 1st Marine Division. In addition to the Azores expedition, plans were made to send Marines and soldiers to the south to the Canary Islands and Madeira Island if the British requested assistance.

Initially, planners had wanted to send nine Marine combat landing teams, and three Army ones, to Puerto Rico for joint amphibious training. However, this was canceled due to a lack of troop transports able to ferry troops from the continental US to Puerto Rico. The expedition to the Azores was approved by the Joint Board on May 29, 1941, but it was not approved in time by President Roosevelt, who had already left for a trip to New York.

During a trip to his hometown of Hyde Park, Roosevelt weighed the benefits, capabilities, and potential outcomes of the US involvement throughout the Atlantic. On June 4, plans were approved for both the Azores expedition and an already considered occupation of Iceland. However, once Army planners began the overarching planning for both expeditions that would occur simultaneously, it was decided not enough transports existed for both expeditions. On June 5, 1941, Roosevelt announced the redirected movements of Marines from War Plan Gray to Iceland to relieve the British garrison there until the Army was able to move adequate forces to Iceland.

MARINES INVADE BRAZIL

With the surprise attack on Pearl Harbor hurling the United States into war with Japan, and then the declaration of war on the US by Germany, the US mindset immediately changed from a reactive to proactive stance. In February 1942 Washington planners elaborated on Rainbow 5 with the creation of the *Joint Basic Plan for the Occupation of Northeast Brazil*. The Marine Corps' contribution would be called Plan Rubber.

Plan Rubber called for landings in Natal, Fortaleza, and Recife followed by additional landings at Salvador, Belém, and Fernando de Noronha Island. With its strategic geographic position, Campo Parnamerin Airport in Natal was considered to be the most important of all the locations.

From the onset, there were significant geographic concerns for the invasion due to tides and hydrography, among other factors. Despite these, it was decided to carry out the invasion. The Atlantic Fleet would provide naval bombardment spearheaded by USS *Texas* alongside air cover and close air support from USS *Ranger*. Rubber's plans included having Marine Corps aircraft squadrons tasked with providing close air support in addition to the aircraft already embarked on the *Ranger*. The newly created 1st Marine Division and the Army's newly created 9th Infantry Division were tasked with carrying out the invasion. Both units began training for the expected amphibious assault in January 1942. Initially, exercises planners had hoped to have the practice landings in the southern part of the US in either Florida, Georgia, or the Carolinas. However, due to sightings of German submarines off the coast of the southern US, planners had to settle for Cape Henry, Virginia.

The training exercises exposed several major issues. Navigation of the landing crafts from ship-to-shore landing zones proved to be particularly difficult. Troops were too dispersed on the beach, there was a lack of naval gunfire support, pilots were untrained in how to cooperate with ground troops for close air support, and command and control on the beaches broke down significantly. The training exercise was deemed a tactical failure by Marine Brigadier General Holland M. Smith despite the landing force having a 4:1 numerical advantage. It exposed how incompetent the US military was at carrying out a joint amphibious operation – all this despite the efforts that went on during FLEX. Unfortunately, some lessons were not learned, and the command-and-control issues would reappear in Operation *Torch* a few months later. The lack of organizational learning from the FLEX experiments demonstrates how limited communication capabilities were during the era – institutional knowledge was not easily shared.

However, the amphibious assault on the coast of Brazil was not to be. There were major diplomatic efforts behind the scenes to persuade President Vargas to allow US troops into the country, leading to several years of US Marines in Brazil.

OPERATION *CROSSBOW* – THE PLAN FOR MARINE AVIATORS TO ATTACK V-1 SITES

In early 1943, Allied bombing efforts were dealing devastating blows to Hitler. By May, Allied High Command was beginning to lay the groundwork for an amphibious assault in France, codenamed Operation *Overlord*. During aerial reconnaissance missions for this planning, Allied intelligence discovered the construction of numerous secret facilities in Germany, France, Belgium, and several other countries. Reconnaissance flights, and intelligence gathered on the ground by Resistance fighters and spies, uncovered 96 small launch sites for V-1s with another six launch sites for V-2s alongside numerous logistics facilities for the rockets.

Fearing an advanced technological weapon that would give Germany an edge, Winston Churchill's War Cabinet leaped into action and ordered Operation *Hydra*, the bombing of the Peenemunde facility, in

August 1943. *Hydra* became the first in a series of continuous bombings of V-1 and V-2 sites wrapped under what would become Operation *Crossbow*.

Realizing the demoralizing effects the German rocket attacks would have on the British public, the War Cabinet requested General Eisenhower place priority on destroying the launch sites. Eisenhower granted the request in June 1944, stating "with respect to *Crossbow* targets, these targets are to take first priority over everything except the urgent requirements of the *Overlord* battle."

While bomber crews and Allied leadership created new tactics for bombing the heavily fortified launch sites, several other new technologies were brought to bear to help eliminate the V-rocket threat – one of which utilized Marine Corps aviators.

In support of Eisenhower's directive of the rocket launch sites becoming a priority, Naval Air Atlantic staff speculated on ways to assist. Navy Commander Thomas H. Moorer created the idea of arming the newly fielded F4U Corsair with guided Tiny Tim rockets, a brand-new type of munition. Moorer created his plan, codenamed Project Danny, and with the permission of his leadership was able to assign Marine Aircraft Group 51 (MAG-51) to USS *Gilbert Islands* (CVE-107) for travel to Europe.

As a testament to the urgency to rid the Germans of the rocket sites, the *Gilbert Islands* had just recently been commissioned and put to sea on July 20, 1944. Project Danny would be the shakedown cruise for the ship, an event typically completed prior to a ship entering full service.

Stood up in February 1944, MAG-51 was stationed at Marine Corps Auxiliary Air Facility (MCAAF) Oak Grove, a smaller auxiliary field near Cherry Point, North Carolina. MAG-51 consisted of Marine Fighter Squadrons 511, 512, 513, and 514. Around May 1944, Marine Observation Squadron 351 (VMO-351) would be added to MAG-51. VMO-351 would retain its observation designation for a few more months, although the squadron had already been fielded with Corsairs and was organized as a fighter squadron like the others in the MAG.

While MAG-51 was making preparations to embark aboard the *Gilbert Islands*, Moorer was sent to the newly created Pentagon building to brief US strategic planners.

Project Danny would have seen USS *Gilbert Islands* take up residence in the North Sea, just off the coast, and attack V-1 and V-2 launch sites in Germany, the Netherlands, and Belgium. By the time Moorer arrived at the Pentagon, the Marines' departure was all but complete. Logistics issues had been sorted out, deployment orders approved and dispatched to

Marines, and training was in progress for Marine pilots on how to attack the launch sites. The plan called for Marines to fire the newly fielded Tiny Tim rockets. The 500lb rockets were 11ft long and approximately 1ft in diameter and had a semi-armor-piercing warhead.

Unfortunately for the Marine Corps and Commander Moorer, one of the attendees of the brief was none other than General George C. Marshall, US Army. Marshall was a staunch opposer of the existence of the Marine Corps due to the Marine Corps receiving much fanfare from journalists during both World Wars. Marshall's animosity toward the Corps was not unfounded. The Marine Corps had a knack for sucking up media attention and receiving much glory in the news, sometimes receiving exclusive credit even when Army units were side by side with Marines.

Upon hearing Marine aviators would be taking part in Project Danny, Marshall stood up, walked to the door, and stated, "that's the end of this briefing. As long as I'm in charge of our armed forces, there will never be a Marine in Europe." And with that, Project Danny came to a close.

So close was the deployment of MAG-51 on German sites that Marine Corps equipment, supplies, and personal effects had already been sent to Norfolk starting July 11 and loaded onto the *Gilbert Islands*. Project Danny was canceled on July 30. The Marines of MAG-51 would eventually get retasked and sent to the Pacific and would take part in battles at Okinawa, Japan, and Balikpapan, Indonesia.

Although inter-service rivalry played a part in the canceled deployment to Europe, the Allied advance across Europe proceeded at a much quicker pace than was originally forecasted and German launch sites were eliminated faster than anticipated. Marshall inadvertently ended up helping the Allies by causing the redirection of the *Gilbert Islands* and its planes to the Pacific ahead of schedule.

US ARMY REQUEST FOR 100,000 MARINES IN EUROPE

Almost lost entirely to history is the fact that General George C. Marshall considered asking the Marine Corps for help. While Marshall may have had much disdain for the Marine Corps, he did realize the Marine Corps had a considerable amount of manpower. The US Army and Allied militaries had taken sizeable losses in the infantry ranks. The fighting across Europe after landing at Normandy and the German counteroffensive at the Ardennes (the Battle of the Bulge) had racked up significant losses. The irony of this was that it occurred when the number of soldiers in the

US Army stood at its largest point in the history of the country, with more than 11 million wearing the Army uniform at the end of 1944. Infantry soldiers were already in such short supply for the Army that Eisenhower had ordered rear units to look for ways to thin out their ranks and free up men for front-line duty.

(Eisenhower's instructions to look for rear-echelon personnel for front-line duty was intentional. It would be easier to move men in stateside garrison roles to the front lines versus pulling support personnel in Europe to the front line. This is due to the fact that the support and sustainment work must still be carried out during combat operations. To remove troops from their support jobs would increase the workload of those left behind, creating a backlog of supplies to move with front-line units eventually feeling the pain of not receiving food, water, medical supplies, or fuel due to lack of supply personnel.)

Allied military situations were equally as bad, if not worse. British forces had been taking alarming losses due to worldwide commitments of defending an empire. While the French had men to train, precious equipment and supplies to create the divisions and turn civilians into professional soldiers were needed to sustain front-line units already engaged in combat operations. Belgium and Poland had similar issues to the French after having been decimated at the beginning of the war by the German war machine. Hitler's winter offensive of 1944 had forced the Allies to reexamine their resources across the board.

As Allied and German forces engaged in fighting at the Ardennes, the Joint Chiefs of Staff in the US moved up the sailing date of three infantry divisions, one airborne division, and three armored divisions. Originally scheduled to depart the US in the spring of 1945, their sailing dates were moved up to January and February. Additionally, two infantry divisions that were originally slated for service in the Pacific were reallocated to Europe upon Eisenhower's request and were now scheduled to depart for Europe in mid-February. While these movements were occurring, Marshall also issued instructions for senior leaders to look through defense units stationed in Alaska and the Caribbean and see what men could be cut and redirected for service in Europe.

Meanwhile, Eisenhower and his staff contemplated more ways to ease the manpower shortage in Europe. Four more possibilities for the US were considered:

1. Convincing the Russians to commit to another major offensive in the east to stop the Germans from transferring troops from the Eastern Front to the west.

2. Shifting troops from Italy to western Europe.
3. Utilizing black soldiers as front-line troops.
4. As a last result, asking the Marines for men.

Marshall suggested to Eisenhower to request 100,000 Marines be diverted from the Pacific to the Atlantic for the final push into Germany. Marshall may have thought the idea had merit due to the thought that the United States had made its unofficial deal with the United Kingdom to knock Germany out of the war first before concentrating on Japan.

Through correspondence between Eisenhower and Marshall, it was decided that even if the Marine Corps were willing to help the Army in Europe, it simply could not. At its peak in World War II, the Marine Corps reached 475,604 Marines at the end of 1944. Compare that to the 7,994,750 serving in the Army at the same time. A 21 percent request of the entire Marine Corps simply could not have occurred in a timely fashion no matter how urgent the need. Even if the logistics network existed to transport and sustain a movement of 100,000 Marines from one side of the world to the other, the Marines would have arrived too late to Europe to have had any measurable impact. The Allies had advanced at a much faster than anticipated pace, forcing the surrender of Germany less than a year after D-Day.

Original memo from Marshall to Eisenhower, S-74003, January 7, 1945, page 2. "Maybe the Marines would like to turn over a hundred thousand to us" is in the list of "several things [that] could help us." (Eisenhower Presidential Library)

TOP SECRET

EYES ONLY

CONSEQUENCES FROM WITHOUT. THE GERMANS ARE CONVINCED THEY ARE FIGHTING FOR THEIR VERY EXISTENCE AND THEIR BATTLE ACTION REFLECTS THIS SPIRIT. SEVERAL THINGS COULD HELP US: (a) CERTAINTY THAT THE RUSSIANS ARE GOING QUICKLY TO BEGIN A SUSTAINED MAJOR OFFENSIVE REQUIRING GERMAN RESOURCES TO REVERSE THEIR FLOW. (b) SUFFICIENTLY GREAT STRENGTH HERE SO THAT I COULD KEEP SOME FEW DIVISIONS IN SHAEF RESERVE TO MEET EMERGENCIES, AND GIVING ME A SMALL POOL THROUGH WHICH TO ROTATE TIRED DIVISIONS FOR RE-FITTING. IN THIS CONNECTION I THINK THE ITALIAN FRONT SHOULD BE STUDIED TO DETERMINE CONDITIONS UNDER WHICH ADDITIONAL DIVISIONS SHOULD BE BROUGHT HERE, AND TO HAVE MEANS READY FOR IMPLEMENTATION OF ANY PLANS ADOPTED. ANY UNALLOCATED DIVISIONS AT HOME OR ANY THAT COULD BE OBTAINED IF PERMITTED BY OVERALL STRATEGIC PLANS BY POSTPONING ACTION ELSEWHERE, SHOULD BE SENT HERE AS SOON AS POSSIBLE. (c) IMMEDIATE AND DRASTIC COMB-OUT HERE OF ABLE BODIED MEN. (d) IF POSSIBLE INCREASE ARMY CEILING AT LEAST TO EXTENT OF SUBTRACTING DETACHMENTS OF PATIENTS FROM THE TOTAL ALLOWED, SO AS TO PROVIDE A GREATER FLOW OF REPLACEMENTS. (MAYBE THE MARINES WOULD LIKE TO TURN OVER A HUNDRED THOUSAND TO US.) (e) CONTINUOUS EFFORT TO EXPEDITE FLOW OF CRITICAL AMMUNITION TYPES AND TIRES. (f) SPEED UP DEVELOPMENT OF FRENCH DIVISIONS. PARAGRAPH. I AM CONVINCED THAT WE CANNOT RESORT TO CANNIBALIZATION OF U.S. DIVISIONS BECAUSE OF THE STRENGTH NEEDED ON THIS LONG FRONT. THE ENEMY ENJOYS THE ADVANTAGE OF SHORT COMMUNICATIONS, FORTIFIED DEFENSE ZONES AND TOTAL MOBILIZATION AND OUR ONLY ANSWER IS SUFFICIENT DIVISIONAL STRENGTH, FULLY MAINTAINED. PARAGRAPH. I BELIEVE THAT GASSER'S WORK WILL DO MUCH TOWARD GETTING US RIGHT DOWN TO BEDROCK IN REACHING DEFINITE AND ACCURATE CONCLUSIONS. PARAGRAPH. IN THE MATTER OF COMBING OUT ABLE BODIED MEN

TOP SECRET   EYES ONLY

-2-

CHAPTER 5

FACES BEHIND THE LENSES AND STORIES

Captain Herbert L. Merillat, Marine public relations officer for Leatherneck units in the British Islands, tries a Royal Marine beret on for size, May 10, 1944. The Royal Marine beret was given to Captain Merillat during a tour of British Leatherneck bases. The US Marine Corps device fits on a patch of red, while the beret itself is navy blue. Merillat, a former attorney and press analyst for the US Treasury Department, was the public relations officer for the 1st Marine Division, reinforced during the fight for Guadalcanal from August 7 to December 10, 1942. He held degrees from the University of Arizona and Oxford University in England. (USMC, photo by SSgt James Kilpatrick)

TOP First Lieutenant Weldon Bernard James, United States Marine Corps Reserve, a public relations officer with Marine units in the British Isles. A former London correspondent for *PM*, First Lieutenant James served in the European Theater from August 1942 to December 1944. Originally from St. Charles, South Carolina, Lieutenant James covered the wars in China and Spain as a newspaper correspondent, and was on the USS *Panay* when it was sunk in December 1937. James was aboard USS *Texas* on D-Day and landed on Omaha Beach later in the day to help coordinate naval gunfire. Photo dated May 10, 1944. (USMC, photo by SSgt James Kilpatrick)

BOTTOM LEFT Second Lieutenant Robert H. Rubin, of New York City, reported for duty with the Commander, US Naval Forces in Europe. He led a special field photographic unit that was there for action. Rubin attended St. Paul's School and Yale University and was employed by Metro-Goldwyn-Mayer Corporation before he was commissioned in the Marine Corps in December 1942. (USMC, photo by SSgt Weldon L. Keating, August 1943)

BOTTOM RIGHT Technical Sergeant Richard Thomas Wright, United States Marine Corps combat correspondent. A native of Arlington, Virginia, Technical Sergeant Wright was the first Marine correspondent sent into the Pacific area, where he served at various bases including Samoa, Funafuti, and Australia. He was an alumnus of Washington and Lee University, at Lexington, Virginia, and a former reporter for the *Philadelphia Evening Bulletin*. Wright landed at Juno Beach with British and Canadian forces and made subsequent visits to Juno in the coming days to chronicle the invasion. Photo dated May 10, 1944. (USMC, photo by SSgt James Kilpatrick)

TOP Not much is known about Staff Sergeant James R. Kilpatrick, combat photographer. He also landed with British and Canadian troops at Juno Beach. (USMC, photo by TSgt Richard T. Wright)

BOTTOM LEFT Staff Sergeant Weldon L. Keating, of New Orleans, Louisiana, Marine Corps combat correspondent and combat photographer. Before enlisting in the Corps in 1938, Keating graduated from Our Lady of Holy Cross College, New Orleans. (USMC, photo by 1st Lt Weldon James)

BOTTOM RIGHT Corporal William Ross Gibbon, United States Marine Corps combat photographer, of Columbus, Ohio. Corporal Gibbon enlisted in the Corps in March 1942, and attended Miami University in Oxford, Ohio, prior to enlisting. Gibbon was aboard USS *Texas* and chronicled the ship's activities during the attacks along the Normandy coast. Photo dated May 1944. (USMC, photo by SSgt James Kilpatrick)

TOP Sergeant Robert Davis, Marine combat correspondent. (USMC, photo by Cpl William Gibbon)

CENTER Sergeant Andrew B. Knight of Washington DC, Marine Corps combat photographer. (USMC, photo by Pvt William Ostoich)

BOTTOM Sergeant Allen A. Sommers, Marine Corps combat correspondent. Sommers was a native of Philadelphia, Pennsylvania, and married to Ruth Sommers. (USMC, photo by Sgt Allen Knight)

INDEX

Page numbers in **bold** refer to illustrations and their captions, page numbers in *italic* refer to contemporary accounts